房列曙等◎著

ZHONGGUO JINXIANDAI WENHUASHI ZHUANTI YANJIU

中国近现代文化史专题研究

安徽师范大学出版社

图书在版编目（CIP）数据

中国近现代文化史专题研究/房列曙等著．—芜湖：安徽师范大学出版社，2011.12
ISBN 978-7-81141-671-8
Ⅰ.①中… Ⅱ.①房… Ⅲ.①文化史—中国—近现代 Ⅳ.①K250.3 ②K260.3

中国版本图书馆 CIP 数据核字（2011）第 246373 号

中国近现代文化史专题研究

房列曙　等著

出 版 人：张传开
责任编辑：吴顺安
装帧设计：丁奕奕

出版发行：安徽师范大学出版社
芜湖市九华南路 189 号安徽师范大学花津校区　　邮政编码：241002
网　　址：http：//www.ahnupress.com/
发 行 部：0553-3883578　5910327　5910310（传真）　E-mail：asdcbsfxb@126.com
经　　销：全国新华书店
印　　刷：安徽芜湖新华印务有限责任公司
版　　次：2012 年 3 月第 1 版
印　　次：2012 年 3 月第 1 次印刷
规　　格：700×1000　1/16
印　　张：29.25
字　　数：446 千
书　　号：ISBN 978-7-81141-671-8
定　　价：60.00 元

前　言

1998年，我们撰写了《中国文化史》一书，由安徽大学出版社出版。该书的中国古代文化史部分由裘士京、周晓光教授撰写，中国近现代文化史部分由本人撰写。该书主要是安徽省历史学“专升本”自学考试的指定教材，也适用于普通高校本科生，一直使用至今。后来，为适应素质教育的需要，《文化素质修养丛书》编委会约我主编了《中国文化史纲》一书（科学出版社2001年9月出版），作为普通高校文化素质教育的教材。当初，在我校历史学系本科教学中，文化史分为中国古代文化史、中国近现代文化史、世界文化史等课程。在本科教学的基础上，“中国近现代文化史”又拓展为“中国近现代文化史研究”，自2002年起至今一直是我校中国近现代史专业硕士研究生的课程。

2009年，安徽省首次评定研究生精品课程，“中国近现代文化史研究”有幸荣列其中。在此基础上，我们开始撰写本著作。限于篇幅，本书省略了叙述中国近现代哲学、宗教、文学、音乐、戏剧、电影、美术、科技等方面的沿革和发展的基本内容。

爱因斯坦说：“想象力比知识更重要，因为知识是有限的，而想象力概括世界的一切，并且是知识进化的源泉，严格地说想象力是科学研究中的实在因素。”希望本著作能为读者提供若干帮助。

本著作的出版，得到安徽省省级研究生精品课程“中国近现代文化史研究”和安徽师范大学“中国近现代史重点学科”的资助。

前 言

[illegible]

目　录

第一章　中国近现代文化史的研究方法

中国近现代文化史的时间概念，有不同的分期。有的将晚清时期的文化史作为近代文化史，将民国时期的文化史作为现代部分，而将共和国时期的文化史称之为当代文化史；有人将晚清、民国时期的文化史，称之为近代文化史，而将共和国时期的文化史称之为现代文化史。我赞成后一种意见，并将它作为中国近现代文化史专题研究的时间范围。中国近现代文化史研究在字面上至少有两种理解：一是近现代史对中国文化史的研究，这是近现代学术史的一部分；二是对中国近现代文化的史学研究，这是中国近现代史的一部分。中国近现代文化史专题，是上述两个方面的专题研究。

一、中国近现代文化史研究的两个阶段

中国近现代文化史研究，大致可分为两个阶段：从 20 世纪初到 1949 年为第一阶段，繁荣期为二三十年代；从 1949 年到现在为第二阶段，繁荣期为 80 年代以来。

（一）第一阶段：从 20 世纪初到 1949 年

其特点是从中西文化会通融合及中国近代文化发展路向的角度，开始探讨近代文化史。

梁启超著《五十年中国进化概论》、《近代学风之地理的分布》等书都是非常有创见的近代文化史奠基之作。

柳诒徵著《中国文化史》，作于 1919—1921 年，最初作为南京高等师范学院的讲义，又在《学衡》杂志上刊载，后来的版本有：1928 年中央大学排印本，1932 年南京钟山书局全二册本，1948 年正中书局全三册

本，2001 年上海古籍出版社上下册本。此外，还有 2008 年中国社会科学出版社、2008 年东方出版社等多种排印本、重印本，被称为中国文化史的开山之作。

王云五、傅纬平主编的《中国文化史丛书》，上海商务印书馆于 1936—1939 年出版，分 2 辑 42 种，涉及中国文化的经济、政治、法律、民族、社会、科学、文学、艺术、宗教等各个方面，按文化史体例分科，划分文化为数十个专题，分别由国内著名学者撰著。所成各书，大都体例谨严，内容丰富，对不少重大文化问题穷其本源，条分缕析，并有创见，其中不乏填补空白之作。在当时属于首创，至今亦不失其学术价值，影响较大，可为研究者参考。

此外，这一时期的近代文化史著作还有戈公振的《中国报学史》，商务印书馆 1927 年出版，至 1935 年印过 4 次，新中国成立后于 1955 年和 1985 年重印。

蒋国珍编《中国新闻发达史》，世界书局 1927 年出版。

陈安仁《中国近世文化史》，商务印书馆 1936 年出版，详于宋元明清时代文化史，在一定程度上弥补了以往文化史详远略近的缺陷。

侯外庐的《抗战建国的文化运动》，中山文化教育馆 1939 年出版，分中国现阶段文化运动的号召、资本主义的文化危机与中国的文化发展、人文主义的发展与衰落、中山先生文化运动的理想等 8 节。

钱穆的《中国文化史导论》，中正书局 1947 年出版；北京的生活·读书·新知三联书店 1988 年出版；台湾商务印书馆 1993 年出版；北京的商务印书馆 1994 年、1996 年出版。内容包括：中国文化之地理背景、古代观念与古代生活、社会主义与经济政策、中西接触与文化更新等 10 章。

阿英编《晚清小说史》，商务印书馆 1937 年出版。清末由于资产阶级改良派和革命派都看重小说的社会功能，小说的地位空前提高。这部断代专史，对晚清小说的发生、发展进行了较全面深入的讨论。此书分晚清小说的繁荣、晚清社会概观、庚子事变的反映、反华工禁约运动、工商业战争与反买办阶级等 16 章。

20 世纪 30 年代以后，出版的文化史著作虽然不少，但论及近代的却不多。不过，对近代文化史的个案研究论文不少，出现了梁启超、陈独秀、胡适、李大钊、陈安仁、钱穆、梁漱溟、柳诒徵、陈登原等一批文化史及文化问题专家。

（二）第二阶段：从1949年到现在

从文化反思发端，开始进入中国近代文化史的学术研究阶段，是第二阶段的特点。

从1949年起到20世纪70年代，由于受极“左”思潮的影响，这一领域被长期冷落，全国没有一所大学设置文化史专业课程，更没有一个专门的文化史研究机构。据80年代初编的《中国文化史研究书目》（中国社会科学院近代史研究所文化研究室编），中国大陆1949年后30年来出版的有关文化史的综合研究著作，仅有蔡尚思的《中国文化史要论》和李泽厚的《美的历程》两种，前者在文献方面的评估，基本上是书目评介，后者侧重审美意识的发展史。这一时期，以思想史、艺术史取代文化史研究成为普遍倾向。

粉碎“四人帮”后，文化问题受到社会的普遍关注。1982年10月在成都召开的“中国近代科学落后原因”学术讨论会，提出从文化传统探索近代中国科学落后原因的命题。古代中国的科学技术长期领先世界，在人类文明史上留下辉煌的篇章，为什么近代科学不能在中国产生，反而大大落后于西方？

1983年5月在长沙举行的全国历史学科规划会上，提出了开展中国近代文化史研究的问题，中华书局筹备出版《中华近代文化史丛书》。1984年11月，在郑州召开首次全国性的中国近代文化史学术讨论会，实质性地推动了近代文化史研究的开展。在全国许多高校，近代文化问题也开始成为专家们研究的热点。就发表的论文而言，1982年《中国历史学年鉴》收录的近代史类论文中，题目标明论述“文化史”的文章几乎没有一篇，而在1991年各种报刊上发表讨论近代文化史的论文达到80余篇，1994年增至129篇，直到目前为止研究成果发表仍呈现出明显的递增趋势。学术著作不下数百种（含思想史类著作）。

这一阶段，中国近现代文化史的研究成果，粗分为两大类：一是宏观的综合性研究；二是分门别类的相关学科研究。哲学史、思想史、文学史、艺术史、宗教史、教育史、出版史等都是文化史的范畴。对这些相关学科的研究有两类人：一类是历史学家，另一类是各学科领域的专家。宏观研究的主要成果：

章开沅著《离异与回归——传统文化与近代化关系试析》，湖南人民出版社 1989 年出版。本书通过对龚自珍、魏源、冯桂芬、康有为、梁启超、谭嗣同、严复、孙中山、章太炎等思想精英的个案剖析，逐步形成对传统文化与近代化关系的认识，从而提出“离异与回归”的思维模式；通过对近代国魂问题和国民精神问题的研究，引出对重建中国民族文化心理结构的正确认识。

李良玉著《动荡时代的知识分子》，浙江人民出版社 1990 年出版，中国台湾南天书局 1996 年再版。本书分析了晚清维新派知识分子与五四前后知识分子的种种思潮。《思想启蒙与文化重建》，吉林人民出版社 2001 年出版。本书学术视野开阔、博大，体现了作者对当代思想文化重新构建的热切呼唤与理论思考。

史全生主编的《中华民国文化史》，吉林文史出版社 1990 年出版。这是新中国成立以来第一部全面介绍、研究中华民国文化史的专著，时间跨度从 1912 年中华民国成立到 1949 年中华人民共和国成立时止。本书涉及面很广，几乎囊括所有文化领域，对思想、宗教、文学、音乐、舞蹈、戏剧和电影、美术、教育、社会科学、自然科学、新闻出版、图书文博、体育、医疗卫生以及民俗等都加以论述，尽管内容庞杂，学术论述较少，但很多方面具有开拓性意义。

焦润明著《中国近代文化史》，辽宁大学出版社 1999 年 7 月出版。

郑师渠主编、赵云田卷主编的《中国文化通史》第九卷《清后期卷》和郑师渠主编、黄兴涛卷主编的《中国文化通史》第十卷《民国卷》，中共中央党校出版社 2000 年出版。这两卷集中了许多国内研究近代文化史方面的专家，占用 100 万字以上的篇幅专门论述近代文化史。可以说它代表了 20 世纪研究中国近代文化史的最高学术水平。

龚书铎主编《中国近代文化概论》，中华书局 2002 年出版，教育部研究生工作办公室列为 2001 年“研究生教学用书”。

汤奇学著《中国近代思想文化史探索》，安徽大学出版社 2005 年出版。

二、中国近现代文化史研究的基本方法

史学方法是史学工作者认识历史和表述历史的工具和手段。中国近代文化史研究取得了丰硕的成果，在中国近代文化史的研究过程中形成了自己的研究方法。研究方法是任何学科都必须直面的问题，历史是错综复杂的，研究历史的方法也是多种多样的，文化史可以借助于历史学的基本方法，也需要有符合本专业特点的方法。

（一）阶级分析法

马克思主义认为研究一切学问的基本方法都必须“充分地占有材料，分析它的各种发展形式，探寻这些形式的内在联系”，即研究历史必须实事求是。我们分析政治思想时，首先要分析思想产生的历史背景、经济条件和阶级基础等。历史研究一定要充分考虑特定的历史背景及复杂的社会、政治、经济条件，不能轻易割断历史的联系，要把问题置于一定的历史条件中去研究。

阶级分析法是用马克思主义的阶级理论观察和分析阶级社会中各种社会现象的基本方法。历史研究需要实事求是的态度，必须坚持马克思主义理论原则。马克思主义是科学的理论，在它的指导下，历史学才真正成为一门科学，只有运用它的基本观点和方法去分析历史，才能把握历史的本质。史学工作者的研究工作都是在一定的历史观和方法论的指导下进行的。[①] 统治阶级思想家的思想必然以维护本阶级的利益为出发点，中国历史上那些属于统治阶级阵营的思想家们出于维护封建专制统治而倡导的纲常礼教及相关思想正是出于其阶级的需要提出的。中国历史上农民起义提出的“均田免粮”、太平天国农民政权提出的《天朝田亩制度》中所包含的平均主义思想都反映了农民阶级要求土地、要求平等的基本思想。当然，阶级分析方法也有它的局限性。经济条件和经济地位虽能影响人们的思想观念，但并不能决定人们的思想观念。因为思想家的思想有些超越于时代，有些超越于本阶级，因此，运用阶级分析方法必须考虑到理论的适用条件。

---

① 李良玉：《论思想史的研究方法》，《江苏社会科学》1998 年第 1 期。

（二）实证法

实证法是中国史学的传统研究方法，是指通过事物的真实表现来传达信息，是学术研究中常用的极具表现力与说服力的方法。如清代的乾嘉考据学、近代德国的兰克实证史学等。在特定历史时期和特定思想问题的研究中应用实证方法，要求我们弄清思想是由谁提出来的？谁最先提出来的？思想源自何处？在什么时间、什么地点、什么刊物上发表的？思想是如何传播的？影响如何？等等。因此弄清楚思想者的真实身份、思想提出的先后等会直接影响到对思想价值的判断。如在资产阶级革命胜利以后，提倡科学已司空见惯，可是在中世纪宗教教会统治的时代，提倡科学、坚持真理是要付出生命代价的。因此，思想问题提出的时间不同，所包含的时代价值也不同。

（三）心理分析法

心理分析研究方法是西方心理史学派常用的方法，是通过对历史人物的心理分析来研究历史的一种专门方法。心理分析法的优势在于它既包含主观因素也包含客观因素，是介于客观和主观之间、感性和理性之间的“模糊”分析法。弗洛伊德是精神分析学派的创立者，他在长期研究人的精神结构过程中提出了“本我”、“自我”和“超我”的概念。他的无意识理论是精神分析的核心内容之一，人的内心和一种冲动在遭到自我压抑后，在正常情况下，这种冲动的能量能够得到回收，如果由于某些特殊的原因，冲动受到了压抑，不能使冲动的能量得到正常的释放，它必然寻找其他释放能量的途径，寻找该冲动替代性的满足，这种替代性的满足可能表现为不正常的精神状态或行为。

总之，利用这种需要理论可以对人的思想意识及行为方式进行研究，探讨人类个体及群体的精神世界。运用精神分析理论解读思想文本能告诉我们为什么对待同一事物，每个人的反映会有所不同，有些反映平淡，有些反映强烈？为什么对待同一个社会现象，不同的思想家会有不同的解释？人的思想与人的心理状态、个人独特的经历到底有什么关系？思想家个体的思想特质与其个性心理以及个人的独特经历密切相关。

（四）比较研究法

比较研究法就是在进行学术研究的过程中，把同一类型的不同事物放在一起进行比较，从而找出它们的共性和差异。比较研究法用在思想史研究上，主要通过不同国度、不同历史时期不同人物的思想的比较，来探讨古今中外思想的发生、发展规律，深化思想史研究。比较研究的方法是多样的，既有宏观比较又有微观比较，既有纵向比较又有横向比较。① 历史研究的比较是有条件的，拿来作比较的历史事物首先应具备可比性。历史比较必须以两个或两个以上历史事实，按照一定主体并把它们放到特定的历史环境中去比较，必须把比较的两个历史事实研究清楚，在比较研究的基础上透过异同现象分析原因，从共性中揭示矛盾的普遍性，从差异性中揭示矛盾的特殊性。侯外庐指出，学术研究需要注意“横通”，又要注意“纵通”。既要考察思想家个人的思想体系与同时代其他思想的关系，又要考察不同时期思想的流变。它们之间的异同，反映出这一时代社会意识的思维水平和价值追求。② 比较法可以帮助我们弄清研究对象是否具有价值，弄清楚某种思想与“其他”的关系，弄清楚思想运动的完整过程，并且认识其中必然会发生的继承、取舍和扬弃。比较的目的在于揭示思想的性质，客观评定其历史地位。

（五）验证法

验证法是思想史研究最基本的方法。我们研究某种思想，如果它的内容不真实就无从求真。由于辗转传抄，版本流变，文字衍变，甚至纸张霉蛀等原因，使某些思想的文本会有出入，某些文献史料、口碑史料、实物史料、声像史料在记录、编纂、制作、保存过程中会有不同程度的伪误。弄不清文本的真相，就容易导致误解，会出现牵强附会、张冠李戴、望文生义等现象。

胡适认为学术研究“第一步须搜集史料；第二步须审定史料的真假；第三步须把一切不可信的史料全行除去不用；第四步须把可靠的史料仔细整理一番，先把本子校勘好，次把字句解释明白，最后把各家的

① 郑大华：《如何进一步深化中国近代思想史研究》，《光明日报》2005年1月25日。

② 焦润明：《关于中国近代思想史研究的若干理论问题》，《辽宁大学学报》2003年第3期。

书贯串领会，使一家一家的学说，都成有条理有系统的哲学。做到这个地位，方才做到‘述学’两个字。”① 验证可以通过多种渠道进行，比如，版本的互校，报刊文集的互对，人名笔名的考订，档案日记的核实等等，使思想史研究更具有科学价值。

三、中国近现代文化史新研究范式的尝试

范式是一整套关于特定科学理论的概念、命题、方法、价值等。

（一）年鉴学派的影响

年鉴学派于1929年由法国的布洛赫和费弗尔创立，分别以马克·布洛赫的《封建社会》（1939—1940）、吕西安·费弗尔的《经济与社会史年鉴》（1929）为代表，并以《经济和社会史年鉴》杂志为阵地而得名。费弗尔的学生曼德鲁在1964年出版的《十七、十八世纪的民间文化》一书，揭开了年鉴学派对民间文化研究的序幕。曼德鲁认为，农民的文化模式是由教士和僧侣所建立，整个文化的传播是由上而下的灌输。②

年鉴学派对文化史的研究影响甚大。它使文化史从上层思想史扩展到了下层民众的心态史，它拓展了史料的范围，稗官野史、歌谣、传说、神话、谚语等都成了史料。

（二）文化转型论的影响

文化转型是指特定时代特定民族或社会群体中的人的生存方式的巨大变革，表现为一种新的文化形态替代旧的文化形态，表现为文化的变革、进步的过程。

中国传统文化具有较强的稳定结构，近代以来中国文化经过一百多年的变革历程，传统的文化模式发生了哪些变革？这个变革的任务有没有完成？新的文化模式有没有完全培育起来？先辈们在处理文化的时代性与民族性、文化的整体性与可分性，传统文化与当代文化、中国文化与西方文化的关系方面，有哪些经验教训值得总结？在传统文化的现代性转换过程中，传统文化应该继承什么？扬弃什么？如何创新？新的文

---

① 欧阳哲生：《中国现代哲学史上的胡适》，《学术界》2006年第1期。

② 陈启能主编：《西方历史学名著提要》，江西人民出版社2001年版，第476页。

化模式如何培育起来？等等，都是值得研究的课题。

（三）公共领域、市民社会的范式

公共领域（public sphere）与市民社会（private society）这两个概念的形成，虽有黑格尔、葛兰西的贡献，但哈贝马斯对当今的影响甚大。

哈氏所谓公共领域，指的是介于国家与社会（即国家所不能触及的私人或民间活动范围）之间公民参与公共事务的地方，它凸显了公民在政治过程中的互动，其由来可上溯至古希腊时期，当时出现了“公”（公共事务）与“私”（私人事务）的分化。哈贝马斯认为，近代西方资本主义社会已逐渐从市场经济体系中，发展出一个由个人和非官方机构构成的公民社会，而且亦产生了一个独立于政治以外的公共文化领域。

市民社会指一个国家或政治共同体内的一种介于“国家”和“个人”之间的广阔领域。它由相对独立而存在的各种组织和团体构成。它是国家权力体制外自发形成的一种自治社会，是衡量一个社会组织化、制度化的基本标志，具有独立性、制度性等特点。市民社会是国家权威和个人自由的缓冲地带。

用此种概念去理解晚清的城市文化自有其启发性。用此种概念去研究国家机构之外的各种各样的社会群体和组织，有利于研究传统的社会结构。这些社会群体和组织，它们有自己的习惯、规范，能有效地处理其内部事务，有时参与甚至主导地方公共事务。① 用此种概念去研究租界文化，从而扩大了历史的视野。

（四）文化研究的范式

文化研究是目前国际学术界最有活力、最富于创造性的学术思潮之一，有的学者甚至把它看作是后现代主义之后学术发展的主流，但同时它又是一个最富于变化、最难以定位的知识领域。它有五点倾向：注重研究当代文化；注重大众文化，尤其是以影视为媒介的大众文化；注重被主流文化排斥的边缘文化和亚文化，如资本主义社会中的工人阶级亚

① 梁治平：《“民间”、“民间社会”和CIVIL SOCIETY——CIVIL SOCIETY概念再检讨》，《云南大学学报》（社会科学版）2003年第1期。

文化，女性文化以及被压迫民族的文化经验和文化身份；注重与社会的联系，关注文化中的权力关系及其运作机制；提倡跨学科方法。这种思潮当然符合新社会史的思路，先在国外后在国内这种方式逐步流行。①

大学文化研究范式的重视。将“大学文化研究”解读为“大学文化的研究”，造成大学研究缺乏方法论的指导。这种方法论指导的缺失使得大学文化研究显得仓促和浮浅，难以达到应有的深度和厚度。许多从事大学文化研究的学者意识到，大学文化研究已不能仅仅局限在教育学的理论框架内，必须突破原有的学术话语和研究范式的局限。从文化社会学的视角出发，大学文化研究可以而且应当成为社会文化分析与批判的切入点，通过大学文化的研究与分析来把握我们身处其中的社会文化生活。②

新的研究范式，对我们深入研究中国近代文化史具有重要意义。

---

① 罗钢、刘象愚主编：《文化研究读本·前言》，中国社会科学出版社2000年版，第1页。

② 许士密、张应强：《大学文化研究范式的缺失》，《黑龙江高教研究》2007年第10期。

第二章　物质层面的文化转型

物质层面的文化转型，发轫于1861年初。当时留守北京议和的钦差大臣恭亲王奕忻，领衔上奏《统筹全局折》，经过王公大臣会商同意和咸丰批准，正式设立总理各国事务衙门。从此，洋务运动便正式开场。1894年9月，中日甲午战争爆发，洋务派苦心经营十余载的新式陆军和北洋舰队一败涂地，清政府被迫于次年4月签订了丧权辱国的《马关条约》，洋务运动从此宣告破产。

一、物质层面文化转型的原因

19世纪60年代至90年代初，是中国近代史的重要时期，这一时期以太平天国革命运动在帝国主义、封建主义联合绞杀下遭到失败为标志，革命转入低潮。封建统治进一步衰弱，它需要借助洋枪、洋炮和外国侵略势力的帮助镇压革命。帝国主义侵略中国的方式，由单纯武力进攻，发展到从政治、经济、军事、文化、教育、宗教等方面全面地侵略与控制，从60年代开始，逐渐产生了资本主义的生产关系，产生了新的社会力量——资产阶级和无产阶级，阶级关系发生了新变化，商品经济有了进一步发展。中国的物质层面的文化开始有了变革。

（一）近代中西文化的差异

西方文化发展的三个阶段。

第一阶段，从14世纪到16世纪，欧洲文艺复兴时期。以但丁（1265—1321）等人为代表。高举人道主义（人文主义）旗帜，以人为中心。提倡人的理性，反对神性；提倡个性自由，反对封建等级；提倡个人的现世幸福，反对教会的禁欲主义；提倡科学，反对封建愚昧。结果是实现人格的觉醒。

第二阶段，从17世纪到18世纪，以法国“天赋人权”说为中心的阶段。以卢梭等为代表，向封建制度展开进攻，提出“主权在民，主权为民”的进步思想。认为人人生而自由，人人天生平等。

第三阶段，从19世纪初期到中期，以英国的自由主义思想为核心。19世纪初期，以边沁、密尔为代表，提出从利益原则出发考虑个人的自由、国家、政治问题。19世纪中期以后，实证主义和达尔文主义问世后，孔德认为实证主义是一种新的人道主义，斯宾塞用庸俗进化论解释社会发展，强调生存竞争、优胜劣汰，为对外侵略提供了理论依据。

正如近代思想家严复在分析中西文化之异时所指出的那样：“中国最重三纲，而西人首明平等；中国亲亲，而西人尚贤；中国以孝治天下，而西人以公治天下；中国尊主，而西人隆民；中国贵一道而同风，而西人喜党居而州处；中国多忌讳，而西人重讥评。其于财用也，中国重节流，而西人重开源；中国追淳朴，而西人求欢虞。其接物也，中国美谦屈，而西人务发舒；中国尚节文，而西人乐简易。其于为学也，中国夸多识，而西人尊新知。其于祸灾也，中国为天数，而西人恃人力。”①

严复所列举的中西文化的差异，实质上是小农意识与商品意识的差异，小农文化与市场文化的差异。

（二）大炮与西学

西方的造炮术从明末传入中国。清初康熙皇帝对造炮相当重视，火炮在反对沙俄侵略中发挥了重要作用。但从此以后，没有人对它有兴趣，到乾隆时期，西方的军事武器有了进一步的发展，可清军当时却仍在使用弓箭刀矛。1793年英使马戛尔尼来华，送来礼物西瓜炮、铜炮、火枪、西洋船样等29种，而清朝君臣只当作一般“贡品”、“玩好”加以收藏，淡然处之。

英国“船坚炮利”，是当时世界上第一个海军强国。英国的大炮打开了中国闭关锁国的门户，使中国朝野清醒地认识到，为了抵抗英国军事侵略，迫切需要外国军器特别是大炮。1841年8月龚振麟创造铁模铸炮，首先是铸模，其后是铸炮。他还和林则徐筹商，制造了炮车，炮车

① 严复：《论世变之亟》，周振甫选注：《严复选集》，人民文学出版社2004年版，第5－6页。

是四轮车，重炮放置车上，可以前拉后推，炮车上还设置了磨盘，炮在车上能四面旋转，很方便地朝所需方向发射。

鸦片战争之后，西学又复东渐，通过报刊、印书馆、图书馆、洋学堂、医院和学校在中国大地得以快速传播。当时西学的传播，主要集中在以下几个方面：

西学传播的渠道增加了。翻译机构与出版西学书籍的增多，京师同文馆30年间译著200多种，江南机器制造总局的翻译馆在20年间译书160多种。新式学堂聘用外籍教师，洋务企业中聘用外籍工匠、技师，政府官员出国考察，派遣留学生，增加了西学传播的渠道。

西学的内容更广泛。这表现：在工程技术方面，主要是声光电化、坚船利炮；在科学理论方面，主要是生物进化、血液循环；在民主思想方面，主要是天赋人权、社会契约；在政治制度方面，主要是君主立宪、三权分立；在社会风俗方面，主要是父子平权、无男女之大防。

西学的影响更加深刻。从“师夷长技”制夷到后来的学习西方的制度文化、观念文化的变化，步步深入。

（三）体用之争

“体”与“用”是一对古老的哲学范畴，一般说来，“体”是指事物的主体、实质，“用”是指由主体派生，或为主体服务的表现形式。“中学”是指中国的封建文化，“西学”是指资产阶级文化。

人们一般认为，张之洞于1898年5月提出“中体西用”，他是首创者。其实，在这之前，已有多人提出过这一说法。

冯桂芬（1809—1874）近代散文家。字林一，号景亭。江苏吴县人。林则徐的得意门生。道光二十年（1840）进士。冯桂芬在1861年写成的《校邠庐抗议》等一系列政论中，明确提出“采西学”、“制洋器”的主张。他痛感中国“人无弃才不如夷，地无遗利不如夷，君民不隔不如夷，名实必符不如夷”。因此，对西方国家要“始则师而法之，继则比而齐之，终则驾而上之，自强之道，实在乎是”。他的洋务指导思想是“以中国之伦常名教为原本，辅以诸国富强之术”。这个指导思想，不仅成为兴办洋务的纲领，也成为后来流行一时的所谓“中学为体，西学为用”理论的滥觞。

1893年，郑观应在《盛世危言》中指出："中学为其本也，西学其末也。主以中学，辅以西学。"

1896年4月，沈寿康在《万国公报》上发表《匡时策》一文，"夫中西学问，本自互有得失，为华人计，宜以中学为体，西学为用"。

1896年8月，孙家鼐（1827—1909，清末大臣。字燮臣，号蛰生、澹静老人。清安徽寿州今六安寿县人。咸丰状元。1864年提督湖北学政，后屡充考试试差阅卷大臣。1876年，与尚书翁同龢同任帝师）在《遵议开办京师大学堂折》中明确提出"应以中学为主，西学为辅；中学为体，西学为用。中学有未备者，以西学补之；中学有失传者，以西学还之。以中学包罗西学，不能以西学凌驾中学"。

只有"中体西用"的口号，才有可能部分地引进西学；"中体西用"的口号，开始破坏了儒家文化的固有体系。"中学为体，西学为用"的理论是半殖民地半封建社会的产物。它反映了清王朝封建官僚既要维护腐朽不堪的封建统治，又不得不承认物器不如西方被迫向西方学习的矛盾心理。实际上"体"与"用"是统一的，把二者分割开来，将一个属于封建主义的"体"和另一个属于资本主义的"用"生硬地糅合在一起，要求客观事物符合自己的主观想法，这是违反社会发展规律的。

到了制度层面的文化变革时，要求改变封建制度，这时再维护这个"体"，显然是中国文化现代化的阻力。这时，中体西用者又祭出了"西学中源"学。

早期改良派主张兼学西学的"体"和"用"。他们学习西方与洋务派的学习西方是殊途异帜，他们批评"西学为用"是撇开了西学的精髓，丢掉了资产阶级的共和政体这个根本。他们要求把"议政于议院，君民一体"的君主立宪制应用于中国，同时采用船、炮、枪、路、电等方面的"技艺"。他们批判洋务派的"全盘西化"的主张时认为"全盘西化"导致一切东西都来自外国，依靠外国，自己没有自主力，结果只能永远是跟着洋人的屁股后面跑。改良派学习西学的方针是全面学习，变通为用。

严复作为启蒙思想家、改良派，以及作为当时对西方文化和哲学了解比较多的学者，提出了从"体"到"用"都学习西方，以西学代替中学的主张。早期改良派关于用西学代替中学的，兼学西学"体""用"

的主张，固然不够科学，对当时帝国主义的霸权主义的反映本质揭示不够，但它是进步的，因为这些主张在当时既反对了封建专制制度和封建文化，又反对了洋务派企图用西方的科学技术来保护中国的封建专制制度和意识形态，这些主张在当时对于开展学习资产阶级文化起到了积极的作用。

二、物质层面文化转型的兴起

中国物质层面的文化变革缘于各项洋务事业的举办。兴办各项洋务事业的主要推动者在这一时期已经形成人数比较众多的社会集团，在这个社会集团中，作用较大的又可区分为四个群体。

（一）四个群体

一是曾国藩、李鸿章、左宗棠、张之洞等督抚群体，他们有权、有势、有钱乃至有兵，可以影响清廷决策并在自己管辖范围内大刀阔斧兴办各类新式企业。

二是郭嵩焘、冯桂芬、薛福成、马建忠等思想先驱群体，他们在幕府内外影响幕主，参与决策并鼓动舆论。

三是徐寿、华蘅芬、李善兰、徐建寅等科学专家群体，由于他们已走出书斋与实验室，而被委以建厂、办厂等重用。

四是盛宣怀、郑观应、徐润、唐廷枢等经营者群体。

（二）四个内容

一是工业。洋务派在19世纪60年代开始创办军事工业。最早的是1861年曾国藩创建的安庆内军械所，规模较小；1865年李鸿章在上海设立江南机器制造局，用机器制造枪弹、兵船；1865年李鸿章在南京设金陵机器局，1866年左宗棠在福州设福州船政局，制造军舰，成为福建水师的基地，后由沈葆桢接办；1867年崇厚开办天津机器局，后由李鸿章接办。这些企业采用资本主义的大机器生产，其性质仍然是封建主义的，只准官办，不许民办，其产品由国家调拨，不能出售。

军事工业的进一步发展，就需要解决原料、燃料、交通运输等一系列问题，中国旧式土法采掘煤铁，产量极低，远远不能适应军事工业日益发展的需要，单从外国进口煤铁也不能长期维持下去，军事工业的发展，需要火车、轮船等运载工具，靠中国以前人力、畜力运载显然是不能适应的。从70年代开始洋务派又开办了民用工业，主要有：1872年李鸿章在上海设立轮船招商局；1878年他又开办开平矿务局，用机器开采煤矿；1878年左宗棠在甘肃兰州开办甘肃机器制呢厂；1881年开平矿务局铺设唐山胥各庄铁路；1882年李鸿章开办上海机器织布局；1888年他又在黑龙江开办漠河金矿；1890年张之洞在湖北汉阳办汉阳炼铁厂，同年他又在武昌开办湖北织布局、纱纺局、缫丝局、制麻局。这些企业采取官督商办或官商合办的形式，都是资本主义性质的企业。

二是清政府于1861年设立总理各国事务衙门，作为统筹对外一切事务的最高机关。

三是1862年又在总理衙门下面设立了同文馆，挑选八旗13、14岁以下儿童学习外国语言文字。1863年又设立上海广方言馆，1864年设立广州同文馆，学生也是学习外文及少量自然科学，毕业后当翻译，或承办洋务及出国留学。1872年采纳容闳建议派出了第一批留学生，中外文化交流开始有进一步的交流。

四是洋务派从70年代开始着手筹办海军。1884年，南洋水师拥有军舰17艘，福建水师拥有军舰11艘，北洋水师拥有军舰15艘。1885年清政府设立海军衙门，醇亲王奕譞为总理，李鸿章为会办并掌握着实权。1888年，北洋舰队拥有军舰25艘，可惜在1894年中日甲午战争中，由于李鸿章错误思想的指导，全军覆没。

洋务派在“自强”、“求富”的招牌下办了几十年的近代工业，使中国的物质层面发生了一定的变化，对改变中国古老的封建经济结构，刺激新式工商业的发展，传播近代科学技术，加快西学东渐，振荡人们的传统观念，起了一定的历史促进作用，但是洋务派建立与建设的军事工业是非生产性的，这种企业愈发展，愈会给人民生活带来沉重的负担，开办民用企业主要是为封建国家和反动军队筹款筹饷，这些工业都具有对帝国主义的严重依附性，洋务运动的封建性和垄断性，最终使它不能不成为中国民族资本主义发展的障碍。到19世纪90年代，中国城乡出现一片凄凉景象，国家利权不断丧失，帝国主义深入到中国的国土，同封建主义、官僚资本主义结成了三位一体的同盟，共同剥削、压迫中国人民。

三、物质层面文化转型的评价

洋务运动持续的时间长达35年，作为中国近代化的开端，受到史学界的普遍重视。洋务运动是中国近代化的开始，但基本上是失败了，没有把中国改变成为独立的近代资本主义社会，因而引起了对洋务运动不同评价的持续论争。

（一）基本肯定的观点

赵尔巽等编撰的《清史稿》中《曾国藩传》、《李鸿章传》，作者站在清政府封建统治的立场上，对洋务运动和洋务派主要人物的评价很高。商务印书馆1938年出版的蒋廷黻《中国近代史》，该书肯定恭亲王、文祥倡导洋务新政之功，并惋惜洋务运动晚了20年。萧一山在他所著的《清代通史》中，首先表示完全赞同蒋廷黻对于洋务新政晚来20年的感慨。他对曾国藩完全是颂扬、对李鸿章是有褒有贬。中国台湾学者张玉法、吕实强等，称洋务运动为“自强运动”，持基本肯定态度；对洋务派主要人物奕欣、文祥、曾国藩、左宗棠、李鸿章、张之洞等，同样是基本肯定的。

（二）基本否定的观点

中共创始人之一的瞿秋白，在19世纪20年代头几年，即对近代中国早期的社会变动和洋务运动的本质发表了不少精辟的论述。他认为洋务派企图借用西方资本主义的生产技术来维持封建统治。外国侵略势力与中国封建统治者的结合成为官僚资本主义的最初形式。这是中共党人对洋务运动较早定下的否定基调。①

施复亮对洋务运动持基本否定态度。他对洋务企业的评价是：“中国近代企业底创始者，既然是李鸿章、左宗棠、张之洞等大官僚，所以今日中国底新式企业，也还与官僚结有不解的姻缘。中国近代企业底迟迟发达，这亦是一个原因。”②

---

① 杨劲桦：《瞿秋白对中国社会的剖析》，《近代史研究》1982年第4期。

② 施复亮：《中国现代经济史》，良友图书印刷公司1932年版，第35页。

范文澜的《中国近代史》和胡绳的《帝国主义与中国政治》两本书中全面否定洋务运动和洋务派的观点，在50年代占了统治地位。1954年8月，《中国近代史》又出了第9版，范老在说明中强调："《汉奸刽子手曾国藩的一生》是1949年我在延安时写的。曾国藩是近百年来反动派的开山祖师，而他的伪善乔装却在社会上有很大的影响。他的继承者人民公敌蒋介石把他推崇成'圣人'，以为麻醉青年、欺骗群众的偶像。为了澄清当时一些人的混乱思想，所以有揭穿曾国藩这个汉奸刽子手本来面目的必要。这篇文章便是在这种情形之下写出的。现在仍把它附在书后。"

1956年12月，牟安世的《洋务运动》问世，进一步给洋务运动宣判了死刑。该书指出："所谓洋务运动（或称'同光新政'），乃是清朝统治者在汉族地主官僚和外国侵略者的支持下，用出卖中国人民利益的办法，换取外洋枪炮船只来武装自己，血腥地镇压中国人民起义，借以保存封建政权的残骸为目的的运动。毫无疑问，这是一个反动的、卖国的、并以军事为中心的运动。"

（三）两点论的观点

吕振羽1940年发表的《创造民族新文化与文化遗产的继承问题》一文，认为对洋务运动是进步的，又是保守的。他说："洋务运动在本质上并非革命运动，而是封建阶级的一种自救运动……洋务运动在'西学为用'方面，在学习和设立资本主义性质的事业方面，客观上是进步的，而在'中学为体'，在维护封建统治方面，则是保守的、反动的。但由此而开展了'学校与科举之争、新学与旧学之争'。""洋务运动是失败了，但它替戊戌运动开辟了道路。"① 我个人认为，吕先生这一评价，是中肯、全面而正确的，是基本符合历史实际的。

姜铎在《文汇报》理论版1961年12月28日、1962年1月12日和21日连续发表的《试论洋务运动对早期民族资本的促进作用》、《试论洋务运动的经济活动和外国侵略资本的矛盾》、《试论洋务运动中洋务、顽固两派论争的性质》3篇文章。其主要观点：洋务运动在中国近代史

① 吕振羽：《中国社会史诸问题》，三联书店1961年版，第115页。

上的历史地位和作用，既存在反动与消极的一面，又存在进步与积极的一面。文章发表后，引起新中国史学界的一场大论争，在全国各报刊陆续发表和他商榷的文章近50篇，多数不同意他的意见，支持者只是少数人，可见全面否定论的影响之大。1978年党的十一届三中全会以后，洋务运动研究出现了前所未有的新局面。黄逸峰和姜铎在《历史研究》1979年第2期和1980年第6期发表《重评洋务运动》、《要恰当地评价洋务运动的积极作用——答徐泰来同志》等文章，认为洋务运动同时存在进步与反动的两面，而反动的一面则是主要的，不同意称作进步运动。徐泰来在《历史研究》1979年第2期发表《也评洋务运动》一文，认为洋务运动是近代中国的进步运动，和戊戌维新、辛亥革命并列，批评了黄逸峰和姜铎提出的洋务运动反动消极的一面——五个罪恶产物和三大恶果等等。这场新论争，比起60年代，真正出现了百家争鸣的可喜局面。另外，连续召开了八届全国性的洋务运动学术研讨会，还多次召开了与洋务运动有关的人物、单位和事件的学术研讨会。经过历次讨论，使后人对这一历史事件的研究更为客观、公正。讨论者既有共识，也有分歧。21世纪以来，随着研究的深入，学者们能实事求是地评价洋务运动即物质层面文化变革的功过是非，在中国近代化过程中的历史地位和作用，既存在进步与积极的一面，又存在反动与消极的一面。至于哪一面占主要地位，还有不同意见。

1. 积极的一面

第一，物质层面的文化变革，打破了封建传统文化独尊的局面，为近代文化吸纳先进文化与文化重建创造了先决条件，使学习西方改造传统文化进入了新的层面。物质层面的文化变革是中国从封建社会走向资本主义近代化的开端，也是中国从闭关自守走向改革开放的开端，是近代中国的重大历史事件。物质层面的文化变革虽然失败了，但它揭开了近代中国工业革命的序幕，加快了中国迈向近代现代化的进程，引起了近代中国社会各个领域的变化，[1] 是中国人民探索实现现代化的开始。[2]

第二，物质层面的文化变革，促使中国的工业、科学技术发生了飞

① 李广成：《试论洋务运动与中国近现代化》，《齐齐哈尔大学学报》（哲学社会科学版）2003年第3期。

② 谢晓雯、雷忠：《试析洋务运动的思想与实践》，《社科纵横》2007年第10期。

跃性的变化。表现在30多年间，相继开办了几十个近代化的工矿企业，产业分布比较齐全，拥有工人4万人左右。初步改变了我国交通运输落后的状况。建立了近代化的海军，开设新式学堂和派遣留学生等等，促成了我国近代教育的产生。打破了封建社会的窒息局面，引进了西方资本主义一部分新的生产方式，对于近代中国的发展起了一定的作用。这些为民族资本主义的成长开辟了道路，初步奠定了近代文化的物质基础。

第三，物质层面的文化变革，使思想观念发生了变化。清政府建立外交机构、开办同文馆、派遣留学生、兴办机器制造工业、设立译书局翻译西书等重大政策调整和举措，导致人们的思想观念发生很大变化，由卑洋、拒洋，转而学洋、通洋。其时创办的众多报刊对文学作品产生广泛需求，此前仍保留着古代传统面貌的小说理论批评发生新变化，开始引进、借鉴西方小说理论。① 几千年的传统观念是“重农轻商”、“男耕女织”，现代化“大机器”从外国引进，逐渐引起人们思想观念的深刻变化。同时，现代化大机器的生产也逐渐引起中国农耕社会的深刻变化。

第四，物质层面的文化变革，使封建的个体手工业生产相形见绌，引起人们对封建制度开始怀疑。洋务派与顽固派的论争，在一定程度上表现了对封建传统思想的否定。洋务派中也分化出资产阶级改良派，说明它在一定程度带来了一次思想解放，冲击了封建思想。“化西为中”，启动于物质层面的文化变革。它一方面将自己的支点建立在具有悠久文化传统的中学的“致用”基础上，一方面将另一个支点奠基在西学的“实用”价值上，从而发挥了沟通中学西学的桥梁作用，并由此引发了传统中学的近代转型②，发挥了近代文化启蒙作用。③

2. 消极的一面

第一，固有“中学为体、西学为用”的指导思想，拒绝变革封建政

① 刘良明：《洋务运动与近代小说理论批评的新变》，《武汉大学学报》（人文科学版）2002年第3期。

② 王先明：《洋务运动与传统中学的近代转型》，《天津社会科学》2004年第2期。

③ 汪林茂：《洋务运动再探讨：近代文明规律下不自觉的文化启蒙运动》，《江海学刊》2004年第4期。

治制度和意识形态，不愿改变旧的生产关系。这从根本上制约了洋务运动进一步发展。

第二，衙门化的管理制度、封建官僚的贪污浪费使洋务企业生产效率低、资金周转困难，很难扩大再生产，甚至生产都难维持。

第三，官督商办的民用企业，对内压抑了民族资本主义企业的发展；对外则明显表现对外国势力的依附。

物质层面的文化变革的失败，证明了一个经济落后的国家要改变面貌，必须要学习外国，但必须要维护民族独立和国家主权，同时也要进行政治制度的变革。否则，国家的富强，就永远只是一个空想。

第三章 制度层面的文化转型

甲午战争失败以后，宣告了我国历时30余年的“洋务运动”即物质层面的文化转型告一段落。中国知识分子开始透过西方文化器物层面的“船坚炮利”，侧重于探寻其内里的制度层面的现代意义，于是有了改革制度的时代要求。制度层面的文化转型，包括戊戌维新、清末新政、辛亥革命等相关内容。

一、戊戌维新研究

戊戌维新又称“百日维新”、“戊戌变法”，1898年（旧历戊戌年）由资产阶级改良派所领导的一场政治、经济、文化改良运动。

（一）维新派的文化主张

为了阐明变的哲学，维新派从儒家经典中搬来了依据，主张对制度层面进行全面革新。政治方面，主张改封建君主专制制度为君主立宪制度；经济上主张发展资本主义工商业，实行预算决算；文化方面，学习西方的先进技术，奖励科学发明，废除八股。

1. 原　因

物质层面文化变革的失败。道光、咸丰以来，中国在西学东渐的逼迫下走上了现代化的变革之途。甲午战败，宣告了历时30多年的“洋务运动”及“中体西用”路线的破产。中国知识分子开始透过西方文化器物层面的“船坚炮利”，探寻其内里的制度层面的现代意义，于是有了改革制度的时代要求。清末的维新变法运动，是中国现代化运动从“师夷制夷”的技术引进走向传统体制变革的开端。“唤起吾国四千年之大梦，实自甲午一役始也”。①

---

①《梁启超全集》第1卷，北京出版社1999年版，第234页。

民族危机的加深。《马关条约》签订后，帝国主义加快了争夺中国的步伐。从商品输出到资本输出、从政治贷款到掠夺在华利权、从强租海港到划分“势力范围”，掀起了瓜分中国的狂潮，中华民族陷入空前危机之中。“救亡”成为压倒一切的时代课题，只有变革图存才是中国的唯一出路。而资产阶级的成长及其知识分子代表意识形态的转换，即把甲午战争后的中西“撞击”体会为对中国传统政治和文化结构的全面挑战，则是戊戌年间政治嬗变的基本前提。

知识分子的觉醒。早在甲午战争之前，一代较为开明的知识分子如王韬、郑观应、陈炽、马建忠、薛福成、何启、胡礼垣等人，经过一段对自身的观察和实践的反思之后，开始从传统封建士大夫中分离出来，实现了对洋务派的超越，成为早期维新派。70 年代中后期，他们先后发出实行“君民共主”的呼吁，要求仿行泰西各国“无论政治大小，悉经议院妥酌，然后举行”[①] 的良法，这是近代中国宪政思想的萌芽，也为戊戌维新准备了思想基础和理论依托。

2. 理论基础

维新派文化主张的理论基础是传统的今文经学和英国哲学家斯宾塞庸俗进化论。康有为“主张渐进，但不反对飞跃，他从局部改革入手，最终走向全变的震撼”。[②] 其代表作是《新学伪经考》和《孔子改制考》。康有为正是汲取了今文经学“变”的哲学，糅合了“三统”、“三世”说，基本上构成了一个比较完整的思想体系。

康有为（1858—1927），原名祖治，字广厦，号长素，广东省南海县人。他年少时曾受过严格的儒家正统思想教育，但他尊崇今文经学，讲究经世经用。他在 1879 年曾“薄游香港”，直接接触了西方的物质文明，并涉猎西学书籍。1888 年，他赴顺天乡试，向光绪皇帝写了长达 5 000多字的《上皇帝书》，请求光绪帝“变成法、通下情、慎左右”，以挽救国家的危亡。他虽没有提出具体的变法方案，但强调中国如果变法，“十年之内，富强可致，至二十年，久道化成，以恢属地而雪仇耻不难矣”。[③] 此次上书虽未能递到光绪帝手中，但却在一些具有维新思想

① 王韬著：《弢园文录外编》，上海书店出版社 2002 年版，第 56 页。

② 何金彝：《康有为的全变思想和创造进化论》，《社会科学战线》1995 年第 6 期。

③ 《康有为全集》第 1 集，上海古籍出版社 1987 年版，第 360 页。

的爱国人士中传诵，产生了一定的社会影响，康有为也因此获得了一定声誉。

1890年，康有为在广州长兴里创办万木草堂，一面招收学生讲学，培养维新骨干；一面著书立说，阐发维新思想。在这一时期，康有为先后撰写了《新学伪经考》、《孔子改制考》，成为他主张变法维新的重要理论基础。

《新学伪经考》是康有为撰写的第一部关于变法维新的理论著作，于1891年刻版刊行。在这部书中，他把东汉以来被封建统治者视为经典的古文经称为“伪经”，是王莽的国师刘歆为迎合王莽篡夺西汉政权而伪造出来的。这部书虽不是一部严格意义上考证著作，但是它从学术的角度批判了古文学派的陈腐教条和守旧的学风，同时批判了“祖宗之法，莫敢方变”的保守思想。所以，梁启超称此书是“思想界之一大飓风也”。[①] 这部书遭到顽固派的猛烈攻击，清政府也曾两次下令严禁流传。

《孔子改制考》写于1892年，1898年刊行。其主要内容是从资产阶级改良主义的政治要求出发，附会公羊学派的学说，称历史发展趋势分为“据乱”、“升平”和“太平”三世，“据乱世”是指君主专制时代，“升平世”为君主立宪时代，“太平世”则是民主共和时代，并将孔子称为古代主张“改制”的“圣人”。这部书不仅宣扬了社会历史不断进化的理论，而且借孔子的地位来论证变法的合法性。《孔子改制考》和《新学伪经考》的出版，使康有为的变法思想得到了广泛的传播，也进一步奠定了维新派进行变法的理论基础。

维新思潮最终发展成为一场政治运动，则是以康有为领导的“公车上书”为起点。“公车上书”后，会试揭晓，康有为中了进士第五名，授任工部主事。同年5月和6月，康有为又连续两次上书，不仅进一步强调变法的必要性，而且明确地提出了开议院的主张。康有为的第三次上书，终于递到光绪帝手中，得到他的赞许。光绪帝对变法主张的重视，给维新派带来很大的希望。光绪帝是一个具有爱国思想且支持改革的年轻皇帝，同时也长期受到西太后的压制，他希望通过变法改变国弱

① 梁启超：《清代学术概论》，东方出版社1996年版，第70页。

民贫的处境，并达到从西太后手中夺取统治大权的目的。然而，光绪帝势单力孤，无力与西太后所代表的顽固势力抗衡。所以，维新派并没有把自己的活动完全局限于和帝党的联系上，而是争取更多的士大夫和知识分子支持并参加变法，他们在各地兴起了宣传变法的浪潮。由于维新派的倡导，北京、天津、上海、广州、湖南等地都创办学会、学堂和报纸，使变法思想得到更广泛的传播。

3. 文化主张

为了阐明“变”的哲学，维新派从儒家经典中搬来了依据。康有为的《新学伪经考》、《孔子改制考》、七上皇帝书和《戊戌奏稿》；梁启超的《变法通议》；谭嗣同的《仁学》；严复的《天演论》和其他文章，都无不糅合西方资产阶级政治学说的自由、民主、平等观念，把“变”与历史进化论相结合，使“变”与“新”相连，以期革故鼎新，救亡图存。这便是维新派实行变法的理论依据，也是他们同顽固派和洋务派进行论战的思想武器。在中西文化剧烈撞击的现实面前，维新派自觉地转换视角，一反过去用中国传统文化去解释、同化西方文化的思维方式，而以西方文化为立足点，对中国传统文化进行检省和批判。他们以自然界的“新陈代谢”法则和中国历代典章制度的变化为论据，提出“祖宗之法”必须随着时代变迁而有所改变。于是，一切问题均被纳入“求变”的纲领之下。主张对制度层面进行全面革新，其内容涉及政治、经济和文化诸领域。

政治上，改封建君主专制制度为君主立宪制度，这是维新派制度变革主张的核心内容。他们主张实行君主立宪，学习和仿效西方的议会制度，使民族资产阶级参与政权，并提出开议院、兴民权的主张。主张动摇其封建专制赖以依存的理论基石，即破除传统文化中的纲常名教，代之以君主立宪政体赖以依存的西学。

经济上，主张以资本主义经济制度代替封建经济制度，“奖给”和“保护”民营资本主义工商业，以便使中国走上资本主义道路。

文化上，提倡进化论，提倡“诗界革命”、“小说界革命”、“史界革命”，创造新文体和“新史学”。社会文化方面，设报馆、立学会。思想启蒙方面，戊戌启蒙的核心内容是“开民智”、“开绅智”和“开官智”。教育方面，提出废除科举，兴办学堂。

兵制方面，维新派主张在兵制方面进行革新，实行征兵制，整顿国防，创办军事学校，“练兵以成下之势”，加强边疆地区的防卫能力等。

总之，维新派借鉴西学，重新解释中国的文化传统，在中西文化之间寻求相互结合的可能性，是我国思想文化史上一次重大的历史转折。虽然维新派的主张也存在诸如庸俗进化论等这样那样的缺陷，但由他们所倡导的维新运动，是中国历史上第一次资产阶级启蒙运动，是一次空前的思想大解放。从此，中国古老的封建文化的统治地位，在西学和新学的冲击下，开始从根本上发生动摇。在新旧思想、新旧文化的撞击中，中国社会思想文化结构发生了前所未有的变化。

4. 历史地位

戊戌维新运动在推行不过103天就夭折了，但它进行了第一次较为全面的资本主义现代化的社会动员。它继承和发展了洋务运动开启的现代化事业，可以作为中国政治现代化进程的逻辑起点。

戊戌维新运动，开启了中国文化内在结构的更新。科学与民主的启蒙的始作俑者不是五四运动，而是戊戌变法。维新派兴办西学，从理论和实践上把西学作为价值观、方法论来对待，开始冲破“中体西用”的知识框架，提出了全新的以“中西汇通”（即中西文化冲突是以融合的面目出现）为特征的近代知识体系，实行了中国文化内在结构的更新。戊戌维新还为后来的经济变革打下了重要的思想和社会基础，并带来了当时社会生活和思想观念的变革；从历史主义的视角来看，没有戊戌维新的政治改革和思想解放，就不可能有辛亥革命，没有辛亥革命结束封建帝制建立共和，也不会有中国共产党的诞生以及党所领导的革命和新中国。①

在社会建构上，它引发了现代团体活动和意识。“戊戌变法时期形成的较完整的西学观、教育观、国家观以及近代资产阶级知识分子群体对中国近代社会产生了深刻的影响，有力地推动了中国社会的近代化和全面进步，从而主导了中国近代社会的构建。”②

---

① 王毅：《戊戌维新与晚清社会变革——纪念戊戌变法110周年学术研讨会综述》，《清史研究》2009年第2期。

② 冯君：《戊戌变法与中国近代社会的构建》，江西师范大学学报（哲学社会科学版）2002年第4期。

在经济秩序上，它初步建立了资本主义经济伦理。

维新派与洋务派相比较，在改革动因、改革思想、改革目标等方面，维新派是主动的、创新的、明确的，洋务派是被动的、保守的、含糊的，这说明维新派比洋务派前进了一步。戊戌维新与清末“新政”的关系，有一定的承继性，其理论基础是基本一致的。戊戌维新对资产阶级革命派有一定的影响。维新派领袖康有为以“大中国观”反对狭隘民族主义，导发了一场思想大论战。通过论战，革命派接受了“大中国观”，清算了“民族复仇”和“满汉分治”等错误主张，放弃了有严重副作用的“驱除鞑虏”的口号，形成了巩固中国统一、民族平等的“五族共和”方针。①

长期以来，戊戌维新一直被认作是一次改良主义性质的运动，从而贬低了它的历史地位。这一提法源自范文澜的《中国近代史》一书，自他提出“第一次改良主义运动——戊戌变法”的命题后，此论风行全国，覆盖一切近代史著，“改良主义——此路不通”，改良主义必然软弱妥协和失败，“改良主义是资产阶级用来反对工人运动和社会主义革命的手段”，② 几乎成了家喻户晓的著名公式。20 世纪 80 年代初，学术界结合故宫博物院发现的一批康有为戊戌奏议与书稿，展开了戊戌维新性质的讨论：将改良或改良主义的提法，称之为改革、维新、变法，19 世纪末中国资产阶级的改革运动，或称之为一次非爆发性的不彻底的不流血的革命等。

5. 失败的原因

维新派领导维新运动的主观失误。维新派低估了改革的艰巨性、复杂性和长期性，妄图短期内实现全变、大变、急变，变法路径侵犯了许多人的利益，使得变法遭遇了巨大的反作用力而归于夭折。维新派卷入了孔子改制与古今文经学的纷争，由于全变尽变指导思想导致战略上的失宜，而浮躁急切的心理又造成策略上的不当，这些都给变法事业带来了诸多负面的影响。康有为政治经验不足、领导能力的有限应该为维新失败负一定责任；人才储备不足，社会经济也不能造成变革的力量，也

① 何志虎：《康有为的“大中国观”与革命派放弃“驱除鞑虏”口号》，《史学月刊》2000 年第 5 期。

② 陈旭麓：《中国近代史上的革命和改良》，《历史研究》1980 年第 6 期。

是失败的原因之一。[1] 康有为不恰当地介入光绪与慈禧之间的斗争，并实行所谓“尊帝讨逆”的策略是戊戌维新失败的重要原因。

儒学情结导致了维新运动的悲剧。

有人赞成梁启超提出的许多有别于世人的观点：即变法本身没有错，问题的根本在于没有将他们的变法主张贯彻下去，除旧而不布新，变法而不变人，再加上光绪皇帝无权、守旧官僚反对，就无法使变法获得成功。[2] 维新派将变法希望寄托在实力弱小的光绪帝上，与力量强大的后党发生了权力冲突，选择了错误的改革“庇护”从而导致了维新的失败。

（二）戊戌维新的评价

1. 新的观点

新观点，是相对于传统的观点而言的。1947 年，华北新华书店印行范文澜著的《中国近代史》上册，这是一部马克思主义权威性中国近代史著作，它以中国人民的反帝反封建斗争为主要线索，给予戊戌变法以很高的评价，提出了许多经得起时间检验的科学论断。1958 年戊戌变法 60 周年之际，我国史学界于 9 月 28 日在北京召开了“戊戌变法六十周年学术讨论会”，提交了一批有学术价值的论文，分别发表在《人民日报》、《光明日报》、《历史研究》上，并结集为：吴玉章等著《戊戌变法六十周年纪念论文集》，中华书局 1958 年出版。由侯外庐主编的《戊戌变法六十周年纪念集》，科学出版社 1958 年出版，也对戊戌变法的思想和人物作了比较实事求是的深层次学术探讨。这两部论文集，反映了我国学术界对戊戌变法的初步肯定。戊戌变法在当时的历史条件下有进步作用：此次变法是中国知识界的一次思想解放；维新派承担起挽救民族危亡、发展资本主义的两大社会任务，是中国资产阶级发动政治运动的开始；具有一定的反帝性质，成为中国人民反侵略斗争的一个里程碑；其领袖人物康有为、梁启超、谭嗣同等是 19 世纪末叶中国杰出的思

① 王毅：《戊戌维新与晚清社会变革——纪念戊戌变法 110 周年学术研讨会综述》，《清史研究》2009 年第 2 期。

② 李喜所：《梁启超对戊戌变法的反思——兼评百年来学术界对变法失败原因的考察》，《新华文摘》2001 年第 9 期。

想家、政治家。

全盘否定阶段始于十年“文化大革命”期间。1967 年 4 月 1 日，戚本禹在《人民日报》发表爱国主义还是卖国主义？——评反动影片《清宫秘史》一文中说：“反动影片《清宫秘史》，是一部所谓历史题材的影片，写的是清代末年戊戌变法运动和义和团斗争，它公开站在帝国主义、封建主义和反动资产阶级的立场上，任意歪曲历史事实，美化帝国主义，美化封建主义和资产阶级改良主义，歌颂保皇党，污蔑革命的群众运动和人民反帝反封建的英勇斗争，宣扬民族投降主义和阶级投降主义。”戚本禹对戊戌变法采取历史虚无主义和文化虚无主义的态度，其政治批判的方法也是形而上学的。他说：“戊戌变法运动的代表人物，他们本身就是剥削压迫劳动人民的统治者，他们改良主义的目的从来不是也绝不可能是为了人民革命的利益，而是为了更好地剥削人民和巩固他们的统治。”

1978 年党的十一届三中全会以后，学术界以实事求是的态度研究戊戌变法，并给予公正的评价。学术界公认戊戌变法在当时的历史条件下有进步作用：此次变法是中国知识界探索救国救民真理的一次爱国运动，是资产阶级的思想启蒙运动，也是早期现代化的社会动员；这场维新运动，开阔了知识分子的眼界，提高了他们参与政治的热情，对封建制度的批判和抨击，也加速了清王朝的崩溃，有利于资产阶级革命思想的传播，对中国政坛后来的改革产生了深远的影响。

（1）戊戌变法的性质。戊戌变法不是一场严格意义上的君主立宪。判断戊戌变法的性质，必须明确：维新派是否力图限制君主权力；维新派设计的制度是否旨在限制君权；戊戌变法是否以规范君权行使为目标。维新派从理论上认为中国在当时设立议院的时机尚未成熟；制度局等机构并非旨在限制君主权力；百日维新期间也没有立宪举措。[1]

（2）传统观点认为：慈禧是顽固派，慈禧与光绪百日维新期间之争是维新与守旧之争，慈禧发动戊戌政变是守旧派与维新派之间派系之争、权力之争。这些观点值得商榷，慈禧不是顽固派，慈禧光绪百日维新期间之争不是维新守旧之争，而是变法方式、变法速度之争；慈禧发

① 刘劲松、朱福惠：《戊戌变法的性质是立宪吗?》，《福建论坛》（人文社会科学版）2007 年第 8 期。

动戊戌政变，不仅仅是夺权，更重要的是要维护清王朝封建统治的稳定。①

(3) 学者都考察了戊戌维新运动在中国近代化历史进程中的意义。例如：康有为的思想有力地推进了近代的中西会通工作，并使其有关社会政治改革的思想具有巨大的原创性，使他成为中国近代化的重要先驱者。康有为政治改革思想及其实践在中国近代政治文明构建过程中所起的奠基作用。② 光绪皇帝是戊戌变法中举足轻重的人物，从实行变法的动机到变法的内容以及变法的效果来看，他的行为都顺应了历史发展的潮流，是值得肯定的。戊戌变法期间允许司员士民不受限制地向皇帝上书，这是一项重大改革的举措。另外，报刊、学校、学会的出现，是中国思想文化由传统过渡到现代的起始点。

(4) 新的角度。有的学者将日本的明治维新与中国的戊戌变法进行比较研究。日本明治维新与中国戊戌变法两项变革一成一败，结果截然不同。两国变革主体及其力量差异是变革成败的重要原因。③ 两国对待西方文化的态度不一样。④ 还有学者研究了日本政府对于戊戌变法的观察与反映，以及对汤志钧著《戊戌变法史》(修订本) 一书提出批评的意见。

2. 关于"公车上书"的争论

关于"公车上书"，《高级汉语辞典》是这样解释的：1895 年 (清光绪二十一年) 4 月，清政府在中日甲午战争中失败，派李鸿章赴日签订不平等的《马关条约》，引起全国人民的反对。是年，康有为在京会试，他号召各省举人 1 300 余人联名上万言书，提出拒签和约、迁都抗战、变法图强三项主张，震撼全国。史称"公车上书"。

1999 年 7 月，《光明日报·书评周刊》根据姜鸣《被调整的目光》一书中《莫谈时事逞英雄：康有为"公车上书"的真相》一文，刊出了《真有一次"公车上书"吗?》，根据黄彰健、孔祥吉、汪叔子、王凡等

---

① 郭铁桩：《慈禧太后与戊戌变法》，《沧桑》2008 年第 6 期。

② 龚郭清著：《近代中国政治文明的构建——戊戌维新时期康有为政治改革思想研究》，社会科学文献出版社 2007 年版，第 1 页。

③ 冯帆：《从改革主体看中日改革的差距—明治维新与戊戌变法成败缘由新探》，《湖北社会科学》2009 年第 5 期。

④ 靳勇：《浅谈戊戌变法与明治维新成败之比较》，《才智》2009 年第 9 期。

质疑康有为发动“公车上书”问题的研究成果，指出当时反对《马关条约》的主要是官员，而举人们的上书也未受到阻碍。康有为写此上书的目的，很可能一开始就准备在上海发表，由此而制造了一个大骗局。这篇文章在社会上引起众多议论。2006 年，姜鸣再版《被调整的目光》一书，改名为《天公不语对枯棋》，他用自证、它证、反证的方法，论证这件事其实相当可疑，坚持认为康有为发动“公车上书”是一场大骗局。作者得出的结论是：那天肯定没有出现过 1 300 名公车到都察院游行示威并且被拒的事情。当时上书反对签订条约的远不止公车们，先是大批现职官员从 4 月 14 日就开始接连上奏，4 月 30 日起，都察院每天都有大批举人上书，仅 5 月 2 日那天，就接到七省举人的八批公呈，签名者 342 人，这样转奏到 5 月 8 日才结束，上书总量 31 件，签名者 1 555人，其中梁启超领衔广东举人 80 人上书，只是诸多上书中的一件。所谓康有为发起的“公车上书”作为“历史事件并不存在，顶多只能称作‘公车集会’或‘公车拟上书’而已。”

汤志钧针对姜鸣的观点，在《光明日报》上发表反驳文章《公车上书答客问》，引用《汪康年师友书札》、天津《直报》等材料，指出当时确有“公车上书”一事。2003 年，汤志钧出版《戊戌变法史》（修订本），对于“公车上书”，坚持自己在初版本中的意见：“康有为这一次上书，都察院以清政府已在‘马关条约’上签字，无法挽回，拒绝接受”。

2005 年北京大学历史学教授茅海建先生在《近代史研究》第 3 期和第 4 期上发表《“公车上书”考证补》，根据中国第一历史档案馆所藏档案及其已公开发表过的档案文献，从政治决策高层的角度，重新审视公车上书的背景、运作过程及其影响力。其观点是：“公车上书”是有两个不同的概念，一是由政治高层发动、京官组织的上书，其数量多达 31 件，签名的举人多达 1 555 人次，且上书已达御前；另一个是由康有为组织的 18 行省举人联名上书，那是一次流产的政治事件。而且康有为组织的 18 省联名上书，并不是都察院不收，而是康有为根本没有去送（又一说：都察院以《马关条约》已经签订，无法挽回为理由，拒绝接受）。由此学术界进行了广泛而激烈的讨论，并且对“公车上书”进行了进一步的审视和研究。

2007 年，房德邻对此作出有针对性的辩驳。他们辩难的主要内容如下：

第一，谁是“公车上书”的发动者？茅文认为，军机大臣翁同龢等“政治高层”是“公车上书”的真正策动者，目的是利用下层舆论来迫使光绪改变同意割地议和的主意。而房文认为，不能说上书是由翁同龢等政治高层发动的。

第二，“公车上书”是否由文廷式等京官暗中策动和组织？茅文认为，翁同龢等政治高层只是向外泄露消息，但他们并不具体策动举人上书，具体策动者是文廷式等级别较低的京官。房文认为，32 起举人上书，没有一起是由京官策动和组织的。

第三，康有为是不是“公车上书”的领袖？茅文认为：“汪叔子先生、王凡先生 1987 年的论文即已对此提出‘三阶段’，以说明此中的变化层次。康氏‘公车上书’的事实，被康、梁派一次又一次地涂抹，色彩越来越靓丽，情节越来越戏剧化也越来越容易引起治史者的兴味。”“康有为《我史》中关于‘公车上书’的记录，多处有误，很不可靠。如从政治高层的决策过程去观察细部，可以十分明显地看出其牵强与张扬，许多戏剧性的情节，似为其想象。叙史者若加引用，需得处处小心。”房文认为，康有为是公车上书的当之无愧的领袖。

针对房德邻等的观点，2007 年，茅海建发表《史料的主观解读与史家的价值判断一文》作出回应，该文引用总理衙门章京上书、刘大鹏日记以及“康有为自写年谱手稿本”等材料，并解读《直报》的报道，进一步说明自己在《“公车上书”考证补》中的观点。这是近年来关于“公车上书”的又一次重要论战。

3. 研究的思考

一般的学者都注意到了戊戌维新运动在中国近代化历史进程中的意义，而且比较细致地从各方面进行考察和研究，但还没有学者从反面考察，即考察戊戌维新运动的失败对中国近代化进程的负面影响。通过对戊戌维新运动失败教训、面临阻力的研究，能够为今天的改革、建设提供理论借鉴。康、梁等人不过是些学者或知识分子，在朝中没有实权，连个地方实力派都不如，康、梁挽救民族危亡的急切之心的同时，是否在戊戌变法中有操之过急或失策的一面？从人际关系的角度研究戊戌维新运动人物，如何处理民权、绅权、皇权的关系。戊戌维新运动对我国经济、社会生活的影响何在？①

二、清末新政研究

清末新政，过去指1901年至1905年，清政府为挽救其衰亡，应付各派政治力量的需要而实行的新政。内容主要有：编练新军；筹饷；废科举兴学堂；改革官制，整顿吏治；振兴商业，奖励实业。

20世纪90年代以来，清末新政研究的下限延伸到1906年至1911年之间的预备立宪。理由是：1901—1905年的新政与预备立宪代表了清末新政的两个阶段。第一阶段新政主要是在非政治领域推行，第二阶段则以政治新政为主。显然第二阶段新政是第一阶段新政的扩大、深化和发展。现今人们大多把它们统称为“清末新政”。当然仍有学者沿用过去的划分方法或其他概念。

（一）清末新政的原因

1. 帝国主义对中国侵略的加深

帝国主义列强凭借《辛丑条约》，主要用“政治、经济、文化等比较温和的形式”。② 首先，列强加强对清政府的政治控制。其次，在经济上进一步加强对华经济掠夺。最后，在文化方面，帝国主义列强通过条约特权继续扩大对中国的文化渗透。在清王朝最后的10年中，在列强的政治侵略、经济侵略、文化渗透和政治控制下，中国的民族危机进一步加深。

2. 慈禧太后的作用

统治阶级通过立宪以求自强，摆脱弱国地位，避免亡国亡种的危险。从大背景上看，内忧——义和团运动、灾荒，外患——列强侵华，二者合力致使清廷内外交困，为保立而被迫作变。慈禧的思想认识有求新、自强的一面，这导致她为卫权而图谋进取。

① 王毅：《戊戌维新与晚清社会变革——纪念戊戌变法110周年学术研讨会综述》，《清史研究》2009年第2期。

② 《毛泽东选集》第1卷，人民出版社1991年版，第296页。

3. 康有为“托古改制”理论的影响

康有为的“公羊三世说”，“托古改制”理论具有很大的灵活性，妥协中也见高明，也有利于消除慈禧推行新政的思想顾虑，是诱使慈禧这一传统人物于不知不觉中同传统背道而驰的重要因素。

（二）清末新政的内容

清政府自1901年起，诏令推行“新政”。1901年4月，清政府成立了以奕劻、李鸿章、荣禄等6人负责的督办政务处，正式实行新政。

1. 1901—1905年的“新政”

政治上，改革官制，裁减冗员，改革刑律。在设置新的中央机构方面，1903年设商部，后与工部合并，改为农工商部。同年设立练兵处，后改为陆军部，负责新军指挥与训练。1905年又增设巡警部和学部。同时，先后裁撤了河东道总督，云南、湖北和广东三省与总督同城的巡抚以及詹事府、通政司、太常寺、术仆寺、光禄寺、鸿胪寺等衙门。1902年5月，刑部侍郎沈家本和驻美公使伍廷芳“参酌各国法律”，对《大清律例》进行修改，废除了凌迟、枭首等酷刑。地方官考核制度发生两方面的变化：一方面，原有“大计”制度内部调整，包括制定新设职官的考核办法、增加“大计”考核内容等；另一方面，为适应新政改革需要，制定了考核州县事实制度，考核形式、考核内容、奖惩等方面都体现出新变化。①

经济上，提倡振兴商务，奖励创办实业。主要是为工商业的振兴立法，给予兴办实业卓有成效者以奖励。1903年，清政府陆续公布了《商律》、《公司注册试办章程》、《商会简明章程》、《奖励公司章程》以及《矿务章程》、《试办银行章程》等。在这些章程中，清政府宣布自由发展实业为合法，承担了保护投资者利益的责任。它在保障工商者权益和提高工商业地位方面起了一定的作用。在大中城市中，新的绅商阶层开始崛起，这些绅商不仅跻身于传统的士绅之列，并有取代士绅的传统地位之势力。清末的农业改革在人才培养、品种改良、土性辨别、科学技术应用等方面都进行了一定的努力和尝试，尽管由于诸多原因，取得的

① 薛刚：《清末新政与地方官考核制度变化》，《历史教学》（高校版）2009年第3期。

成绩仍很有限，但它开始了中国农业近代化的历程。①

文化教育上，废科举，兴学校。1901 年清政府通令各省书院一律改为大学堂，各府州县学改为中、小堂，并多设蒙养学堂。1903 年颁布各类学堂章程，统一全国学制。1905 年废除科举制度，同时在京师设立仕学院、进士馆、各省设立课吏馆。此外，令各省派遣官费留学生，鼓励自费留学。学成回国，经考核后分别赏给进士、举人等各项出身。清末新政期间的一系列改革使传统儒学失去了制度上的保障，以封建纲常伦理为核心的旧文化逐渐被以民主和科学为核心的新文化所替代。

军事上，改革兵制，扩编新军。中日甲午战争（1894）后，鉴于参战的湘军、淮军等溃散无力，清政府采用德国人汉纳根山建议，胡橘芬依照西法在天津附近的马厂编练新军，后移小站，名定武军。不久，由袁世凯接办，将定武军易名为新建陆军。其武器装备全用洋枪洋炮，编制和训练仿效西方军队，故称新军。1901 年，清政府下谕停止武举，令各省筹建武备学堂，并决定裁汰 20% 至 30% 的绿营和防勇。光绪三十一年（1905），清政府决定在全国编练新军 36 镇。将军队分为常备、续备和巡警等军。至辛亥革命前，已编成 13 镇，连混成协在内全国共 26 镇，每镇官兵 12 512 人，由步、马、炮、工、辎重等兵种组成，设统制率领。镇下分协、标、营、队、排、棚，分别由协统、标统、管带、队官、排长和正、副目率领。平时以 2 镇为 1 军，战时则根据情况，或以 3 镇为 1 军，或合数军为一大军，由总统或军统率领。在这一过程中，袁世凯不仅控制全国练兵权，而且直接控制拥有先进武器装备、训练有素的“北洋六镇”，成为清末拥有重兵的权臣。但是，新军的军官和士兵多由相当的文化知识，比较容易接受新思想。他们在革命知识分子的宣传下，不少成为反清革命的重要力量。

2. 清末预备立宪的主要内容

清政府的“预备仿行宪政”是由内外形势所迫宣布实行的。外部的威胁是资产阶级革命党人在各地的理论进攻和武装起义。1905 年中国同盟会的成立，革命有了统一的领导核心，并正式提出了资产阶级民主共和国纲领，树起了三民主义旗帜。资产阶级的分权理论对清王朝的专制

① 吴春梅：《清末新政时期的农业改革》，《中国农史》1999 年第 3 期。

政治提出了挑战。内部的压力是统治机构中主要是汉族官员中对满洲贵族的专权日益不满，主张立宪，要求分享统治权力。以慈禧为首的大清王室感到不能再照旧统治下去了，于是宣布预备立宪，派大臣出外所谓考察宪政，又设总核官制大臣，置宪政编查馆，其主要内容有：

模仿资本主义国家的办法改组内阁。由军机处和原来的内阁改并为新内阁，宣布要由内阁执掌实际的政务以作为君主立宪政体的最高行政管理机关。

调整和增设中央各部。1906 年，清政府将原先的 10 部调整为外务、吏、学、民政（以巡警部并入）、度支（由户部改）、农工商（商部并入）、陆军（由兵部改，以太仆寺并入）、法部（由刑部改）、礼部（以太常、光禄、鸿胪三寺并入），另新设邮传部和理藩部共 11 部。

其他中央机关的变动。除各部及其所属单位外，清王朝对其他中央机关也作过不少改变，合并或增设了若干单位。

地方机关的变更。清末对外省省属的司、道一级的官制也陆续作了一些调整。

建立所谓民意机关。在中央设资政院，在各省设咨议局，分别从名义上作为全国或各省的民意机关。

君主立宪制是清政府在受到革命浪潮的冲击，眼看帝国大厦将倾时，企图以此自保而采取的措施，它不能阻挡革命运动的步伐，清王朝灭亡已成不可逆转之势，在革命的洪流中诞生了中华民国。

（三）清末新政的评价

20 世纪六七十年代，由于程度不同地受教条主义和“左”倾思潮影响，对民族资产阶级“立足于批”，因而对立宪运动曰“反动运动”。党的十一届三中全会以后，进入了实事求是地评价清末新政的新时期。清末新政，尽管未能达到预期的效果，但是新政的各项改革措施依旧延续了下来，尤其是其政治改革是近代中国政治制度演变的重要组成部分，对中国日后的现代化进程的推进打下了基础。[①]

① 庞琳：《清末新政之政治领域改革的探求与分析》，《法制与社会》2009 年第 14 期。

1．清朝预备立宪的评价

在长期封建专制统治的中国，其民主进程起步的最佳方案，并不是英式虚君制或美式共和制，仍以二元君主立宪制较为适宜。实施预备立宪是可行的、必要的。

清末宪政改革为中国民主化或政治制度近代化的起点或开端。1906年预备立宪基本国策的确立，标志着清政府业已承认封建专制政治制度的破产，由此开始着手进行的政治改革，陆续做了不少筹备工作，逐步向君主立宪制度迈进，同样不可否认的是，由于政府的预备立宪和立宪派的努力奋争，清末的政治制度确实发生了明显变化，成为中国政治制度近代化的开端。① 一些论者不同意清末实行改革是“为了适应帝国主义的需要”的传统说法，指出清末“新政”具有客观的积极作用，它是“百日维新”所提内容的再现和发展，无论在力度、深度、广度方面都超过了戊戌变法其政治制度方面的改革成就是举世瞩目的，它颁布的《钦定宪法大纲》，初步体现了资本主义国家宪法的主权在民原则、基本人权原则、三权分立的原则，对司法制度进行了改革等等。②

预备立宪并非骗局。卡梅伦不赞成将清末的“预备立宪”说成是清政府的一种欺骗行为，认为这种观点是当时革命党人宣传的需要，是不公正的。梅恩伯格得出与卡梅伦大致相近的观点，认为清政府的宪政改革是真诚的，那种指责宪政改革不真诚和拖延的观点是缺乏根据、站不住脚的，只是代表了革命党人和一部分激进的立宪派人士的意见。傅因彻认为，从世界范围来看，在西方国家从中世纪向近代国家的转变过程中，代议制的兴起始终是政治结构变革中最为关键的部分。③

从立宪运动来看，清政府“洋人的朝廷”的性质并未改变，部族政权的性质并未改变，即新政并未改变清政府这两个中国人完全不能接受的性质。不通过革命，这两点在中国是难于消失的，起码是在很长时间里难于消失的，而且这两点毫无疑问是阻碍中国社会发展的根本问题，是新政难以达到的。

---

① 侯宜杰：《预备立宪是中国政治制度近代化的开端》，《历史档案》1991年第4期。

② 谢俊美：《清末新政与社会变迁讨论会综述》，《辛亥革命研究动态》1995年第2期。

③ 崔志海：《国外清末新政研究专著述评》，《近代史研究》2003年第4期。

2. 对资政院、咨议局新的评价

资政院不是封建专制机关，不是政府控制的一个咨询或御用捧场机构。而咨议局已具备了本省的立法权和监督行政、财政权，职责权限，体现了它是一个初级形态的地方议会。资政院对于民主宪政运动的发展客观上多少起了一点促进作用。①

“民选”议员始终扮演了资政院的主角，在院里起了“关键作用”；而“钦选”议员并未能真正左右资政院。

3. 清末宪政失败的原因

卡梅伦著《中国的维新运动（1898—1912）》一书，斯坦福大学1931年出版，1963年再版。该书所提出的问题，今天依然是学术界争论和探讨的问题。该书指出：清政府腐败透顶；新政改革被辛亥革命中断；新政改革太晚了；慈禧太后的去世是清末新政失败的原因。②

杨小川、喻大华、侯宜杰在《掉入陷阱的清末宪政》、《试论立宪运动的失败原因及其理论误区》、《预备立宪失败的原因》等文中指出：薄弱的社会经济基础是宪政失败的根源；清统治者与立宪派的民主要求等方面的矛盾不可调和；缺乏将改革事业进行到底的坚强领导核心；缺乏主动性和紧迫感，拒绝接受意见，措施保守而迂缓，是清末新政失败的原因。③

有人认为，内忧与外患以及新兴的社会力量是推动清政府开启宪政的主要原因。官僚、商人、士绅与知识分子在清末宪政运动中都发挥了各自不同的作用。在新政过程中产生的社会力量既是宪政的推动力量，但由于清政府的保守性，也转化为推翻清政府的革命力量。因此，应当从社会基础层面反思清末宪政失败的原因。④

4. 清末新政的启示

清末新政因未考虑到民众的心理承受力和实际利益从而引发了各类民变。因税种增多，乱增税率而引发了抗捐税斗争；为建学堂而废除庙

---

① 韦庆远、高放、刘文源：《清末宪政史》，中国人民大学出版社1993年版。

② 崔志海：《国外清末新政研究专著述评》，《近代史研究》2003年第4期。

③ 《探索与争鸣》1996年第8期；《天津社会科学》1997年第6期；《史学月刊》1991年第4期。

④ 程华：《清末宪政失败的原因与社会基础分析》，《武汉大学学报》（哲学社会科学版）2009年第3期。

宇、将公田充作经费既冲撞了民间传统信仰，又触动了民众利益，民众听信谣传而引发了毁学风潮；清廷在全国实行户口调查以为立宪之基础，然民间传说此举是为抽取丁税之预备故而引发了反户口调查风潮；清廷颁布利国利民的《禁烟章程十条》，此举却引发了反禁烟斗争。这些都是民众求生本能与生存危机矛盾引起的恐惧心理及紧张不安氛围中从众心理的反映。这些民变既有反抗压迫的合理性，同时也反映了革新与守旧的矛盾，体现了民众利益与国家利益之间的对立。因此，为使变革顺利进行，必须注重考虑民众的心理承受力和实际利益，同时要做好宣讲和化解工作，把社会冲突减小到最低限度。①

不改善民生，增加农民负担，最终加速了清王朝的灭亡。清末新政是近代中国早期现代化发展中的一个重要阶段。在改革过程中，清政府面对由战争赔款和举办新政经费所引起的财政危机，通过各种额外的赋税加征，直接将经济压力转嫁给广大农民，使得农民对新政的态度由不理解、不支持转向排斥和仇视，从而引发了全国范围的以反对新政为标志的农民与政府之间公开的暴力冲突。尽管农民对新政不加区分的抗拒带有很大的非理性成分，却使得新政的推行失去了执行的社会基础，最终加速了清王朝的灭亡。②

官场奢靡腐败，最终导致清王朝败亡。晚清10年，清政府实行新政，本应励精图治，重整官场纲纪。然而，旧人办新政，官场弥漫的赌风、狎妓冶游、吸食鸦片、酒食征逐等奢靡之风扼杀了新政的活力，最终新政失败，清王朝败亡。③

三、辛亥革命研究

辛亥革命，是指发生于中国农历辛亥年（清宣统三年），即西元1911年至1912年初，旨在推翻清朝专制帝制、建立共和政体的全国性革命。狭义的辛亥革命，指的是自1911年10月10日（农历八月十九）夜武昌起义爆发，至1912年元旦孙中山就职中华民国临时大总统前后这

① 殷俊玲：《清末新政时期民变的心理成因及其特点》，《山西师大学报》（社会科学版）2005年第3期。

② 陆兴龙：《清末新政对民生问题的恶性操作与社会矛盾的激化》，《社会科学》2007年第10期。

③ 叶小青：《清末新政时期官场奢靡之风的多维透视》，《吉林省教育学院学报》2007年第9期。

一段时间中国所发生的革命事件。广义上亦可指自19世纪末迄辛亥年成功推翻清朝统治在中国出现的连场革命运动。作为民主革命，辛亥革命成功推翻了清朝的统治，结束了中国的帝制，开启了民主共和新纪元，使共和观念深入社会中上层人士思想中。作为民族革命，辛亥革命的成功也对中国国内的民族关系及同时期亚洲其他国家的民族解放运动产生了重要影响。辛亥革命前后的一系列事件不仅结束了此前立宪派实行君主立宪的努力，而且对此后中国宪政与法治发展，中央及地方政治，中央与地方关系等都起到了关键的影响。

（一）革命代替改良的原因

1.“戊戌六君子”血祭屠刀

1898年，光绪皇帝痛下决心，采纳维新派的主张，实行“新政”，一度轰轰烈烈。但是维新运动的咄咄逼人之势遭到了以那拉氏为首的顽固派的疯狂反扑，“戊戌六君子”血祭屠刀，维新话剧黯然收场。不过，维新志士们的石破天惊之论使思想界再也无法沉寂下去，维新幻想的破灭孕育了新的觉醒，中国必须跨越满清王朝的统治而寻求新的出路，这便为革命文化提供了赖以滋生的土壤。

2. 民族危机的进一步加深

《辛丑条约》签订以后，中华民族四面楚歌，国内民变风起云涌，资产阶级日益分裂为左右对立的两翼——以中下层为主体的革命派和以上层为主体的改良派，中国社会出现了革命派、改良派、朝廷三方格斗角逐的社会政治格局。革命派要以暴力推翻清王朝，改良派以改造王朝、推行君主立宪为己任，清廷则在革命与改良的夹击中进行王朝的自我挽救。

3. 知识分子群体的出现

让清廷始料未及的是，“新政”不仅没有挽救其行将覆亡的命运，反倒进一步释放出革命的因子。新式学堂陆续兴办，留学蔚然成风，西学传播更加广泛，接受新式教育、具有崭新文化素养的知识分子队伍迅速扩大，成为一支新兴的政治力量。他们大多数都曾留学海外，身受欧风美雨的熏陶和资产阶级社会学说的濡染，开始有了民族觉醒和清晰的民主要求；他们对清政府不抱任何幻想，对封建专制公开鞭挞，彻底否定，在政治取向上更加明确地提出建立欧美式的共和政体；他们作为新文化活动的载体，已构成对中国传统文化的全面挑战。而正是在革命与改良两大思潮日趋分野的过程中，革命派完成了从知识分子群体到资产阶级革命政党的整合。

（二）革命代替改良的争论

革命并非不请自来，除了作为阶级基础的革命派的成熟外，更重要的莫过于用正确的理论作为革命的先导，这便是革命的文化。革命文化自它诞生之日起，便同一切旧文化展开了激烈的斗争。1905—1907 年，革命派和改良派各执一端，分别以《民报》和《新民丛报》为主要喉舌，掀起了中国政治思想领域内的论战高潮。双方围绕着“三民主义”即要不要“反满”和暴力推翻清王朝的统治，政治革命的目标是君主立宪还是民主共和，以及封建土地制度是否应当改革等三大问题，针锋相对，唇枪舌剑，互不相让。

清朝的去留是论战的前提。革命派从“非我族类，其心必异”的传统观念出发，提出革命便是“以去满洲为第一目的，以去暴政为第二目的”，从而以“扑满而兴汉”为职志，并对革命进行热情讴歌。改良派则认为，满洲在入关后即已和汉族同化，满族早就是中国臣民，“反满”与政治变革没有直接的因果关系。暴力革命是杀人盈野的残酷行动，并势必引起内乱和招致帝国主义瓜分，最后导致亡国。改良派的民族理论不无合理之处，但他们竭力掩盖清朝政府的种种罪行，脱离了当时斗争的残酷现实，违背了亿万群众的感情和利益，从而遭到进步人士的唾弃。

是通过排满革命实现民主共和还是通过渐次的改良实现君主立宪，是论战的一个焦点。改良派认为，目前中国还不具备共和的条件，一方面，因为中国专制历史久远，专制主义根深蒂固，社会于共和难容；另一方面，因为国民受专制政治的噬食，民智、民力、民德低下，缺乏公益心和自治力，不具备共和国民的资格。因而，只能循序渐进，实行君主立宪。革命派用“取法乎上”批驳改良派，他们认为，中国人“有各民族不及之特质”，“国民义务感和勇武精神不亚于甚或还优于其他国家”国民精神、权利义务精神等皆“我民族所固有者”，中国人“必能有为共和国民之资格者也”，“中国人民的程度比各国还要高些”，早就“享有民权之性质”、“自由之性质”和自治的传统。因此，他们认为采行“至平等”的民主共和制度已成为“一般社会之心理”。

封建土地制度是否应当改革的问题是争论的又一核心，但由于革命派内部意见不一，论战没有充分展开。改良派指责革命派的“土地国有”政策是“夺富人之所有以均诸平民”，破坏了私有制的自然法则，“将妨害”社会生产力的发展和“阻碍”社会文明的进步。革命派则争辩说，土地属于自然资源，理应由全民所共享，因此，必须废除封建土地制度，实行“平均地权”或“土地国有”，从而推动社会生产力的发展和整个社会的进步。

此外，革命派在与改良派的论战中，还对封建专制制度的理论根基——封建礼教、理学及其正统化思想等进行了批判，从而树立了革命的鲜明主题。

革命与改良的论战早已随着武昌首义的枪声烟去而尘埃落定。1911年这块界碑，不仅烙上了革命者的无悔信念，而且表明共和已在中国成为不可阻挡之势，从而刻就了中国宪政近百年的沧桑。

（三）革命代替改良的评价

1. 制度的变迁

在南京临时政府时期，废除了在我国连续二千多年的封建帝王专制制度。并按照资产阶级分权的理论学说，建立起以美国为榜式的、不完全的三权分立体制，颁布了若干有利于资产阶级民主共和制度的政策与措施，规划了一幅资产阶级民主共和国的蓝图——《中华民国临时约法》。由于多种原因，这个政权仅维持了3 个月就被以袁世凯为首的北洋军阀所窃取。

2. 辛亥革命的性质与实质

由于对“资产阶级”一词的理解和运用不同，国内外学者在这个问题上颇有争议。台湾学者认为辛亥革命是全民革命或者国民革命，内地学者对此大都持反对意见。刘曼容、龚书铎、刘学照、朱榕等在《孙中山国民革命观的历史演变》、《辛亥革命与文化》、《略论“共和革命”及其主要特征》、《论辛亥革命的实质——从清末官制改革、立宪运动谈起》等文章中指出：辛亥革命是资产阶级性质的革命，它没能将农民发动起来，不能称之为国民革命，它是一次政治革命、文化革命、资产阶级民主革命、国民民族革命。①

3. 既胜利了又失败了

此说源于胡绳主编的《中国共产党的七十年》。长期以来，学术界一致公认，辛亥革命胜利了，它结束了两千年来封建君主专制制度；辛亥革命失败了，因为孙中山让位，袁世凯篡夺了革命的胜利果实。有人认为，辛亥革命作为近代中国一次有广泛群众参加的资产阶级革命运动，已经成功地完成了它应该完成的推翻腐朽专制的满清王朝，为中国的发展开辟道路的历史使命，没有失败。相反，作为运动本身，正以其巨大的惯性，以新的形式排除了一切阻力，继续慢慢地向前发展。所谓“辛亥革命失败”，其实只是以孙中山为首的革命党人一派在取得辛亥革命胜利后，在新的政治角逐中遭到失败。② 辛亥革命结束了在中国延续两千多年的君主专制制度，建立了中国历史上第一个资产阶级共和国，对整个中国近代社会的发展进程起到了巨大作用，但辛亥革命最终没能够改变中国半殖民地半封建的社会性质。辛亥革命的失败有其经济方面的原因，当时经济基础不牢固，反对势力对南京临时政府的经济封锁以及临时政府的财政措施失策。

4. 辛亥革命是否延缓了中国近代化的进程

中国早期现代化，是兴起于洋务运动时期，还是辛亥革命时期？中国早期现代化的动因何在，是西方的冲击还是其他原因？与辛亥革命有无关联？20 世纪 90 年代中期，有人认为辛亥革命延缓了中国近代化的进程。龚书铎、吴效马在《求是》1996 年第 3 期发表《革命是褒词还是贬词——从对辛亥革命的评价谈起》一文，批驳了这种观点。他们认为，辛亥革命并非某种主观意愿和人为因素的结果，而是 19 世纪末 20 世纪初民族危机严重和社会矛盾极其尖锐的产物，是清政府十分腐朽，不愿意或没有能力抵御外国侵略和领导国内变革的结果，是大势所趋，

① 《广东社会科学》1997 年第 1 期；《历史研究》1989 年第 5 期；《华东师范大学学报》1992 年第 1 期；《江汉论坛》1989 年第 2 期。

② 徐梁伯：《辛亥革命“失败说”献疑：论史学与政治主导意识同构现象》，《社会科学战线》1996 年第 2 期。

人心所向。

有人对“辛亥革命时机不成熟、是过激主义”的观点进行了批判。安静波、丁三青在《再论辛亥革命的历史意义》、《辛亥革命与中国现代化》等文章中指出，辛亥革命是面对资产阶级改良道路走不通的严酷现实，各个阶级、阶层所选择的唯一途径。辛亥革命后颁布的法规把中国民族工业的发展纳入了法制化、规范化的轨道，对中国经济现代化提供了一定的法律保障；同时，辛亥革命又真正开启了中国社会意识现代化的闸门。①

辛亥革命既是民族革命——打破了满洲贵族的特权，同时又实行了政治革命——推翻了帝制，而且制订了《中华民国临时约法》。辛亥革命是中国近现代史的开端，它给中国社会带来了一次思想上的大解放，它为中国资本主义的“黄金时代”的出现造就了一个比较大而稳固的社会基础。

5. 辛亥革命唤醒了中国女界的参政意识

中国女界中的一批先进分子开始摆脱封建专制制度的种种束缚，借着辛亥革命的民主之风，利用西方的“天赋人权”、“妇女解放”学说，为中国妇女获取参政权进行不屈不挠的斗争，开了中国妇女参政运动的先河。然而，由于辛亥革命本身的不彻底性，加上中国几千年来的封建专制制度的流毒和国民素质及国民意识的低下，辛亥革命时期的妇女参政运动不可避免地具有不彻底性，而其不彻底性也给当代留下了诸多启示。②

6. 立宪派在辛亥革命时期的双重作用

立宪派规划甚至改写了辛亥革命以后的中国政局。革命前夕，他们通过舆论和利用立宪团体指责清廷，要求国会鼓吹立宪政治，发起请愿运动，却无意间刺激了革命；革命爆发后，他们与革命派合作，走向了革命，使革命迅速发展至全国；革命后，因与革命派的政治理念有分歧，又背离了革命，并扶持袁世凯上台，破坏民主共和。立宪派之所以有如此的双重选择，是因为他们有着相互矛盾的即保守与进取并存的心理状态。③

---

① 《学习与探索》1997 年第 1 期；《史学月刊》1996 年第 5 期。

② 朱珏：《辛亥革命时期妇女参政运动评析及其当代启示》，《甘肃社会科学》2009 年第 1 期。

③ 杨阳：《评析立宪派在辛亥革命时期的双重作用》，《经济研究导刊》2008 年第 17 期。

7. 中国辛亥革命与俄国二月革命的许多相似之处

对于二者进行比较研究的现实意义在于让人们认识到中俄走上社会主义道路是一种历史的选择，中俄建设社会主义却是一种对未知的探索。只有以一种准备“艰难探索”的心态进行社会主义的建设，才能避免急功近利带来的错误，进而以一种和谐、开放的心态在“两制”并行的时代实现中国特色社会主义的创新与发展。①

8. 农民是革命党的基本依靠力量

近代革命党只有充分发挥政党的社会整合功能，正确地回应农民的利益要求，才能获得广泛的社会资源和社会基础。民初农民与革命党的疏离、革命党对农民整合的孱弱、革命党农民政策的失误，使革命党无法对近代中国革命与国家建设作出强有力的政治回应，从而造成辛亥革命的失败。②

9. 在1911—1912年中国政权发生鼎革之际，美国政府对辛亥革命奉行中立政策

首先，这是由当时中国国内政治局势所决定；其次，与美国的孤立主义外交传统和对华门户开放原则有直接关系；其三，受美国国内舆论和文化价值观念的影响；其四，防止和避免少数国家特别是日本和俄国乘机单独干涉中国，谋取特殊利益。美国的外交政策实际上很大程度是由国际和中国国内形势的变化促成的。③

10. 辛亥革命期间，列强面对东三省出现的新形势，有针对性地调整了自己的政策，试图扩大自己的势力范围或在中国的殖民利益

综观此期列强的政策，初期，都企图寻找良机，根本解决满洲问题；随后，由于革命形势的变化，加之列强内部行动的相匀牵制，各国不得不放弃最初的想法，进而采取务实的态度，尽量在不谋求改变东三省政治结构的框架内，最大范围地加强对东三省的掠夺。④

---

① 肖三、吕航：《已知的历史抉择与未知的艰难探索——中国辛亥革命与俄国二月革命之比较研究》，《天府新论》2008年第5期。

② 邵宇：《论民初农民与革命党——以辛亥革命为中心》，《山东科技大学学报》（社会科学版）2009年第3期。

③ 崔志海：《美国政府对辛亥革命态度的原因分析》，《江海学刊》2008年第2期。

④ 厉声、冯建勇：《辛亥革命期间列强对东北的政策分析》，《北华大学学报》（社会科学版），2008年第1期。

11. 辛亥革命新论

明末清初以黄宗羲为代表的思想家鼓吹“乡治”，极大地拓展了作为“地方公论”产物的“乡里空间”范围，并由县延伸至省一级，直接促进了“一省之力”的成熟和独立，最终形成了辛亥革命以各省独立获得成功这一独特形态。这种视角有别于传统的现代性坐标，可以使我们对中国近现代历史有更全面的把握。①

12. 研究的思考

辛亥革命与中国社会主义现代化模式的确立、修正、调整有何关系？有何影响？辛亥革命志士设想的资本主义现代化模式为什么在中国行之成效不大，而让位于社会主义现代化模式？

20 世纪初中国民族资本主义经济发展的原因，是第一次世界大战期间帝国主义的“无暇东顾”？还是辛亥革命推动了中国民族资本主义的发展？

国外有人把革命党人提出的“排满”的口号归结为种族复仇主义，把反满斗争看作是所谓“国内民族革命”或者是“中国人反对‘非中国人’的运动”。对此，你有何看法？国粹主义作为一种思想理论指导，是否有其积极的一面和消极的一面？资产阶级民主革命派的社会主义思想，在中国和世界社会主义思想史上是否有一席之地？

全民族的凝聚力高涨的标志是什么？如何把民族主义导向理性化的轨道？一方面加强全民族的民族认同感、民族荣誉感、民族自豪感，树立献身国家富强、民族复兴大业的宏大理想；另一方面树立开放的世界观念，认清现代世界的一体化趋势，勇于吸收现代文明的一切优秀成果，促进本国本民族的繁荣昌盛，这是一个急迫的时代课题。

如何用“超越革命的思维方式”来研究辛亥革命？“超越革命”与“告别革命”不同，不是否定革命的价值，而是在肯定革命的价值的同时，也不否定被革命者的合理一面，克服传统革命史观的“成王败寇”式的评价模式。

① ［日］沟口雄三：《辛亥革命新论》，《开放时代》2008 年第 4 期。

第四章　观念层面的文化转型

观念层面的文化转型，包括新文化运动、东西文化之争、中国本位文化建设与全盘西化论、新民主主义文化建设。

一、新文化运动

1915 年 9 月，陈独秀在上海创办《青年》杂志，从第二卷起改名为《新青年》，新文化运动由此发端。新文化运动提倡民主和科学，反对专制与迷信；提倡新道德，反对旧道德；提倡新文学，反对旧文学。新文化运动是一场深刻的思想启蒙运动。

（一）新文化运动产生的原因

一般认为，辛亥革命失败后，袁世凯篡夺了胜利果实，袁氏一心复辟，他在思想领域掀起了复古尊孔逆流，这种逆天道的行径激起了广大民众的愤怒，当时一批进步的文化界人士便发起了一场比辛亥革命时期更为猛烈的新文化运动。

龚书铎、欧阳哲生、沈淑瑜、陈旭麓等在《辛亥文化革新与五四新文化运动》、《试论新文化运动的传统起源》、《略论五四新文化运动救亡主旨的深化与发展》、《近代中国社会的新陈代谢》等文章和著作中指出：五四前的新文化运动，是辛亥革命时期文化革命的继承和发展，辛亥革命时期的文化革新为五四前的新文化运动奠定了基础。明代以来的古籍整理和反传统的理论家、思想家们丰富的反传统的思想是新文化运动之所以出现的历史原因之一。“民族救亡”或者说民族危机是新文化运动发生的又一原因。五四新文化运动在发生原因上与儒学为代表的中国文化传统之间的深度联系。一是中国文化传统的学理系统到近代已经开拓到了尽头，如果不发生一场文化变革，它就不足以克服内在的文化生命力趋于衰竭。这在曾经长期作为中国传统社会主流意识形态的儒家“内圣外王”的理想境界与“修身齐家治国平天下”的修养功夫中可以清楚地看出。二是中国文化传统所蕴涵的内在生命力为其现代开展奠定了坚实的基础。[①]

（二）新文化运动的主要内容

关于运动的领导者，一说是由小资产阶级领导的、是由小资产阶级激进分子领导的；一说是由资产阶级领导的；一说是一批爱国的知识分子决意振兴中华，改造黑暗的旧中国，发动了新文化运动。[②]

1. 新文化运动的阵地

1915 年 9 月，陈独秀在上海创办《青年》杂志，从第二卷起改名为《新青年》，新文化运动由此发端。1917 年 1 月，陈独秀赴京出任北京大学文科学长，年内《新青年》转移到北京编辑出版，并吸收许多新的成员参加编辑部工作。1919 年第六卷成立了编辑委员会，由陈独秀、钱玄同、高一涵、胡适、李大钊、沈尹默等轮流任主编，鲁迅是编委会成员。《新青年》创刊初期，便高举民主和科学两面大旗，反对封建专制和迷信，抨击以孔孟为代表的封建文化思想。它又高举文学革命的大旗，主张建立宣传新思想和反映现实生活的新文学。它成为新文化运动的主要阵地。在俄国十月革命的影响下，《新青年》陆续发表李大钊宣传十月革命和马克思主义的文章，从一个激进的民主主义刊物向社会主义刊物转变。1920 年 9 月，上海共产主义小组成立，将《新青年》改组为自己的机关刊物，同各种反马克思主义思潮的流派进行了激烈的斗争。中国共产党成立后，《新青年》成为党的理论刊物，仍由陈独秀主编。1922 年 7 月休刊。1923 年 6 月在广州复刊，改为季刊，成为中共中央的理论刊物。1925 年 4 月起，出不定期刊，1926 年 7 月终刊。

2. 新文化运动的旗帜

新文化运动的两面旗帜——民主和科学，是陈独秀首先提出来的。

---

① 《北京师范大学学报》1991 年第 5 期；《社会科学战线》1992 年第 2 期；《上海师范大学学报》（哲学社会科学版）1992 年第 2 期；《近代中国社会的新陈代谢》上海人民出版社 1992 年版。

② 张宪文：《中华民国史纲》，河南人民出版社 1985 年版，第 106 页；苑书义主编：《中国近代史新编》，人民出版社 1981 年版，第 586 页。

他在《青年杂志》创刊号上发表的《警告青年》一文中指出："国人而欲脱蒙昧时代，羞为浅化之民也，则急起直追，当以科学与人权并重。"人权，就是民主。民主，当时译音"德莫克拉西"，故称"德先生"，又被称为人权。陈独秀把人权同解放联系起来，他说："自人权平等之说兴"，"近世欧洲历史为'解放历史'——破坏君权，求政治之解放也；否认教权，求宗教之解放也；均产说兴，求经济之解放也；女子参政运动，求男权之解放也。"他认为，只有将民主精神根植于人们的头脑中，才能做到"多数国民之自觉与自动"，建立起"真正民主"的国家。有人认为：民主就是资产阶级的平等、自由思想和资产阶级民主制度，反对封建专制，同时强调个性解放；[①] 民主着重强调的是个人的权利和个人的价值；[②] 民主有三个特征，即以普通民众为主体的民主，与科学相统一的民主，具有广泛自由的民主。[③]

科学，当时译音"赛因斯"，故称"赛先生"。陈独秀认为，科学就是"吾人对于事物之概念，综合客观现象，诉之主观之理想，而不矛盾之谓也"。他指出，"近代欧洲之所以优越他族者，科学之兴，其功不在人权说下"。他特别注重科学精神和科学方法。总之，根据陈独秀的解释，民主，是指资产阶级的民主制度和资产阶级的民主思想；科学，狭义的是指自然科学而言，广义的是指社会科学而言。他提倡民主和科学，是为了建设资产阶级共和国。这表明，五四前的新文化运动实质上仍然是资产阶级的新文化反对封建旧文化的斗争。在当时的历史条件下，提倡民主，反对独裁专制，提倡科学，反对盲从，反对迷信，有着历史的进步意义。

3. 反 孔

在提倡民主、科学，反对专制、迷信的战斗中，新文化运动的倡导者们对以孔子学说为代表的封建传统文化，展开了猛烈的攻击。他们以《新青年》为主要阵地，以进化论观点和个性解放思想为主要武器，批判维护封建专制制度的旧礼教、旧道德，提出了"打倒孔家店"的口号。五四以前，以孔学为代表的封建专制主义的思想文化严重地禁锢着

① 杨先材：《中国革命史》，中国人民大学出版社 1989 年版，第 169 页。
② 耿云志：《中国新文化的源流及其趋向》，《历史研究》1994 年第 2 期。
③ 黄峻岭等：《关于新文化运动的再认识》，《华中理工大学学报》（社科版）1997 年第 4 期。

人们的思想。中国人民受到以孔学为代表的思想统治由来已久。自西汉以来孔学就逐步同专制主义融合，到宋明理学时期成了专制主义的政治原则了。封建统治阶级以孔学之是非为是非，把孔学作为天经地义的正统观念。辛亥革命失败后，袁世凯为了复辟帝制，极力推崇封建纲常名教，大搞祭天祀孔。封建主义的卫道者们叫嚷“发扬国粹，维护国俗，定孔教为教”。一时间，社会上“孔教会’、“经学会”、贞节牌坊纷纷建立；纳妾、缠足、扶乩、坐坛等封建恶俗和迷信活动照旧进行，形成了一股尊孔复辟逆流。五四前的新文化运动，破除了对孔学的迷信，向神圣不可侵犯的“孔家店”开火，这对中国人民来说，是了不起的思想解放。1916 年至 1917 年，陈独秀连续发表《一九一六年》、《孔子道德与现代生活》、《吾人最后之觉悟》等文章，尖锐系统地批判了“尊孔”思想和以孔子学说为核心的封建伦理道德。李大钊先后发表《民彝与政治》、《孔子与宪法》、《自然的伦理观与孔子》等文章，深刻地揭示了封建旧礼教是反动统治赖以维持的思想基础，指明孔子之道不适合今日社会，不能作为国民“修身之大本”。1918 年 5 月，鲁迅在《新青年》上发表了第一篇白话小说《狂人日记》，其中写道：“我翻开历史一查，这历史没有年代……满本都写着两个字是‘吃人’。”深刻地揭露了那些口宣“仁义道德”的卫道者的虚伪和残忍。吴虞在《吃人与礼教》一文中，盛赞鲁迅揭露得彻底。他说“孔二先生的礼教讲到极点，就非杀人吃人不成功，真是残酷极了”，“吃人的就是讲礼教的！讲礼教的就是吃人的呀！”对此，胡适进一步指出：何以那种种吃人的礼教制度都不挂别的招牌，偏爱挂孔老先生的招牌呢？正因为两千年吃人的礼教法制都挂着孔丘的招牌，故这块孔丘的招牌，无论是老店，是冒牌——不能不拿下来，捶碎、烧去！胡适的上述观点，显然深刻地指出了孔子是封建礼教和封建专制的护身符。他在《吴虞文录序》中，还热情地赞誉吴虞是“四川省只手打孔家店的老英雄”。这篇文章，大约是在文字中提出“打孔家店”的最早记录。打孔家店，体现了五四时期反封建斗争的基本精神。其实，当时也并不真有“打倒孔子”一类的口号。他们把批孔和评孔当做两回事，批孔的目的，是将普通的民众从迷信蒙昧状态中解脱出来。

4. 文学革命

新文化运动的另一重要内容是文学革命，提倡白话文，反对文言文，提倡新文学，反对旧文学。最早举起“文学革命”旗帜的是胡适和陈独秀。胡适在1904年发表的一篇文章中，就提出了“文学进化”的观点。1915年《青年杂志》创刊之际，陈独秀在《敬告青年》、《现代欧洲文艺史谭》等文中，倡导改革我国的文艺。与此同时，胡适与梅光迪、杨杏佛、任叔永等留美学生研讨文学革命课题，胡适最初提出了“文学革命”的主张，并表示要“以此报国”。1917年1月，《新青年》2卷5期上，发表了胡适那篇文学革命的开山之作——《文学改良刍议》，提出了文学革命的八点主张：一曰不用典；二曰不用陈套语；三曰不讲对仗（文当废骈，诗当废律）；四曰不避俗字俗语（不嫌以白话作诗词）；五曰须讲求文法之结构，此皆形式上之革命也；六曰不作无病之呻吟；七曰不摹仿古人，语语须有个我在；八曰须言之有物，此皆精神上之革命也。胡适还断言“白话文学之为中国文学之正宗，又为将来文学必用之利器”。这篇文章发表后，陈独秀称他是首举文学革命义旗之“急先锋”，并以必不容反对者有讨论余地的态度，支持、号召文学革命，引起了全国的关注。同年2月，陈独秀发表《文学革命论》，反对贵族文学，建设国民文学；反对古典文学，建设写实文学；反对山林文学，建设社会文学。此后，胡适又相继发表《历史的文学观念论》、《建设的文学革命论》等文章，提出了“国语的文学，文学的国语”的口号，论述了一时代又一时代的文学，对小说、戏剧、诗歌等创作形式和内容提出了具体主张。胡适还身体力行，积极用白话文从事创作。他用白话文翻译介绍了外国第一流作家的优秀短篇小说；他创作的《终身大事》，是中国现代文学史上第一个白话剧本；他出版的《尝试集》是中国现代文学史上第一部白话诗集。胡适对白话文运动的贡献就是将清末带泥土味的白话文，扩及文学、艺术的殿堂，扩及全社会。文学革命同思想解放运动互为表里：文学革命是适应思想解放运动的产物；文学革命的胜利，又反过来促进了思想解放运动。

（三）新文化运动的评价

1. 新文化运动的进步性

新文化运动的进步性除对封建主义的彻底批判的精神外，还有宽容意识这一可贵的一面。《新青年》杂志作为倡导新文化运动的为数不多的重要舆论阵地，不仅刊发传播新思想的文章，而且也发表大量质疑、反对新文化运动的文章，从中可见办刊者的学术民主、思想自由理念。对各种意见包括尖锐的批评意见，陈独秀基本上能够持心平气和的态度。

蔡元培任北京大学校长期间，坚持进步，反对复辟倒退，同时又提倡“兼容并包”。他并没有党同伐异、排斥异己，而是尊重讲学自由和学术讨论的自由，聘用刘师培、辜鸿铭等在旧学上造诣深厚的旧派人物，其宽容的精神传为美谈。

导致新文化运动最后彻底分裂的原因，不是内部成员在要不要宽容问题上的分歧，而在于要不要马克思主义、要不要走革命道路等根本问题上的分歧，这是两种不同的世界观和历史观的根本分歧。①

五四新文化运动建构了中国的世界视野。《新青年》的作者和编辑是促成这种变化的最重要力量。也因为《新青年》使得中国在构建世界图景中，苏俄成为特别的重要因素，由此促成了中国特有的俄国文学热，把俄罗斯问题当做最重要的世界问题并改变了中国对马克思主义的认知。②

有的学者认为新文化运动不具有反帝性质，一些学者反对这种观点，认为新文化运动揭起了反帝反封建旗帜，具有反帝性质。五四前的反孔大多着眼于政治批判，“新文化运动本身就是现实政治斗争的产物”。有人把新文化运动归结为新旧文化的冲突。五四前的新文化运动，一般称为启蒙运动。从文化运动的发展看，新文化运动是近代资产阶级文化运动的最高潮。从新文化运动的价值标准上看，新文化运动确立了一个是非标准。从个人人权这方面看，新文化运动“重新发现了个人”。

① 李方祥：《五四新文化运动与宽容意识》，《党史研究与教学》2009年第3期。

② 林精华：《五四新文化运动与中国国际视野之建构——以〈新青年〉为观察点》，《社会科学战线》2009年第4期。

从中国现代化的角度看，“新文化运动以讨论信仰和道德入手，最终以促进中国的现代化为目标”。[①]

马克思主义中国化命题的提出是五四以来新文化运动的必然。新文化运动促使文化外在表现形式与载体（语言）发生了根本性变革；新文化运动促使以儒学为内在核心的文化发生了变化，并多种新质文化进行了筛选，确立了马克思主义为新的核心文化；新文化运动促使科学与民主成为中国文化的整体前进方向。[②]

新文化运动使开放的文化观念日趋成熟。蒋梦麟、胡适等创办的《世界丛书》，以系统引介世界文化为职志；新文化运动的中心阵地《新青年》的编者和读者们，基于世界化的追求，而对世界语问题展开热烈的讨论。这种开放的文化观念所追求的基本目标之一就是建立中国与世界文化的密接关系。[③]

2. 新文化运动与传统文化

20 世纪 90 年代以来，出现了一股新保守主义思潮，强调继承传统，对新文化运动持否定的看法。这种看法，最先出现于海外的学者。林毓生 1986 年出版的《中国意识的危机——“五四”时期激烈的反传统主义》一书，指责五四新文化运动先驱者陈独秀、胡适和鲁迅等“全盘性反传统”，并说“五四”和“文化大革命”“这两次‘文化革命’的特点，都是要对传统观念和传统价值采取疾恶如仇、全盘否定的立场”，“激进地拒斥中国过去的传统主流”。即将中国文化的一切特征视为罪孽，而要全盘予以否定，继之以全盘西化。

余英时于 1988 年 9 月在香港中文大学 25 周年纪念讲座中，发表《中国近代思想史上的激进与保守》讲演，认为“‘五四’的领袖则彻底否定中国的传统，直截了当地向西方寻找一切真理”，“这是中国近代思想史上的一个特色：中国近代一部思想史就是一个激进化的过程。最后一定要激化到最高峰，十几年前的文化大革命就是这个变化的一个结果。”

唐德刚则说五四时代的知识分子包括胡适在内，都是感情用事的，

① 魏宏运：《五四新文化运动的探索》，《中州学刊》1990 年第 3 期。
② 张绍春：《新文化运动对文化转型的影响》，《湖湘论坛》2009 年第 3 期。
③ 耿云志：《新文化运动：建立中国与世界文化密接关系的努力》，《学术研究》2008 年第 2 期。

而这种行为在“文革”时“勃然再起”。

在他们的影响下，国内也有一批学者极力指责五四新文化运动。如：郑敏于1993年第3期《文学评论》发表《世纪末的回顾：汉语语言变革与中国新诗创作》一文，陈来也发表《20世纪文化运动中的激进主义》[①]一文。他们都认为五四新文化运动是过激的，全盘性反传统的，产生了深远的恶劣影响，使过激主义在整个20世纪的中国成为主流思潮，甚至导致发生了“文化大革命”。

更多的学者不同意上述观点，认为新文化运动并不是全盘否定旧传统，而是在批判的基础上所吸收。在这一点上不同的学者从不同的角度来论述。一些学者把中国传统文化划分为不同的层面，指出新文化运动只是反对其中的某一层面。有人把中国文化区分为正统文化与传统文化，正统文化是封建社会占统治地位的文化，传统文化则是中国社会文化的总和。与其说新文化运动是“传统”的，倒不如说新文化运动是反正统的。有人把儒学分为制度化物质化的儒学即封建礼教和儒学的基本价值，认为新文化运动反对的是前者并不是后者。[②] 有人认为，新文化运动的结果“没有改变也不可能改变整个中国文化大系统的状况”，[③] 这个大系统也就是中国传统文化系统，所以它不是全盘反传统，只是反对不好的传统。

龚书铎认为，说新文化运动是全盘反传统，是破坏主义，造成中国文化断层，这是误解。虽然新文化运动中有人说了一些偏激的话，但不是主流。他们主要是反对把孔教定为国教、编入宪法，批判封建伦理纲常。他们并没有完全否定传统文化，包括孔子和儒学。他们不仅破旧，也立新。加上破坏主义的罪名太大了。科学和民主、新文学、新道德、白话文等等都是立。有破有立，这也是符合文化发展规律的，这些对后来中国社会的发展起了积极促进作用。直到现在，包括否定新文化运动的人，也是受其影响的，也沾了它的光。新文化运动并没有使中国传统文化断层，好的、坏的到现在都存在，当然也去掉一些，主要还是伦理纲常。所谓断层，不能笼统说传统文化，实际上是孔子和儒学的正统地

① 林大中等主编：《九十年代文存》（上），中国社会科学出版社2001年版，第113页。
② 欧阳军喜：《论“五四”新文化运动对儒学的态度》，《中国文化研究》1999年第2期。
③ 段培君：《论五四新文化结构的意义》，《社会科学辑刊》1995年第5期。

位问题。孔子和儒学的正统地位在清末已被动摇，而动摇它的正是章太炎、刘师培等国粹派，辛亥革命、南京临时政府成立，孔子和儒学已失去了正统地位。①

桐城派所以在新文化运动中成为批判对象，一定程度上是出于新文化运动发起的需要，新文化运动的发起者需要一个集中了的旧文学、旧道德为特征的批判目标，桐城派正是这样一个符合要求的目标。当新文化运动逐渐退潮以后，桐城派是否应该被批判就成了一个被质疑的问题。客观分析，以倡导白话文为主要目标的新文学运动不是突然产生的，它已有一个渐进发展的过程。晚清桐城派诸人在促进近代文学语言改革，以古文翻译介绍西方文学的努力，对中国古典文学向现代的过渡作出了一定贡献，对新文学运动的产生起到了一定的铺垫作用。②

3. 新文化运动的缺点

新文化运动的许多领导人物，还没有马克思主义的批判精神，他们使用的方法，一般地还是资产阶级的方法，即形式主义的方法。他们反对旧八股、旧教条，主张科学和民主，是很对的。但是他们对于现状，对于历史，对于外国事物，没有历史唯物主义的批判精神，所谓坏就是绝对的坏，一切皆坏，所谓好就是绝对的好，一切皆好。

批判帝制，但没有深入批判帝王思想；批判三纲五常，但没有深入批判家长制思想；批判贵贱尊卑，但没有深入批判封建特权思想。没有把对封建思想的批判，放到产生这种思想的封建经济基础上加以考察，“因而这场斗争的深刻性和彻底性受到局限”。③

4. 新文化运动研究的思考

新文化运动时期批孔与评孔的思考。虽然有关五四新文化运动研究的整体程度较高，但是，其中评孔思潮之研究十分薄弱，其研究水平与五四新文化运动中的其他研究专题比较，有很大差距。从研究的阶段来看，学术界关于五四时期的评孔论战的研究，尚处于初始阶段，而且，其中存在若干空白地带。为了进一步推进五四新文化运动的研究，为了

---

① 沙健孙、龚书铎主编；国家教委高等学校社会发展研究中心组编：《走什么路——关于中国近现代历史上的若干重大是非问题》，山东人民出版社 1997 年版，第 399 页。

② 曾光光：《桐城派的宿命与五四新文化运动》，《江汉论坛》2009 年第 5 期。

③ 林铁钧：《五四新文化运动与反封建思想》，《中国史研究》1979 年第 2 期。

探寻中国文化发展在五四时期的转折与走向，必须加强和深化关于五四时期评孔思潮的研究。

五四文化启蒙运动的文化思考。五四文化启蒙运动有两个特点：其一，有补课性质，即在20世纪初做18世纪应该做的事；其二，在帝国主义列强枪炮的逼迫下进行的启蒙。这两个特点使得五四文化启蒙运动显得慌乱、匆促、紧迫、饥不择食，急于求成，仿佛要在几年内做完几十年、几百年的事情，忽略了文化变异的渐进性。来势凶猛的欧风美雨造成了异质文化之间的碰撞，这当然为五四文化启蒙运动提供了千载难逢的时代条件。可是，由于来势过于凶猛。文化的濡化过程被省略，来得快去得也快。民智有所启发，但却没有普及理性。科学与民主两个口号的提出，使五四文化启蒙运动具有明显的现代色彩，照说这样可以加速新文化的建立，但激烈反传统的结果，导致了民族文化未能衔接与传承，使民主与科学流于空洞的口号。这样，便注定了五四文化启蒙运动带有先天性的弱点，从历史发展来看，仍然是一次未完成的文化启蒙运动。①

二、东西文化之争

东西文化论战，是五四运动前后关于东西方文化特点、性质及相互关系问题的思想学术论争。始于1915年，迄于1927年，它是五四新文化运动的一个重要组成部分。

（一）东西文化论战的经过

东西文化论战，按时间发展可大致分为三个阶段：

1915—1919年为第一阶段。当时关于东西文化的争论，基本上是延续前人的问题而展开的，主要集中于比较东西文化优劣方面，从而引申出东西文明的异同。当时争论主要是在以陈独秀、李大钊等人为主的《新青年》与杜亚泉任主编的《东方杂志》间的展开。

1919—1921年为第二阶段。东西文化能否调和是这一时期争论的焦

① 龙潜：《历史的脚步与背影——五四文化启蒙运动的文化思考》，《贵州社会科学》2002年第3期。

点。由比较东西文化的差异发展为如何处理东西文化之间的关系，进而东西文化之争又转化为新的文化问题之争，辩论新旧文化能否融合。这一时期的主要代表人物陈独秀、李大钊、蔡元培等。

1921—1927年为第三阶段。中国文化在世界文化的地位和价值是这一时期争论的焦点。梁启超《欧游心影录》与梁漱溟《东西文化及其哲学》的相继发表，使东西文化之争进入一个新高潮。论战的深度大大前进了一步，涉及面也大大超过了从前，并且开始关注东西文化如何结合的实践问题。这一时期的代表人物有梁启超、梁漱溟、冯友兰、胡适等人。

（二）东西文化之争的评价

传统的观点认为，东西方文化论战中的东方文化优越论是地主资产阶级攻击革命文化特别是马克思主义的论调之一。它表明五四以后，宣扬封建思想的还大有人在，他们通过高唱"东方文化优越论，用它作为反对学习西方的革命文化，反对中国的革命派，特别是抵制马克思主义在中国传播的思想工具"，[①] 用它维护旧制度，抑制革命。这是一股目的在于复兴以孔子为代表的中国旧文化、旧道德，抵制民主和科学，[②] 反对马克思主义的反动思想潮流。

关于这场论战，近一二十年来学术界虽然作过一些研究，但这些研究在评价这场论战时，往往从性质的是非出发，或肯定陈独秀、胡适等新文化派之是，批评杜亚泉、章士钊、梁漱溟等东方文化派之保守；或肯定杜亚泉、章士钊、梁漱溟等东方文化派之是，批评陈独秀、胡适等新文化派之激进，很少有人从学理的层面对两派的观点作具体深入的分析，指出他们的理论得失。近年来，研究有了新进展。

1. 西方文化派的评价

第一次世界大战带来的严重恶果和十月革命的爆发，使新文化运动中的一些激进的民主主义者，看到了资本主义制度的弊端和帝国主义的本质，看到了人类社会发展的"新曙光"，从而抛弃了走西方资本主义的道路，主张向俄国学习，用科学社会主义来拯救中国。而另外一些知

① 李权兴等主编：《李大钊研究辞典》，红旗出版社1994年版，第59页。
② 郭华清著：《宽容与妥协——章士钊的调和论研究》，天津古籍出版社2004年版，第325页。

识分子，看不到世界大战的本质原因，加上他们对中国传统文化的依恋，认为世界大战的爆发，是“科学的破产”、西方文明的破产，幻想用东方文化来拯救西方文化，形成了保守的东方文化派。

东方文化派的代表人物是梁启超、梁漱溟、张君劢等人。他们在《欧游心影录》、《东西文化及其哲学》、《欧洲文化之危机及中国新文化之趋向》中，大肆鼓吹西方“物质文明的破产”，把东西文化的差异，说成一个是“精神的”，一个是唯物的或“机械的”。并以“意欲”向前、向后和持中作为先验的根据，将西方、印度、中国三大文化系统归结为三条不同的路向，认为只有以孔子为代表的儒家思想才是人类文化的理想归宿，断言人类文化必然要发生“由西洋态度变为中国态度”的“根本改革”，“世界未来文化就是中国文化的复兴”。这种全盘否定西方文化，全盘肯定中国传统封建文化的思潮，无疑是在资本主义文明危机四伏的形势下，宣判新文化运动是选错了道路，所以，他们指控新文化运动的代表人物“陈独秀、胡适、李大钊都在歧路上”。这是对新文化运动的全面反动。

面对东方文化派的挑战，胡适、李大钊、希祖、瞿秋白等先后发表文章，批驳了东方文化派的观点。胡适先后发表了《科学与人生观序》、《读梁漱溟先生的〈东西文化及其哲学〉》、《我们对于西洋近代文明的态度》、《东方文化的界线》、《东方人的“精神生活”》等文章，批驳了东方文化派的观点，比较了东西文化的优劣，阐明了自己的中西文化观。

他指出西方近代文明在精神方面是科学，在道德和宗教方面是理智化、人化、社会化，在物质上是机械化与电气化，欧洲18世纪的自由、平等、博爱和19世纪中叶以后的社会主义，都是高出于东方文明的。他关于东方文明是一种“愚昧”、“落后”的文明的说法，他用“知足”和“不知足”来概括东方文明和西方文明的“最大特色”等等，都说明他的东西文化的对比研究具有相当的合理因素。他用“器具”发展水平来说明东西文化的重大差距，找到了人类文化同一性的根据，更具有相当的真知灼见。他还集中批判过东方文化派关于世界文化三大系统的“三种路向”说，他说我们的出发点是，文化是民族生活的样法。而民族生活的样法是根本大同小异的，为什么呢？因为生活只是生物对环境的适应，而人类的生理构造根本上大致相同，把文化的差异说成是“根本路向”不同是错误的。他说：“我们拿历史眼光去观察文化，只看见各种民族都在那‘生活本来的路’上走，不过因环境有难易，问题有缓急，所以走的路有迟速的不同，到的时候有先后的不同。”[①] 根据这样的观点，后来在对中西文化进行具体比较时，就更加明确地肯定，东西文化的不同，原来不过是进步的程度不同，后来时日久远，就变成两种根本不同的文化。他还进而预言：“现在全世界大通了，当初鞭策欧洲人的环境和问题现在又来鞭策我们了。将来中国和印度的科学化与民治化，是无可疑的。”[②] 这样，他就进一步强调了向西方学习科学和民主的必要性。这里胡适把文化的民族差异说成是同一路向的发展程度不同，发展的阶段不同，走的都是同一条路，否认有本质性差别的“路向不同”，在一定程度上符合人类文化从低级向高级发展的历史实际，因而具有一定的说服力。胡适在与东方文化派的论争中，坚持着五四时期“民主”和“科学”的立场，他的文化观中有着许多缺点和错误，有着民族虚无主义和丑化民族文化的错误倾向，但其主要矛头是指向半封建文化的，其进步作用仍是主要的。在东西文化大论战中，新文化运动营垒中一部分先进知识分子，逐步在马克思主义的引导下，成为社会主义文化的热烈拥护者。

1926 年 7 月，《政治生活》第 79 期发表署名希祖的文章，题为《我们对于西洋近代文明的态度》。文章点名批评胡适只是为资产阶级的文明“又作了一次将死的最后的呻吟”，而没有真正介绍西洋新兴的无产阶级的文化。作者表示既反对梁漱溟等东方文化派，又反对胡适等赞美的西方资本主义文化，“所欢迎的就是马克思主义，列宁主义，共产主义的全部”。

1923 年，瞿秋白发表了《东方文化与世界革命》、《现代文明的问题与社会主义》等重要文章，代表了中国马克思主义者对于东西文化论战的观点。他根据人类社会发展的共同规律，论述了封建宗教文明和资产阶级文明都落后于时代，取而代之的只能是“通过世界革命走建设无

---

① 胡适：《读梁漱溟先生的〈东西文化及其哲学〉》，《胡适文集》（三），人民文学出版社 1998 年版，第 398 页。

② 胡适：《读梁漱溟先生的〈东西文化及其哲学〉》，《胡适文集》（三），人民文学出版社 1998 年版，第 399 页。

产阶级新文化的道路”。只有进行无产阶级世界革命，“东方民族方能免殖民之祸，方能正当的为大多数劳动平民应用科学，以破宗法社会封建制度的遗迹，方能得真正文化的发展。”这便是无产阶级的社会主义新文明的实现。应当说瞿秋白的这两篇文章也有缺点和错误，他主张将封建文化、资产阶级文化“彻底颠覆”，是形而上学的。

2. 东方文化派的评价

东方文化派是人们对五四时期东西文化论战中站在维护东方传统文化价值一边的学者的总称，其人员包括《东方杂志》的主编杜亚泉以及章士钊、陈嘉异、梁启超、梁漱溟等。学术界一般将东方文化派定位为“反现代化”思潮，值得商榷。学者们大多认为，东方文化派的出现是由于一战后欧洲出现了对西方文明审视和批判思潮，这种思潮与中国本土的文化保守主义相结合，出现了调和论，遂形成东方文化派。

东方文化派有着强烈的民族主义情感，以东方文化优越论来反抗西方文化的入侵，强调中国的精神文明与西方物质文明的调和，甚至要用中国文明拯救西洋文明。《东方杂志》的主编杜亚泉即主张从横向上将中西文化视作类型不同、各具特质的体系进行比较，他既强调中国文化的内在价值，又提倡二者调和互补。

东方文化派在论战期间虽然往往与复古派互为奥援，但他们并不避讳东方文化的缺陷，同时也不否认西方文化的长处。杜亚泉即指出“不必排斥欧风侈谈国粹”；梁启超更是对复古主义者借尊孔反对新学新政、败坏社会风气感到痛心疾首；至于后起之秀、具有儒学殿军之称的梁漱溟，不仅认可新文化运动对历史上儒学的批判，而且肯定作为新文化运动口号的民主与科学是西方的特长。[①]

东方文化派看到第一次世界大战“即为国家民族间经济的冲突而起”。[②] 章士钊看到了西方经济制度是西方政治、道德、法律、习惯的本源。梁漱溟则深刻地指出资本主义经济是“生产为本位”，生产本位的经济只有变到社会本位、分配本位时，才归于合理。东方文化派对资本主义固有矛盾的分析和揭露，对中国人当时形成的以为只要走资本主义

① 俞祖华、赵慧峰主编：《中国近代社会文化思潮研究通览》，山东大学出版社 2005 年版，第 234 页。

② 杜亚泉：《战后东西文明之调和》，《东方杂志》第 14 卷，第 4 号。

道路就可以救中国的信念起了破坏作用，客观上有利于社会主义思想在中国的传播。

3. 东西文化之争的评价

（1）东西文化论争，从学理上分析，西方文化派和东方文化派的主张都是正确与错误并存。分开来看，它们构成悖论，合而视之，则又互为补充，形成辩证的统一。①

（2）东西文化论争，展示了两种不同类型的文化改造策略：一种是以西方文化主流派为代表的激进式突变型文化改造策略，以摧毁传统文化的价值中心地位为职志，换取现代文化建构的历史逻辑支点；另一种就是文化保守主义思潮所代表的渐进式缓变型文化改造策略，认为中国文化必须调整和更新，但原动力必须向中国文化系统内部探寻，认为中国文化系统在经过现代洗汰之后仍葆有传统的智慧和精神，深信传统文化尤其是儒家文化的价值智慧仍然是现代文化建构的价值源。这两种文化改造策略，成为支撑五四良性文化生态圈的对立互补两极，促成了“百家争鸣”的思想文化繁荣格局。②

（3）东西文化论战使激进主义势力在思想文化领域占据了有利地位，在很大程度上决定了此后中国文化朝激进主义的方向发展。五四前后的东西文化论战为后来中国共产党人正确解决中西文化问题，探索中国文化的发展道路提供了借鉴；为马克思主义在中国的传播提供了契机，创造了条件；而马克思主义成为中国意识形态的主流后，长期规约着中国文化的发展走向。③

（4）东西方文化之争作为特有的文化历史现象，昭示着中国历史上所蕴涵的现代意义。然而，很少有人注意到这场论争是在以西方为中心的前提下讨论东方文化能否继续存在。当然，这样的一场争论，其政治意义超过了文化意义，所谓的文化中心也不是固定不变的。④

---

① 郑大华：《重评“五四”前后的“东西文化论战”》，《湖南师范大学社会科学学报》2003年第4期。

② 马立新：《“五四”东西文化论战新探》，《山东师范大学学报》（人文社会科学版）2004年第2期。

③ 杜艳华、司徒琪蕙：《五四前后的东西文化论战与中国文化的走向》，《探索与争鸣》2004年第9期。

④ 许剑铭：《“五四”东西文化论战再反思》，《中央民族大学学报》（哲学社会科学版）2006年第2期。

（5）第一次世界大战的爆发在一定程度上改变了中国知识分子对西方文化的看法。在东西文化问题论战中，以杜亚泉为代表的东方文化派率先注意到现代技术的广泛运用，对于东西文化的影响，并以战争所导致的西方文化危机来为中国传统文化辩护。而以胡适、陈独秀为代表的反对派起初没有意识到这一时代问题。真正对这一问题进行深入思考的是瞿秋白，他运用唯物辩证法揭示了导致现代科技不合理应用的根源，并主张以革命的方式改造社会制度以化解现代技术与人类文化之间的冲突。①

（6）五四新文化时期，以杜亚泉、梁漱溟等为代表的东方文化派认为文化只有民族性的不同，而没有时代性的差异，东西文化不能进行量的比较。而以胡适、陈独秀等为代表的西方文化派则认为东西方文化的差别不是民族性的不同，而是时代性的差异，中国文化已经远远落后于西方文化，西方文化才是拯救中国文化的匡世良药。②

（7）东西文化论战的研究，取得了很大的成绩，但是也还存在一些不足。研究中还存在着非历史主义的倾向，系统性不够，研究方法有待进一步完善。③

三、中国本位文化建设与全盘西化论

五四时期有关中西文化的性质和孰优孰劣的论战，持续了十多年之久，随着大革命的兴起迅速拉下了帷幕。到了20世纪30年代，又兴起了有关本位文化建设与全盘西化的论战，从文化规律的角度说，可以说这场论战是五四时期有关中西文化论战的自然逻辑的延续，是一场直接关涉中国文化路向选择和中国文化建设战略实施的辩论。

（一）争论的原因和始末

1. 争论的原因

中国本位文化和全盘西化之争，是五四时期中西文化论战的直接承继。主张中国本位文化的人本来是针对西化论的。西化论的领军人物是

① 周可：《东西文化论战中的现代技术与文化问题》，《江汉论坛》2010年第7期。

② 唐莉娟：《30年代有关中国本位文化建设的论争》，《安徽文学》2008年第9期。

③ 郑大华、伏炎安：《20世纪90年代以来五四东西文化论战研究述评》，《广州大学学报》（社会科学版）2006年第4期。

胡适、陈序经，他们要求突破“中体西用”的局限，从物质到精神全方位吸收西方文明的成果。用陈序经的话来说就是：在消极方面，扫除固有而不适时境的文化；在积极方面，努力于彻底西化之途。

民族危机的加深。九一八事变发生后，中国面临着亡国灭种的危险境地，民族危机感日益加深，民族主义思潮高涨，驱动了各界爱国人士救亡工作的积极展开。

“复兴民族文化”成为30年代国民党政权文化“围剿”的重要组成部分。为了对抗传入我国的马克思主义文化，国民党当局政府推行的“四维八德”，实行“攘外必先安内”的方针政策等因素则是触动此次论战的深层原因。

2. 争论的始末

早在《中国本位的文化建设宣言》发表之前，胡适、陈序经等人则已积极鼓吹全盘西化的思想。

1929年上海出版的《基督教年鉴》刊载胡适所写的《今日中国的文化冲突》一文，胡适说：

> 我指出中国人对于这个问题，曾有三派的主张：一是抵抗西洋文化，二是选择折衷，三是充分西化。我说，抗拒西化在今日已成过去，没有人主张了。但所谓“选择折衷”的议论，看去非常有理，其实骨子里只是一种变相的保守论。所以我主张全盘的西化，一心一意的走上世界化的路。那部年鉴出版后，潘光旦先生在《中国评论周报》里写了一篇英文书评，差不多全文是讨论我那篇短文的。他指出我在那短文里用了两个意义不全同的字，一个是 Wholesale westernization，可译为“全盘西化”；另一个是 Wholehearted modernization，可为“一心一意的现代化”，或“全力的现代化”，或“充分的现代化”。潘先生说，他可以完全赞成后面那个字，而不能接受前面那个字。这就是说，他可以赞成“全力现代化”，而不能赞成“全盘西化”。陈序经、吴景超诸位先生大概不曾注意到我们在五六年前的英文讨论。①

① 《胡适文存》第4集，黄山书社1996年版，第100页。

因为此说出于胡适的自述，几乎所有引征者都确信不疑，但实际上《中国基督教年鉴》的原文并没有出现过全盘西化（Wholesale westernization）的字眼，潘光旦的评论原文对胡适主张的归纳是这样的："对西方文明的'全盘'接受和'全心全意地'接受——胡博士在其文章的前后两部分中所使用的显然指示同一态度的两个修饰语——当然有所不同。"但是，潘光旦的批评没有引起胡适的注意。后来"全盘西化"的口号就在国内流行开来。

陈序经（1903—1967）是20世纪30年代"全盘西化"论代表人物。他是海南岛文昌县人，1903年生，1920年入读岭南中学，1925年毕业于复旦大学，1928年获美国依利诺大学哲学博士学位，同年受聘岭南大学社会学系助理教授。1930年赴德国柏林大学进修，次年重返岭南大学。1934年以后陈序经转任天津南开大学教授。1949年后陈序经曾担任岭南大学校长，1967年去世。他在20年代留学德国期间形成了"全盘西化"的思想，30年代他因"全盘西化"论主张，而名噪一时，"文化大革命"期间也因"全盘西化"而遭迫害致死。

1931年，陈序经在《社会学刊》2卷3期上发表了《东西文化观》一文，他首次用"全盘西化"来表达自己的观点。同年他完成《中国文化的出路》一书（该书直到1934年初才出版），在该书的第五章里，他说："救治目前中国的危亡，我们不得不要全盘西洋化，但是彻底的全盘西洋化，是要彻底的打破中国传统思想的垄断，而给个性以尽量发展其所能的机会。"① 陈序经后来回忆当年提出"全盘西化"的主张："到了民国二十年间，我开始用了'全盘西化'这个名词"。"'全盘迎受西洋文化'的字样，在我们最初主张全盘接受西洋文化的时候，我既没有发现这些字样已经有了用过，而十余年来流行最广的'全盘西化'这个词却是我用得最早，至少直到现在我还没有发现有人用了这个名词是较我为早的。"②

1934年1月15日和16日的《广州民国日报》的"现代青年"栏

① 陈序经：《中国文化的出路》，邱志华编：《陈序经学术论著》，浙江人民出版社1998年版，第102页。

② 陈序经：《中国文化的出路》，杨深编：《走出东方——陈序经文化论著辑要》，中国广播电视出版社1995年版，第425页。

目，发表了岭南大学教授陈序经1933年12月29日在中山大学社会学系的演讲词，演讲词中将“五四”以来讨论中国文化出路的不同主张分为三派：第一派为主张保存中国传统文化的复古派、第二派为提倡调和办法中西合璧的折中派、第三派“主张全盘接受西洋文化的”西洋派。“兄弟是特别主张第三派的，就是要中国文化彻底全盘的西化”。[①] 陈序经指的第三派，实际范围很窄，就是指他与岭南大学的部分主张全盘西化的师生，这在他其后的言论中不时地被强调。吕学海也将论战发生后针锋相对的论点分为两派，指出“自从陈序经先生的《中国文化之出路》的演讲辞在广州民国日报现代青年栏发表之后，便引起了一场很灿烂的文化论战，参加这个论战的不外两派人物：一派是西洋派——主张全盘西化的；一派是折衷派——主张部分西化的。前派的代表有陈先生本人和冯恩荣先生，后派的代表有王峰先生、林潮先生、张磬先生、陈安仁先生、何汝津先生、王衍孔先生、穆超先生”。自称则是“我们主张全盘西化的人们”。[②]

本位文化论与“全盘西化”论之争在全国形成具有影响的社会潮流，源于中国本位文化建设。中国本位文化建设，首先是由陈立夫提出来的。1934年4月16日，他在南京市政府扩大纪念周上发表了《文化建设之前夜》演讲，诬称“吾国自五四运动以来，所有文化工作”“大部分均系破坏工作，以致吾国固有之文化摧毁无余”。“在此种状态之下，欲求民族之继续生存，其可得乐?”[③] 他强调了建设中国本位文化的重要性。

1934年10月10日，“中国文化建设协会”成立，陈立夫任理事长。该会在上海创办机关刊物《文化建设》月刊。陈立夫在该刊创刊号上发表《中国文化建设论》一文，声称：“建设民族新文化”“须先恢复固有的至大至刚至中至正的民族特性，再以礼义廉耻的精神，以形成坚强的组织和纪律，再尽利用科学的发展，以创造人民所需关于衣食住行之资

① 陈序经：《中国文化之出路——民国廿二年十二月廿九日晚在中大礼堂讲词撮略》，蒋述卓主编：《暨南文丛》卷2，暨南大学出版社2006年版，第437页。

② 吕学海：《评中西文化讨论的折衷派》，《全盘西化言论集》，岭南大学青年会1934年版，第71、78页。

③ 《中央周报》1934年第307期。

料，民族之复兴，当在最近的将来。”

1935年1月10日，王新命、何炳松、陶希圣、萨孟武、樊仲云等十教授联名在《文化建设》月刊上发表了《中国本位的文化建设宣言》，正式提出了“中国本位文化”这种理论。《宣言》只字不提当时深重的国难和抗日救国的根本问题，而对中国的文化运动作了一个所谓的“总清算”，对有人主张中国“该复古”的反动倾向一笔带过，而以重笔批评我国的所谓“模仿英美”、“模仿苏俄”、“模仿意德”派。其核心观点是“此时此地的需要，就是中国本位的基础。”如何对待中西文化，十教授的《宣言》说“不守旧，是淘汰旧文化，去其渣滓，存其精华”；“不盲从”是对外国文化“取长补短，择善而从”，“吸收其所当吸收”，“吸收的标准，当决定于现代中国的需要！”①

十教授《宣言》发表后，国统区的报刊争相转载，许多文化人纷纷发表文章，展开讨论。

1935年1月19日，蔡元培在《复何炳松函》中说：“中国本位的文化建设宣言，在原则上，在抽象的理论上，可云颠扑不破。”但关键并不在于抽象的理论原则，而在于怎样“择善”，“怎样是人类公认为善，没有中国与非中国的分别的。怎样是中国人认为善，而非中国人或认为不善的；怎样是非中国人认为善，而中国人却认为不善的。”② 蔡元培这一观点，代表了当时大多数学者的观点。对于怎样“择善”，怎样判定中国“此时此地的需要”？其方针是“中体西用”。陈立夫在《文化与中国文化之建设》一文中引用孙中山先生的话：“‘将我国固有之道性智能，从根本救起，对西方发明之物质科学迎头赶上’二语，实是为中国本位文化建设之方针与方法也”。③

1935年3月17日出版的《独立评论》第142号，发表了陈序经写的《关于全盘西化答吴景超先生》一文，文章指出：“西洋文化在近代之所以能够有一日千里的进步，就是因为她的动性较强；两千年来的中国文化之所以停滞不发展，就是因为她的惰性较深。惰性较深，就是表示没有创造力，动性较强，就是表示有创造。因此，有些人且叫中国的

① 王新命等：《中国本位的文化建设宣言》，《文化建设》第1卷第4期，1935年1月。

② 《蔡元培全集》第14卷，浙江教育出版社1998年版，第14页。

③ 《文化与社会》第1卷第8期，1935年5月。

文化为保守的文化，西洋的文化为创造的文化，这样看起来，全盘西化，实为中国创造别一种新文化的张本了。”

1935年3月31日，天津《大公报》上发表了胡适的《试评所谓“中国本位的文化建设”》一文，正面批驳十教授的宣言，系统地论述他的中西文化观。主旨是：“中国的旧文化的惰性实在大的可怕，我们正可以不必替‘中国本位’担忧。我们肯往前看的人们，应该虚心接受这个科学工艺的世界文化和它背后的精神文明，让那个世界文化充分和我们的老文化自由接触，自由切磋琢磨，借它的朝气锐气来打掉一点我们的老文化的惰性和暮气。将来文化大变动的结晶品，当然是一个中国本位的文化，那是毫无可疑的。”①

针对陈序经和胡适对十教授的批评，1935年4月3日，王新命遂单独起而回应，发表《全盘西化论的错误》一文进行反击，文章指出：

> 总而言之，陈胡二氏这次所提出的全盘西化的主张，是错误的。其最大的错误，（一）是忘记了中国几千年历史四万万民族也是文化的产物；（二）是忘记了全盘西化的结果会把西方人垃圾箱中的垃圾来替代中国人饭碗中的白米饭；（三）是忘记了聪明相等的民族纵有其不相如的埠方，而文化的创造上，决不会甲种民族的创造完全是构成天堂的材料，乙种民族的创造完全是构成地狱的材料；（四）是只看到西洋的好处，没有看到美国一方有人主张火焚麦棉，一方有1200万失业者为着请求救济饥饿而饱尝流泪瓦斯的滋味，也没有看到号称字典中没有“失业”名词的苏俄，仅列宁格拉［勒］一处同时被捕的窃贼和盗匪竟达六千余人；（五）是忘记了性史春药洋八股的流行，正是无条件接受西化的中毒状态；（六）至于自作聪明，在连十教授自己都没有知道“此时此地的需要”究竟是什么之前，竟断定这个“此时此地的需要”一定是和张之洞的中体西用和目前的读经等运动是同质的东西，而放无的的矢，那就不过是较小的错误。②

---

① 《胡适全集》第4卷，安徽教育出版社2003年版，第583页。

② 罗荣渠主编：《从“西化”到现代化——五四以来有关中国的文化趋向和发展道路论争文选》，北京大学出版社1990年版，第446页。

1935年4月23日，《大学新闻周报》第3卷第8期。陶希圣发表了《对中国本位文化建设宣言的几点补充意见》的文章。文章认为：英美的资本主义文化、新的国家主义、苏俄的共产主义，“我觉得以上三套都不合乎中国的环境，中国是次殖民地的国家，现在所需要的是第四套：民族主义，民族独立后，再谈其他。而这民族主义是含有社会主义内容的。”“总之，我个人对于中国本位文化建设的意见很简单：（一）应以客观的态度，来观察现在中国的环境。主观的夸大，和克己，都没用处。（二）不歌颂资本主义，也反对‘复古’。（三）民族独立运动含有社会主义，社会主义也须含有民族思想。以上三点，是我个人补充宣言的意见。”①

在学术界各方文化人士的批评下，本位文化论者又炮制《我们的总答复》一文于1935年5月发表。文章对原宣言中“本位文化的基础”，“此时此地的需要”作了新的解释，概括为“充实人民的生活，发展国民的生计，争取民族的生存。”② 一位支持十教授宣言的作者对上述概括持不同意见，他说，这样“三民主义在此时此地的需要下成为二民主义”，并取消了“民权”主义，中国本位的文化就是中国“独裁的”“国家社会主义”的文化。张熙若指出“中国本位文化建设运动就是独裁政制建设运动”。③ 总之，就国民党方面来说，关于中国本位文化建设的讨论，实际上是恢复中国固有的封建文化传统，加强对思想文化界的控制，它是一次政治性的活动，它和全盘西化论一样，不能为中国文化的发展指明方向。

1935年6月23日天津《大公报·星期论文》刊载了胡适写的《充分世界化与全盘西化》一文中指出：与其说“全盘西化”不如说“充分世界化”，因为严格说来，“全盘”含有100%的意义，而99%还算不得“全盘”。他之所以赞成“全盘西化”，只是因为这个口号最近于他十几年来的“充分世界化”的主张，认为用“充分世界化”代替“全盘西

① 钟离蒙、杨凤麟主编：《中国现代哲学史资料汇编·中国文化问题论战》第2集第6册，辽宁大学哲学系1982年，第76－77页。

② 《何炳松论文集》，商务印书馆1990年版，第285页。

③ 张熙若：《全盘西化与中国本位》，刘福春、李广良主编：《回读百年20世纪中国社会人文论争》第2卷，大象出版社2009年版，第688页。

化”，“可以免除一切琐碎的争论”，“可以容易得着同情的赞助”，另外，“数量上的严格全盘西化是不容易成立的”。①

1935 年 7 月 21 日，陈序经在《独立评论》上又发表《全盘西化的辩护》一文，此文就是针对胡适在《充分世界化与全盘西化》中提出的以“充分世界化”代替“全盘西化”的建议而写的。陈序经认为，“充分”和“尽量”西化的意义含混，容易被折衷派和复古派当护身符；而且现代的、世界的文化就是西洋文化，因此“全盘西化”的口号是最明确恰当的，他批评了胡适改换口号的三条理由。他说：“我在这里只想指出在所谓百分之九十九或九十五的情形之下，还可以叫做‘全盘’。至于我个人，相信百分之一百的全盘西化，不但有可能性，而且是一个较为完善较少危险的文化的出路。”②

此后，经过论战双方各自对自己观点的修订和总结，虽然有零星的文化讨论的文章见诸报端，但作为一场争论，这次论战则告一段落。

（二）中国本位文化与全盘西化的理论分歧

1. 文化的时代性与民族性

文化的时代性与民族性、普遍性与特殊性是一个基本的文化理论问题，也是双方的理论分歧之一。本位论者强调文化的民族性和特殊性，西化论者注重文化的时代性和普遍性。

本位文化论者认为，文化的形成与发展受着自然环境和社会环境的左右，“它是一个地方一个时代民族性的表现，只有在一定的时间与空间内，能保持原有的意义。别个地方的人，如抄袭过去，总会把原意失去的。”文化的本质就是有独特性。依据这样的理论，本位论者要求在文化选择中，“应该以客观的态度，观察一下，西洋的文化，是不是适合中国的环境”③，“中国是中国，不是任何一个地域，因而有它自己的特殊性。同时，中国是现在的中国，不是过去的中国，自有其一定的时

① 《胡适全集》第 4 卷，安徽教育出版社 2003 年版，第 585－587 页。

② 陈序经：《全盘西化的辩护》，杨深编：《走出东方——陈序经文化论著辑要》，中国广播电视出版社 1995 年版，第 287 页。

③ 陶希圣：《对中国本位文化建设宣言的几点补充意见》，《大学新闻周报》第 3 卷第 8 期，1935 年 4 月 23 日。

代性，所以我们特别注意于此时此地的需要。”① 环境不同，中国所需要的东西也不同，中国的文化建设，就应以中国为本位。

针对本位文化论者强调文化的民族性和特殊性，西化论者指出，文化的普遍性和时代性是不容忽视的，一味坚持其民族性和特殊性，中国文化就难以有发展的出路。他们认为，文化具有普遍性的意义。文化本位论的错误，“是在于不明了文化乃人类的创造品，民族的精神，固然可于文化中见之，然他的真谛，并不在于保存文化，而在于创造文化”。西化论者从文化时代发展趋向的角度提出，未来的世界文化呈大同的趋向，未来的世界文化不应该存有民族的成见。“我们主张全盘西化，并非以为西洋文化之在今日，已臻完美至善的地位。我们的见解是：中国文化根本上既不若西洋文化之优美，而又不合于现代的环境与趋势，故不得不彻底与全盘西化。”② 他们深感文化的发展，不仅是让外来文化适应中国文化，更应该利用文化的力量，改变中国，以使中国文化跟上世界文化发展的步伐。

十教授在《中国本位的文化建设宣言》中开宗明义地指出：“在文化的领域中，我们看不见现在的中国了。”“中国在文化的领域中是消失了；中国政治的形态、社会的组织和思想的内容与形式，已经失去了它的特征。由这没有特征的政治、社会和思想所化育的人民，也渐渐的不能算得中国人。所以我们可以肯定的说：从文化的领域去展望，现代世界里面固然已经没有了中国，中国的领土里面也几乎已经没有了中国人。要使中国能在文化的领域中抬头，要使中国的政治、社会和思想都具有中国的特征，必须从事于中国本位的文化建设。”③ 而西化派则全面肯定新文化运动者的功绩，他们从时代发展的角度去观察中西文化，为论述自身的观点而强调中西时代的差异。

对本位文化派提出的中国在文化领域的消失，胡适在《试评所谓“中国本位的文化建设”》一文中针锋相对地提出：

> 今日的大患并不在十教授们所痛心的“中国政治的形态，社会的组织，和思想的内容与形式，已经失去它的特征”，我

① 《何炳松文集》第2卷，商务印书馆1997年版，第406页。

② 陈序经：《关于全盘西化答吴景超先生》，《独立评论》第142号。

③ 《何炳松文集》第2卷，商务印书馆1997年版，第403页。

> 们的观察，恰恰和他们相反。中国今日最可令人焦虑的，是政治的形态，社会的组织，和思想的内容与形式，处处都保持中国旧有的种种罪孽的特征，太多了，太深了，所以无论什么良法美意，到了中国都成了逾淮之橘，失去了原有的良法美意。政治的形态，从娘子关到五羊城，从东海之滨到峨嵋山脚，何处不是中国旧有的把戏？社会的组织，从破败的农村，到簇新的政党组织，何处不具有“中国的特征”？思想的内容与形式，从读经祀孔，国术国医，到满街的性史，满墙的春药，满纸的洋八股，何处不是“中国的特征”？①

陈序经进一步指出两千年来中国文化之所以停滞不发展，就是因为本身的惰性较深，“从东西文化的程度来看，我们无论在文化那一方面，都没有人家那样的进步。”②

本位文化论者和西化论者都割裂了文化的民族性与时代性、普遍性与特殊性的辩证关系，只看到了他们之间的区别性，看不到不可能看到他们之间的统一性。如果像本位论那样，片面地抓住文化的民族性、特殊性，就会排斥后进民族主动地吸收外来文化的优秀成果。如果像西化论那样，把中西文化的差异孤立地看作时代差异，认为西方文化就是现代的、进步的文化，合于时势的文化，而中国文化是旧的、不合时宜的文化，这种只看到文化的时代性而完全否认或者轻视其民族性的片面主张，就会以西方文化排挤民族文化，也不可能创造出真正符合时代需要的新文化。

2. 文化的整体性与可分性

文化的整体性与可分性是双方争论的又一个焦点。早在本位文化论战之前，全盘西化派代表陈序经便开始宣扬文化分不开的理论，以此来为其全盘西化主张做理论铺垫。吴景超在论文中曾引用陈序经的话，然后加以批评。他引用陈序经的话说：“文化本身上是分开不得，所以它所表现出的各方面都有连带及密切的关系。设使因了内部或外来的势力冲动或变更任何一方面，则他方面也受其影响。它并不像一间房子，房

① 《胡适全集》第4卷．安徽教育出版社2003年版，第582页。

② 冯恩荣编：《全盘西化言论续集》，岭南大学学生自治会出版部1935年版，第88页。

顶坏了，可以购买新瓦来补好。……所以我们要格外努力去采纳西洋的文化，诚心诚意的全盘接受他，因为他自已本身上是一种系统，而它的趋势是全部的，而非部分的。”① 这就是说，要接受西方文化就必须全盘接受，不能有所区分和选择。这种机械的观点显然是错误的，也不符合中国近代文化发展的实际。

论战中与他相对垒的吴景超则通过具体事例提出了他的反对意见。吴景超认为，文化并不是像陈序经说的那样铁板一块，有的部分是可以细分的。引进西方文化也并不需要全盘西化。他形象地指出了这种理论的缺陷。他说：“我们采纳了西洋电灯，是否便非采纳西洋的跳舞不可呢？采纳了西洋的科学，是否便非采纳西洋的基督教不可呢？我们的答案，恐怕不会是肯定的。文化的各部分，有的分不开，有的是分得开。别国的文化，有的我们很易采纳，有的是无从采纳。”②

本位文化派也反对陈序经提出的西方文化是个不可分的整体的观点。王新命等十教授在《我们的总答复》中指出，西方文化本身便是一个的矛盾性和非整体性的存在。

> 西方现存文化的自身，也何尝是个统一的整体？资本主义文化和社会主义文化的冲突，岂不就是西方文化自身的矛盾？所谓全盘承受，究竟承受什么东西？是承受资本主义文化的全盘，是承受社会主义的全盘，还是承受资本主义文化与社会主义文化两者的全盘？倘以为在资本主义文化与社会主义文化中有一种共同的基础或性质，可以全盘承受，殊不知每种文化各有其独特的体系。资本主义文化与社会主义文化既建立在不同的社会关系上，其体系的任何部分自不能相同。敢问全盘西化论者从何化起？③

本位文化派发表了专门探讨文化整体性与可分性问题的文章，他们承认文化系统的各个方面有着连锁密切的关系，但同时也指出文化各方面存在着联系性并不等于文化是不可分的。李绍哲在《文化的联系性》、

① 吴景超：《建设问题与东西文化》，《文化建设》1935 年第 7 期。

② 吴景超：《建设问题与东西文化》，《文化建设》1935 年第 7 期。

③ 王新命等：《我们的总答复》，《文化建设》1935 年第 8 期。

《全盘西化论检讨》、《全盘西化论再检讨》中指出："文化的本身是绝对可分的，文化的吸取，是可以自由选择的。这一问题的核心，就在所谓文化的联系性上。""关系密切是一件事，可否分开又是一件事。换句话说，连锁密切并不就是绝对不可分开，密切的程度和可分性成一反比例。密切的程度深，则可分性少，密切的程度浅，则可分性多。""将文化分为特殊性——国别性和一般性——世界性两部类是可能的。但这分类应做动的发展的看法，就是特殊性与一般性的分立不是原始的固定的永久的，从其发展的趋势看来，特殊性和一般性对立互存的现阶级正要必然走到一般性化路上去。""一个文化本身有若干内在的矛盾，而在其文化本身里成为不可解的症结，我们不加抉择而囫囵各吞枣的全盘吸收，其结果只有未得其益先收其害而已。""全盘西化论者以为文化本身绝对不可分，一般性的不待说，特殊性的也主张无批判地全盘化与人同，而不顾其可能性质与自我立场，可以说是严重的绝对的错误。我们欢迎一般性的文化的来临，我们赞成特殊性的一般性化，但要以不致越俎躐等和肯定自我本位为前提。换句话说，我们不苟同拼命极端，而要共化共存，我们要利用西洋文化而不应做西洋文化的奴役，要采取西洋文化来充实我们民族的生机，而非降伏西洋文化去毁灭我们民族的历史。"① 程天放在"首都中国本位的文化建设座谈会"上报告开会宗旨时说："可将文化分成两部分，即一部分为含有世界性者，一部分为含有国别性者"。"中国今日凡属含有世界性之文化，必须尽量吸收他人之长，以补己之不足；至含有国别性之文化则当求其适合于本国国情，而不可盲从他人也。"②

事实上，文化的整体性与可分性都是相对而言的，二者是对立统一的，片而地强调一端，都是错误的。西化论者以极端的文化整体性为理论前提，把它作为其"全盘西化"论的理论根据之一，为其理论的系统完整性和逻辑说服力打下基础。但是他却把文化的整体性强调得过了

① 马芳若编：《民国丛书文化·中国文化建设讨论集·中篇》第1编43，上海书店出版社，第165、42-43、89页。

② 程天放：《对于建设中国本位的文化之意见》，《中国文化建设协会会报》1935年第7期。钟离蒙，杨凤麟主编：《中国现代哲学史资料汇编·中国文化问题论战》第2集第6册，辽宁大学哲学系1982年版，第188页。

头，偏执地认为文化的整体性就是文化的绝对不可分性，中国文化就是陈旧的、落后的、罪恶的，并无知地认为中国文化就是那些封建割据、无序社会、读经复古、性史春药之类的东西，从而得出必须整体性抛弃中国文化而实现全盘西化的结论。这种结论显然是错误的。本位论者论证了文化是可分的，文化是可以进行选择的，却没有指出参与文化选择的人是依存于社会环境的，文化的选择要受诸多社会条件的限制。文化的自由选择，也只能是在一定社会条件许可的范围内的自由选择。同时，也留下了这样的提问：文化选择中，如果没有一种与现代化要求相一致的价值取向目标，那么这种选择的结果又将把中国的文化引向何方呢？①

3. 文化的演进规律

胡适认为文化变动有四个方面的性质和规律：第一，"文化本身是保守的"；第二，凡两种不同文化接触时，比较观摩的力量可以摧陷某种文化的某方面的保守性与抵抗力的一部分；第三，在这个优胜劣败的文化变动的历程中，没有一种完全可靠的标准可以用来指导整个文化的各方面的选择去取；第四，"文化各方面的剧烈变动，终一个大限度，就是终不能根本扫灭那固有文化的根本保守性"，因此变动的结果，"日本人还只是日本人，中国人还只是中国人。"② 有鉴于中国旧文化的"惰性""实在大得可怕"，他说他提出"全盘西化"口号旨在借此打掉这种文化的"惰性"。"全盘西化的结果，自然会有一种折衷的倾向"。又说，"此时没有别的路可走，只有努力全盘接受这个新世界的新文明，全盘接受了，文化的'惰性'自然会使他成为一个折衷调和的中国本位新文化"，他说，他"就是拼命走极端"。③ 从这样的意义上，他提出"全盘西化"口号是一种"矫枉必须过正"式的宣传手法，和对守旧势力的一种说教。

自称"我个人在大体上很同情于全盘西化论"的张佛泉，发表了《西化问题之批判》一文，赞同胡适关于文化变动的性质和规律。他说：

---

① 马千里：《三十年代文化论战透视》，《江海学刊》1996 年第 3 期。

② 胡适：《试评所谓"中国本位文化建设"》，《胡适全集》第 4 卷，安徽教育出版社 2003 年版，第 582 页。

③ 《独立评论》第 14 期《编辑后记》。

就人类历史上几椿大事说来，我们曾见到罗马人接受希腊文化；北欧野蛮民族接受罗马及希伯来文化；中国接受印度文化；日本接受中国文化，现在又接受西方文化。然而却未见到接受旁人文化的将自己的个性完全失掉。即使没有文化的团体羼入有文化的团体，或是在文化发展过程中阶段较低的民族混入阶段较高的民族中，严格讲来，也不会完全消灭的。至少一国的“空间时间的特殊性”（用十教授《中国本位的文化建设宣言》中语）是永能保持的。关于这一点，我想胡适之先生的看法是非常之正确的。文化自有一种“惰性”，即使我们努力全盘接受他人的文化；而结果也要趋向于折衷的，所以我们在这里实无所畏。但若在没开诚接受西洋文化之前却先怕自己的文化消灭，那便仍是一种变象的保守主义。①

何炳松、萨孟武、李俚人、吴忠亚分别在1935年《文化建设》第8期、第10期上发表了《论中国本位文化建设答胡适先生》、《关于中国本位文化建设问题》等的文章，李绍哲在1935年4月30日《晨报》上发表了《中体西用与中国本位辩异》一文，不赞成胡适的有关观点。李剑华在《试评胡适之〈试评所谓中国本位的文化建设〉》一文中，批评胡适关于文化变动的性质和规律。第一，胡适把“文化变动的历程”，当做“优胜劣败”的历程，无疑是一种“社会的达尔文主义”，“所谓社会的达尔文主义者，便是拿达尔文的‘自然淘汰’‘生存竞争’‘适者生存’‘优胜劣败’等等生物学的法则去说明人类社会生活发展的历程，拿自然的规律性去代替社会的规律性，机械地把社会还元［原］于自然，这是错误的。”第二，胡适认为文化的选择没有科学方法作标准是错误的。“社会科学的任务，在于发现社会现象之间的因果关系之法则，即社会现象的规律性。我们能够把握着社会现象的规律，便能够预言社会现象的变动，能够对于社会现象的变动加以适当的人为的控制。”“我们若不相信科学方法有控制文化的力量，则我们的一切社会计划，经济计划，建设计划，乃至一切社会政策等等，都成为不必要了。”第三，

① 文化建设月刊社编：《中国本位文化建设讨论集》，文化建设月刊社1936年版，第217－218页。

“文化的惰性，正需要用政治的力量去做一番扬弃的工作，岂能听其自然。如果一个民族简简单单的有自己的‘生活习惯’和‘那无数无数的人民’，就叫做‘本位文化’的话，那么，印度、朝鲜、安南诸殖民地的文化本位，的确没有被毁灭的危险，而我们中国也可以放一百二十四个心，不必讲什么中国本位文化”。“中国本位文化的建设，和中国民族之独立自主有绝对不可分离的关系。”①

胡适之所以主张“全盘西化”，就其思想认识根源来看，主要有两点。

首先，是他的民族文化自卑心理的滋长。正是从这种“全盘西化”的要求出发。他发表了一系列文章，主张搞一个学习西方文化的“心理建设”，要中国人以美国为“镜子”，中国文化不适宜于现代环境，而提倡充分接受世界的新文明。承认“我们自己百事不如人”。认为只有这样“大彻大悟”，才能“死心塌地的去学人家”。② 为了说明中国“百事不如人”，他列举了贫穷、疾病、愚昧、贪污、扰乱为中国的五大仇敌，炮制了一个“五鬼闹中华”论。又列举了“骈文、律诗、八股、小脚、太监、姨太太，五世同居的大家庭、贞节牌坊、地狱式的监牢、廷杖、板子夹棍的法庭”等11项“宝贝”。并说可以称得上中国古有文化“优长”之处的只有三点：“我们的语文的‘文法’是全世界最容易最合理的”，社会组织“比较的是很平等的，很平民化的”，宗教“比较的是最简单的，最近人情的”，而且“这三项都夹杂了不少的有害的成分，都不是纯粹的长处”，其他则“想了二十年，实在想不出什么别的优长之点了。”③ 这样，在他笔下，中国文化已一无是处，漆黑一团。正是基于这种极端的民族自卑心理，他提出了全盘西化的取舍原则和目标。他说，为了“救这颓废的民族，救这半死的文化”，“无论什么文化，凡是可以起死回生的，返老还童的，都可以充分采用”，目标则是建立一个“治安的、普遍繁荣的、文明的、现代的统一国家”，④ 方法是学习美国，

① 文化建设月刊社编：《中国本位文化建设讨论集》，文化建设月刊社1936年版，第282－286页。

② 胡适：《请大家来照镜子》，《胡适全集》第3卷，安徽教育出版社2003年版，第32页。

③ 胡适：《三论信心与反省》，《胡适全集》第4卷，安徽教育出版社2003年版，第517页。

④ 胡适：《我们走哪条路》，《胡适全集》第4卷，安徽教育出版社2003年版，第461页。

用教育来打倒愚昧，用实业来打倒贫穷，用机械来征服自然用防弊制度来经营商业，办理工业，整理国家的政治，“集合全国的人才智力，充分采用世界的科学知识与方法，一步一步的作自觉的改革”。[①] 这样，他在“全盘西化”的极端口号下，全盘否定了中国的传统文化，提出了全盘学习西方资本主义文明的蓝图。用全盘资本主义化来和我党新民主主义革命路线相对抗，这就是“全盘西化”论者的实质。胡适的“全盘西化”论，与国民党的新式的“中学为体，西学为用”的文化主张也是有矛盾的。早在“九·一八”以前，他就著文对国民党鼓吹恢复旧文化的言论进行过批评。1934 年 8 月，国民党政府在全国恢复孔诞典礼，他著文进行揭露和批评，并说：“开倒车是不会有成功的”。[②] 随后，他又著文批评“中国本位文化建设”，“正是‘中学为体，西学为用’的最新式的化装”。[③]

其次，是他对所谓文化之“惰性”的认识。他认为国民党反动文化的“根本错误在于不认识文化变动的性质”，即不懂得文化交流的规律。他认为文化变动有四个方面的性质和规律，并有鉴于中国旧文化的“惰性”“实在大得可怕”，他说他提出“全盘西化”口号旨在借此打掉这种文化的“惰性”。“全盘西化的结果，自然会有一种折衷的倾向”。又说：“此时没有别的路可走，只有努力全盘接受这个新世界的新文明，全盘接受了，文化的‘惰性’自然会使他成为一个折衷调和的中国本位新文化”，他说，他“就是拼命走极端”。[④] 从这样的意义上，他提出“全盘西化”口号是一种“矫枉必须过正”式的宣传手法，和对守旧势力的一种说教。

胡适的上述言论，显然是为了劝说国民党政府来接受他的“全盘西化”论的，但同时也是对封建复古文化的一种妥协。但是，他关于文化性质、文化交流、旧文化的保守性和惰性，以及文化交流的结果是“折衷”的看法，应该说一定程度上是反映了文化变动的客观性质，部分地

① 胡适：《我们走哪条路》，《胡适全集》第 4 卷，安徽教育出版社 2003 年版，第 468 页。

② 胡适：《写在孔子诞辰纪念之后》，《胡适全集》第 4 卷，安徽教育出版社 2003 年版，第 533 页。

③ 胡适：《试评所谓“中国本位文化建设”》，《胡适全集》第 4 卷，安徽教育出版社 2003 年版，第 578 页。

④ 《独立评论》第 14 期《编辑后记》

符合文化交流的事实，因而不该简单地予以否定。应当指出，“全盘西化”论者陈序经过分强调了文化的整合性，把它看成是机械的统一，认为“文化本身是分开不得”，西洋文化本身“是一种系统”，“所以我们要格外努力采纳西洋的文化，诚心诚意的全盘接受他”。[①] 这种观点显然是错误的。胡适鉴于“全盘西化”的口号在理论和逻辑上的不通，而改用“充分世界化”。“全盘西化”论者对民族文化采取完全否定的态度，对西洋文化主张全盘吸收的立场，是完全错误的。他们看不到以苏联为代表的无产阶级文化，不承认国内的人民大众的新民主主义文化，也是错误的。文化交流和对外来文化的抉择去取，是有着深刻的阶级内容和民族传统的，不同的阶级有不同的文化价值观和取舍标准。胡适等人看不到也不承认无产阶级文化是那个时代更先进的文化形态，他们拒绝、排斥马克思主义，因此他们理所当然地遭到了中国马克思主义者的批判。

（三）中国本位文化与全盘西化争论的评价

关于中国本位文化建设，当时有许多文化人纷纷发表文章，展开讨论。在半年的时间里，讨论的文字多达百余万言。当时，有人曾将这些讨论文字加以整理，分别编为《中国文化建设讨论集》和《中国本位文化建设讨论集》出版。1935 年，龙文书店出版了马芳若编著的《中国文化建设讨论集》。该书封面印“当代名流学者文化巨子，全国舆论界的权威作”。1936 年 9 月，文化建设月刊社出版了该社编的《中国本位文化建设讨论集》，该书除陈立夫写的《文化与中国文化之建设》的绪论外，分为九个部分，共 49 篇文章，以上两部书均收入《民国丛书》编辑委员会编的《民国丛书》第一编，上海书店 1989 年出版。

2004 年，南昌市百花洲文艺出版社出版了宋小庆、梁丽萍著《关于中国本位文化问题的讨论》一书，俞祖华、赵慧峰主编的山东大学出版社 2005 年出版的《中国近代社会文化思潮研究通览》一书中，也有关于东方文化派、本位文化派、文化保守主义的具体人物等论述。陈序经是中国现代思想史上“全盘西化”论的首倡者，他的文集和研究他的文

---

① 陈序经:《东西文化观》,《岭南学报》第 5 卷第 1－4 期。

化思想的著作相继问世。邱志华编的《陈序经学术论著》，浙江人民出版社1998年出版。陈序经著《东西文化观》，中国人民大学出版社2004年出版。余定邦、牛军凯编的《陈序经文集》，中山大学出版社2004年出版。刘集林著《陈序经文化思想研究》，天津人民出版社2003出版，本书是对陈序经西化思想的系统研究。陈传汉、詹尊沂、陈赞日主编的《东方的觉醒——陈序经学术研讨会论文选集》，延边大学出版社2000年出版。南开大学高等教育研究所编的《东方振兴与西化之路——纪念陈序经诞辰一百周年论集》，南开大学出版社2004年出版。

本世纪以来，有学位论文5篇，期刊上发表的论文近百篇。

目前，学术界对本位文化派、全盘西化派的研究达成了初步共识。

1. 本位文化派的评价

本位文化派有着强烈的民族主义情感，对西方文化的入侵有着本能的反抗心理，从民族文化等于民族国家的视角来谈本位文化建设问题，认同中国传统文化的精神价值和内在生命，确认离开本土文化的根基去建设所谓新文化是不可能的，强调文化建设如以民族文化的丧失为代价，中国就不能成其为中国。他承认西方文化有着积极的一面，主张在“保守”民族文化的前提下，用本位文化来整合文化现代化的“各种不同主张”。这种中国本位文化论，就其文化基点来看，则“就无异以中国为中心”；[①] 就其内容实质来看，则是“复古的文化”；[②] 就其思维方式来看，“正是‘中学为体，西学为用’的最新式的化装出现”。[③] 随着本位文化论与全盘西化论争论的深入，本位文化论逐渐放弃僵化的文化观和形而上学的思维方式，表现出一种开放眼光和分析态度：一方面反对守旧复古；另一方面也反对全盘西化，主张“不守旧，不盲从”，以“中国本位”为主体，“吸收其所当吸收”，唤起“民族自信心”。经过争论，“全盘西化论”遭到了大多数学者的批评和摈弃。本位文化派的主张，从学理上加深了人们对中西文化差异及“现代化”内涵的总体认

① 潘光旦：《谈“中国本位”》，文化建设月刊社编：《中国本位文化建设讨论集》，文化建设月刊社1936年版，第108页。

② 叶法无：《一十宣言与中国文化建设问题批判》，《中国社会》第4期。

③ 胡适：《试评所谓“中国本位的文化建设”》，《胡适全集》第4卷，安徽教育出版社2003年版，第578页。

识。但是，我们也应看到，本位文化派的文化主张虽然貌似公允，其实不过是张之洞“体用论”的现代翻版而已，仍不脱其浓厚的文化保守主义性质。他们以保守主义的态度大谈中国本位的文化建设，希望中国能在文化领域中恢复过去的光荣。[①]

2. 全盘西化派的评价

关于全盘西化派，学术界关于胡适与“全盘西化”论的关系、对全盘西化论的评价、对30年代有关中国本位文化建设与全盘西化论战的评价达成初步认识。

第一，胡适是不是“全盘西化”论的“始作俑者”？对于这一问题，学术界有不同的看法。大多数人认为胡适既不是“全盘西化”论的“始作俑者”，也不是“全盘西化”的挂帅人物，真正的“全盘西化”论者是陈序经等人。五四新文化运动时期，胡适主张以“最有效的方式”来吸取西方文化，以实现中西文化的结合，不能称之为“全盘西化派”。五四新文化运动后，他对中国文化出路主张的具体提法虽然前后有些不同，但就一贯的思想来看，他主张的是“充分西化”或“全力西化”，而不是“全盘西化”，用“全盘西化”来概括他对中国文化出路的选择是不准确的[②]。他对“全盘西化”与“中国本位文化”讨论有明确的态度，他不是“全盘西化”论者，而是中西文化融合论的启蒙大师[③]。他提出“全盘西化”口号，其真正目的是想通过对古老的中国文化进行改造，使之能够真正融入到世界进步潮流中去。不论是“全盘西化”还是“充分现代化”，其内涵都是科学化、技术化、民主化。“全盘西化”在用词上存在缺陷和弊端，它被“现代化”所替代是历史的必然，“现代化”已成为当代中国和世界发展的主题与主旋律。[④]

第二，对全盘西化论的评价。全盘西化是现代中国思想史上一股影响不小的思潮。无论从口号提出的先后、文化论战的主动与积极，还是

① 俞祖华、赵慧峰主编：《中国近代社会文化思潮研究通览》，山东大学出版社2005年版，第236–237页。

② 郑大华：《胡适是“全盘西化论者”?》，《浙江学刊》2006年第4期。

③ 王东、王洪慈：《胡适不是“全盘西化”论者而是主张中西文化融合论者——关于“全盘西化”与“中国本位文化”的讨论》，《绥化学院学报》2008年第6期。

④ 吴清一：《“全盘西化”“充分世界化”与“现代化”——析胡适“全盘西化”论》，《海南师范学院学报》（社会科学版）2003年第5期。

从文章的多寡、理论的系统和历史的实际作用看，陈序经都无疑是现代思想史上全盘西化论的真正核心人物，而不是胡适。其极端主张在1949年以前“从不游移”。其西化思想的基本观点乃是一方面全盘否定与取消中国固有文化，一方面全盘（政治、经济、文化、社会、教育等各方面）吸收现代西洋文化，尤其是其“创造”的根本精神，最终“化”出一种中国的新文化。体现陈序经急切救国思想的全盘西化论，无论是在积极主张彻底西化还是在激烈批判传统上，都有其历史合理性。他在促进民族觉醒，推进现代中国思想进程和文化转型方面具有重要的认识价值，他所主张的“全盘西化”论不能简单地理解为全盘资本主义化，其真实含义应当是要求在中国文化土壤中确立现代性。他突出强调了文化的时代性，论证了中国学习西方文化的必要性和紧迫性，具有真挚的爱国情怀和强烈的忧患意识，他强调中国人要积极、主动地去学习西方先进文化、创造新文化方面，总体上是符合当时的时代主流和发展大势的，是非常可贵的。陈序经主张“全盘西化”论的用意是反对“时代的投机者”——折衷派。[①] 但其西化思想本身又有明显割裂中西、笼统含糊的谬误和空想性的一面。其时代中的长处与短处都体现在其极端性中。他认为中西文化的差异只是时代差异，既然西方文化就是现代的文化、合于时势的文化，而中国文化是旧的、不合时宜的文化，那么中国就应该而且能够脱胎换骨地“全盘西化”。这种只看到文化的时代性而完全否认其民族性的片面主张，是纯粹理想主义的，没有实行的可能。“全盘西化”论和“中国本位文化”论的偏至，未能确立文化选择的正确标准，未能确立文化选择过程中的正确方法和态度。[②] 思想流派不宜笼统指认。就全盘西化思潮中的流派而言，在历史上既存在学理相同、关系密切、相权呼应的有实际发生过程的“自在的派”（以岭南大学部分师生为代表），也存在由他人根据论点而加以类分的“外在的派”（一般以胡适、陈序经为代表）。两种“派”具有不同特征，在实际中不能和谐一致，这影响着各自主张的表达和文化论战的走向，制约全盘西化

① 张世保：《陈序经“全盘西化”论解析》，《中南民族大学学报》（人文社会科学版）2008年第2期。

② 朱耀垠：《“全盘西化”论和“中国本位文化”论的偏至》，《高校理论战线》2004年第11期。

思潮的历史命运。①

3. 中国本位文化与全盘西化论战的评价

（1）高扬了民族主义。关于中国本位文化与全盘西化论战，引发了关于民族问题的思考，在一定程度上唤醒了民族主体意识，提高了民族自信心。民族主义得到思想文化界的认同，这为共同抵御外族入侵奠定了一定的思想文化基础。西化论者立足于对腐朽儒教的批判，凸显了文化的时代性，论证了中国学习西方文化的必要性和紧迫性，具有真挚的爱国情怀和强烈的忧患意识。本位文化派有着强烈的民族主义情感，强调文化建设如果以民族文化的丧失为代价，中国就不能成其为中国。在讨论中，学者们逐渐认识到：中国本位，就是中国自我立场，“足以表示我们的民族自觉心”，② 民族的生存这一原则应高于一切，“中国民族的危机，已到极点，解放中国，提高中国文化，首先要反帝反封建。”③“挽救中华民族危机，建设中国文化，则首当肃清封建观念和家族自私的思想而注重民族精神的培植与发挥”；④ “中国本位和世界本位是对立的，我们要使在世界文化领域中有中国存在，在世界人类中有光荣的中国人存在，在现阶段，反单纯而不健全的世界主义实是绝对的必要”，其中心任务则是“恢复民族的自信，建立民族中心的思想”。⑤

（2）出现了由对立走向融合的趋势。这场文化论战，是五四以来古今中西文化命题讨论的继续和发展。在强烈的民族意识的召唤下，改变了近代以来尤其是五四以来，在中西古今文化问题上的那种形而上的思维方式，逐渐由两极对立、非此即彼走向了相互融合、博采众长。在论战中，学者们围绕着文化的民族性与时代性、文化的整体性与可分性、文化的发展演化规律等基本问题进行了讨论。在讨论中，论战双方在争论中相互借鉴，在借鉴中又不断修订自身的观点，因而使论战出现了相

① 赵立彬：《“论”与“派”：文化论战中的全盘西化思潮》，《历史研究》2006 年第 1 期。

② 吴忠亚：《关于中国本位文化建设问题》，《民国丛书·中国文化建设讨论集》中编，上海书店 1989 年版，第 95 页。

③ 鲁人：《论中国本位的文化》，《民国丛书·中国文化建设讨论集》上编，上海书店 1989 年版，第 59 页。

④ 陈石泉：《中国文化建设的动向》，陆学艺，王处辉主编：《中国社会思想史资料选辑》民国卷下，广西人民出版社 2007 年版，第 476 页。

⑤ 李绍哲：《论存在即合理与把握现实》，《民国丛书·中国文化建设讨论集》中编，上海书店 1989 年版，第 217 页。

近、相通甚至相同的趋势，而这种趋势则生动形象地演绎出三十年代国人思想演化的历程。随着争论的深入，本位文化论主张“不守旧，不盲从”，以“中国本位”为主体，“吸收其所当吸收”，唤起“民族自信心”。胡适鉴于“全盘西化”的提法有“语病”，而改用“充分世界化”。这表明他很重视文化发展的时代性。但是他在强调时代性时，却忽略了文化的民族性。

（3）文化建设的目标指向现代化。文化讨论中把文化建设的目标指向了现代化，无疑使文化的建设进入了一个全新的方位。中国的知识分子看到了西方社会内部的矛盾，西方文化中的弊病，有人提出：中国的文化建设面临的是现代化的问题，而一切西化未必能建设中国的新文化。“现代化可以包括西化，西化却不能包括现代化。”① 清楚地区分了西化与现代化不是同一个概念，应该追求的是现代化而不是西化。讨论中，还有人提出了建设文化现代化的四项具体措施：第一，发展自然科学，这是现代文化的根本基础。第二，促进现代工业，一个国家若无现代工业，平时难以生活，战时无法攻守。第三，提倡各种现代学术，没有现代的学术，就不能成为一个现代的国家。第四，思想方面科学化，以使我们的思想、态度和做事的方法现代化、效率化、合理化。② 可见，文化论战中所提出的文化现代化的观点既明确又具体，为人们从折衷、西化等文化选择的定势中重新转换了一个新的选择角度，使中国的文化建设触摸到了时代跳动的脉搏。以至冯友兰指出：“这并不是专是名词上改变，这示近来人的一种见解上底改变”。③

（4）没有真正从理论上解决古今中西文化的关系。参加论战的任何一方都没有真正从理论上解决东西文化互动、古今文化对比，即传统文化与当代文化、中国文化与西方文化的关系，他们所设想的各种方案、措施，都难以在实践中真正解决中国的文化出路。参加论战的任何一方都未能确立文化选择的正确标准、正确方法和态度，未能从理论上合理解释文化的同一性与差异性、普遍性与特殊性、阶段性与民族性等一系列辩证关系，未能在实践中正确处理中国化与世界化、民族化与现代

① 张熙若：《全盘西化与中国本位》，天津《国闻周报》第12卷第23期。
② 张熙若：《全盘西化与中国本位》，天津《国闻周报》第12卷第23期。
③ 冯友兰：《三松堂全集》第4卷，河南人民出版社1986年版，第225页。

以及1940年1月召开的陕甘宁边区文化协会第一次代表大会的重要作用，认为它是最终促成新民主主义文化思想得以在当时奠基的标志性会议。①

（二）新民主主义文化的内容

新民主主义文化包括理论和实践两个方面。其理论是中国共产党所创立的无产阶级领导的民族的、科学的、大众的、反帝反封建的文化理论。其实践主要是中国共产党领导的革命根据地的文化建设及对国统区左翼文化运动的领导。②

1936年6月，鲁迅在《论现在我们的文学运动》一文中，提出了"民族革命战争的大众文学"的口号，并且指出这个文学运动是"无产阶级领导的"。稍后，张申府在《五四运动与新启蒙运动》一文中，提出"这个新启蒙运动应该不只是大众的，还应该带有些民族性"。抗日战争时期，张闻天把新民主主义文化纲领概括为"民族的、民主的、科学的、大众的文化"。并对新民主主义文化理论中的诸多问题进行了探讨，并初步提出了新民主主义的文化纲领。

关于新民主主义文化，毛泽东是从观念形态的文化的角度进行论述的。毛泽东说："一定的文化是一定社会的政治和经济在观念形态上的反映。在中国，有帝国主义文化，这是反映帝国主义在政治上经济上统治或半统治中国的东西。""在中国，又有封建文化，这是反映半封建政治和半封建经济的东西，凡属主张尊孔读经、提倡旧礼教旧思想、反对新文化新思想人们，都是这类文化的代表"。"至于新文化，则是在观念形态上反映新政治和新经济的东西，是替新政治新经济服务的。"毛泽东运用阶级分析的方法，准确地概括了新文化的性质，指出鸦片战争以后产生的新文化，是一种资产阶级的文化形态。他说："在'五四'以前，中国的新文化"，"是资产阶级领导的"，"是旧民主主义性质的文化，属于世界资产阶级的资本主义的文化革命的一部分。在'五四'以后，中国的新文化"，资产阶级就"绝无领导作用，只能由无产阶级的

① 刘辉：《新民主主义文化思想体系形成标志新论》，人大复印报刊资料《中国现代史》2001年第7期。

② 杜君、王金艳：《论新民主主义文化的特征及作用》，《理论学刊》2010年第1期。

文化思想即共产主义思想去领导”，“是新民主主义性质的文化，属于世界无产阶级的社会主义的文化革命的一部分。”所谓新民主主义的文化，一句话，就是无产阶级领导的人民大众的反帝反封建的文化。新民主主义文化的特征，就是民族的科学的大众的文化。新文化或者说新民主主义文化应该是“民族的科学的大众的文化”，这个论断是毛泽东在《新民主主义论》[①] 一文中提出来的。

民族的文化。毛泽东指出：“这种新民主主义的文化是民族的。它是反对帝国主义压迫，主张中华民族的尊严和独立的。它是我们这个民族的，带有我们民族的特性。”要建立和发展这样的新文化，就要吸收和借鉴外国文化，正确处理中国文化和外国文化的关系。他说“中国应该大量吸收外国的进步文化，作为自己文化食粮的原料”，“但是一切外国的东西，如同我们对于食物一样，必须经过自己的口腔咀嚼和胃肠运动，送进唾液胃液肠液，把它分解为精华和糟粕两部分，然后排泄其糟粕，吸收其精华，才能对我们的身体有益，决不能生吞活剥地毫无批判地吸收”。毛泽东还主张坚决抵制和批判帝国主义及其反动文化，反对“全盘西化”，反对民族虚无主义和“本位文化”。“民族的形式，新民主主义的内容——这就是我们今天的新文化。”[②]

科学的文化。它包括两层含义：一层是说内容是科学的；另一层是说方法是科学的。科学的内容和方法是新民主主义文化的精髓。所谓内容是科学的，即“它是反对一切封建思想和迷信思想，主张实事求是，主张客观真理，主张理论和实践一致的”。所谓方法是科学的，主要是讲辩证的方法。

大众的文化。毛泽东说：“这种新民主主义的文化是大众的，因而即是民主的。它应为全民族中百分之九十以上的工农劳苦民众服务，并逐渐成为他们的文化”。[③] 这就将民主意识同群众观点统一起来。文化始于人民大众，也应以人民大众为归宿。革命文化，对于人民大众，是革命的有力武器。而与革命的文化工作者，就是文化战线上的各级指挥员。一切进步的文化工作者，应有自己的文化军队，这个军队就是人民

① 《毛泽东选集》第2卷，人民出版社1991年版，第662－711页。
② 《毛泽东选集》第2卷，人民出版社1991年版，第707页。
③ 《毛泽东选集》第2卷，人民出版社1991年版，第708页。

大众。新文化运动的重要任务之一就是使广大人民群众掌握文化。民族的科学的大众的文化，就是人民大众反帝反封建的文化，就是新民主主义的文化，就是中华民族的新文化。

（三）新民主主义文化理论的评价

新中国成立前，教育阵地社编的《新民主主义文化教育》，新华书店晋察冀分店1946年出版；新教育学会编的《论新民主主义文化》，大连大众书店，无出版年月。以上两本书均节录毛泽东的《新民主主义论》，作为新教育丛书出版。孙建娥著的《新民主主义文化革命的历史经验研究》一书，湖南人民出版社2008年出版。刘辉著的《中国共产党人的文化自觉——新民主主义文化思想再研究》一书，中共党史出版社2008年出版。本世纪以来，学位论文20多篇，在期刊上发表的论文近百篇。这些研究成果，为研究新民主主义理论的形成、标志、内涵、历史地位，提出了许多可供参考的观点。

1. 新民主主义文化的特征

三特征论与四特征论是不是完全一致？所谓三特征论，即1940年1月9日，毛泽东在陕甘宁边区文化协会第一次代表大会上讲演，明确地提出了“新民主主义的文化”这个概念，并把新民主主义文化确定为“民族的科学的大众的文化”。所谓四特征论，即1940年1月5日，张闻天在“文代会”上作报告，讲了中华民族的新文化必须有“民族的”“民主的”“科学的”“大众的”。四特征论在1942年整风以前比三特征论更为流行。[1] 四特征论近年来被大多数人认可。

其实，四特征论的说法，是毛泽东首次提出来的。毛泽东在后来的报告中，没有沿用四特征论的说法，而是改用三特征论的表达。张闻天沿用了四特征论的表述。朱成甲在《论毛泽东的新民主主义文化观》一文中指出，尽管毛泽东提到“新民主主义文化是大众的，因而即是民主的”。但是，从严格的文学涵义与实际运用来说，“大众的”与“民主的”虽有联系，但终究不能代替。朱文认为张闻天关于民主的解释是准确的科学的，反映了中国共产党领导的新文化特点的一个方面。毛泽东

---

① 张春燕：《新民主主义文化思想史研究的新力作：评〈中国共产党人的文化自觉：新民主主义文化思想再研究〉》，《湖南科技大学学报》（社会科学版）2009年第6期。

“大众的”“即是民主的”提法，却难以全面、准确的反映新民主主义文化的基本内容，也不利于党在这方面更加自觉地创造和总结实践经验。

有的论者根据对张闻天、毛泽东的这两个报告的比较，竟然得出结论说，张、毛这两个报告在文化问题上提出了“两种原则上颇为不同的两个发展方向的问题”。张闻天是“继承和发展了‘五四’的光辉道路与方向的杰出代言人。毛泽东对‘民主’，这个问题则采取了回避的态度”。他所主张的是“不要或没有民主方向的文化路线！”沙健孙认为：这种说法是根本违背历史事实的，因而是站不住脚的。因为：第一，是毛泽东首先完整地提出新文化应用“民族化、民主化、科学化、大众化”四大口号。第二，是毛泽东首先指明中华民族的新文化应是彻底的民主主义文化。第三，是毛泽东首先把新文化概括为新民主主义文化，并且强调了它的彻底民主主义的性质。1939 年 12 月，毛泽东在主持撰写和改定《中国革命和中国共产党》这部著作时，“首次提出新民主主义革命的科学概念”。因为如此，他在 1940 年 1 月 9 日作报告时，就把中华民族的新文化概括为新民主主义文化。他提出新民主主义文化这个概念，当然不是在提倡“不要或没有民主方向的文化路线”，而是在把新文化的民主主义内容更加突出地加以强调。他并且指出：“这种新民主主义的文化是大众的，因而即是民主的。它应为全民族中百分之九十以上工农劳动民众服务，并逐渐成为他们的文化。”这样，他就把在文化问题上的两种民主主义，即新旧民主主义、彻底的与不彻底的民主主义的原则界限也划分清楚了。①

学术界还有相关的表达。毛泽东的新民主主义文化特征是创新的文化、民族的文化、科学的文化、大众的民主的文化、建设中的文化。它具有鲜明的时代性、民族性、科学性等特征。它作为新民主主义政治经济的反映，对于促进中国社会政治经济的变革起了积极的推动作用。还应具有新式的资产阶级民主主义性质、内部呈现出各种文化思想错综复杂多元并存的特征、过渡性特征。

2. 新民主主义文化理论的历史地位

新民主主义文化是近代中国人认识和会通中西文化最为珍贵的历史

① 沙健孙：《毛泽东论新民主主义文化》，《北京大学学报》（哲学社会科学版）2002 年第 5 期。

结晶。新民主主义文化既高扬着民主和科学的旗帜，又贯注着强烈而理性的民族精神，不愧为近代中国文化发展之时代精神的集中体现[①]。新民主主义文化理论体现的现代文化观念从根本上打破了华夏文化本位主义的思考模式，又突破了欧洲文化中心主义的思想窠臼；既反对中体西用，又反对全盘西化；文化发展方向既不是东方化，又不是西方化；文化的选择，既不是用西方文化来压倒中国传统文化，又不是用传统文化来抵御西方文化。一切都是为了现实需要，这个现实就是革命和建设的实践，由此产生的新文化，本质上也是古今中外从未有过的新文化。[②]

新民主主义文化理论是新民主主义时期的先进文化。新民主主义文化作为新民主主义政治经济的反映，它服务于时代主题，是争取民族独立、人民解放和国家富强的重要武器，它以救亡和“启蒙”的双重作用促进了中国社会的变革，它为中国文化的发展找到了正确的途径[③]，它代表了中国文化的前进方向。

新民主主义文化在中国文化史上具有承前启后的地位。它体现的基本精神、价值观念、处理中西文化问题的科学方法，对于社会主义初级阶段的文化来说，都具有传承性；它所强调的科学性、民族性、大众性，今天看仍不过时；它是社会主义初级阶段文化走向和价值观念的源头，也是中国文化现代化的基础和出发点[④]。同时，中国文化现代化也是对它的继承和发展。[⑤] 新民主主义文化成为中共第二代、第三代领导集体继续深入思考的起点，直接孕育出第二代领导集体关于加强社会主义精神文明建设思想和第三代领导集体关于代表中华民族先进文化前进方向的基本思想。[⑥] 毛泽东的新民主主义文化在当代农村的现实意义是十分明显的：民族的新民主主义文化形式成为农村发展先进生产力的内在动力；科学的新民主主义文化内容成为农村文化建设的行动指南；大

---

① 庄福龄主编：《毛泽东思想概论》，中国人民大学出版社2003年版，第68页。

② 陈晋：《毛泽东的文化性格》，中国青年出版社1991年12月第1版，第191页。

③ 杜君、王金艳：《论新民主主义文化的特征及作用》，《理论学刊》2010年第1期。

④ 教育部邓小平理论研究中心编：《光荣属于伟大的党：全国高校纪念中国共产党成立八十周年理论研讨会论文集》，中国统计出版社2002年版，第519页。

⑤ 范玉双：《浅谈毛泽东新民主主义文化理论》，《毛泽东思想研究》2005年第4期。

⑥ 孙玉太：《毛泽东新民主主义文化理论述论》，《山东社会科学》2006年第12期。

众的新民主主义文化的品格成为农村最广大人民利益的根本体现[①]。有人指出：第一，毛泽东关于中国文化分期的论述，对于今天我们正确认识和理解社会主义先进文化发展的历史渊源，把握先进文化思想与党的方针政策的关系具有重大的现实指导意义。第二，毛泽东关于新民主主义文化纲领的论述，对于今天我们正确认识和理解社会主义文化纲领的制定和贯彻，具有重大的现实指导意义。第三，毛泽东关于中国先进文化的地位、文化与政治和经济的关系，以及反对“全盘西化”等问题的论述，对于今天我们坚持中国先进文化发展的正确方向，具有重大的现实指导意义。第四，毛泽东关于文艺工作中的一些重要问题的论述，对于今天我们坚持文艺工作的正确服务方向，繁荣和发展社会主义文艺事业具有重大的现实指导意义。[②]

总之，对新民主主义文化研究的不断深入和全方位拓展，对构建社会主义的新价值体系，推进和谐社会建设，有着重大而现实的理论意义和实践意义。

3. 新民主主义文化革命的历史经验

新民主主义文化革命的历史经验可概括为：马克思主义决定着文化革命与文化建设的性质和方向，坚持解放思想、实事求是，要以推动马克思主义的理论创新为准；坚持理论创新、与时俱进，要以实现人民创造幸福生活的需要为准；坚持正确处理一元化与多样性的关系，要以满足人民日益增长的物质文化生活需求为准；坚持“文艺为工农兵服务、为无产阶级政治服务”，要以逐步实现“为人民服务”、“为社会主义建设服务为准”；坚持党的知识分子政策，要以发挥知识分子的创造才能为准；坚持“两用原则”，要以坚持不断推进人的全面发展为目标。而其教训也可概括为：因为强调阶级斗争与政治斗争而容易导致高度统一与纯洁；因为强调群众运动与整齐划致脱离文化建设规律。[③]

① 施碧霞、张玲：《毛泽东新民主主义文化观在当代中国农村的新发展》，《马克思主义研究》2006 年第 3 期。

② 秦文志、刘静：《毛泽东新民主主义文化思想的科学内涵及其现实指导意义》，《探索》2006 年第 5 期。

③ 孙建娥著：《新民主主义文化革命的历史经验研究》，湖南人民出版社 2008 年版，第 12 页。

4. 新民主主义文化的历史局限性

新民主主义文化与社会主义文化有不可分割的联系。通过对这两者关系的分析，既可以反映出新民主主义文化的进步性，又可以揭示其历史的局限性。新民主主义文化具有历史的进步作用。作为无产阶级领导的、民族的、科学的、大众的文化，具有社会主义因素，是可以通向社会主义的，它是社会主义文化的母体，社会主义文化孕育于新民主主义文化。但新民主主义文化在当时是被当做为革命斗争的武器来打造的，它带有明显的政治功利性，它极端地强调为阶级斗争服务，为工农兵服务，忽视文化发展的内在规律。这决定了新民主主义文化必须自我扬弃或与时俱进，才能顺畅地通向社会主义，才能孕育出健康的社会主义文化。新中国成立后，社会主义文化由于延续了新民主主义文化建设模式而遭受的挫折，进一步证明了新民主主义文化存在局限性。①

① 杜艳华：《从新民主主义文化到社会主义文化——新民主主义文化的历史局限性探析》，《内蒙古民族大学学报》（社会科学版）2005 年第 3 期。

第五章　中国近现代社会风俗的变迁

从1840年到现在，横跨晚清、民国、共和国三个时期。一百多年来，社会发生了巨大的变化。社会风俗发生了巨大的变迁。这主要表现在：生活习俗的变迁；礼仪习俗的变革；国家政治礼仪和娱乐活动的变迁。研究这一变迁，是研究近现代文化史的一个部分。

一、生活习俗的变迁

生活习俗，诸如衣、食、住、行等，是人们生活方式的一种表现，在专制的封建社会中，人们的衣食住行有严格的等级规定和阶级差别。鸦片战争以后，由于西方文化的传播，我国传统的生活习俗开始发生深刻的变化。

（一）服饰变化

黄色是皇帝的专用色，皇帝在正式场合戴皇冠，穿龙袍。皇族可用黄带子。皇后服饰，有朝冠、朝褂、朝袍、朝裙及吉服冠、龙褂、龙袍等。官服胸背上的“补子”，文官绣禽，武官绣兽，官员品级除官服所绣禽兽不同外，还可以从顶戴、朝珠、腰带、蟒纹、花翎上区别开来。民间男子的服饰由马褂、马甲（背心或坎肩）、衫、袍、衬衫、短衫、袄、裤、帽、鞋、袜及手套、腰带构成。传统衣料有棉、麻、丝和裘皮，近代使用洋布日多。体现女性特征的服饰主要是裙子，袍褂则用艳色。满族妇女喜欢的旗袍，也逐渐在汉族妇女中流行。随着清王朝的垮台，体现等级的官爵命服、袍褂补服、瓴领朝珠，一律废止。式样活泼、色彩绚丽的新式服装流行起来。西服也开始被人们接受。西服最初只有洋人和买办等少数人穿着，20世纪初逐渐流行起来。1903年，广西梧州中学堂总教习胡汉民在“岁时令节，容许学生披洋衣揖孔孟”[1]。1905年，清廷仿照西式军服式样实行军装改革，推行洋式军装。宣统初年，外交大臣伍廷芳再次奏请剪辫易服，恳求朝廷明降谕旨，任听官商士庶得准截去长发，改易西装。清朝迫于全国人民的压力，不得不为此事“立案议会”，但未能实施。辛亥革命后，民国政府提出“剪辫易服”，并颁布服制条例，西式服装一时成为社会上较为流行的服饰之一。尤其值得一提的是，孙中山创制并带头穿着的立领四袋式男式上装，被后人称为“中山服”，流传至今。

列宁装因列宁在十月革命前后常穿而得名，曾在我国广大解放区流行。列宁装本是男装上衣，却在当时的中国演变出女装，并成为革命时装。布拉吉是俄文的译音，即连衣裙。建国初期，北京等城市到处是穿花色布拉吉的妇女，布拉吉和列宁装一样成为时尚。

布票的使用，是计划经济的产物，是产品不丰富的表现。本省的布票只能在本省使用，如果你想到上海、北京等地买衣服、床单，除了人民币以外，还必须有当地布票或军用布票。

范思哲，1978年，这个来自意大利的著名服装品牌，成为进入中国的第一个外国服装名牌。同一年，劳力士手表出现在少数中国人的腕上，当然多数是赝品。

80年代初，喇叭裤、健美裤、牛仔裤是一种所向披靡的时尚。

90年代以后，崇尚日本、韩国明星服饰的风潮席卷中国，唐装、旗袍热卷土重来。经济条件优越的人，喜欢“绝版”的名牌服饰。大街上的帅哥靓女们都忙不迭地把什么麻的、丝的、缎的中式衣服往身上套。他们追求的是一种真实，一种精致。

综上所述，一百多年来，服饰的变化是显而易见的。从龙袍到中山装、列宁服、“布拉吉”到服装多样化、个性化、潮流化、世界化，反映了人民生活的提高。服装面料从以棉、麻、绸为主到以化纤为主，再回归到以棉、麻、绸为主，体现了喜欢“原生态”的价值取向。从新三年、旧三年、缝缝补补又三年的观念，到追求时尚的新的浪费观念的变化。它从一个方面，反映了从自给自足的自然经济到计划经济再到市场

---

① 《胡汉民自传》，《近代史资料》1981年第2期。

经济的变化，这是有利于民生的变化。

（二）饮食文化

我国的传统是：主食为粮食，南方人多食米，北方人多食面以及杂粮。副食品有蔬菜和肉类。地方名特小吃流传至今的有：宁波的汤圆，广东的龙虎斗，云南的汽锅鸡、过桥米线，四川的榨菜、灯影牛肉、担担面，江苏的过桥面，京师（北京）的烤鸭、涮羊肉、冰糖葫芦，山东的煎饼、锅馈，山西的刀削面，西北的羊肉泡馍，奉天（辽宁）的老边饺子，天津的“狗不理”包子等等。随着地方饮食文化的繁荣，在近代形成了各具特色的菜系，如粤菜、川菜、鲁菜、淮扬菜、徽菜、京菜等，在许多对外开埠的城市涌现出一批制作名点名吃名菜的店铺、老字号和风味菜馆。饮料以茶、酒为主。1915 年和 1916 年，在巴拿马太平洋万国博览会上，我国饮料获金奖的有茅台酒、泸州老窖特曲、绍兴老酒、汾酒和祁门红茶等。西方饮食在近代传入，北京的番菜馆，1914 年较有名的 4 家，到 1920 年发展到 12 家。在上海，有名的蕃菜馆有海天春、一家春、江南春、吉祥春等。西餐菜肴、西式糕点、啤酒、香槟酒、汽水、冰棒、冰激凌、奶茶、咖啡等，也受到国人的喜爱，但基本局限在通商城市和社会上层。

供给制时期。建国初期，国家机关和企事业单位干部职工沿用解放区的供给制，各机关开办有食堂，各级干部均在食堂就餐。供给制是有级别的，伙食也分等级：地专级及以上吃小灶；县团级吃中灶；县团级以下吃大灶。大、中、小灶的伙食区别并不很大，大家都很艰苦，碰到什么吃什么。每逢初一、十五才加餐吃点肉。

工资制时期。1954 年以后，实行工资制，但办公共食堂的制度沿袭下来，各机关、厂矿、学校都建有食堂，作为对本单位职工、师生的一种生活上的照顾。

大跃进时期。1958 年中国出了很多新生事物，大跃进、人民公社、大办钢铁。城市的街道、农村的公社都办公共食堂，吃饭不要钱。不久即遇到三年困难时期，粮食匮乏，食堂越办越糟，许多地方，社员吃不饱，浮肿病人多，饿死人的事时有发生。1960 年，毛泽东派人下乡调查，听到群众要求解散食堂的呼声很高，便决定在韶山搞试点，解散公社食堂。食堂解散了，社员们说这是他们“第二次解放”。

票证时期。粮票分为全国粮票和地方粮票两种。此外，还有油票、猪肉票等各类副食品的票证。大米是定量供应。干部供应14公斤，工人14公斤、加上单位补差粮，可达17.5公斤，小孩9、10公斤不等。副食也是定量供应。全国粮票自1955年9月到1980年6月，共流通使用25年。1993年5月，北京最后停止使用粮票，粮票全面退出历史舞台。一些象征短缺经济的布票、油票、肉票等票证，也相继退出了人们的日常生活。票证时代，有钱买不到吃的东西；只有过年过节才有肉吃；没有票证，买东西就得找人开后门；过冬天的大白菜，时常排队抢购。

社会主义市场经济时期。人民讲究吃得轻松、方便、营养、健康。八大菜系传承至今，其他菜系也得到了良好的发展。西餐、日本料理、韩国菜、东南亚风味、三套车俄罗斯西餐厅、中西快餐等异国美食也纷纷亮相。肯德基、麦当劳与土菜馆并存。中国十大名茶、八大名酒传承至今，屡受好评。红肉与白肉，人们选择白肉。白色食品与黑色食品，人们选择黑色食品。地方名特小吃流传至今。

综上所述，一百多年来，在饮食文化方面，实现了从吃不饱到吃得饱再到吃得好的转变。吃好、喝好的价值观有了明显的变化，什么食品有营养，什么食品能防衰老，人们就吃什么。人们对回归自然的“水果、蔬菜”重新重视，对“自然绿色系列食品”的追求，反映了人们生活水平的提高。饮食文化的变化，折射了城乡关系正在缩小和对生态环境的日益重视。

（三）居住方面

庭院是最能体现中国传统建筑模式的特点，也是中国人最为普遍采用的居住形式。鸦片战争后，西式建筑开始在通商口岸城市出现，尤其是租界区较多。一些花园式住宅、高楼大厦也开始营建。教堂多哥特式建筑。广州圣心大教堂参照巴黎圣母院，历时25年建成。在清末民初居室建筑潮流中，仿西建筑曾流行一时，但中西合璧的混合式建筑风格，更受人们的青睐。

民国时期。在皖北“农民所住俱是茅屋，门窗床板抬桌均以高梁粟梗编成，竹器甚少，木制家具尤属罕见”，地方绅商等富裕家庭，无论草房、瓦房，大都是明三暗五敞一间大出檐。皖中、皖南平原及山区多为砖木结构，圩区则为土坯草苇结构，大都为平房，只有皖南地区楼房较多，有不少徽派建筑的古村落。在同一地区，由于住户社会地位与经济实力不同，住房质量也大不同，富者是雕梁画栋，鳞次栉比，贫者则蓬门荜户，陋室数间。抗战胜利后，省政府虽然有“促进乡村建设”、“兴建示范村”的计划，但未见施行。在大中城市，西式房屋已与中式民居分庭抗礼。新式民居分里弄建筑、花园洋房、高层公寓三种类型。旅馆是另一类居室，当时，新式、旧式旅馆并存，还有半旧半新式旅馆。

新中国60年来，老百姓经历了从“忧居”到“有居”再到“优居”的转变。

“忧居”：改革开放前，由于实行计划经济体制，城镇住房实行的是住房产权公有、实物分配、低租金使用的福利性住房制度，职工解决住房完全依赖向单位“等、靠、要”。当时由于经济发展滞缓，住房标准普遍较低，城市居民人均居住面积仅3.9平方米。

“有居”：住建部部长姜伟新说：“改革开放以来，人民群众住房条件改善的速度和程度十分惊人。人均住房建筑面积已经从1978年的6.7平方米增长到近30平方米，不仅面积增加了，住房的功能、环境、质量都有了巨大改善。”

“优居”：20世纪80年代居民小区建设刚刚起步，各项服务功能比较欠缺，仅限于如小卖部、小食店等最基本的服务，小区绿化、物业管理处于空白。进入20世纪90年代，活动站、幼儿园、理发店、饭店、商店、维修站、绿化队等各项社会功能一应俱全，一个小区就是一个小型的社会，极大地方便了居民的生活。

综上所述，一百多年来，住房方面的变化十分明显。建筑风格，从传统到现代。房屋的所有权，从私人—集体—私人。家具、家电变化很大。部分人的生活方式，从生存到享受。住房问题，折射了人们生活水平的提高。廉租房的出现，体现了对低收入阶层和对流动人口的关心。

（四）在“行”的方面

法国人居尼奥，在1769年制成了世界第一辆具有实用价值的蒸汽汽车。法国是蒸汽汽车的诞生地。世界第一辆汽油汽车卡尔·奔驰就是现今德国大名鼎鼎的“奔驰”汽车公司的第一代祖宗，戴姆勒——奔驰汽车公司的创始人之一。1878年，他首次研制成功了一台二冲程煤气发动机。1885年10月，奔驰设计制造了一辆装汽油机的三轮汽车，1886年1月29日，奔驰取得了专利权。因此德国人把1886年称作汽车的诞生年。奔驰的这辆三轮汽车，现珍藏在德国慕尼黑科技博物馆，旁边悬挂着“这是世界第一辆汽车”的说明牌。这辆汽车1994年曾以1亿马克的高价保险运到北京“国际家庭轿车研讨及展示会”上展览。另一位工程师名叫戈特利布·戴姆勒，是世界第一辆四轮汽车的创始者，被人们称作“世界汽车之父”。

我国近代最主要的交通工具是马牛驴骡等畜力的及人力的木轮车、船筏。出门坐车、坐轿的是官宦或富裕人家，一般平民仅是婚嫁丧葬才用它。交通设施水路只有简易的码头，没有航道标志。陆路以土面路为主，市镇内才有砖石面路。19世纪末，西式马车、人力车、脚踏车输入中国。20世纪初，汽车、电车在中国出现。中国从1901年开始已有汽车进口。清光绪二十七年（1901）冬，匈牙利人李恩时（Leinz）将2辆汽车带入上海。其中一辆是小包车。同年腊月廿一日（1902年1月20日），经公共租界工部局例会讨论，决定先发临时牌照，次年发正式牌照。据卡尔《慈禧写照记》记载，慈禧当政时有汽车不下十余辆，其中有一辆为太后御用的汽车，但是太后从来没有乘坐过，其主要原因是汽车驾驶员的座位与太后的座位与宫中故例大相抵触。1906年比利时商人在天津设有轨电车，1908年上海始有有轨电车。1907年以后，中国少数沿海城市陆续出现汽车客运和汽车货运。辛亥革命前夕，我国已修建的铁路总长度近1万千米。轮船招商局开辟了内河、沿海及远洋航线。1865年由英国商人杜兰德，在北京宣武门外修建了一条长约0.5千米的铁路，为窄轨，行驶小火车。因为这条铁路没有投入使用就被当时朝廷下令拆除，习惯上没有把这条铁路当成是我国第一条铁路。我国第一条铁路，是指1876年英国怡和商行在上海修建的上海吴淞铁路。这条铁路虽然第二年也拆除了，但它已经投入运营近一年。1913年，全国经济委员会成立，督导公路建设，拨款地方修路，鼓励民办汽车运输，将公路列为政要之一。1917年，当时中国第一条汽车运输线路张（家口）库

（伦，今蒙古乌兰巴托）公路通车。

公路。修建公路是近百年的事。到 1949 年全国公路 13 万千米，实际通车 8 万千米。截至 2008 年年底，中国公路通车总里程达到 373.02 万千米，比新中国成立初期的 8 万千米增长了 45 倍。

铁路。从清政府时期为我国修建第一条铁路的 1876 年始至 1991 年辛亥革命胜利止共 36 年，修筑铁路 9 100 千米，平均每年修路 280 千米。中华民国时期，从 1912 年至 1949 年，共建成铁路 17 100 千米，除去被战争破坏的 3 500 千米，平均每年修路约 350 千米。中华人民共和国时期，从 2.2 万千米到 8 万千米，铁路里程跃居世界第二；从时速 43 千米到 350 千米，列车实现“陆地飞行”；从 1 亿人次到 14.6 亿人次，乘坐火车的旅客猛增。

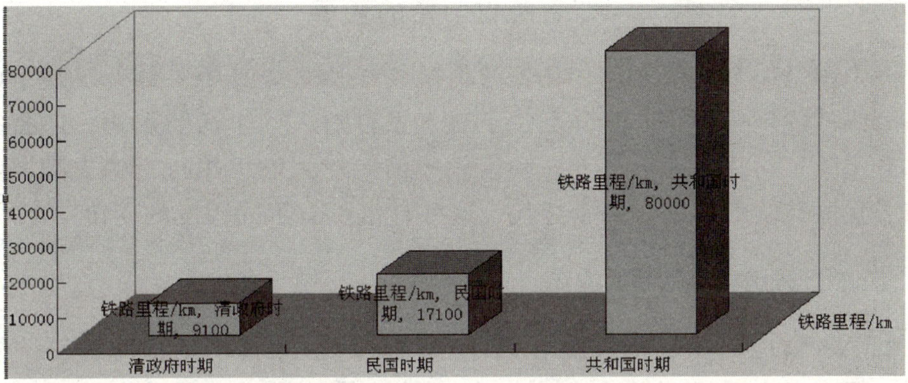

航空。1950 年，我国民航只有 7 条国内航线，通航国内 8 个城市。到 2008 年年底，我国民航拥有 160 个民用运输机场，拥有运输飞机 1 259架，定期航线总数已达到 1 532 条，内地通航城市有 150 个，国际通航城市达 104 个。我国已经成为民航大国正在向民航强国迈进。

水运。新中国成立初期，我国交通运输十分落后，基础设施数量少、质量差、等级低、布局偏。内河航道里程共 7.36 万千米，泊位 200 多个。截至 2008 年年底，我国港口共拥有生产性泊位 31 050 个，是 1978 年的 42 倍。全国内河通航里程 12.28 万千米，其中高等级航道里程 8 821 千米，比 1999 年增加 1 058 千米。我国海运船队跃居世界第 4 位。

邮政。近代邮政最初是外国人经营的“客邮”。19 世纪 60 年代以后中国海关兼办邮政，1906 年清政府设邮传部，到 1908 年，除西藏外，电报通信已遍布所有省区。1914 年中国邮政加入了国际邮联。新中国成立60多年来，邮政网络发展迅速。到2008年年底，营业网点达到6.9万处，比1949年增长1.6倍。邮路总长度达到369.3万千米，是建国初期的5.2倍。我国已经建成世界最大的邮政网络；电话网络规模跃升世界第一，电话用户数达到9.8亿户，跃居全球之首，互联网普及率超过全球平均水平。

综上所述，一百多年来，在“行”的方面，海、陆、空交通运输有了很大的发展，上天已成为现实。交通工具从独轮车、马车、自行车、汽车，到农民开自家车；从电车、公共汽车到地铁；从蒸汽列车、电气列车到动车；从帆船、轮船到快艇实现了跨时代的超越。飞机、因特网、手机从无到有，从有到优，人们的交流便利了，地球变小了。

二、礼仪习俗的变革

中国是一个礼仪之邦，礼仪习俗的传统悠久。其中一部分反映了中华民族的优良传统；一部分反映了自然条件对人们生活的影响；还有一部分反映了封建伦理道德观念和宗教迷信等对人们思想行为的支配，阻滞了我国社会的前进。到了近代，这些礼俗都有不同程度的变化。

（一）拜跪礼和称呼的演变

上古席地而坐，行拜跪礼出于自然。后世桌椅既兴，此礼已不适用。但由于它适应封建专制主义和宗教迷信的需要，便被长期保存下来。到了近代，下行公文称“谕”，“札”，平行公文为“咨”，上行皇帝的公文称“奏”，“题”，称皇帝为“皇上”，宫廷官厅礼节多用区分尊卑贵贱的拜跪礼，不能稍有差错。对拜跪礼的冲击是西方礼节。1793年，英使马戛尔尼来华觐见乾隆皇帝，清朝官员要他觐见时向皇帝行三跪九叩大礼，马戛尔尼坚持要行西礼。经过谈判，双方商定出一个折衷的办法，依英国礼节，屈一膝，但免去吻手。1873年，同治皇帝在紫光阁接见日、俄、美、英、法、荷等国使臣，在觐见礼仪上，恭亲王为外国使臣行拜跪大礼反复申辩，而各国使臣坚持不接受。最后形成“西例臣见君鞠躬三，今改五鞠躬”的妥协方案。①

① 《清史稿·志第六六·礼十》，吉林人民出版社1995年版，第1829页。

辛亥革命以后，民国政府于1912年8月17日公布了《礼制》，把辛亥革命礼制改革的内容用法律的形式肯定下来。《礼制》规定："男子礼为脱帽鞠躬"；"庆典、祀典、婚礼、丧礼、聘问，用脱帽三鞠躬礼"；"公宴、公礼式及寻常庆吊、交际宴会，用脱帽一鞠躬"；"寻常相见，用脱帽礼"。女子平常相见，用一鞠躬礼，在各种典礼和交际场合只三鞠躬，但不脱帽。[①]

称呼的变化。"大人"、"老爷"之类的称呼完全适合于封建等级制，它是清代官场使用最普遍的称谓。此外，满族官员对皇帝自称"奴才"，汉族官员称"臣"，言外之意，没有当"奴才"的资格。这些称呼，反映了封建等级社会被扭曲的人际关系。1912年3月2日，孙中山以临时大总统的名义公布有关法令："各官厅人员相称，咸以官职，民间普通称呼则曰先生、曰君，不得再沿前清官厅恶称。为此令仰该部遵照，速即通知各官署，并转饬所属，咸喻此意"[②]。民间除了"先生"、"君"相称，还有"阁下"、革命党人内部还有"同志"、"兄弟"等称呼。

20世纪50年代至80年代的时尚称呼：师傅！

20世纪80年代以来的时尚称呼：老板！小姐！

90年代以来的称呼：从外来妹、农民工到外来人口！

综上所述，拜跪礼和称呼的变化，反映了社会的进步，反映了对社会精英的尊重，反映了人格的平等和农民地位的提高。

（二）人生礼仪的变化

清末民初诞生礼。诞生礼包括以下内容：婴儿出生后第三天沐浴，设祭告祖；满月、百日亲友作贺，主家设宴作庆；周岁宴庆，幼儿自己跪拜祖宗牌位，并"抓周"以占其成年的志趣。清末民初，诞生礼方面发生了变化，教徒往往请教士给新生儿洗礼。

新中国城市里，一般人家在医院或妇幼保健院生产，婴儿出生后，母子都须在那里观察、护理几天才回家，从前三朝"洗三"的习俗无法再现，但护士会给婴儿洗澡，并给母子温馨的祝福。庆贺满月会有简单的仪式，外家送来婴儿衣物用品和产妇营养品，年轻的父母会带孩子去

---

① 《东方杂志》，第9卷第4号，1912年9月。

② 《孙中山全集》第2卷，中华书局1981年版，第155页。

理发，并在照相馆照相留念。照相机、摄像机普及后，照相、摄像就在家里或公园进行。周岁还是比较受重视，20 世纪 50 年代一度有举行抓周的习俗，这一仪式渐渐不兴后，有亲朋好友前来祝贺，主人在家或酒楼举行宴会答谢来客。

过去婴儿出生先起乳名，周岁时取大名，称“学名”。名字反映了时代特征。据统计，中国人起名时经常使用的 6 个字变化如下：1949 年以前：英、秀、玉、珍、华、兰。1949—1966 年 5 月：华、英、玉、明、秀、国。1966 年 6 月—1976 年 10 月，即文革期间：红、华、军、文、英、明。1976—1982 年：华、丽、春、小、燕、红。1949 年出生的取名“建国”、50 年代初的取名“援朝”、大跃进时代取名“跃进”“建设”、“文革”中取名“卫东”“卫红”的比较普遍。改革开放以来，仿洋名的小孩越来越多，什么王玛丽、李约翰、赵斯基、麻娜斯基、平川三郎等等，既反映了人们崇尚海洋文化的心理，又表现了家长为避免重名的无奈。

成年礼的废除与恢复。民国时期，中国古代的成年礼冠礼废除后，已与婚礼结合。新中国除了部分少数民族按照自己的传统仍然举行成年仪式外，大部分地区已经无成年礼。1996 年 12 月 5 日北京市通过了《关于在十六周岁至十八周岁的未成年人中开展成年教育活动的决议》，规范了成年宣誓仪式。广州市的成年教育活动学习日本成年仪式，开展无偿献血活动，在宣誓仪式结束后，参加仪式的学生自愿献出“最年轻”的血液。参加成人宣誓的青年还可收到一份特别的礼物——市长亲自签发的成人证书。参加宣誓的青年都很激动，他们认为 18 岁是神圣庄严的、更是高兴快乐的。

寿礼。老年人从 50 岁生日开始，由儿女为其举行祝寿仪式，亲友来贺，小聚而散。新的祝贺形式则有献花篮，在电台、电视台点歌，在报刊登贺词。在中央领导人的提议下，官员一般不公开祝寿。有些知名学者、作家、诗人、艺术家等，常有单位、同行、弟子们为其祝寿，有的与其从教、从艺多少周年结合起来庆祝，主要是通过这种形式宣传名人的社会贡献，对其表达敬意和感激之情，并祝愿其健康长寿。由于人们的寿命比过去延长，这种隆重的祝寿活动一般在 70、80 岁生日举行。传统风俗的影响仍在，做九不做十，即 69 岁就庆贺 70 华诞，寓意为“寿末满”。寿礼中有许多贺寿诗联．既高雅又喜兴，并时兴出纪念集，以为永久纪念。

综上所述，人生礼的变化，反映了尊老爱幼的传统、人均寿命的延长、老年社会的到来和对青年的希望。

（三）婚姻礼仪的变化

近代婚俗继承了古代包办、买卖婚姻的形态，没有超出古代“六礼”的范围。礼仪主要有：请庚、探问、定亲、报期、行盘、妆奁、迎娶、结婚。其仪式一般都强调新娘生育和家务劳动的义务以及男尊女卑、夫唱妇随等封建伦理观念。女家如无子嗣，可以招赘夫婿，入赘夫婿一般受人歧视。例如旧上海的女婿入赘后，必须改为妻姓，生育的子女也要沿袭母亲的姓氏，成为女性家族的成员。这对男方来说，其身份甚至还不如出嫁的女子，因为后者至少还能保其本姓。到了近代，由于宗法制的衰落，妇女解放运动的兴起、西方礼俗的影响，在一些通商大埠开始出现文明婚礼。文明婚礼参照中西礼法，吸收西礼隆重、热烈、简便的特点，根据中国国情摒弃了教堂宗教仪式，并在民间婚仪的基础上形成的。文明结婚的具体仪式一般是：奏乐、司仪员、男宾、女宾、主婚人、介绍人及新郎新娘入席，证婚人宣读证书，各方用印，交换饰物，相对行鞠躬礼，谢证婚人及介绍人，行族礼，行受贺礼，来宾演说，唱文明结婚歌等。婚礼多在礼堂或大旅社举行。

民国时期，有些地方还不同程度存在不良的婚姻习俗。宣城、繁昌等县的抢亲：抢亲之事多起于男家贫苦，无力迎娶，或男不务正业，女素娇养，女方父母意图悔婚，故意要索首饰衣物以难之，或藉口婚期日时之不利，以缓之。男家不得已，秘密择定吉日预备火烛，邀请戚族乡友多人由本夫率领径至女家，将女抢归，再行正式婚礼，然往抢之时，先行抛撒求亲红纸帖于女家门外，其乡党乡里观此即不出为干涉，阻止女家见事已成，就亦不计较，从中劝解和好如初，此种恶习乡间尤多。贵池县和县有兄弟转婚：有同胞兄弟间若身故，兄无妻者，即以弟媳转配其兄为妻兄，故弟无妻者，亦如之，亲族多赞成。秋浦县的“等郎媳”：无子之人抱养他姓之幼女名曰等郎媳，俟后生子配之，恒有妻长于夫十数岁或七八龄不等，因其年龄悬殊，而夫妻之间最易反目，更由抱媳后终身不育，承继族丁为嗣，以养媳为配，往往姑媳一气，仇视嗣子，甚或逐之不顾者。[①] 童养媳、包办婚姻、纳妾、一夫多妻……这些现象在六十年前的中国随处可见。

1950年，我国颁布了第一部《婚姻法》，废除包办强迫、男尊女卑、漠视子女利益的封建主义婚姻制度。实行男女婚姻自由、一夫一妻、男女权利平等、保护妇女和子女合法利益的新民主主义婚姻制度。1980年，《婚姻法》进行了修订，一个突出贡献是增加了计划生育原则。这条原则对后来中国人婚姻观念和家庭结构的变革产生了重要影响。2001年，《婚姻法》修正案的重要变化是为弱势群体设计了更多保障性规定。

婚姻法实施后在农村里自由结婚的风气已很盛行。1979年，共青团武汉市委为59对青年男女举行集体结婚典礼。1999年11月13日，两对新人在上海“海洋世界水族馆”内举行一场“海底婚礼”。2007年6月16日，在俄罗斯圣彼得堡市，身着中国传统服饰的29对中国新人举行集体婚礼。

婚姻观念也有变化。1975年，浙江省桐乡县坝桥大队农民社员俞阿良送他的儿子俞新元到女方张建华家结婚安家。1989年，湖北长阳土家族自治县的李进优老人和刘云春老人经自由恋爱终成一家人，在此之前他们分别失去了自己的配偶。1997年夏，藏族青年摄影家觉果和汉族姑娘廖勤在藏北纳木错湖畔举行婚礼。2008年2月12日，在江西省龙南县举行的一场中国传统婚礼上，来自美国的新郎卡尔和中国新娘刘雪共饮交杯酒。

接新娘的方式也有变化。1981年12月27日，在首都的一辆公共汽车上，新娘吴树润在新郎李长乐陪同下，换乘三次公共汽车由女家到男家举行婚礼。1990年春节前后，在陕西西安用自行车接新娘曾经一度成为流行的结婚方式。21世纪，国宾车队替百姓接新娘。例如刘佳和郭雪涛结婚时，在新娘郭雪涛家门前，由凯迪拉克、奔驰等国宾车组成的车队使他们喜上加喜。

综上所述，一百多年来婚礼的变化，反映了婚姻制度的变化，反映了从包办婚姻、买卖婚姻到婚姻的自由平等的变化，反映了社会的进

① 《中华民国习惯调查录》，安徽省图书馆藏，第777－778页。

步、物质文化的丰富和妇女地位的提高。

（四）丧葬礼仪的变化

所谓丧礼，是指安葬、哀悼死者的一系列礼仪活动。根据汉族传统的观念，人死不过是肉体生命的结束，其灵魂是不灭的。这种观念在亡者的初终、招魂、易服、奉体魄精神、治棺椁、吊丧、沐浴、饭含、殡仪、朝夕奠、朔望奠、备明器、朝祖祭祀等丧葬礼仪中有具体的体现，丧葬以土葬为主。丧葬礼一般持续近两个月，有的长达数年。清朝官员父母丧故，称“丁忧”，须辞官守制三年。鸦片战争以后，丧葬礼俗受到西方礼俗的冲击，形成了新旧丧葬礼俗同时并存的局面。

民国时期。新式丧葬礼摒弃了佛道超度等迷信的内容，以书信或登报的方式发讣告，设灵堂，以黑纱白花代替披麻戴孝，亲友吊唁多送花圈挽联、挽幛、鲜花等，亲友吊唁向遗像三鞠躬，出殡不用仪仗，葬期缩短。民国官员不再守制。这种新式丧礼在当时还不普遍，却反映了移风易俗的新气象。1929 年，《安徽省各县设置公墓实施办法》、《安徽省改良风俗规则》先后公布。其主要内容是：要求革除丧葬陋习。“凡丧葬所需衣衾棺木等物由当事者量力购置，但最多不得超过银二百元”，死者入殓除衣衾各物外不得坿用各种珍玩物品，“丧家不准雇用僧尼道巫作法事”等；并指定芜湖、安庆、蚌埠、大通、屯溪及各县县城附近择公有或私有旷地筹设公墓，有些县“每一乡镇建立公墓一所”。这些规定贯彻不力，实绩甚少。

20 世纪 50 年代末期，开始提倡火葬，倡导“厚养薄葬”。但此时至 70 年代初仍有土葬风俗，属于两种丧葬制度并存时期。丧葬礼俗开始变革，孝服的缝制趋于简单化，只需戴孝帽、系孝带，孝鞋也只需简单用白布封上即可；葬后百日内只要求戴黑纱；妇女在此期间稍忌艳丽服色和浓施脂粉；停尸起灵的时间也缩短到 3 天；亲友邻里送礼一般送花圈，至于马、牛、轿、车等扎彩几乎绝迹。从服丧到圆坟，仅 1 周时间便可以结束整个丧礼，节约了大量的精力和开支。

20 世纪 70 年代中期以后，彻底废除土葬，除少数民族外，汉民族全部实行火葬。火葬的实行本已简化了土葬中的繁琐仪礼，但随着市民经济收入的提高和世俗的心态变化，旧有的丧礼又被搬到了火葬的礼仪中。

20世纪90年代以来颁布了《殡葬管理办法》，体现了行政法规对民俗的引导作用。随着家族墓地的消亡，国有公墓不断增加，为火葬后的骨灰存放提供了较好的条件。同时，存放方式也不断更新，种类繁多。例如：骨灰植树葬和骨灰下葬立碑墓地等，这种方法似乎来源于传统的"入土为安"的思想。骨灰海葬也逐渐为人们接受。

总之，从拜跪礼到脱帽、鞠躬礼的变化；从大人、老爷到先生、君、同志、师傅、老板、外来务工人员的称呼的变化；从洗三、抓周到照相、摄像的变化；从包办、买卖婚姻到婚姻自由的变化，体现了礼仪习俗继承优良传统，移风易俗，向民主化、科学化方向发展。

三、国家政治礼仪和娱乐活动的变迁

国家政治礼仪的规定，社会陋习的革除，节日文化的传承，娱乐活动的繁荣，再现了共和国的风采。

（一）国家政治礼仪的变迁

1. 国旗和国徽

清朝原无国旗，李泰国于1862年擅制清朝国旗，蒲安臣于1868年也擅制清朝国旗。1888年北洋海军成立后，清政府始定国旗旗式为长方形黄色青龙旗。

民国的国旗。1912年6月，北京政府决定以五色旗为国旗，使辛亥革命时各独立省份使用的不同的国旗图案有了统一。青天、白日、满地红国旗的历史，可说是一部中华民国的开国史，它所代表的含意如下：青色代表光明纯洁、民族和自由；白色代表坦白无私、民权和平等；红色代表不畏牺牲、民生和博爱。白日的12道光芒，代表着1年12个月，1天12个时辰；也象征着中华民国的命脉，随着时间的前进永存于世界；更鼓舞国人与时俱进，自强不息。

中华人民共和国国旗。为五星红旗，长方形，红色象征革命，其长与高为三与二之比，旗面左上方缀黄色五角星五颗，象征共产党领导下的革命大团结，星用黄色象征红色大地上呈现光明。一星较大，其外接圆直径为旗高3/10，居左；四星较小，其外圆直径为旗高1/10，环拱于大星之右侧，并各有一个角尖正对大星的中心点，表达亿万人民心向伟大的中国共产党，如似众星拱北辰。旗杆套为白色，以与旗面的红色相区别。

我国国徽的内容为天安门、齿轮、谷穗、五角星。天安门代表五四民主运动发源地，并作为新中国首都北京的象征；齿轮、谷穗、五角星，象征工人阶级领导的、以工农联盟为基础的人民民主专政的诞生和在中国共产党领导下的全国各族人民大团结。国徽用红底黄色五角星互为衬托对比，体现我国喜庆的民族传统色彩。国徽的天安门成正立面图，五星红旗用作天空背景覆盖祖国大地、端正地放在国徽图的正轴线，庄严对称，体现了中华民族的轩昂气质。

2. 国歌和国旗歌

《中华民国国歌》在 1936 年柏林奥运会被选择为世界的最佳的国歌。

三民主义，吾党所宗，以建民国，以进大同。
咨尔多士，为民前锋；夙夜匪懈，主义是从。
矢勤矢勇，必信必忠；一心一德，贯彻始终。

《中华民国国旗歌》，戴传贤作词，黄自谱曲：

山川壮丽、物产丰隆，炎黄世胄，东亚称雄。
毋自暴自弃，毋故步自封，光我民族，促进大同。
创业维艰，缅怀诸先烈，守成不易，莫徒务近功。
同心同德，贯彻始终，青天白日满地红。
同心同德，贯彻始终，青天白日满地红。

中华台北队在国际体育竞赛得金牌时，均演奏国旗歌而非国歌。目前世界上多数国家并未单独制作国旗歌，升降国旗演奏国歌，中华民国的情况属于少数例外。而由于国际间关于“一个中国”的争论，多数国家及国际组织选择承认中华人民共和国为 1949 年后（或 1971 年中华人民共和国取代中华民国在联合国大会的席位后）中国的代表，中华民国国歌在与中华民国无邦交的国际场合因受打压常无法演奏。国旗歌遂成为被国际奥委会等单位接受的替代方案。

《义勇军进行曲》是中华人民共和国国歌。1935 年由田汉作词，聂耳作曲，原是电影《风云儿女》的插歌。

起来！不愿做奴隶的人们！
把我们的血肉，筑成我们新的长城！
中华民族到了最危险的时候，
每个人被迫着发出最后的吼声。
起来！起来！起来！
我们万众一心，
冒着敌人的炮火，前进！
冒着敌人的炮火，前进！
前进！前进！进！

根据马叙伦的提议，1949 年 9 月 27 日中国人民政治协商会议第一届全体会议通过《关于中华人民共和国国都、纪年、国歌、国旗的决议》，规定在中华人民共和国的国歌未正式制定前，以《义勇军进行曲》为国歌。

“文化大革命”时期，词作者田汉被指控为叛徒下狱，国歌遂变成纯演奏曲，一般情况下均不再高唱国歌。这段时间，《东方红》成为实际的国歌。1978 年 3 月 5 日中华人民共和国第五届全国人民代表大会第一次会议通过集体填词的《义勇军进行曲》为中华人民共和国国歌。歌词如下：

前进！各民族英雄的人民！
伟大的共产党，领导我们继续长征！
万众一心奔向共产主义明天，
建设祖国保卫祖国英勇的斗争。
前进！前进！前进！
我们千秋万代，
高举毛泽东旗帜，前进！
高举毛泽东旗帜，前进！
前进！前进！进！

1978 年 12 月，中共十一届三中全会召开后，田汉冤案获平反，1982 年 12 月 4 日，第五届全国人民代表大会第五次会议通过决议，撤销 1978 年 3 月全国人民代表大会通过的歌词，恢复原《义勇军进行曲》之词、曲为中华人民共和国国歌。2004 年 3 月 14 日第十届全国人民代表大会第二次会议正式将《义勇军进行曲》作为国歌写入宪法修正案（第四章第一百三十六条第二款：“中华人民共和国国歌是《义勇军进行曲》。”）。

综上所述，一百多年来，国家政治礼仪的发展，反映了民族精神；反映了民族凝聚力；反映了中国是礼仪之邦；反映了当代中国的风貌。

（二）社会陋习的革除

赌博。旧时有的官家设赌局有职业赌徒，主要形式有押宝、顶牛、推牌九、打麻将、摸纸牌等。民国时期，赌博歪风泛滥。有的输光了财产，还出现“割肉赌”的恶习。

建国后封赌局，惩赌徒，赌博之风基本消灭。近年来小型赌博又有蔓延。

我国《治安管理处罚条例》第 32 条规定，严厉禁止“赌博或者为赌博提供条件的行为”，对赌博违反治安管理行为可以处 15 日以下拘留，单处并处 3 000 元以下罚款；或者依照规定实行劳动教养；构成犯罪的，依法追究刑事责任。我国《刑法》第 303 条对构成犯罪的赌博行文做出以下规定：“以营利为目的，聚众赌博、开设赌场或者以赌博为业的，处 3 年以下有期徒刑、拘役或者管制，并处罚金。”此外我国还有一系列有关政策性文件和地方等规章，各省市、自治区都颁布了《禁止赌博条例》，申明严格禁止赌博。

烟毒泛滥也是旧中国百余年的大祸害。上海解放时，有制造毒品的场所 33 处，从事制造、贩运、销售毒品者 3 万余人。重庆市有烟馆 3 084 家，每天售烟 3 400 两。成千上万吸毒者倾家荡产，卧毙街头。罗瑞卿领导公安人员在全国城乡开展了猛烈搜捕制造、贩运、销售者，教育吸毒者的运动。经过多次暴风骤雨式的扫荡、清理，终于把百余年的大害清除了。2007 年 12 月 29 日，第十届全国人民代表大会常务委员会第三十一次会议通过了《中华人民共和国禁毒法》。

1949 年 11 月 21 日，北京市在 12 小时内封闭了全市 224 家妓院，解放妓女 1 300 人。此后，天津、上海、武汉、南京等大中城市也相继采取果断措施，取缔卖淫嫖娼，全国共查封妓院 8 400 余家。被解放的妓女绝大多数改造成为自食其力的劳动者。旧中国延续几千年的娼妓制度，在新中国成立后短短几年内基本绝迹。

（三）节日文化的传承

晚清和民国。中国历代都用阴历，并以帝王纪年。南京临时政府成立时，孙中山以临时大总统名义通电全国，“中华民国改用阳历”，以 1912 年 1 月 1 日“为中华民国元年元旦”。改行阳历，可免去中国阴历中平年闰年相差一月带来的某些不便，且有利于国际交往。但由于阴历有 24 节气，与农事紧密相关，仍不能完全废除，故南京临时参议院于 1912 年 1 月规定阴阳历并存，这种方法沿用至今。近代汉族最重要的节日有农历元旦（春节）、元宵节、清明节、端午节、中秋节、重阳节等。民国改行公历，汉族的元旦节改称春节，公历 1 月 1 日则称元旦节。10 月 10 日称中华民国国庆节。公历中的星期日制也实行了。元旦、国庆节的庆祝活动和星期日制的实行，逐渐演化成新式城市民俗。

春节，即农历新年，俗称过年，一般指除夕和正月初一。但在民间，传统意义上的春节是指从腊月初八的腊祭或腊月二十三或二十四的祭灶，一直到正月十五，其中以除夕和正月初一为高潮。春节放假 7 天，我国的汉族和很多少数民族都要举行各种活动以示庆祝，文化娱乐丰富多彩。门上贴对联，室内挂年画，门前置彩灯，街上玩龙舞狮，并放映电影和录像等。1983 年，央视第一届春节晚会亮相，历年“春晚”在演出规模、演员阵容、播出时长和海内外观众收视率上，创下了世界之最。

元宵节，农历正月十五，又称为“上元节”，春灯节。元宵节的习俗在全国各地也不尽相同，其中吃元宵、赏花灯、猜灯谜、舞龙、舞狮子等是元宵节几项重要民间习俗。有些地方也有扭秧歌、拉旱船、拔河、车灯、彩船等活动。

清明节，农历二十四节气之一。我国传统的清明节大约始于周代，距今已有 2500 多年的历史。清明节是一个祭祀祖先的节日，学生去烈士陵园扫墓，民间沿袭祭扫祖坟。2006 年 5 月 20 日，该民俗节日经国务院批准列入第一批国家级非物质文化遗产名录。

端午节，农历五月初五，是中国十分盛行的隆重节日。国家规定每年端午节为法定节假日，并允许周末调休，共放假3天。各家门悬挂艾叶、菖蒲，并在室内房周洒雄黄酒，采中草药熬水给小孩洗澡，除祛风湿。当天人们喜吃粽子和赛龙舟，据说这是为了纪念屈原。2006年5月20日，该民俗经国务院批准列入第一批国家级非物质文化遗产名录。2009年9月30日，中国端午节成功入选《世界人类非物质文化遗产代表作名录》。

中秋节，农历八月十五，我国的传统节日之一。中秋节与春节、清明节、端午节并称为中国汉族的四大传统节日。人们喜吃月饼，文人则赏月赋诗。自2008年起中秋节被列为国家法定节假日。2006年5月20日，该节日经国务院批准列入第一批国家级非物质文化遗产名录。

农历九月初九为重阳节。文人到郊外登高，赏菊饮酒、赋诗。1980年后，重阳节开展敬老尊贤的活动。

每年的10月1日是新中国成立的纪念日，即中华人民共和国的国庆节。国家规定每年国庆节为法定节假日，并允许周末调休，共放假7天。

新中国的节日除国庆节外，还有1月1日元旦节、3月8日妇女节、3月12日植树节、5月1日国际劳动节、5月4日青年节、6月1日国际儿童节、7月1日建党节、8月1日建军节、9月10日教师节。逢节日，贴标语，挂彩旗，各机关、企事业单位集会庆祝，表彰先进人物，开展各种文体活动。

（四）娱乐活动的繁荣

起源于奥地利民间的华尔兹舞和音乐，在近代也流传到清朝宫廷。在宫中，光绪有西洋钢琴，德龄曾教他演奏华尔兹舞曲。在慈禧的寝室里，有架巨大的外国留声机，还有不少外国舞曲的唱片。民间的各种游艺娱乐，除了传承的主要特征外，多是融合了农事、娱乐、饮食、交际、信仰等多种功能。

新中国成立60多年来，娱乐活动的范围较之以前更为宽广，包括音乐、舞蹈、杂技、曲艺、戏剧、体育等形式的娱乐，基本上包括了民间娱乐生活的所有门类。传承和繁荣的各种戏曲，按照脚色行当容括有唱、做、念、打的不同特点，并融进和综合了音乐、舞蹈、武术、杂技等多种娱乐形式，故具有永久的魅力。

登门拜年年味浓，骑车拜年更风光，贺卡拜年情留长，电话拜年贼新鲜，呼机拜年成时尚，短信拜年走俏啦，视频拜年最雷人。

丰富多彩的文化生活。星光大道、非常6+1、金色舞台、电影电视剧、网络游戏、棋牌室、KTV、MTV、CD、DVD，为丰富多彩的文化生活提供了平台。

娱乐活动的繁荣折射了人民文化生活的丰富、人民物质生活的提高和国家政治民主化的前进。

总而言之，一百多年来，我国社会风俗的变迁是巨大的。在衣食住行方面，体现了由饥饿到温饱型再向小康型转变；在礼仪习俗方面，体现了继承优良传统，移风易俗，向民主化、科学化方向发展；在国家政治礼仪方面，体现了礼仪之邦、大国风范，向民族化、国际化方面发展；娱乐活动方面，体现了向多元化、大众化的方向发展。一百多年来的历史表明：共和国强大了。它不仅表现为物质产品的丰富，人民生活的好转，民族自信心的提高，而且表明民主、科学、和谐的社会正在向我们走来。这一切，是改革开放、科学发展的结果。

第六章 中国官吏选任制度的历史经验

我国历史上的官吏选任制度，从竖的方向看，可分为商周时期“世卿世禄”制，两汉的征辟察举制、魏晋南北朝的九品中正制、隋唐到明清的科举制，民国时期的文官考试及公务员制度；从选任方式看，可分为考试制、委任制、选举制、铨叙制等不同的形式。分析我国历代官吏选任制度的利弊，探讨吏治腐败的根源，总结其历史教训，对于进一步深化我国干部人事制度改革有一定的借鉴意义。

一、中国官吏选任制度的发展及其利弊分析

人才的选拔和任用是为政之本。在我国通过一定形式选拔、考核以发现、培养和任用人才的做法早在先秦时期就已出现。

在原始社会，选贤与荐能成为推举首领的主要方式在氏族社会曾长期存在。“能者”，是指有某项发明或专长者；“贤者”是指用氏族的传习衡量，品德高尚者。原始社会末期，被推举为联盟首领的接班人，除了才能出众，其道德高尚也是被考虑的重要因素。

（一）世卿世禄制

夏商周时期的选官制度，除兴办官学选才制、“乡兴贤能”制、贡士制以外，主要是世卿世禄制。在这种制度下，只有王公贵族子弟才能世代为官。贵族的官位和爵禄主要在贵族家族内部继承，世代相袭。随着西周宗法制的确立和日趋完善，采取层层分封的方式，把周王的兄弟、子孙和功臣、亡国之后分封到各地为诸侯，各地的诸侯在封国内再把他的子孙封为大夫，大夫在封邑内再分封。这一制度保证嫡长子继位的权利，最终形成天子有天下，诸侯有国，大夫有邑，士有家的局面。

设官分职是人类文明、进步的表现。世卿世禄制，为我国官吏选任的制度化奠定了基础。但它是原始社会末期“选贤与能”的反动，其局限性是十分明显的：第一，完全按照身份和血统来选任必然无法考虑官吏的才干和能力，所任非才的现象十分普遍，而真正的人才将被埋没；第二，缺乏必要的选拔程序和条件，庸才往往因血统高贵而继承大统，误国害民；第三，各级官吏选任的随意性很强，造成贵族内部矛盾尖锐，经常爆发大规模的内乱或动荡，影响社会的稳定和发展。第四，官吏既不是民众选出来的，也不是“任人唯贤”，无须向民众负责，在没有监督和约束的情况下，腐败的产生几乎是不可避免的。

到社会大变革的春秋战国时期，“世卿世禄”制受到冲击，各诸侯国对人才的需求大增，为求生存，有识之君广招贤才，采取奖励军功、招贤养士等方式，涌现出一批出身贫寒，具有真才实学的政治家、思想家和军事家，形成颇具特色的官吏选任新态势，为秦汉察举考核制度的形成进行了铺垫。

（二）征辟察举制

两汉选任官吏的途径很多，如军功、任子（西汉时，二千石以上的官吏任职满三年，可保举子弟一人为郎。东汉建光元年规定，凡公卿、校尉、尚书等官员可举子弟一人为郎或舍人）、赀选等，但主要是征辟和察举。所谓征辟制，就是皇帝直接下诏“征召”人才为官和政府行政长官自行“辟除”（聘任）属员制度。征辟者无需考核即被授予高官。察举制则是通过地方官的考察、推荐，将一些符合朝廷要求的人才推荐出来，供朝廷直接任用或经过一定形式的考核再加以任用。

汉代察举有常科和特科两种。常科有举孝廉，每岁皆举。特科是特别诏定的科目，有举贤良、贤良文学、秀材异等、明经、童子郎等科。偶尔还荐举勇武知兵、明法、明术等专门人才。终汉之世，以“贤良方正”、“孝廉”两科最重要，所得人才也最盛，成为汉代人才选拔的主流。察举制到汉武帝以后发生了较大的变化：其一，举贤良对策成为定制；其二，扩大了察举的科目，新增设了举孝廉、举秀才、举明经等科目；其三，考试成为选任官吏的重要手段，并有逐渐加强的趋势。对被荐人由最初只荐不试、偶尔试之到所荐皆试；由一般性官府的询问到专门官府的考试，直至皇帝亲自策问；由一次性考试（公府考试）到端门复试；由偶尔下诏察举人才到成为地方官较为经常性的职责之一。

察举和征辟制度，与世袭制的最大不同是开始注重人的才能，有利于各种特殊人才的脱颖而出，确实选拔了大批的优秀人才充实官吏的队伍，成为汉景帝削藩智囊的晁错，提出“罢黜百家、独尊儒术”的董仲舒，以及汉武帝时的亟相公孙弘，都是通过察举选拔让来的。在某种意义上可以说是刘汉王朝得以延续四百余年的诸多因素之一。它协调了统治阶级内部权力的分配，奠定了后代平民参政的基础，部分地满足了中下层地主分子参政议政的愿望，对政权的巩固，无疑有巨大影响。

察举制的局限性：第一，标准笼统。选拔官员的标准主要是德行，一是孝顺，二是廉洁。按照儒家的观点，在家孝顺父母，在朝必定忠于皇帝；平时对物质引诱不动心，做官必定公平无私。可惜这些标准过于含糊，无法定量比较。第二，少数人专权。两汉征辟察举之权掌握在极少数达官贵戚之手，大多数情况下是帝王下诏，由公卿和郡国守相按照一定的要求来察举，人为的因素较大。为了防止这些弊端，东汉时很多地方已出现民间品评人物的惯例，由当地威望最高的人士定期品评人物，分成若干等级，地方郡守察举、辟举人才时就按其等级进行。这种做法也存在士人互相标榜、矫揉造作的弊病，尤其东汉末年，更成为世家大族控制选举的手段。所以曹操实行“唯才是举”，以求摆脱世家大族的影响，清除标榜造作之风。第三，察举不实。所举非人之事常有发生，进而因利禄诱人，弄虚作假，营私舞弊之风盛行，一些人不顾礼义廉耻，为求功名富贵无所不用其极，败坏了社会风气。《今古奇观》有一则《三孝廉让产得高名》的故事，这个故事源于《后汉书·循吏列传·许荆》第 2471 页，说的是东汉时期许武是怎样欺世盗名有方的。许武被举荐为孝廉后，就争着同两个弟弟分家。三份家产他选取了最好的一份。这样，便在社会上造成了两个弟弟克让的舆论，两个弟弟也被举为孝廉。许武大会宾客，宣告自己使两个弟弟成名的本意，并把自己那份家产分给两个弟弟，他自己因此而获得更好的声名。第四，制度本身的缺点。汉代察举是“乡举”、“官举”，先举后试，不举则无以试。还缺乏必要的监督措施作保证。这是制度本身的缺点。第五，未形成机制。察举考试仅仅是汉代选拔人才的众多途径之一，高级官吏、世家大族保留了过多的荐举、辟除、任子、赀选方面的特权，世袭制在很大程度上影响着察举制，到东汉后期政治黑暗，使贿赂公行，权门请托之风盛行，垄断了仕途，使察举考试形同虚设，形成察举制度正常执行的破坏力量，加剧了吏治腐败和政治黑暗。

东汉流传着一首民谣："举秀才，不知书，察孝廉，父别居；寒素清白浊如泥，高第良将怯如鸡"的反常现象。

（三）九品中正制

九品中正制，又称九品官人法，它是魏晋南北朝时期选任官吏的主要制度。这一制度是在中央选择"贤有识鉴"① 的官吏，兼任其原籍所在郡的"中正"官，负责考察同籍贯流散在各地的士人，评定等第。等第分为上上、上中、上下、中上、中中、中下、下上、下中、下下九等，即九品。中正将评定结果申报吏部，作为吏部铨选官吏的依据。中正除了对准备进入仕途的士人品评推荐以外，还参与在职官吏的考核，对在职官吏的升降拥有发言权。与两汉时期的察举制相比，九品中正制的进步性主要表现以下四个方面。

第一，九品中正制是在特定的新形势下对曹操提倡的"唯才是举、不计门第"用人原则的贯彻，它存世近400年，有着合理存在的必然理由。第二，在一定程度上扭转了东汉以来州郡名士操纵舆论、左右荐举、征辟的弊端，扫除了选举之中的浮华之风，尤其是加强了中央政府对选举权的控制。第三，它在朝廷吏部和各地中正之间形成了一个相对独立的选举网络，使选举工作步入规范化、常规化和专门化轨道。这不仅有利于增强品评工作的集中性和专业性，还有利于避免他人对选举事务的干预。第四，由于品评工作的诸多环节环环相扣，相互制约，既有利于加强对士人的制约和管理，也有利于增强朝廷在综核名实方面的控制力度。同时，钦定之制，也有助于士人奋发进取，并有利于仕宦之人忠于职守，专司其职，廉洁奉公。

这一制度在执行之初尚有新的气象，但由于受到历史发展阶段的局限和封建特权思想的影响，很快发生逆转，弊端丛生：第一，重家世，

① 《资治通鉴》卷69，黄初元年。

轻德才。在九品中正制运行的初期，中正品评士人还坚持一些德才标准，但是在后来的发展过程中，由于士家大族的势力日益强大，中正品评士人的等第，完全受其出身和家世所左右，出现“上品无寒门，下品无势族”，“公门有公，卿门有卿”的局面，成为门阀士族垄断政治的工具。第二，中正官把持选举，缺乏监督。推行九品中正制后，无论是察举、征辟，还是官员晋升，其任职资格的审查均由中正负责，审查结果上呈吏部，作为遴选的依据。即所谓“台阁选举，徒塞耳目，九品访人，唯问中正”。①《晋书·刘毅传》引疏文略云：“今之中正，不精才实，务依党利；不均称尺，务随爱憎……所欲下者，吹毛求疵……一人之身，旬日异状，或以货赂自通，或以计协登进”。这样，在官吏的选任过程中，中正官的权限极大，给中正徇私枉法提供可乘之机。第三，九品中正制强化了门阀政治，扩大了士族势力，削弱了朝廷的控制力。由于中正在官吏选任过程中拥有绝对的提名权和品评权，一些士族大家长期被品评为上品，继而担任高官，由此出现恶性循环。可以说，九品中正制度的推行，逐步巩固了士族门阀制度，把士族优越的社会地位，从一般舆论评价转变为由国家用制度将其加以承认和定型化，最终导致了中央集权的式微。于是，时代呼唤一种新的相对合理的选官制度，科举制应运而生。

（四）科举制度

隋唐五代时期，人才选拔制度发生了重大变化。正如清代著名学者张之洞所说：“取士之法，自汉至隋为一类，自唐到明为一类……汉魏到隋，选举为主，而亦间用考试……；唐宋到明，考试为主，而亦参用选举。”② 这一变化主要表现为：第一，科举制度在隋唐五代时期逐渐孕育和发展，并日益取代传统的察举、征辟和九品中正制，成为国家选拔人才的重要方式。隋朝开始实行具有划时代意义的科举考试。从程序上说，隋朝的科举考试还要事先通过荐举，随后则直接由地方开始策试，“一切以程文为去留”，③ 即仅凭成绩作为参加高一级考试和最终得官的

① 《晋书》卷48《段灼传》。
② 《张文襄公奏稿》卷32《筹议谈政治人才为先折》。
③ 陆游：《老学庵笔记》卷5。

唯一根据。唐代除科举考试成绩外，合法的“行卷”和推举起着很大的作用。[①] 这种考试与推举相结合的制度，有利于公开、公正的评定人才、识别人才和选拔人才。但是，随着唐王朝的日益腐败，“行卷”和推举完全失去了公正的意义，完全变成了“请托”、“舞弊”的代名词。此外，唐代由于荐举的合法性，科举的成绩不是唯一的录取标准，因此其科考的试卷是不糊名的，每卷的卷主姓名、籍贯以及墨迹对主考官来说，都是一目了然的。考卷不糊名，从制度上为徇私枉法大开了方便之门。第二，随着科举制度的发展，隋唐五代时期的学校考试制度日臻完善，并逐渐与科举制度相结合，融人才的培养和选拔为一体，从而也使学校教育成为人才选拔的一条基本途径。第三，确立了流外入流、杂色补官、官吏考课等制度，为官吏的选拔和升迁提供了机会，使许多中高级人才被选拔上来。第四，荐举、门荫制度虽仍存在，但已成为强弩之末。

两宋时期的人才选拔主要以科举考试为主。宋代的科举考试制度与唐代科举考试制度相比较，主要有三点变化：第一，御试制度的确立。宋初，承袭唐制，共13榜，科举考试为州试和省试（相当于唐代的礼部试）两级，至开宝六年（973）设立御试一级。[②] 这样，形成了州试、省试、御试三级完善而又严格的科举考试制度。第二，废除“行卷”制度以及建立锁院、糊名、誊录、磨勘制度、复试制度。为防权贵干扰、考官徇私、师生结党，宋太祖和他的继承人采取了许多有力的措施。如废除“行卷”和“公荐”，“违者重置其罪。”[③] 锁院制度，即在考选期间，考官与外界隔绝，和家人也不得见面。糊名制度，是将考卷上的姓名、籍贯等密封起来，又叫弥封、封弥。誊录磨勘制度，就是将考生的试卷另行誊录，再加以复核，这样，考官评阅试卷时，不仅不知道考生的姓名，连考生的笔迹也无从辨认了。复试制度，从宋朝开始，即对科举考试落第者进行复试，也对合格者进行复试，宋朝且专门规定大臣子弟省试合格者必须参加复试。其后，复试制度沿袭下来。第三，现职官

① “行卷”：许多举子在考试前先向一些达官显贵们投献自己得意之作（诗、赋、文等，以诗为主），请求他们向主司推荐，以延揽声誉。有的干脆就直接向主司推荐，从而增加及第的希望。

② 《文献通考》卷30，《选举三》。

③ 《续资治通鉴长编》卷4。

员不得冠多士，皇族不得取状元，它从客观上排除了皇族、宗室、官宦在录取时的舞弊之风，给普通的举子更多的中举的机会，显示了科举公平竞争的原则，更能激励举子通过科举而入仕。当然，到了北宋后期，特别是南渡之后，由于宋王朝的腐朽，科场舞弊层出不穷，糊名、誊录等制度的执行也就慢慢地流于形式了。总之，宋代的科举已发展得非常完备。考试科目、考试内容、考试方法、考试的程序、考官的选用、录取的标准、科场惩弊的措施等方面都日趋定型化，保证了封建中央政府对人才的需求。除科举取士外，宋代曾出现以学校考选代替科举考试的尝试；另外，周密的官吏升迁制度又保证了政府对高级人才的选拔。

辽代、金代、元代通过国家官学考试和科举考试选拔人才。科举制度是辽代重要的选士制度，辽代的科考略如宋制，景福元年（1031），才实行御试。其制度本身基本是采用进士科的模式。但规定："进士皆汉人。"[①] 进士科专为汉人而设。这样，作为少数民族为统治者主体的辽代，它所录取的状元则尽是汉人，这就是它的一个独特之处。金代在继承、借鉴辽宋科举制的基础上，结合本民族的特点，创建了独具特色的科举选拔制度。正隆二年（1157）始行御试。它分词赋、经义、策论三科取士，词赋、经义取汉人，策论取女真人。元代科举制度屡有兴废，怯薛，"犹言番直宿卫也"，[②] 服役怯薛，是入仕的重要途径。吏员来源的另一途径是诸学学生充吏，元代各级学校毕业学生可以直接担任吏职。元代各级政府官员通过吏员出职的途径选用的约占官员总数的百分之九十以上。正如元傒斯称："我元有天下所以共治，出刀笔吏十九。"[③] 元代科举分右、左两榜，每科均有两个状元。右榜取蒙古人、色目人（元代尚右），左榜取汉人、南人。相比之下，左榜比右榜所考的场数多、内容难、录取的要求严、难度大，带有明显的民族歧视性质。

明代的选官制度有如下特点：第一，从以荐举为主到荐举、科举两途并用，最终专用科举。[④] 明初，从洪武元年至洪武十五年，荐举是朝廷取士的主要途径。此后到明成祖永乐时期，科举、荐举两途并用。永

---

① 《钦定续文献通考》卷34，《选举考》。

② 《元史·兵志二》。

③ 《元史》卷92《百官志八》。

④ 白钢：《中国政治制度通史·明代卷》第九章第三节，人民出版社1991年版。

乐以后，“科举日重，荐举日轻”，[①] “科目为盛，卿相皆由此出。”[②] 取士遂专用科举一途。

第二，科举的更加规范化和程式化。一是严格规定科举程序，建立和健全了三级考试制度。明代的科举程序，沿袭宋元，分为乡试、会试、殿试三级。与前代相区别的是，在明政府的牢固控制下，三级考试制更加规范，其权力也更加集中。二是科举考试科目的单一化。明代的科举考试仅设进士一科，这与前代相比，亦有明显区别。隋创科举，设秀才、明经、进士等科。唐代科目更加繁多，各种常科、特科和经史诸科共计约 20 余种。宋代科举，除进士科外，也还有“诸科”的设置。而明代，自恢复科举后，除进士科外，始终未设其它科目。考试科目的单一化有助于明代科举考试规范化的确立。三是严格规定考试内容和试文格式。明统治者为了钳制士人的思想，极力把程朱理学贯穿到科举考试之中。

第三，严格按资格选官、任官。明初选官，不拘资格，但天顺（1457—1464）以后，风气大变，取士以科举为重，而科举又以进士为重，进士出身者为甲科，举人出身者为乙科。朝廷形成了“非进士不入翰林，非翰林不入内阁，南、北礼部尚书、侍郎及吏部右侍郎，非翰林不任”[③] 的局面。

第四，学校教育与科举取士、铨选授官紧密结合。明代明文规定：“科举必由学校”；[④] “中外文臣皆由科举而进，非科举者毋得官。”[⑤] 这也就是说，只有学校出身的士子才有资格参加科举考试；只有科举考试合格，才能取得官职。

但是，考试内容空疏、科目单一、八股文取士、科场作弊，都是明代人才选拔制度的弊端。

清代的人才选拔制度。清代的学校教育已成为科举制度的附庸，学校教育成为科举考试的预备场所。清代的科举沿袭明代的成法，但更为

① 《明史》卷 70《选举志二》。
② 《明史》卷 69《选举志一》。
③ 《明史》卷 70《选举志二》。
④ 《明史》卷 69《选举志一》。
⑤ 《明太祖实录》卷 52 洪武三年五月。

详备。学科的设置、试卷书写格式、贡院布局，都有严格的规定，科考官员的分工也比前代具体，会试、殿试的仪式、程序也比前代繁杂而有序。为了科举考试的公平和公正，清政府还规定了选派考官的保密制度和回避制度等等。通过科举，清朝政府选拔出一大批人才，其人数远远超过了前代。此外，荐举、翰林院官员的考选、大挑等人才选拔制度也占有相当的地位。清代康熙、雍正和乾隆三位帝王堪称中国古代知人善任的典范，给后世留下了丰富的用人思想和理论。但是，清代将八股取士定为一尊，只考儒家经典，科举选才制度僵化与腐朽，败坏人才，败坏吏治，直至清末光绪三十一年，即 1905 年，始诏停科举。自隋朝确立的科举制度在我国实行了约 1300 年。科举制度废除后，新式学堂建立了临时考试、学期考试、年终考试、毕业考试、升学考试制度。出国留学生坚持中央和各省选派留学生的原则，以考试选拔为主；归国留学毕业生，由直接授以官职，改为经过学部考试与廷试合格，方可授以科名和官职。晚清人才教育和选拔贯穿了一个弃虚就实原则，教育逐渐抛弃虚学，采用实学，人才选拔逐渐抛弃虚才，而选用实才；人才选拔从单一的选官制发展为多种人才选拔制；同时，酝酿筹建中国文官制度。这是晚清人才选拔制度根本性的变化。

科举制度，是我国封建社会实行的一种分科考试，选拔人才的官员录用制度。它始建于隋炀帝大业二年（606），到唐朝逐步完善，经宋、元、明而定型，至清朝光绪三十一年（1905）废除，历经 1 300 年之久。作为一种选官考试制度，其实行之早，持续时间之长，影响之深远，对人类文明作用之巨大，在世界考试史上是绝无仅有的。科举考试制度的创造性，集中在以下几个方面：

第一，科举考试制度表明了中国封建时代以知识选拔官员标准的确立，这在一千多年前的世界范围内是绝无仅有的创举。它排除了察举制度中长官意志起决定作用的成分，保留了其中重知识的标准，终于通行了千年之久，体现了它长久的生命力。第二，考试制度体现了选拔官吏过程中的公正，平等的原则。此处所指公正，是指在统一的知识标准下，科举制为庶民子弟的入仕提供了可能。“朝为田舍郎，暮登天子堂”。据潘光旦、费孝通对近世 900 名进士的研究，明清时代的一半进士来自农村，科举制是我国历史上平等竞争的选官制度。各王朝所建立的具有一套完备的考试方法和惩戒舞弊的规定，如锁院制、糊名制、回避制、复试制、殿试制、校验制等，科举考试由礼都（有时也为吏部）主持，但有检察机构进行监督。考官因徇私舞弊、违犯考试规条，轻则流放、革职，重则斩首。这都是对封建官僚特权的严格约束，体现了公正的原则。第三、科举制度包括学校育才、科举选才、铨叙用才三个完整环节，在人才的培养和储备、官吏的选拔和任用方面形成了一套完整的体系，体现了平等竞争、择优录用的原则，在官吏选任制度的理论和实践上积累了丰富的经验教训，为后世所倚重。科举制被西方借鉴后，催生了我们今天所熟知的现代文官制度。

科举制度的局限性：第一，强化了士人的官本位思想，助长了“万般皆下品，唯有读书高”的社会风气，形成了中国知识分子尚清谈轻实践，眼高手低的传统人格。第二，将读书、应试与做官联系起来，使学校变成了科举考试的附庸；考试形式和内容的局限性，使知识分子失去了独立思考和创造革新的能力，形成了“读死书、死读书、读书死”的书呆子形象。第三，“八股取士”，考试内容的偏差，误导了知识分子们的注意力，阻碍了科学技术的发展。

（五）文官考试制度

文官考试制度，首创于南京临时政府时期，正式推行于北京政府时期，而考试权的独立，完成于南京国民政府时期。文官制度的优点：

第一，继承了科举考试制度的长处，体现了“机会均等”、“自由竞争”和“在法律面前人人平等”的原则。第二，考试内容与时俱进，增加了自然科学和新兴社会科学方面的内容。第三，开创了特种考试。特种考试的水平有的高于高等考试，有的则比普通考试还要低。南京国民政府通过特种考试所选拔的人才，十多倍于高等考试或普通考试。第四，建立了与文官考试相辅相翼的文官铨叙制度。它是指对官吏进行分发、任用、甄别、考绩、任免、升迁、抚恤等事宜。文官的任用须经过严格的考试，录用后进行培训、以确保文官文化素质和专业水平。考绩，即考察文官的思想品德、业务水平、工作能力，实行淘汰制。

文官制度的弊端：第一，考试录取的人数少。高等文官考试，北京政府举办二次，共录取 674 人；南京国民政府在大陆期间，共举办 15

届，共录取 4 344 人。普通文官考试由各省举办，及格者由举办单位以委任职分发到考地各机关任用。北京政府举办二次普通文官考试，录取 805 人。南京政府举办普通考试为 14 次，共录取委任级文官 6 738 人。特种考试的人数，十多倍于高等考试或普通考试。但从总体看，考试录取的是少数。第二，考试的对象局限在事务官，政务官还是委任。第三，任官制度的随意性很大，专制首脑说了算。

综上所述，可以得出这样的结论：第一，我国历代官吏选任制，是不断发展不断完善的。第二，我国历史上的官吏选任制度，从选任方式看，可分为考试制度、选举制度、委任制度。这些制度，各有利弊短长，只有扬长避短，将考试、选举、委任等相关制度结合起来运用，才是最佳选择。第四，我国历代官吏选任制度在一定的条件下，体现了相对的平等竞争、择优录用的原则，但同时也暴露出政治制度腐败、吏治腐败等问题。

二、吏治腐败的根源

（一）专制体制是吏治腐败的总根源

1. 封建君主专制制度使腐败成为不治之症

封建时代的官吏选任始终是在皇权高于一切的架构下进行的。君主专制的核心内容是：国家的一切权力，都集中在君主手中。君主由世袭制产生，并终身任职。这种绝对的权力必然产生绝对的腐败。依靠这种绝对化的权力至多能抑制权力以外的腐败，却不能抑制权力本身的腐败。第一，君主为巩固自己的集权统治，防止大权旁落，要求各级官吏的首要问题是忠君，而不是清廉与否，这给那些貌似忠君的贪婪之徒以可乘之机，这就决定了腐败的不可抑制性和抑制腐败的不彻底性。第二，由于权力的集中和世袭制原则而出现了大批幼君、昏君，并导致宦官、外戚、奸佞专权。源头浑浊，必无清溪，其结果必然导致官僚阶层的整体腐败。第三，君主专制制度还确立了皇帝至高无上的经济地位，拥有公开、无偿占有天下财富的权利，这不仅引导着官员贪占掠夺，还为其贪占掠夺提供了机会，从根本上助长了官吏的腐败之风。

2. 封建官僚制度是导致腐败的重要原因

吏治腐败在官僚制度产生之初便开始出现。我国古代的官僚制度的最大的特点就是君权至上、对上级和君主负责，官阶的升降不是取决于官吏治政的能力与实绩，而是取决于对上司的忠诚以及由此形成的人身依附关系。第一，在古代中国，从将相大臣到郡守县令都由皇帝任命，军权、财权都由皇帝掌握，“君为臣纲”，削弱了或者说代替了法治，从而造成了对腐败的认定和对腐败的惩罚常常不是决断于法，而是取决于人的状况，使腐败现象得不到应有的抑制。第二，在专制主义、皇权至上、权力至上的思想驱使下，许多官吏为了自己的权力能有所依靠，便攀龙附凤，拉帮结派，结成了大大小小的政治集团和关系网，从而使腐败难以消除，愈趋猖獗，甚至使一些清正廉明的“清官”难“清”。第三，以地主阶级为主体的经济形态与以帝王专制为核心的政治形态的结合，构成了中国历史上特殊的社会结构。这一结构体现在官僚集团方面，就是“官本位”与“钱本位”的双本位结合。官职成为一种特权，当官—掌权—敛财—权力扩张，成为官吏群体居主流的一种思维定势。

3. 五权分立为什么没有解决腐败问题

在南京国民政府时期，成立了考试院、监察院、行政院、立法院、司法院，考试权独立了、监察权独立了，五权分立为什么没有解决腐败问题？原因在于南京国民政府形成了以国民党一党专政为组织形式的、封建买办的法西斯寡头专政的政治制度。在这种制度下的所谓国民政府，只能代表大地主大资产阶级，而不能代表“全国工农市民以至资产阶级”的利益（《毛泽东选集》第1卷，人民出版社1991年版，第47页）。他们没有也不可能解决中国的半殖民地、半封建的社会性质和加强民主政治建设。

（二）官吏选任制度的流弊是吏治腐败的直接原因

1. “正途”选官滋生腐败

前文所列举我国历史上所谓的“正途”选官制度，都不同程度地导致吏治的腐败。“世卿世禄制”，在没有监督和约束的情况下，既不是民众选举官吏，也不是“任人唯贤”，腐败的出现和漫延是不可避免的。“察举制”开始运用考试选拔官吏，但无法改变在察与举两个方面的徇私舞弊，助长了誉望相矜、虚声竞进之习，使吏治败坏，政治黑暗。在九品中正制实行的过程中，中正与权贵勾结，营私舞弊，将家世的高低作为选官的标准，对当时腐败的社会风气起到了推波助澜的作用。科举制度存在着学非所用、选才不实、选用官吏迂腐无能，缺乏真才实学等问题。明清时期更是弊端百出，科场弊案不断，所学知识严重禁锢了士人的思想，明显落后于世界潮流，这种"为人择官"的制度在行政管理上呈现出很多漏洞，沦为腐败之源。

2. "异途"选官是腐败的温床

中国古代官吏的选任，除了"正途"而外，还有一种是统治者为了笼络官吏或为了敛财而不拘常格，随意采取的特殊选官方法，如出现于秦汉，延续到明清的任子、赀选、恩荫、捐纳等制，这种选官制度相对于"正途"而言，被称为"异途"或"杂途"。"异途"选官更使腐败盛行。

恩荫制，以前辈官职、功劳保任后代子孙亲族为官的制度。恩，即皇恩。荫，即托庇先人。据《汉书·哀帝纪》载：俸禄在"二千石以上"的和"视事满三年"的官吏，恩荫任子的数目一般以一人为限，所荫官职一般在郎官（正七品）以下。宋代，恩荫呈膨胀之势，一个学士可以荫几十人，宰执更是恩荫无限。清代，恩荫制发展为恩生制。据《大清律例》和《荫生授官例》的规定：荫生有恩荫、难荫、特荫三种形式，满族八旗子弟，一般均可由恩荫（不经过考试）平步进入仕途。恩荫制在世袭制的基础上，由起初的连结着的几根粗线，经历朝历代的不断编织和修饰，形成了头绪纷繁、盘根错节的关系网。因荫而得官，贪赃枉法者居多，助长了腐败之风。

捐纳，又叫赀选、开纳，有时也称捐输、捐例，即人们所说的卖官鬻爵。它通常由政府条订事例，定出价格，公开出售，并成为制度，这就是捐纳制度。捐纳既是吏治腐败的主要表现，也是吏治腐败的重要原因，一些人之所以花费重资买官，是因为得官后"易于补偿"，上任后即拼命搜刮。冯桂芬在《变捐例议》中谈到捐纳之弊时说："捐途多而使吏治益坏，吏治坏而世变益亟，世变亟而度之益蹙，度之蹙而捐途益多，是以乱召乱之道也。"

无论是"正途"还是"异途"取得做官资格的，都要依次补实缺，而得缺后的升迁，一般也要论资排辈。故为谋升官者，或谨小慎微，或逢迎上司，或厚贿钻营；谋得官位者，深知此位得来不易，必加多方保护。于是守旧因循，阿庆取容，希旨固位。官场中庸碌无为，唯唯诺诺，死气沉沉的风气日甚。

3. 任人唯亲助长腐败

我国古代的官吏任用制度的又一弊端是任人唯亲。汉高祖刘邦，是任人唯亲的代表人物。为了保证刘氏家天下不致中断，曾和功臣们杀白马盟誓："非刘氏而王者，天下共击之。"晚清的李鸿章也说："我不任人为亲，难道还要任人为疏么?"我国历史上的官吏选任制度，重选拔，轻任用。例如，唐代选官之制，权属尚书省，先由吏部考功郎中、员外郎依格注拟，尚书侍郎通过，再送门下覆审。六品以下，由吏部（后改为礼部）量资而任。五品以上须皇帝亲自批准制授。在皇权体制下，选任官吏本质上都是任人唯亲。所谓任人唯贤，也只不过是亲中选贤罢了。就连主观上为了体现平等竞争的科举考试，也因天地君亲师的宗法教育，客观上造成了师门关系的盛行。当时，秀才以上的科举考试，都有拜师门的习惯，凡是考取了功名的人都要拜本次主考官为自己的恩师，同学之间也要互相拜同年，这样，就在中国形成了严重的师门裙带关系现象，这是所谓"官场文化"的一大景观，为任人唯亲提供了便利条件。这些师门关系拉帮结派，官官相护，是腐败之风的"添加剂"。

（三）法律和规章制度形同虚设是吏治腐败的主要症结

1. 规制缺陷为腐败大开方便之门

中国封建社会的吏治腐败，与法律和规章制度的诸多漏洞或缺陷有关。比如在俸禄、财务管理、税收、报销等制度方面的弊端，都给贪污者以可乘之机。官吏俸禄的不确定性及其与实际消费水平之间的悬殊，导致官吏视敛财为补充薪金不足的正常渠道；宫廷财政管理的混乱，使皇宫后妃及宦官贪污易如反掌；报销制度的不健全，户部检查形同虚设，给贪官许多做手脚的余地；大规模的赈粮，大工程的修建，使一些官吏从中浑水摸鱼，私囊大肥。

不能否认，历史上也曾存在过一些较好的规章制度，但往往难以坚持或没有很好地贯彻实施。如科举制度的实施，一批知识型文官充实到各级政府，使官僚队伍的构成发生了变化，但是科举制中的舞弊现象屡见不鲜，使得科举制度任贤选能的功能大打折扣。如官员实行定期考核的制度，由于执行考核权力的官员营私舞弊，将手中的权力作为消除异己、夺取权位手段的做法并不少见，使得原本考虑较为周密的考核制度不能起到奖功罚过、防止腐败犯罪的作用。

2. 监察权与管理权的合一，使监督功能削弱

监察制度是中国特色的优良传统。我国历史上的监察制度萌芽于先秦，形成于秦汉，在魏晋南北朝时期得到了进一步的发展，唐宋以后趋向成熟和强化。监察权的行使，大体上分为两大类，一类是上级长官对下级和属吏的直接监督，另一类是设置专门的监察机构，如御史台、都察院等，专门从事对文武官僚的监察工作，以维护皇权。然而在中国专制王朝的历史上，监察权与管理权却常常合而为一。上级长官对下级的直接监督，本身就是监察权和管理权的合流。专职监察机构也向管理机构发展，出现两权合流现象。专制君主设置监察机构，派出监察官的目的，是让监察系统作自己的耳目，监视地方官吏。监察部门的存在，也确实起到了加强皇权整饬吏治的作用。可是在实际上监察系统总是向地方行政机构演化。在相同的施政范围之内，监察官兼任行政官，既管行政又掌监察，势必导致监察主体与监察客体的合二为一。由自己来监察自己，等于取消了监察。古代中国吏治腐败屡禁不止，愈演愈烈，监察权与管理权的合二为一，是一个重要原因。

总之，吏治腐败，是自先秦到明清乃至民国时期的一种普遍的社会历史现象。从官吏选任机制看，腐败现象的产生与专制体制有必然的联系，与官吏选任制度本身的弊端有更加密切的关系，同时与法律和规章制度的不完善或虽有制度却受多方面制约难于实施等因素不无关联。

三、经验教训和启示

（一）总结经验教训，加强社会主义民主政治制度建设

如前所述，我国历史上吏治腐败的总根源，是封建专制体制。因此解决吏治腐败的对策，关键是加强政治制度建设。

1. 廉政兴邦，腐败亡国

历史发展的规律表明：廉政兴邦，腐败亡国，明、清两朝的兴衰史是这一定律的生动体现。明朝是中国历史上一个强盛的王朝，从1368年建国，到1644年覆亡，先后16个皇帝，历时277年，对中国历史进程影响很大。开国之君朱元璋总结历代王朝兴亡的教训，得出“吏治败，国家亡”的结论。清朝由一个泱泱大国历经三朝盛世之后，由顶峰步入了下坡，最终沦为半殖民地半封建社会，与晚清吏治的严重腐败有直接的关系。第一，吏治腐败直接导致了经济危机的加深，国库“亏空”。仅以直隶省为例，到嘉庆六年时亏空达到了264万两之多。第二，吏治腐败直接导致了军队腐化，国防废弛。当时的清军将领“全不以军务为事”，“寡廉鲜耻，营私肥”，[①] 官兵对立，纪律漫散，战斗力极其低下，无法抵抗西方的军事侵略。第三，由于晚清吏治腐败，导致了阶级矛盾和社会矛盾的尖锐化，各地的起义风起云涌，辛亥革命最终埋葬了清王朝的封建统治。中国共产党人必须牢记“廉政兴邦，腐败亡国”这一深刻的历史教训。

2. 加强社会主义民主政治制度建设

加强社会主义民主政治制度建设与干部选任制度的完善互为因果。因为干部选任制度，是整个政治制度中最重要的一项制度，是从属于政治制度的。如同前述，我国历史上吏治腐败的总根源是专制体制，这给我们的启示是：只有建设社会主义民主政治制度，才能真正完善干部选任制度；因为干部选任制度，是整个政治制度中最重要的一项制度，所以完善干部选任制度又是完善政治制度的重要方面。

我国历史上的官吏选任制度，从总体上看，是顺应历史发展潮流的。无论是世卿世禄制、征辟察举制、九品中正制、还是科举制度，都是以适应社会的需要而诞生，以适应社会的发展而发展，以背离社会的发展而灭亡。这就是官吏选任制度要顺应历史发展潮流的客观规律。今天的干部选任制度，也要顺应历史发展潮流，这就是完善社会主义民主政治制度。民主是人类政治文明发展的成果，也是世界各国人民的普遍要求。胡锦涛同志在党的十七大报告中旗帜鲜明地强调：“人民民主是

① 赵之恒、牛耕、巴图主编：《大清十朝圣训》，北京燕山出版社1998年版，第6063页。

部“逢提必推、逢提必测、逢考必测”。第二，加强宣传教育，端正用人导向，创造民主推荐、民主测评工作的良好舆论环境，形成全员参与、支持民主推荐、民主测评的浓厚氛围。第三，坚持和完善党务、政务公开，探索建立工作纪实制、政绩公示制、任期目标责任制等制度，促进领导干部履职过程公开化。第四，要建立领导干部民主推荐、民主测评信息档案，结合实际进行纵向和横向比较分析，有利于全面了解领导干部的群众公认度，进一步增加干部评价的公正性。第五，探索完善民主测评的手段和方法，充分运用现代信息技术手段，开发民主测评软件系统，探索开展网上测评办法，提高民主测评数据处理的效率和准确度，不断提高民主测评的效率和质量。

（四）改革完善考任制度

我国是考试的故乡，我国的考试制度对世界文明做出了重大贡献。但是，考试制度也有缺点，它不能测量一个人的思想品德的好坏。而民主推荐的方法，能纠正这一缺点。考试与民主推荐相结合，是完善考任制度的重要途径。

1. 增强考试的科学性，重视考素质、考能力

第一，关于笔试。笔试科目的设置要有针对性。不同职位、不同等级、不同地区的干部要求不一样，笔试内容应该有所区别，不能千篇一律。这样，笔试才能准确测验出报考不同职位的人是否具备该职务所要求具备的能力。行政机关应该加强对考试技术、心理测试方法的开发和研究。改进笔试的命题范围与形式，提高题目的质量。还应该建立干部考试录用公共科目考试题库，规范笔试内容、形式等，努力建立健全不同专业考试统考制度。第二，关于面试。干部考试是为用而考的考试，是能力考察、素质测评、潜力预测的考试。在不影响平等竞争的前提下，减轻笔试的份量，加重面试的份量。面试可以采用答辩、模拟操作、心理测验等多种形式，同时也可以采用问答法、问题处理法、辩论法等多种方法。值得一提是情景模式面试，如文件框作业、现场模拟组织会议、现场模拟处理问题等，此类面试主要考察考生的实际能力和综合素质。此外，建立高素质的面试考官队伍。对面试考官资格的获得可以设置一些门槛，必须通过专业培训和水平测试才能获得面试考官的资

格，这样可以大大提高面试考官队伍的整体素质，使面试考官真正掌握提问、分析、评定成绩等方面的技巧。第三，笔试和面试应该围绕三个因素展开。三个因素是：知道怎样去做工作，即具备的知识；知道应该怎么做，即具备的能力；有做好工作的愿望，即具有公共服务的意识。这三个因素是做好干部必备的条件，但试题和考试方法的设计，要有针对性，做到有的放矢。

2. 考试制度和民主推荐相结合，提高选任的质量

考试制度有很高的信度，它体现了公平、公开、公正、平等竞争等原则，促进了优秀人才进入政府系统并提高了政府工作的绩效，促进了我国科学技术的发展和民族的融合，为世界文明作出了贡献。它的不足及其负面影响：考试不能测量一个人思想品德的好坏；单纯以分数决定上下，淘汰了那些有经验和实践能力但分数略低一些的人；客观上形成了一大批应试高手和“三门”干部。但是，民主推荐制度，可以弥补考试制度的上述缺陷。我国在没有科举制度之前，也并不是没有英雄出世，大家都熟知的诸葛亮被举荐是个典型例子。春秋战国是中国学术发展的一个高峰时期，也和举荐各种人才有关。民主推荐制度，有利于考察一个人的思想品德，有利于识别一个人才能的大小。将考试制度和民主推荐结合起来，取长补短，有利于测量知识与能力、思想品德与能力、群众公认度与能力的统一。

（五）改革完善监督机制

历史和现实都已证明，不受制约和监督的权力极易导致决策失误和腐败。而制约权力的最有力、最有效的东西，也是权力。

1. 健全以权力约束权力的行政监督制约机制

我国现行的监督体制是双重领导下的监督体制，监察部门缺乏应有的独立性和权威性，这在一定程度上影响了监督权的有效发挥。因此：第一，改革现行行政监察体制，使监察部门由双重领导向垂直领导过渡。目前可先试点实行省以下垂直领导体制，将省以下各级政府机关中的行政监察部门独立出来，受上级监察部门直接领导。在履行职责过程中只向授权组织负责，不受同级政府领导和其他机关的干扰，以增强监察部门的独立性和权威性。同时考虑到目前监察部门和纪委合署办公，

因此纪委领导体制也应实行同步改革。第二，完善巡视制度，实行垂直监督。按照中央的要求，健全相关规章制度，使巡视工作制度化、规范化。要规范巡视的内容和范围，充分发挥巡视在干部选任等方面的重要作用；形成完备的巡视工作制度体系，创新巡视工作方式方法；加强巡视队伍建设，切实加大巡视成果运用的力度。第三，扩大行政监察部门的职权。清代，都察院（中央监察机构）最高长官左都御史为从一品（满汉各1人）、左副都御史为正三品（满汉各2人），这是历代检察官品位最高的。今天，要改变“下级监督上级难，群众监督领导难”的局面，就必须提高相关监督机构的职级地位和权威性。第四，强化预防监督和监察手段。从事前监督入手，确定监督目标，制定科学的监督计划，使监督规范化、科学化，防患于未然。同时提高监察手段的科技含量，充分运用电脑等现代办公手段，建立监察信息网络体系，保障监察工作的多向信息渠道畅通，实现查处案件手段的现代化。

2. 健全党内监督机制

第一，健全对干部选任程序的监督。健全推荐干部责任制、考察干部责任制、提请党委（党组）任免干部责任制、党委决定任免干部责任制，因推荐、考察、任免失误的，均应追究“第一推荐人”和第一责任人的主要责任及相关人员的责任。第二，完善考核，进一步落实对党委在干部选任工作中的责任监督。要把干部选任工作纳入考核党委工作的重要内容，纳入党风廉政建设责任制的重要内容。对于各级各部门来说，依据既干好事业又建好队伍的标准，全面考核党委的工作，重点考核用人风气正不正，用人准不准，并按照问责制和党风廉政建设责任制的规定追究责任。第三，齐抓共管，进一步形成干部选任工作的监督合力。一是“一把手”要切实负起第一责任人的责任。在干部选任过程中，“一把手”既要有自己的主见，又要善于听取他人的不同意见；既要发挥组织人事部门的作用，又要接受纪检监察等监督部门的监督；既要教育干部严格遵守纪律，又要对干部出现的问题严肃处理；既要要求班子成员遵守纪律，更要自己模范带头，以身示范。在干部选任工作上出问题的单位，必须追究“一把手”的相关责任。二是分管领导和组织人事部门要认真履行工作职责。在干部选任过程中，分管领导和组织人事部门既要以求真务实为原则，重点解决考察时难以听到真话的问题，通过改进考察方式、落实考察责任，保证考察结果的真实、准确，为党委选准人提供决策参考；又要改变考察干部工作的神秘化为公开化、透明化，充分发挥相关监督部门的作用，并接受其监督；还要敢于抵制跑官要官、搞非组织活动等各种歪风邪气。三是纪检监察机关和部门要充分履行监督职责。各级纪检监察机关要充分履行专门监督机关的职责，把干部选拔任用工作作为党内监督的重点内容，对不负责任造成用人风气不正、用人严重失误、操作违反规定的单位及有关负责人，一律要问责。

3. 健全社会公众和组织的监督机制

对于各级干部选任，社会公众和组织也同样有权予以监督。第一，强化社会公众和组织监督的法律保障。通过制定专门法律，确立社会公众和组织的监督的法律地位、监督的权限和程序，使之能够依法行使监督权，并受法律应有的保护。社会团体是指工会、共青团、妇联等社会组织，应建立征求社会组织意见的制度和机制，从而切实保障社团组织对干部选任工作的监督。要制定专门的制度和法规，以确保民主党派和民主人士对干部选任监督的规范化、制度化和经常化。第二，舆论监督，实质上也是社会公众和组织的监督。“不怕通报，就怕见报”，说明网络和新闻媒体“曝光”的力量。长期以来，新闻在西方被称为立法权、司法权和行政权之外的“第四权力”。之所以把新闻监督放在如此高的位置，就在于它能从不同角度监督政府活动。社会主义民主政治，更应当发挥新闻媒体和新闻舆论的特殊监督作用。新闻媒体对干部选任工作的监督，要通过新闻立法来实现和保证，使新闻媒体对干部的选任工作、履行岗位职责、廉政建设等方面形成监督舆论，协助党和国家有效地制止选任干部工作中的不良现象。

要充分发挥党内监督、社会监督、群众监督、法律监督和舆论监督等多种渠道的监督作用，扩大监督范围，增强刚性的约束，形成党内党外、上下结合、共同监督的网络，逐级负责、齐抓共管，形成干部选任工作中的全方位的监督机制。

总之，历史的启示集中到一点，就是加强民主政治制度建设，完善干部选任制度和与之相配套的相关制度，并使这些制度更加民主，更加科学，更加系统。以群众满意度作为干部选任制度和干部履行岗位职责的最终评价尺度。

第七章　晚清政治制度的转型

第二次鸦片战争后，洋务派拉开了中国社会近代化的帷幕，传统社会向近代的转型首先在器物层面展开，逐步扩大到制度层面。晚清政治制度的转型如同当时的社会转型，一开始就带有明显的被动性、屈辱性，终清之世仍都属于浅层次的，但其作为一个必经的初始阶段，对后来的影响是不可低估的，这也是它的重要意义所在。

一、总理各国事务衙门

总理各国事务衙门是晚清统治者为了适应变化了的中外关系而设立的第一个新型的政府机构，其设立的背景与事权的扩大，一方面是外国侵略者控制清政府、干涉中国内政、破坏中国独立和主权的具体体现，另一方面也是中国社会近代化的客观需要。

（一）第二次鸦片战争前的中外关系

鸦片战争以前，清朝统治者"夜郎自大"，以"天朝上国"自诩，视外国为"夷"，将中外交往说成是"万国来朝"。没有建立专门管理对外交涉事务的机构，只是由礼部、理藩院、鸿胪寺等机构负责接待外国派来的朝贡使臣。

17 世纪中叶英国完成资产阶级革命，两个世纪后欧美主要国家先后完成工业革命，西方资本主义迅猛地发展起来。为了扩大商品市场、掠夺原料、补充廉价劳动力，西方商人纷纷来到中国，要求通商贸易。清朝统治者严格执行"闭关政策"，只准外国商人在广州一地通商，由两广总督总管涉外事务。

第一次鸦片战争后，清政府为了保持"天朝尊严"，极力阻止外国使节进京。但又不得不适应东南五口开放的需要，把对外交涉由广州扩大到五个通商口岸，总管涉外事务的五口通商大臣先后由两广总督、两江总督兼任。

（二）总理各国事务衙门的设立

第二次鸦片战争后期，咸丰皇帝逃往热河，留守京城的恭亲王奕䜣设立抚夷局，于1860年10月分别与英、法两国交换《天津条约》批准书，并签订《北京条约》。

因《天津条约》有公使驻京的条款，英、法、俄、美相继在京师建立使馆。清朝中央设立专门办理对外交涉机构的问题因此而提上了议事日程。面对这种情况，奕䜣等人感到必须建立一个专门负责与外国公使打交道的政府机构，便于1861年1月13日奏称："查各国事件向由外省督抚奏报，汇总于军机处。近年各路军报络绎，外国事务，头绪纷繁，驻京之后，若不悉心经理，专一其事，必致办理延缓，未能悉协机宜。请设总理各国事务衙门，以王大臣领之"。他们因担心遭到军机大臣反对，咸丰帝不予批准，又在奏折中申明："俟军务肃清，外国事务较简，即行裁撤，仍归军机处办理，以符旧制。"[①]

20日，咸丰帝予以批准："京师设立总理各国通商事务衙门，著即派恭亲王奕䜣、大学士桂良、户部左侍郎文祥管理。"[②] 奕䜣等再次奏称："通商事宜，上海、天津等口既设有大员驻扎专理，臣等在京不便遥制。况该夷虽唯利是图，而外貌总以官体自居，不肯自认为通商，防我轻视。今既知设有总理衙门，则各国与中国交涉事件，该夷皆恃臣等为之总理，借以通达其情，若见照会、文移内有'通商'二字，必疑臣等专办通商，不与理事，哓舌必多，又滋疑虑……拟节去'通商'二字，嗣后各处行文，并不用此二字，免致该夷有所借口。"[③] 咸丰帝同意取消"通商"二字，改称总理各国事务衙门。

英国使馆秘书威妥玛听到这一消息"甚为欣悦"，称之为"数十年求之不得"之事。[④] 法国公使布尔布隆也说"此实中外各国永敦睦好的

---

① 《筹办夷务始末》咸丰朝卷71，续修四库全书，第19页。

② 《筹办夷务始末》咸丰朝卷72，续修四库全书，第1页。

③ 《筹办夷务始末》咸丰朝卷72，续修四库全书，第22页。

④ 《筹办夷务始末》咸丰朝卷71，续修四库全书，第28页。

最妙良法”。[①]

（三）总理衙门的建制与职掌

总理各国事务衙门简称“总理衙门”、“总署”或“译署”，其官制仿照军机处。官员主要有大臣和章京。大臣一般分为亲王、郡王、贝勒统领，军机大臣兼领，大臣上行走。章京分为总办章京、帮办章京、章京、额外章京。大臣初为3人，后增至8～9人，最多达到12人。总办章京满、汉各2人，帮办章京满、汉各1人，章京满、汉各10人，额外章京满、汉各8人。章京在大臣领导下分管各项具体工作，轮流值班，每5日1班，1月值班15天，“如有旷班不到者，查明参处”。[②]此外，还有供事16人（同治年间增至44人）、苏拉（差役）12人、领催马甲8人。实际上总理各国事务衙门人员编制超过了清朝中枢机构——军机处，在清朝政治机构中占有相当重要的地位。

《光绪会典》规定：总理衙门“掌各国盟约，昭布朝廷德信。凡水陆出入之赋、舟车互市之制、书币聘飨之宜、中外疆域之限、文译传达之事、民教交涉之端，王大臣率属定议，大事上之，小事则行”。

总理衙门章京综理文书、收支、庶务等事项，一般分股办事，将从各衙门抽调来的章京按照原衙门的职能进行分工。例如：从内阁抽调来的办理文书，户部抽调来的办理税收，兵部抽调来的办理台站驿递等。

随着近代化的发轫、中国社会向近代的转型，中外关系日趋繁杂，总理衙门的职权范围不断扩大，逐步变成了包罗万象的洋务衙门。除中外交涉、通商事务外，凡办厂、采矿、铁路、电报、关税、学校等洋务活动无不综揽，是以有人称之为“洋务内阁”。

（四）总理衙门的内部机构

总理各国事务衙门内部组织由五股一房一厅，即英国股、法国股、俄国股、美国股、海防股，司务厅，清档房所组成。但是这些机构并不是一开始就全部设立的，而是随着客观形势的变化，逐步增设和变更的。海防股是中法战争爆发后的1883年增设的，1894年中日战争后又

① 《咸丰朝筹办夷务始末补遗》抄本，第四册上，第680页。

② 《咸丰朝筹办夷务始末》咸丰朝卷72，续修四库全书，第29页。

改为日本股。清档房设于1864年。司务厅也于同年由收掌处改变而来。五股一房一厅分管事务如下：

（1）司务厅负责公文来往收发，呈递折件，领取和送还印章和钥匙；

（2）清档房负责文件抄录、编辑、校对及档案保管；

（3）英国股负责英吉利、奥斯马加（奥地利）两国交涉事务，并办理各国通商及关税事务；

（4）法国股负责法兰西、荷兰、日斯巴尼亚（西班牙）、巴西交涉事务，保护民教及各岛招用华工等；

（5）俄国股负责俄罗斯、日本交涉事务，以及陆路通商、边防、疆界、外交礼节等；

（6）美国股负责美利坚、德意志、秘鲁、意大利、瑞典、挪威、比利时、丹麦、葡萄牙等国交涉事务，以及设商埠、参加各国赛奇会（博览会）、保护华工等；

（7）海防股负责南北洋海防事务，包括长江水师、北洋海军、沿海炮台、船厂、轮船购置、枪炮弹药制造，以及机器、电线、铁路和各省矿务等①。

（五）总理衙门的附属机构

总理衙门兼管以下机构和官员：

1. 同文馆

在两次鸦片战争期间的外交活动中，清朝统治者痛感懂得外国语言的人才十分缺乏，迫切需要培养翻译和外交人员，决定设立一所外国语言学校，附属于总理各国事务衙门，培养懂得外文的专门人才。这所学校于1861年1月经咸丰皇帝批准，经过一年多的筹备，1862年6月正式开学，取名同文馆。

同文馆最初设英文前馆，1862年恢复俄文前馆，增设法文前馆，1871年增设德文前馆，随后各馆都增设后馆，1896年增设东文馆（即日文馆）。从1866年起，又陆续增设算学（包括天文）、化学、格致

① 刘锦藻：《清朝续文献通考》卷118，职官考四职官四，卷118。

（包括力学、水学、声学、气学、火学、光学、电学）、医学等四馆。这样，同文馆不仅规模逐步扩大，而且性质也发生了变化，由原来的专门外国语学校变成了一个多学科性质的学校。

同文馆于1901年并入1898年成立的京师大学堂。

同文馆负责人是管理大臣，其次是提调、帮提调。教学人员，各馆设有总教习、教习。由于同文馆是总理各国事务衙门的附属学校，因而学校负责人都由该衙门选派。管理大臣由总理衙门大臣中特派，提调由总办章京中派任，帮提调由章京中选任。总教习、教习以洋人担任者多，中国人担任者少。以每月1 000两白银的高薪，先后聘请外国传教士包尔腾、傅兰雅、丁韪良等担任英文总教习，而中国教习月薪则只有8两白银。

《同文馆章程》规定，各馆学习年限一般为3年。1896年改为8年，即前馆5年，后馆3年。最初学生名额定为10人，最多不得超过24人。1865年改为每馆10人，到1887年增至120人。清朝统治者把同文馆训练的“人才”看作精通洋务的新贵。因此在开办的时候，“学生资格限八旗十三四岁以下儿童，教习资格取广东、上海通英、法文字语言，诚实可靠的商人（买办）”。学业程度“俟八旗学习之人，于文字言语悉能通晓，即行停止”，“所有学习各国文字之人，如能纯熟，即奏请给以优奖”。① 每年经费数千两，部分学生后来担任了外交要职。

算学等馆设立时，对入学年龄和资格作了相应的改变，改为京内外各衙门30岁以内的翰林院庶吉士、编修、检讨及五品以下进士出身的官员或举人、贡士等未仕人员，均可保送考试入学。“三年考列高等者，按升阶优保班次，以示鼓励。”②

1896年御史陈其璋《整顿同文馆疏》说：“计自开馆以来，已历三十余年，问有造诣精纯，洞悉洋务，卓为有用之才乎？所请之洋教师，果确知其教法精通，名望出众，为西国上等人乎？授受之法，固不甚精，而近年来情弊之多，尤非初设馆时可比。……学生等平时在馆，亦多任意酣嬉，年少气浮，从不潜心学习，间有聪颖异人者，亦只剽窃皮毛，资为谈剧。及至三年大考，则又于洋教师处先行馈赠，故作殷勤，

① 《筹办事务始末》咸丰卷71，续修四库全书本，第25页。
② 《清史稿》选举二，卷107，中华书局1976年版，第12册，第3122页。

交通名条，希图优等。”[1]

随后，东南沿海督抚亦效法同文馆，办了一些新式学堂。如：江苏巡抚李鸿章以上海、广东两口岸为“洋人总汇地”，办理交涉事情多，势不能以八旗学生兼顾为由，提出“仿照同文馆例，于上海添设外国语言文字学馆”。1863 年在上海正式设立广方言馆。这个馆招生主要以“近郡年十四岁以下资禀颖悟、根器端静之文童”为对象，“聘请西人教习，并聘内地品学兼优之举、贡生员，课以经、史、文艺”。[2] 学生毕业后主要“承办洋务”，即充当通商机构、督抚衙署及海关的翻译官或专门翻译介绍西方“测算之学，格物之理，制器之法”的书籍。接着广州、台湾等地陆续成立外国语言文字学馆，培养洋务人才。

2. 总税务司

东南五口开放后，相继设立了近代海关。

1853 年 9 月，上海小刀会起义，管理海关的上海道吴健彰逃往租界，外国人乘机占据了上海海关。9 月 9 日，英国驻上海领事阿礼国商同美国公使乌沙利，公布了《关于上海海关临时办法》六条，宣布在原海关不能行使权力期间，由英、美领事负责代中国政府向外商征税，税款由领事代管。这就是所谓的“领事代征制度”。

10 月吴健彰回到上海，要求各国领事取消“领事代征制度”，补缴以前的欠税，同时在租界码头附近设立临时收税处。英国领事阿礼国威胁他说：“中国商人征收英国欠税的企图，必然会导致我国政府采取报复行动……不能不对帝国（指清朝）利益产生极大的危害”。[3] 美国因感到英国有夺取和永久占领上海从而控制长江流域的意图，转而支持吴健彰取消领事代征关税制度的要求。英国为了控制中国海关管理权，提出由各国领事共同参与管理海关，得到美、法等国的赞同，清政府也接受了英国的提议。1854 年 6 月 29 日，上海道吴健彰与英、法、美三国领事商订上海海关章程九款。重新设置海关公署，成立关税管理委员会共同管理上海海关。关税委员会由三国领事各推委员 1 人组成，英国指派威妥玛，美国指派卡尔，法国指派斯密司为委员，并由英国人威妥玛负

---

① 于宝轩：《皇朝蓄艾文编》卷 14，台湾学生书局 1965 年影印版，第 25 页。

② 《清史稿》选举二，卷 107，中华书局 1976 年版，第 12 册，第 3122 页。

③ 转引自：丁名楠等《帝国主义侵华史》第 1 卷，第 115 页。

总责。7 月 12 日委员会正式成立，上海海关管理权为外国人所掌握。

1858 年英国胁迫清政府签订《中英通商章程善后条约》，要求其他各口岸推行上海海关的办法，请外国人“帮办税务”。清朝官员竟然也认为“如别口不用外国人帮办，又恐事不划一，洋商必致藉口，易启事端”。[①] 1959 年 9 月，两江总督何桂清受清朝中央之命，撤销上海税务司署，重新在上海成立税务管理机构，取名“总税务司署”，同时任命英国人李泰国为总税务司，并把海关用人权也交给了总税务司。

李泰国被任命为总税务司后，一面筹组总税务司机关，一面在各通商口岸积极活动，筹设海关。从 1859 年 10 月到 1860 年，先后在广东筹设和成立了广州海关和汕头海关。1861 年 1 月，总税务司署改隶总理各国事务衙门。1861 年 4 月，李泰国回国养病，擅自指定赫德和费来士代理其职务。

赫德于 1854 年来到中国，先在宁波、广州英国领事馆工作，后又任英、法占领广州时的殖民统治机构三人委员会的秘书和广州海关副税务司。在广州他结识了清朝一批地方权贵，到北方又很快取得了奕䜣、文祥的信任。1861 年，奕䜣任命赫德为代理总税务司。1863 年，李泰国在伦敦替清政府购买兵船，因聘用英籍海军军官时有越权行为而去职，赫德正式继任总税务司，任期长达 48 年之久。外籍税务司制度先后推广到镇江、九江、汉口、宁波、福州、厦门、淡水、基隆、台南、高雄、烟台、牛庄等口岸。

总税务司署设置正副总税务司、税务司 4 人、副税务司 6 人组成。下设总务、机要、统计、汉文、铨叙五科和造册、驻外办事、内债基金三处。五科各设正副主任（统计副主任 5 人），三处各设主任、帮办（其中仅造册处设副主任 2 人），除造册处一副主任为华人外，其余各科、处正副主任均由洋人充任。各科、处还有帮办、供事、文案、供役等人员，除机要科帮办外，大都由华人充任。

各海关税务司署分设税务司 1 人，“事繁收旺”的地区增设有副税务司。各关都设有帮办，一般 1 至 2 人，或多至 6 人，最多的江海关有 23 人。各税务司署内，一般分为总务、秘书、会计、监察、查验五科。

① 《咸丰朝筹办夷务始末》，卷 71，续修四库全书本，第 33 页。

按照工作性质，习惯上称为内班、外班和海班，分管行政、检查、缉私等事。据《清史稿》记载："各关税务司五十有九人，副税务司三十有七人。"① 正副税务司全部由洋人充任。

总税务司署依照清朝政治体制，名义上向清朝中央政府负责，归总理各国事务衙门领导，管理各口岸海关。各海关税务司名义上是清政府派任的海关监督的助理，实际上各口岸海关税务司和高级职员人事任免大权都掌握在总税务司手里，他们只对总税务司个人负责，清政府基本上不过问。赫德曾直言不讳地说：总税务司署"与其说……具有本地机关的性质，还不如说它具有外国机关的性质，它简直是一种外国政府的办法，而不是渊源于中国当局的"。②

中国海关制度在19世纪60年代初正式确立起来。总税务司不但包揽了海关行政、财务、人事大权，把持了中国海关税收，并进而到开办邮政，组团参加国际展览会，乃至搜集中国的各种情报。清政府所设海关监督的职权也只不过限于报报表格，印发护照等例行公事而已。

1865年，海关总税务司署由上海移到北京，总税务司进而成为总理各国事务衙门的高级顾问，参与中国内政、经济、外交、军事等方面的活动。

3. 南北洋大臣

鸦片战争后，按照中英《南京条约》的规定，清政府于1843～1844年相继开放了广州、福州、厦门、宁波、上海五个通商口岸，设置了一位钦差大臣专门管理五口通商事务，一般通称为五口通商大臣。五口通商大臣不是专设的职官，也没有专门的衙门，先由两广总督兼任，1858年改由两江总督兼任。

第二次鸦片战争后，根据《天津条约》和《北京条约》的规定，清政府又开放了营口、烟台、台南、淡水、汕头、琼州、汉口、九江、南京、镇江、天津等地为通商口岸。"地方辽阔，南北相去七、八千里，仍令其归五口钦差大臣办理，不独呼应不灵，各国亦不愿从。"③ 于是又设置了北洋三口通商大臣。

---

① 《清史稿》职官六，卷119中华书局1976年版，第12册，第3450－3451页。

② 莱特：《中国关税沿革史》，生活·读书·新知三联书店1958年版，第134页。

③ 《咸丰朝筹办夷务始末》卷71，续修四库全书本，第20页。

五口通商大臣亦改称南洋通商大臣，或称“上海通商大臣”、“上海钦差大臣”、“办理通商事务大臣”、“南洋大臣”等。根据《清朝续文献通考》和《光绪会典》，其职责是：管理东南沿海和长江沿岸通商以及“中外交涉事件”。南洋大臣驻上海，初期是兼职，1862年春改为专职，同年底又改为兼职。后一直由两江总督兼任，成为定制。

三口通商大臣设于1861年1月，驻天津，负责牛庄、天津、登州三口通商事务，初由崇厚担任。1870年10月10日，工部尚书总理衙门大臣毛昶熙奏请撤销三口通商大臣专职，改由直隶总督兼任。总理衙门复议后，建议将山东登莱青道所管辖的东海关，奉天奉锦道所管辖的牛庄关，“仍归该大臣统辖，以免牵制，而一事权”，[①] 得到同治皇帝批准。从此，三口通商大臣变为北洋大臣，或称“北洋通商大臣”，一直由直隶总督兼任，亦成定制。

按清朝政治体制，南北洋大臣隶属于总理各国事务衙门，实际上总理衙门并不能直接指挥他们。他们在处理涉外事务时，大事上奏请旨，小事自己作决定，总理各国事务衙门只是起上传下达作用。在清朝总督中以兼任南北洋大臣者地位最高、权力最大，其中北洋大臣又在南洋大臣之上。而这两个大臣的位置，又长期由湘、淮系官员担任。

（六）总理衙门的性质与作用

1. 总理衙门职权范围的扩大

总理各国事务衙门设立后，其职权范围逐步由外交、通商而遍及于军政、财经、文教、内政各个方面。凡是沾上一个“洋”字的，都在其管辖范围之内，居然成为一个权势与地位凌驾于六部之上、与军机处并列的中枢机构。

光绪戊戌年，刑部郎中沈瑞林上条陈，请改总理衙门为外务部，说道：“凡策我国之富强者，要皆于该衙门为总汇之地，而事较繁于六部者也。夫铨叙之政，吏部主之，今则出洋大臣期满，专由该衙门请旨，海关道记名，专保该衙门章京，而吏部仅司注册而已。出纳之令，户部掌之，今则指拨海关税项，存储出洋公费，悉由该衙门主持，而户部仅

① 《同治朝筹办夷务始末》卷78，续修四库全书本，第26页。

司销核而已。互市以来，各国公使联翩驻京，租界约章之议，燕劳责赐之繁，皆该衙门任之，而礼部主客之仪如虚设矣。海防事起，力求振作，采购战舰军械，创设电报邮政，皆该衙门专之，而兵部武库、车驾之制可裁并矣。法律本掌于刑部，自各国以公法相持，凡交涉词讼之曲直，悉凭律师以为断，甚或教案一出，教士多方袒护，畸轻畸重，皆向该衙门理论，而刑部初未与闻也。制造本隶乎工部，自各国船坚械利，耀武海滨，势不得不修船政铁政，以资防御，迄今开办铁路，工作益繁，该衙门已设有铁路、矿务总局矣，而工部未遑兼顾也。是则总理衙门之事，固不独繁于六部，而实兼综乎六部矣。”①

2. 总理衙门是洋务中枢机构

钱实甫先生说：“总理衙门的设置，本是清政府半殖民地化已到一定程度的具体标志，则正意味着侵略势力的渗透作用已在开始浸入清政府的整个政权之中。”② 即认为，总理衙门是中国社会半殖民地化在政权体制方面的体现。

但另一方面，总理衙门也是中国社会近代化在政权体制方面的体现，是传统社会向近代转型在政治制度方面的体现。除外交之外，总理衙门还主管制造枪炮船舰、筑路、开矿、航运、电报等一系列洋务事业。洋务运动的目的是自强、求富，“稍分洋商之利”，从而赋予总理衙门以抵制外来侵略、维护民族权益的性质。总之，半殖民地半封建社会的性质决定了总理衙门对外既妥协又抗争、对内既维护封建统治又发展近代工商业的双重性质。

3. 总理衙门对中国社会近代化具有促进作用

总理衙门是加速还是延缓了中国社会半殖民地化的进程？诚然，总理衙门主持的是屈辱的妥协外交，总理衙门成立后签订了一系列丧权辱国的不平等条约，但这不是总理衙门的罪过，而是由中国落后于西方这一事实决定的。总理衙门大臣中有守旧的、媚外的，在办理外交中误国误民。但他们毕竟是从封建官僚中挑选出来的比较了解西方的人，如果不设立这一机构，每一个封建官僚都可以办理涉外事务，也许误国误民更甚。说总理衙门延缓了半殖民地化进程，目前尚拿不出有力的证据；

① 国家档案局明清档案馆编：《戊戌变法档案史料》，中华书局1958年版，第179－180页。

② 钱实甫：《清代的外交机关》，三联书店1959年版，第278页。

说总理衙门加速了半殖民地化进程，更难以令人信服。

总理衙门对于中国社会近代化的促进作用则是比较明显的，这主要体现在它与洋务运动的关系上。洋务运动固然是曾、左、李等通过镇压太平天国而掌握地方实权同时又受到欧风美雨影响的结果，但是如果没有奕䜣予以支持，没有总理衙门作为新政的总汇机构，洋务运动的发生、规模、范围、程度都将受到更严重的限制。

二、清末新政时期中央机构的变化

洋务运动首先引进了西方先进的科学技术，随后欧美的近代思想文化和社会政治学说也陆续传入中国。中国的有识之士逐步认识到晚清政府的腐败、落后，进而产生了仿行西方政治制度的想法，戊戌维新派与清政权中的开明官僚进行了初步的尝试，前者很快以失败而告终，后者却多少促进了晚清政治制度的转型。

（一）戊戌变法与清末新政

19 世纪末，清朝统治阶级内部形成了以慈禧太后为首的后党和以光绪皇帝为首的帝党两个政治集团，相互之间展开了激烈的权力之争，帝党势力相对弱小。康有为等倡导的以改革清朝政治制度为中心的维新运动兴起，帝党想借助于这场改革运动扩大本集团的政治势力和社会影响，维新派幻想以光绪为靠山，依靠皇帝这个“政治权威”和一些王公大臣推行他们的政治主张，改革清朝政治制度，发展资本主义，二者一拍即合。

维新派在大造舆论，宣传他们的政治主张的同时，向光绪皇帝提出了改革清朝政治制度的方针、内容、办法和步骤。1898 年 6 月，光绪正式发布命令，宣布进行改革。任命康有为为总理各国事务衙门章京，谭嗣同、刘光第、杨锐、林旭为军机章京，参预改革。下令删改则例，裁汰冗员，取消詹事府、通政使司、光禄寺、鸿胪寺、大理寺、太仆寺等闲散重叠机构，以及与总督同在一个城市的湖北、广东、云南三省巡抚和河道总督等官职。设立矿务铁路总局、农工商总局、京师大学堂。令旗人自谋生计。准许民间开办报馆，设立学会、商会、农会。改各省书院、祠庙为学校，裁汰绿营，用新法训练新军，推行保甲制度。但是，慈禧太后很快发动政变，幽禁光绪，捕杀维新派，废除了全部新政，戊戌变法以失败而告终。

八国联军侵华之役，清政府被迫签订《辛丑条约》，丧失了更多民族权益，使中国社会的半殖民地化程度进一步加深。逃到西安的慈禧太后感到清王朝数十年来“积弊相仍，因循粉饰”，不能照老样子统治下去了，于1901年春谕令军机大臣、大学士、六部、九卿、出使各国大臣、各省督抚，“各就现在情弊，考酌中西政治，举凡朝章国政，吏治民生，学校科举，军制财政，当因当革，当省当并，如何而国势始兴，如何而人才始盛”，“各举所知，各抒所见，通限两个月内悉条议以闻”。[①] 清政府于4月21日成立督办政务处，作为举办“新政”的专门机构。督办政务处由督办大学士、参预大臣组成，设提调、帮提调、总办、帮总办、章京等人员。内部设立官制、学校、财政等股。以庆亲王奕劻、大学士李鸿章、荣禄、崑冈、王文韶、户部尚书鹿传霖为督办政务大臣，两江总督刘坤一、湖广总督张之洞为参预大臣。

清末“新政”时期，随着政务范围的扩大，清政府陆续增设了一些中央机构，裁撤了一些闲散机构。

（二）改总理衙门为外务部

1901年7月24日，清政府将总理各国事务衙门改为外务部。

清朝统治阶级中虽然早就有人提出了改总理各国事务衙门为外务部的建议，但其实施却是由西方列强直接促成的，因而更多地体现了外国侵略者的意旨。

辛丑议和期间，美、日公使代表各国于1901年4月间向奕劻、李鸿章明确提出改组总理各国事务衙门的要求。各国公使强硬地表示：“总理各国事务衙门，必须革故鼎新……其如何变通之处，由诸国大臣酌定，中国照允执行”。稍后，各国驻华公使团又由西班牙公使葛罗干领衔正式向清政府递交照会，更加具体地提出：“将总理各国事务衙门改为外务部，冠于六部之首”，并规定“管部大臣以近支王公充之，另设尚书二人，侍郎二人。尚书中必须有一人兼军机大臣，侍郎中必须有一

① 朱寿朋：《光绪朝东华录》，中华书局1958年版，第4602页。

人通西文西语。”[①] 1901 年 9 月 7 日签订的《辛丑条约》第十二款写明：清廷于“西历本年 7 月 24 日，即中历六月初九日降旨，将总理各国事务衙门按照诸国酌定改为外务部，班列六部之前”。并将这份上谕列为条约的“附件”。

外务部设置总理大臣、会办大臣、尚书、左右侍郎，并将原总理各国事务衙门的总办章京改为左右丞或左右参议，前者负责管理机要文书，后者负责审议法令。下设司务厅与和会、考工、榷算、庶务四司，俄国、德国、法国、英国、日本、电报六处和清档房，分管各项具体事务。同时任命庆亲王奕劻为总理大臣，王文韶为会办大臣，瞿鸿禨为会办大臣兼尚书，徐寿朋、联芳为左右侍郎。

外务部的设立是清政府屈从帝国主义意旨的表现，但客观上也是晚清政治制度转型的体现。此前总理各国事务衙门事权的极度扩大，所有涉外事务尽归掌握，其内部机构的设置、人员的分工早已不能适应晚清社会近代化的需要。这一“洋务内阁”改组为外务部后，职权范围大大缩小，分工更加具体、明确，使之更容易适应近代中外关系发展的需要；同时清政府又不得不设立一些新的机构来管理其他与学习西方相关的事务。这也是导致清末新政时期中央机构变化的原因之一。

（三）新政时期新设的中央机构

1903 年清政府设立练兵处。

清末新政的一项重要内容就是编练新军。清政府实行新政之初，即命令各省筹设武备学堂，为编练新军准备军事干部。随即制订了编练新军的计划，要求各省着手编练新军。同时，为了重新整顿和装备皇族武装，于 1903 年 6 月专门设立京旗训练处，用新法训练驻扎京师一带的八旗兵丁。但“各省军制操法器械未能一律，迭经降旨饬下各督抚，认真讲求训练，以期划一，乃历时既久，尚少成效”。为了“随时考查督教，以期整齐而重戎政”，[②] 又成立了练兵处，统一指导全国新兵编练工作。这样，练兵处便成了清政府新设立的总揽全国军政的机构。

练兵处由钦命的总理、会办、襄办组成。下设军政、军令、军学三

① 李鸿章：《李文忠公全集》奏稿卷 80，第 28 页。

② 朱寿朋：《光绪朝东华录》，中华书局 1958 年版，总第 5118 页。

司，分管官兵考察、军需筹备、运筹机宜、策划防务、训练各军操法、整饬武备学堂等事务。1904 年 11 月，清政府任命奕劻为练兵处总理大臣，袁世凯为会办大臣，铁良为襄办大臣。同年12 月，又任命徐世昌为练兵处提调，刘永庆为军政司正使，段祺瑞为军令司正使，王士珍为军学司正使，分别主持编练新军的各项具体事宜。

清朝统治者为了进一步集中练兵的权力，于 1904 年 12 月拟订《练兵处办事简要章程》，规定：提镇以下武官违抗命令，训练不力，纪律不严，由练兵处先行查明撤职，奏参惩办；其他各级武官因练兵中的失误而应受的处分，也由该处核议；地方督抚以下文武官员遇事掣肘、贻误或者有意阻挠训练，由练兵处“据实奏参”。同时还把各省设立的制造军械的局、厂收归练兵处“督饬妥办”。这样，全国督抚、提镇以下文武官吏的惩戒、考核和人事任免等权力，也与练兵、军饷、装备等管理权力一同集中于练兵处了。清朝统治者通过设立练兵处而强化了中央集权统治。

但是，事与愿违，虽然练兵处的三位大臣中有两名是满族权贵，实际权力却掌握在袁世凯手中。袁世凯不仅把他的亲信徐世昌、段祺瑞、王士珍等安插在练兵处的各个重要岗位上，通过他们控制了练兵处的实权，而且利用练兵的名义，在编练新军过程中，培植党羽，安插爪牙，为他以后窃国创造了条件。

1903 年 4 月，清政府设立财政处。

晚清财政十分紊乱，不但存在着银、钱两种货币，而且币式、平色千差万别，给社会发展和民众生活造成了极大的不便。为了谋求统一全国的财政权，解决财政危机，清政府于 1903 年 4 月发布上谕，宣称：“方今时局艰难，财用匮乏，国与民俱受其病，自应通盘筹划，因时制宜”，[①] 以期财政日有起色。决定在中央设立财政处，以“整顿”全国的财政；同时设立铸造银钱总厂来划一银币，借以增加清朝中央政府的财政收入，缓解财政困难。清朝统治者殷切地期望财政“整顿”工作能“日有起色”，可以延续清王朝的寿命，特派皇族权贵庆亲王奕劻主持这一工作，会同户部进行“整顿”，表明了朝廷的高度重视。

① 朱寿朋：《光绪朝东华录》，中华书局 1958 年版，总第 5028 页。

1903 年 8 月，清政府设立商部。

1903 年 8 月，清政府将戊戌变法期间设立的矿务铁路总局合并而成立商部，设尚书、左右侍郎、左右参议等官职，同时任命载振为尚书，伍廷芳、陈璧等为左右侍郎，并聘请张謇等有雄厚势力的实业界人士为顾问。商部负责管辖包括农垦、农牧、路矿、工商在内的事务。下设保惠、平均、通艺、会计四司和司务所。

商部成立后，就着手制定和重订一系列规章办法，颁布了商法、路矿章程、银行章程，设立户部银行、京师劝工陈列所，各省设立商会等。这些法规的核心精神是“奖励工商”，发展实业，希望以此诱导绅商阶层“广开利源”，借以缓解清政府面临的财政危机，偿还所欠各国的债款。

1905 年 10 月，清政府设立巡警部。

中国仿行西方警政始于 1900 年。义和团进入北京后，城内绅商分地段成立公所，“办理协缉盗贼”等事务。《辛丑条约》签订后，清朝统治者为了进一步镇压京师地区人民的反抗，将各公所进行整顿，设立工巡总局，作为京师临时性的警备、司法、公安机关。1902 年，清政府又对工巡总局进行整顿，成立城内巡工局。随后清政府逐步把这一制度推广到全国，并于 1905 年 10 月成立巡警部，作为管理京师地方警察和全国警政的最高机构。

巡警部设置尚书、左右侍郎、左右丞、左右参议等官员。下设警政、警学、警法、警保、警务等五司，分管具体警政工作。巡警部下属机构大都是地方性的司法、内务、公安机构。如京师内外城巡警总厅等。此外，还有“惩戒犯人，令习工艺、须知改过自新”的习艺所（即劳改所），办理刑事诉讼的预审厅，稽查巡警的稽查处，以及教养局、消防队、消防总局、探访队、协巡营等。巡警部成立后便着手编练警察，以强化治安，加强对人民的控制和镇压。

1906 年 11 月，清政府设立学部。

洋务运动时期，各地先后兴办了一批西式学堂。清末新政时期，清政府要求各省广兴学堂，于 1901 年设管学大臣，1903 年改为学务大臣，并于 1905 年正式废除了科举制度。鉴于原来兼管科举的礼部已远远不能适应近代教育发展的需要，清政府于 1906 年 11 月宣布：“前经降旨停止科举，亟应振兴学务，广育人才，现在各省学堂已次第兴办，必须有总汇之区，以资董率”，因而在中央增设学部，同时规定：“国子监即古之‘成钧’，本系大学，所有该监事务，着即归并学部”。[①]

学部设置尚书、左右侍郎、左右丞、左右参议等官员。下设司务厅与总务、专门、普通、实业、会计五司。为了翻译图书，调查学制，研究教育，还分别设有翻译图书局、京师督学局、学制调查局、高等教育会议所等机构。同时任命荣庆为尚书，熙英、严修为左右侍郎，主持全国教育事务。

学部成立后，先后制订并颁布了《学堂管理通则》、《约学游学章程》等文件，一方面对新式学堂的教学、管理与派遣留学生等问题作了相应的规定；一方面力图把“忠君”与维护封建专制统治作为培养学生的首要目标。

（四）新政时期裁撤的中央机构

戊戌维新期间，光绪帝曾于1898年7月14日下令裁撤詹事府、通政使司等机构，两个多月后慈禧太后发动政变时又恢复了这些机构。但时隔不到四年，慈禧太后本人又于1902年宣布：“詹事府系前明制，名实本不相符，应即归并翰林院”；“通政使司专管题本，现在改题为奏，其官缺着即一并裁撤”[②]。同时宣布撤销河道总督一缺。1904年12月，又宣布撤销云南巡抚、湖北巡抚缺。1905年7月，再次撤销广东巡抚缺。

清政府推行的新政虽然对原有的封建政治制度进行了一些修补，却并没有改变清王朝封建君主专制统治的实质。尽管“新政”在客观上构成了晚清社会近代化的一个中间环节，却并没有使清朝统治趋于稳定。相反，随着“新政”的推行，清政府的开支越来越大，名目繁多的苛捐杂税弄得民不聊生、家破人亡，全国许多地区出现“流民满道，饥寒亡命”的悲惨情景。中国社会矛盾空前激化，农民抗捐抗税斗争连绵不断，市民抢米风潮和工人罢工不断涌现，一场大规模的革命风暴正在酝酿之中。

① 朱寿朋：《光绪朝东华录》，中华书局1958年版，总第5444页。

② 《光绪朝东华录》，总第4830页。

三、预备立宪时期的官制改革

1904年的日俄战争，“日本以立宪而胜，俄国以专制而败”，促使中国的立宪派迅速形成并登上社会政治舞台。他们大声疾呼，要求清政府效法日本，实行君主立宪，消除革命危机。清朝统治集团中的一些驻外使臣、督抚、尚书、侍郎等，也感到革命风暴即将来临，惶惶不安，纷纷奏请“变更政体，实行立宪”，挽救朝不保夕的清朝统治。清朝统治集团也感到“时局维艰”，推行了数年的新政“实效未彰”，“似此因循敷衍”根本无法“起衰弱而救颠危”①。

（一）清政府宣布“预备立宪”

1905年7月，清政府以新政“承办人员向无讲求，未能洞达原委”，所以未见实效为由，决定“预备仿行宪政”，先派载泽、端方等五大臣出国考察宪政。

同年10月成立考察政治馆，以“延揽通才，悉心研究，择各国政法之与中国治体相宜者，斟酌损益，纂订成书”②，藉资参考。派宝熙、刘若曾二人为提调，负责对“中外政治，悉心考核”，择其要者，编订成书，“随时进呈，候旨裁定”。③

1905年12月，清政府派出的考察宪政五大臣正式启行，分头先后考察了欧美主要国家和日本，于1906年7月先后回国，大讲立宪与君权的关系。他们向慈禧太后奏报说：实行立宪有“皇位永固”、“外患渐轻”、“内乱可弭”三大好处，断言：“欲防革命，舍立宪无他”。并以日本宪法为例说明，“其君权之完全严密”，“有过于中国”；实行“宪政”，不仅君权“无有丝毫下移”，而且还可以削弱地方官吏的权力。他们还特别向慈禧建言：“今日宣布立宪，不过明示宗旨为立宪之预备，至于实行之期，原可宽立年限”。④ 慈禧立即召集“御前会议”讨论载泽

① 载泽：《考察政治日记》，第1页。

② 《光绪朝东华录》，总第5479页；《清朝续文献通考》卷393，宪政考一。

③ 《光绪朝东华录》，总第5648页。

④ 载泽：《奏请宣布立宪密折》，中国近代史资料丛刊《辛亥革命》第四册，上海人民出版社1957年版第28、29页。

等人的建议，与会的王公大臣一致认为这是一个巩固皇权、延续清朝统治寿命的好办法，决定采纳施行。

1906年9月1日，慈禧正式下诏宣布实行“预备立宪”。规定立宪的原则是：“大权统于朝廷，庶政公诸舆论，以立国家万年有道之基”。同时说明：“目前规则未备，民智来开”，需要先“查看情形”，再“妥议立宪实行期限”。在此期间，举国臣民要“忠君爱国”，“尊崇秩序，保守和平，以预储立宪国民之资格”。①

清政府从1906年9月1日宣布“预备立宪”起到1908年9月止，三年期间预备的事项大致有：

（1）厘定官制；

（2）改考察政治馆为宪政编查馆，并会议政务处于内阁；

（3）再派达寿、汪大燮、于式枚赴日、英、德等国考察宪政；

（4）命溥伦、孙家鼐等筹设资政院；

（5）命各省筹设咨议局及预备设立各府、县议事会；

（6）命各部院设统计处、各省设调查局；

（7）颁行各省咨议局及议员选举章程；

（8）奕劻等奏呈宪法大纲、议院法、选举法要领等。

上述预备事项诸大端中，清政府把改革官制放在首位，企图通过官制改革，削弱地方督抚权力，加强中央集权统治。

（二）中央官制改革的原则

清政府“厘定官制”首先从改革中央官制入手。

1906年8月，清政府派载泽等编纂官制，命各省督抚派员参议，后又派奕劻、瞿鸿礼等总司核定。经过一番议论，由奕劻等议定了一个改革中央官制的奏折，首先列举了现存中央官制的三大“积弊”：一曰“权限之不分”；二曰“职任之不明”；三曰“名实之不符”。进而提出了这次中央官制改革的基本原则，有人将其概括为“一留二改三并四增”：

一留：内阁、军机处、吏部、学部、宗人府、翰林院、钦天监、銮

① 《清朝续文献通考》卷393，宪政考一。

仪卫、内务府、太医院、各旗营、侍卫处、步军统领衙门、顺天府、仓场衙门不变。

二改：巡警部改民政部，户部改度支部，兵部改陆军部，刑部改法部，大理寺改大理院，理藩院改理藩部，都察院改都御史、副都御史。海军部、军咨处未成立前归陆军部办理。

三并：太常、光禄、鸿胪三寺并入礼部，财政处并入度支部，练兵处、太仆寺并入陆军部，工部、商部并为农工商部。

四增：增设邮传部。拟设资政院、审计院等。

（三）中央官制改革

奕劻等拟议的中央官制改革方案为："首分权以定限。立法、行政、司法三者，除立法属议院，今日尚难实行，拟暂设资政院以为预备外，行政之事，则专为内阁各部大臣，内阁有总理大臣，各部尚书亦为内阁政务大臣，故分之为各部，合之而为政府，而无隔阂，入则同参阁议，出则各治部务，而事可贯通。如是则中央集权之势成，政策统一之效著。司法之权，则专属于法部，以大理院任审判，而法部监督之，均与行政相对峙，而不为所节制"。"巡警为民政之一端，拟正名为民政部；户部综天下之财赋，拟正名为度支部，以财政处、税务处并入；兵部徒拥虚名，拟正名为陆军部，以练兵处、太仆寺并入，而海军部暂隶焉；既设陆军部，则练兵处之军令司拟正名为军咨府，以握全国军政之要枢；刑部为司法行政衙门，徒名曰刑，义有未尽，拟正名为法部；商部本兼掌农工，拟正名为工商部；理藩院为理藩部。……工部所掌，半已分隶他部，铁路、邮政并入，拟改为邮传部"。①

经慈禧太后认同后，清政府于 1906 年 11 月 6 日宣布正式实行厘定的中央新官制。

这个新官制以内阁分管行政权、大理院掌握司法审判权、准备设立的资政院行使立法权，表面上类似于西方资产阶级三权分立的政治制度，实际上"大权统一于朝廷"，仍以军机处为"行政总汇"②。最明显的变化莫过于将各部增改为外务、吏、民政、度支、礼、学、陆军、

① 《光绪朝东华录》，总第 5577 页。

② 《光绪朝东华录》，总第 5577 页。

法、农工商、邮传、理藩等11个部而已。

官制改革后的各部在尚书、侍郎之下设置了左右丞、左右参议等职，但“事权不明，尚多窒碍”。各部下属机构除统一分设承政斤和参议厅外，其余则分别根据不同需要而分设司和直属机构。如：民政部下设民治、警政、疆理、营缮、卫生等五司及所属内外城巡警总厅等；度支部下设田赋、漕仓、税课、筦榷、通阜、库藏、廉俸、军饷、制用、会计等10司和金库以及直属的宝泉局、大清银行、造币总厂、仓场总督衙门等；陆军部下设军衡、军乘、军计、军实、军制、军需、军学、军医，军法、军牧等11司和捷报处以及直属的海军、军咨两个处；法部下设审录、制勘、缔置、宥恤、举叙、典狱、会计、都事等八司和收发所以及所属京师高等审判厅、检察厅，京师内外城地方审判厅、检察厅与京师初级审判厅、检察厅等。又如农工商部，下设农务、工务、商务、庶务等四司和承值所，以及所属工艺、权衡度量、公司注册、商标、商务官报等局，劝工陈列、化分矿质二所，商律、商报二馆等。再如邮传部，下设船政、路政、电政、邮政、庶事等五司和图书通译局，以及所属铁路总局、邮政总局、电政总局、电话局、邮政派办处、川粤汉路筹备处、交通传习所、交通银行等。

此次中央官制改革废除了清朝历来实行的都察院、大理寺、刑部共同处理刑事案件的三法司制度，改行四级三审制。所谓四级三审制，“四级”是指城乡谳局（初级审判厅）、地方审判厅、高等审判厅、大理院四级审判机构。“三审”是关于不同案件分别实行初审、二审、终审的规定：犯有笞杖罪、无关人命的徒罪及200两银价以下民事诉讼案件，由初级审判厅审判，不服，上诉到地方审判厅进行二审，不服，上诉到高等审判厅进行终审；徒、流、死刑案件由地方审判厅进行初审，不服，由高等审判厅进行二审，不服，由大理院进行终审判决。高等审判厅不受理初审词讼案件，大理院是负责二级终审及办理宗室、官犯国事重大案件和皇帝特旨交审案件的最高裁判机关。

刑部改为法部后，变为管理司法行政机关；大理寺改为大理院后，变为最高审判机关；并特设各级审判厅及总检察厅和各级检察厅行使稽察权；构成一套完整的司法系统。

清政府规定：改革后的11个部各设尚书1人、侍郎2人，“不分满汉”。新任命的各部主要成员如下：

军机处：奕劻、世续、瞿鸿禨

十一部：外务部管部大臣奕劻，尚书瞿鸿禨

度支部尚书溥颋

礼部尚书溥良

陆军部尚书铁良

法部尚书戴鸿慈

邮传部尚书张百熙

理藩部尚书寿耆

民政部尚书徐世昌

农工商部尚书载振

学部尚书荣庆

吏部尚书鹿传霖

上述成员中军机处满 2 人汉 1 人，加上 11 部总共 13 人中汉人仅 5 人，约占 38%。这种官制改革和人员配备情况反映了清政府借机强化中央集权的企图。

（四）地方官制改革

1907 年 6 月，清政府又宣布改革地方官制，规定：将各省按察使改为提法使，学政改为提学使，增设交涉使，巡警、劝业两道，裁撤分巡、分守各道，分设审判厅，增易佐治员。并规定东三省先办，直隶、江苏择地试办，限 15 年内各省一律改革完毕。

事实上，在此之前，自 1906 年 4 月开始各省已陆续将学政改为提学使，设置提学使司；在没有学政的吉林、黑龙江、江苏、新疆等省，也分别增设了提学使司。其职责是统辖全省“教育行政，稽核学校规程，征考艺文师范”①。提学使司“归总督节制”。②

提法使司先在东三省开始设立，到了 1910 年，其它各省才先后改按察使司为提法使司。其职责是统辖全省“司法行政，监督各级审判厅，

① 《清史稿》职官六，卷 119，中华书局 1976 年版，第 12 册，第 3472 页。

② 《光绪朝东华录》，总第 5503 页。

调度检察事务”。[1]

交涉使司从1907年在奉天、吉林正式设立起，到了1910年，先后又在直隶、江苏、浙江、福建、湖北、广东、云南等省设立。各省交涉使司还附设有交涉公署，办理公众交涉事件。

除东三省、江苏、甘肃、福建等省外，其它省份至1908年基本都设立了巡警道。其职责是专管全省巡警、消防、户籍、营缮、卫生等事项。

劝业道于1908年7月开始设立。至1910年，除了黑龙江、江苏、山西、甘肃、福建五省外，其余各省都陆续设立了劝业道。其主要职责是负责振兴全省实业，管理农、工、商业及各项交通事务。

此外，1907年各省陆续设立督练公所，整顿各省新旧营伍。下设兵备、参谋、教练三处，并以总办总其成。1911年三处改为筹备、军饷二科及军械局，总办改为督办，以督抚、将军、都统兼任。东北地区改为行省以后，除司、道的设置与其它省份相同外，还于1907年设立了民政使司和度支使司，分别管理户籍和财政。这是东三省地方制度改革中的一个显著特点。

清政府改革地方制度的目的之一是将各省的军权、财权分别收归陆军部和度支部，以削弱地方督抚的权力。为了减少阻力，曾将权势最大的直隶总督袁世凯、湖广总督张之洞内调为军机大臣，阳为尊重，阴为裁抑。然而收效却微乎其微，甚而促使满、汉统治阶级之间矛盾更加尖锐，中央和地方之间矛盾进一步扩大。

四、《钦定宪法大纲》与“皇族内阁”

清政府试图以改革官制来缓解“统治阶级的政治危机”，结果适得其反，引起了汉族官僚地主阶级和资产阶级上层的强烈不满。为了缓和统治阶级内部矛盾，转移资产阶级上层的视线，清政府不得不作出开明的姿态，进一步推行预备立宪的各项措施。

（一）预备仿行宪政机构

1907年秋，清政府将考察政治馆改为宪政编查馆，宣布在中央开始

---

① 《清史稿》职官六，卷119，中华书局1976年版，第12册，第3472页。

筹设资政院，命令各省筹设咨议局，分别作为中央和地方的咨询机构，责成宪政编查馆编写《议院选举法》和《宪法大纲》，以便于逐年推行宪政。

1. 宪政编查馆

1907 年 8 月，庆亲王奕劻奏称："自上年恭奉谕旨预备立宪以来，天下臣民，喁喁望治，现在入手办法，总以研究为主，研究之要，不外编译东西洋各国宪法，以为借镜之资，调查中国各行省政治，以为更张之新，凡此两端，皆为至当不易，刻不容缓之事，拟请旨将考察政治馆改为宪政编查馆，以便切实开办。"① 此项建议得到了慈禧太后的允准。

宪政编查馆成立后，除了编译各国宪政资料、调查各省政治情况外，还负责草拟《议院选举法》、《宪法大纲》等相关的法律性文件。待资政院成立后，宪政编查馆还随时将其"核定之稿，送由院中陆续议决，盖一司编纂，一主赞定，庶政府尽提议法案之责，而国民有参予议决之机"。② 从这个意义上来说，宪政编查馆又是一个提出法案的机构。宪政编查馆设提调综理馆务，上有军机大臣管理，下设编制、统计、官报三局，庶务、译书、图书三处，分管各项具体事宜。

2. 咨议局

1907 年 10 月，清廷以光绪皇帝名义颁布谕旨称："前经降旨于京师设立资政院，以树议院基础，但各省亦应有采取舆论之所，俾其指陈通省利弊，筹计地方治安，并为资政院储材之阶，着各省督抚均在省会速设咨议局。……凡地方应兴革事宜，议员公同集议，候本省大吏裁夺施行。遇有重大事件，由该督抚奏明办理。将来资政院选举议员，可由该局公推递升。如资政院应需考查询问等事。一面行文该省督抚转饬，一面径行该局具复。该局有条议事件，准其一面禀知该省督抚，一面径禀资政院查核"。③

1908 年 7 月，宪政编查馆根据光绪的上谕，拟订了《咨议局章程》。清政府通令各省督抚依据这个章程迅速筹设咨议局，限一年内成立。

《咨议局章程》规定：咨议局是"各省采取舆论之地"，以陈述"通

---

① 《光绪朝东华录》，总第 5714 页。又《清朝续文献通考》卷 393，宪政考一。

② 《光绪朝东华录》，总第 5721 页。

③ 《光绪朝东华录》，总第 5749 页。

省利病，筹计地方治安为宗旨”，也就是地方“民意”机关。它的具体职责是：（1）议决本省兴革事项；（2）议决本省岁出岁入预决算、税法、公债民众及担任义务的增加；（3）议决本省单行章程规则的增删、修改及权利的存废；（4）选举资政院议员；（5）申复资政院、督抚咨询事件；（6）公断和解决本省自治会的争议；（7）接受自治会或人民陈请建议事件等。但咨议局要受各省督抚监督；议决一切事件，须要“呈请督抚批准”，才能执行。从这一点来看，咨议局并不真正具备地方立法机构的权力。

咨议局设正副议长，总理全局事务。下设办事处，处理日常工作。咨议局议员，依据各省不同情况，分别是：奉天50人，吉林30人，黑龙江30人，顺直140人，江宁55人，江苏66人，安徽83人，江西97人，浙江114人，福建72人，湖北80人，湖南82人，山东100人，河南96人，山西86人，陕西63人，甘肃43人，新疆30人，四川105人，广东91人，广西57人，云南68人，贵州39人。此外，八旗制度未改以前，京旗在顺直议员名额以外增加10人，各驻防在各省名额以外增加1~3人。总计各省议员（不包括增加的旗人）1 677人。各省咨议局议员由各县推选，具备下列条件之一者，都可以被推选为议员。（1）在当地兴办教育或其它公共事业三年以上并有显著成绩；（2）在本国或外国中学毕业，或具有同等学历；（3）举贡生员以上出身；（4）曾任文官七品、武官五品以上未被参革；（5）在当地有5 000元以上商业或不动产等①。从爵位、官职、学历、财产等限制条件来看，劳动人民是没有资格被选为议员的。但咨议局议员全部由“选举”产生，对资产阶级是颇为有利的，尤其是对资产阶级上层更有吸引力。许多立宪党人相继当选为议员，他们的头面人物大都当上了议长。如张謇为江苏咨议局议长，汤寿潜为浙江咨议局议长，谭延闿为湖南咨议局议长，汤化龙为湖北咨议局议长，蒲殿俊为四川咨议局议长等。

3. 资政院

1907年8月，清廷以光绪皇帝名义颁布谕旨曰：“立宪政体，取决公论，上下议院，实为行政之本，中国上下议院一时未能成立，亟宜设

① 《咨议局章程》，《清朝续文献通考》卷394，宪政考二。

资政院，以立议院基础”。[①] 至1910年10月，清朝中央政府正式设立了资政院。资政院章程“总纲”部分规定：“以取决公论，预立上下议院基础为宗旨”。[②] 这就是说，资政院还不是正式的议院，而是正式议院成立前的“预备”机构。因而它只有“建言之权，而无强行政府施行之权”。

资政院应议的事项是：（1）奉旨饬议事件；（2）新定法律事件；（3）岁出岁入预算事件；（4）税法、公债事件；（5）人民陈请事件。1911年的《改定资政院章程》中，增加了岁出岁入决算及法律修改事件两项，并把人民陈请事件限定为“拟具说帖并取具同乡议员保结”者。同时规定：资政院设总裁1人，副总裁8人。下设秘书厅，处理日常事务。总裁“以王公大臣简放”，副总裁“以曾任尚书、侍郎、督抚及出使大臣简放”。[③] 资政院议员分为“钦选”和“互选”两种。“凡宗室王公世爵，满汉世爵，外藩王公世爵，宗室，觉罗，各部院衙门官，硕学通儒，以及纳税多额者为钦选议员。各省咨议局议员互选后，由督抚复核咨送者，为互选议员”。[④]

资政院议员人数，据《资政院官制》规定为130人，《改订资政院院章两章暨续订八章》规定为200人，两者规定的人数并不一致。实际上，清廷委派的钦选议员120余人，其中王公世爵10人、宗室5人、中央各部院官员100人、业主资产10 000元以上者10人；各省咨议局议员互选、由督抚复核咨送的互选议员约一百六七十人，二者合计约300人。比上述两个文件规定的人数都要多。

资政院具备了议院的雏形。这个雏形名义上是清政府的“民意”机构、立法机构，实际上不仅资政院一切议决案要具奏“请旨裁夺”，而且皇帝有权给议员停议、除名的处分。尽管如此，它毕竟具备了“民意”的名分，为部分立宪派提供了参政、议政的途径。

---

① 《光绪朝东华录》，总第5736页。

② 《改定资政院院章两章暨续订八章》，《清朝续文献通考》卷117，职官考三。

③ 《资政院官制》，《清朝续文献通考》卷117，职官考三。

④ 伧父：《议会及政党》，中国近代史资料丛刊《辛亥革命》第四册，上海人民出版社1957年版，第68页。

（二）《钦定宪法大纲》

1908年8月27日（光绪三十四年八月初一日），宪政编查馆、资政院王大臣奕劻、溥伦等会奏进呈“宪法大纲”与“议院法要领”11条、“选举法要领”6条，当天即经批准公布。清政府宣布“预备立宪”期限为九年。九年后召开国会，实行宪政。

“宪法大纲”一般称为《钦定宪法大纲》，共分两个部分。

第一部分为正文，规定了“君上大权”14条，可概括为7个方面：

（1）“大清皇帝统治大清帝国，万世一系，永永尊戴”；“君上神圣尊严，不可侵犯”。

（2）“统率陆海军及编定军制之权”；“宣告戒严之权”。

（3）“设官制禄及黜陟百司之权”；“爵赏及恩赦之权”。

（4）“钦定颁行法律之权”；“发命令及使发命令之权”；“发代法律之诏令”；“召开、闭开、停展及解散议院之权”。

（5）“宣战、讲和、订立条约及派遣使臣与认受使臣之权”。

（6）“总揽司法大权”。

（7）“皇室经费，应由君主制定常额，自国库提支”；“皇室大典，应由君上督率皇族及特派大臣议定”；议院均不得议论、干预。

第二部分为附录，规定了“臣民权利义务”9条。

前6条规定：在法律范围内，臣民有言论、著作、出版、集会、结社、财产、居住、人身等自由和诉讼权利及依法定资格担任官吏、当议员的权利。

后3条规定：臣民有纳税、当兵、遵守法律的义务。

《宪法大纲》序言明确地宣称：“君上有统治国家之大权，凡立法、行政、司法皆归总揽。”① 这样的宪法所规定的政权体制与封建君主专制政体几乎没有什么本质的区别，完全暴露了清朝统治者打着“立宪”的幌子、行专制集权之实的意图。

《钦定宪法大纲》颁布不久，光绪和慈禧即于11月14日、15日先后死去，不满三岁的溥仪“入承大统”，改元宣统，以光绪之弟、溥仪

① 《光绪朝东华录》，总第5979页。

之父载沣“监国为摄政王”。载沣监国摄政后，为了巩固垂危的清朝反动统治，继续实行“预备立宪”以笼络人心，并乘机加紧集中权力于清朝皇室。一方面，颁布《厅、州、县自治章程》及《法院编制法》，要各省务必在1909年成立咨议局，中央于1910年成立资政院；另一方面，效法德国皇帝威廉·亨利的办法，以皇族掌握全国军队的统率权，削夺汉族官僚的职权，罢斥了权势煊赫的袁世凯，自行代理陆海军大元帅，任命其弟载洵为海军大臣、载涛为军咨处大臣，把政军大权全部集中到了皇族手里。

（三）皇族内阁

地方咨议局和中央资政院成立以后，各省咨议局立宪派议员以“合法”的“国民代表”身份，批评时政，发表演说，函电交加。江苏咨议局议长张謇首先带头发动，联合13省咨议局议员组成“国会请愿联合会”，并同各省政团、商会、海外华侨代表组织“国会请愿代表团”，先后于1910年1月、6月两次向清政府请愿，要求“速开国会，组织责任内阁”，清政府以“财政困难，灾情遍地”为由加以拒绝。11月，资政院在京正式开幕，他们一面上书资政院，要求设立责任内阁，召开国会；一面呼吁各省大员予以支援。为了壮大声势，他们又分头在许多城市发起请愿活动。如天津1 000多人在督抚衙门请愿，福州数千人向督抚请求立宪，开封、太原天天有人到督抚衙门呼吁速开国会。各省督抚早已因实权逐渐被削弱而心存不满，鉴于民众呼声愈来愈高、声势越来越大，一方面感到如果不顺从“民意”，将会人心涣散而大局难支；另一方面也希望通过立宪挽回部分权力。于是，云贵总督李经羲串同江苏巡抚程德全、东三省总督锡良等，征得18位督抚同意，联名致电清政府，主张速开国会，组织责任内阁。资政院在立宪派的促使下，也先后通过了《请开国会案》和《陈请速开国会具奏案》，请求清政府在1911年召开国会。清政府慑于各地请愿活动和资政院、多数地方督抚的压力，不得不宣布把九年“预备立宪”期限缩短为五年，定于1913年召开国会。在国会召开以前，先成立责任内阁，以缓和广大人民群众的情绪，缓解皇族统治集团和地方督抚、立宪派之间的矛盾。

1911年5月，清政府颁布《新内阁官制》，正式成立“责任内阁”。

责任内阁由总理大臣、协理大臣、各部大臣组成，“辅弼皇帝担负责任”。内阁会议由总理大臣主持，设政事堂为会议场所，规定：颁布法律、敕令及有关国务的谕旨，须经总理大臣、协理大臣会同有关部大臣副署，涉及各部的事项须由全体阁员副署，才能生效。

新内阁除设有承宣厅与制诰、叙官、统计、印铸四局外，另分设外交、民政、度支、学部、陆军、海军、法部、农工商、邮传、理藩10部。同时，撤裁旧内阁、军机处、会议政务处、宪政编查馆，改礼部为典礼院，盐政处为盐政院，军咨处为军咨府，增设弼德院。

各院、府的情况大致如下：

第一，弼德院。清廷上谕称：“该院权限与内阁相为维系，所关重要，必须同时并设，用备顾问”。[①] 并规定其职权与行使方式：（1）奏事不具正折，均由面奏或奏片；（2）所奏事情，以特旨咨询为限，不登官报。该项院正副院长、顾问大臣共32人，“参预密勿，朝夕论思，并审议洪疑大政”[②]。显然，这是清朝统治者为了防止内阁权力过重而特意设立的“制约”内阁的机构，其成员多属最高统治者的心腹或耳目。

第二，典礼院。是专门负责清朝各项典礼事项的机构，主要职责是管理清朝坛庙、陵寝礼乐、制造典守、修明礼乐、更订章制。该院设置掌院学士、副掌院学士、学士、直学士等官员，其中学士、直学士各8人。掌院大学士“总理本院事，监督厅署”；学士、直学士奉掌院大学士之命“讨论典礼，参订章制”。内部分设总务厅，礼制、祠祭、奉常、精膳四署[③]。典礼院具奏不经过内阁，所管事务需要“晓谕军民人等”，即“分别咨札该管衙门办理”[④]。可见，典礼院也是独立于内阁之外的机构。

第三，法制院。是专门从事法规编纂的机构，具体负责法律、法令的撰拟、增改、解释、编纂以及各部所拟定的法律、法令审查复核等[⑤]。设院使、副使、参事、佥事等人员。院使、副使总揽全院法规编纂，参

① 《宣统政纪》，第52卷，第23页。

② 《清史稿》职官六，卷119，中华书局1976年版，第12册，第3469页。

③ 《清朝续文献通考》卷122，职官考八。参见《清史稿》职官考六，卷119。

④ 《典礼院官制》，《清朝续文献通考》卷122，职官考八。

⑤ 《总理大臣奕劻等奏折》宣统三年五月二十七日，见第一历史档案馆藏“责任内阁档”。

事负责法令、法规编撰，佥事负责具体院务。

第四，盐政院。前身是清政府1909年12月设立的盐政处。其职责是统一全国盐政管理，增加盐税收入。该院设盐政大臣、丞、参议各1人，盐政大臣由国务大臣兼任。院内分设总务、南盐、北盐三厅，其中南盐厅管安徽、浙江、福建、广东等省盐务，北盐厅管辽宁、直隶、山西、四川、云南等省盐务。同时，分别把产盐、行盐各省盐官改为监督、副监督。盐政院设立后，管辖产盐省份的督抚不再兼“会办盐务大臣”，管辖行盐省份的督抚也不兼“会办盐务大臣衔”，一切盐政人事、行政统归盐政院，只是盐务关系到地方时，才由各省督抚饬属办理。[①]由于盐政改革收效甚微，1911年11月，盐政院成立不到三个月，清政府就以“盐政院事务较简”为由，将其并入了度支部。

第五，军咨府。前身是军咨处，起初隶属陆军部，1909年6月成为独立的军事总参谋机构，改为军咨府后性质未变。《军咨府官制》第一条规定：它是“上承诏命襄赞军谟之地，凡经武要略之政皆汇焉”。[②]主要负责清政府军事计划、命令的起草，考核各军队，订立行军条规，统辖陆海军各参谋官，监察军事教育，承旨调遣陆海军等[③]。军咨府设军咨大臣、副大臣、军咨使、副官、递事、递事员。内部设有总务厅，一、二、三、四厅，[④]分管军事参谋各项工作。下设测地、军事官报等局。军咨府与弼德院一样，奏事不具正折，均面奏或用奏片，并限于军机军令。军事报告由督师大臣会同军机大臣奏报，所奏一切事情不登官报。[⑤]

“责任内阁”成员为：

总理大臣奕劻

协理大臣那桐、徐世昌

外务部尚书梁敦彦

民政部尚书善耆

---

① 《宣统政纪》，卷61，第4－6页。

② 《军咨府官制》，《清朝续文献通考》卷124，职官考十。

③ 《军咨府官制》，《清朝续文献通考》卷124，职官考十。

④ 《军咨府官制》第七条规定：内部机构不是“厅”而是“司”，即1－5司，第一司即总务厅，其余按数字排。此处采取《清史稿》卷119，职官考六，“军咨府”的说法。

⑤ 《军咨府奏事章程》，《清朝续文献通考》卷124，职官考六。

度支部尚书载泽

学部尚书唐景崇

陆军部尚书荫昌

海军部尚书载洵

法部尚书绍昌

农工商部尚书溥伦

邮传部尚书盛宣怀

理藩部尚书寿耆

“责任内阁”在总理之下设置了两个协理大臣，是对旧内阁协办大学士制度的沿袭。“责任内阁”的13个阁员中，满族贵族8人，蒙古贵族1人，汉族官僚4人；而在满族贵族8人中皇族又占6人，所以人们把它称为“皇族内阁”。

五、宪法“十九信条”与袁世凯内阁

“皇族内阁”的成立进一步暴露了清朝统治者借“立宪”之名、行“集权”之实的用心。各省咨议局联合会上书力争：“以皇族组织内阁，不合君主立宪公例”，请另简大员，组织内阁。清政府宣称：“黜陟百司系皇上大权，议员不得干预。”① 断然加以拒绝。于是，一场全国性的革命运动的爆发已势所难免。

（一）宪法“十九信条”

皇族内阁成立后，宣布实行“铁路国有”政策，下令将全国商办铁路干线一律收归“国有”，并与英、德、法、美四国银行团签订了《粤汉、川汉铁路借款合同》。从而激起了以四川、湖南、湖北、广东为中心的保路运动，其中以四川尤为激烈。清政府急忙派督办川汉、粤汉铁路大臣端方带兵入川镇压。端方尚未及赶到四川，革命党人即已发动了武昌起义。

清政府为了应付这个突然事变，不得不起用回籍“养疴”的袁世凯为湖广总督，兼办“剿匪”事宜。但是，袁世凯一面以“足疾未痊”力

① 黄鸿寿：《假饰立宪及组织贵族内阁》，中国近代史资料丛刊《辛亥革命》第四册，上海人民出版社1957年版，第53页。

辞，一面提出六条要求作为出山的条件，即：（1）明年即开国会；（2）组织责任内阁；（3）宽容参与此次事变之人；（4）解除党禁；（5）授予指挥水陆各军及军队编制之权；（6）保证充足的军需供应。清政府尚在犹豫不决，资政院中的立宪派议员又提出了立即召开国会、解散皇族内阁、赦免国事犯、宪法要由人民代表协赞等四条议案。

1911 年 10 月 29 日（宣统三年九月八日），驻滦州新军第二十镇统制张绍曾联合第二混成协统领蓝天蔚等进行“兵谏”，提出政纲 12 条，要求清政府立即改革政体。

次日，清廷下罪己诏，宣布释放政治犯，承认革命党，接受 12 条政纲。11 月 3 日，正式公布《宪法重大信条十九条》，通称宪法“十九信条”，主要内容为：

（1）实行责任内阁制：“以英国之君主宪章为准”。

（2）限制君权：“皇帝之权，以宪法所规定者为限”；“宪法由资政院起草议决，由皇帝颁布之”；对内动用军队须经国会议决；内阁总理大臣由“国会公举，皇帝任命”；缔结条约、宣战、媾和须经国会议决；皇位“继承顺序”、皇室经费由国会议决等。

（3）提高国会权力：国会有“宪法改正提案权”；公举内阁总理大臣，议决缔约、宣战、媾和，批准预决算等项权力。

（4）皇族不得担任内阁总理大臣、国务大臣。

（5）皇位世袭，不受侵犯；皇帝任命内阁总理、国务大臣，统率军队，宣战、议和、缔约等。

（6）“国会未开前，资政院适用之”。

宪法“十九信条”较之《钦定宪法大纲》具有更明显的民主性质。当然，它是清政权在面临被推翻的厄运之际而作出的一种政治姿态，并不能真正表明清朝统治者到底有多少诚意。

（二）袁世凯内阁

资政院于 1911 年 11 月 9 日依据宪法“十九信条”，选袁世凯为内阁总理，清廷依法任命。12 ~ 19 日袁世凯组成新的责任内阁。其阁员名单如下：

总理大臣袁世凯

外务部大臣梁敦彦、副大臣胡惟德
民政部大臣赵秉钧、副大臣乌珍
度支部大臣严修、副大臣陈锦涛
学部大臣唐景崇、副大臣杨度
陆军部大臣王士珍、副大臣田文烈
海军部大臣萨镇冰、副大臣谭学衡
法部大臣沈家本、副大臣梁启超
农工商部大臣张謇、副大臣熙彦
邮传部大臣杨士琦、副大臣梁士诒
理藩部大臣达寿、副大臣荣勋

上述阁员名单中，除了袁世凯的心腹赵秉钧、王士珍外，还网罗了立宪派代表人物张謇、梁启超等，作为君主立宪和责任内阁的点缀。由于梁启超等并没有到职，实际上内阁权力完全控制在袁世凯及其党羽手中。

责任内阁成立后，袁世凯首先解除了载涛的军咨府大臣职务，任命徐世昌继任军咨府大臣，调冯国璋为禁卫军军统，派段芝贵为新编拱卫军统领，并把禁卫军调驻北京郊外。至此，清朝军政大权完全落入袁世凯手中。

接着，袁世凯施展两面派的伎俩，“一方面挟北方势力，与南方接洽；一方面借南方势力，以胁制北方”，以达到既打倒清政府又扑灭革命的双重目的。经过各国驻华公使斡旋，南北双方代表于12月18日开始“和议”谈判，至1912年1月达成了清帝退位条件甲乙丙三项8款11条。于是，袁世凯开始逼宫。1912年2月12日，隆裕太后以“官军无斗志，不若逊位全终，犹得优待”，不得不正式下诏退位，冠冕堂皇地宣布：“予亦何忍因一姓之尊荣，拂兆民之好恶。是用外观大势，内审舆情，特率皇帝将统治权公诸全国，定为立宪共和政体，近慰海内厌乱统治之心，远协古圣天下为公之义。”[①] 至此，统治中国2 000多年的封建君主专制制度宣告结束了。

① 张国淦：《辛亥革命史料》，龙门联合书局1958年版，第315页。

第八章 晚清人才选拔制度的变革及其特点

鸦片战争以后，中国社会在外国资本主义入侵下，一步步沦为半殖民地半封建社会。在这几千年未遇的大变局下，整个社会变革提到了日程上，人才选拔制度的变革尤为重要。“有清以科举为抡才大典，虽初制多沿明旧，而慎重科名，严防弊窦，立法之周，得人之盛，远轶前代”。[①] 晚清时期，中国近代社会开始了转型，开始从封建农业社会向近代资本主义工业社会转化，社会各个方面都发生了深刻的变化，其中作为制度层面的政治、军事和教育等人才选拔制度也发生了变化。

一、鸦片战争时期人才选拔制度的变革

（一）鸦片战争前人才选拔制度的弊端

清代人才选拔制度主要是由学校培养、通过科举制选拔官吏制度，这一选拔制度在加强清朝的封建统治方面曾经发挥重要的作用。但是它本身就存在缺陷，在鸦片战争以后，中国的社会性质已经开始从封建社会沦为半殖民地半封建社会，它就更加不能适应新形势，存在很多弊端。

选拔人才单一。在封建社会，选拔人才，主要是选拔官吏，学校教育和官府考试都以此为中心。在清代，学校的性质较单一，国子监、府学、州学、县学、私塾、书院等都是传授儒学、科举应试的教育机构，虽然中央设算学馆，地方设商学等机构，但都摆在儒学之下。其教官都是科举出身的人员，他们来自学校，又回到学校，使学校旧有的性质不

① 赵尔巽等：《清史稿·选举三》卷108，中华书局，1976年，第3149页。

仅不能改变，反而进一步加强，使学校教育处于恶性循环之中。并且到鸦片战争时期，学校已处于衰败中，无论最高学府国子监，还是地方官学都不景气，儒学渐衰，考官不举其职。选拔人才制度，主要以科举制为主，辅以保举、捐纳等方式，选拔封建统治所需要的官吏。在封建农业社会，小农业与家庭手工业相结合的自然经济占主导地位，其经济是单一的，生产技术是落后的，不需要花太大的力气就可以从事生产，其分工也是单一的，经济领域简单再生产过程所需科技智能，主要通过实际生产、生活经验积累传递来满足。这给选才单一的人才选拔制度提供了社会条件。其所选拔的人才只是封建统治的工具，不能为社会生产和生活服务，具有单一性。

选拔的人才数量有限。社会所需统治阶层是有限的，科举考试对考试资格要求很严，选官限制很多，有民族差异，体现了宗族及满、蒙优先原则，并把学校和科举出身定为正途，其他视为异途，又规定“八旗户下人、汉人家奴、长随不得滥入仕籍”①。能够参加考试的人数就有限，通过科举考试录取人才的名额也较少。

所取人才没有真才实学。学校教学是为科举考试服务的，与科举考试内容是一致的，仍然灌输程朱理学思想，学习“四书”、“五经”，诗赋韵文，空疏无用。科举考试选拔童生、秀才、举人、进士，考题均出自“四书”、“五经”，以程朱理学为指导思想，讲求性理一类的空言，本身就不切实用。随着科举考试的长期推行，“四书”、“五经”中可以出的题目多出尽，于是主考官便硬编出许多偏题、怪题。选拔出来的官吏，对新时局的理财、外交、典狱、税制等方面，都一窍不通，只知钻营，不管治国理事。

取士形式僵化，并严于取而宽于用。明、清科举考试的文体是八股文体，称为制义，又称制艺、时文、八比文。“有清科目取士，承明制用八股文”②。八股文有的说类似于“帖括”，所以亦有“帖括”之称。“帖括”即“帖经”，唐制取《易》、《诗》、《书》、《礼记》、《周礼》、《仪礼》、《春秋左氏》、《公羊》、《谷梁》诸经传中，或《孝经》、《论语》、《老子》等，随其所习出题若干道，令试者赅括而帖之。帖经之

---

① 赵尔巽等:《清史稿·选举五》卷110，中华书局，1976年，第3205页。

② 赵尔巽等:《清史稿·选举三》卷108，中华书局，1976年，第3147页。

法，只令全写注疏，类似于墨书与填题，不增加词意，不能发挥，只凭记诵，不足以观其才学，所以唐人试“帖括”，还要考诗赋与策论。其出题虽源于经书，但按其实际，与制义不同。经义创自宋王安石，安石罢诗赋帖经墨义，士各占制《易》、《诗》、《书》、《周礼》、《礼记》，一经兼《论语》、《孟子》。元代考试程式，用经义、经疑二问，于《大学》、《论语》、《孟子》、《中庸》内出题，四书文出现。清《四库全书》对时文选本悉摈弃不录，惟录《钦定四书文》41卷。“八股文之源流，既如上述，明洪武三年所定乡会试文字程式，犹称为五经义、四书义”①。考生必须按照破题、承题、起讲、入手、起股、中股、后股、束股格式，依据朱熹《四书集注》所讲解的含义，“代圣贤立言”，不允许发挥，文章不超过七百字。其中每一格式又有不同的分法，如破题可分为明破、暗破、顺破、逆破、正破、反破、分破、对破等。这种重形式、不重内容的选才制度，不仅限制了人才的发展，钳制了人才的思想，还使学子产生投机取巧的心理，败坏了学风。林则徐朋友龙岩饶廷襄认为，从明初以来，就开始八股取士，“其事为孔孟明理载道之事，其术为唐宗英雄入彀之术，其心为始皇焚书坑儒之心。……意在败坏天下之人才，非欲造就天下之人才”。②

严于取而宽于用。科举考试很难，很严，录取的人很少，但是一旦录用以后，在使用方面却随意性很大，并不怎么考虑对人才的合理使用，不能形成专才专用，吏职不能固定化。

可见，科举制度存在不合理性，选拔不出真才实学之人，而选官制度弊端也很多。科举制的腐朽和吏治败坏导致晚清社会危机更为严重。旧有的人才选拔制度，在封建小农社会，还可以苟延残喘。但是，到近代以后，商品经济发展，近代资本主义初步产生和发展，社会分工加深，社会层变动更大，这就需要各种人才，单一的封建选拔人才制度已经落后了，建立从事实学教育的新式学校、选拔社会所需各类人才的选拔制度，已提到了议事日程。

① 商衍鎏：《清代科举考试述录》，生活·读书·新知三联书店，1958年，第231页。

② 冯桂芬：《校邠庐抗议·变科举议》，中州古籍出版社，1998年，第177页。

（二）鸦片战争时期改革人才选拔制度的思想

从道光二十年（1840）到咸丰十一年（1861），是清朝道光皇帝执政后期和咸丰皇帝当政时期，也是相继发生第一、第二次鸦片战争时期。这一时期又爆发了太平天国运动，内忧外患而产生的几千年未遇的大变动，不仅对清朝统治是一次大检验，而且对现存的各项制度也是一次大检验。鸦片战争时期，由于政治腐败，吏治败坏，军队已失去战斗力，在西方列强入侵、太平天国运动冲击的情况下，清朝统治已岌岌可危。如果不改革，寻找新的生机，清朝统治很难保住。旧有的科举制、学校选育人才制、保举制、捐纳制等人才选拔制度，在外国资本主义入侵的形势下，已使中国一败涂地，充分显示了其弊端和不合时宜性。鸦片战争前后，以龚自珍、魏源、曾国藩、冯桂芬等人为代表的一批地主阶级思想家，为了巩固封建统治，主张改良，出现了“经世致用”的思想，主张改革旧制度，提出了新的人才观和人才选拔思想，要求改革学校教育、科举和官吏选拔制度。

认为吏治腐败与人才选拔不当有关。鸦片战争爆发后，西方资本主义入侵，清廷不堪一击，究其原因，主要是当时政治黑暗，而政治黑暗的主要表现是吏治的腐败，他们以大量的事实揭露了当时吏治腐败的情形。吏治的腐败，使封建统治更加黑暗，赋税繁重，银价上涨，水利失修，灾害不断，人民生活困苦。而吏治的败坏，又与人才选拔不当有关。人才缺乏，内不足以治国，外不足以抵御外侮。曾国藩一方面以正统思想为指导，为清朝统治服务，另一方面注重“经济之学”，认为义理、词章、考据、经济四者缺一不可，导致晚清社会危机的根源在于吏治败坏，而吏治败坏又因为人才的缺乏。因此，他很重视人才，在翰林院供职时，著有《原才论》，专门论述人才问题。咸丰元年（1851），任礼部侍郎时向新即位的咸丰皇帝提出《应诏陈言疏》，指出当时吏治腐败，京官办事有退缩和琐屑的通病，外官办事有敷衍和颟顸的通病，这四种习俗相沿，但求苟安无过，不求振作有为，将来一有艰巨，国家必有乏才之患，提出“今日当讲者，唯在用人一端”，“人才有转移之道、有培养之方、有考察之法，三者不可废一”。[1] 他建议咸丰帝逐日召见臣

① 《应诏陈言疏》，《曾文正公奏稿》卷1。

工进讲，以作为考核朝廷官吏的依据。这得到了咸丰的认可。他在创建湘军和对太平军作战过程中，一再对胡林翼说：“默观天下大局，万难挽回，待与公之力所能勉者，引用一班正义，培养几个好官，以为种子”。[①] 他把人才视为维护封建统治成败的关键。他所以能成为“中兴名将”，湘军由一地方团练成为劲旅，是他重视人才、善于选用人才的结果。

认为乏才是因为举才不实。龚、魏批评了当时学校教育空洞，脱离实际，只能使人徒耗精神，浪费人才。林则徐也主张改革当时的空疏无用的教学内容，认为要战胜西洋，要“器良、技熟、胆壮、心齐”，器良、技良实为向西方学习。为了制敌，必须向西方学习，又翻译和收集有关西洋的历史、地理、政治等材料，撰成《四洲志》草稿。针对科举制度取才不实，压抑和摧残个性的现象，龚、魏强烈地批评科举制，龚自珍主张以策论选拔人才，改革八股取士制度。

主张举才唯实。针对当时举才不实、人才匮乏的局面，龚、魏主张，从制度变革上着手。龚、魏批判了汉学和宋明理学，深研淹没一千多年的今文经学，倡导“经世致用”的学风，反对虚学，倡导实学。明清时期，由于重视程朱理学，重视义理，学术思想空泛，脱离实际，严重地不适应造就能应变世事的人才的需要。魏源说：“自乾隆中叶后，海内士大夫兴汉学，而大江南北尤盛。苏州惠氏、江氏，常州臧氏、孙氏，嘉定钱氏，金坛段氏，高邮王氏，徽州戴氏、程氏，争治诂训音声，爪剖釽析，视国初昆山、常熟二顾及四明黄南雷、万季野、全谢山诸公，即皆摈为史学非经学，或谓宋学非汉学，锢天下聪明知慧使尽出于无用之一途”。[②] 龚自珍主张，讲求实学，教学内容不可以一家为主，指出儒学只不过是百家之中的一家，只是一代之学，不能作为永远不变的教条。魏源认为当时国家有二患：“人心之寐患”，“人才之虚患”，主张把学术研究与现实联系起来，通过“经世致用”达到革新政治。就改革科举制度而言，主张废除自明以来沿用的八股取士制度，改以“讽书射策”取士。鸦片战争爆发后，魏源为了“师夷长技以制夷”，在林则徐《四洲志》基础上，广泛地搜集各种中外文献和著述，到1842年12

① 《复胡宫保》，《曾文正公书札》卷22。

② 魏源：《武进李申耆先生传》，《魏源集》上册，中华书局，1976年，第358－359页。

月写成《海国图志》，围绕着制夷—悉夷—师夷这个思路展开，书的最后一部分《西洋器艺杂述》，介绍了西洋先进的技术，希望中国除了学习西洋坚船利炮外，还要学习养兵、练兵的方法。咸丰十一年（1861）冯桂芬也提出了改革科举的办法，其改革主要是简化程序，改革内容。但是其改革还只是部分改良，不是实质性的改革，所取人才还不是真正适用人才，但他同时又提出了向西方学习的主张。

以上这些地主阶级改良派人物提出的改革主张，影响是很大的，在当时具有开风气的作用，对以后的洋务运动和维新变法运动都有很大的影响。

（三）鸦片战争时期人才选拔制度的变革举措

鸦片战争时期人才选拔制度基本上沿袭前朝制度，虽有变化，但没有本质性的变化。这一时期变化最大的是曾国藩湘军军事人才选拔制度的变革。在内忧外患的情况下，以办团练起家的曾国藩走一条与清代传统做法不同的道路，在军事人才选拔中注入了新观念，创造了新模式，其影响是深远的。他之所以能从一介书生成为“中兴名将”，关键他有一套别具一格选用人才的方法。其组建的湘军镇压了太平天国运动，挽救了清朝的统治，给清王朝的统治注入了新的生机。

以招募方式代替科举制。清代军事人才主要是通过科举考试来选拔的。科举考试分常科与制科（特科）两类。清将武科定为常科，并专设武童试、武乡试、武会试、武殿试四级考试，合格者分别授予武生、武举人、武贡士、武进士的称号，武殿试一甲三名分别称为武状元、武榜眼、武探花。武试均分内、外两场，内场默写策论、《武经》、《孙子兵法》等兵书；外场试马射、分射和技勇，以外场考试成绩为主。史载，“武科，自世祖初元下诏举行，子午卯酉年乡试，辰戌丑未年会试，如文科制。乡试以十月，直隶、奉天府，各省于布政司，中式者曰武举人。次年九月会试于京师，中式者曰武进士。凡乡、会试俱分试内、外三场。首场马射，二场步射、技勇，为外场。三场策二问、论一篇，为内场”。“考试初制，首场马箭射毡球，二场步箭射布侯，均发九矢。马射中二，步射中三为合式，再开弓、舞刀、掇石试技勇。顺治十七年，停试技勇，康熙十三年复之。更定马射树的距三十步，中三矢为合式，不合式不得试二场。步射距八十步，中二矢为合式。再试以八力、十力、十二力之弓，八十斤、百斤、百二十斤之刀，二百斤、二百五十斤、三百斤之石。弓开满，刀舞花，掇石去地尺，三项能一、二者为合式，不合式不得试三场。合式者印记于颊，嗣改印小臂，以杜顶冒。三十二年，步射改树的距五十步中二矢为合式。乾隆间，复改三十步射六矢中二为合式。马射增地球，而弓、刀、石三项技勇，必有一项系头号、二号者，方准合式，遂为永制”。“初制，一甲进士或授副将、参将、游击、都司，二、三甲进士授守备、署守备。其后一甲一名授一等侍卫，二、三名授二等侍卫。二、三甲进士授三等及蓝翎侍卫，营、卫守备有差”①。清代武科的固定，是为了保卫清廷统治而设，随着科学技术的进步，武科对于增加军力的作用越来越小。清军将领来自武举，武举以弓、马、箭、石技勇选拔人才，重体能而轻战略战术，重资历而轻实绩，对枪炮等先进军事技术不熟悉。清廷在选将上又存在选非所用、严取宽用的现象，这不利于选将用将，而且不能人尽其才。清朝八旗、绿营的腐败，与清朝选将制度关系很大。随着时代的进步，这种人才已不能适应时代的要求，不能适应现代战争的需要，不能很好地带兵，在外国侵略者的坚船利炮下，已显得无能和束手无策，每遇战争，多统治者随意点将，不能考虑实际运用，人尽其才。曾国藩虽然是封建官吏，但是为了能组建一支有效的军队，必须和传统有所不同。在将领的选拔方面，没有采用科举制，而是根据需要招募人才，组成幕府；对士兵也采用招募方式。

选拔将领方式。对将领的选拔，与其幕府制有关。清代军政开幕之风很盛，咸同年间，地方官员和军中将帅都开幕征士，如林则徐、赛上阿、僧格林泌等都拥有一班幕僚群。但一般规模较小，有的几人，有的十几人，也有的几十人。但是曾国藩招募的幕府人员多时达几百人，超过以前的幕府人数。曾国藩的弟子薛福成也在其《叙曾文正公幕府宾僚》一文中胪列名幕 83 人。薛福成是在 1867 年入幕的，入幕较迟，其胪列并不全面，但其记述反映了曾氏幕府规模较大。容闳对其幕府有描述：“当时各处军官，聚于曾文正之大营中者，不下二百人，大半皆怀

① 赵尔巽等：《清史稿·选举三》卷 108，中华书局，1976 年，第 3171－3172 页。

其目的而来。总督幕府中亦百人左右。幕府之外，更有候补之官员、怀才之士子，凡法律、算学、天文、机器等专家，无不毕集，几于举全国之人才精华，汇集于此。是皆曾文正一人之声望道德，及其所成就之功业，足以吸引之罗致之也。文正对于博学多才之士，尤加敬礼，乐与交游”。①

其幕府扩大的原因：一是八旗、绿营无能，为湘军扩大创造了条件。1854 湘军出省作战，规模呈扩大之势，事务增多，需要更多的幕僚分担责任；二是由于中清以来政治黑暗，吏治腐败，许多士子失去入仕做官的机会，甚至生计困难，他们有不少人入幕府做幕僚，以求得生存和发展机会；三是清代法律允许地方大员和军中将帅设幕府招揽幕宾。因为幕宾平时只是私人的帮手，政府对幕主选拔、任用幕宾资格、条件、人数不加过问，所以幕主可利用幕府施展抱负，贯彻主张。在这种条件下，曾氏幕府得以迅速扩大。

曾国藩选拔将领，坚持唯才是举、才尽其用的原则。他选拔将领体现了以下原则：一是“广收”。他选将不是只用科举出身的人，而是不拘一格，不以出身资历来衡量人才，不看出身，只要有才即可，广泛地网罗人才。凡是来大营求见，献计献策的，无论出身贵贱，都以礼相待，以诚心求人才，以虚心处之，山野才智之士被其诚心感动，多去投奔。他认为，对人才，无人礼遇，就会弃于饥寒贱隶之中，有人重视他们，就会成为国家栋梁之才。并且求才不求全责备，只要有一技之长，不因有缺点而放弃。他所选大将中如塔齐布、罗泽南、杨载福、王鑫、杨岳斌、彭玉麟、李续宜兄弟等，或起自陇亩，或拔于行伍，不拘身份。就连“桀贪骜诈”的李世忠、陈国瑞，也能“奖其长而指其过，劝令痛改前非，不肯遽尔弃绝”。② 二是唯才是举，非才不用。他在创办湘军至两江总督的过程中，投奔他的亲朋故旧不少，不是来者必用，而是非才不举，庸才不用，人尽其才，才尽其用。他所用将领多为自己亲朋故旧，但他不以亲属而任将。三是以德才选将。他认为将领应具备四个条件：“带勇之人，第一要才堪治民，第二要不怕死，第三要不急名利，第四要耐受苦”。后来他又把将领的品德具体为四个方面：第一忠义血

① 容闳：《西学东渐记·与曾文正之谈话》，中州古籍出版社，1998 年，第 135 页。

② 薛福成：《代李伯相拟陈督臣忠勋事迹疏》，《庸庵文编》卷 1。

性，即要求将领们以卫道、保教、捍卫大清统治为第一生命；第二勤、恕、廉、明，勤则胜，惰则败，点名、查哨、扎营、察看地形等事，将官要每事必躬；以恕治军，教育湘军在营作良兵，在外作良民；廉即廉洁奉公；明是将领知事晓事，是非分明；第三朴实，要尚实，无官气、无虚夸，不巧语媚上，脚踏实地干事；第四坚忍耐劳，要求将领在作战时，不怕苦，不怕死，冲锋陷阵。薛福成把曾国藩幕府人才分为四类：一是为曾国藩“治军事、涉危难、遇事赞画者”，如李鸿章、郭嵩焘、刘蓉、李元度、何应祺、邓辅纶、李鸿裔、钱应溥、陈鼎、向师棣、黎庶昌、吴汝纶等；二是“邂逅入幕，或骤至大用，或甫入旋出，散之四方者”，如左宗棠、彭玉麟、李云麟、李鹤章、李瀚章、陈兰彬、李榕、王定安、陈士杰等；三是“以宿学客戎幕，从容讽议，往来不常，或招至书局，并不责以公事者”，如吴敏树、吴嘉宾、张裕钊、俞樾、罗汝才、夏燮、曹耀湘、赵烈文、方宗诚、李善兰、华衡芳、徐寿等；四是“凡刑名、钱谷、盐法、河工及中外通商诸大端，或以专家成名，下逮一艺一能，多效所长者”，如程国熙、陈文坦、刘世墀、何源等。[①] 其形成的幕府有许多独特之处，这种幕府制自曾氏起，经李鸿章仿效，袁世凯继之，对皖清政府人才选拔制度产生了很大的影响，有“中兴将吏，大半出于其幕”之说。

对士兵的选用方法是将帅亲自招募士兵。清军在清初曾发挥巨大的作用，但是随着政治的腐败和长久不打仗，绿营兵和八旗兵已经腐败，缺乏战斗力。八旗兵入关以后，长时间养尊处优，“既不经战事，又不见狩猎之典”，逐渐“筋力日懈”。[②] 绿营是清政府组织的汉人军事武装，乾嘉以后也逐渐腐败，钻营，偷惰，克扣，贪冒，窝娼，庇盗，聚赌，吸毒，无所不为。这样一支军队实际上已经丧失战斗力。湘军是一支由曾国藩在团练基础上按明代戚继光练兵方法练成的一支为保卫清朝统治卖力拼命的新式军队，它招募“忠朴老实”的三湘农民为兵，以矢志效忠清朝的儒生为骨干将领，通过同乡、师生、亲戚、朋友等关系加以控制。它既不像八旗、绿营腐朽堕落，又不像地方团练只顾保境护家。曾国藩深知要与太平军争雄，必须改革军制，组织一支不同于绿营兵和团

① 《叙曾文正公幕府宾僚》，《庸庵文编》卷4。

② 《议汰兵疏》，《曾文正公奏稿》卷1。

练的新军。所有招募来的兵勇必须取保具结，此法如绳索紧紧捆住士兵的手脚，使他们不敢临阵脱逃或犯上作乱。凡拒绝具保的，绝不招募。招募的士兵由各统领指挥。湘军采取营伍制，两营以上设有统领，营有营官，营下有4哨，设哨官，哨下有8小队，设什长，每队10至12人，全营685人。曾国藩指派统领，统领指派营官，营官指派哨官，哨官指派什长；乡勇对什长负责，什长对哨官负责，哨官对营官负责，营官对统领负责，统领听命于曾国藩。这样层层具结，职责分明，统领如根，由根而生干，生枝叶，都能一气贯通。这样就从根本上克服了绿营存在的将不识兵、兵不识将、将与将不睦的弊端，使湘军整齐划一，富有战斗力。这样选用的士兵组成的湘军和清朝原有的军队不同。他选用士兵，以“兵之贵选”，“其法唯在精”为原则。标准为，“募兵须择技艺烂熟、年青壮、朴实而有农夫气者为上；其油头粉面而有市井气者，有衙门气者，概不收入”。他说：“山僻之民多犷悍，水乡之民多浮滑，城市多游惰之习，乡村多朴绌之夫，故善用兵者，常好用山乡之卒，而不好用城市近水之人”。[①] 他之所以要募乡勇，其目的在于利用山村农民的落后性和吃苦耐劳的特点，将他们训练成为可供驱使的工具。

湘军独特的选兵用将制度和特殊的组组形式，使这支队伍具有高度的向心力和战斗力较强，使湘军自咸丰四年（1854）出省以来屡败屡战，死里求生，终于在1864年7月攻入南京，镇压了太平天国农民起义，保住了大清统治。

二、太平天国的人才选拔制度

太平天国运动是在鸦片战争时期发生的一场伟大的反对清朝统治的农民革命运动。太平天国运动之所以能在中国坚持14年之久，与太平天国有着严密的组织、很强的战斗力有关。太平天国人才选拔的思想和制度与清朝人才选拔的方法不同，有其独特性。

（一）中央领导核心的人才选拔

太平天国运动的兴衰，中央领导核心至关重要。如果领导层选人用

① 《营规·杂营》，《曾国藩全集·诗文》。

人得当，那么太平天国运动开展就顺利；反之，则会受到挫折。以咸丰六年（1856）天京事变为界，可以把中央领导核心的人才选拔分成前后两个时期。洪秀全（1814—1864）是太平天国的领导人，太平天国选人用人的政策由其直接规划。在咸丰六年（1856）天京事变以前，洪秀全选拔人才以任人唯贤为指导思想，以德和才为标准选拔人才。在金田起义以前，洪秀全科举失意，对清朝统治腐败有了深刻的认识，为了建立一个“太平一统”的人间天国，创立了拜上帝会，并四处传教，进行宣传组织活动，准备武装推翻清朝统治。他是利用宗教来发动武装起义的，这就使他的人才选拔带有浓厚的宗教色彩，与清朝的人才选拔有明显的不同。在道光二十三年（1843）初建拜上帝会之时，洪秀全发展了他的同学、塾师冯云山和族弟洪仁玕等加入拜上帝会，然后在道光二十四年（1844）和冯云山离开故乡广东花县到广西贵县赐谷村一带传教。9月，冯云山转入桂平紫荆山区活动，在贫苦群众中开展宣传和组织活动，发展“拜上帝会”组织成员，到道光二十七年（1847）洪秀全到紫荆山区时，已有会众2000多人。洪秀全对由冯云山发展入会的杨秀清、萧朝贵、韦昌辉等十分器重，大胆任用。他听说龙山那邦村的石达开通晓时务，文武兼备，便与冯云山前往拜访，“遂深相结纳，同谋革命”；石达开变卖全部家产，率全家加入拜上帝会。咸丰元年（1851）1月11日太平天国在广西金田起义时，太平天国的中央领导核心初步形成，洪秀全身居宗教和革命领袖地位，但并不专于用兵之法，而冯云山、石达开、杨秀清、萧朝贵、韦昌辉等人则有通晓军事的才能。因此，在广西武宣乡时，太平天国基本确立了五军主将制度，由杨秀清、冯云山、萧朝贵、韦昌辉、石达开分领五军；除这几位首领外，还有秦日纲、胡以晃、罗大纲、李开芳、林凤祥等战将分领各部。这样组成了一个军事领导核心，洪秀全掌握最高指挥权。这一军事领导核心是天京事变以前太平天国运动的领导集体。

天京事变后，洪秀全用人是在保证洪氏统治前提下选拔有战功的人才，把所选贤才置于洪氏集团的控制之下。洪秀全先是为了在天京事变后建立新的领导核心，重用石达开，又加封他为“电师通军主将义王”，由他主理朝政。但是对石达开也心存疑忌，不授以兵事，留城中不让出城，同时将无才的长兄洪仁发、次兄洪仁达分别封为安王和福王，用以挟制石达开。石达开出走以后，太平天国形势危急，接着重用五军主将，削去洪仁发、洪仁达的王爵，改封天安、天福；选拔蒙得思为正掌率，成天豫陈玉成为又正掌率，合天侯李秀成为副掌率，辅以李春发等人，负责指挥太平军对清军作战。咸丰八年（1858）恢复五军主将制度，封陈玉成为前军主将，李秀成为后军主将，李世贤为左军主将，韦志俊为右军主将，蒙得思为中军主将兼正掌率，掌握朝政。这样，天京事变后天朝领导核心暂时重建起来了。事实证明，以军功选拔人才组成的中央领导核心是坚强有力的。但是，洪秀全对五军主将仍存疑忌，很勉强地削去洪仁达、洪仁发二人王爵，又封他们仅次于王爵的天安、天福爵位，来控制朝政。在中央领导核心变化的过程中，到咸丰九年（1859）以后，通过两次封王，洪氏统治集团最终形成。在这时领导核心以洪氏为主体，以洪秀全为首。咸丰十一年（1861）9月安庆失守，洪秀全不能分清是非，给洪仁玕、陈玉成革职处分，自此，太平天国中央领导权又落入洪仁发之手，政局更加混乱。滥封诸王也破坏了太平天国选拔人才的政策，使以战功和才能任贤的政策转向以选拔洪氏家族的封建私家分权的政策，使太平天国最终失败。

（二）选拔一般军政人才的制度

对一般军政人才的选拔，实行了如下制度：一是保举禀奏制。从金田起义到定都天京，太平天国为了粉碎清军的围追堵截，增强军队的战斗力，鼓舞士气，不断壮大自己的队伍，以勋绩任官制来维系军队。勋绩的内容是遵守军纪，杀敌立功。起义之初，就颁布了五条军纪："一遵条命；二别男行女行；三秋毫莫犯；四公心和傩（睦），各遵头目约束；五同心合力，不得临阵退缩"。[①] 以后又制定了一些条规，五条军纪和这些条规，既是太平军行动的纪律规范，也是对军队官兵实行奖惩、升降的重要标准。太平天国在战争中形成了自己的人才选拔制度，严格用勋绩制选拔人才。这种保举禀奏有三年定期一次、不定期的随时保举两种情况。以功勋为标准提拔官吏，并形成了系统的官爵制度。

二是科举考试选拔人才制度。太平天国癸好三年（1853）八月的东

① 《天命诏旨书》1851年8月15日天王诏，见中国史学会主编：《太平天国》（一），上海人民出版社，1957年，第63页。

试，标志着太平天国科举考试制度正式确立并实施。太平天国通过科举制的办法，选拔文科、武科、女科人才，并赋予新的内容。太平天国科举考试可以1859年洪仁玕任文衡正总裁为界，分成前后两个时期。前期科举考试分为会试、省试、县试三级，为文、武两科。后期科举考试是指咸丰九年（1859）10月洪仁玕被授文衡正总裁以后。洪仁玕主持考试以后，认为“设科拔擢第名不符，故而士风日下”，提出“立政任人，揆文奋武，两科取士之盛，惟在革除凡例”的主张。[①] 到咸丰十一年（1861）得到天王恩准，颁布《钦定士阶条例》。该条例是太平天国科举制度的重要文献，经天王恩准，拟于甲子十四年（1864）实行。后因太平天国运动失败，该条例也未实行。但科举制有了变化，科名由三级改为天试（又称京试）、省试、郡试、县式、乡试（县以下单位）五级，增加了郡试和乡试，各级仍分文、武两科。同时还设立武科选拔人才。太平天国科举考试与清代科举考试有很大区别。对考试资格进行改革，取消任何限制。废除清朝科举考试中对门第、出身、资格、籍贯、学历等的限制，允许所有男子参加考试。对旧科举考试的内容和形式进行了改革，太平天国不再以《四书》、《五经》等书命题，而是谕令太平天国以新旧约圣经为科举考试的基本书籍，而不得再用孔教经书，并以“德才兼备”取士。

三是招贤制度。太平军攻克郡县，及行军所到之地，都在所居门墙及官衙前贴出“招贤”榜，或设局招待，向社会张榜招纳各方面人才。太平天国的招贤制度，分出榜招贤和设馆招贤两种，以前者更为普遍。招贤对象以士人为主，但不仅限于士人。招贤不限于儒生，包括多方面人才。这样，一方面通过招贤制度和科举制选拔各种人才，另一方面又以功绩来选拔主要军政人才，从而保证太平天国运动向前发展。

（三）选拔乡官制度

对乡官的选拔，主要是在定都天京以后实行的。定都天京以后，太平军又挥师西征，开辟根据地，控制着江苏、浙江、安徽、江西、湖北等地，开始在占领区建立地方政府，从地方选拔人才。县以下的官员称

① 中国史学会主编：《太平天国》（二），上海人民出版社1957年版，第54页。

为守土乡官，简称乡官。乡官的选拔制度在《天朝田亩制度》中有具体的规定，对乡官的组织系统、职权和任务，都作了具体的规定。乡官制度是按太平军的编制，把各地农村居民组织起来，每五家为一伍，设一伍长，二十五家为一两，设一两司马；每一百户为一卒，卒设卒长；五百户为一旅，设一旅帅；五旅设一师帅；五师帅设一军帅，一军共12500家，其中“两”为最基层政权组织。军帅以下的各级官吏，称为乡官。乡官的名称和太平军正职官阶名称相同，乡官从下至上为两司马、卒长、旅帅、师帅、军帅五级。还规定“寓兵于农”的乡兵制度，即在军帅的辖区内，每家出一人为伍卒，组成一军，“有警则首领统之为兵，杀敌捕贼；无事则首领督之为农，耕田奉尚（上）”。[①] 这种乡官制度实为一种军政合一的制度。乡官选拔的第一种办法是任命乡官治理地方；其次是保举禀奏制，无论前期和后期，多数乡官是由政府任命的；最后是公举制度，其选拔的方式，是绅士们自荐，保举，或抓阄产生。

三、洋务运动时期人才选拔制度的变革

咸丰十一年（1861）12月，曾国藩在安庆设立内军械所，它标志了洋务运动的开场。同治元年（1862）8月24日，奕訢奏设的京师同文馆开办。是年为同治元年，实为“同（治）光（绪）新政”的开端，也称“洋务新政”。从咸丰十一年（1861）洋务运动开始到光绪二十一年（1895）中日甲午战争失败时结束，30多年的时间，是清代社会遂渐沦为半殖民地半封建社会时期，其间中国面临的忧患越来越多，对清朝政治改革的呼声也越来越高，对人才选拔制度的改革更是呼声高涨。

（一）选拔外语人才

同治元年设立的京师同文馆，是洋务派创办的第一所外国语学堂。从此，晚清创办了不少新式学堂，开始了新式教育。同治二年（1863），在上海、广州设立外语学校，直属江海关道。同治三年（1864）又设立广州同文馆等。同治元年，京师同文馆初创时，先设英文馆，招收八旗

① 《天朝田亩制度》，见中国史学会主编：《太平天国》（一），上海人民出版社1957年版，第321页。

子弟中年龄在十三四岁以下聪慧子弟10名，入馆学习；同治二年，增设法文馆、俄文馆，每馆招八旗子弟10名入馆学习；同治五年，增设天文、算学馆，从满汉正途出身、有功名的官吏中招生。后又扩大天文、算学馆的招生，定于同治六年（1867）5月20日在总理衙门考试。由翰林院庶吉士、编修、检讨，以及五品以下由进士出身的京外各官充选，有官职的由京外各衙门保送，无官职的取其同乡京官印结以及本旗图片。地方外语学校招收生员，按清朝官设翻译诸学的办法，在本地八旗子弟中挑选。但是，因为有些外语学校所在地无八旗驻防，招生只能变通处理了。外语教师的选用，京师同文馆聘洋人任教。毕业后进行选拔考试。大考是总理衙门主持的三年一次的考试，优者除官，次则留馆，劣者除名。京馆三年大考，成绩优秀者奖以出身或官阶，“授七、八、九品等官，劣者分别降革留学”。[①] 沪馆、粤馆学业成绩考核与京馆不同，沪馆每月初一、十五两日考西学，初八、二十四两日考“所业文”。考试办法为“当面指问”，据所答情况记成绩。粤馆章程规定，学生三年学业有成，可充各衙门翻译官，准其参加乡试。广州同文馆学生成绩优异的可送到京师同文馆深造，或充派各衙门翻译馆。外语学校培养的学生以翻译人才为主，技术人才为辅，所以没有造就出较高水平的技术人才。

（二）选拔留学生

洋务派除了利用新式学堂选拔和培养外语和技术人才以外，还直接派留学生到国外学习。晚清向外国派遣留学生，始于同治十一年（1872）派遣幼童公费赴美留学，开创了我国近代留学教育的先河。洋务运动时期留学生可分为两支：一支留学美国，清廷计划选拔学生120名，每年30名，分四年四批派往，留学期限15年，中间游历2年。选拔对象是12至16岁聪颖的满汉幼童。所选幼童必须身家清白，有殷实保证，身体健康。考试科目为汉文写读，如已学英文，则还考其英文。应考及格后，先入预备学堂，学习中西文字至少一年，方可出国留学。一支留学西欧，以光绪元年（1875）船政大臣沈葆桢派福建船政学堂学

---

① 《筹办夷务始末》同治朝卷37，第32－33页。

生5名赴英法学习为始，要通过严格考查，没有进行考试，从学习法语的前学堂选拔赴法留学生，从学习英语的后学堂选拔赴英留学生。留学生是官派生，政府不仅责成其认真完成学业，而且还对归国留学生加以选拔和任用，选拔了许多实业人才，充实到各洋务派企业；选拔到洋务派创办的水师，成为军事指挥和军事技术骨干力量；选拔留学生做洋务学堂的教员。

（三）选拔洋员

咸丰十一年（1861）总理衙门设立以后，洋务派开始大量选聘洋员，他们有的充任新式陆军和海军的技术人员，有的充任新式学堂的教习，有的充任军事工业和民用工业的技术人员。洋务派创办的新式学堂在初设时多聘洋员担任主要课程的教习，《四书》、《五经》等课程由汉人教授。福州船政学堂在初设时，全部聘洋员为教习，有50人，指导工作，教授学生。同治元年（1862）初，奕䜣等首先聘请英国教官斯得弗力训练天津士兵，又请英国炮官坚亚墨得训练洋枪炮队。湘军和淮军也使用洋枪洋炮，聘用外国人训练。洋员的选拔制度也体现了半殖民地的性质，打上时代的烙印。

（四）选拔军事人才

洋务运动时期，由于清军属于旧式军队，不适应现代战争的需要，洋务派在创建军事工业的同时，又建立军事学堂，以培养和选拔军事人才。洋务派开办的军事学堂主要有水师（水陆师）学堂、武备学堂和军事技术学堂。第一类水师学堂人才选拔，各校有所不同。天津水师学堂要经过初选、筛选、复试等过程，选拔“海军官学生”。广东水陆师学堂计划各招生70名，水师学堂分驾驶、管轮两项，加上陆师学堂全校共招生210名。江南水师学堂，每科各招60人。招生对象是以已通英文者为重，自十三岁以上二十岁以下曾习英文三四年，已读二三经，能作策论，文理通顺的，不拘省份和籍贯，都可以报名应试，考试科目为英文、翻译、地理、算学四门。

第二类军事学堂是武备学堂，以天津武备学堂和湖北自强学堂较为著名。天津武备学堂是李鸿章在光绪十一年（1885）仿照德国学校规程创办的陆军学堂，以培养陆军人才为目的。天津武备学堂生员选拔对象是粗通文字、精悍灵敏的各营兵弁和愿意习武的文职人员，初收学生一百多人。学习内容为天文、地舆、格致、测绘、算学等学，炮台、营垒诸法、操习马队、步队、炮队及行军、布阵、分合、攻守诸式，并学习经史。学堂初创时学制一年，有月试、季考。光绪二十二年（1896）学堂扩大招生，增加了四个学科，共选拔生员 234 人，学制二年。四科有：同文科，由德魏贝尔任总教习，选拔文字较优的年幼者 50 人，主攻德语，又习武备和汉文，毕业后选拔成绩优秀的送往国学习军事知识。炮队科由该校毕业生段祺瑞任监督并代理总数习，选拔年富力强、文字较次者 80 人为生员，学习测算、舆图、垒台、炮法、汉文等。步队科，由帮统右翼步队第三营武备优等生梁华殿任监督并代理总教习，选拔 80 人学习军事、测算、绘图、枪队、攻守等知识。马队科，由洋员曼德任教习，选拔 24 人学习测绘、军事等知识。天津武备学堂招收的学生，经过两年学习、训练和培养，为我国近代陆军输送了一批掌握近代军事技术的将才，影响还是很大的。光绪二十二年（1896）湖广总督张之洞创办的湖北武备学堂，学制三年，根据《武备学堂招考学生章程》，选拔人才有自己的一套办法。其选拔生员较重视学生的文化素质，规定凡文武举贡生员及文监生暨文武候补候选员弁以及官绅世家子弟，不拘省籍，均可报名应考，第一次招生 120 名。当时报名的很多，竟达 4000 人。生员选拔包括预选、笔试和面试三个阶段。预选主要是考核生员的资格，一般是已有功名之人或世家子弟可入其选；本人无功名而祖父、胞伯叔、胞兄又无功名的，40 岁以上的，未取得武昌、汉阳两府县学或省各书院切结的，籍在他省又未能得到在鄂同乡官切结的，均不能入选。这种预选办法对官宦子弟有利，其阶性是明显的。笔试为，文员文生俊秀子弟试论一道，武弁武生试说帖一道，试卷一律封名；另一为试举贡生，作策问一道，不封面。面试，凡通过笔试的文员文生俊秀子弟、武弁武生，经面试，体壮志诚的，可选拔入堂学习。初取时多录取三四十名，在校学习 3 个月再选一次，将不愿学习、不堪选就的剔除。这种严格选拔制度，使湖北武备学堂生员质量高出其他军校。湖北武备学堂的学习课程分为两种：一是讲堂课程，包括算学、军械学、测绘、地图学、各国战史、营垒桥道制造法、营阵攻守转运法；二是操场课程，包括枪队、炮队、马队、营垒工程队、行军炮台、行军铁路、行军电线、行军旱雷、演试、体操等。

第三类是对军事技术人才的选拔。如福州船政学堂，前学堂制造科（造船科）选拔粤、闽两省十四五岁以上、十八岁以下的聪慧男生为生员。后学堂驾驶科主要培养训练驾驶轮船的高级船长，招生对象也与前学堂制造科相同。毕业考试选拔是学生学业的全面考核，它直接关系到学生的升迁前途。福州船政学堂的学生经选拔，毕业生一般留船厂做技术员，还有的做教员，有的出国留学。

另外，这一时期崛起的淮军人才选拔也很有特色。它由镇压太平天国和捻军起家，是在团练基础上兴起的，以后逐渐形成淮系集团，成为清廷的国防军，直到甲午战争前，其在政治和军事上占有极其重要的地位。它和先起的湘军，虽然都是地主武装，都为清朝统治服务，但是它向近代化军队发展，和旧军队明显不同，其军事人才的选拔是对湘军人才选拔的继承和发展。淮军将领选拔的办法也是完全效法湘军，即由大帅选拔统领，统领选拔营官，以下哨军、队长依次选拔。关于士兵的选拔，主要是通过将领自带的，有三个来源：湘军中的淮勇、李鸿章致函招募的淮勇以及命三弟李鹤章回乡自招的新军。李鸿章率领淮军到上海后，不断招降纳叛，扩充实力，利用上海交通中外、五方杂处的地理条件，大量引进西方先进的武器装备，终于使淮军赶上并取代湘军，成为19世纪后半期中国最强的一支军事力量。并且，以淮军将领为骨干，逐步形成了一个包括官僚、买办、封建知识分子在内的庞大的淮系集团。淮系集团奠定了近代军阀集团的基础，并为以后北洋军阀集团的产生铺平了道路。到甲午战争时，淮军已军纪废弛，一败涂地，到1898年袁世凯新建陆军形成时，标志着担任国防任务达30年之久的淮军时代已经结束。

四、维新运动时期人才选拔制度的改革

甲午中日战争以后，中国半殖民地半封建化的程度日渐加深，民族矛盾和阶级矛盾空前尖锐。从19世纪70年代以来特别到甲午战争后，随着民族资本主义的发展而成长起来的民族资产阶级，为了救亡图存，挣脱帝国主义和封建主义势力的压迫和束缚，开辟资本主义的发展道路，掀起了变法维新运动。他们提出了一系列发展资本主义的改革主

张，其中重要的是主张人才选拔制度的改革。

（一）维新运动时期人才选拔制度改革思潮

主张改革吏治。郑观应认为，“百弊丛生皆由于此”。[①] 他列举了当时有官员、吏胥和差役三大吏治弊端，对当时官吏诸如贪污、盘剥、超龄、冗员、阉臣、弊治等弊端和缺陷极为不满。维新派主张，一是要精简机构、裁撤冗员。清初在中央各部院一般都实行满汉双轨制，政府机构就臃肿；在鸦片战争以后，在中央增设了总理衙门和总税务司等，在地方增设了五口通商大臣、南北洋大臣，更造成了机构庞大。机构急剧庞大，又造成了政府各部门办事互相扯皮推诿、效率下降以及冗员很多的弊端。资产阶级维新派针对清政府机构臃肿、冗官冗员很多的现象，主张精简机构，裁汰冗官冗员。二是改革书吏之弊。各衙门判案的书吏，往往利用官吏不熟悉律例的缺陷，权力很大，并与官员朋比为奸，为所欲为。郑观应主张，设律例科，每年一考，列前茅者须察其品行，然后准充书吏，赐以虚衔，厚以薪资。官员要熟悉律例，不致被书吏蒙蔽。三是改革官吏升迁制度。清代官吏选拔制度不仅存在由科举选官入仕的弊端，而且存在现有官吏不按才能升迁的弊端。资产阶级维新派认为，凡有高才，不次拔擢，要破除常规，打破原有的按资格升官的官吏提拔制度，这样才能得到异才。郑观应主张，“从来各国交涉之案，莫不视国势之强弱为损益。我国亟宜变法，破格用人，幸勿拘文牵义，顾虑繁多，驯至一筹莫展也”。[②] 康有为建议，对于各方面推荐的人，只要是异才，就可以重用，不拘一格选拔官吏，“今日变甚急，天下未为乏才，而未闻明诏有求才之举，似非所以应非常之变也。夫有非常之事变，即有非常之才应之，同治中兴之臣，率多草泽之士，宋臣苏轼谓智名勇功之人，必有以养之。伏乞诏下九卿翰詹科道督抚两司，各举所知，不论已仕未仕，引荐擢用，随才器使。昔汉高之于樊哙，每胜增其爵级，其于韩信，一见即拜大将，凡有高材不次拔擢，天下之士，既怀国耻，又感知遇，必咸致死力，以报皇上，故求才之诏宜下也”。[③] 四是

---

① 郑观应：《盛世危言·革弊》，中州古籍出版社，1998 年，第 207 页。

② 郑观应：《盛世危言·交涉下》，中州古籍出版社，1998 年，第 181 页。

③ 康有为：《上清帝第二书》，见中国史学会主编：《戊戌变法》（二），上海人民出版社，1986 年，第 134－135 页。

主张设官分职，各有专司。这实际上是学习西方文官制度。

主张改革官吏选拔制度。晚清官吏选拔一般通过科举、保举、捐纳等途径，弊端丛生。康有为指出，鸦片战争以来，国事艰危，人才匮乏，重视西学人才的选拔和培养，主张在文、武岁科之外另设西学科。“今变法之道万千，而莫急于得人才，得才之道多端，而莫先于改科举。今学校未成，科举之法，未能骤废，则莫先于废八股矣”。他主张，“请罢弃八股试帖楷法取士，复用策论，冀养人才，以为国用”。[①] 维新派主张，一是改革旧的官吏选拔制度。针对科举制度的腐败，资产阶级维新派强烈呼吁，停止八股试帖，只有这样，科学才能发达，人才才能成长。变法之要，莫过于此。并且重视西学人才的选拔和培养，主张在文、武岁科之外另设西学科。针对保举和捐纳弊端很多，他们还主张改革保举制度，废除捐纳制度。二是建立资产阶级的选举制度，由公举产生议院。为了建立君主立宪资产阶级政治制度，资产阶级维新派认为，中国吏治弊病的根源在于封建国家掌握选用官吏的权力，而民众毫无选择与监督官吏的权力，主张广开功名之路，让民众有权选择官吏，即行公举，设议院，仿照欧美各国，建立资产阶级的选举制度。议员的选举，选举之法，唯从公众，百僚升降权归议院，选举权在民间。

主张改革学校教育及其选拔人才制度。19 世纪 90 年代民族资本主义已有较大进步，旧的教育已不适应时代的需要。资产阶级维新派在西方教育思想影响下主张，人才之兴，在开学校，派遣留学生出国留学，实行军国民教育和国民教育，改革教学方法，改革教育内容，以培养资本主义所需各方面人才。

主张改革军事人才培养和选拔制度。由于清朝军事制度存在缺陷，军事人才缺乏，近代自鸦片战争以后，中国在军事上屡屡失败。资产阶级维新派主张，重视军事，设立军事学校，实行军国民教育，改革军事人才培养和选拔制度。郑观应指出，兵事不尚空谈，贵实练，科举考试中武生考骑射技勇，不重视武经，在打仗时这些武生不能克敌制胜，主张各省慎选知兵任事之员，设立武备院，参仿西洋教习。

维新运动的目的是变走封建道路为走资本主义道路，其所需要的人

① 康有为：《请废八股试帖楷法试士改用策论折》（光绪二十四年四月），见中国史学会主编：《戊戌变法》（二），上海人民出版社 1986 年版，第 208 页。

才是资本主义社会所需人才，其所要建立的人才选拔制度是资本主义式的人才选拔制度，培养资本主义社会所需要的人才。

（二）戊戌变法时期人才选拔制度的改革

资产阶级维新变法运动在民族危机日益严重、改革呼声日益高涨的情况下，到光绪二十四年（1898）6月11日到9月21日，终于发展为统治阶级也要进行改革的“百日维新”。这是一场改革封建专制制度、仿效西方资本主义政治制度的政治运动，是把洋务派进行的器物层次变革上升到制度层次的改革，其中对人才选拔制度的变革尤其引人瞩目。

改革官吏选拔制度。在“百日维新”期间，对原有官吏选拔制度作了一些改革，具体措施如下：第一，整顿吏治，破格选拔新人。光绪在光绪二十四年（1898）7月14日下令，在中央裁撤詹事府、通政司、鸿胪寺、大理寺、光禄寺、太仆寺等官署，其事务归到内阁及礼、兵、刑各部办理；在地方裁撤湖北、广东、云南三省巡抚，以总督兼巡抚。光绪二十四年（1898）1月17日上谕说：“各省制造、洋务、厘捐、盐务等局总办以外，复有会办以及司事绅董，名目繁多，每岁虚糜公费不知凡几……着即严加核减，将节省实数迅速奏闻”。[①] 一些省份裁撤了一批府、州、县的冗员，有的省裁撤了一些武官。针对清官府中胥吏长期把持衙门事务之弊，百日维新期间，有的省份开始整顿吏员，如广东省在广州设立了洋务课吏局，对从事洋务的人员进行考试和考核。在戊戌变法中，一个很重要的人才选拔举措就是打破传统的按资格选拔官吏的制度，不拘一格选拔人才。光绪二十四年（1898）1月17日光绪皇帝发布了三道上谕，其一是求贤诏。光绪二十四年（1898）7月12日，总理衙门正式提出了专利和奖励章程12条，请光绪皇帝明降谕旨，饬地方官照章遵行，对有发明创造的人才，可以破格选拔任职，给以专利权。7月13日，光绪再颁上谕，宣布正式实施专利和奖励，“朝廷鼓励人才，不靳破格之赏”。[②] 第二，改革科举制度。改革科举制度，是戊戌变法的一个重要内容。光绪二十四年（1898）6月23日，光绪皇帝最终采纳康有为的建议，谕令：“自下科为始，乡会试及生童岁科各试，向用四书文

① 徐致祥等撰：《清代起居注册》（光绪朝）第61册，第30259－30260页。

② 徐致祥等撰：《清代起居注册》（光绪朝）第61册，第30889－30891页。

者，一律改试策论”，[①] 并令开经济特科，命三品以上京官及各省督抚、学政保荐人才，参加考试；还议设法律、财政、外交、物理各专门之科，由礼部论订试科章程。7月6日光绪谕令嗣后一切考试，均不须用五言八韵诗作为考试内容。[②] 7月19日，光绪批准张之洞、陈宝箴起草的变革科举章程，规定乡、会试仍分为三场，但是考试内容作了很大的改革：第一场试中国史事、国朝政治论五道；第二场试时务策五道，专问五洲各国之政，专门之艺；第三场试四书义两篇，五经义一篇。以后的岁科，也以此例。科举章程还规定，“嗣后一切考试均以讲求实学实政为主，不得凭楷法之优劣为高下”。[③] 7月21日，光绪帝下令改革科举分发制度，规定以后考生一经殿试，即可直接按照成绩“量为授职”。光绪的上谕还决定停止朝考一场，重申取士以讲求实学实政为主，不凭楷法。[④] 这种考试取士，表明取士制度向实学实政过渡。8月19日，光绪帝再发一谕，准张之洞、陈宝箴之请，停止朝考等，“嗣后一经殿试，即可据为授职之等差，其朝考一场着即停止”。[⑤] 戊戌变法失败以后，八股仍复其旧。

改革学校人才培养制度。维新变法运动时期针对官学教育空疏腐败的教育制度改革，是在洋务运动时期新式教育的基础上进行的。资产阶级维新派政治理想是要向西方学习，发展资本主义，建立资本主义制度，使教育从贵族教育向大众教育过渡。在“百日维新”时期，对教育进行了重大改革，广设学堂、博采西学，成为“新政”的重要组成部分。光绪二十四年（1898）8月9日，京师大学堂正式成立，成为我国第一所官办综合大学，是百日维新期间在京师筹议设立的唯一的一所高等学校。在1898年筹办京师大学堂的同时，又饬令各省、府、厅、州、县开设中西学堂，一律兼习中学、西学；提倡地方自行捐办义学、社学等学校，中西兼学；要求民间祠庙不在祀典的，一律改为学堂。7月10日，光绪帝再发上谕，针对创办京师大学堂，只有大学，没有中学、小

① 《德宗皇帝实录》卷419。

② 《德宗皇帝实录》卷419。

③ 徐致祥撰：《清代起居注册》（光绪朝）第61册，第30913—30916页。

④ 《德宗皇帝实录》卷419。

⑤ 徐致祥撰：《清代起居注册》（光绪朝）第61册，第31019-31021页。

学衔接这一情况，下令各省书院改为新式学堂，省会的大书院改为高等学堂，郡城的书院改为中等学堂，州县书院改为小学堂，京师、直隶、晋、陕、江、浙、鄂、湘、陇、黔等省份都有新学校创立。又筹设铁路、矿务、农务、茶务、蚕桑、医学等各种专门学堂。“百日维新”失败以后，慈禧太后于9月30日以光绪帝名义诏谕，重归于旧，令各省书院照旧办理，停罢学堂。由于变法时间很短，书院改制实际收效很小。维新变法运动中，出国留学被作为一项国策提了出来。维新派认为，日本与中国最近，国情相近，文化相近，道路近，主张留日。光绪二十二年（1896）5月，自清政府新任驻日钦差大臣裕庚带领近代中国第一批公派留学生13名留日开始，留日学生日渐增多，到百日维新时形成一股潮流。光绪二十四年（1898）8月18日，光绪帝下令各省选派有志深造的学生赴日本留学，此后清政府向外国派遣留学生又逐渐增多。

改革军事人才选拔制度。晚清军事腐败，各省绿营废驰已久，防勇亦多沾染习气；甲午战争中李鸿章骄养的海军又毁于一旦，淮军和刘坤一统率的湘军也失败，清军与采用西方新式武器编练的日本军队相比，更是相去甚远。甲午战争后，民族和阶级矛盾尖锐，封建统治危机，要求改革的呼声日益高涨。维新运动时期，改革武科，戊戌政变后，光绪二十四年（1898）10月9日，慈禧下令：对武科考试枪炮，也作了变动，规定所有武场童试及乡会试均着仍照旧例，用马、步、箭、刀、弓、石等项分别考试，但是录用后在京侍卫的，要送神机营练习枪炮；各省的武举、武生，应就近挑入武备学堂，学习格致、舆地等学及炮队、枪队、马队、工程队诸科，以备折冲御侮之用；建立新军，并指令督办军务处整顿京畿旧军和改练新军。这样，袁世凯在天津小站练新军，两江总督张之洞在南京编练“自强军”，光绪二十二年（1896）春，张之洞回湖广总督任上，把“自强军”交给刘坤一，自己在武昌开始练湖北新军，创办武备学堂。同时，广东也创建新军。军务处是在光绪二十年（1894）11月2日成立的，不久，军务处决定，以定武军为基础，仿照西方扩编改练新军，李鸿藻就推荐袁世凯接办定武军。军务处在光绪二十一年（1895）12月8日联名奏举袁世凯接练定武军，指令其扩编改建，更名为新建陆军；同日，光绪帝发下上谕，令袁世凯练兵。袁于12月21日到达天津东南七十里的小站（又名新农镇），接管定武军。定武军为淮军，有10营，计步兵3 000人，炮兵1 000人，骑兵250人，工兵500人，共计4 750人。由于使用新式武器，袁世凯认为旧的一套练兵办法不适用了，就改用“洋法”练洋操，通过中国驻德公使，聘请了10名德国军官任教习，成立了教习处（后改名洋务局）。在军事装备训练方面，袁世凯极力采用资本主义的先进技术。但是，他又继承了湘、淮军阀“兵为将有”的传统，严把幕僚和军官的选拔，把军队紧紧地控制在自己的手中。其选拔幕僚和军官有三个来源：一是追随他多年的“家兵家将”。二是选拔军事学堂毕业生为各级军官。三是选拔原淮军将领。新建陆军人才选拔和传统的军队有了一些变化，它较注重近代军事知识和才能，特别是重用武备学堂毕业生，注重培养军队官兵学习“洋法”，“练洋操”，反映了其军队是一支近代化的军队。正如荣禄所言：“该军仅七千人，勇丁身量一律四尺以上，整肃精壮，专练德国操，步队五营，各按方辨色，较之淮练各营，壁垒一新”。[①] 但是，由于袁世凯毕竟是清朝旧军人，其军队封建性很强。也正是因为这种封建性，随着形势的发展，新建陆军逐发展为新的军阀军队，袁世凯就是依靠这个军队成长为新军阀，在晚清政治生活中越来越重要，形成了典型的封建军阀政治，给以后的中国社会带来了巨大的灾难。

五、20世纪初人才选拔制度的变革

（一）改革的必然趋势

戊戌变法失败了，以慈禧为首的封建顽固派虽然暂时取得胜利，但是难以挽回积重难返的晚清颓势。光绪二十六年（1900）夏，八国联军攻陷北京，慈禧携光绪帝西逃西安，并和西方列强签订了前所未有的屈辱的《辛丑条约》。在全国人民的强烈反对下，为了继续取得帝国主义的扶植，安抚统治阶级内部各派系和资产阶级上层人物，并平息全国人民的不满情绪，慈禧在逃亡西安期间，便发布“罪己诏”和“改革”谕旨，被迫实行“新政”，要求官员们“各就现在情弊，参酌中西政要，举凡朝章、国故、吏治、民生、学校、科举、军政、财政，当因当革，

① 陈夔龙：《梦蕉亭杂记》卷2，上海古籍出版社1983年版，第2页。

限期奏报”。[1] 光绪二十七年（1901）4月，清政府成立督办政务处，作为筹划“新政”的机构，命李鸿章、荣禄等6人为督办政务大臣，刘坤一、张之洞为参预，宣布实行各项“新政”。新政措施表面上看是戊戌变法的继续，而实质上则是封建地主阶级洋务运动的继续和发展，时人称为“第二次洋务运动”。[2] 戊戌变法失败归根到底是在政治制度上，而在“新政”时期，清政府被迫在政治制度上进行改革，首先在人才培养和选拔制度上作了改革。

（二）变革官吏选拔制度

“新政”时期，清政府首先进行官制改革，裁减冗署、冗官。光绪二十七年（1901）7月，清政府应帝国主义要求，撤销总理各国事务衙门，改设外务部，班列六部之首；为适应“新政”的要求，光绪二十九年（1903）设商部，后与工部合并，改为农工商部；设练兵处，后与兵部合并，改为陆军部；光绪三十一年（1905）又增设巡警部（后改为民政部）、学部；又裁撤詹事府（并入翰林院）、通政司等“冗衙”。自隋唐沿袭下来传统的六部建置至此瓦解。地方上裁撤了河东道总督，云南、湖北、广东三省巡抚。又宣布裁汰胥吏差役，停止捐纳（“虚衔、封典、翎枝、贡监”等除外）、废除勒索性“陋规”、“供应”等。但是这种裁旧衙门、添新衙门的官制改革，没有触动封建专制的政治体制，也未能革除吏治腐败的种种弊端。“整顿吏治”等则流于一纸空文。1906年清廷宣布“预备立宪”后，官制改革成为首要“预备”项目，并引发了统治集团内部的权力纷争。

“新政”变法诏书下达以后，废八股变科举之议重新提了出来。科举制的废除分为三步：第一，改革科举考试内容。科举考试内容的最大弊端在于八股取士，在戊戌变法时，曾废八股试帖楷法取士，而改用策论。变法失败后，又恢复了八股取士，到光绪二十七年（1901）清廷为了推行“新政”，又明令废除八股取士，并增加了中国政治史事和外国的政治艺学等内容。迫于舆论的压力，光绪二十七年（1901）七月十六日清廷被迫下诏，改革科举，宣布从光绪二十八年（1902）起，“一切

---

① （清）朱寿朋编：《光绪朝东华录》第4册，中华书局，1958年，总第4602页。

② 森藤吉郎：《清国视察复命书》，1902年。

考试，凡四书、五经义，均不准用八股文程式，策论均应切实敷陈”。[①]也就是废除八股考试，各省科举要考试能够解说四书、五经和论述中国历史、政治及西学政治、艺学的“策论”。由于时局动荡不安，辛丑(1900)、壬寅（1902）的会试都推迟到癸卯年（1903）举行，原定的光绪二十七年（1901）乡试，也只是在广东、广西、贵州、云南、甘肃五省按期举行。清廷的诏令虽然要求改革内容，但还没有废除科举制度。第二，递减科举取士名额，决定从光绪二十九年（1903）年开始，把乡、会试中额及各有学额，逐科递减，以后每次科举名额递减三分之一，分为十年三科减尽。科举学额分别停止后，官吏完全从学堂选拔。第三，废止科举取士制度。形势的发展，对清朝统治越来越不利，内忧外患的形势，迫使清朝加速变法，原来以逐科递减来改革科举制度的办法已行不通了。由于科举出身对于学子仍有很大的诱惑力，“科举不停，学校（指新学校）不广”。光绪三十一年（1905）八月四日，清廷迫于各方的压力，不得不谕令从光绪三十二年（1906）起停止一切科举考试，“所有乡、会试，一律停止，各省岁科考试亦即停止。其以前举、贡、生员，分别量予出路”。[②]清廷随后下令各省学政专管学堂事务，并在12月设立学部。这样，在光绪三十年（1904），清廷举行了甲辰恩科进士考试以后，就再也没有举行过科举考试。光绪三十年（1904）的“甲辰恩科”也就成为中国最后一次科举考试。自此，实行了1300年之久的科举考试，终于退出了历史舞台。它意味着旧式教育的终结，新式教育即学堂教育的兴起，人才选拔制度也发生了根本性的改变。

光绪三十一年（1905）科举制度废除以后，使数百万之老举人、老秀才，一旦尽失其登进之路，又无谋生的能力，迫切需要政府安置。清政府为解决原有科举出身的安置，实行生员补考优、拔贡及举、贡、生员的考职。对于原来生员的选拔，按照《奏定举贡生员出路章程》规定，宣统元年（1909）秋季在各省举行优、拔贡考试，凡廪、增、附生都由本府、州、县会同教馆报送，八旗在省驻防生员及在京生员由辖区的都统、副都统报送。优贡以原额四倍、拔贡以原额加倍录取。优、拔贡考试分两场进行，应试者可以连考，写史论一篇，四书义或五经义一

① 《清德宗实录》卷485，光绪二十七年十月己卯，谕内阁。

② 《清德宗实录》卷548，光绪三十一年八月甲辰，谕内阁。

篇。两场题目一致，都要当日交卷，不准过夜。新选拔的优、拔贡生于次年赴京参加朝试。由于人数众多，先在学部考棚分考各省优、拔贡生一场，考四书一篇，史论一篇。经初考录取后，在保和殿举行优、拔贡合并朝考，考经义和史论，成绩分成三等，一等及二等前十名，中年以下的授七品京官，年龄较大的授知县职；二等第十名以后，有的授各部京官，有的授盐库大使、州判、州同、经历、县丞等外官职务；三等者不授官。并且同时在各省举行贡试，照原额倍取，不送京试。生员未取得优贡、拔贡出身的，可以按已满吏取考，以作为佐贰杂职选拔试用。生员除考入学堂充教员或留学以外，都可参加吏职考，每次以录取额的十倍数额，由各州县会同教馆保送参试。吏职考在优贡考完之后，在省城由提学使分两场进行，头场考经义、史论各一篇，二场试时务策两篇，根据两场考试成绩以定去留。录取名额一般大省 100 名，中省 70 名，小省 50 名。录取的试卷呈送督抚检查，并把录取生员的姓名、籍贯、三代、年貌造册，分呈吏、礼两部随优贡卷一同送到礼部。成绩一等的生员授巡检职，二等的授典史，由吏部分别铨选到各省试用。停科举后，生员补考优、拔贡在光绪三十三年（1897）与宣统元年（1909）各举行一次。同时，科举停试以后，为了给予原来的举人、贡生以出路，学部规定在三科内，每三年给举人及恩、拔、副、岁、优等各类贡生举行一次会考机会，名额是戊戌年（1898）会试名额的四倍。各类举、贡无论留学、游幕、随任及出洋游历，在各衙门作誊录、录事而没有获得奖叙的，都可以参加会试。那些已经有官职、学堂定有奖励实缺教官的教习和学生，以及未经朝考的优、拔贡生，不准保送。各省举、贡在本地报名送考，宗室举人在宗人府报名送考，八旗举、贡并翻译举人在本旗内报名。北京由值年八旗大臣送考，各省驻防由将军、都统送考。考试官为各省提学使。在优、拔贡生考试及生员考职后，在十一月以前，各按应送人数考选。考试分为两场，内容与生员考职相似。合格的于次年二月到京会考。会考的成绩分为三等，举人取一等及二等前十名人员，分别在京授以主事、中书、七品小京官等职，外官则以知县授职，二等第十名以后分别授州判、盐库大使、府经历、县丞。贡生获一等的，有的授七品小京官，有的授地方知县；二等的在京分任各部司，在外地的则授以县丞等杂职。举、贡获三等的都不授职。补考拔贡与生员考职，在宣统元年（1909）举行一次；举、贡考职在宣统二年（1910）各举行一次。

（三）变革新式学校的人才选拔制度

清末，民族危机日益加深，社会动荡不安，代表新兴政治力量的资产阶级及爱国知识分子，为救亡图存，造就革新人才，在西方教育思想影响下，提出了新的人才培养和选拔的思想，提出了军国民教育、国民教育、义务教育等主张。这些主张受到了社会上各方面人士的响应和支持，逐渐形成几种思潮，推动了近代学制的改革和人才选拔制度的变革。光绪二十八年（1902）至宣统三年（1911）是清末学制创建期。维新变法运动时期，梁启超拟定了新的教育体系，把原来仅有的大学和小学教育的二级制变为有幼稚园、小学校、中学校、大学院四级制，为建立完整的近代学制，实现教育近代化，奠定了思想基础和理论基础。1901年，清廷在实行“新政”的旗帜下，发布了切实办学的诏令，除京师已设大学堂，应行切实整顿外，将各省所有书院，均改设大学堂；各府厅直隶州，均改设中学堂；各州县，均改设小学堂。光绪二十八年（1902）清廷颁布《钦定学堂章程》，是年为壬寅年，称为“壬寅学制”。该学制因本身不够完备没有实行。光绪三十年（1904），张百熙、荣庆、张之洞重拟经清廷旨准颁行全国《奏定学堂章程》，是年为癸卯年，称为“癸卯学制”，成为近代中国第一个在全国实施的学制体系，是近代中国资产阶级新学制确立的起点。癸卯学制从光绪三十年（1904）一月颁布，一直沿用到宣统三年（1911）清朝被推翻，将近八年，在此期间，通过施行，不断增删，使之更加完备。它按日本教育模式制定了学堂管理规程，规定学堂分为初等和高等小学堂、中学堂、高等学堂三级，高等学堂毕业后还可以升入分科大学或通儒院深造。这就奠定了近代教育的基础。癸卯学制包括《奏定初等小学堂章程》、《奏定高等小学堂章程》、《奏定中学堂章程》等10多个法令。清末兴起的军国民教育思潮，对清末民初学制的制定有很大影响。癸卯学制就规定学校设置体操课。正是在国民教育与义务教育思潮影响下，光绪二十九年（1903）拟定的《奏定学堂章程》，正式确定了我国义务教育制度，把义务教育限定为五年。宣统二年（1910），出于便利普及义务教育的需要，于是改订学制，缩短学程，将五年制初小一律改为四年制。宣统三年（1911）5月15日至8月12日，中央教育会在京师开会，共议决12案，会议议决实施四年制的普及义务教育。这是我国首次明确提出的具有官方化色彩的义务教育议案。

对小学堂的甄选规定，初等小学堂招生对象为七岁男性儿童，因创办之初，九岁、十岁也准入学。宣统三年（1911）《变通初等教育方法案》规定，准招十岁以内女童入学，在校学习五年，其间已满十岁女童要与男童分校学习。高等小学堂生源主要是初等小学毕业生，初等小学堂毕业生如愿入高等小学堂，可以直接升入，不须考试。在创办之初，放宽入学条件，十五岁以下略能读经的经考试合格也可入学，五年后此例即不行用。初等和高等小学堂都设有临时考试、学期考试、年终考试、毕业考试。其中毕业考试成绩是确定学生升学或就业的依据。中学堂的办学宗旨是培养学生做官、从事实业或升入各高等专门学堂，选拔对象是各高等小学毕业生，没有经过高等小学毕业，而有相等的经验学历的十五岁以上十八岁以下的人，如果文理明顺，略知初级普通知识的也可以入学。创办之初，十八岁以上考试合格的也可以入学。中学堂的甄选和高等小学堂基本相同，计有临时考试、学期考试、学年考试、毕业考试和升学考试等五种。高等学堂学生的考试，分为临时考试、学期考试、年终考试、毕业考试等。对毕业生的选拔，京城和各省都有规定。对京师大学堂毕业生的选拔，有一定的规定。大学堂设有四种考试，临时考试、学期考试、学年考试，由学堂自行举行。毕业考试是对毕业生出身的选拔，很重要。考试比照会试，由学堂总监督咨呈奏请简放总裁，会同学务大臣主试。在试前，主考官考核学生履历册、行检分数册、功课分数册，择期分、内外场考试。考试办法采用高等学堂百分制计分法。各分科大学生，经毕业考试，成绩考列最优等的为进士出身，可用翰林院编修、检讨升入通儒院，不愿升学的，由学务大臣奏明朝廷，据其才识委以京外要差；成绩优等的为进士出身，可用翰林院庶吉士升入通儒院，不愿升学的也可任官；成绩中等的为进士出身，以各部主事分部尽先补用升入通儒院，不愿升学的也可任官；成绩下等的为进士出身，留堂补习一年再进行考试，如果仍考下等和不愿留堂补习的，以知县分省补用；成绩为最下等的，给考试分数单，不再留校学习。

（四）变革军事人才选拔制度

光绪二十七年（1901）清廷宣布停止武科，命各省筹建武备学堂，并决定裁汰20%至30%的绿营和防勇，建立按西方国家的营制编练、采用洋操训练、使用洋枪洋炮的“常备军”。20世纪初军事人才选拔的变化，最主要体现在北洋军的建立。从光绪二十七年（1901）袁世凯任直隶总督到宣统二年（1910），是北洋军阀集团形成时期。在这时期，袁世凯推行新政，包括筹饷练兵、创办巡警、兴学、立宪等，而以筹饷练兵为中心，扮演了十分重要的角色。光绪二十八年（1902）8月，八国联军交还天津城，袁世凯移驻天津，以李鸿章的后继人自居，接受了淮系军阀集团的遗产，不仅继承李鸿章的内外政策，还把李在北洋经营数十年的幕僚和官僚企业收归己有。在内外政策上，袁世凯完全效法李鸿章，“先弭内乱，借杜外侮”，[①] 对内镇压义和团，对外讨好帝国主义。袁世凯于光绪二十八年（1902）仿照曾国藩练湘军初期的办法，定出《募练新军章程》十九条，如规定所募兵丁，须有确定籍贯，并代扣赡家饷银等，派王士珍、王英楷赴正定、大名、冀州各属，会同地方官，选募壮丁六千，到保定训练，编为十营，称“新练军”。6月，又仿效德国常备军制度，定出《北洋常备军营制饷章》，以“新练军”为基础，创练“北洋常备军”（简称北洋军）；又在保定设立北洋军政司（1904年改称督练公所），作为全省“军务总汇之所”，由袁世凯负责。军政司下设兵备、参谋、教练三处，以刘永庆、段祺瑞、冯国璋分别担任总办。这个机构是光绪二十九年（1903）末清廷成立练兵处的蓝本，又是光绪三十年（1904）各省设立督练公所的样板。光绪二十八年（1902）底，袁世凯又被任命为京旗练兵大臣，从驻北京的旗兵中选拔3 000人到保定训练，称为“京旗常备军”。北洋军先成立左右两镇。光绪二十九年（1903）3月左右两镇改称第一、二镇。光绪二十八年（1902）8月，袁把驻保定的武卫右军3 000人改编为巡警，光绪三十年（1904）初，便以“巡警营北段”1 500人为骨干，又添募新兵，编为第三镇，

---

① 袁世凯：《养寿园奏议辑要》卷16，第6页。

调回保定训练。光绪三十一年（1905）2月，又以武卫右军驻南苑、海淀的一部分，加上光绪二十七年（1901）由江南调来交袁世凯训练的自强军2 000人，编为第四镇，仍然驻守原地。光绪三十一年（1905）5月，又把原武卫右军先锋队12营，加添步队1协，编为第五镇。同时，练兵处奏定全国新军一律改称陆军，并用统一番号。京旗常备军称陆军第一镇，原北洋第一镇改为陆军第二镇，第二镇改为陆军第四镇，第三、五镇仍用原番号，第四镇改为陆军第六镇。至此，北洋陆军六镇大体拼凑完成。[①] 袁又把驻直隶的淮军各营整顿改编为39营，作为北洋常备军的别动队，称“北洋巡防淮军”（又称“北洋巡防营”）；又把宋庆的武卫左军（又称毅军）20余营纳入袁世凯的北洋军系统。袁世凯扩军是要形成以自己为中心的北洋派系，各镇重要将领都由他亲自选拔，并多是小站出身。为了表示广揽人才，袁扮出一副礼贤下士的姿态，每天有一段时间在督署平易近人地接见文武官吏，“人人皆如其意而去，故各方人才奔走于其门者如过江之鲫”。[②] 他选拔将领有四个来源：一是小站出身；二是李鸿章的淮军旧部；三是学堂选拔人才；四是选用留学生。袁世凯训练北洋军是一支完全近代化的军队，地位很高。北洋六镇官兵实额约68 000人，加上学堂学生也不过七万人。但其在清军中地位很高。但是，北洋军又具有封建性和半殖民性。北洋集团是在北方地主买办经济基础上形成的，它更多地代表北方各省大地主大买办的利益，它是以小站练兵起家的封建军阀为核心，结合一大批办“新政”发迹的官僚组成的。北洋军镇压了义和团起义和景廷宾起义，罪恶是很大的。

六、晚清人才选拔制度变革的特点

晚清80年，是中国逐渐沦为半殖民地半封建社会时期，是中国从传统封建农业社会向近代资本主义工业社会转化时期。晚清人才选拔制度发生了巨变，是适应这一社会转型需要而产生的，深刻地打上了时代烙印，富有时代特色。具体来说，晚清人才选拔制度变革有以下特点。

① 李宗一：《袁世凯传》，中华书局，1980年，第103页。

② 张一麐：《心太平室集》卷8，第37页。

（一）选官制度方面弃虚就实

清朝虽然通过学校培养，科举选才，但所举人才却不是真才实学之人，不适于使用，龚、魏认为，人才匮乏的原因，主要是因为学校教育内容空疏无用，科举取才不实。学校教学本来是为科举考试服务的，以科举考试为中心的，灌输程朱理学思想，学习“四书”、“五经”，诗赋韵文，空疏无用。晚清时期，随着社会的发展，教学内容也在发生变化。洋务运动时期，同治元年（1862）设立京师同文馆，是洋务派创办的第一所外国语学堂，培养外语翻译人才，开始了新式教育。同治二年（1863）上海、广州设立外语学校，同治三年（1864）又设立广州同文馆等。从此，晚清创办了不少新式学堂。京师同文馆除了设立英文馆、法文馆、俄文馆培养外语人才外，还设立天文、算学馆，培养技术人才。戊戌变法时期，筹办京师大学堂，饬令各省、府、厅、州、县开设中西学堂，提倡地方自行捐办义学、社学等学校，兼习中学、西学，又筹设铁路、矿务、农务、茶务、蚕桑、医学等各种专门学堂。在西方教育思想影响下，代表新兴政治力量的资产阶级及爱国知识分子，提出了军国民教育、国民教育、义务教育等主张。维新变法时期，梁启超拟定了新的教育体系，把原来大学和小学教育的二级制变为包括幼稚园、小学校、中学校、大学院的四级制，为实现教育近代化，建立完整的近代学制，奠定了思想和理论基础。新政时期，是新式教育确立和推广时期，清末学制创建时期。光绪二十八年（1902）制定“壬寅学制”，光绪三十年（1904）制定“癸卯学制”，规定学堂分为初等和高等小学堂、中学堂、高等学堂三级，高等学堂毕业后还可以升入分科大学或通儒院深造，奠定了近代教育的基础。这些学校教学内容有了很大改进，融进了新学，教育就不完全是旧式教育，开始实学教育。

中国官吏选拔首重科举，乡、会试取决于八股楷法，特别以八股取士，不仅钳制了人们思想，还不能选拔适用人才。科举考试内容，也不出“四书”、“五经”的经义，考题均出自“四书”、“五经”，以程朱理学为指导思想，讲求性理一类的空言。选拔出来的士子只知这些空言，对于经书以外的学问一概不问，知识面很狭窄，不适用。到18世纪60年代西方列强完成了工业革命，确立了资本主义制度，工业发展，科学进步，而中国科举选拔人才文以诗文楷法，武以弓刀步石，选拔的人才不切适用，不能符合社会发展的需要。“中国文试而不废时文，武试而不废弓矢，所学非所用，所用非所学，平时之所用已与当时之所学迥殊矣。及至外患循生，内忧叠起，又举平日之所用者而一无所用焉”。[①] 特别是八股文，更是弊端很多，使大量士子浪费大量精力和时间，其它学问技能都不会。虽然晚清没有完全变革考试内容，但是也有变化。光绪十三年（1887）清廷将算学列为科举的科目，是改革科举考试内容的开端。“百日维新”时，令开经济特科，还议设法律、财政、外交、物理各专门之科。在戊戌变法时，曾废八股试帖楷法取士，而改用策论。变法失败后，又恢复了八股取士。到1901年清廷为了推行“新政”，又明令废除八股取士，并增加了中国政治史事和外国的政治、艺学等内容。

（二）选官制度方面由科举制逐渐向公务员制过渡

晚清政治制度最大的变化是科举制的废除。科举制作为选官制度，在晚清一直是遭到诟病的制度。时代呼唤那种“为官择人”，竞争上岗、专司其职的文官制度的诞生。经历了戊戌变法和清末新政，科举制最终在光绪三十一年（1805）废除。晚清时期是中国文官制度和公务员制度的酝酿时期。中国近现代人事制度的一个显著特点是开始推行文官制度和公务员制度。从清末民初开始筹建文官制度，到南京国民政府正式推行公务员制度，前后用了几十年时间，这是人才选拔制度的巨大进步，这与晚清改革科举、设新式学校等人才培养和选拔制度是分不开的。资产阶级维新派主张设官分职，各有专司。这实际上是学习西方文官制度。中国最后一次科举考试是光绪三十年（1904）“甲辰恩科”，它意味着旧式教育的终结，新式教育即学堂教育的兴起。科举学额分别停止后，官吏完全从学堂选拔，人才选拔制度也发生了根本性的改变。

（三）晚清人才选拔从单一的选官制发展为多种人才选拔制

科举制是封建社会“抡才大典”，这种制度仅为官吏后备人才的选拔制度，而不是选拔从事各行各业生产劳动的人才。在自然经济占主导

① 郑观应：《盛世危言·考试下》，中州古籍出版社，1998年，第89页。

地位的小农经济社会，经济单一，生产技术落后，社会分工简单，社会分化为地主和农民两大阶级，建基于这种小农经济基础之上的是封建专制统治，科举制就成为选拔封建统治人才的工具，其选拔的人才是单一的。但是，鸦片战争以后，中国社会性质发生变化，自然经济在洋货的冲击下开始解体，中国开始由封建自然经济向近代资本主义的经济过渡，社会分工加深，社会层变动更大，资本主义发展需要各种人才，单一的科举选才制度存在很多弊端，已经不适应社会发展的需要了。晚清人才选拔就由单一的科举选官制度，向多种人才选拔制过度。如同治元年设立的京师同文馆，毕业后进行选拔考试。大考是总理衙门主持的三年一次的考试，优者除官，次则留馆，劣者除名。京馆三年大考，成绩优秀者奖以出身或官阶，“授七、八、九品等官，劣者分别降革留学”。[①]对京师大学堂毕业生选拔规定，各分科大学生，经毕业考试，成绩考列最优等、成绩优、成绩中等、成绩下等的为进士出身，就可以授官。成绩为最下等的，给考试分数单，不再留校学习。不仅选拔官吏，还选拔专业技术人才。晚清选拔人才渠道开始多样化。

① 《筹办夷务始末》（同治朝）卷37，第32－33页。

第九章　孙中山的人才选拔思想

孙中山选拔文官的标准是德才兼备，以德为首。他所说的德，不是以三纲五常为核心的封建道德，而是以符合“三民主义”、“五权宪法”、资产阶级的民主共和、官吏是人民公仆等思想为价值取向。孙中山指出选举制、委任制有弊端，主张以考试制度补救之，也就是在“五权宪法”的框架之中，国家建立考试院，主管人才的选拔和任用。同时，完善国家政治制度，建立文官的培养、任用、监察等运行机制。孙中山的理论创新，奠定了我国文官制度的基础，为我国文官制度的近代化作出了贡献。

查中国期刊网和人民大学报刊复印资料，发现研究孙中山的学术论文和文章为数不少，但研究孙中山文官考试思想的论文至今罕见。孙中山先生为了建立资产阶级民主共和国，注重选拔文官。提出了德才兼备以德为首、用考试制度补救选举和委任制度的弊端以及建立与之相配套的培养、任用、监察等运行机制的思想。这些思想，是孙中山对我国文官制度的理论创新。探讨这些思想，其学术价值和现实意义都是不言而喻的。

一、人才选拔的理念

（一）考试权独立是人才选拔思想的核心

考试权独立，是孙中山“五权宪法”学说的一个组成部分。“五权宪法”的基本思想就是把国家政治生活中的权利首先分为“政权”和“治权”。“政权”即人民管理国家的主权，孙中山认为它应包括选举、罢免、创制和复决四权，即“直接民权”。“治权”就是国家机构管理实际社会政治生活的政府权力。孙中山将它分为立法、行政、司法、考试和监察五权，并以此来组织国家机器，成立与之相对应的立法院、行政院、司法院、考试院和监察院，故名“五权宪法”。所谓考试权独立，就是把考试权提高到与司法、立法、行政、监察权同等重要的地位，用考试制度选拔和录用文官，这是文官考试思想的核心。

考试权荣列“五权宪法”之中不是没有理由的。孙中山认为，推翻帝制、实行民主国家后，治理国家和建设国家的关键在于选拔官吏。官吏的好坏，德才的有无，能力的高低，称职与否，直接关系到实现建设一个既民主又高效政府的近代国家的首要问题。为此，政府官员必须经过精心挑选。他认为西方资本主义国家的选举制度有以下缺点：一、使国家官吏更替频繁；二、使有口才的人在选民中间运动而当选，无口才但有学问的人却被闲置；三、用财产等资格来限制选举权，背离资产阶级自由平等观念以及不知选举谁、谁适合当选等。那么，如何克服这些选举制度的缺点呢？孙中山认为只有限制被选举人的资格，最好的方法就是增加考试权，并使考试权独立。

考试权独立的思想，最初提出于1902年，首次公布于1906年。1902年，孙中山在日本就曾对革命志士程家柽谈起过五权分立的设想。1906年，他在西方资产阶级“三权分立”的基础上，把我国历史上考试制度和监察制度分立出来，“创建破天荒的政体”，成为“五权分立制度”。同年11月15日，孙中山在东京会见俄国社会革命党领袖该鲁学尼等时指出：“希望在中国实施的共和政治，是除立法、司法、行政三权外还有考选权和纠察权的五权分立的共和政治。”并说：“考选制和纠察制是中国固有的两大优良制度，但考选制度被恶劣政府所滥用，纠察制度又被长期埋没而不为所用，这是极可痛惜的，我期望在我们的共和政治中复活这些优良制度”。[①] 后来，孙中山多次论述“五权分立”的理论，他曾在1916年说：“鄙人于十年前即主张五权分立”，“十年前”即是1906年。

实行以考试权独立为主要内容之一的“五权宪法”学说，是孙中山的一贯思想。但1912年中华民国南京临时政府成立时，实行的是“三权分立”，而不是五权分立。为什么呢？季云飞先生认为有三条原因：

① 《孙中山全集》第1卷，中华书局1981年版，第319－320页。

第一，孙中山“五权分立”主张，未被多数革命党人了解和接受。第二，南京临时政府是按照《临时政府组织大纲》组织政府的，而这个大纲从起草到议决不过二日，此时孙中山尚在国外，大纲没有反映孙中山的五权分立思想。第三，《临时约法》的起草权并不掌握在孙中山手中。[①] 上述观点，我是同意的，正如孙中山所说：“兄弟在南京政府的时候，原想要参议院订出一种五权宪法，不料他们那些议员，都不晓得甚么叫做五权宪法”。[②] 此外，我还要补充最重要的一点，即孙中山规定：制定“五权宪法”要在全国平定之后六年，实践“五权宪法”要在建国三时期中宪政时期的开始之际。孙中山在1917年至1918年撰写的《建国方略》中说：“俟全国平定之后六年，各县已达完全自治者，皆得选举代表一人，组织国民大会，以制定五权宪法。”[③] 他明确提出建设中华民国要分“军法之治”（军政阶段）、“约法之治”（训政之治）、“宪法之治”（宪政阶段）三个时期，“军法之治”的期限为3年，“约法之治”的期限为6年，他把实践“五权宪法”的任务放到宪政时期的开始之际。显然，在全国尚未统一的革命阶段属于军政时期，还远不能实行“五权宪法”。这既是南京临时政府时期未能实践“五权宪法”的主要原因，也是孙中山在1924年建立的国共合作的广州革命政权中未能完全实践“五权宪法”的原因。

孙中山出任临时大总统后，即着手准备建立与资产阶级民主共和政治体制相适应的文官制度。2月中旬，内务部总长呈文孙中山，请速颁发文官考试令，[④]“将其所得之人才分发各省”，他在接到内务部的呈文后，便“批令”法制局，仿照中外人才选拔制度，拟定文官考试章程，“交参议院议决颁行，从速施行。”随后，他又将内务部草拟的官职试验章程草案，“批令”法制局审定，咨文参议院议决。2月14日，孙中山关于内务部呈请速颁文官试验令的批复说：

> 查国家建官分职，惟任贤选能，乃懋厥职，古今中外，罔越斯旨。第考选之法，各有不同，尚公去私，庶无情弊。今当

① 季云飞：《孙中山五权宪法政治学说述论》，《南京社会科学》1990年第5期。

② 《孙中山全集》第5卷，中华书局1985年版，第511页。

③ 《孙中山全集》第6卷，中华书局1985年版，第205页。

④ 《临时政府公报》第19号，1912年2月22日。

民国建立伊始，计非参酌中外，询事考言，不足以网罗天下英才，而裨治理。该部所请，诚为当今急务，应俟令行法制局，将文官试验编纂草案，咨文参议院议决后，即日颁布施行可也①。

南京临时政府法制局根据孙中山的命令，先后制定了6个考试法令草案送呈孙中山。孙中山咨文参议院审查，请对以上各考试法规草案进行议决。由于南京临时政府存在的时间短暂，参议院没有完成立法程序，以上考试法规草案没有能够颁布实施，但在中国近代文官制度史上仍有重要意义。

袁世凯就任临时大总统后的北洋政府统治时期，孙中山"五权分立"原则根本不可能在中国试行。尽管如此，孙中山为在中国实现"五权分立"，继续进行不懈的努力。从1912年始至1925年孙中山逝世为止，孙中山的考试权独立和"五权宪法"学说进一步完善，提出了"直接民权"即人民掌握选举权、复决权、罢免权、创制权等四权亦即"政权"的思想。1921年5月5日，孙中山在广州就任大总统。是年7月，他演讲"五权宪法"，这是他关于"五权宪法"理论最完整的阐述。他说："把全国的宪法分作立法、司法、行政、弹劾、考试五个权，每个权都是独立的"。② 这就进一步阐述了他关于考试权独立的思想。1922年，陈炯明部叛变，围攻广州总统府，孙中山被迫离粤赴沪。在上海期间，孙中山深入研究"五权分立"的理论，并寄希望于回到广东实践这一理论。他说："若非我回粤不可，则我到粤之后，必欲借［居］粤之机会，以试行我五权之制，分县之治，并同时彻底澄清粤中积弊。"③ 陈炯明被驱逐后，孙中山于1923年3月在广州建立大元帅府。此后，多次谈及考试制度的重要。他说"厘定各种考试制度"，以"五权分立为之原则"。④

有的论者认为，"五权宪法"在孙中山"主持召开国民党第一次代

① 《中华民国史档案资料汇编》，第2辑，江苏古籍出版社1991年出版，第28页。
② 《孙中山全集》第5卷，中华书局1985年版，第509页。
③ 《孙中山全集》第7卷，中华书局1985年版，第98页。
④ 《孙中山全集》第10卷，中华书局1986年版，第86页。

表大会宣言中把它抛弃了。”[1] 这种说法是没有史实根据的。其实，1924年1月，中国国民党第一次全国代表大会在广州召开，这次会议的目的是改组国民党，把全党的思想统一到孙中山的“三民主义”和“五权宪法”上来，以便为国民革命而奋斗。大会发表的《宣言》明确规定：“民权运动之方式规定于宪法，以孙先生所创之五权分立为之原则，即立法、司法、行政、考试、监察五权分立是已。”同年1月20日通过的《国民政府建国大纲》也明确规定：以“三民主义、五权宪法”，“建设中华民国”。[2] 孙中山自1902年始至1925年逝世止，为“五权宪法”奋斗了二十余年。他把实现“三民主义”和“五权宪法”，同样看作革命成功的标志。在孙中山逝世的前一天，即1925年3月11日与汪精卫谈话时表示，希望国民党同志努力奋斗，“务使三民主义、五权宪法实现”。[3]

考试权独立的意义是十分明显的。与传统科举制度相比较，考试权独立的首要意义是从君权中独立出来。孙中山指出：“在君主专制国中，黜陟人才悉凭君主一人的喜怒，所以虽讲资格，也是虚文，至于社会共和的政体，这资格的法子正是合用。因为那官吏不是君主的私人，是国民的公仆，必须十分称职，方能任用”。[4] 孙中山精辟地区分了民主共和的考试权和封建君主制的考试权的界限。“中国传统文官制的根本精神是向君主负责，君主握有文官的最高权力。”[5] 民主共和的考试权是向人民负责，人民掌握有考试权。说明他的考试权独立思想是经过调查研究，并结合中国国情实际的理论产物。

考试权独立的第二层含义，是考试权与一般行政权相分离。在谈到考试权独立时，孙中山认为，把考试权附属在行政部门是不能解决问题的，只有考试权独立，任何人不能干预和侵犯，才能真正发挥考试选拔人才的积极作用。他说：“将来中华民国宪法，必要设独立机关，专掌考选权。大小官吏必须考试，定了他的资格，无论那官吏是由选举的抑或由委任的，必须合格之人，方得有效。这法可以除却盲从滥举及任用

① 李进修：《中国近代政治制度史纲》，求实出版社1988年出版，第298页。

② 荣孟源：《中国国民党历次代表大会及中央全会资料》，上册，第17、34页。

③ 《孙中山全集》第11卷，中华书局1986年版，第638页。

④ 《孙中山全集》第1卷，中华书局1981年版，第330－331页。

⑤ 王连升、张元成：《中国传统文官制与西方近代文官制辨异》，《天津社会科学》1989年第4期。

私人的流弊。”①

考试权独立的第三层含义，设立考试院，主管文官的考试、任用和铨叙。这是考试权独立的重要标志，也是文官考试和铨叙的组织机构。1912年2月28日，孙中山《咨参议院议决文官考试与外交官及领事官考试令草案文》说：“任官授职，必赖贤能；尚公去私，厥惟考试。兹当缔造之始，必定铨选之程”。② 这里说的是“考试”和“铨叙”。1914年7月8日，孙中山在亲自起草的《中华革命党总章》里就规定了考试院职掌：“一、考验党员才干而定其任事资格；二、调查职员事功而定其勋绩”。③ 这里第一条说是“任用”，第二条说的是“铨叙”制度的部分内容。1921年1月9日，上海《民国日报》上刊载了孙中山自兼广州军政府内政部长时制定的《内政部新官制》，其中有“文官考试事项”；“地方官吏之任免、奖恤、铨叙事项”；“文官惩戒事项”。同年5月至6月，孙中山颁布和修正的总统府秘书处官制令规定：“关于官吏之任免及铨叙事项”，由铨叙科职掌，后来改为“第三科职掌”。④ 这时，孙中山把任用和铨叙并列相称，也就是说任用和铨叙是两个概念，但又将任用和铨叙归铨叙科执掌。后来，又将任用纳入铨叙的范畴。“铨叙”一词今人已不大使用，它是指对官吏进行考核、甄别、任免、升迁、抚恤等事宜。所以，孙中山关于考试权独立，实际上也是文官的考选、任用、管理的人事权的独立，这与西方文官制度是一致的。

（二）为国举才、德才兼备是文官考试思想的新理念

为国举才，是历代统治者选拔人才的理念。孙中山为国举才，是为了建立资产阶级民主共和国而选拔人才，而不是为封建王朝选拔人才。孙中山把有才识、有才学、有才能的德才兼备的人称作人才。德才兼备、以德为首是孙中山选拔人才的标准。他说“当议员或官吏的人，必定是要有才、有德、或者有甚么能干，才能胜任愉快的。”⑤ 又说：“有

① 《孙中山全集》第1卷，中华书局1981年版，第330页。
② 《孙中山全集》第2卷，中华书局1982年版，第134页。
③ 《孙中山全集》第3卷，中华书局1984年版，第101页。
④ 《孙中山全集》第5卷，中华书局1985年版，第550页。
⑤ 《孙中山全集》第5卷，中华书局1985年版，第501－511页。

才有德的人才能当我们的公仆。”

孙中山所说的德，不是传统的以三纲五常为核心的封建道德，而是以符合“三民主义”、“五权宪法”、资产阶级的民主共和、官吏是人民公仆等思想为价值取向。这就给传统的“德”赋予新的内涵，其主要内容是：

第一，为实现“三民主义”和“五权宪法”而奋斗。孙中山要求部下忠心为国家做事，“明白三民主义和实行三民主义，便是诸君对于国家应该负的责任。”① 忠于“三民主义”的“虽仇可友”，② 而对于那些反对“三民主义”和“五权宪法”的人，其才能再大，也不予录用。

第二，以推翻清王朝的封建统治，建立资产阶级民主共和国为奋斗目标。为了实现这一目标，“至死不变”。他还说：“吾人立志，当国存与存，国亡与亡，如宋代之文天祥，仍可留天地一点之正气。”③

第三，官吏为人民公仆。为了树立起“人民公仆”的思想，孙中山还特地颁布了一道大总统令，要求各地政府都要取消中国官坛传统的“大人”、“老爷”这些称谓。各官厅人员以官职相称，民间普通称呼“先生”或“君”，不得再沿用清朝官厅的称呼。这一礼仪习俗的改变，体现了官民关系新的内涵。孙中山就任临时大总统组织共和国政府后说：“本大总统受国会的付托，总揽全国政权，虽然说是全国的行政首长，实在是全国人民的公仆”，“就是其余文武百官”，也都“是人民的公仆”。④“国民的公仆是为人民服务的”，“人人以服务为目的”。⑤ 有人问孙中山，“若是总统离职后呢?”孙中山回答说：“总统离职后，又回到人民队伍里去，和老百姓一样。”⑥ 这充分体现了孙中山先生的“人民公仆”的思想和谦逊的人品。他强调：国民公仆应该“为国家，为人民，为社会，为世界来服务”，“虽至牺牲生命亦所不惜。”国民公仆不应享有特权，要清廉，在政治上、经济上与国民平等，“一生一世，都不存升官发财的心理，只知道做救国救民的事业，实行三民主义和五权

① 《孙中山全集》第10卷，中华书局1986年版，第19页。

② 《孙中山全集》第7卷，中华书局1985年版，第113页。

③ 《孙中山全集》第4卷，中华书局1985年版，第38页、126页。

④ 《孙中山全集》第6卷，中华书局1985年版，第2页。

⑤ 钱穆：《中山思想之新综析：中山思想要义》，台湾书店1994年版，第155－156页。

⑥ 李凡著：《孙中山全传》，北京出版社1991年版，第105页。

宪法”,[①]“要立心做大事，不要立心做大官。”[②]

孙中山在走上民主革命道路后，视人才是民族振兴和国家富强的根本。他在1894年6月《上李鸿章书》说：“为文官者，其途必由仕学院，为武官者，其途必由武学堂，若其他，文学渊博者为士师，农学熟悉者为农长，工程达练者为监工，商情谙习者为商董，皆就少年所学而任其职。”[③] 他总结历次革命无圆满成功的原因之一，是缺乏军事干部人才。因此，他主张设军事院校，以培养军事干部人才。[④] 他认为进行革命斗争以及夺取政权以后都需要大批的专门人才。他说：“管理政府的人，便要付之于有能的专门家”。“练兵打仗便要用军事家，开办工厂须要用工程师，对于政治也知道要用专门家。”[⑤]

就德与才的关系而言，孙中山把德放在首位。他认为，如果是一位缺德的人，他的才能越大，他就越会用自己的才能，“去夺取人家之利益，渐而积成专制之阶级，生出政治上之不平等。”如果是一位不利己而“重于利人者”，他可以用自己的才能，“以谋他人的幸福”，“每每至到牺牲自己亦乐而为之”。[⑥]

二、人才选拔的途径

（一）文官考试制度

何谓文官？文官的定义有广义和狭义之分，广义泛指文职官员，狭义专指其中的事务官。孙中山的文官考试思想是广义的文官概念还是狭义的文官概念？这是我们必须回答的问题。搞清这一问题，首先要搞清文官考试的对象是什么？讨论这一问题的前提或者说一个重要凭据，是孙中山多次提出一切官吏都要通过考试选拔的思想。其一、1906年12月2日，孙中山说：“将来中华民国宪法，必要设独立机关，专掌考选权。大小官吏必须考试，定了他的资格，无论那官吏是由选举的抑或是

① 《孙中山全集》第10卷，中华书局1986年版，第156、157、293页。

② 《孙中山全集》第5卷，中华书局1985年版，第263页。

③ 《孙中山全集》第1卷，中华书局1981年版，第9–10页。

④ 《孙中山全集》第10卷，中华书局1986年版，第113、114页。

⑤ 《孙中山全集》第9卷，中华书局1986年版，第333、331页。

⑥ 《孙中山全集》第9卷，中华书局1986年版，第298页。

委任的，必须合格之人，方得有效。”① 其二、1918 年，孙中山写作《孙文学说》，阐述他的整个思想学说体系，在谈及中华民国政府的组织形态采取国民大会与五院制时，他说：“国民大会及五院职员，与夫全国大小官吏，其资格皆由考试院定之。”② 其三、1921 年 7 月，孙中山说：“实行了五权宪法以后，国家用人行政都要照宪法去做。凡是我们人民的公仆，都要经过考试，不能随便乱用。”③ 根据孙中山关于共和国的“大总统”和“文武百官”也都“是人民的公仆”的思想④，是否可以理解为包括大总统在内的全国文武百官，都要经过考试才能任用？那么，“大总统”由谁来考试呢？其四、孙中山于 1923 年 3 月在广州建立大元帅府后，多次谈及考试制度的重要。他说：“用人当以资格论，实行考试制度。非经考试合格，不能做官，则吏治自然澄清。”⑤ 根据以上材料，似乎可以看出孙中山文官考试的概念是泛指广义的文官，然而，全面考查一下孙中山的思想，似乎这一结论值得讨论。

根据孙中山“考选之法”“网罗天下英才”的命令，南京临时政府先后制定了《文官考试令》、《文官考试委员官职令》、《外交官及领事官考试委员官职令》、《外交官及领事官考试令》、《法官考试委员官职令》、《法官考试令》等 6 个考试法令草案，以及 1924 年 8 月 26 日中华民国海陆军大元帅孙中山发布命令公布并实施的《考试院组织条例》、《考试条例》和《考试条例施行细则》。⑥ 就考试对象分，可以概括为任命人员的考试和公职候选人的考试。

公职候选人的考试，是孙中山规定的。孙中山为了纠正西方“分赃选举”、“感情选举”、“金钱选举”等弊端，也为了防止民意机关代表成为如同北洋政府时期的“猪仔议员”一类的政客，规定必须经过考试以决定他们是否具有候选人资格，避免选举权的滥用。孙中山在《五权宪法》中指出，考试院的职权是“选拔公务员与公职候选人”，他所说的

① 《孙中山全集》第 1 卷，中华书局 1981 年版，第 330 页。

② 《孙中山全集》第 6 卷，中华书局 1985 年版第 205 页。

③ 《孙中山全集》第 5 卷，中华书局 1985 年版，第 510 页。

④ 《孙中山全集》，第 6 卷，中华书局 1985 年版，第 2 页。

⑤ 《孙中山全集》第 7 卷，中华书局 1985 年版，第 206 页。

⑥ 刘昕、万仁元、赵家骧等主编：《中国考试史文献集》，第 7 卷（民国），高等教育出版社 2003 年版，第 6 – 12 页。

公职候选人包括由选举产生的官员和民意机关的议员等。在1924年1月23日公布的《国民政府建国大纲》第十五条明定："凡候选及任命官员，无论中央与地方，皆须经中央考试铨定资格者乃可。"① 公职候选人的考试，实际上是考试制度和选举制度的结合。有选举不能辨别一个人的才能高低；有考试也不能识别一个人贤与不贤。只有将考试和选举结合起来，通过考试辨其才，由选举判断其品德。这样才能挑选出德才兼备的合格人才。

任命人员考试，按照南京临时政府根据孙中山的命令制定的有关文官考试法规的规定，这类应考人员限制在政务官以及事务官中简任级、荐任级和委任级官员的考试。文官考试分为高等文官考试，及普通文官考试二种。根据广州政府时期孙中山公布施行的有关考试法规：考试种类，分为13种。即荐任文官考试、委任文官考试、外交官及领事官考试、司法官考试、律师考试、法院书记官考试、荐任警官考试、委任警官考试、监狱官考试、中等学校教员考试、小学校教员考试、医生考试、其他特种考试。

孙中山将行政官分特任官、简任官、荐任官和委任官4级。1912年2月9日，孙中山鉴于任用职员分简任、荐任、委任三等，"今各部成立，用人甚多"，乃令法制局长"速将以上三等任官状纸程式及任官规制妥为拟定，呈请核定，以便颁布施行。"② 这里，孙中山没有将特任官和简任一级包括在内。

特任官主要包括国民政府的主席、五院的正副院长、各部部长、国民政府的文官长、参军长、行政院的秘书长、各省主席及驻外大使。简任官主要官员有中央各部的次长、参事、局长；各省行政督察专员、地方各省长、厅长、局长、直属处长、驻外公使、总领事、技术官的技监等。荐任职主要有中央各部和各省（市）的科长、部分科员和地方上的县长、技术官技正。委任职主要人员是中央及地方的科员、技术官技士。

如果从政务官和事务官的角度看，特任官和部分简任官为政务官，主要包括南京国民政府主席、五院的正副院长、各部部长、各委员会委

① 《孙中山全集》第9卷，中华书局1986年版，第128页。
② 《孙中山全集》第2卷，中华书局1982年版，第70页。

员长、驻外大使、各部的政务次长、副委员长及各省政府主席等官员，政务官一般不由考试院任用。部分简任官、荐任官、委任官，主要从事事务性工作，包括秘书人员、办事员、法官和政府中、低级官员，此外还包括技术类人员和雇员才由考试院考试录用。

综上所述，孙中山构想的文官考试的对象，不包括特任官和部分简任官的考试，只包括少数政务官的考试，其主体是对事务官的考试。

（二）选举和委任制度

在孙中山的心目中，广义概念的文官选拔制度，或者说行政官员的选拔制度，除考试制度外，还有选举制度和委任制度。尽管他总结了中国和外国的人才选拔制度，指出选举制、委任制有弊端，主张用考试制度补救之，但是，他还是运用了选举制度和委任制度。

文官考试制度是孙中山“五权宪法”学说的重要组成部分。孙中山在1917年至1918年撰写的《建国方略》中，对有关“五权宪法”的制定及内容提出如下原则：

> 以五院制为中央政府：一曰行政院，二曰立法院，三曰司法院，四曰考试院，五曰监察院。宪行制定之后，由各县人民投票选举总统以组织行政院，选举代议士以组织立法院，其馀三院之院长由总统得立法院之同意而委任之，但不对总统、（立）法院负责，而五院皆对于国民大会负责。各院人员失职，由监察院向国民大会弹劾之；而监察人员失职，则由国民大会自行弹劾而罢黜之。国民大会职权，专司宪法之修改，及制裁公仆之失职。国民大会及五院职员，与夫全国大小官吏，其资格皆由考试院定之。此五权宪法也。①

据此，可见孙中山“五权宪法”的要点是，如果从文官选拔的角度看，至少有以下三点：第一，从选举制度看，由各县选出的一位代表组成国民大会，制定“五权宪法”。在制宪之后，国民大会专门行使修改宪法和制裁失职公仆的职权；由各县人民投票选举总统以组织行政院，选举代议士以组织立法院。第二，从委任制度看，除行政院、立法院以

① 《孙中山全集》第6卷，中华书局1985年版，第205页。

外、司法院、考试院、监察院的院长采取委任制决定。第三，从考试制度看，国民大会和五院职员，以及全国大小官吏之资格，概由考试院决定。这里，孙中山明确提出了除考试制度以外，还有选举制度和委任制度。

孙中山为旧金山致公堂起草的“重订新章要义”，规定以“选举贤能”、“公举议员”为“第一要事”，其“行事各员”采用无记名投票的方法选举产生，中文、外文书记和委员“皆由总理委任”。①

他主张中国同盟会“设总理一人，由全体会员投票公举。四年更选一次，但得连举连任”。本部设执行、评议、司法三部，总理“指任”执行部各科职员，“并分配其权限”，直接掌控行政系统。按省设立分会，“公举会长，但须受本部之统辖”。会员“皆得选举、被选举为总理及议员及各地分会长，被指任为执行部职员及支部部长。”②

同盟会领导的辛亥革命，推翻中国的君主制度，成立南京临时政府，选举孙中山为中华民国临时大总统。为了组建临时政府，临时大总统孙中山任命了一大批政府官员，这已成为不争的事实。1912 年 3 月 11 日，临时大总统孙中山公布的《中华民国临时约法》规定：参议院由全体参议员组成，参议员由各地方选派。“参议院议长，由参议员用记名投票法互选之，以得票满投票总数之半者为当选”。③ 4 月 1 日④，临时大总统公布的《参议院法》，规定了当选参议员的资格，规定参议院有制宪、立法、选举和弹劾大总统、副总统等权力。

孙中山手书：中华革命党选举总理、协理各一人。“本部各部长、职员悉由总理委任”，“各地支部长由各地党员推荐，总理委任”，协赞会设会长副会长各一人，“由总理委任”。⑤

孙中山将中华革命党改组为中国国民党后规定：中国国民党设总理一人，“总理由大会选举”；中国国民党的总务部、党务部、财政部的主

① 《孙中山全集》第 1 卷，中华书局 1981 年版，第 262 页。

② 邹鲁：《中国国民党史稿》，（台湾）商务印书馆 1976 年版，第 38 页。

③ 《中华民国史档案资料汇编》第 2 辑，江苏古籍出版社 1991 年版，第 108 页。

④ 原文为 3 月 2 日系 4 月 1 日之误。

⑤ 孙中山说：“凡属党员，皆有赞助总理及所在地支部长进行党事之责，故统名之曰协赞会”，《孙中山全集》第 3 卷，第 98、99、100 页。

要负责人，“由总理任定”,[①]“各部长、副部长、干事长、干事，悉由总理委任”，“各地支部长，由各地党员推荐，总理委任”。[②]还规定“总支部于该特定区域内，有党员十分之一以上署名，得提起设立、改正、废止总支部一切规程，并罢免理事、总干事以下各职员之案，请求该区全体党员投票”，“用记名投票法。”[③]

1922 年 9 月 4 日，孙中山在上海召开改进国民党的会议，随即指定有共产党人参加的改进案起草委员会，推定宣言起草人，并于 1923 年 1 月 1 日，发表了《中国国民党宣言》。1924 年 1 月 23 日，中国国民党第一次全国代表大会在广州召开，孙中山提交给代表大会审查通过了《中国国民党第一次全国代表大会宣言》和《国民政府建国大纲》。上述两个宣言和建国大纲中关于选举制度有了新的规定：一、“实行普选制度，废除以资产为标准之阶级选举制度”。“以人民集会或总投票之方式，直接行使创制、复决、罢免各权。”[④]二、确定县为自治单位，自治之县，其人民有直接选举及罢免官吏之权，有直接创制及复决法律之权。三、各省人民得自定宪法，自己选举省长。四、“宪法颁布之后，中央统治权则归于国民大会行使之，即国民大会对于中央政府官员有选举权、有罢免权，对于中央法律有创制权、有复决权。”[⑤]

1923 年 1 月 2 日，孙中山指出：现在中国国民党的总章已通过了，我们便要照着实行，但实行还得要人。现在需要的“干部职员太多，依总章，现在代表会未成立以前，都由总理任命。但我一人那能想出这多适当人材，只好请大家不拘方式，任意推荐，以备参考。”[⑥]

总而言之，孙中山选拔文官的方法，不论是从他的“五权宪法”学说看，还是从他的革命实践看，不外乎考试制度、选举制度和委任制度，当然，考试制度是文官选拔的主要制度。

---

① 《孙中山全集》第 5 卷，中华书局 1985 年版，第 129 页。
② 《孙中山全集》第 5 卷，中华书局 1985 年版，第 402 页。
③ 《孙中山全集》第 5 卷，中华书局 1985 年版，第 417 页。
④ 《孙中山全集》第 7 卷，中华书局 1985 年版，第 3 页。
⑤ 《孙中山全集》第 9 卷，中华书局 1986 年版，第 129 页。
⑥ 《孙中山全集》第 7 卷，中华书局 1985 年版，第 7 页。

三、选拔人才的机制

(一) 育才有道

孙中山认为：国家的兴盛，有赖于人才。在全国普及教育，教养有道，是培养人才的根本途径。1890 年，他强调：中国要富强，必先从普及教育做起。“多设学校，使天下无不学之人，无不学之地。”“国家安得而不强哉！”① 孙中山坚定了推翻清政府的决心后，把办学校培养军官作为首要任务。1894 年，他在檀香山创办了第一所军事学校——“华侨兵操队”。1903 年以后，他又在东京秘密创办了革命军事学校。中华革命党成立后，他设讲习所，以培养政治、军事人才。他曾推荐谭根、伍平一前往南洋各埠举办飞行表演，以“醵集资财，成立学校，作育真才。”② 1911 年 12 月 31 日，孙中山应上海南洋大学堂堂长唐文治之请，在赴南京就任临时大总统前夕，莅临该校向师生们发表演讲，他指出：“革命胜利以后，百废待举，需才殷切，勉励大家要立志献身于国家的建设事业，并成为将来建设的中坚。”③ 南京临时政府建立后，他着力使当时处在停办状态的学校复学。他还主张建立现代的从幼稚园到小学、中学和大学的普通教育体系；实行职业教育、加强社会教育、重视女子教育、提倡义务教育，扩大留学教育，建立教育机制，培养国家需要的各类专门人才。他指出：“学校者，文明进化之泉源也”。学校之目的，在于“读书、识字、学问、知识之外，当注重于双手万能，力求实用。”④ 孙中山认为，教育是建国的基石，教育必须与政治理想、经济建设、中国的国情相结合，才能造就国家需要的有崇高道德和思想品格及真本领的人才。“就是在这种思想指导下，孙中山于 1925 年亲手创办了广东大学（中山大学的前身）和黄埔陆军军官学校，培养文武两方面的

---

① 《孙中山全集》第 1 卷，中华书局 1981 年版，第 2 页。

② 谭根，原肄业于美国航空学校，1914 年曾被孙中山委任为中华革命军飞机队队长。伍平一，曾任中华革命党菲律宾联络委员。

③ 据上海《交通大学校史》，上海教育出版社 1986 年版，参见陈旭麓、郝盛潮主编：《孙中山集外集》，上海人民出版 1990 年版，第 47 页。

④ 孙中山：《地方自治实行法》，《建设》杂志第 2 卷第 2 期，1920 年 3 月 1 日出版。

人才，用行动去实践他的兴学育才人才观。”①

（二）任用得法

选拔了文官如何任用？孙中山除了提出分清“任官与赏功之界限”、厚俸养廉等思想外，最重要的就是任人唯贤、用人所长、任用得法等思想。

任用得法，即建立文官任用制度。南京临时政府根据孙中山的命令制订的《任官令草案》对文官任用的资格和文官任用的方式作了具体的规定。关于文官任用的资格。简任官的任用须具有下列资格之一：曾任简任官非因惩戒休职，或因惩戒休职已至 2 年以上者；曾任荐任官 2 年以上，非因惩戒休职，或因惩戒休职 2 年以上者；受高等文官考试，而有合格证书者；曾为国会职员，或现为国会议员者。荐任官除前条列举外，有下列资格之一者可以任用：曾任荐任官非因惩戒休职，或因惩戒休职 2 年以上者；曾任委任官 2 年以上，非因惩戒休职，或因惩戒休职 2 年以上者。委任官除以上列举的资格外，有下列资格之一者可以任用：曾任委任官非因惩戒休职，或因惩戒休职 2 年以上者；应普通文官考试，而有合格证书者；雇员在同一官厅服务至 5 年以上，经普通文官考试之铨衡认为适任者。②

关于文官任用的方式。凡 2 人以上同有受任资格者，任用有文官考试合格证书者。同有此项证书的，任用曾任官职者。同曾任官职的，任用等级最高者。等级相同的，任用未受惩戒者。凡官吏具有特别学术技艺者，除考试令及其他规定外，在高等官则经高等文官考试委员之铨衡，在委任官则经普通文官考试委员之铨衡，而后任用。凡荐任官，须由推荐者提出可以证明本人品格才能的证书。其中委任官的证书，由本人提出。任用官吏，须交付任状。简任官的任状，由大总统亲署钦印、内阁总理副署后，以亲任式交付之。荐任官由内阁总理，或主任之国务卿，及其他有推荐职权者，经由内阁总理，或主任之国务卿推荐之。荐任官的任状，由大总统亲署钦印、内阁总理或主任之国务卿副署后，由推荐者交付之。委任官的任状，由有委任职权者署名钦印后，自交

---

① 林家有：《评孙中山的人才观—以兴学育才为中心》，《中山大学学报论丛》1995 年第 5 期。

② 上述任用资格，一等简任官不在此例。

付之。

（三）监察有方

考试权独立的目的是选贤与能，任贤与能，使政府中的人员贤能，更好地为人民做事。但是这些人并非全部都是贤与能的。孙中山认为，虽经严格考试，也避免不了有不称职的人员担任政府官吏。此外，他还认为，权力是需要制约的，因此必须设立监察制度。孙中山的文官监察思想，除了建立独立的监察制度外，还体现在保障人民的监察权和政党的监察权等三个方面。

一是设立独立的监察机关，行使监察全国官吏之权、职司风纪，使官员能尽其责，防止政府机关的腐化。监察权独立，是孙中山“五权宪法”学说之一。所谓监察权独立，就是设立专门职能机关行使监察权，及时监察或罢免不称职官员。如果监察机关不独立，便会缺乏权威性，成为空洞的摆设。孙中山反复研究西方议会制度，发现议会掌握纠察权和弹劾权。往往会造成“议会专制”的现象，“在立宪各国，没有不是立法机关兼有监察的权限，那权限虽然有强有弱，总是不能独立，因此生出无数弊病。比方美国纠察权归议院掌握，往往擅用此权，挟制行政机关，使他不得不俯首总命，因此常常造成议院专制”，① 不能达到行政独立的目的。这一弊疾在司法方面危害甚大，“裁判人民的司法权独立，裁判官员的纠察权，反而隶属于其他机关之下，这是不恰当的”。② 孙中山主张用中国传统的监察制度来弥补西方监察权归于议会的弊病。他说：“吾国动言复古，独余数千年前由此弹劾、考试二种良善制度，而不能实行奉行，宁可不惜！吾今主张五权分立制以救三权鼎立之弊，论其理由，非立谈可罄，假以岁月，当博考西籍，汇为一编，以资贡献。异日吾国果能实行此制，当为世界各国所效法焉。”③ 他强调：“监察权”“亦得独立”。④ 因此，他所主张的监察权是在“五权宪法”框架之中的，监察权作为治权之一，独立于立法机构和行政机构。在组织上，设

---

① 《孙中山全集》第1卷，中华书局1981年版，第331页。

② 《孙中山全集》第1卷，中华书局1981年版，第320页。

③ 《孙中山先生游杭记》，上海：《民国日报》，1916年8月20日。

④ 陈旭麓、郝盛潮主编：《孙中山集外集》，上海人民出版1990年版，第35页。

监察院，统一行使对国家权力的全面监察。监察院是全国最高的权力监督机关，“专门监督国家政治，以纠正其所犯错误，并解决今天共和政治的不足处”。[①] 1922 年，根据孙中山指示，由叶夏声拟定的“五权宪法”中的监察院职权规定：一、监察各院长及所属一切官员之行检。二、监察各院长及所属一切官员之违法、渎职及其他不法行为。三、大总统有谋反及违反宪法时，即提出弹劾，并组织特别法院审判之。四、管理人民关于罢免权之请愿。但是，监察院只有弹劾权而无直接的惩戒权，制裁百官的权力在国民大会。

二是保障人民监督政府和官吏的权力。孙中山主张人民有直接的民权，对那些不遵守国家法律，不服从人民意志，贪污中饱的劣吏，对那些志大才疏、素食尸位的庸吏，人民有权随时撤换。各级官吏既然是人民的公仆，就必须对人民负责，接受人民的监督。孙中山多次指出，人民对官吏有选举权与罢免权，这是两项最重要的民权，“这两个权是管理官吏的，人民有了这两个权，对于政府之中的一切官吏，一面可以放出去，又一面可以调回来，来去都可以从人民的自由。”[②] 这种崭新的民主政治思想与官民关系，如孙中山所说：“为我国有史来所未有之变局，吾民破天荒之创举也。”[③] 孙中山强调：县以下实行地方自治，人民直接行使选举官吏、罢免官吏、创制法案、复决法案四权监督政府，县以上，人民通过国民大会对监察权等进行监督。

三是接受多党的监察。孙中山主张实行两党制，通过民众选举，两党互为进步，执政党掌握政权，在野党监督政府，彼此扶持，监督协作，以促民权之发达。他指出，“吾国皇帝亦有圣明之主，而吾国政治无进步者，独裁之弊也。故欲免此弊，政党之必有两党或数党互相监督，互相扶助，而后政治方有进步。”[④] 他主张以党御政。以政党的力量约束、限制政府的力量，达到以党治国之目的。“文素树以党治国之义，故视党极为重要。”[⑤]

---

① 《孙中山全集》第 1 卷，中华书局 1981 年版，第 320 页。
② 《孙中山全集》第 9 卷，中华书局 1986 年版，第 350 页。
③ 《孙中山全集》第 6 卷，中华书局 1985 年版，第 211 页。
④ 《孙中山全集》第 2 卷，中华书局 1982 年版，第 408 页。
⑤ 《孙中山全集》第 6 卷，中华书局 1985 年版，中华书局 1985 年版，第 573 页。

建立监察制度，体现了“要防止滥用权力，就必须以权力约束权力”的思想。这一思想，闪烁着时代的光辉。因为权力是需要制约的，权力拥有者，一旦失去制约，很快就会由“人民公仆”变成人民是他们的公仆。没有约束的权力，必然导致权力滥用，而权力滥用的结果，必然导致社会腐败之风日盛。

四、人才选拔思想的作用和贡献

（一）完成了科举考试到文官考试的对接

孙中山的文官考试思想，体现了他的创新精神，体现了他洋为中用，古为今用的优良品质，也展示了他打破旧世界建立新社会的革命家气概。

首先是对文官考试制度的独创。创新是在前人基础上的创新。他弘扬了我国历史上的科举考试制度的优良传统，称赞我中国古代的科举考试是“一个很好底制度”。他说“举行考试的时候，将门都关上，认真得很，关节通不来，人情讲不来，看看何等郑重。”① “无论平民贵族，一经考试合格，即可作官，备位卿相，亦不为僭。”② “凭考试取功名，实平等已极”③。孙中山在这里所说的“平等”，当然不是指平民子弟“平等”地受到教育，而是指在统一的知识标准下，科举制毕竟为庶民子弟的入仕提供了可能，打破了贵族对政治的垄断。

他还论述了我国的科举考试制度对世界文明的贡献。他在考察欧美各国考试制度后指出：“现在各国的考试制度差不多都是学英国的。穷流溯源，英国的考试制度原来还是从我们中国学过去的。所以中国的考试制度，就是世界中最古最好的制度。”④ 他的论述是非常正确的。英国文官制度的创建人诺斯科特和杜维廉两人也证实，他们在19世纪50年代提出并在英国实行的“公开竞争——公平考试”的文官选拔制度，就是从中国学过去的。

---

① 《孙中山全集》第5卷，中华书局1985年版，第493页。
② 《孙中山全集》第3卷，中华书局1984年版，第347页。
③ 《孙中山全集》第4卷，中华书局1985年版，第332页。
④ 《孙中山全集》第5卷，中华书局1985年版，第511页。

他对科举制度的废除也有独到的见解。自隋朝确立的科举制度行使了一千三百多年，是在 1905 年废除的。当时，废除科举的主要理由是“科举一日不废，即学校一日不能大兴”。[①] 对于科举制度废除的原因，目前学术界也有不同的看法。孙中山当时就说“往年罢废科举，未免因噎废食，其实考试之法极良，不过当日考试之材料不良也。”[②] 他还说：“中国自世卿贵族门阀荐举制度推翻，唐宋厉行考试，明清尤峻法执行，无论试诗赋、策论、八股文，人才辈出；虽所试科目不合时用，制度则昭若日月。”[③] 这也就是说，废除科举制度，并不是说考试制度本身一无是处，考试制度是好的，只不过考试的内容不好。他主张剔除封建主义的考试内容，用资产阶级民主共和的精神和近代人文社会科学和自然科学技术作为考试的内容，是难能可贵的。

他说：“考试本是一个很好的制度，兄弟亡命海外的时候，考察各国的政治宪法，见［觉］得考试就是一件补救的好方法，这个方法可算是兄弟个人独创出来的，并不是从外国学者抄袭的。”[④] 他还不满意当时英美国家业已实行的文官考试制度（即仅有事务官必须通过考试来选拔，而政务官仍通过选举来确定），因为“它只能用于下级官吏……虽稍有补救，也是不完全的”。[⑤] 于是，他主张把考试制度推广至西方文官制度中的政务官、即候选人也要经过考试才能取得被选举为人公仆的资格。

其次是对文官监察制度的创造。孙中山称赞中国古代的监察制度“是一种很好的制度。”[⑥] 他是想以中国的监察制度疗救西方三权宪法中弹劾权的弊端。但是，他并不是沿袭中国封建社会的监察制度，而是批判地吸收，在传统监察制度上有所创新。他指出：封建专制政体的监察制度“亦不过君主的奴仆，没有中用的道理”，[⑦] 其所做的一切都是为维

① 袁世凯、张之洞：《奏请递减科举折》（光绪二十九年二月十五日），《光绪政要》卷 29；又见杨学为、朱仇美、张海鹏等主编：《中国考试制度史资料选编》，黄山书社 1992 年版，第 428 页。

② 《孙中山全集》第 4 卷，中华书局 1985 年版，第 332 页。

③ 《孙中山全集》第 1 卷，中华书局 1981 年版，第 445 页。

④ 括号里的字是引者加的。原文见《孙中山选集》下卷，人民出版社 1957 年版，575 页。

⑤ 《孙中山全集》第 1 卷，中华书局 1981 年版，第 330 页。

⑥ 《孙中山全集》第 5 卷，中华书局 1985 年版，第 507 页。

⑦ 《孙中山全集》第 1 卷，中华书局 1981 年版，第 331 页。

护封建专制制度，维护君主一己之私的，而人民则无任何权利。他说：

> 专制的时候，人人俱受官府监督，共和政体，人人皆是主人。二者比较，比譬营商，专制政体乃东家一人之生意，无论若干伙计，所得利益尽归东家一人，且如伙计，又皆受东家一人管辖；共和政体则不然，犹如合资营业之公司，人民尽属股东，公司赔赚，各股东自然痛瘠［痒］相关，各股东不但有监查公司之权利，且对公司负有出资之义务。①

他非常深刻地揭示了封建专制体制的监察制度，是为封建专制君主的私利服务的，而人民则是处于被监督，被奴役的地位，只有义务，没有任何权利；而共和政体监察制度则人民享有监督政府的权力。这是封建专制体制的监察制度和共和政体监察制度两者本质属性的不同。

再次是对“五权宪法”的独创。考试制度和监察制度，是“五权宪法”的重要组成部分。孙中山对于“五权宪法”思想的形成是颇为自豪的，他一再说：“五权宪法是兄弟所独创”，“是我研究各国宪法，独自思想出来的”，因为“这不但是各国制度上所未有，便是学说上也不多见，可谓破天荒的政体”。② 确切地说，孙中山的这种“发明”，就是他学习西方又结合中国国情的产物，是在前人基础上的创新。

孙中山的文官考试思想，是在我国科举制度废除的背景下提出来的。科举制度的废除，有如发生一场强烈的社会大地震。由于科举考试一直以儒家经典为范本，科举制度的废除，使国家维系儒家文化正统地位的手段丧失了，进一步动摇了传统封建社会的基础，导致了我国历史上传统文化资源与时代的价值之间的最大一次的文化断裂。

科举制度的废除，一方面使得大批士绅知识分子失去了通过原有的儒学知识获取功名；另一方面，由于新式学堂受到办学条件的限制，在短时间里无法建立与科举考试相对应的文官考试制度，又由于受到年龄、知识结构、经济能力等条件的制约，大批士绅知识分子又无法进入新学堂。这些既无法通过科举取得功名、又无法进入学堂的“无根人”，成为对社会政局稳定极具破坏力的“游民阶级”。

---

① 《孙中山全集》第2卷，中华书局1982年版，第479页。

② 《孙中山全集》第1卷，中华书局1981年版，第331页。

废科举亦非有效的改革，因为废科举不但没有达到“补救时艰”，挽救时局的目的，反而使中国官员选拔制度陷入无序状态，在新旧规制中间本该有的过渡锁链被突然断开了。

科举的首要功能是选拔国家后备官员。在科举制度废除的一段时间里，我国一直未能重新建立起公开、刚性和程序化的选官制度。当时，我国官员选拔制度甚至倒退到科举以前诸形态，废科举这项巨大的社会工程，也由于操作衔接环节的失误，向政府的效绩索取了高额的代价，直到孙中山文官考试理论和实践的形成，文官选任制度的真空才得到填充。孙中山对中国考试制度的主要贡献，是完成了从科举考试到文官考试的对接。①

（二）奠定了我国文官制度的基础

孙中山的文官考试思想，奠定了我国文官制度的基础。我国文官考试，始于民国时期，民国文官考试制度的理论是孙中山确立的。

孙中山的文官考试思想和他下令规划、公布的考试法规，不少重要内容后来为北京政府和南京国民政府所沿用。例如南京临时政府时期的文官考试委员会，就是考试院的前身。在广州政府时期，孙中山公布施行《考试院组织条例》，是成立考试院的法律依据。而考试院的成立，是考试权独立的重要标志。但是民国建立后，无论南京临时政府还是北京政府，都没有把考试权独立出来，这是因为当时人们不懂得孙中山的“五权宪法”理论。到了南京国民政府时期，成立了“行宪”前的考试院和“行宪”后的考试院，考试权才真正独立起来。又如，孙中山将行政官分特任官、简任官、荐任官和委任官 4 级，也为北京政府所继承。袁世凯于 1912 年 10 月公布《中央行政官等法》，把行政官员分为特任、简任、荐任、委任四等，前三种称高等文官，最后一种称普通文官。1913 年 1 月，袁世凯又公布《文官考试法草案》，后来南京国民政府公布“考试法”，都是对《文官考试令》的继承。《文官考试令》就是《考试法》的前身。可以说，北洋政府和南京国民政府在确定文官制度时，有的是孙中山下台前已产生了草案尚未来得及咨交参议院审议，后

① 郑若玲：《科举学：考试历史的现实观照》，《厦门大学学报》2000 年第 4 期；萧功秦：《从科举制度的废除看近代以来的文化断裂》，《战略与管理》1996 年第 4 期。

来被北洋政府所承认；有的是孙中山公布的文官考试法规；有的是孙中山文官考试思想的重要内容，同样被南京国民政府所采纳。例如袁世凯于1912年10月公布《中央行政官等法》，把行政官员分为特任、简任、荐任、委任四等，前三种称高等文官，最后一种称普通文官。1913年1月，袁世凯公布《文官考试法草案》。规定文官考试分为高等考试与普通考试，每一次考试均由典试委员会主持进行，等等。这些均被后来的南京国民政府所因袭。

与文官考试相辅相翼的是文官铨叙制度，它们构成了南京国民政府考试院的基本职权。

（三）为提高行政的高效率和奠定民主政治的基础作出了贡献

首先是民主、高效、科学的政府管理思想。要进行社会管理和建设，需要有权威、有效能的政府。这不仅可以从中国古代一直存在着的“学而优则仕”和“贤人政治”之中反映出来，也可以从近现代出现的“专家治国”之中反映出来。百余年来，世界各国政府逐渐加强了政府组织建设和管理。为确保行政的高效率，加大了通过考试选拔有才华的文官进入国家各个部门的力度，以完成国家机器所担负的各种行政任务。

孙中山的文官考试思想正反映了这种趋势。他认为，建立民主、高效、科学的政府，关键在于选拔和任用官吏，国家机关由大小各种官吏来管理运转，官吏的好坏、称职与否直接影响到提高国家机关的领导效能、决策效能和工作效能，直接关系到为人民服务的成败利钝。他不仅主张通过考试而且通过选举、委任等制度选拔德才兼备的人才来掌握国家政治大权，在各级政府各职能部门，让有业务专长的专家参与治国，以发挥各类人才的聪明才智，提高整个官员队伍的素质，保证官吏成为人民公仆而不至于成为人民的官老爷，保证在行政、立法、司法等国家活动中，使官吏依法为人民办事，而不徇私枉法，而且他提出了“五权分立”的原则，强调建立真正保障民权的“万能政府”。笔者认为，孙中山的“五权分立”主张虽没有超出资产阶级的分权原则范畴，我们不主张分权，但是我们撇开其理论基础，专就他主张建立相应的考试制度和监督制度以及相关的制衡措施，保证人民民主权利真正得以实现，防止官僚主义产生，预防腐败现象发生，提高政府工作效率、改进机关工作作风有其重要的意义。这种闪烁着民主和科学的政府管理思想，不能不说是体现了政府管理的上述规律。①

其次是用考试来促进地方自治，奠定了民主政治的基础。在孙中山的政治构想中，地方自治是与“人民自治”或“民治”等同的政治概念。他提出地方自治，目的在于培养国民的政治积极性和参政议政的能力，由人民管理国家真正成为国家的主人，过渡到为“直接民权”创造条件。人民如何行使直接民权？孙中山设计了两个步骤：

第一、以县为行使直接民权的自治单位，各县实行自治。在孙中山看来地方自治的应办之事，依照《地方自治实行法》，共有清户口、立机关、定地价、修道路、垦荒地和设学校等6项工作。这6项工作卓有成效后，再逐渐推广到其他事项。按照孙中山的构想，地方自治组织不仅要有政治功能，而且要有经济功能，地方的一切事情均可解决。因长期受帝制奴役的人民不知道如何行使主权，因而推行地方自治的步骤必须是自上而下的：在国民党夺取政权的军政时期完成后，应实行“训政”，训练人民行使自治权力，完成地方自治。根据《国民政府建国大纲》的规定，“政府当派曾经训练考试合格之员，到各县协助人民筹备自治。其程度以全县人口调查清楚，全县土地测量完竣，全县警卫办理妥善，四境纵横之道路修筑成功，而其人民曾受四权使用之训练，而完毕其国民之义务，誓行革命之主义者，得选举县官以执行一县之政事，得选举议员以议立一县之法律，始成为一完全自治之县。”②

第二，全国平定6年后各县已达到完全自治时，每县推举1名国民代表组成国民大会，由国民大会来行使“四大民权”直接管理政府。继由各县人民投票选举总统以组织行政院，选举代议士以组织立法院，全国施行宪政。届时各县实行直接民权，人民对于本县政治，享有普遍的选举权、罢官权、创制权和复决权。而对于全国政治除选举权之外，其余之同等权则付托于国民大会的代表以行之。地方自治实施之时，即选举、罢免、创制和复决四大直接民权实现之时。

① 王英津：《孙中山五权分立思想新探》，《文史哲》2001年第4期（总第265期），第91－97页。

② 《孙中山全集》第9卷，中华书局1986年版，第127页。

用考试来促进地方自治，奠定民主政治的基础，使人民真正成为国家的主人，这“实为古今中外政制所无，而为五权宪法之特色”[①]。应当指出：孙中山所说的“人民”或主权在民的“民”，在不同的时期有不同的内涵。在他的旧三民主义时期，是包括不分阶级的所有中国人；在他的新三民主义时期，是包括工人、农民、城市小资产阶级和民族资产阶级，这四个革命阶级是国家的主人，国家的主权就属于他们。

同时，也应当指出：孙中山的文官制度思想，也反映了他作为资产阶级革命家的局限性。他看到了西方资本主义国家尤其是到帝国主义阶段所出现的金钱选举等种种积弊以及三权分立制度的不足，因而他想用五权分立的政治体制对之进行补救和改良。可是资本主义制度从本质上说仍然是人剥削人的社会，而他没有从根本上意识到资产阶级专政的落后性，没有认识到只有创建没有剥削没有压迫的人民当家做主的社会主义制度才能建立真正的民主国家，以至于没有从国体上着手解决资本主义制度所面临的问题。因此，他不可能从根本上解决中国的社会问题，中国革命只能用新的无产阶级思想马克思主义作指导才能建立真正的共和国家。另外，孙中山的文官制度思想中也含有许多欠科学、甚至自相冲突的方面。例如，代表民权的“国民代表大会”，其代表是民选的，而行使立法权的“立法院”的议员也是民选的，但后者必须对前者负责。这说明人民自己选举的代表，一部分可以代表他们行使民权，而另一部分代表则不能。在理论上这是一个矛盾的论题。[②]

总之，孙中山的文官考试思想，是对我国文官制度的理论创新，为我国建立近代化的文官制度奠定了基础，同时也为今天的公务员考试制度提供了借鉴。

---

① 陈之迈：《中国政府》，第2册，商务印书馆1945年版，第201页。

② 王人博：《宪政文化与近代中国》，法律出版社1997年版，第350页。

第十章 中国近现代文官考绩制度研究

一、公务员的考绩

1929年11月4日，南京国民政府颁布了现代意义上的第一部公务员考核法规——《考绩法》。

1934年国民党中央政治会议行政法规整理委员会，建议修正，1935年6月28日立法院例会通过修正案，1935年7月16日再由国民政府公布了《公务员考绩法》，同年10月30日公布《公务员考绩法施行细则》，同年11月1日公布《考绩委员会组织通则》和《公务员考绩奖惩条例》。同年11月2日，国民政府训令各机关于同年11月1日起，一律依法举行考绩，是为南京国民政府正式实施考绩之始。

抗战时期，为适应抗战的需要，1939年12月8日国民政府公布了《非常时期公务员考绩暂行条例》，1943年2月26日修改为《非常时期公务员考绩条例》。

抗战胜利后，1945年10月30日国民政府正式公布了《公务员考绩条例》，同年11月24四日考试院公布《公务员考绩条例施行细则》

1949年1月1日总统令公布施行《公务人员考绩法》，当时大陆即将解放，该法未能实施，至1954年4月9日在台湾重新公布施行。共21条。可见，南京国民政府在不同的历史时期根据现实需要颁布了一系列的考绩法规，努力使公务员考绩有法可依。

（一）公务员考绩的种类

公务员考绩分为年考和总考两种。“一、年考，就各该公务员一年成绩考核之。二、总考，就各该公务员三年成绩合并考核之。年考于每年十二月行之，总考于各该公务员第三次年考后行之。”“年考由各机关依考绩表所定，分别考核，报由铨叙部登记。总考由铨叙部行之。考绩之标准及考绩表之格式，由考试院定之。”①

1935年的《考绩法》与1929年的《考绩法》相比较，有两点修正：

第一，将考绩期间改为一年一次，并增加了三年总考制。为什么这样改呢？因为：原法第三条规定“公务员之考绩，每年分为二次，于六月十二月行之”，而第七条规定“铨叙部于每年度终了，将各次考绩表审核完毕，评定等级分别决定奖罚”，似此则实际考绩，每年仍为一次，不过其间多一次送表周折。此项办法，于考绩本身，固少实际作用，而在办理手续上，亦未免略嫌繁复。且以时间短促，在边远省区，恐将因赶送表册之故，亦难免草率从事。兹为办理便利起见，拟仍根据原法精神，更定为一年年考，三年总考制。如此则每年填送表册，手续次数，既可省略，而年考与总考之奖罚，亦各有轻重等差之别。庶可于简捷审慎之中。藉收振奋惕厉之效。

第二，年考权有了很大的变化，即由铨叙部执行年考到各机关自行执行年考的转变。在《考绩法修改意见及理由》中讲到此种改变的原因是：根据孙中山均权之精神，“将年考奖罚决定之权，付诸各机关，本部仅为最后之审核登记。总考决定之权，完全操之本部。所以如此规定者，盖以全国机关之多，公务人员之众，若年年考绩，均归本部直接办理，不但审核困难，且将各机关长官考核属员之权，完全剥削，事实上亦恐窒碍难行。”“在公务员方面，三年一次总考，由本部核定其等级奖罚，亦可新其视听，振其精神，藉收考绩之效。”②

（二）公务员考绩的标准

公务员考绩的标准依公务员平日工作、学识、操行三项分别以分数定之，总分100分，每项最高分：工作50分，学识25分，操行25分。③

---

① 《公务员考绩法》，国民政府第1816号指令，1935年7月16日公布。《国民政府公报》第1795号，1935年7月17日。

② 铨叙部编：《铨叙年鉴续编》（1931—1933），南京大陆印书馆1934年版，第259页。

③ 徐百齐编：《中华民国法规大全补编》第5册，商务印书馆1937年版，第80－81页。

公务员考绩标准的特点：简单、概括、对工作的重视。

一是简单。这是考绩制度成功的初步条件，否则无论如何合于科学，一到考核员的手内就变得不可通行。现制考绩标准仅有这简简单单的三项，实在是很聪明的办法。

二是概括。这三项标准同样的适用于被考绩的各类依法任用的简、荐、委任公务人员，毫无差异。依照1935年国民政府第840号训令看来，所有行政人员、技术人员、司法人员、警务人员、税收人员、公企人员，一概适用这三项标准。这也1935年考绩法特别的地方。

三是对工作的重视。工作一项为什么重要？因为评价公务员效率时，我们所最关心的是他的工作结果的数量与质量，换句话说，就是他的生产力。“一个人的工作成绩之所以好，一定有一部分的原因是能力优良。所以从工作成绩方面去考核，与从各类能力方面去考核一样，勿庸另外就各类能力分别考核。并且表现在工作上的能力，才是国家所需要的。否则，无论能力有多大，政府没有奖励的必要。”①

（1）工作考绩表说明第一项说，“本表标准及分数栏内之”“工作”应根据“勤惰摘要”及“工作概况”两栏所载，定其分数。先谈“勤惰摘要”栏，该栏所列各项，为请假、旷职、迟到早退。有人认为，这四项“可作为惩戒的事由，而不能作为考绩的标准。”② 再说“工作概况”栏，参照填表须知丙项第一条，“本栏内，应按各该公务员一年内实际工作状况，依其掌管职务之性质，予以翔实填载。”这种记载，由长官负责填写，在事实上就有几点困难。第一是记忆问题，一年的时间，要凭空追忆某公务员在一年之内所办理的事项，并且翔实的记载出来，这在固定的例行工作，诚然不很费事，但在当时很多工作都不规范的情况下，也是不易之事。如果其属员超过几十人，这件事就更困难了。固然填表须知中载明：“各机关初核复核长官，平时应备日记簿，将所属公务员平时成绩，随时记载，以作填表时之参考。”但事实上，当时各机关长官很难做到这一点。第二是人事变动，如果该直接长官接任才一二

① 何会源：《公务员考绩法及关系法令述评》，《民族杂志》第4卷第3期，1936年3月10日出版。

② 何会源：《公务员考绩法及关系法令述评》，《民族杂志》第4卷第3期，1936年3月10日出版。

个月，是年的年终考绩，这要记载一年的工作概况，如何取材？第三，如果直接长官故意多填或少填，受考人无法得知，再上两级长官，亦受其蒙蔽，其弊端岂可胜言。第四是关于工作的数量与质量如何填写。关于工作的数量，有些是不难记数的，关于工作质量的记载，仍是没有解决。总之，考绩表中的工作评分，全是要参考“勤惰摘要”及“工作概况”两栏所载，“关于前者的评分，没有一定的法则，后者的评分，没有根本的实据，所以工作一项的评分，纯出自长官的臆断，这是显而易见的事实。就是修正公务员法实施细则第九条的规定，也是非常抽象。”①

（2）学识　学识是否以与职务有关的学识为限，没有相关的规定。但对于学识如何给分，却另有指示。在填表须知中规定：“学识包括补习教育成绩。”考绩表说明第一项也说：“学识”应参酌公务员补习成绩给分。这一规定，有二层意义。第一，所谓“包括”“参酌”，似乎不是说“学识”二字专指公务员补习教育而言，而是与公务员实际工作相关的学识。第二，强调了补习教育的重要性。1933 年 3 月 23 日，考试院公布公务员补习教育通则，其第十三条规定：“公务员补习教育每半年考试一次”。“学识”“包括”“参酌”“补习教育成绩”，必将督导公务员重视任职后的继续教育。但是，对没有补习教育成绩的人如何评分？当时的规定一字未提。“所以学识一项的评分，亦是听凭长官的臆断，是很显然的。”②

（3）操行　据填表须知：“包括操守及性行”。考绩表上仅注明“由长官就其平日观察所得定之。”何谓操守？何谓性行？究竟一位公务员应具备哪几种操守？哪几种性行？在考绩表内未一一列出，填表须知中也未有解释。“一般考绩的长官，如何能评定其分数？无从读写又不能不评定，唯一的办法，亦祇凭长官的臆断，又是很显然的了。”③ 也有人认为：“操守不宜作为考绩的标准。诚然，操守不及格，比工作不及格还要严重。但现行办法工作不及格而总分满 60 分者以不及格论，何以操守不及格而总分满 60 分时却可以及格时却可以及格论呢？最好的操守自

① 谢廷式：《考绩的理论与实际》，《行政研究》第 2 卷第 3 期，1937 年 3 月 5 日出版，第 256 页。
② 谢廷式：《考绩的理论与实际》，《行政研究》第 2 卷第 3 期，1937 年 3 月 5 日出版，第 256 页。
③ 谢廷式：《考绩的理论与实际》，《行政研究》第 2 卷第 3 期，1937 年 3 月 5 日出版，第 256 页。

然是永不发现破绽的操守，”“操守的违反只能作为惩戒的事由，而不能作为考绩的标准。公务员的操守一发现破绽就要惩戒，决不能因为他的学识好工作好，而可以平均过来，因而免除惩戒。”“性行太抽象了，考核人员没法认识。又因为太抽象了，考核人员可以利用，以达到偏袒徇私的目的。而在学理上，性行这一项是否可以单独存在作为考绩的标准，也成问题。”“性行”这标准同“能力”一样，没有单独考核的必要，“因为我们考核他的工作成绩，无异于考核他的性行能力以及其他组成效率的各元素。”①

（三）公务员考绩的程序

公务员考绩的程序。年考考绩先让直接长官执行初核，再上级长官执行复核，主管长官执行最后复核，然后报由铨叙部登记，登记后再执行奖惩。但各机关设有考绩委员会的，其考绩表应先由该会汇核。所以至多可经过六种程序。“但长官只有一级时，即由该长官考核。”② 而1929年的《考绩法》的规定则是公务员考绩分为初核、复核，以其直接长官执行初核，主管长官执行复核，可见少了最后复核这一关。

（1）初核　初核由直接上级长官办理，即填写工作概况，拟定初核分数。他将公务员一年内实际工作状况，在考绩表“工作概况”栏内予以详实记录，愈详愈好，倘限于本栏篇幅，并希由各该机关，以另纸依式接写黏附，但须于骑缝上，加盖印章，以昭慎重。在拟定分数时，他应就各该公务员人事时地各方面之关系如职务性质之难易，环境优劣之不同，工作之勤惰，效率之大小，以及处置事件所费时间之多少，需用经费之省糜等，与其他职务性质相同者，互为比较，综合观察。

（2）复核　再上级长官办理复核，即拟定复核分数和加具考语。他对初核分数，“如认为有增减之必要时，得于复核分数栏内更定之，其不必增减者，仍应照初核分数填载。”加具“考语”，本栏由再上级长官按照初核各项标准，作整个之观察，切实加具考语，如有特殊意见，并应详细列入，以供“最后复核”长官之参考。所用词句，务须确切肯

① 何会源：《公务员考绩法及关系法令述评》，《民族杂志》第4卷第3期，1936年3月10日出版，第346页。

② 徐百齐编：《中华民国法规大全》第1册，商务印书馆1937年版，第374页。

定，不得用“尚好”“大致尚佳”等模棱字样，如机关长官只有两级时，则由直接上级长官填具。所以，“各机关初核复核长官，平时应备日记簿，将所属公务员平时成绩，随时记载，以作填表时之参考。”

（3）汇核　《公务员考绩法施行细则》第七条第二项规定：“设有考绩委员会之机关，其考绩表并应先由该会汇核。”怎样汇核？没有明文规定。只有《考绩委员会组织通则》上有这样几句话：“各直接长官或各再上级长官依公务员考绩法施行细则评定之分数等次及考语，应提交考绩委员会汇核后报由主管长官复核决定之。”“考绩委员会办事细则由各机关制定之。”这似乎让各机关在“办事细则”内自定汇核办法。考绩表上没有考绩委员会填写汇核结果的地位，大概因为考绩委员会的汇核不是必须的程序，又汇核的结果只是供主管长官“最后复核”的参考，这样看来汇核似乎只是“最后复核”的一部分。有人认为：在一个大的机关，考绩委员会一类的组织是必不可少的，不过这类组织要确确实实负起责任来，如美国中央各部内的BoardofReview一样，仅仅一件“组织通则”是不够的，还要订出几条“汇核须知”。①

（4）最后复核　在年考考绩方面，这是考绩的最后程序。也是主管长官的工作。除确定人数外，还要加具“总评”，并决定“奖惩”。这是考绩唯一有效部分，其它程序只不过供参考之用而已。主管长官怎样行使其最后复核，填表须知关于这一点没有说明。最后复核在法律上是必要的，因为主管长官是一个机关的真正负责人。此外，还有一个更重要的理由，那就是统一给分标准。各直接上级长官或再上级长官的给分标准，有的高，有的低，参差不齐，假若不设法统一，对各被考人员有失公平，所以给分标准的统一是必要的。有人认为：考绩制度若非采用更彻底的“比较原则”，统一标准的工作几乎不可能，不管这统一标准的责任由考绩委员会负担，还是由主管长官负担。

（5）登记　这是铨叙部参与年考考绩的唯一程序，其它事项概由各机关自行办理。这一点，与1929年的考绩法相比较，是重要的不同。1929年的考绩法第五条规定：主管长官只负责“应按表列项目记载，分别详加切实考语，于每次考绩终了后，密封汇送铨叙部审查。”“铨叙部

---

① 何会源：《公务员考绩法及关系法令述评》，《民族杂志》第4卷第3期，1936年3月10日出版。

于每年度终了，将各次考绩表，审查完毕，评定等级，分别决定奖罚。”因为铨叙部保留这点，1929 年的考绩法始终没有一个机关试行，一直到废止的那一天，1935 年的修正法正相反，将这保留的职权，一一退给各机关。

（6）实行奖惩　各机关年奖惩必须先报由铨叙部登记，等到铨叙部登记并通过后，再依奖惩手续分别实行。办完这一程序之后，年考考绩的全部工作才告结束。

以上从“初核”到“实行奖惩”共六种程序，这六种程序中以求正确为目的的有“复核”“汇核”“最后复核”三项，但三项的作用都以直接长官之“正心诚意”为前提。假若直接长官有徇私舞弊者，其“复核”“汇核”“最后复核”怎能保障公平公正？负复核责任的人多半不曾直接与各被考人接近，不能完全知道他们的情形。初核是否属实，在组织层面愈多的机关，这种困难也愈大。有人批评 1935 年的考绩制度说：“现行考绩制度採绝对神秘主义，受考人员不能同法国公务员一样，要求阅看自己成绩的报告，因而得一申辩的机会；也不能同英国公务员一样，自己成绩被估为下等时，一定会请自己出来申辩。所以在我国现制下，复核长官只能听到一方面的意见。”“怎样才能免除考绩方面徇私不仅的事？这绝不是复核、三核、四核以至无穷的核，所能解决的。要解除这一问题，必须在程序以外另想办法。例如：（一）慎选贤明的负责的主管长官以及直接长官；（二）完全以考试任官制代替推荐作官制，使长官与其属员只有公的关系，没有私的关系，因而使他没有徇私的必要。”①

“工作成绩，缺乏具体的明证，学识与操行，根本没有标准和范围，评分起来，这在负责任而又秉公的考绩长官，会得很深切的感到无法可办，反之，若遇不负而又不讲理的考绩长官，那才正是一个很好的机会，操纵受考人的命运了。”②

---

① 何会源：《公务员考绩法及关系法令述评》，《民族杂志》第 4 卷第 3 期，1936 年 3 月 10 日出版。

② 谢廷式：《考绩的理论与实际》（续），《行政研究》第 2 卷第 3 期，1937 年 3 月 5 日出版，第 257 页。

（四）公务员考绩的奖惩

1935年11月1日，国民政府公布《公务员考绩奖惩条例》①，公务员考绩的奖励有升等、晋级和记功三种，惩处有解职、降级和记过三种。年考奖惩依下列规定：一等晋级，二等记功，三等不予奖惩，四等记过，五等降级，六等解职；总考依下列规定：一等升等，二等晋级，三等记功，四等不予奖惩，五等记过，六等降级，七等解职。年考成绩特优者经主管长官认为有升等之必要时，得详叙理由，送经铨叙部核定。由荐任职升等者，不得逾现有荐任人员1/10，由委任职升等者，不得逾现有委任人员1/20。关于晋级之限制，则规定各机关简任不得逾现有简任人员之1/3，荐任不得逾1/5，委任不得逾1/7。② 成绩过劣应行解职人员，年考不得少于各该机关员额的2%，总考不得少于各该机关总员额的4%，解职人员所遗之员缺，以考试及格人员递补。荐任或委任职公务员已晋至本职之最高级，因年考或总考应予晋级而无级可晋者，分别予以简任或荐任待遇。简任或荐任职公务员之奖惩经核定后，除解职应由铨叙部通知主管机关呈考试院转呈国民政府免职外，其他奖惩由铨叙部通知各该主管机关分别办理。

在《公务员考绩惩罚条例草案暨说明》中又对有关的奖惩作了进一步的说明。升等任用人员“均须经甄别或考绩合格之规定，现甄别审查，业经截止，将来荐委任职高级人员之升等，除考试及格者外，势将尽出于考绩一途。”进级或降级均依其现在级俸进一级至二级或降一级至二级。无级可降者，比照每级差额，减其月俸。“公务员已进至所任官等之最高级，因年考或总考应予进（原文为退）级，而无级可进者，得酌予加俸。”③

此外，对公务员的资格、成绩的计算等都有具体的规定。在《公务员考绩法施行细则》④ 中，依本法规定之公务员以经甄别审查或登记审查合格或依法任用者为限。所称一年成绩系指在同一机关任同官等职务

---

① 《国民政府公报》第1885号，1935年11月1日。

② 《中华年鉴》上册，中华年鉴社1948年版，第533页。

③ 铨叙部编：《铨叙年鉴续编》（1931—1933），南京大陆印书馆1934年版，第262页。

④ 《国民政府公报》第1884号，1935年10月31日。

满一年之成绩，所称三年成绩系指任同等官等职务三次年考之合并成绩。公务员因公在外或因其他特殊情形不能依规定时间考绩者，得由其主管长官报明铨叙机关补行考核之。初核、复核长官有徇私舞弊或经办文件具有遗漏舛错情事时，应依法分别惩戒。

（1）升等　总考成绩90分以上者升等，年考在原则上无升等待遇，但“年考成绩特优者，经主管长官认为有升等之必要时，得详叙理由，送经铨叙部核定行之。”[①] 此处升等，似专指委任职升到荐任职，或荐任职升到简任职而言，至于委任科员、办事员、技士、技佐各等间的升等，似乎不在此限。关于升等人员的数量也有限制，升等人员，每机关每次不得逾下列额数。“一、由荐任职升等者，不得逾现有荐任人员十分之一。二、由委任职升等者，不得逾现有委任人员之二十分之一。”[②] 因此，此处升等不以实际升等为限，兼指得到升等之资格而言。如果不预设限制，难免各机关滥给资格之弊，特别以对委任人员之限制为尤要，因为荐任职人员以考试任用为原则。考绩法所给予或创造之资格，以公务员任用法第二条第二款及第三条第三款任最高级满三年以上为限，如未满三年而又无任用法所定之其他资格者，得改晋二级[③]。而无级可晋者，得分别予以荐任或荐任待遇。荐任职公务员成绩特优，应行升等者，在各该机关遇有相当缺额，应即依法升用。若无缺额，得予以简任待遇。

（2）晋级　年考总考成绩在80分以上者晋级。这是年考考绩的最高奖励。关于晋级以下的记功、不予奖惩、记过、降级，都没有数量的限制，各机关可依法办理。根据《公务员考绩奖惩条例》第十条的规定：荐任或委任职公务员，已晋至本职之最高级，因年考或总考应予晋级，而无级可晋者，得分别予以荐任或荐任待遇。

（3）记功　考绩成绩在70分以上者记功。

（4）不予奖惩　考绩成绩在60分以上者不予奖惩。

（5）记过　考绩成绩不满60分者记过。

---

① 《公务员考绩奖惩条例》，1935年11月1日公布，第六条。

② 《公务员考绩奖惩条例》，1935年11月1日公布，第七条。

③ 《公务员考绩奖惩条例》，1935年11月1日公布，第五条第二项规定：前项应行升等人员，其资格不合公务员任用法之规定时，得改晋二级。但不得超过本职之最高级。

（6）降级　考绩成绩不满50分者降级。

记过与降级，在事实上很少实行。普通各机关对于成绩较差的属员的给分，以低到不予奖惩或解职为止，很少低到记过或降级，“因为这些处分未必能促进被惩戒者之上进，或反引起被惩戒者之恶感，更增加指挥方面之困难。”

（7）解职　年考、总考不满40分者解职。这是考绩方面最重的惩处。普通考绩法多有这种处分，不过1935年的考绩法特别的，是各机关考绩惩罚不但可以解释，而且必须有若干人解职。《公务员考绩奖惩条例》第八条规定：“成绩过劣应行解职人员，年考不得少于各该机关总员额百分之二。总考不得少于各该机关总员额百分之四。前项解职人员所遗之员缺，以考试及格人员递补。”① 这完全是根据1934年考铨会议决议案办理的。1934年考铨会议时，教育部提议“请厉行考绩以图扩充考试做官范围增进行政效率案”，其要点是：

（甲）订立严密考绩方法，各机关一律于第年六月严格举行考绩一次。

（乙）各机关每年考绩应将性行能力低劣人员量予以淘汰，（此项淘汰不得低于该机关总员额百分之四）。

（丙）每年九月考试院应举行各种公务员考试一次，其录取人数应与次年六月考绩后各机关之淘汰总额约略相当（但得较淘汰人数酌增五分之一）。录取人数随即分发各机关实习，俾于次年六月完成其实习。

（丁）各机关依本法考绩所遗员缺，必须以考试实习及格人员补充。（高级人员被裁时自得以该机关原有人员升充，但升迁者所遗之缺或其所递遗之缺，仍应以考试实习及格人员补充）。

（戊）本办法先就中央政府机关及其一部分之直属机关行之，逐渐推行于其他机关。适用本办法之机关，每年由国民政府以明令列举公布。

考铨会议对于这项提案，除若干不重要之点外，完全接受。

之所以这样做，一部分原因是为扩充考试做官范围；另一部分更重要的原因，在满足舆论的要求。那几年，吏治的效率并没有提高到一般

---

① 《公务员考绩奖惩条例》，1935年11月1日公布，第八条。

人所希望的程度，多舆论界几乎一致要求政府对于已经登记录用的公务员厉行淘汰。1934 年的考铨会议也是这样的宣言："现时各机关公务员多来自荐牍而非出考试，其滥竽充数尤所难免。故应严厉执行考绩每年一次，并规定最小限度淘汰额之百分比率，以便澄清仕途，用考试及格之人才。"考绩免职与惩戒免职有两点不同。第一，惩戒免职由公务员惩戒委员会处分，而考绩免职在考绩时由铨叙部登记即可实行。这两种免职，同样是合法的，必要的。在吏治已上轨的国家内，免职只有这两种方式。第二，惩戒免职有一定时间的停止任用，而考绩免职却没有此项规定。也就是说，考绩因成绩过劣而被免职者，可在另一机关任职。①

（五）考绩制度的利弊分析

从各个时期的公务员考绩法规的内容我们都能看出南京国民政府公务员考绩制度的利弊得失。

1. 考绩制度的优点

第一，考绩内容以工作实绩为重点。1935 年 7 月 16 日公布的《公务员考绩法》和同年 10 月 30 日公布的《公务员考绩法施行细则》规定：公务员考绩标准依公务员平日工作、学识、操行三项，分别以分数定之，总分 100 分，每项最高分为工作 50 分，学识 25 分，操行 25 分。年考、总考均以满 60 分者为合格，但工作分数不满 30 分者仍以不及格论。1939 年 12 月 8 日公布的《非常时期公务员考绩暂行条例》和 1943 年 2 月 26 日公布的《非常时期公务员考绩条例》均规定：公务员考绩分工作、操行、学识三项，以分数评定之。工作最高分数为 50 分，操行最高分数为 25 分，学识最高分数为 25 分。总分数在 60 分以上者均认为考绩合格，但工作不满 30 分，操行或学识有一不满 15 分者，仍以不及格论，酌予惩处②。1945 年 10 月 30 日公布的《公务员考绩条例》规定：公务员考绩分工作、操行、学识三项，以分数评之。每项最高分数如下：工作 50 分，操行 25 分，学识 25 分。"总分数列三等以上者为合格，列四等以下者为不合格。但列三等以上而工作不满三十分、操行或学识

---

① 何会源：《公务员考绩法及关系法令述评》，《民族杂志》第 4 卷第 3 期，337－354 页，1936 年 3 月 10 日出版。

② 中国第二历史档案馆，全宗号二七（4），案卷号 7522。

有一不满十五分者，仍为不合格，分列酌予申诫、记过或减俸。”[①] 以上不难看出，公务员考绩，其工作考绩乃是第一位的，学识是第二位的，操行则是第三位的。工作分数最高，考绩主要考工作成就，也就是工作实绩。其中把学识看成第二位，主要目的还是为工作考绩服务，他们认为只要学识水平高，才能把工作搞得更好。把操行列为第三位，当然也有它的重要性，主要是从思想上控制公务员，把公务员的思想牢牢控制在三民主义、建国大纲、国民党历届中央全会决议精神等范围之内。

第二，考绩实行淘汰制，空岗由考试及格人员递补，以提高政府的效率。公务员因考绩免职，虽非依惩戒法而受之处分，但若不规定其停止任用期间，则朝由甲机关免职，夕复由乙机关任用，不但有失考绩之精神，且有关于国家整个威信，故《公务员惩戒法》（1933 年 12 月 1 日修正）规定：免职，除免其现职外，并于一定期间内，停止其任用。其期间至少一年。1935 年 11 月 1 日公布的《公务员考绩奖惩条例》规定："公务员考绩惩处"分为"解职"、"降级"、"记过"三个等级。公务员年"考成绩"分为六个等级予以奖惩，列第六等者为"解职"。公务员"总考成绩"分为七个等级予以奖惩，列第七等者为"解职"。"成绩过劣应行解职人员，年考不得少于各该机关总员额百分之二。总考不得少于各该机关总员额百分之四。前项解职人员所遗之员缺，以考试及格人员递补。"

2. 考绩制度的缺点

第一，考绩采用三级评分制度，都是长官说了算，无制约机制。据 1929 年 11 月 4 日国民政府公布《考绩法》规定："公务员考绩，分初核复核；以其直接长官，执行初核，主管长官，执行复核；但其长官仅有一级时，即由该长官考核之。""初核复核长官，应按表列项目记载，分别详加切实考语，于每次考绩终了后，密封汇送铨叙部审查。""铨叙部于每年度终了，将各次考绩表，审查完毕，评定等级，分别决定奖罚。"[②] 据 1935 年 7 月 16 日公布的《公务员考绩法》规定：公务员考绩分为"年考"和"总考"二种，"年考，就各该公务员一年成绩考核之"，"总考，就各该公务员三年成绩合并考核之"，"年考于每年十二月

① 中国第二历史档案馆，考试院档案全宗号三七，案卷号 513。

② 《国民政府公报》第 312 号，1929 年 11 月 5 日。

行之，总考于各该公务员第三次年考后行之。”“公务员考绩分初核，复核，以其直接上级长官执行初核，再上级长官执行复核，主管长官执行最后复核。但长官仅有一级时，即由该长官考复。”①

1943 年 2 月 26 日公布的《非常时期公务员考绩条例》规定：“各机关主管长官，平时对于所属公务员，应就其工作操行及学识，随时严密考核，根据确实事迹，每月详加记录，并得予以记功或记过。”

> 公务员考绩分初核复核，由各机关主管长官就高级职员中指定若干人组织考绩委员会，并以一人为主席，执行初核，主管长官执行复核，但长官仅有一级，或机关在战地不能组织考绩委员会者，得径由该长官考核。考绩委员会执行初核，应斟酌被考绩人员直接长官之意见，比较本机关全部被考绩人员之成绩，根据平时纪录及奖惩，于考绩表内评定分数，报由主管长官复核，决定奖惩。考绩表经主管长官复核后，依其官等编册密封，汇送铨叙机关核定登记。②

1945 年 10 月 30 日国民政府公布的《公务员考绩条例》规定：“各机关主管长官平时对于所属公务员，应就其工，操行及学识随时严密考核，根据确实事迹详加记录，并得予奖励或惩处。但惩处应依公务员惩戒法规定。”

> 公务员考绩分初核、复核，由各机关主管长官就高级职员中指定若干人组织考绩委员会，并以一人为主席，执行初核，主管长官执行复核。但长官仅有一级或因特殊情形不能组织考绩委员会者，得径由该长官考核。考绩委员会执行初核，应斟酌被考绩人员直接长官之意见，比较本机关全部被考绩人员之成绩，根据平时记录及奖惩，于考绩表内评定分数，报由主管长官复核、决定奖惩。考绩表经主管长官复核后，依其官等、考绩等次及总分数编册密封，汇送栓叙机关选定登记。考绩表式由考试院定之。③

① 《国民政府公报》第 1795 号，1935 年 7 月 17 日。
② 中国第二历史档案馆，全宗号二七（4），案卷号 7522。
③ 考试院档案全宗号三七，案卷号 513。

据《公务员考绩表填表须知》载："初核栏，由直接长官（如科员书记考绩，直接长官为科长。科长考绩，直接长官为司长）按照各该公务员平时工作情形、性行操守、学识才能及体格精神、平素好尚切实填载，务期正确明晰，不得模棱两可。""考语一栏由直接长官按各该公务员之品行、能力、体格、勤惰、好尚作整体之观察，切实加具考语，当审核此项考绩表者阅及此语时，各该公务员之性情品行、能力成绩宛如亲见。所用词句，务须确实肯定，不得用'尚好'、'颇佳'等模棱字样。""复核一栏，由各该机关主管长官填载（机关之主管长官如县长、局长、厅长、部长等）"①

有人在评论1935年的《公务员考绩法》时说道："其实官吏的考绩"，"令其长官执行初核、复核，至多亦不过官样文章，从前的《考绩法》（1929年的《考绩法》）公布四年有余，丝毫未有效果，也正是'长官不守法'的反映，法规之是否合理，实为次要的问题，因此从分析现状的目标而观，此项法规实无过分重视的必要。""从整个政制而论，此项治官机关亦缺乏真正督率政府执行推行法律的力量，故法律虽多如牛毛，真正执行者则寥寥无几。""真正员吏制度的建造是随着整个政制而来的。徒然仿效他人纸上的法律而不求其根本的精神，或三令五申极端不着边际的道德原则，都似乎不是对症的良药。"②

有关材料记载："大概现时考绩的直接长官多半是先有或奖或惩的目的，然后在考绩表填写总分数。最后在考绩表各项标准下凑合分数。所谓凑合，就是故意填写参差不齐的分数，只要平均下来与总分数符合就够了。如果需要考语，他可以在分数写完之后，再凑几句话。这些在他看来，都不感困难；所感苦难的，是决定奖惩以及如何奖惩。他此时所注意的，多半是各受考平时的办事能力与办事成绩；但也有时注意各人的政治背景，各人请托关说的力量，以及亲戚朋友的关系。""大约这种情形是有的，是可能的，但不见得各机关都如此。不过在考绩制度下，这种情形如果可能，这已足使考绩制度宣告破产了。至于这种情形之所以可能，一半是因为复核不得力。"③

---

① 铨叙部编：《铨叙年鉴续编》（1931—1933），南京大陆印书馆1934年版，第257－258页。

② 陈之迈：《中国的官》，《社会科学》，第1卷第4期，1936年7月出版，第934－935页。

③ 何会源：《关于公务员考绩的几个基本问题》，《民族杂志》，第3卷第5期，1935年5月出版，第11－12页。

"如各机关中有些公务员因工作紧张，埋头苦干，奉公守法，纯洁自爱者，对于长官当然无所阿谀，所谓'非公事未尝至偃之室'，往往不易得到嘉奖；而有些公务员则逸豫终日，一事不办，总以钻营请托为能事者，反可晋级加俸，升调他职。此种情形，在我国各机关中很是普遍的，不仅有失事理之平，而且影响勤谨奉公人员的心理，而趋于消极。"① 这样的考绩结果，恐怕国民党当局也是不愿意看到的。

铨叙部作为公务员考绩的具体实施机关，为了公务员考绩能够切实推行，虽然做了很大的努力，但是由于种种原因，效果并不明显。如1948年3月，贾景德、（邓述鲁笔记）发表《铨叙部今年应有的努力与作风》一文谈到考绩的弊端时说："我近来发现本部有些不甚合理的成例要改正的，如像考绩案件，中央机关的考绩案，限元月底送部，但外省的机关竟限在，六月底送到，因期限太长，致有的机关头一年的考绩案迟至次年年底才能办出，失去了赏罚不逾时的意义，此事固然是因为以前外省考绩案往往有迟至四五年以后始能办竣者，本部当逐渐缩短以求徐图改进，但未能逐年加以紧缩，我觉得这实在是本部最大的耻辱"②。1948年3月，《铨政月刊》发表了《励行考核，淘汰庸劣》的社论，文章认为"过去有一段时期，各机关考绩的结果无不人人优异，个个晋级，影响所及，贤愚勤惰一体看待。铨叙部为革除积弊，打破情面，用着渐进的方法；第一步规定各机关考绩优异人数不得过百分之八十，施行一两年，大家对此感到习惯与便利了，第二步紧缩到百分之五十，第三步规定为三分之一，仍然优异的成绩完全为高级人员所攫取，最后才规定每一官等各为三分之一，如此也推行了四五年，一直到了今天。但这些都是对奖励方面的限制，消极的革除情面防疫的工作，至于积极破除情面的淘汰庸劣的工作，以往虽有平考必须淘汰百分之二，总考百分之四的规定，但是从没有严厉的执行过，而认真执行的，今天才是第一次。"③

第二，考绩制度没有认真执行。"国民党政府展建时期施行之公务员制度（或曰'文官制度'），其在法律文字上、在基本框架上不失一定

① 金敬海：《改革中国人事行政的急务》，《力行月刊》，第2卷第6期，1940年9月出版。
② 铨政月刊社编：《铨政月刊》，第2卷第3期，1948年3月出版，第4页。
③ 铨政月刊社编：《铨政月刊》，第2卷第3期，1948年3月出版，第2页。

的开创意义，而在实际施行上并无多少成绩可言！"[①]"唯以前各机关所举行之考绩，率未能严格执行，往往有奖而无惩，以是不称职之人员，因获继续滥竽公职，而新进人士，则投闲置散，无由插足"[②]。"以前考绩制度的失败，是大家公认的事实。其失败的原因主要是职司考绩的长官，不能体认考绩的重要，不能认真尽责评定公务员的成绩，只于年终时，凭抽象的四字或八字的评语，并没有举出具体的事实，进退赏罚全无标准可言。"[③]

而1935年11月1日，国民政府公布的《公务员考绩奖惩条例》规定：公务员考绩，成绩过劣应行解职人员，年考不得少于各该机关员额的2%，总考不得少于各该机关总员额的4%。可以看出，上些年度的公务员考绩大部分都不符合这一规定，没有达到公务员考绩"裁劣留优"的这一目的。

当然，还有很多的例子可以反映公务员考绩名不符实的状况。如安徽省各署县局统计员1936年考绩，只有两名统计员方世宝和曹嵩生成绩不满60分，列为四等，但在执行考绩结果时，两人业已调任，所以"着免议处"[④]。1947年11月，考试院安徽江西考铨处公布了1946年的本单位年终考绩案结果，共有575人参加考绩，其中晋级322人，荐任待遇51人，荐任待遇兼奖章5人，荐任存记兼奖章2人，加支月俸33人，奖状58人，奖金36人，留级57人，惩处8人，降级3人。[⑤]

"自公务员考绩法公布施行至今，差不多有半年之久，除了考试院与行政院外，其他机关公务员的考绩结果，报章与公报均没有登载，究竟有无实行公务员考绩，或考绩后结果怎样？我们都无从知道。"[⑥]后他又撰文写道："至于公务员的考绩，直到现在举办的仍属寥寥。""公务员多抱五日京兆之心，而考绩期间长远若此，殆将抱'于吾何有'之

① 孔庆泰等：《国民党政府政治制度史》，安徽教育出版社1998年版，第263页。

② 沈兼士：《五权宪法下考铨制度之研究及今后应取之方针》，《行政效率》，第3卷第5期，1935年11月出版，第502页。

③ 古贯郊：《论人事管理》，《力行月刊》（重庆），第2卷第2期，1940年5月出版。

④ 安徽省政府秘书处公报室编印：《安徽省政府公报》，第785期，1937年4月出版。

⑤ 考试院安徽江西考铨处编印：《考铨通讯》，第1卷第9期，1947年11月出版。

⑥ 池世英：《中国的铨叙制度》中，《民族杂志》第5卷第3期，1937年3月1日出版。第562页。

感，是则法同虚设，而难期劝勉警惕之效矣。”①

二、南京国民政府公务员考绩法规若干史实的考证

我在研究南京国民政府公务员考绩制度时，查阅了学术界关于这方面的研究成果，收益很大。但也发现目前出版的数十种有关教材、著作中，有数十处错误。这些错误，涉及南京国民政府的考绩法、公务员考绩法、非常时期公务员考绩暂行条例、非常时期公务员考绩条例、公务员考绩条例、公务人员考绩条例颁布和施行的时间、考绩的种类、程序和方法等基本史实。这些基本史实，只要查阅一下原文，是不难弄清楚的。而这些原文，也是不难找的。但有的作者不查原文，照抄错误的第二手资料，这就出现了十多种图书包括辞典、教材错得一模一样的奇怪现象。辞典，辞之典范也。教材，是用于向学生传授知识、技能和思想的材料。辞典和教材出现错误，误人子弟。著作出现错误，影响学术质量。本文对上述若干史实的考证，旨在纠正错误，以正视听。不妥之处，敬请批评指正。

（一）关于《考绩法》

关于1929年11月4日南京国民政府公布的《考绩法》，《中国改革大辞典》作了以下错误的界定：

> 南京国民政府于1929年11月4日颁布的规定公务员考绩制度的法规。共10条。根据规定，公务员的考绩分为年考和总考两种。所谓年考，就是对公务员每年政绩的考核。一般分两次进行，第一次考核通常在6月份进行，称“初覆”；第二次考核在12月份进行，称“复覆”，均由公务员的直属长官负责。负责“初覆”和“复覆”的官员，均按考试院所发的表格中的各项标准对下属公务员进行考查，并将详细情况记载于表中，并加注评语，然后将考核表密封送交铨叙部审查。总考是对公务员3年成绩的综合考核，一般在第三年年考后进

① 池世英：《中国的铨叙制度》下，《民族杂志》第5卷第4期，1937年4月1日出版。第767页。

行。这类考核亦由各机关长官负责，依照总考核表的内容进行考查，再详细填表，加上评语，密封后送交铨叙部。铨叙部负责审核年考和总考的考绩表，评定公务员的等级，并分别决定奖惩。考绩的内容包括工作、学识和操行等3项，以百分制计算。其中学识和操行各占25分，工作成绩占50分。根据3项的总分来评定公务员考绩的等级。年考总分80分以上为1等，每等相隔10分，共分6等，不满40分均列入6等。总考则以90分以上为1等，每等相隔10分，共分7等，不满40分均列入7等。以满60分为及格线，但学识、操行不足15分或工作成绩不满30分者，总分即使在60分以上，仍以不合格论。公务员年考和总考的成绩评定出来以后，分别按其成绩的优劣，给予不同的奖惩。奖惩的办法是：年考为晋级、记功、不予奖惩、记过、降级、解职等6种，总考为升等、晋级、记功、不予奖惩、记过、降级、解职等7种。同时规定，每一机关升等人员中荐任官升等以荐任人员的1/10为限，委任官升等以委任人员的1/20为限；成绩过劣应解职的人员，无论年考或总考均不得少于该机关总额的2%，缺额由考试合格人员补充。《考绩法》为考核公务员的素质和政绩提供了标准和依据，确保了公务员系统的质量，起到了督促公务员认真履行职责的作用。①

这种界定错在3个方面：1. 公务员的考绩分为年考和总考两种，是南京国民政府于1935年7月16日公布的《公务员考绩法》中规定的，而不是1929年11月公布的《考绩法》中规定的；2. 该《条例》并未规定“年考”一般分两次进行，第一次考核通常在6月份进行，称“初覆”；第二次考核在12月份进行，称“复覆”；3. 该《条例》也没有规定“考绩的内容包括工作、学识和操行等3项，以百分制计算。其中学识和操行各占25分，工作成绩占50分”等。这些内容，源于1935年10月30日南京国民政府公布的《公务员考绩法施行细则》。

① 袁宝华、翟泰丰主编：《中国改革大辞典》（公元前21世纪—1992年5月），海南出版社1992年版，第456页。

刊载1929年11月4日南京国民政府公布的《考绩法》的原文，有几个相同的版本：如《铨叙年鉴·第四类·铨叙法规》第54页；立法院秘书处编：《立法专刊》（第2辑），民智书局1930年1月版，第179－180页；彭勃、徐颂陶主编：《中华人事行政法律大典》，中国人事出版社1995年版，第1375页。

南京国民政府于1929年11月4日公布的《考绩法》"于公布日施行"，"惟以种种关系，未经实行"①。直到1935年，才依《公务员考绩法》，举办全国公务员考绩。

（二）关于《公务员考绩法》

关于南京国民政府公布《公务员考绩法》的时间和内容，有关著作、教材中有几种错误的说法，必须予以纠正。

1. 关于《公务员考绩法》颁布的日期，有几种错误的说法。除1934年和1935年8月15日颁布②的错误说法以外，比较多的错误说法是1929年11月颁布的，至少有十多种版本的教材、著作都持此说。例如：杨和钰等撰：《中国法制史教程》，中国政法大学出版社1994年版，第298页；张晋藩主编：《中国法制史》，国政法大学出版社1999年版，第491页；张晋藩主编、马志冰高浣月副主编：《高等政法院校法学主干课程教材·中国法制史》第3版，中国政法大学出版社2007年版，第365页；萧伯符主编：《中国法制史》，人民法院出版社2003年版，第343、351页；魏光奇著：《官治与自治·20世纪上半期的中国县治》，商务印书馆2004年版，第332页；张洪林，李世宇主编：《中国法制史》中国民主法制出版社2004年版，第302页；宋四辈主编：《中国法制史》，郑州大学出版社2004年版，第382页；徐惠婷主编：《中国法制史》，厦门大学出版社2007年版，第352页；范忠信，陈景良主编：《中国法制史》，北京大学出版社2007年，第535页；徐永康主编：《中国法制史教程》，中国政法大学出版社2008年版，第258页。等等。正确的说法，《公务员考绩法》颁布的日期是1935年7月16日。

---

① 考试院编：《考试院总报告书》续编，考试院1935年版，第82页。

② 付志宇著：《中国近代税制流变初探民国税收问题研究》，中国财政经济出版社2007年，第260页；李交发：《中国法制史》，湖南人民出版社2008年版，第369页。

2. 关于《公务员考绩法》的内容，有两种错误的说法。

一说：

> 依《公务员考绩法》规定：公务员考绩分工作、操行、学识三项，以分数评定之，每项最高分为：工作50分，操行25分，学识25分。依考绩情况确定奖惩：（1）总分数在80分以上者，简任晋一级，荐任、委任晋二级；（2）总分数在70分以上者，简任酌给一个月俸额以内之一次奖金，荐任、委任晋一级；（3）总分数在60分以上者留级；（4）总分数不满60分者降一级；（5）总分数不满50分者免职。考绩分平时、年考和总考三类。年考分六等，80分以上为一等，每等10分逐次下推。总考分七等，90分以上为一等，每等10分逐次下推。年考、总考均以60分为合格，但总分数在60分以上，而工作分数不满30分，或学识、操行分数有一不满15分者，仍以不合格论，予以记过。①

此说错在3个地方：1. 关于上述工作、操行、学识3项考绩的相关规定，不是出自《公务员考绩法》，而是源于1935年10月30日颁布的《公务员考绩施行细则》；2. 关于考绩的种类，不是上述的分平时、年考和总考三类，而是分为年考和总考两类；3. 关于考绩的奖惩，上述"（1）总分数在80分以上者……（5）总分数不满50分者免职"5个方面的规定，不是出自《公务员考绩法》，而是源于1943年2月26日颁布的《非常时期公务员考绩条例》。

另一种错误的说法，至少有几乎完全相同的3个版本。我以出版时间的先后为序，征引如下：

2005年出版的《新编中国法制史》一书载：

> 根据《公务员考绩法》的规定，考核依工作、操行、学识、才能四个方面进行。形式上有年终、平时、专案三种。年终考核结果有甲、乙、丙、丁四等。八十分以上为甲等，可晋俸一级，并获得相当于月俸的一次性奖励；七十分以上，八十

① 南京市地方志编纂委员会编：《南京人事志》，方志出版社1997年版，第16页。

> 分以下为乙等，可晋俸一级；六十分以上，七十分以下为丙等，不予任何奖励，但也不受任何处分；六十分以下为丁等，予以免职。荐任公务员连续三年考核优良者，可破格升迁。平时的考核由各机关自行进行，根据考核成绩做出奖励或处分的决定。奖励有嘉奖、记功、记大功；处分有申诫、记过、记大过。专案考核主要用于公务员有重大功过者，是一种特别的考核程序。根据需要而进行，没有固定的时间。若公务员一次记两大功者，晋俸一级，并给予相当于一个月俸禄的奖励；一次记两大过者，给予降职的行政处分。①

2007年出版的《中国法制史》一书载：依"《公务员考绩法》的规定，对公务员的考绩从工作、操行、学识、才能4个方面进行，分作年终、平时、专案3种形式。年终考绩以百分计，分甲、乙、丙、丁4等；平时考绩由各机关负责进行，对所属公务员作出具体的考核记录，评审等级；专案考绩则主要适用于公务员中有重大功过者，实行特别程序的考核及其奖惩。"②

2008年出版的《中国法制史》一书载：根据《公务员考绩法》（1935年8月15日）的规定，考核依工作、操行、学识、才能四个方面进行。形式上有年终、平时、专案三种。年终考核结果有甲、乙、丙、丁四等，不予任何奖励，但也不受任何处分；六十分以下为丁等，予以免职。荐任公务员连续三年考核优良者，可破格升迁。平时考核由各机关自行进行，根据考核成绩做出奖励或处分的决定。奖励有嘉奖、记功、记大功；处分有申诫、记过、记大过。专案考核主要用于公务员有重大功过者，是一种特别的考核程序。根据需要而进行，没有固定的时间。若公务员一次记两大功者，晋俸一级，并给予相当于一个月俸禄的奖励；一次记两大过者，给予降职的行政处分。③

上述2005、2007、2008年3个不同版本的《中国法制史》对《公务员考绩法》的解释，都是错误的，而且这3个版本错得几乎一模一

---

① 杨一凡主编、王志强等撰稿：《新编中国法制史》，社会科学文献出版社2005年版，第521－522页。

② 周东平主编：《中国法制史》，厦门大学出版社2007年版，第457页。

③ 李交发：《中国法制史》，湖南人民出版社2008年版，第369页。

样。他们错把国民党政权从大陆溃逃到台湾以后实行的公务人员的考绩方法，当作1935年政府颁布的《公务员考绩法》的内容和方法。之所以犯这样的错误，是作者没有见到《公务员考绩法》[①] 的原文。

根据《公务员考绩法》第三条和第七条的规定，南京国民政府于1935年11月1日公布施行《考绩委员会组织通则》和《公务员考绩奖惩条例》[②]。上述公务员考绩法和施行细则、考绩委员会组织通则、考绩奖惩条例于1935年11月1日开始施行。有人以考绩奖惩条例的规定作为标准，评价南京国民政府在抗战时期及其以后的考绩制度，这是不对的。因为1935年的关于考绩的法规，实际上只实施了两年，即1936年举办1935年全国公务员考绩，1937年初，又举办1936年全国公务员考绩。全面抗战爆发后，1937年全国公务员考绩奉命停办。1938年，全国公务员考绩也没有举办。1939年12月8日南京国民政府颁布施行《非常时期公务员考绩暂行条例》，1939年全国公务员考绩依此条例办理。非常时期也就是抗日战争时期，1938年的考绩，亦经铨叙部函国民政府文官处核准，适用该暂行条例，同时补办。《非常时期公务员考绩暂行条例》，是为适应抗战时期情形特殊而制定的，所定条文，较考绩法为宽，旨在优奖勤能，以期增进工作效率，适应抗战需要。为此，1939年12月8日在颁布施行《非常时期公务员考绩暂行条例》时，国民政府第696号识训令指出：1935年7月16日公布同年11月1日施行的《公务员考绩法》，"在非常时期中，着即暂停适用。"[③] 也就是说：南京国民政府于1935年7月16日公布的《公务员考绩法》、同年11月1日公布的《公务员考绩奖惩条例》以及1936年12月25日公布的《修正公务员考绩法施行细则》等考绩法规，已完成其历史使命，被《非常时期公务员考绩暂行条例》所替代。

（三）关于《非常时期公务员考绩暂行条例》

南京国民政府因抗战时期的特殊情况，制定了《非常时期公务员考

① 《公务员考绩法》，1935年7月16日公布。详见：《国民政府公报》第1795号，1935年7月17日；《立法院公报》第72期、第73期；《审计部公报》第53期；《司法公报》第54号。

② 考试院秘书处编印：《考试院公报》第11期，1935年11月出版。

③ 《国民政府公报》渝字第213号，1939年12月13日。

绩暂行条例》。

1. 关于《非常时期公务员考绩暂行条例》公布的时间。有人误以为是“二十八年七月（1939 年 7 月）”①。查《云南省政府公报》第 12 卷第 11 期（1940 年出版）、《安徽政治》第 3 卷第 4 期（1940 年出版）、《河南省政府公报》第 2360 期（1941 年出版）、《成都市政府公报》第 12 期（1942 年出版）“法规”专栏刊载的原文，南京国民政府公布《非常时期公务员考绩暂行条例》的时间是 1939 年 12 月 8 日，而不是同年 7 月。

2. 关于 1939 年 12 月 8 日南京国民政府公布的《非常时期公务员考绩暂行条例》的名称。不少人错误地写作《非常时期考绩暂行条例》。如：白东明等主编：《国家公务员制度大辞典》，吉林大学出版社 1991 年 9 月版，第 241 页；徐银华主编：《公务员法原理》，中国方正出版社 2000 年 8 月版，第 138 页；徐银华等编著：《21 世纪法学系列教材行政法系列 · 公务员法要论》北京大学出版社 2003 年版，第 97 页；周玉华主编：《公务员法教程》，东北林业大学出版社 2006 年 6 月版，第 97 页。以上说法是错误的，因为条例的标题中“公务员”3 个字不能省略，所以不能写作《非常时期考绩暂行条例》。

3. 关于 1939 年 12 月 8 日南京国民政府公布《非常时期公务员考绩暂行条例》的主要内容。所谓“非常时期”，是指抗日战争时期，战时考绩是否分为总考年考两类？有人认为：

> 抗战初期，国民政府曾一度停止公务员考绩，但 1939 年又重订了《非常时期公务员考绩条例》，重新举行例行考绩。战时考绩分总考年考两类。年考成绩分六等，分别给予晋级、记功、不予奖惩、记过、降级、解职等奖惩；总考评分与年考同，成绩分七等，奖惩除增加升等一级外，其它六等与年考同。并规定成绩过差应解职者，年考不得少于各机关公务员总数的百分之二，总考不得少于基数的百分之四。②

这一说法是错误的：其一，1939 年 12 月 8 日，国民政府公布的是

① ［台湾］黄天中著：《人事心理学》（大学用书），台北三民书局 1984 年版，第 165 页。

② 陈延湘：《论抗战时期国民党的政制建设》，《抗日战争研究》1992 年第 2 期，第 203 页。

《非常时期公务员考绩暂行条例》，而不是《非常时期公务员考绩条例》，《非常时期公务员考绩条例》是1943年2月26日公布的；其二，《非常时期公务员考绩暂行条例》废除了总考制，所以说“战时考绩分总考年考两类”是不对的。

1938—1942年，铨叙部依照旧《非常时期公务员考绩暂行条例》，对中央及地方公务员实施考绩。在办理过程中，铨叙部认为应扩大受考绩人员的范围，增加奖惩种类。为此，1942年4月21日，国民政府公布《非常时期公务员考绩暂行条例补充办法》①，1943年2月26日，国民政府公布《非常时期公务员考绩条例》。

（四）关于《非常时期公务员考绩条例》

1. 关于《非常时期公务员考绩条例》公布的时间，不少人误以为是1943年12月26日，这种说法很普遍。如：李华民：《大学用书中国考铨制度》，台湾：五南图书出版公司1983年2月版，第378页；王通讯主编：《公务员知识手册》，科学出版社1988年8月版，第264页；林代昭主编：《中国近现代人事制度》，劳动人事出版社1989年7月，295页；白东明等主编：《国家公务员制度大辞典》，吉林大学出版社1991年9月版，第241页；徐银华主编：《公务员法原理》，中国方正出版社2000年8月版，第138页；徐银华等编著：《21世纪法学系列教材·行政法系列·公务员法要论》北京大学出版社2003年版，第97页；邱涛著：《中华民国反贪史——其制度变迁与运行的衍异》，兰州大学出版社2004年1月版，第186、187、188、313页；周玉华主编：《公务员法教程》，东北林业大学出版社2006年6月版，第97页；肖如平著：《国民政府考试院研究》，社会科学文献出版社2008年版，第240页；张创新著：《中国政治制度史》，清华大学出版社，2009年版，第456页。导致这种错误的原因，可能源于《考铨法规集》一书，该书载有1943年12月26日公布《非常时期公务员考绩条例》② 的原文。但我查阅了有关档案和文献，确认《非常时期公务员考绩条例》公布的时间是1943年2

① 《国民政府公报》渝字第459号，1942年4月22日。

② 考试院参事处编：《考铨法规集》第2辑，1944年版，第132—133页。

月26日。如：中国第二历史档案馆馆藏档案，全宗号二七（4），案卷号7522；《国民政府公报》渝字第58号，1943年2月27日；《立法院公报》第124期（1943年出版）；《社会部公报》第9期（1943年出版）；《广西省政府公报》第1764期（1943年出版）；《河南省政府公报》第2448期（1943年出版）；《江西省政府公报》第1280期（1943年出版），均刊载了1943年2月26日公布的《非常时期公务员考绩条例》的原文。这些材料，比考试院参事处编的1944年5月出版的《考铨法规集》早1年时间，因此，该法规于1943年2月26日公布是可信的。

2、关于《非常时期公务员考绩条例》有多少条？

《南京国民政府纪实》一书说：

> 1943年2月26日，国民政府明令公布非常时期《公务员考绩条例》。《条例》共两条，第一条规定，非常时期公务员之考绩，依本条例于年终行之。但战地或具有特殊情形地方之公务员，不能依规定时间考绩者，得由各机关主管长官报经铨叙机关核准，随时补行之。第二条规定，依本条例考绩之公务员，以任现职至考核时满一年，并于考绩核定前，经依法审查合格者为限。任职不满一年，得以在同一机关所任审查合格之同官等职务合并计算，其具有下列各款情形之一者，并得视为在同一机关任职。（一）县长在同省内调用或转调他省，继续任职者；（二）司法人员在同一高等法院管辖下调用，继续任同官等职务者；（三）外交人员在国内外调用，继续任同官等职务者；（四）财务人员在同一管辖区内调用，继续任同官等职务。①

《二十世纪中国通鉴》一书说：

> （1943）2月26日，国民政府明令公布非常时期《公务员考绩条例》，条例共2条。第一条规定，非常时期公务员之考绩，依本条例于年终行之。但战地或具有特殊情形地方之公务员，不能依规定时间考绩者，得由各机关主管长官报经铨叙机

① 朱汉国主编：《南京国民政府纪实》，安徽人民出版社1993年版，第819页。

> 关核准，随时补行之。第二条规定，依本条例考绩之公务员，以任现职之考绩时满一年，并于考绩核定前，经依法审查合格者为限。任职不满一年，得以在同一机关所任审查合格之同官等职务合并计算，其具有下列各款情形之一者，并得视为在同一机关任职：县长在同省内调用或转调他省，继续任职者；司法人员在同一高等法院管辖下调用，继续任同官等职务者；外交人员在国内外调用，继续任同官等职务者；财务人员在同一管辖区内调用，继续任同官等职务者。①

《中华民国实录》一书说：

> 同日（2月26日）国民政府明令公布《非常时期公务员考绩条例》。共两条，第一条规定，非常时期公务员之考绩，依本条例于年终行之。但战地或具有特殊情形地方之公务员，不能依规定时间考绩者，得由各机关主管长官报经铨叙机关核准，随时补行之。第二条规定，依本条例考绩之公务员，以任现职至考核时满一年，并于考绩核定前，经依法审查合格者为限。任职不满一年，得以在同一机关所任审查合格之同官等职务合并计算，其具有下列各款情形之一者，并得视为在同一机关任职。（一）县长在同省内调用或转调他省，继续任作者；（二）司法人员在同一高等法院管辖下调用，继续任同官等职务者；（三）外交人员在国内外调用，继续任同官等职务者；（四）财务人员在同一管辖区内调用，继续任同官等职务。②

以上3种书都说《非常时期公务员考绩条例》共两条。这显然是错误的。其中《二十世纪中国通鉴》一书还把《非常时期公务员考绩条例》，错误地写作非常时期《公务员考绩条例》，除了这是错上加错以外，以上3本书介绍《非常时期公务员考绩条例》的文字也是相同的。从出版的时间看，《南京国民政府纪实》是1993年出版的，《二十世纪中国通鉴》和《中华民国实录》分别是1994年和1998年出版的，后两本书和前一本书错得一模一样，不知何故？其实，《非常时期公务员考

① 蔡翔、孔一龙主编：《二十世纪中国通鉴》（2），改革出版社1994年版，第621页。

② 罗元铮编著：《中华民国实录》3卷下，吉林人民出版社1998年版，第2899页。

绩条例》不是两条，而是19条。①

1943年12月26日南京国民政府公布的《非常时期公务员考绩条例》②，是在《非常时期公务员考绩暂行条例》的基础上修正的。由于删去了“暂行”2字，故新条例没有署名“修正”。新条例公布施行以后，替代了《非常时期公务员考绩暂行条例》，1944年2月又废止了《非常时期公务员考绩暂行条例补充办法》。新的考绩条例在4个方面做了新的规定：1. 进一步放宽考绩年资；2. 加强了平时考核；3. 放宽了处罚的条件；4. 增加了晋级、升等和加俸的机会。

（五）关于《公务员考绩条例》

抗日战争胜利后，考试院鉴于抗战结束，1943年12月26日南京国民政府公布《非常时期公务员考绩条例》已不再适应平时，便对该考绩条例进行修正。1945年10月30日，南京国民政府公布《公务员考绩条例》，《非常时期公务员考绩条例》同时废止。

有人认为：《公务员考绩条例》修正了以下内容：“公务员继续在本机关任职五年以上，经三次考绩均列一等者，由铨叙部呈请考试院给予奖章。在同一机关继续服务满十年，经五次考绩均列一等者，除授予勋章外，并得给予一个月俸额以内之一次奖金。曾在战地服务人员，对于抗战直接有关工作按照任务确实完成、卓有效绩者，考绩时除给予奖励外，并得依《勋章条例》授予勋章。”③ 此说不妥，因为以上条款，不是《公务员考绩条例》修正的，而在此之前的《非常时期公务员考绩条例》第十条、第十一条中已作了规定。“公务员继续任现职在五年以上，经三次考绩，总分数均在八十分以上（即一等——引者注）者，得由铨叙部呈请考试院给予奖章。”“公务员在同一机关继续服务满十年，经五次考绩总分均在八十分以上者，除依勋章条例授予勋章外，并得给一个月俸额以内之一次奖金。”④

---

① 参照以下版本校勘：中国第二历史档案馆，全宗号二七（4），案卷号7522；立法院公报124期；罗志渊编：《现行重要法规丛刊·考铨法规》，上海大东书局1947年版。

② 中国第二历史档案馆，全宗号二七（4），案卷号7522。

③ 肖如平著：《国民政府考试院研究》，社会科学文献出版社2008年版，第241－242页。

④ 《非常时期公务员考绩条例》，1943年12月26日国民政府公布，中国第二历史档案馆，全宗号二七（4），案卷号7522。

也有人认为：国民政府于1945年10月公布的《公务员考绩条例》及其他有关规定：凡现任公务员工作满一年者均应考绩。考绩分为年考和总考。所谓“年考”，就是每年12月份对同一机关任同等职务的公务员进行年终考核；所谓“总考”，就是对同等职务的公务员三年的成绩，在第三年年考后，进行一次总考。考绩工作由各机关主管长官责成各级主管人员，在平时就对所属公务员的工作、操行、学识等方面严密考核，根据确实事迹详加记录，登记在平时成绩考核记录表上，密送人事主管人员查核后，送本机关考绩委员会初核，再呈送主管长官核定，并决定给予奖励或惩处。每年6月及12月底，各机关将考核结果并撮举事迹资册汇报铨叙机关。① 此说也是错误的，因为该条例没有恢复“总考”制度。

1945年10月30日，南京国民政府公布的《公务员考绩条例》，详见中国第二历史档案馆馆藏档案②。与《非常时期公务员考绩条例》相比较，《公务员考绩条例》做了以下修正：一是规定新条例实行期间为2年；二是增强了可操作性；三是考绩对象进一步扩大；四是奖惩的条件有所放宽，增强了激励的措施。

（六）关于《公务人员考绩法》

关于《公务人员考绩法》，目前的学界有几种错误的说法。

一说：“国民党政府于1929年11月颁布《公务人员考绩法》，规定考绩从工作、操行、学识、才能四方面入手，并分作年终、平时、专案三种形式进行。年终考绩以百分计，分甲、乙、丙、丁四等；平时考绩由各机关负责，对所属公务员作出具体的考核记录，评审等级；专案考绩则主要适用于公务员有重大功过者。”③

二说：“公务人员考绩法”，国民党政权1949年1月1日公布，当时大陆即将解放，该法未能实施，至1954年4月9日在台湾重新公布施行。共21条。它规定：公务人员考绩，就其工作、操行、学识、才能考

① 邓绍兴著：《人事档案教程》，中国传媒大学出版社2008年版，第109页。

② 中国第二历史档案馆，全宗号三七，案卷号513。

③ 徐祥民、胡世凯主编：《中国法制史》，山东人民出版社2000年版，第338页；林随安褚玉梅：《行政渎职违法犯罪的认定和处理》，中国方正出版社2001年版，第95页。

核之。统一考核等次定为甲、乙、丙、丁四等。机关首长列入本机关与同职等人员一并考绩。平时考核与专案考绩相结合，平时考核的奖惩于年终考绩时并计成绩，其奖惩并得互相抵消；专案考绩于有重大功过时办理，奖惩不得相互抵消。对考绩不公或徇私舞弊者要依法惩处。该法还对考绩奖金，考绩核定程序，考绩复审制度，考绩结果的执行期限等作了规定。①

三说：南京国民政府制定了《公务人员考绩法》，每年对公务人员进行考绩，按工作、操行、学识、才能四方面考察。优秀者可依嘉奖、计功、计大功三等获奖；劣者则依申诫、记过、记大过三等惩处。②

四说有两个版本：

据《21世纪法学系列教材·行政法系列·公务员法要论》：

> 1948年修宪以后，所有人事法规均依宪法加以修正，因此，1949年1月1日又公布了《公务人员考绩法》。随后不久，国民党政府即溃逃台湾，所以该法并未得到实施。根据《公务人员考绩法》的规定，国民党政府时期的考绩制度主要包括以下内容：考绩按工作、操行、学识、才能四个方面进行，分作年终、平时、专案三种形式。年终考绩以百分计算，根据分数分甲、乙、丙、丁四等，80分以上为甲等，晋俸一级并奖给一个月俸额的奖金；70分以上为乙等，晋俸一级；60分以上为丙等，保留原职原薪；60分以下为丁等，给予免职等行政处分。平时考绩由各机关负责进行，对所属公务员作出具体的考绩记录，评审等级，并以其成绩优劣给予嘉奖、记功、记大功或申诫、记过、记大过。专案考绩是指对有重大功过的公务员实行的特别程序的考察，对受奖励者规定为：一次记两大功者，晋俸一级，并给予一个月俸额的奖金；而对受惩罚者规定为：一次记两大过者，一律贬职，并给予行政处分。③

① 杨五湖主编：《案件学大辞典》又名《办案大全》，人民出版社1990年版，第145页。

② 中华文化通志编委会编：王宏治、郭成伟撰：《中华文化通志·学术典·法学志》，上海人民出版社1998年版，第266页。

③ 徐银华等编著：《公务员法要论》，北京大学出版社2003年版，第97页。

据《公务员法教程》：

> 1948年修宪以后，所有人事法规均依宪法加以修正，因此，1949年1月1日又公布了《公务人员考绩法》。随后不久，国民党政府即溃逃台湾，所以该法并未得到实施。根据《公务人员考绩法》的规定，国民党政府时期的考绩制度主要包括以下内容：考绩按工作、操行、学识、才能四个方面进行，分作年终、平时、专案三种形式。年终考绩以百分计算，根据分数分甲、乙、丙、丁四等，80分以上为甲等，晋俸一级并奖给一个月俸额的奖金；70分以上为乙等，晋俸一级；60分以上为丙等，保留原职原薪；60分以下为丁等，给予免职等行政处分。平时考绩由各机关负责进行，对所属公务员做出具体的考绩记录，评审等级，并以其成绩优劣给予嘉奖、记功、记大功或申诫、记过、记大过。专案考绩是指对有重大功过的公务员实行的特别程序的考察，对受奖励者规定为：一次记两大功者，晋俸一级，并给予一个月俸额的奖金；而对受惩处者则规定为：一次记两大过者，一律贬职，并给予行政处分。①

以上解释错在3个方面：1.《公务人员考绩法》不是1929年11月而是1949年1月1日公布的，1929年11月公布的是《考绩法》而不是《公务人员考绩法》；2."规定考绩从工作、操行、学识、才能四方面入手，并分作年终、平时、专案三种形式进行"等，均是国民党政权溃逃大陆到台湾以后实行的公务人员的考绩方法，而不是1949年1月1日政府颁布的是《公务人员考绩法》的内容和方法。3.最后一说的两个版本，错得一模一样，不知原因何在？

正确的说法是：《公务人员考绩法》，1949年1月1日总统府公布。当时大陆即将解放，该法未能实施。《公务人员考绩法》②共14条，其最大特点：一是除年考外，恢复了1935年《公务员考绩法》规定的总考制；二是首次增加了受考人的权利，规定受考人对于考绩结果有疑义

① 周玉华主编：《公务员法教程》，东北林业大学出版社2006年版，第97页。
② 《浙江省政府公报》第29期，1949年2月5日。

时，得于考绩结果发表后 1 个月内，年考向本机关长官，总考向铨叙机关申请复核，但以 1 次为限；三是和以前法规不同的是没有规定“公务员考绩，分工作，操行，学识三项”的考绩的内容，在施行细则中也没有规定。

三、抗战时期全国公务员历年考绩结果的考证

（一）关于 1935 年全国公务员考绩的人数

1935 年 7 月 16 日，南京国民政府公布《公务员考绩法》后，次年初，即举办 1935 年全国公务员考绩。1936 年、1937 年和 1938 年，铨叙部分别审查 1935 年全国公务员考绩案，并有这三年的办理考绩案结果统计表。只有累计这三年分别办理考绩的数据，才是 1935 年全国公务员考绩的全部结果。关于 1935 年全国公务员考绩的人数，有人认为：

> 1935 年全国送审公务员包括中央和地方在内共送审 9 046 人，其中一等登记 692 人，原级晋俸 148 人，晋级 2 373 人，级俸并晋 70 人，记功 2 643 人，不予奖惩 2 524 人，记过 84 人，解职 132 人，降级 16 人，保留 3 人，薄惩 1 人，简任待遇 55 人，荐任待遇 230 人，升等 1 人，工作不满 30 分不列等者 26 人，简任待遇中晋级 4 人，记过者无，荐任待遇中一等登记 5 人，晋级 30 人，记功 2 人。①

这一条材料统计结果，出自中国第二历史档案馆藏档案，材料的本身是正确的，但它不是 1935 年全国公务员考绩的全部结果，而只是 1936 年办理 1935 年全国公务员考绩的结果，还缺少 1937 年和 1938 年办理 1935 年全国公务员考绩的结果。问题是：1936 年办理 1935 年全国公务员考绩的结果，有两个数据：一是《核定公务员考绩案报告表》载：1935 年参与考绩者 8 882 人，合格 8 602 人，不合格 280 人。② 二是作者引用的数据：1935 年参与考绩者 9 046 人。由于这两个数据，都是源于

① 何家伟：《大悖初衷——南京国民政府公务员考绩制度嬗变及其实施研究》，《民国档案》2009 年第 1 期，第 73 页。

② 中国第二历史档案馆藏档案：全宗号二七，案卷号 785。

第二历史档案馆的有关档案，但相比较而言：9 046 人说数据源于 1936 年的详细具体的分类统计表，而 8 882 人说源于 1941 年的统计数据，没有详细具体的分类统计表，好像不是最原始的资料，故主张 9 046 人说，我根据这一数据作进一步统计，得出其中合格 8 784 人，不合格 259 人，保留 3 人。

1937 年办理 1935 年参与全国公务员考绩者 1 370 人，合格者 1 345 人，不合格者 25 人。合格人员中，简任 11 人、荐任 186 人、委任 1 148 人。不合格者，均为委任。

1938 年办理 1935 年参与全国公务员考绩者 155 人，合格者 154 人，不合格者 1 人。合格人员中，荐任 9 人、委任 145 人。不合格者为委任。

综上所述，我们将 1936 年、1937 年、1938 年办理 1935 年参与全国公务员考绩的人数相加，可知 1935 年参与全国公务员考绩者 10 571 人，合格者 10 283 人，不合格者 285 人，保留者 3 人，分别占 97. 27%、2. 7% 和 0. 03% 。

（二）关于 1936 年全国公务员考绩的人数

有人认为：1936 年中央机关公务员考绩，合格人数 8 602 人，其中简任 264 人，荐任 1 153 人，委任 7 185 人；不合格人数 280 人，其中简任 0 人，荐任 18 人，委任 262 人，该年总计人数 8 882 人[①]。这个数据，作者在注释中写道：转引自曹必宏主编《中华民国实录》第 5 卷（上册），吉林人民出版社 1997 年版，第 4 400 页；参见姬丽萍《中国公务员考铨制度的初创 1928—1948》，天津古籍出版社 2008 年 1 月出版，第 264 页。

作者转引和参见的上述两部著作，都载有相同的历年办理公务员考绩案审查结果统计表。该统计表的标题，曹必宏的著作中写作“各年度公务员考绩案审查结果统计表”，但姬丽萍的著作中错误地写作“历年中央机关公务员考绩案审查结果统计表”。问题是征引者对统计表的理解有误：原统计表中“办理年度”一项，有 1936 年到 1947 年“办理”

① 姬丽萍：《中国公务员考铨制度的初创 1928—1948》天津古籍出版社出版 2008 年 1 月，第 264 页；何家伟：《大悖初衷一南京国民政府公务员考绩制度嬗变及其实施研究》，《民国档案》2009 年第 1 期，第 73 页。

考绩案审查结果的统计数据。作者将1936年“办理”考绩案审查的人数，错误的当作1936年“参与”考绩的人数。这也许不是理解力的问题，而是没有看到另一份档案材料。据另一份多了个“考绩案别（年）”一栏的统计表的档案材料①中，1936年“办理”的考绩人数8882人，是1935年公务员考绩的人数。1936年全国公务员考绩的人数，分别是1937年、1938年、1939年、1940年办理的，累计这四年办理考绩的数据，就是1936年全国公务员考绩的人数。

1937年办理1936年全国公务员考绩者6 582人，合格者6 331人，不合格者251人。合格人员中，简任351人、荐任836人、委任5 144人。不合格人员中，荐任5人、委任246人。

1938年办理1936年全国公务员考绩者200人，合格者196人，不合格者4人。合格人员中，简任1人、荐任36人、委任159人。不合格人员中，荐任2人、委任2人。

1939年办理1936年全国公务员考绩者1 327人，合格者1 311人，不合格者16人。合格人员中，简任4人、荐任499人、委任808人。不合格人员中，荐任9人、委任7人。

1940年办理1936年全国公务员考绩者783人，合格者771人，不合格者12人。合格人员中，简任5人、荐任270人、委任496人。不合格人员中，荐任2人、委任10人。②

综上所述，1936年全国公务员考核结果是：参加考绩者8 892人，合格者8 609人，不合格者283人，分别占96.82%和3.18%。

（三）关于1937年全国公务员考绩的问题

“七七事变”后，抗日战争爆发。随着日本帝国主义的猖狂进攻，祖国的大片领土沦陷。1938年10月，北平、天津、太原、上海、南京、武汉、广州等地，全部被日本侵略者占领，祖国的半壁河山沦为日本人的铁蹄之下。在英勇抗击日本帝国主义侵略、国土沦陷、国民政府迁都的1937年，政府明令停止1937年的全国各机关公务员的考绩。

有人认为：1937年中央机关公务员考绩概况为：合格者7 676人，

---

① 中国第二历史档案馆藏档案：全宗号二七，案卷号785。

② 据铨叙部统计室公务员考绩案报告表；中国第二历史档案馆藏档案：全宗号二七，案卷号785。

其中简任362人，荐任1 022人，委任6 292人；不合格者276人，其中简任0人，荐任5人，委任271人，该年总计人数7 952人[①]。其实，这一数据，在行政院新闻局印行的1947年12月《铨叙制度》第29页；《中华年鉴》上，中华年鉴社1948年出版，第539页等书上都有记载。作者把1937年“办理”公务员考绩的人数，错误地理解为1937年公务员考绩的人数。正确的答案是：1937年全国公务员的考绩已停止。1937年分别办理了1935年和1936年全国公务员考绩案。核定1935年全国公务员考绩者1370人，合格者1345人，不合格者25人。核定1936年全国公务员考绩者6582人，合格者6331人，不合格者251人。[②]

（四）关于1938年全国公务员考绩的人数

有人认为：“1938年南京政府全国各机关公务员考绩情况是：1938年送审公务员人数为2 082人，其中合格总人数为2 071人，不合格人数为6人。合格人数中晋级819人，晋级兼奖章67人，晋级存记74人，晋级存记兼奖章18人，简荐任存记44人，简荐任存记兼奖章12人，简荐任待遇39人，简荐任待遇兼奖章12人，加俸107人，加俸并奖章6人，奖状149人，奖章14人，奖章并奖状22人，80分以上合格发表10人，留级678人。”[③]

上述“1938年送审公务员人数”的表述是不准确的。因为政府明令停止1937年的全国各机关公务员的考绩，1938年，全国公务员的考绩亦未举办。国民政府于1939年公布《非常时期公务员考绩暂行条例》，1939年全国公务员考绩依此条例办理。1938年的考绩，亦经铨叙部函国民政府文官处核准，适用该暂行条例，同时补办。铨叙部还改订考绩表册和送达期间表，规定了各机关将表册于1940年6月前陆续咨送到铨叙部。所以说，1938年是不可能送审全国公务员考绩人数的。另外，作者引用的上述档案材料，是1940年办理的统计数据，不能代表1938年全

① 姬丽萍《中国公务员考铃制度的初创1928—1948》，第264页；何家伟：《大悖初衷——南京国民政府公务员考绩制度嬗变及其实施研究》，《民国档案》2009年第1期，第74页。

② 铨叙部统计室编制：《核定公务员考绩案报告表》（1936年至1941年底止），中国第二历史档案馆藏档案：全宗号二七案，卷号785。

③ 何家伟：《大悖初衷一南京国民政府公务员考绩制度嬗变及其实施研究》，《民国档案》2009年第1期，第74页。

国公务员考绩的全貌。因为除此以外，还有截止于1941年和1945年的统计数据。

1940年办理1938年全国公务员考绩者2 082人，合格者2 071人，不合格者6人，保留5人。这个数据和铨叙部统计室编制的《核定公务员考绩案报告表》（1936年至1941年底止）1940年核定的数据完全一致。

截止1941年底止的统计数据显示：1938年全国公务员考绩者3 258人，合格者3 238人，不合格者13人，保留7人。合格人员中，中央公务员1827人，地方公务员1 411人。不合格人员中，中央公务员7人，地方公务员6人。保留人数中，中央公务员3人，地方公务员4人。

1945年8月的统计数据是可信的：1938年参与考绩者3 290人，合格者3 268人，不合格者22人①，分别占99.33和0.67%。

（五）关于1939年全国公务员考绩的人数

有人认为：1939年全国各机关参加考绩公务员总数为2 375人。其中合格2 363人，不合格9人。保留者2人，准予任用不予考绩1人。合格者中，晋级994人，晋级兼奖章127人，晋级存记77人，晋级存记兼奖章11人，简荐任存记41人，简荐任存记兼奖章14人，加俸118人，加俸兼奖章12人，奖章15人，奖状210人，80分以上合格发表15人，留级646人。不合格者中酌予惩处4人，免职5人。②

1939年，中央机关公务员符合条件者，全部参加考绩，地方有河南、浙江、江西、安徽、湖南、广东、福建、山西、宁夏等省政府公务员部分参加考绩，以及安徽、湖北、西康、云南、四川、河南、宁夏、广西、青海、山西、江苏各省法院法官参加考绩。③

1939年全国各机关公务员考绩案的核定，分别是1940年1941年后分批办理的。我所见到的档案材料，有截止1940年底止、截止1941年

① 考试院秘书处编印：《第三届国民参政会第三次大会考试院工作报告书》，1945年8月，第12页。

② 何家伟：《大悖初衷—南京国民政府公务员考绩制度嬗变及其实施研究》，《民国档案》2009年第1期，第74页。

③ 中国第二历史档案馆藏档案：全宗号二七（四），案卷号41。

底止以及1945年8月的统计数据。作者引用的上述材料，是截止1940年底止的数据，没有代表性。

截止1941年底止的统计数据显示：全国公务员参与考绩者3 959人，合格者3 929人，不合格者25人，保留5人。合格人员中，中央公务员2 893人，地方公务员1036人。不合格人员中，中央公务员14人，地方公务员11人。保留人员中，中央公务员3人，地方公务员2人。全国公务员参与考绩者，中央公务员2 910人，地方公务员1 049人。

据1945年8月统计数据显示：1939年参与考绩者4 012人，合格者3981人，由此可以得出不合格人数31人。合格人数占99.23%，不合格人数占0.773%[①]。这个数据，是可信的。

（六）关于1940年全国公务员考绩的人数

有人认为："1940年中央和地方公务员参加考绩者共4005人。其中中央公务员90分以上者774人，80分至90分888人，70分至80分801人，60分至70分112人，60分以下9人。地方公务员90分以上95人，80分至90分203人，70分至80分98人，60分至70分23人，60分以下2人。"[②]

1940年，全国各机关公务员考绩案的核定，分别有截止于1941年底和1942年6月底的统计表和1945年公布的材料。

截止于1941年底核定的1940年全国各机关公务员考绩者2950人，有人误把这一数据作为1940年参加考绩的公务员人数，并错误地认为受降级、免职等处分者17人[③]。也有人错误地认为不合格人员为15人[④]。正确的说法是：合格者2 933人，不合格者16人，保留1人。

截止于1942年6月底的统计表显示：1940年全国公务员参与考绩者4 005人，合格者3 972人，不合格者33人。合格人员中，中央公务

① 考试院秘书处编印：《第三届国民参政会第三次大会考试院工作报告书》，1945年8月，第12页。

② 何家伟：《大悖初衷—南京国民政府公务员考绩制度嬗变及其实施研究》，《民国档案》2009年第1期，第75页。

③ 肖如平著：《国民政府考试院研究》，社会科学文献出版社2008年版，第242页。

④ 铨叙部统计室编制：《核定公务员考绩案报告表》（截止1941年底止），中国第二历史档案馆藏档案：全宗号二七，案卷号785。

员 3 559 人，地方公务员 413 人。不合格人员中，中央公务员 25 人，地方公务员 8 人[①]。合格者占 99.18%，不合格占 0.82%。作者错误地认为："1940 年""中央公务员……60 分以下 9 人"，"地方公务员……60 分以下 2 人。"根据 1939 年 12 月 8 日国民政府公布的《非常时期公务员考绩暂行条例》规定，考绩在 60 分以下为不合格，当时不合格者 33 人，而不是何文所说的 11 人。

值得注意的是，截止于 1942 年 6 月底的统计表附有说明：有 68 人因详细材料不全故未列入统计表。[②]

可信的说法是 1945 年 8 月的统计数据：1940 年参与考绩者 4 054 人，合格者 4 020 人，由此可以计算出不合格者 34 人。合格者占 99.16%，不合格者占 0.84%。[③]

（七）关于 1941 年全国公务员考绩的人数

有人认为：1941 年中央政务机关参加考绩者共 3 317 人。最优人员即总分在 80 分以上 1 241 人，占参加考绩人数 74.7%。成绩平常人数即总分在 60 分至 79 分 411 人，占 24.6%。成绩平常人数中无级可晋 215 人，占成绩平常人数的 52.3%。最劣人员即总分不满 60 分人数为 11 人，占参加考绩人员 0.7%。未参加考绩人数（未曾送审或审查合格未满一年者）合计为 1 654 人[④]。以上参加考绩的 1 241 人、411 人、11 人相加等于 1 663 人，这个数据与作者说的 3 317 人不吻合。因此，上述引文应这样改正：即 3 317 人是 1941 年中央政务机关的总人数，参加考绩者 1 663 人[⑤]。以上只是 1941 年中央政务机关参加考绩的数据。就全国而言，据 1945 年 8 月的统计：1941 年参与考绩者 4 573 人，合格者 4 497人，由此可以计算出不合格者 76 人。合格者占 98.34%，不合格者

① 中国第二历史档案馆藏档案：全宗号二七，案卷号 785。

② 中国第二历史档案馆藏档案：全宗号二七，案卷号 785。

③ 考试院秘书处编印：《第三届国民参政会第三次大会考试院工作报告书》，1945 年 8 月，第 12 页。

④ 何家伟：《大悖初衷一南京国民政府公务员考绩制度嬗变及其实施研究》，《民国档案》2009 年第 1 期，第 75 页。

⑤ 铨叙部统计室编制：《中央政务机关 1941 年度考核结果报告表》，中国第二历史档案馆藏档案：全宗号二七，案卷号 785。

占 1.66%。①

（八）关于 1942 年全国公务员考绩的人数

有人认为："1942 年中央公务员考绩实施情况为：合格人数 6 038 人，其中简任 333 人，荐任 1 873 人，委任 3 832 人；不合格人数 74 人，其中简任 0 人，荐任 13 人，委任 61 人；保留人数 6 人，其中荐任 2 人，委任 4 人。该年总计人数 6 118 人。"② 以上引文，作者在注释中写道：转引自曹必宏主编《中华民国实录》第 5 卷（上册），参见姬丽萍《中国公务员考铨制度的初创 1928—1948》，第 264 页。其实，作者并非"参见"而是转引自姬丽萍的著作，而姬丽萍著作中的统计表的标题，误将全国公务员写作中央公务员，作者也跟着犯了同样的错误。所以以上引文中有两个地方错了，一是"中央公务员"应为全国公务员，二是"考绩实施情况"应为办理考绩的情况。原文的本意是：1942 年办理全国公务员考绩，合格人数 6 038 人，不合格人数 74 人，保留人数 6 人，该年办理考绩的总计人数 6 118 人。1942 年，可以办理 1941 年、1940 年考绩的人数。作者错把 1942 年办理的人数，当作 1942 年参加考绩的人数。那么，1942 年参加考绩的人数是多少？据考功司考绩科 1943 年工作总报告表：办理 1942 年考绩者 6 258 人、考成 5 387 人、复核委托考绩 185 人，平时成绩纪录 4 529 人③。据考功司考绩科 1945 年度 1 月份工作总报告表：办理 1942 年委托考绩表 1 人④。正确的说法是 1945 年 8 月的统计数据：1942 年参与考绩者 6 147 人，合格者 6 059 人，由此可以计算出不合格 88 人。合格者占 98.57%，不合格者占 1.43%。⑤

（九）关于 1943 年全国公务员考绩的人数

有人认为："1943 年中央公务员考绩实施情况为：合格人数 5 920

---

① 考试院秘书处编印：《第三届国民参政会第三次大会考试院工作报告书》，1945 年 8 月，第 12 页。

② 何家伟：《大悖初衷一南京国民政府公务员考绩制度嬗变及其实施研究》，《民国档案》2009 年第 1 期，第 75 页。

③ 中国第二历史档案馆藏档案：全宗号二七（4），案卷号 41。

④ 中国第二历史档案馆藏档案：全宗号二七（4），案卷号 43。

⑤ 考试院秘书处编印：《第三届国民参政会第三次大会考试院工作报告书》，1945 年 8 月，第 12 页。

人，其中简任346人，荐任1 889人，委任3 685人；不合格人数71人，其中简任1人，荐任28人，委任42人；保留人数2人，其中荐任2人。该年总计人数5 993人。”以上引文，作者在注释中写道：转引自曹必宏主编《中华民国实录》第5卷（上册），参见姬丽萍《中国公务员考铨制度的初创1928—1948》，第264页。① 由于和上述同样的原因，作者错把1943年办理的人数，当作1943年参加考绩的人数。那么，1943年参加考绩的人数是多少？据1945年8月统计数据：1943年参与考绩者4 819人，合格者4 814人，由此可以计算出不合格者5人。合格者占99.90%，不合格占0.1%。② 不予考绩者也是有的，例如：1943年，浙江省高等法院公务员王烈岐等106人，“业经审核完竣并予登记”，全部合格，陆贤缵等8人依法应不予考绩。③

（十）关于1944年全国公务员考绩的人数

有人认为：1944年南京国民政府中央公务员参加考绩的有17人（仅主计处与司法行政部所属），其中不予考绩有7人，晋级有10人；地方公务员仅5人参加考绩，其中不予考绩1人，晋级3人，发奖状1人。又说：1944年参加考绩的公务员仅22人。④

据《第四届国民参政会第一次大会考试院工作报告》载：“三十三年考绩案，均已到齐，并于三十四年二月底审查完竣，呈报国防最高委员会，地方机关三十三年考绩案送到者，有四川、贵州、重庆等十省市政府，亦经陆续审查发表。”“至1945年3月底，计办理1944年度中央与地方机关公务员考绩案5 268件，合格者4 737人，不合格者48人，不予考绩者483人。又考成案5 189件，合格者4 615人，不合格者38人，不予考成者536人。”⑤ 以上可见，1944年参与考绩者5268人，合

① 何家伟：《大悖初衷一南京国民政府公务员考绩制度嬗变及其实施研究》，《民国档案》2009年第1期，第75页。

② 考试院秘书处编印：《第三届国民参政会第三次大会考试院工作报告书》，1945年8月，第12页。

③ 中国第二历史档案馆藏档案：全宗号二七（4），案卷号6610。

④ 何家伟：《大悖初衷—南京国民政府公务员考绩制度嬗变及其实施研究》，《民国档案》2009年第1期，第75、78页。

⑤《第四届国民参政会第一次大会考试院工作报告》，1945年6月编印，第9页。

格者4737人，不合格者48人，不予考绩者483人。分别占89.92%、0.91%、9.17%。

（十一）关于《修正公务员考绩法施行细则》的有效期

有人认为："1936年12月25日，南京国民政府公布《修正公务员考绩法施行细则》规定，各机关考绩晋级人员，简任职不得超过现有简任人员1/3，荐任职不得超过现有人员1/5，委任职不得超过现有委任人员1/7。规定了晋级的比例之后，以后其他年度的考绩中，公务员晋级人数占当年参加考绩的公务员总数的比例是否符合南京政府铨叙部规定的比例呢？我们可以来考察一下"。[①] 作者以简任按规定33.33%、荐任按规定20%、委任按规定14%标准，考察了南京国民政府1935年—1946年公务员考绩晋级人员比例。且不论所公务员考绩人数和晋级人数是否准确，但以上述1/3、1/5、1/7作为考察的比例，是不能成立。

因为：1936年12月25日南京国民政府公布的《修正公务员考绩法施行细则》，从理论上说到1939年12月8日南京国民政府颁布施行《非常时期公务员考绩暂行条例》时已停止适用。《非常时期公务员考绩暂行条例》，是为适应抗战时期情形特殊而制定的，所定条文，较考绩法为宽，旨在优奖勤能，以期增进工作效率，适应抗战需要。为此，在颁布施行《非常时期公务员考绩暂行条例》时，同时规定"原有公务员考绩法规在非常时期暂停适用"，[②] 这当然包括上述《修正公务员考绩法施行细则》在内。又由于全面抗战爆发后的1937年全国公务员考绩奉命停办，1938年全国公务员考绩依1939年12月8日南京国民政府颁布施行《非常时期公务员考绩暂行条例》补办的，所以从实际情况看，1936年12月25日南京国民政府公布的《修正公务员考绩法施行细则》，自1937年就被废止了。作者不以新的标准而用已经废止的1936年的《修正公务员考绩法施行细则》中"关于晋级之限制，则规定各机关简任不得逾现有简任人员之1/3，荐任不得逾1/5，委任不得逾1/7"的规定作为评价1935年—1946年公务员考绩晋级人员比例的标准，这是不合适

① 何家伟：《大悖初衷—南京国民政府公务员考绩制度嬗变及其实施研究》，《民国档案》2009年第1期，第79页。

② 《河南省政府公报》第2326期，1940年出版。

的。也许他不知道《修正公务员考绩法施行细则》等抗战前颁布施行的考绩法规，已被《非常时期公务员考绩暂行条例》所替代了。

（十二）关于年考淘汰2%，总考淘汰4%的有效期

有人认为

> 再考察一下南京国民政府历年考绩的被淘汰人员比例是否达到规定的年考淘汰2%，总考淘汰4%的要求。1939年南京国民政府公务员考绩惩处的比例约为0.4%；1940年不合格人员仅2人，占当年参加考绩总数的0.4%；1941年的比例为0.7%；1945年不合格比例为0.7%；1946年不合格比例0.03%。由上可知：南京国民政府考绩的淘汰人数比例最高的为1941年和1945年，仅仅是0.7%。最低的是1946年，居然只有0.03%。南京国民政府公务员考南京国民政府公务员考绩被淘汰比例最高的即使四舍五入也只有1%。如果计算一下南京国民政府公务员考绩被淘汰的平均比例，仅为0.45%，离考绩制度规定的2%的比例的距离还很远。这还只是部分年份，其他年份根本就没有不合格公务员，那就更谈不上所谓的淘汰比例了。以上是对南京国民政府铨叙部统计的历年考绩概况的分析，就奖励来说，南京国民政府公务员历年考绩受奖人数大大超标，就惩罚来说，公务员被惩处则是微乎其微，少之又少，几乎可以忽略不计。①

以上引文，除了文中所说的不合格的比例是否正确我当专门讨论外，这里要指出其中的两个错误。一是淘汰和不合格是两回事，作者错把不合格的比例，当作淘汰的比例来论证，这是不对的。因为考绩在60分以下为不合格，其中年考和总考不满60分记过、不满50分降级、不满40分解职。当时的淘汰就是指解职。淘汰包含在不合格之中，但不合格之中的记过和降级不能等同于解职。关于年考淘汰2%，总考淘汰4%的规定，出自1935年11月1日南京国民政府颁行的《公务员考绩奖惩

① 何家伟：《大悖初衷——南京国民政府公务员考绩制度嬗变及其实施研究》，《民国档案》2009年第1期，第80页。

条例》第八条："成绩过劣应行解职人员，年考不得少于各该机关总员额百分之四（错了，应为百分之二——引者注）。总考不得少于各该机关总员额百分之四。前项解职人员所遗之员缺，以考试及格人员递补。"①

二是关于年考淘汰2%，总考淘汰4%的规定，是变化的，是有有效期的。作者没有认识到这一点。

1935年12月，戴季陶等4委员在国民党第五届中央执行委员会第一次全体会议上提出了《厉行考绩淘汰成绩过劣人员以增行政效率而便澄叙案》，称"自我国民政府奠都南京以来，关于任官叙资，已由铨叙部规划推行，渐能纳入法轨。惟公务员考绩一端，以种种关系，迄未实施，因之才能优异，奋勉努力者，固无术奖进，而能力低劣，因循怠惰者，亦无法黜免。以至仕途壅塞，效率低减，殊非政府厉行考铨，澄清吏治之至意。""拟请大会决议转行国民政府，严令全国各机关于本年年终举行考绩时，务须依照公务员考绩奖惩条例第八条之规定，将成绩过劣人员厉行淘汰，所遗员缺，即以考试及格人员递补，不得稍事因循，以增行政效率，而便澄叙。"② 戴季陶等4委员的提案，"经议决通过"。1935年12月18日，国民党中央执行委员会发出公函，交国民政府办理。同年12月31日，国民政府发出第995号训令，查公务员考绩奖惩条例第八条，"成绩过劣应行解职人员，年考不得少于各该机关总员额的2%，总考不得少于各该机关总员额的4%。前项解职人员所遗之员缺，以考试及格人员递补"之规定，"尤须严格执行"，国民政府要求行政院、司法院等部门"转饬所属，遵照办理"。

各机关考绩按百分比淘汰员额实施办法，国民政府1936年4月作了调整。4月17日，国民政府第352号训令指出：

> 为令饬事，据考试院二十五年四月十一日呈称：
>
> 案据铨叙部本年三月七日呈，以公务员考绩法施行细则第二条载，依本法考绩之公务员，以经甄别审查或已登记审查合格或依法任用者为限，依此规定，则各机关总员额中之曾经依

① 《考试院公报》第11期，第1－4页。

② 《奉令中央决议厉行考绩淘汰成绩过劣人员以增行政效率一案仰遵照等因令仰遵照办理》，《江西省政府公报》第554期，1936年出版，第7页。

法任用而任职已满一年者，即应予以考绩，其经依法任用尚未届满一年或任职虽满一年而尚未依法铨叙者，自不在此次考绩之列。又查公务员考绩奖惩条例第八条规定，成绩过劣应行解职人员，年考不得少于各机关总员额百分之二，细绎立法原意，所谓总员额当系指各机关现有简荐委人员总数而言，今若依此解释，则送表考绩者，为总员额中之一部分人员，而淘汰之百分比，则又以总员额为依据，其结果则受淘汰者，必为受考绩人员中之成绩较劣人员，而另一部分之未经合法铨叙人员，无论其成绩如何低劣，转可避免淘汰，不但有乖立法之本意，亦且有失事理之平衡，为顾全事实起见，拟具实施办法四项，请鉴核转呈等情前来。查核所呈，系为确定考绩淘汰百分比率，俾便依据起见，似属可行，该部原拟实施办法四项，经本院详加审核，酌为修正如左：一、所谓各机关总员额，系指各机关现有简荐委人员之总数，非仅指受考绩员额。二、应受本届考绩人员，应就已送表员额淘汰百分之二。三、其未受考绩人员，除依法任用未满一年及任用未满三月，正在赶办送审手续者外，余由部限期送审，并应由机关即时先行裁汰百分之二，过期不送审，或送审不合格者，均遵照国府二十三年十二月第九七三号通令办理。四、各机关总员额在五十人以上未满一百人者，必须就成绩较劣者，淘汰一人，以符定例。以上四项办法，是否有当，理合备文呈请钧府察核赐准，能饬施行，指令遵照。等情，据此，应准照办。除指令并分行外，合行令仰遵照，并转饬所属一体遵照。此令①

以上最重要的调整，就是将公务员考绩奖惩条例第八条关于成绩过劣应行解职人员，年考不得少于各机关总员额2%的规定，调整为应受本届考绩人员，应就已送表员额淘汰2%，各机关总员额在50人以上未满100人者必须就成绩较劣者淘汰1人以符定例。

这一淘汰人员办法的新规定是有有效期的。因为1939年12月8日南京国民政府颁布施行《非常时期公务员考绩暂行条例》时，曾明令

① 《国民政府公报》第2026号，1936年4月20日。

“1935 年 7 月 16 日公布同年 11 月 1 日施行的《公务员考绩法》在非常时期“暂停使用。”[①] 1938 年的考绩，又以《非常时期公务员考绩暂行条例》为依据补办的，1937 年的考绩又没有实行。可以确切地说，自 1938 年的全国公务员考绩起执行《非常时期公务员考绩暂行条例》、1942 年 4 月 21 日起执行《非常时期公务员考绩暂行条例补充办法》，1943 年 2 月 26 日起执行《非常时期公务员考绩条例》，1945 年 10 月 30 日起执行《公务员考绩条例》，条例变了，奖惩的标准也在变化。年考淘汰 2%，总考淘汰 4% 的标准自 1938 年全国公务员考绩起就被新的标准替代了。作者也许不知道这一标准的有效期，以至于用这一本身就淘汰了的标准来考察“南京国民政府历年考绩的被淘汰人员比例”，这是不合适的。况且自 1938 年到 1948 年也没有总考，总考是 1949 年 1 月 1 日恢复的，并没有实行。

（十三）关于“人人优异，个个晋级”的事实

有人认为：在考绩过程中，南京国民政府考绩机关把关不严，导致“人人优异，个个晋级”丧失了考绩的本意。[②] 所谓“人人优异，个个晋级”，就是 100% 的优异、100% 的晋级的意思。这种考绩的状况，出现在某单位某年似乎是可能的，但把它扩大到整个南京国民政府时期，就不合事实了。且不说考绩合格人员是否“人人优异，个个晋级”，考绩不合格人员是要受到记过、降级、甚至解职惩罚的。我们来考察一下历年考绩合格、不合格人员的比例，就知道是否“人人优异，个个晋级”的事实了。

1935 年，参加考绩的人数共 10 571 人，其中合格人员 10 283 人，不合格人员 285 人，保留 3 人，分别占 97. 27%、2. 7% 和 0. 03%

1936 年全国各机关公务员考核结果是：参加考绩的人数共 8 892 人，其中合格人员 8 609 人，不合格人员 283 人，分别占 96. 82% 和 3. 18%。

1938 年参与考绩者 3 290 人，合格者 3 268 人，不合格 22 人，分别占 99. 33 和 0. 67%。

---

① 《国民政府公报》渝字第 213 号，1939 年 12 月 13 日。

② 何家伟：《大悖初衷——南京国民政府公务员考绩制度嬗变及其实施研究》，《民国档案》2009 年第 1 期，第 78 页。

1939 年参与考绩者 4 012 人，合格者 3 981 人，由此可以得出不合格人数 31 人。合格人数占 99. 23%，不合格人数占 0. 773%

1940 年参与考绩者 4 054 人，合格者 4 020 人，由此可以计算出不合格者 34 人。合格者占 99. 16%，不合格占 0. 84%。

1941 年参与考绩者 4 573 人，合格者 4 497 人，由此可以计算出不合格者 76 人。合格者占 98. 34%，不合格者占 1. 66%。

1942 年参与考绩者 6 147 人，合格者 6 059 人，由此可以计算出不合格 88 人。合格者占 98. 57%，不合格者占 1. 43%。

1943 年参与考绩者 4 819 人，合格者 4 814 人，由此可以计算出不合格者 5 人。合格者占 99. 90%，不合格占 0. 1%。

1944 年参与考绩者 5 268 人，合格者 4 737 人，不合格者 48 人，不予考绩者 483 人。分别占 89. 92%、0. 91%、9. 17%。又考成案 5 189 件，合格者 4 615 人，不合格者 38 人，不予考成者 536 人。

综上所述，1935—1936 年、1938—1944 年的考绩，平均不合格率为 1. 36%，由此可见，用“人人优异，个个晋级”来概括南京国民政府时期的考绩，违背了事实。

第十一章　学校考试制度研究

学校教育是与社会教育相对的概念。学校教育考试制度，专指受教育者在各类学校内所接受的各种教育活动的考试制度，是教育制度重要组成部分。一般说来，学校教育考试制度，包括初等教育、中等教育和高等教育的考试制度。

南京临时政府教育部于 1912 年 1 月 19 日颁布《普通教育暂行办法》，规定："从前各项学堂均改称学校"。故本文所说的学校，始于 1912 年的新式学校。

一、北京政府统治时期学校考试制度的改革

辛亥革命后，孙中山于 1912 年建立资产阶级民主共和国。同年 4 月，经过南北议和，袁世凯篡夺了辛亥革命的果实，成立了北京政府。由于蔡元培先生在北京政府中担任了一段时间的教育总长，也由于教育界同仁的努力，以及其他因素的影响，北京政府统治时期，明定招生资格并实行男女同校，进行了标准化入学考试的尝试，修正公布并施行《修正学生学业成绩考查规程》，毕业考试权转移到教育部。研究这一时期学校考试制度的改革，其学术价值和现实意义都是不言而喻的。

（一）入学招生考试的改革

1. 入学招生考试政策的改革

第一，明定招生资格并实行男女同校。男女同校始于南京临时政府时期，也是辛亥革命的成果之一。1912 年 1 月 19 日，南京临时政府教育部颁布了第一个改造封建教育的法令——《普通教育暂行办法》，其中明令初等小学可以男女同校。

北京政府统治时期，男女同校是从高等学校突破的。当时，高等学

校的入学考试权不在教育部。教育部规定了大学院、大学、专门学校的入学资格和入学考试的标准。根据“壬子癸丑”学制，大学院设在大学内，大学和专门学校均设置预科。大学院修业年限不定，招收大学本科毕业生或经考试有同等学历者。大学预科又分为三部，学制三年，招收中等学校毕业生，或经考试有同等学历者，中等学校毕业生如果超过招生名额时，举行“竞争试验”；[①] 大学本科学制三年或四年，招收预科毕业生或经考试有同等学历者，但未遵照《大学规程》办理的预科学校或与预科相当的学校，其毕业生均举行入学考试。专门学校分为学制一年的预科、三年或四年的本科以及一年以上的研究科，入学资格是“中学校毕业或经试验有同等学历者”。[②] 中学入学资格和考试科目，如具有高等小学毕业资格者，考试“国文算术二科”；[③] 凡具有同等学力资格者，考试国文、算术、历史、地理、理科等，以高等小学毕业程度为命题标准。这一时期，入学考试权在学校。学校决定招生人数、决定入学考试的科目、自行命题、自行考试、自行录取。入学考试权在学校，最大的优点是招生方法灵活，有利于特殊人才的选拔；有利于对某一学科确有创造性思维、确有潜能的考生，不致因为某一学科的“跛脚”而名落孙山；有利于招生考试制度的改革。在五四时期新文化运动的影响下，在胡适的倡导下，1920 年 2 月，北京大学首次招收 9 名女子旁听生，[④] 冲破了我国高等学校男女不能同校的禁律。其影响所及，全国各高等学校纷纷仿效。

1922 年 11 月 1 日，北京民国政府以大总统令公布了《学校系统改革案》。这就是 1922 年“新学制”，也叫“壬戌学制”。新学制执行到北京民国政府崩溃，无重大变化。根据新学制，高等学校取消了预科，附设专修科，因此，大学和专门学校的入学资格，均为高级中学毕业生。中学实行三三制，分为初级中学和高级中学，修业各三年，共六年。初中和高中可以合设为完全中学，也可以因地制宜，单独设立。初中招收

① 《大学规程》(1913 年 1 月 12 日)，《中国考试制度史资料选编》，黄山书社 1992 年版，第 572 页。试验即考试。

② 《专门学校令》(1912 年 10 月 22 日)，《教育杂志》第 4 卷第 10 号。

③ 《中学校施行规则》1912 年 12 月 28 日，《中国考试制度史资料选编》，黄山书社 1992 年版，第 594 页。

④ 另一说法为 1919 年，见《少年世界》第 1 卷第 7 期。

考试合格的高小毕业生；高中招收考试合格的初中毕业生。中学除实施普通教育外，还应根据地方需要，附设职业科和师范科，招收职业教育、师范教育的学生。此制男女兼用，中学招考女生从此开始。这就从制度上改革并确立了中学男女同校。从此男女同校、男女教育平等在国内蔚然成风。

第二，限制甲种实业学校招收乙种实业学校毕业生。北京政府时期，实业学校分为甲乙两种，以省立、县立，私立为原则。甲种实业学校设预科及本科：预科学制一年，招收14岁以上的高小毕业生或经考试有同等学历者；本科学制三年，招收预科毕业或经考试有同等学历者。乙种实业学校，学制三年，选拔12岁以上具有初等小学之学历者。但是，甲种实业学校出现了招收乙种实业学校毕业生的不良现象。实业学校，培养能够掌握农业、工业、商业必需的知识与技能，应用于社会的人才。社会需要多层次的技术人才，而甲种实业学校实施完全的实业教育，乙种实业学校实施简易的实业教育，其性质是不同的。当时的教育部制定“实业学校令”，不沿用中等、初等的旧称，并命名为甲乙种，“即表明甲种非乙种之阶”。但是，教育部在审核各省区“甲种实业学校学生名册时”，发现乙种实业学校学生居多，甚至“乙种实业学校校章，载明由本校毕业后，得升入甲种等语。”① 因此，教育部“通咨”各省区甲种实业学校肄业生不得尽收乙种学校毕业生。

第三，对中等学校招收同等学历的限制。为了解决当时中等学校招生时的生源不足，也为了给未经过学校毕业而通过自学达到相当程度的学生有一个继续学习的机会，教育部规定了中等学校招收同等学历者的相关政策。但是，各校在招生的过程中，出现了“任意滥收”同等学历者的问题，造成中等学校新生文化程度参差不齐。随着各省高小毕业生人数的增多，供求的矛盾缓和，教育部限制招收同等学历者。1917年3月28日，教育部规定：各中等学校招收新生时，同等学历者“不得逾定额”的1/5，而且要从严录取，杜绝“滥收之弊。”② 1918年12月18日，教育部又规定：今后各中等学校招收同等学历者，应于录取后，“迅将入学试卷及履历表册等件，呈由本省教育厅行政长官复阅。省视

① 《教育杂志》第11卷第1号，1919年1月出版。

② 《教育杂志》第9卷第5号，1917年5月出版。

学视察时，并应随时考验，如有程度不合者，即令退学。”

2. 入学考试方法的改革

北京政府统治时期，高等学校和中等学校都进行了入学考试方法的改革，但最有代表性的要算东南大学附中。它是当时公认的全国最好的四所中等学校之一。东南大学附中运用科学原理改革入学考试的方法，曾在杂志上披露过，1923 年的改革刊登在《教育杂志》第 15 卷第 10 号，1924 年的改革刊登在《中华教育界》第 14 卷第 7 期，1925 年的改革刊登在《新教育》第 11 卷第 1 期。他们的改革，主要表现在以下几个方面：

一是关于命题的改革。该校初一、初二年级的入学考试共有“缀法”（即作文）、文言默读、白话默读、数学、英文、常识等科。上述科目的试题，从命题的角度看，除命题的覆盖面比较宽、[1] 大多数是单项选择题[2]以外，侧重于考查学生的演算、写作、理解能力。如“默读测验”第五题：楚王之时，有所爱马，衣以文绣，置之华屋之下，席以露床，啖以枣脯，马病肥死；使群臣丧之，欲以棺椁大夫礼葬之。左右争之以为不可。王下令曰：“有敢以马谏者罪至死！优孟闻之，仰天大哭！王惊而问其故。优孟曰：“马者王之所爱子也，以楚国堂堂之大，何求不得，而以大夫礼葬之，薄；请以人君礼葬之。”

1. 楚王之马死于：（1）棺椁（2）文绣（3）露床（4）病肥　（　）

2. 楚王欲葬马以：（1）人君礼（2）大夫礼（3）遮人礼（4）群臣礼　（　）

3. 优孟的本意欲王：（1）薄葬马（2）爱马（3）厚葬马（4）不爱群臣　（　）[3]

---

① 如“算学”试卷，共 35 题，包括四则运算、四则应用问题、小数乘除法、日历问题、求“素因数”、求最小公倍数、化循环小数、分数应用题、折扣计算、单利计算、比例应用题、分配问题等等。限 60 分钟完成。这样，学生对所学习的各种数学方法是否熟谙，思路是否正确，演算是否敏捷，以测量出来。

② 每题有 4 个选项，分别用（1）（2）（3）（4）在答案的前面标出，这 4 个选项中，只有 1 个正确答案。要求考生把正确答案的序号—阿拉伯数字，写在该题的括号中。

③ 《中华教育界》第 14 卷第 7 期第 6 页。

根据上述一段文言文字，第一题的正确答案是（4）；第二题的正确答案为（2）；第三题的正确答案应写作（1）。题目的干扰项具有一定的迷惑性，如果不理解这段文字，以上几道题目就无法做。

二是入学标准的制定。1922 年的新学制公布后，小学还没有一定的毕业标准可以遵循。有些小学，则以优良中学的入学标准为小学毕业标准，才不至暗中摸索贻误学生。有了一定的标准，则学生成绩的好坏、教育效率的大小就可明白。东南大学附中初中入学标准的制定，其意义即在此。初中入学标准，也就是入学考试各科的标准答案和评分标准。1923—1925 年，东南大学附中招考初一、初二的学生，诸如“默读测验”、作文、算学、英文、常识等科目，都分别制定了标准答案和评分标准，作为阅卷教师评分的参考依据。

三是考试事务管理的加强。这里所说的考试事务管理，是指对报名、考场、监考、阅卷的管理等。每个考生除了报名号码以外，还有一个座位号，使同时报名的人不能坐在一起。考试前，考生都发给一张《考试规程》。《规程》对考试舞弊的处理、考生姓名及座位号数的写法、交卷后不准逗留考场内、如需小便外出等都规定得非常具体。此外，学生进入考场后，有专人查对照片。每个考场有两位教师监考，并收发试卷。每科试卷，都是密封的，考试前，由主考在考场内当众启封。试卷收齐后，由主任把试卷上的“名条”撕去，换一个秘密的阅卷号码，进行保密处理后，才分发给阅卷教师。阅卷时，教师要签名负责。录取时，把试卷调出来，请各位教师共同审查。如果试题泄漏，或者录取了分数不高的考生，由主任负责；如果分数很高，而试卷的内容不好，由教师负责。由于采取上述措施，考场秩序井然，没有发生冒名顶替的事件，阅卷评分也较公平合理。

四是计分方法的改革。传统的计分方法，一般采用百分制计分。东南大学附中的入学考试，采用“T 分数”,① 即将原始分②化作相等的价值，大体相当于今天标准化考试中将原始分转化为标准分。由于单项选择题的四个答案中有一个是正确的，假如有 100 题，都答一个相同的选项，答对的机遇占 1/4，答错的机遇占 3/4。为了把那个“机遇”去掉，

---

① 又称“比较的计分法”。

② 原始分，就是阅卷时，每答对一题得分的总和。

改用这样的计算公式：对的减 1/3 错的等于“做对题数”。使用“T 分数”的优点是：第一，各科的分数有同等的价值。“T 分数”是一种比较的标准，“默读甲”的 T50 分，等于“默读乙”的 T50 分，也等于其它各科的 T50 分。第二，调整了各科试题的“难易度”。例如“默读甲”比“默读乙”容易得多，不用“T 分数”，究竟相差多少？不得而知。用了“T 分数”，就知道“默读甲”的 14 分，等于 T52 分，默读乙只要 7 分，就等于 T52 分，换句话说，“默读甲”的 14 分和“默读乙”的 7 分是等值的。第三，不同学科评分宽严的影响，可以减少。例如 1 000 人应试，用传统的评分方法，国文的评分宽，名列第五百名的是 70 多分，英文的评分严，名列第五百名的只是 40 多分。化成 T 分数，70 多分和 40 多分均等于 T50，这两个分数是等值的。第四，有利于特殊人才的选拔。例如报考初一的一位学生，除英文名列第一外，其它各科成绩都是中等。英文成绩 T80 分，假定各科成绩 T50 分为及格，那么这位同学的总分就增加了 30 分，录取的机会增加了。

（二）学生操行成绩和学业成绩考查规程的修正

北京民国政府统治时期，学生操行成绩和学业成绩考试是根据教育部的有关规定进行的。辛亥革命后的 1912 年 10 月 25 日，教育部发布第 18 号令和第 19 号令，公布《学生操行成绩考查规程》和《学生学业成绩考查规程》。

《学生操行成绩考查规程》的主要内容如下：1. 各级学校校长、教员和学监，应随时审察学生之操行，默记于册。各学级主任教员或学监，于每学期内以平时审察所得，注于操行一览表。其他教员，并以所审察者告于主任教员，汇注于表，送校长核定。学生操行之成绩，以甲、乙、丙、丁四等评定。学生每学年的操行成绩，列丙等以上者为及格，到甲等者，校长得以褒奖状。2. 学生升级及毕业时，应以操行成绩与学业成绩参酌定之。凡学业成绩未及格，其分数相差不及 1/10，而操行成绩列乙等以上者，得升级或毕业；学业成绩仅能及格，而操行成绩列丁等者，得停止其升级或毕业，但须经教员会的评议，由校长决定。3. 考查操行的要点如下：关于心性者，为气质、智力、感情、意志等项；关于行为者，为容仪、动作、言语等项。以上各项条目，由校长规定。4. 专门以上学校，其考查操行规程，得由校长酌察本校情形，特别规定。《学生操行成绩考查规程》，是近代创办资产阶级新式教育以来我国教育部公布和实行的第一个考察学生德育的规程，充分体现了当时的教育部把培养什么样的人才的问题放在十分重要的地位。

《学生学业成绩考查规程》的主要内容是：1. 学生学业成绩，分为平时成绩、试验成绩。平时成绩，由教员查察学生勤惰，与其学业的优劣，随时判定。试验分学期试验、学年试验、毕业试验三种。此外，又有入学及编级试验，于招生及转学时举行。2. 学期试验，于学期终举行。但自1－3月的一学期，得免试验。专门以上学校，得免学期试验。学期成绩的评定方法：每学科的试验成绩，参合平时成绩，判定分数，为每学科的学期成绩；本学期各学科判定的总分数，除以学科数，得平均数，为总学科的学期成绩。3. 学年试验，于每学年终举行。但届毕业时，得免除学年试验。学年成绩的评定方法：（1）本学年每学科的试验成绩，参合平时成绩，判定分数，为每学年的学期成绩。在施行学期试验的学校，以学期成绩分数相加，除以2，为每学科的学年成绩。但内有一学科或数学科为学期试验所不及格者，得照前款办理。（2）本学年各学科判定的总分数，除以学科数，得平均数，为总学科的学年成绩。4. 毕业试验，于修业的最后学年终举行。但在未届毕业以前，遇有一科目教授完竣时，得先行试验。届毕业时，即以所试验的分数，为该科目的毕业试验分数。毕业成绩评定方法：（1）最后学年，每学科的试验成绩，参合平时成绩，判定分数，为本学年每学科成绩分数。又与前各学年学科成绩分数相加，除以学年数，为各学科毕业成绩分数。在施行学期试验的学校，先以学期成绩分数相加，除以2，得每学科学年成绩，再依前法，得毕业成绩分数。（2）各学科毕业成绩的总分数，除以学科数，得平均数，为毕业总平均分数。5. 学业成绩，有应与操行成绩参酌者，适用操行成绩考查规程第五条。初等小学校、高等小学校，即以平时成绩评定学业成绩，不施行试验，但遇必要时，亦得施行适宜的试验。专门以上学校，得视特别情形，只以试验成绩，评定学业成绩。前项外，其他学校，遇有平时成绩无可参合时，得以试验成绩为准。专门以上学校的学科试验，或毕业试验，其主要科目，有一学科分数不到丙等的，不得升级或毕业。6. 此外对补考、留级、缺课及舞弊处理都规定得十分具体。①

以上两个《规程》，是民国建立后首次公布施行的。它对于贯彻资产阶级的教育方针，为国家选拔和培养资产阶级所需要的人才，起到了测量和督导的作用。特别是《学生操行成绩考查规程》的公布和实施，对于训练资产阶级的公民道德和行为规范，起到了一定的保障作用。在清王朝刚刚被推翻，中华民国刚刚建立之际，这种保障作用对于反对封建等级制度有一定的进步意义。《学生学业成绩考查规程》，与清末的学堂考试规程相比较，是有变化的：

从使用的名词看：清末叫考试。民国初年称作试验或考查。

从考试的种类看：清末分为临时考试、学期考试、年终考试、毕业考试、升学考试。民国初年的小学“不施行实验”，中学施行“平时查察”、学期试验、学年试验、毕业试验、入学及编级试验，大学没有学期试验，余者和中学相同。

从划分成绩的标准看：清末分为五个等级，80分以上为最优等，60分以上为优等，40分以上为中等，40分至20分为下等，20分以下为最下等；② 前四个等级为及格，最下等为不及格。民国初年分为四个等级，80分以上为甲等，70分以上为乙等，60分以上为丙等，60分以下为丁等，列甲乙丙三个等级的，成绩为合格，列丁等的要留校补习，补习后有两次补考机会，仍不及格，令其退学。这一规定，比清末20分以上就能及格、就能升级或毕业的规定，要严格得多。

从废除奖励毕业生的出身看：奖励毕业生的出身，始于光绪29年《奏定学堂章程》，凡在大学堂或通儒院毕业者，应奖给进士；凡在高等学堂及与此程度相当的学堂毕业者，均应奖给举人；凡在中学堂及与此同等学堂毕业已升入上级学堂者，均应奖给拔贡、优贡、岁贡生；凡在高等小学堂及与此同等学堂毕业已升入官设的上级学堂者，均应奖给禀生、增生、附生。奖励的考试分数，要在中等以上，下等和最下等的不予奖励。民国初年，初等学校、中等学校、高等学校的考试制度，废除了奖励毕业生出身。奖励出身制度的废除，是对封建科举制度残余的又

① 《教育杂志》第4卷第9号，民国元年9月。

② 1906年改为80分以上为最优等，70分以上为优等，60分以上为中等，不满60分为下等，不满50分为最下等。

一次革命。

以上两个《规程》，在实施的过程中，也出现了一些弊端。例如，《学生操行成绩考查规程》第5条和《学生学业成绩考查规程》第12条，关于学生操行成绩为乙等以上，而学业成绩不及格，亦得升级和毕业的规定，曾经导致一些学生只重视操行成绩而忽视学业成绩的倾向。又如《学生学业成绩考查规程》中，将学生的平时成绩与考试成绩提到同等重要的位置，这反映了当时的教育部重视学生平时的学习成绩，是十分正确的。但是，由于考查学生平时成绩的方法失之笼统，各级学校在执行的过程中有宽有严，效果不佳。

由于上述原因，教育部于1920年3月22日发布第24号令，公布并施行《修正学生学业成绩考查规程》。该规程在以下几个方面进行了修正：

关于平时考查。新的规程修正为“由教员参照学科性质，酌行临时试验，或另定考查办法。”它比前一个规程关于“平时查察”的规定具体了一些，有利于操作。

关于留级。新的规程规定，对于考试不及格者，除留级外，暂予升级，并限期令其就不及格之学科，实行补习，再补“试验”。这比前一个规程对留级的限制宽松了一些。

关于实践课的考试。老的规程规定，学校有实地练习者，其练习成绩，除特别规定外，应占学业成绩1/5－2/5。新的规程增加了学校有实地练习者，其实习分数不及丙等，不得毕业的规定。这就体现了重视实践环节，对学生的动手能力提出了更高的要求。

关于德智体的关系。新的规程补充了“学生学业成绩及格，操行或体育成绩不及格，不得毕业”。这实际上取消了原《学生操行成绩考查规程》第5条和《学生学业成绩考查规程》第12条，体现了德育、智育、体育并重的思想。

《修正学生学业成绩考查规程》大体上执行到北京政府的崩溃，在此期间，无重大修改。

（三）毕业考试权的转移

毕业考试，是学生学业成绩考试和操行成绩考试的最高形式，是测量学生是否达到高等教育目标的重要手段。这一时期，由于中等学校、高等学校的入学考试权在各学校，为了保证教育质量，统一中等教育和高等教育的毕业程度，教育部决定改革毕业考试制度。

毕业考试权的转移，是不无原因的。自 1912 年至 1926 年，各级学校的入学考试权在学校。各校自行考试，自行录取，很难保证新生文化水平在全国范围相对统一，可谓是“宽进”。毕业考试权在教育厅或教育部，测量高等教育的目标有了相对统一的手段，可谓是“严出”。因此，它是“宽进严出”的需要。1925 年出版的《教育杂志》，曾刊载了云南省中等学校考试权变更的消息。消息说，云南省教育当局认为近几年来各校学生成绩日渐低下，以致毕业后升学省内外，多须补习，方能及格，其弊虽由于教授缺陷，而其最大原因则在于以“考试权付之学校”。考试权在学校，“严则寡恩，宽则鲜效，致考律废驰，学生以毕业为目的，不以学业为职志。”因此，云南省决定收回考试权。

再者，也是克服当时教育弊端的需要。各校在实施毕业考试的过程中，也出现了一些问题。例如：辛亥革命时期，多数高等学校停课，南京临时政府成立后，各校复课也有先后，但在 1913 年办理毕业事宜时，多数学校没有补足应该完成的教学时间，而以种种理由，搪塞教育部。有些学校在办理毕业文凭时，往往仅记载原肄业年限及所学科目，考试分数从略。还有些大学生，因故未参加考试，竟要求免考，以平时成绩评定毕业成绩。这一时期，公立学校和私立学校两种体制并存，一些“野鸡”大学，专以赚钱为目的，滥发文凭的现象时有发生。特别是 1922 年教育部公布新学制系统以来，旧制专门学校和新学制的单科大学无甚区别，于是引起专门学校的升格运动。大学增多了，师资力量、教学设备及其它办学条件有限，教学质量有所下降。因此，毕业考试权的转移，是保证教育质量的需要。

再者，也是特殊历史条件下的产物。当时，第一次国共合作进行的北伐战争，促进了全国规模的革命高潮的到来，沉重地打击帝国主义和封建主义在中国的统治。随着武汉政府、南京政府的相继建立，北京政府已失了半壁江山。因此，毕业考试权转移到教育厅和教育部，显然有加重学生负担、控制学生稳定、维护其岌岌可危的反动统治的目的。

毕业考试权的转移始于中等学校。1925 年，云南省成立临时性质的

"学业成绩考试委员会"。该委员会，由各该地教育高级长官指派委员长一人，委员若干人组成。凡是省内外公立、私立各级学校（初级小学除外）的修业期满者，须经"学业成绩考试委员会"的考试合格，才能发给毕业证书。

接着，湖南省依据本省学校考试委员会章程的规定，也制定了中学、师范学校、职业学校学生毕业复试条例。毕业复试条例的主要内容包括：毕业复试的对象、科目和内容、计算分数的方法、不能毕业等。[①] 湖南省举行中等以上学生毕业复试，不是一帆风顺的。例如，该省曾经决定 1926 年 1 月 12 – 14 日与 20 – 22 日分别举行复试，逾期不予补考，不发毕业证书。为了保障考试的顺利进行，该省的教育长官和各校校长，谆谆告诫，劝道赴考，并聘请考生所在学校的校长为监考委员。至 20 日上午 8 时，筹办考试的评阅监察等委员与省教育长官均在考场准备一切。9 时许，只有青年会附设的青年中学毕业生 11 人赶到了考场。他们因其他与考学校毕业生未到考场，不愿自我开端，故坚持不参加考试。劝说约 1 小时之久，仍无效果，考生扬长而去。省教育长官为维护政府威信，要求青年中学教职工劝说学生，于 21 日再行考试，即有一人，亦必举行。是日，竟无一人参加复试。前来劝说的、监考的教职员工皆垂头丧气而散。[②]

湖北省教育厅为整顿教育起见，拨出专项经费，成立由教育厅厅长兼任委员长的湖北省中等学校考试委员会，办理考试事宜。其中毕业考试分为：（1）武汉各校，由中等学校考试委员会按照各校毕业科目，派员前往考试。（2）武汉以外学校，由中等学校考试委员会主试委员一人，会同地方官厅，前往该校、主持考试事宜。（3）如有必要，按学校性质、等级，合并考试。（4）在毕业之前，修完的学科，应于修完时，报中等学校考试委员会。考试日期，由各学校同中等学校考试委员会协商决定。毕业考试的试题，由各科教师按照本学期教程及课外参考编制测验题，先期交中等学校考试委员会秘密印制，当场"签定补助之"。但作文试题，须由教师加 5 倍开交，或由中等学校考试委员会拟定。考试计分法、考试成绩，遵照教育部的规定计算。毕业考试试卷，就考试

① 《教育杂志》第 18 卷第 2 号 1926 年 10 月 20 日出版。
② 《教育杂志》第 18 卷第 3 号 1926 年 10 月 20 日出版

地点，由考试委员评阅，按照计分法，计分盖章，交中等学校考试委员会分别登记核算。但武汉以外的学校试卷，由中等学校考试委员会评阅。

在各省复试的基础上，教育部于1927年2月22日颁布并施行《专门以上学校毕业资格试验委员会规则》，共11条。主要内容是将高等学校学生毕业考试权，收归教育部特设的“专门以上学校毕业资格试验委员会”。该委员会根据毕业考试人数的多少设委员若干人，由教育总长聘任。委员会设委员长一人，由教育总长就委员内指定。根据毕业考试学生的学科分为若干门，每门委员须有2人以上。考试的试题由本门委员分别拟定，委员长核定．评分标准由本门的委员会议制定。委员须入场阅卷，非总分数核定后不得出场。试卷密封，卷面各按座号编定。委员会设干事会主办报名、“备卷”、编号、监考及考场内外一切事宜，其干事长及干事若干人，由教育总长指派教育部人员担任。委员会还呈请“高等检察厅于考期内派检察官二员常口川莅监察”①。以上述《规则》为标志，毕业考试权开始由学校转移到教育部。

1928年2月7日，教育部颁布施行《国内外专门以上学校毕业生复试条例》规定：国内外专门以上学校毕业生由教育部复试；复试于“中央政府”所在地举行，但边远及交通不便的地方，经教育总长批准后，在各该地方举行；复试每年两次，分别于4月和9月举行。复试分内场和外场：内场由教育总长于学术委员会委员中遴选主试委员2—4人，“襄校委员”若干人，呈请“简派”，“掌理命规及阅卷事宜”；外场由教育部组织考试委员会，教育总长任委员长，分别派教育部人员办理内场和外场一切事务。内场和外场各设监考委员2人，由考试委员长于检察厅检察官中遴选，呈请“简派”。复试有三，均为笔试：第一试的科目是国文、外国文；第二、三试就主要专门学科分别考试，其科目由“襄校委员”初拟，经“主试委员”核定。每一科目的复试由“主试委员”指定“襄校委员”2人以上会同拟定试题及核定分数，命题以各项毕业程度为准。复试分数与各该校修业期满分数，或留学毕业证书分数平均计算，满60分以上为及格，70分以上为优等，80分以上为“最优

① 《国民政府公报》第3899号，1927年2月28日。

等”。复试及格者发给证书：在国内大学毕业的发给初级学位证书；在国外毕业有学位的，“各从其原有的学位”，均认为有“荐任职”相当资格，“送由国务院铨叙局存记”，并于文官考试时酌量免试。复试不及格的，仍然要参加下届举行的毕业复试。以上条例表明，毕业考试权完全由学校转移到教育部了。

1928 年 3 月 7 日，教育部公布《各省区中等学校毕业复试规程》规定：高级中学校、师范学校学生，四年制初中毕业及三年制初中毕业后修习高中一年级、职业学校修习四年以上、愿意升学考试的，均应一律复试。各省区举行中等学校毕业复试时，由教育厅组织复试委员会，以教育厅长为委员长，以厅长指派厅员及中学以上教员为委员。但“京兆地方”的复试委员会，由教育总长遴选并指派教育部官员，并调取“京兆尹署”[①] 及“学务局”人员组成。复试于每年七月中旬举行一次。复试地点由委员会自定。复试科目，按照中等学校所学的学科，由委员会决定，但最少在 8 科以上。复试的每一科目，由委员长指定二人以上，会同拟定试题及核定分数。试题以各项毕业程度为准。试卷由委员会备制、密封。复试平均分数与学校修业期满总平均分数平均计算，以满 60 分为及格。复试分数及格者，由厅给予部颁毕业证书。凡领有毕业证书者，应参加升学考试。复试不及格者，仍留在原来的学校或其他相当学校补习，于下届举行复试时再参加考试。

毕业考试权在教育厅或教育部，其积极作用是不容忽视的。首先，有利于克服当时教育上的某些不正之风。由于入学考试权和毕业考试权都在学校，所以有些学校滥招生、滥发文凭。毕业考试权在教育厅或教育部，学校无权发文凭，滥招生的现象自然减少，滥发毕业文凭的现象可以杜绝。其次，有利于督导学生刻苦学习。毕业考试权在学校，一些官宦子弟混迹学校，学习不努力，学校出于种种原因，不得不给他毕业。毕业考试权在教育厅或教育部，“毕年”即毕业的现象有所减少。再次，毕业考试权在教育厅或教育部，是对入学考试权在学校的制约和补充，它对于测量各级学校教育的毕业应达到的程度，提高教育教学质量，培养合格人才，起到了一定的积极作用。应当指出：毕业考试权转

① 1914 年改顺天府为京兆地方，设京兆尹，直属中央政府，1928 年并入河北省。

移到教育厅和教育部，是加强中央集权的需要，也是为巩固其统治服务的。

二、北京政府统治时期的留学生的选拔考试

（一）出国留学生的选拔

1. 省级公费出国留学生的选拔

1916 年 10 月 18 日，教育部正式公布《选派留学外国学生规程》规定：教育总长须从下列各项人员中选派外国留学学生，以研究必须留学外国的学术技艺：1. 曾任本国大学教授或助教授继续至 2 年以上者；2. 曾任本国专门学校、高等师范学校教授继续至 2 年以上者；3. 曾经留学外国大学、高等专门学校、高等师范学校本科毕业者；4. 本国大学本科毕业生；5. 本国专门学校、高等师范学校本科毕业生。关于留学资格的这一规定，比较清末有了提高。清末留学资格，向来无严格要求。直到 1906 年，即光绪 32 年，始规定留学资格为中学毕业。中华民国成立后，教育部于 1912 年 7 月将公费留学资格提高到大学和专门学校毕业者。这一规定，直到上述《规程》的正式公布才得以实现。

具备上述前三项资格者，可免考试的全部或一部。考试分为第一试、第二试。第一试由各省行政长官举行，考试科目为国文、外国文。第二试由教育部在首都举办，考试科目为国文、外国文、调验成绩、口试。国文、外国文的考试，视其派赴留学地方及研究科目，酌量命题。成绩之调验，以历年研究的著作及一切学业状证为据。

第一试不及格者，不得应第二试。第一试合格的试卷，由省行政长官咨送教育部复核。教育部为第二试（复试）和统一派送机关。每届选派学生，先期由教育部议定就派人数、留学地方、留学年限、研究科目、及各省应送备选学生名额，并第二试在京举行日期，列表公布。

选拔合格的学生，须于揭晓后 1 个月内，连同最近半身照片 3 张，缴具留学志愿书，呈教育部领凭出国。留学生在留学期间，每月应将留学日记、学位论文、著述、考察报告，转呈教育部考核。留学毕业后，有听从教育总长指派职务或各部院咨调任用的义务。

1916 年 11 月 16 日，教育部通咨《各省举行选派留学外国学生第一

试办法》规定：教育部预定1917年5月为“第二试举行时期，各省应行第一试须视距京远近，在第二试之前，择日举行，总以所取学生送京应试不致误期为标准”。

1917年5月19日，教育部颁布第33号令公布并施行《选派留学生第二试试验细则》规定：“各省第一试考试及格者”，“依选派留学外国学生规程”、“准免第一试者”，“根据缺额选补规程准与存记者”，“得选派留学试验第二试”。参加第二试的考生，须于6月15日以前具亲笔志愿书、履历及相片送教育部。应试人如有著述及毕业文凭，也应一同送验。试验程序如下：第一次国文及外国文论说；第二次科学条对；第三次口试。

1922年12月，教育部通告全国，定于本月18日起开始举行第二试，考试日程公布如下：

18日上午10时至下午2时：考试国文。

19日上午10时至下午2时：考试外国文。

20日上午10时至12时、下午1时至4：30考试基础科学。

文法商各科学生考试：数学或论理学、历史、地理。

理工各科学生试验：数学、物理、化学。

农科医科及高师博物科学生试验：博物、物理、化学。

21日上午10时起：口试（就各生已匀主要科目择问）。

23日上午10时起：口试（就各生已匀主要科目择问）。

举办第二试的考试机构，为“选派留学生试验委员会”。教育部函聘北京大学教授胡适、冯祖荀、唐钺、丁燮林、张大椿、程振钧，北京工业专门学校校长俞同奎、教授钱家瀚，北京农业专门学校教授陆费执，农商部技正陈传湖、技士陶镕，交通部科长王蔚文，京汉铁路工务处课长刘家骏，中国银行总司卷程良楷，首善医院主任瞿钧等15人为教育部选派留学外国学生第二试试验委员。

教师留学：

1917年6月21日，教育部训令指出：本部欧美官费学额内特留24缺，作为各直辖学校教员出洋专额，其余学额遇有缺出，应由本部选择有功教育适当人员补给官费，派令出洋，研究精深学术，以昭奖劝，而宏效益。

1919 年 3 月 19 日，教育部规定专门以上学校酌派教员出洋留学研究办法：选派教员须充任教授 3 年以上者；科目及研究问题，由各校酌度需要情形定之；年限 1 年以上 3 年以下；国立各校教员留学经费由教育部支给，省立各校由各省支给，私立各校由各该校支给；留学教员在留学期内仍由本校酌给原薪若干成，以为津贴；教员在留学期内应将研究情形随时报告原校；留学教员回国后，应在原校服务若干年，其年限及义务条件，由双方以合同订定。

自 1917 年起，教育部每年都要举办留学生第二试，第二试及格生成绩、姓名、考生所在省市、学校，以及审查准予复试的姓名，在《教育公报》上公布。例如：1917 年 8 月第二试及格学生（含备取生）合计 40 人，1918 年 6 月 9 人，1919 年 7 月计 21 人，1920 年 7 月计 48 人（含备取生）1922 年计 32 人（含备取生，免试生，还有 3 名自费生），1925 年，23 人。

2. 清华派遣庚款留美学生

1911 年 4 月，清华学堂正式成立，经费一律由美国退回的庚子赔款中支付。该校不由教育部管理，校长由外交部派，是一所留美预备学校。学堂的英文名字定为“Tsing HuaImperial College”。辛亥革命后的 1912 年 10 月，清华学堂按照教育部关于《普通教育暂行办法通令》，将“监督”改为“校长”，“学堂”改为“学校”。英文名字也去掉了“Imperial”（帝国的）一词。

清华学堂学制 8 年，其中高等科 3 年，中等科 5 年。与教育部所定高等学堂和中学堂学制相符。改称“清华学校”后，学制经常变化，但基本形态则分为中等和高等两种，各学四年，高等科的三、四年级大体相当于美国初级大学的一、二年级，所以学生毕业赴美后大都插入美国大学三年级读书，大学毕业后再进入研究院，取得硕士或博士学位。清华学校的课程设置、教材选用、教学方法、生活习惯等一律仿效美国，用英国大哲学家罗素的话说是“一个由美国移植来的大学校”。①

清华学校时期，选派的留美学生，最初人数不多。1912 年，留美预备部毕业生 16 人，送往美国留学由于最初留美学生，人数不多，每年开

① 李喜所著：《近代中国的留学生》，人民出版社 1987 年版，第 216－217 页。

支，颇为宽裕，因此对外设法扩充留美学额，对内增加在校生数目，增添设备与建筑。选派留美学生，除由该校学生毕业后派送外，1914 年起，每隔一年派送女生 10 名，由清华学校面向社会招生，公开考试决定。报考女留学生的资格，规定凡体质健全，品行端淑，天足且未订婚，年龄在23 岁以内，国学至少有中学毕业程度，英文科及其他学科能直入美国大学肄业，方可报考。1916 年，清华学校又添派专科生 10 名留学美国，亦由该校面向社会招生，规定凡民国国籍，年在 28 岁以内，均由公开考试决定。此外，又有津贴生，凡在美国大学本科二年级肄业之私费生，均可请求，经审查合格者，给予年费津贴，在校学生，亦逐年增加，中高等两科，最多时共达 660 余人。1921 年，留美学生 440 余人，1923 年增至 470 余人。欧战爆发后，美国生活昂重，留学费用骤增，退款数目遂感到不敷支出，于是采取收缩政策，专科生及女生均暂停招，对于在校学生，亦实行减招，以维持预算之均衡。其时，国内舆论，对于留学政策多有指摘，教育思潮，趋向学术独立、教育自主之途径。该校办学方针，已随之改变办法。即减少留美学生名额，每年至多以 50 名为限，而以撙节之款，自办一所完全永久之大学。因此，于 1921 年停招中等科学生，1924 年停招高等科学生。1925 年改招大学一年级学生 100 人，大学之基础乃确立，同时附办一国学研究院，招收研究生 30 名，旧制学生（即由高等科毕业后派遣留学之学生）在校者，仍继续按年派遣赴美留学，至 1929 年第一届学生毕业时，同时完结。

总之，清华学校时期，清华选派留美学生办法，主要选派本校高等科毕业生和本校公开招考的女生、专科生两种类型。从 1912 年到 1929 年，计选派本校高等科毕业生 965 人，本校公开招考的女生 53 人，专科生 67 人，总计 1 085 人。从这一统计数字也可以看出，其第一种类型即选派本校高等科毕业生是其最主要的办法。

所有清华留美学生都由设在华盛顿的驻游美学生监督处管理。它原为游美学务处的派出机关，1912 年 4 月以后，改归清华学校直接管辖，改称“清华学校驻美学生监督处”。该处设监督一人，受校长领导，其职权是“经理清华学校所派留美生学费、月费、川资暨已核准之自费生津贴，并考核课务，约束风纪，及统计报告庶务一切事宜”。此外，中国各机关、学校资送留美的官费生也由清华驻美监督处管辖。清华学校时期，赵国材，梅贻琦等人都先后做过驻美监督。① 清华学校时期，派遣到庚款留美国学生，是我国赴美留学生的重要组成部分。竺可桢、侯德榜、茅以升、赵元任、杨杏佛等，都是从清华园赴美国留学的。他们归国后，对我国的科学技术、教育、文化的发展做出过重要贡献。

由于清华是用美国退还庚子赔款设立的，清华派遣留美学生不能不受美国的支配和影响。选派的女生专科生的人数偏少；文理的比例几乎各占一半和原计划80%学理工科，20%学习文科的目标相差甚远。②

3. 自费出国留学生的选拔

为了既节省国家财力，又能多派些人出国学习，鼓励自费留学，也是培养人才的一种好方法。早期留学生中，就有一定数量的自费生，1906年后，清政府由于财政紧张，鼓励自费留学，并规定自费生归国后只要考试合格，和官费生一起录用。北京政府统治时期，也采取了相应的鼓励自费留学的政策。

1914年1月17日，教育部公布并施行《管理留学日本自费生暂行规程》，这个规程执行到1924年7月26日，被教育部公布并施行《管理自费生留学规程》所替代。

自费留学生，无须举行出国留学考试，只要“中学以上学校毕业者”或“办理教育事务二年以上者”，报经教育部核准，并筹足了留学经费、找到了保证人，服从教育部的管理，即可出国留学。

凡经教育部认为“合格之自费生，毕业回国后，得与官费毕业生享受同等之待遇”。“自费生自入校至毕业，历次考列优等者，由管理机关报告”教育部“查核，给予褒状，以示优异”。

这种政策促使了很多人自费出国留学。“当时，留日自费生占一半以上，留美自费生也相当可观。1919年留美生大约1 170人，自费生近600人。1924年留美生1 600人，自费生1 000多人。”③ 这一批自费出洋的留学生中，有不少人成为全国著名专家、学者。例如，俞平伯毕业于北京大学文科，时年20岁，他筹足留学经费国币4 000元，浙江省烟酒专卖局局长许引之是他的保证人，同年10月经教育部核准自费赴英国

① 《文史资料选辑》第71辑，1980年10月第164－172页。

② 谢青、汤德用：《中国考试制度史》，黄山书社1995年版，第658页。

③ 参见《中国留美学生手册》《Hand Book of Chiness tudentsin U. S. A.》

学习哲学和心理学。回国后，他成为全国著名的红学家，又如杨亮功，毕业于北京大学，他筹足留学经费国币6000元，内务部参事上行走周文秀为其担保，1922年5月经教育部核准自费赴美留学，回国后，成为全国著名的教育家。

勤工俭学，也是一种好方法。近代的留法生、留美生、留英生都采用过。辛亥革命后，留法勤工俭学逐步向前发展。到五四运动时期便出现了高潮。

据1921年12月8日和15日的《时报》报道，到1920年留法勤工俭学的人数为1600多人，其中四川378人，湖南346人，广东251人，福建89人，浙江85人，河北147人，江西28人，河南20人，江苏69人，安徽40人，湖北40人，山西28人，陕西9人，贵州9人，广西7人，云南6人，辽宁5人，山东15人，还有不明省份者一百多人。①

留法勤工俭学的意义是十分明显的。

第一，没有钱的中学生也能出洋，打破了官费阔少的专利，被人看作是破天荒的大事。1913年6月赴法的第二批勤工俭学学生中，有北京贫儿院两人，一名张守正，河北人；一名杨宏远，湖南人。两人刚12岁。此外还有两名女生，是北京平民学校教员张星华和王莲生。出发之日，平民学校40多人往车站送行，他们排着整齐的队伍，高唱他们自编的歌曲，隆重热烈，动人心弦。②

第二，留学人员涉及面比较广泛，打破了教育部关于自费留学资格的规定，打破了人才教育贵精不贵多之说。留法学生中以普通中学生最多，其次是各种法文预备学校的毕业生，此外还有师范生、大专生、小学生、工农商各类职业专门学校的毕业生，也有留日归国生，还有一些中小学教职员工、商店职员、新闻记者、医生、军官、行政官、小商业者等等，涉及面是较广泛的。从年龄上看，最多的是21至25岁，其次是16至20岁，30岁以上和15岁以下的是少数，年岁最大的是蔡和森的母亲葛健豪，已54岁，仍远涉重洋，来法国上中学。徐特立当时也是一位长者，已经43岁。③

---

① 李喜所著：《近代中国的留学生》，人民出版社1987年版，第274页。
② 李喜所著：《近代中国的留学生》，人民出版社1987年版，第255页。
③ 李喜所著：《近代中国的留学生》，人民出版社1987年版，第277页。

第三，一批共产主义知识分子在成长。素来万般皆下品，唯有读书高的社会中间出来的学生，一旦脱去长衫，亲身下马，进工厂、农场去做工，我们相信这真是极可纪念的事实。① 知识分子与生产劳动相结合，在和中外反动势力的斗争中，涌现了一批既有组织才能、又刻苦钻研马克思主义的新型知识分子，周恩来、李富春、蔡和森、邓小平、王若飞、陈毅、赵世炎、聂荣臻，就是他们中间的光荣代表。

（二）归国留学毕业生甄拔考试

留学生毕业归国，无论留学哪个国家，毕业于哪所学校，获得哪种学位，均须经过国家统一考试，才能选拔人才授以出身，给予官职，这就是北京政府统治时期的“归国留学毕业生甄拔考试”。

举办“归国留学毕业生甄拔考试”，是有其历史渊源的。早在清朝末年，清政府为鼓励留学毕业生学成后为国效力，决定通过考试授予科名和官职。此种被称为“留学奖励”政策，1905 年，清政府学务处举办第一届留学毕业考试。应试者共 14 人，授予进士 7 人、举人 7 人和相应的官职。学部成立后，从 1906 年至 1911 年，共举办 6 届留学毕业考试。以上 7 届留学毕业考试，考试成绩最优等的 161 人，授予进士出身；优等的 315 人，中等的 898 人，均授予举人出身。同时清政府还举办了四届廷试，分别对上一年参加学部留学毕业生考试获得科举出身的人，通过廷试，授予与其等第相应的官职。四届廷试，共录取及第学生 824 人。北京政府举办“归国留学毕业生甄拔考试”，从人才选拔制度的本身来说，他并不是什么发明创造，而是继承和效法清末对留学毕业生的选拔和任用制度。

同时，举办归国留学毕业生甄拔考试，也是袁世凯复辟帝制的需要。1911 年 10 月 10 日，孙中山领导的辛亥革命，推翻了清王朝的封建统治，并于 1912 年建立起资产阶级共和国。孙中山为首的资产阶级革命派，在对政治、经济等方面进行变革的同时，也对人才选拔制度进行了变革。1912 年 1 月，南京临时政府教育部明令“废止旧时奖励出身”。这是继废除科举制度后的又一举措，它割掉了科举制度的尾巴。但是，

① 《时事新报》1920 年 11 月 23 日。

辛亥革命的果实被篡夺了。1912 年 3 月 10 日，袁世凯夺取了临时大总统职位，北京政府正式建立。1913 年 10 月，袁世凯强迫国会选举他为正式大总统。1914 年 5 月，他废除了孙中山颁布的《中华民国临时约法》，非法公布《中华民国约法》，为他称帝寻找法律根据。接着，袁世凯把国务院改为设在总统府里的“政事堂”，改临时约法的责任内阁制为总统制。并且从中央到地方统统恢复清朝封建制的名称，什么“御史台”、“肃政史”、“内史”、“卿”、“郎”等名称。1914 年，袁世凯公开发布《祭孔告令》，说：“孔子之道，亘古常新，与天无极”。[①] 与此同时，社会上泛起一股尊孔读经的复古逆流。1915 年 12 月，袁世凯公然实行帝制，改称“中华帝国皇帝”，宣布 1916 年为“洪宪”元年，准备在 1916 年元旦举行登极大典。由此可见袁世凯效法清末的留学毕业生的选拔和任用制度，完全是为了制造封建氛围，为其复辟帝制铺垫基础。

同时，由于北京政府的文官考试仅于 1916 年、1917 年举行过两次，致使回国的大批留学毕业生入仕无门，他们对北京政府表露出不满情绪，对此，舆论界十分关切。因此，袁世凯下令举办归国留学毕业生甄拔考试，适应了广大留学毕业生进身求官的需求。[②]

1914 年 9 月 17 日，袁世凯以大总统名义发布申令。申令说：“本大总统就任以来，本求贤若渴之素怀，延揽英才”，“共匡大局”。规定归国留学毕业生，均应到政事堂报名，参加留学毕业生甄拔考试。

这次考试的组织机构是北京政府政事堂组织的留学毕业生甄拔考验委员会。其主要职责是：组织报名、审查考生资格、评定文凭分数、分科出题和举办考试。文凭分数的评定办法是，凡在西洋等大学及日本官立大学卒业之学士文凭 80 分，在日本官立大学选科、私立大学本科及官立高等专门毕业者 70 分，在日本官立专门及私立大学之专门部卒业者 60 分。其试题则按照报名学生所学科目，分别命题，分场考试。[③]

1915 年 2 月 22 日上午 8 时，留学毕业生甄拔考试举行初试，后经复试和两次口试，于 3 月 19 日正式张榜揭晓。报名准考的 249 人，[④] 实

① 《国民政府公报》第 860 号，1914 年 9 月 26 日。

② 《教育杂志》第 6 卷，第 9、7 号。

③ 舒新城：《近代中国留学史》，中华书局 1927 年版，第 191 页。

④ 《国民政府公报》第 1001 号，1915 年 2 月 21 日。

际参加考试的192人，落第的41人，只录取151人。[①]

3月21日，《政府公报》刊载《留学生甄拔考验委员会示之二》，兹将取列超等、甲等、乙等、丙等及格各生姓名分别学科开列于后，为此榜示：计开（姓名略）法科甲、乙、丙等分别为6、9、28人；文科甲、乙、丙等分别为5、3、2人；医科甲、乙、丙等分别为2、1、1、人；工科甲、乙、丙等分别为11、10、2人；理科超等2人、乙等2人；农科超等、甲、乙、丙等分别为2、7、6、2人；商科超等、甲、乙、丙等分别为3、9、17、9人；矿科超等、甲、乙、丙等分别为1、4、4、3人。

上述人员，考列超等的授以上士，甲等的授中士，乙等的授少士，丙等的授同少士等官秩。其中超等、甲等及第毕业生，还仿照清末引见皇帝、恭候钦定做法，须觐见大总统后，始能分发工作。[②]

4月22日，考试超等及弟留学生7人、甲等及弟43人共50人觐见大总统。其中矿科超等及弟翁文灏、农科甲等及等留学生牛献周2人，均未觐见。根据规定，此二人“补请觐见后”，才能分发工作。

考试及第后的任用，均由铨叙局负责。铨叙局根据“考验及第留学生分部暂行办法，分发151名及第毕业生的使用和学习。暂行办法规定：超等及第各生分部以荐任文职或技术职尽先使用，甲等及第各生分部学习，一年期满后有成绩者，以荐任文职或技术职任用，乙等及第各生分部学习，二年期满后，有成绩者，以荐任文职若技术职任用，丙等及第各生分省学习，以荐、委任相当各职酌量任用。”“及第各生有已在各官署任职，不愿另行分部、分省者听其办事著有成绩者，并得由各该长官尽先任用”，[③] 根据暂行办法，考列超等、甲等、乙等及第的104名留学毕业生，分别被分发到外交、内务、财政等8个部及审计院，以备任使。丙等及第毕业生47人，则根据考生本人申请的省分，分别被分发至京兆、直隶、奉天等16个省。到省以后，再由各省长官按照所学科目，分配各机关练习，以裨实用。[④] 北京政府的留学毕业生甄拔考试，将一批

---

① 陈学恂：《中国近代教育大事记》，上海教育出版社1981年版，第265页。

② 《国民政府公报》第1052号，1915年4月13日。

③ 《国民政府公报》第1071号，1915年5月11日。

④ 《国民政府公报》第1080号，1915年5月11日。

受过近代文明洗礼的留学毕业生选入中央和各省为官，对于改变民国时期官吏的知识结构是有积极作用的。但是，北京政府的留学毕业生甄拔考试，和清末留学毕业考试大同小异。它是中国历史上由政府组织的最后一次归国留学毕业生统一考试，它随着袁世凯复辟帝制的覆灭而绝迹。

三、南京国民政府时期学校考试制度的创新

南京国民政府统治时期，中小学校毕业考试制度创建了毕业会考制度，高等学校入学考试制度创建了统一招生统一考试等制度，此外创建了学士学位、硕士学位、博士学位考试制度。研究这一时期学校考试制度的创新，分析其利弊得失，其学术价值和现实意义，都是不言而喻的。

（一）中小学校毕业考试制度的创新

南京国民政府统治初期（1927—1931），中小学的毕业考试权在各学校。但是，为了提高教育质量，为了推进中国近代化的历史进程，同时也是为了加强控制学生的思想，教育部创立中小学学生毕业会考制度。中小学的毕业会考由各省、市、区的教育行政机关组织。学生能否毕业，毕业会考成绩占60%，各学科成绩占40%。这实际上将各中小学的毕业考试权转移到各省市区的教育行政机关。

全国推行“毕业会考”制度，始于1932年苏浙皖沪等18省市实行的中小学学生毕业会考。1933年12月，教育部废除小学毕业会考。1934年，会考的范围扩大到师范学校。1937年3月13日，教育部公布法规，在全国推行高级助产及护士职业学校学生毕业会考制度。[①] 此后，这一发展的势头很快就疲软以至停滞了。究其原因，除了会考制度本身的不完善外，主要是由于抗日战争和解放战争的爆发，会考不能正常举行。但是从抗战起到1947年会考中止这一阶段中，会考制度本身仍有变

① 高级助产职业学校会考国文、解剖生理学、产科学、医学大意（小儿科及内、妇科）、护病学、卫生学（个人卫生、妇婴卫生及其它公共卫生的大意）、实习技术考验共7科；高级护士职业学校会考国文、解剖生理学、药物学、护病学、饮食学、个人卫生学、实习技术考验共7科。见《高级助产及护士职业学校学生毕业会考规程》，教育部编：《教育法令》，中华书局1947年5月出版，第278—279页。

化，尽管变化不大。其一是职业学校会考模式有了新的发展。为了培养抗战实用人才，教育部指定有关职业学校增设中等机械电机技术科、中等水利技术科。其毕业考试，由考试院考选委员会会同教育部共同主持，其铨定资格考试由考试院派员组织考试委员会办理。获得及格证书者，由政府分发工作。这实质上是对职业学校毕业会考制度的发展。其二是会考仍在部分地区举行。例如1939年，教育部规定中学学生毕业会考在川、康、滇、黔、桂等15省举行。其三是摸索会考与高考的关系。首先将免试保送升学的办法，由国立中学毕业生改为高中毕业会考前例10%或15%的优秀生。其次是试办“联合考试”。1943年，教育部以举办夏令营形式，就赣、黔、甘三省高中毕业会考与高考联合举办。[①] 1947年，教育部修正联合考试办法，但实际上没有进行。这一时期，会考制度发生了一些变化。

会考的对象。1932年，会考的对象首先是学生。由于以学生成绩计算学校成绩，分别为“甲乙丙丁四等揭示之”，这就把学校也列为会考的对象。1939年，教育部规定中学学生毕业会考“仅发表参加会考学校名单，毋庸以学生成绩计算学校成绩。”[②] 这就取消了学校是会考的对象。笔者认为，这一取消，是由于处在抗日战争时期，迫于无奈，会考的对象还是以学生和学校为好。

会考的科目。1932年，中小学的会考科目：小学以国语、算术、社会、自然、体育为主；初中以党义、国文、算学、社会、自然、体育为主；高中普通科为党义、国文、算学、历史、地理、物理、化学、生物、外语、体育等10科。1936年，教育部针对会考中出现的问题，减少了会考科目。中学和师范类学校会考科目由原来的10科减少为5科，师范类学校是指：师范学校、简易师范学校、乡村师范学校、简易乡村师范学校。师范类学校会考科目为国文、算学、理化、教育概论、小学教材及教学法等5科。中学会考科目为国文、外国语、算学、理化、史地等5科，取消了公民、历史、地理、生物等科。之所以减少会考科目，

① 简称联合考试，符合招生条件的历届生也可参加各该省的联合考试，不须入营。欧元怀等：《贵州试办中学生毕业升学联合考试制度之检讨》，《东方杂志》第40卷第6号第23页，1944年3月发行。

② 《各省市中学学生毕业会考继续举行》，《教育通讯》第3卷第18期第5页，1940年版。

是因为公民课“偏于狭义与消极”，“反予学生以恶劣之印象”；生物课“着眼于许多无用之长名词”，同时为了“注重基本科目，裁并次要科目”、[①] 减轻学生负担。

会考的性质。1932 年并严格规定：“会考非各科皆能及格，不得毕业。”[②] 可见，中小学学生毕业会考是国家承认的省级文化水平考试。由于体育、公民等会考科目的取消，1936 年会考的性质改为“仅系考核学生之学业成绩”。

排列学生毕业名次办法。1936 年将 1932 年以会考各科成绩平均数排列学生名次的办法改为：会考成绩加非会考成绩总平均数排列。其计算公式“为会考各科成绩加非会考各科成绩之和，除以会考科目数加非会考科目数之和”。[③]

毕业成绩的核算。1933 年规定：各科毕业成绩占 40%，会考成绩占 60%，这就计及了学生在校时的学习成绩。毕业考试要考三年所学的课程，为了减轻学生的负担，教育部后来改中学、师范学校的毕业考试为学期考试，“以各学年各科平均成绩为学生毕业成绩，与会考成绩合并计算。”[④]

毕业会考的组织机构。1932 年成立“中学学生毕业会考委员会”[⑤]，1934 年，合并为“中学师范学校学生毕业会考委员会，”[⑥] 它是各省市区教育行政机关组建的临时性的考试机构。

综上所述：南京国民政府的中等学校学生毕业会考制度，除会考的组织机构外，会考的对象、科目、性质历经变更。会考的对象减少了学校，会考的科目由 10 科以上减少为 5 科左右，会考的性质由国家承认的

---

① 上海中等学校协进会：《对于中等学校课程的意见》，《教育杂志》第 26 卷第 1 号第 1—19 页，1936 年 1 月出版。

② 《中小学学生毕业会考规程》，《中华民国现行法规大全》，商务印书馆 1933 年出版，第 982 页。

③ 《中学师范学校学生毕业会考办法更定各点》，教育部编：《教育法令汇编》第 2 辑，商务印书馆 1937 年 1 月出版，第 48－49 页。

④ 《修正中学学生毕业会考规程》，1935 年 4 月 6 日教育部公布，教育部编：《教育法令汇编》第 1 辑，商务印书馆 1936 年出版，第 180－182 页。

⑤ 《中学学生毕业会考委员会规程》，1933 年 12 月 2 日教育部公布，教育部编：《教育法令汇编》第 1 辑，商务印书馆 1936 年版，第 182－183 页。

⑥ 《师范学校学生毕业会考规程》，1935 年 4 月 6 日教育部公布，杨学为等：《中国考试制度史资料选编》，黄山书社 1992 年版，第 729 页。

省级水平考试缩小为学业成绩考试。此外，会考与高考的关系也在实际中摸索。

南京国民政府推行中等学校学生毕业会考制度的积极作用，主要有以下几个方面：

第一，有利于国家宏观控制中等学校的教育质量。实行会考后，考试权在各省市区教育行政机关，按全国统一的会考科目和部颁中等学校课程标准、教学大纲统一命题，统一考试、统一阅卷，这就在省（或市、区）内统一了中等学校毕业的标准，减少了考试权在学校某些不公平、不公正的现象，克服了“毕年即毕业”状况。例如 1932 年，全国高中学生毕业会考的及格率为 75.99%。[①] 又如河北省在会考前未执行部颁“中学课程标准”，实行文理分科，造成学生知识结构的片面残缺，会考的及格率仅为 54.2%，会考后督导了部颁课程标准和教学大纲的执行，改变了高中文理分科的做法。

第二，“买卖文凭”式的学校和办学成绩恶劣的学校减少了。会考前，有些学校“买卖文凭”，“管你学力够不够，缴费就是学生”，也不管你学习成绩如何，时间到了，“一榜尽赐及第”[②]，从而造成“办学滥”、“招生滥”和“升学滥”。[③] 会考后，学校无权发文凭，使“买卖式的学校”失去了交换的条件。会考成绩差的学校，学生纷纷转学；下届招生应者自少，“不啻无形淘汰”。教育部于 1934 年 7 月 23 日规定：“凡会考成绩过低或经视察认为成绩低弱者，应限其招生额或停止招生，限期责令改善。其有成绩恶劣难期改进者，应勒令停闭。”如北平尚志中学停办即是一例。[④]

第三，教师队伍的建设加强了。会考后，以学生会考的成绩计算学校的成绩，实际上也计算了教师的成绩。教育当局奖惩分明，教师也为“责任心及名誉观念所驱使”，重点难点问题“翻来覆去的讲”，尽职尽责。此外，由于当时的教师由学校聘请，会考前，“只要是有力的人介

① 教育部编：《第一次中国教育年鉴》，丁编，学校教育统计，第 144 页，上海开明书店 1934 年版。

② 陆殿扬：《从事实判估毕业会考的价值》，《中华教育界》第 21 卷第 6 期第 16 页，1933 年 11 月号。

③ 《全国专家对于教育救国的信念》，《教育杂志》第 25 卷第 1 号第 8 页，1935 年 1 月出版。

④ 《北平晨报》1934 年 10 月 7 日。

绍或是与自己有相当关系，就可以请来做教员。”[①] 会考后，滥竽充数的教师混迹学校的现象有所减少。

第四，学生不学的现象减少了。会考前，高中毕业生免试保送升学为国立中学所专有。会考后，凡高中毕业会考成绩优秀者，均可享受；江苏、安徽、福建等省对会考成绩优异者还颁发“奖学金”等，这就调动了学生的学习积极性。此外，学生不学的现象减少了。会考前，学生“愿意上课就上课，不愿意上课就不上课；上课高兴了写情书，不高兴了同先生捣乱；下课看电影、游公园、打台球、玩麻雀，种种荒嬉堕落的事，他们没有不作的。”[②] 会考后，不及格者不能毕业，除了自己努力学习外，别无他途。还有，并非来读书的，只是想拿一纸文凭、以炫耀乡里、谋取进身之资的“挂名”的学生被淘汰了。

会考制度存在的问题也是十分明显的，主要表现在以下几个方面。

第一，关于会考科目。1932 年，会考科目为 10 科。会考科目多，增加了学生的负担，损害了学生的身心健康。会考后高中毕业生每天有“十三小时的脑力工作”，[③] 每夜只能睡眠五六个小时，且要持续五六个月之久，真是“欲哭无泪，欲笑无声”。[④] 有些学校为应付会考，教学时间增至每周 48 小时，“违反学习定理，损害青年身心，贻害甚大。”于是“有许多学生中途退学了，吐血了，生病了，死亡了，再加会考失败而得神经病的，自杀的，牺牲于会考的，可以说大有人在。”1936 年，会考科目为 5 科。会考科目减少了，又出现了“教师为会考而教”，“学生为会考而学”。“会考所不要的不必教，甚而至于必不教。”[⑤] 这样，唱歌、图画、习字、园艺不教了，一切课内课外的活动都不搞了，实验、实习、体育生物等课不被重视了。这些科目均不会考，其会考科目只能够代表中等学校“德智体群并重”的教育目标的一部而非全部。所以会考科目的多少是值得研究的一个问题。

第二，会考的安排不妥。在六、七、八月，要举行毕业考试、毕业

---

① 孙钰：《毕业会考利弊的检讨》，《教育杂志》第 26 卷第 4 号第 113 页，1936 年 4 月出版。
② 孙钰：《毕业会考利弊的检讨》，《教育杂志》第 26 卷第 4 号第 113 页，1936 年 4 月出版。
③ 《益世报》1935 年 4 月 6 日。
④ 李清悚：《现行中学课程的批评与改造》，《教育杂志》1936 年 1 月第 26 卷第 1 号，第 19 页。
⑤ 陶行知：《杀人的会考与创造的考成》，《生活教育》第 1 卷第 8 期，1934 年 6 月出版。

会考、高考。考试科目雷同，叠床架屋。尽管教育部于1935年废除学校毕业考试，但会考与高考没有沟通，学生的负担仍然很重。就会考各科目的内容而言，它覆盖了高中三年所学的内容，到会考时，生物已隔二年，本国历史和地理、时隔一年半，而算学中的三角、立体几何、解析几何、大代数等各时隔一、二年不等。这些科目都要复习。同时新授的课程每周31学时，比较前两个学年的每周34学时，并未减少许多。既要复习迎考，又要上新课，时间自然不够分配。

第三，会考与高考没有真正沟通。“免试保送升学”，仅局限于少数人，没有普遍性意义。而后试办的“联合考试”又是照搬西方的，不适合中国国情，是短命的。

第四，会考的管理有问题。由于会考的管理不到位，会考中盗卖考试试卷、组织“pass 团”等舞弊行为，时有发生。[①]

笔者认为：如果以科目为单位，不论哪一科，讲授完毕时，即举行该科的会考；如果会考成绩和学校考试成绩所占的比例得当；如果沟通会考和高考的关系，那么，不但漠视非会考科目的现象可以减少，而且可以减轻学生的负担。

应当指出，会考中出现的问题还在于当时的社会制度。考试制度是为教育制度、社会制度服务的，会考也不例外。1928年8月，国民党中央规定各校增加“党义”课，它以阐发国民党反动派的“政纲政策”、“批判其它社会主义学说”为主要内容。后来取而代之的“公民”课，旨在灌输蒋介石的“一个政党、一个主义、一个领袖”的反动内容，以及培养“公民”大地主大资产阶级的“人生观”[②]。会考的国文、历史、地理等，也是以“三民主义教育宗旨”作为指导思想编定而成的，其中不乏“忠、孝、仁、爱、信义、和平”[③] 等封建法西斯毒素。这正是国

① 例如1941年和1942年，成都区的中学毕业会考，曾发生盗卖试卷的重大事件。有些考生竟以数百元至数千元的大价，向承印会考试卷单位的职工“购买”试卷。盗卖试卷者声称，如卖出的试卷与考试时发出的试卷不同，即依照比例退款。会考时，买得试卷，考生递交已做好的试卷，引起全场罢考。有些学校教师组织“pass 团”，让考生“通过”会考。会考时考生或相互讨论，对照答案、代答试卷，或看书抄书，或先将摘要写在大脚上偷看，监考人员睁一只眼、闭一只眼，似见非见。例如陕西省1943年的高中毕业会考即是一例。

② 《师范学校课程标准》，商务印书馆1934年10月版，第35页。

③ 《中华民国教育宗旨及其实施方针》，1929年4月26日国民政府公布，《中华民国教育法规选编》，江苏教育出版社1990年7月版，第46页

民党推行会考制度的反动实质。针对这一反动实质，鲁迅先生曾批评国民党当局实行会考制度，是效法德国法西斯“铲除知识”，[①] 陶行知先生亦批评国民党的考试制度，“是把中华民族的前途赶跑了”。[②] 这些批评，是十分深刻的。

（二）高等学校入学考试制度的创新

入学招生选拔考试，目的是测试学生将来的学习能力，以供高校择优录取。南京国民政府统治时期，高等学校入学考试的资格无多大变化，入学考试制度则有创新。

创新是在单独考试的基础上进行的。1927—1932 年，南京国民政府高等学校的入学考试实行的是单独考试。高等学校招生人数的决定权、入学考试的命题、阅卷和录取权均不在教育部而在学校。入学考试权在学校，最大的优点是招生方法灵活，有利于特殊人才的选拔，有利于人才选拔制度的改革，有利于考生同时报考几所高校，避免一次高考定终身的弊端。入学考试权在学校，也有缺点：各校命题的难易不同，监考、评分、录取的标准宽严不一，难以保证考生的平等竞争；全国各地教育发展不平衡，各校自行招生，难以保证边疆和教育落后的省、区一定的升学人数；无计划的招生，导致文科类的学生多，理工类的学生少，比例严重失调。例如 1928 年全国高校学生 25 198 人，文、理科学生人数分别占 73% 和 27%。1930 年全国高校学生 37 566 人，文、理科学生人数分别占 75% 和 25%。其结果，不利于科学技术人才的培养，影响了科学技术的发展。应当指出：上述弊端的出现，根子在于教育部没有采取相应的措施，如果对边疆及教育落后地区予以优惠的招生政策，如果控制文理科的招生比例，上述问题是不难解决的。为了纠正高等教育的畸形发展，教育部决定实行计划招生。

（一）计划招生

1933—1937 年，南京国民政府高等学校实行计划招生。计划招生分为两个阶段：第一阶段自 1933 年至 1934 年，实行“比例招生法”。1933 年，教育部规定：各大学、各独立学院设有文理两类学院的，任何

---

① 《智识过剩》，《鲁迅全集》第 5 卷，人民文学出版社 1981 年版，第 224 页。

② 陶行知：《杀人的会考与创造的考成》，《生活教育》第 1 卷第 8 期，1934 年 6 月出版。

文科类学院的招生数，不得超过任何理科类学院的招生数；其文、理两类学院所设的学系数目有不同时，任何文科类学院各系招生的平均数，不得超过任何理科类学院各系招生的平均数；专办文科类的独立学院的招生数，不得超过各该学院1931年的招生数；有特殊情况的，须先经教育部核准。1934年，教育部采取以系为单位的限制招生办法：任何文科类学院各系、专办文科的独立学院各系及专修科所招新生不得超过50名；理科类学院及独立学院理科类学科，均应其设备状况及教室容量，招收合格新生。第二阶段自1935年至1937年，以实际招生的名额。规定各文科类院系，所招新生和转学生的平均数为30名，但成绩特别优秀、在招生前经教育部特别批准者除外。上述两个阶段的招生政策，不适用于专门招收女子的院校，余者一律照办。否则，教育部不承认其新生入学资格。

实施计划招呼生后，高等教育文理科学生比例失调的状况有所克服。例如：1933年，全国高等学校学生数为42 936人，文、理科学生数的比例分别为67%和33%。1937年，全国高等学校学生数为31 185人，文、理科学生数的比例分别为48.8%和51.2%。试比较1933年和1937年的比例数，不难看出教育当局的目的已经达到。但各校自行命题、自行考试、自行录取出现的弊端没有解决。

（二）统一考试

1938—1940年，南京国民政府实行统一招生。统一招生分为两个阶段：自1938—1939年为国立各院校统一考试、统一招生阶段。教育部和各招生区分别设立临时性质的统一招生委员会，前者规定招生指标、考试科目及命题标准，后者负责命题及有关考试事务。考试科目分为三组，均为7科，其中公民、英文或德文、国文、本国史地4科为共同必须考试科目。1940年为公立各院校统一考试、统一招生阶段，教育部正式设立公立各院校统一招生委员会，负责招生考试事宜。[①] 考试科目仍分3组，均为8科。1938、1939、1940年，全国专科以上院校分别为97、101、113所，参加统一招生的院校分别为21、38、38所。虽然全

① 招生委员会的任务是：订定招生规章和命题阅卷录取标准、制定及颁发试题、复核考试成绩、决定及分配录取学生、研究招生事项等。参见《教育部公立各院校统一招生委员会章程》，1940年教育部公布施行，《教育通讯》第3卷第21期，1940年6月1日出版。

国统一考试招生的时间不长，参加的院校不多，但是它的创新是值得我们借鉴的。

一是命题及评分标准的改善。1938 年，各个考区以高中课程标准为命题的范围及程度，命题的内容以经教育部审定的教科书为依据。试卷的长度，语、数、外各 3 小时，其余各科 2 小时内完成。① 各科命题，不宜空泛或偏重记忆。除国文、英文外，难、易、中分别占 25%、25%、50%。物理、化学、生物试卷中，各有 1 题考试实验程序的。1939 年改为由教育部统一命题，即全国统一命题。1940 年，除全国统一命题外，并拟定标准答案和评分标准。评分标准是在标准答案的基础上制定的，每题分成若干个知识点，要求按知识点评分。

二是阅卷及计分标准的改进。1938 年，各区招生委员会聘请阅卷委员若干人，分科阅卷，先评定成绩——记原始分数。因应考者 11 119 人，各区试题不同，难易不一，也因分区阅卷，评分宽严也有上下，所以 1938 年、1939 年、1940 年均采用标准分计算方法。例如 1940 年，8 科成绩总分在 600 分以上的仅 1 人，在 480 分以上的 176 人，其余均在 480 分以下，其中数为 244. 7 分，平均分为 247. 71 分，标准差为 96. 44 分，偏态性为负 0. 0298。

三是录取标准的改订。1938 年，文理科的录取分数线为 280 分，艺术、体育为 140 分，对语、数、外及专业课的成绩有具体的规定，报考人数 11 119 人，录取 5 460 人。1939 年，文理科的录取分数线为 230 分②，同等学历的录取占 10%，报考师范类口试成绩以丙等为及格，少数民族及华侨考生的录取分数线降低 10 分。③ 是年报考人数 21 338 人，实到 20 006 人，共录取 6 474 人。1940 年的录取分数线：文科为 280 分，理工科为 260 分；少数民族及华侨考生，文科降低 50 分、理工科降低 40 分；录取同等学历者，减少到 5%。录取的新生，一年后分系。是年实到考生 18 151 人，共录取 8 359 人。

---

① 语文试卷共 100 分，其中用文言文或白话文写 1 篇作文占 50 分，文言文和白话文互相翻译各 1 篇，各占 25 分。英文（或德文）试卷共 100 分，其中作文 1 篇占 50 分，英文和汉文互相翻译各 1 篇，各占 25 分。

② 1939 年，文理科的录取分数线为 230 分，其中对语、数、外及专业课的成绩有具体的规定。艺术、体育的录取分数线为 140 分。

③ 根据语、数、外的成绩而定。

四是免试保送升学办法的变更。1938 年，高中毕业会考成绩前列 15% 的优秀学生，可保送免试升学；国立中学毕业总平均成绩在 80 分以上的，可保送该科高中毕业生的 15%。1939 年，国立中学毕业生保送免试升学办法取消；高中毕业会考成绩优秀的学生，可保送前列 10%；各大学先修班保送优秀生为 25%，蒙、藏边省、海外华侨考生经主管机关保送的从宽录取。1940 年，举行会考的各省市，保送会考成绩前列 10% 的考生；各大学先修班，保送学习和操行成绩优秀的前列 50%，在同年春季核准招考入学的，以 25% 为限。

以上可见，南京国民政府的统一招生考试制度是逐步完备的，1938 年由招生区统一命题考试，1939 年改为教育部统一命题，此后又逐步发展为教育部统一标准答案、统一评分标准、统一考试、统一阅卷、统一录取。值得一提的是，统一招生的三年，均计算中数分、平均分、标准差、偏态性、调整考生的原始分数，这是比较科学的计分方法，也是“标准化考试”的尝试。应当指出：统一招生的时间并不长，参加的院校并不多，但实行统一招生考试，有利于整齐文化程度，提高高校选拔人才的质量；有利于促进中学按照部颁课程标准组织教学，督促中学教学目标的实现。

（三）联合招生、委托招生等

1941—1949 年，由于处在战争时期，“各校迁移分散，联络与分发的困难日益”。① 南京国民政府教育部实行单独招生、联合招生、委托招生、成绩审查、联合考试等方法。

联合招生。为顾全学校及考生便利起见，教育部规定考试科目和命题标准，并划分考区，指定考区内各高等学校共同组织招生委员会，办理报名、命题、考试、阅卷、录取等事宜。各校招生的人数，由教育部核准。

委托招生。凡不在本考区的院校，可征求他区的同意，委托其它的考区代为招生。受委托的各区可与本区考试后举行入学考试，不必与本区考试同时进行。如委托学校较多时，举行入学考试以两次为限。委托其它考区代为招生的命题、阅卷等事宜，由双方商定。

① 《中国近代史论丛》第 2 辑第 6 册，台湾正中书局 1979 年版，第 42 页。

成绩审查。举办联合招生的各院校，除考试外，在未设立招生分处的地区，对那些高中毕业成绩优秀的学生，由原来的学校上报历年学习和操行成绩表，经招生学校审查合格后参加复试，复试及格者予以录取，成绩较差的作为试读生，成绩最差的不予录取。

联合考试。即高中毕业会考与高考联合举办的简称。1943 年，教育部以举办夏令营的形式，就赣、黔、甘三省的高中毕业会考与高考联合举办。考试科目分甲乙两组，都考语、数①、外、中外史地、理化、生物、公民。“考试成规一依高考办法”②，毕业成绩的标准仍照《修正中学学生毕业会考规程》办理；升学录取以联合考试成绩为凭，录取标准由联合考试委员会制定；升学成绩计算标准，语、数、外占 50%，其它各科占 50%；会考有一至二科成绩不及格的学生，可录取为试读生。是年参加联合考试的 3 835 人，高校共录取 1 777 人。1944 年，教育部停止了“联合考试”。1947 年，教育部又变更“联合考试”办法，但实际上没有执行。应当指出，“联合考试”，欧西已有先例，它是对外国考试制度的借鉴与吸收。

（三）学位考试制度的创新

学位考试是国家和高校授予学衔的主要依据。学位制考试，是指学士学位、硕士学位、博士学位的考试。学位考试，是南京国民政府创建的。在此之前，学校毕业生授以科举出身。辛亥革命后，废除科举出身，1935 年，南京国民政府和教育部分别公布《学位授予法》、《学位分级细则》③、《硕士学位考试细则》④ 等，比较系统地规定了学位制考试制度。

---

① 甲组为高等代数、解析几何、三角；乙组为高等代数、平面几何、三角。

② 欧元怀等：《贵州试办中学生毕业升学联合考试制度之检讨》，《东方杂志》第40卷第6号第23页，1944 年3月发行。

③ 《学位分级细则》，教育部 1935 年 5 月 23 日公布施行，教育部编：《教育法令》，上海中华书局，1947 年第 2 版，第 182－183 页。《学位授予法》国民政府 1935 年 4 月 22 日公布，同年 7 月 1 日施行；《硕士学位考试细则》，教育部 1935 年 6 月 12 日公布施行，均见教育部编：《教育法令汇编》第 1 辑，上海商务印书馆 1936 年版，第 129－132 页。

④ 《硕士学位考试细则》，1935 年 6 月，杨学为主编：《中国考试史文献集成》第 7 卷，高等教育出版社 2003 年版，第 182－183 页。

1. 学士学位考试

学士学位考试。凡曾在公立或已立案的私立大学或独立学院修业期满，考试成绩合格，并经教育部复核无异者，由学校授予学士学位。

学士学位考试，也就是大学或独立学院的学生学业成绩考试。南京国民政府统治时期，这一制度的创新，主要体现在1929年8月14日教育部颁行的《大学规程》、1931年3月26日教育部颁行的《修正专科学校规程》、1943年8月17日教育部公布并施行《师范学院学生实习及服务办法》等法规法令中。

临时考试。它继承了清末民初由教员主持考试的做法。但是，清末把临时考试作为考查学生平时成绩的唯一手段。民初虽然重视考察学生平时成绩，但只规定“由教员查察学生勤惰，与其学业之优劣，随时判定。”这一原则性的规定，失之笼统。而南京国民政府教育部将临时考试成绩与听讲笔记、读书札记及练习、实习、实验等成绩，分别合并核算，作为平时成绩，临时考试的试卷和学生的平时成绩由学校妥为保管，在一年以内，教育部得“随时令饬调阅”的规定，完善了考查学生平时成绩的方法。同时，有利于调动学生平时学习的积极性。

学期考试。南京国民政府教育部把清末民初“学期考试”和“学年试验”合并为学期考试，从表面上看舍弃了以前的“学年考试”。其实，一学年分为两学期。所谓学年考试，就是第二学期的期末考试。南京国民政府教育部规定每学期之末由院长会同各系主任及教员，举行学期考试，当然包括第二学期的期末考试。而且，其学期考试亦具有升留级的功能，这实际上把清末民初学年考试的功能也包含在第二学期的期末考试之中了。南京国民政府教育部关于：学期考试成绩须与平时成绩合并核算、学期试验成绩须于学期结束时造册呈报教育部“备核”、教育部并得随时“抽阅某科试卷”以及补考、重读、留级、退学的规定，都比前期严格、规范。

毕业考试。清末仅有学科毕业考试一项内容。民初虽然提出实验实习成绩应占一定的比例，但未提出考试的方法。南京国民政府教育部不但明确规定实验实习成绩的考试的方法，而且把清末单纯的学科毕业考试拓宽为学科毕业考试、毕业论文、毕业实习三项内容。

学科毕业考试，是测量学生掌握书本知识的手段。南京国民政府规定，学科毕业考试改为“毕业总考制”，① 即在原来考试科目的基础上，增加了通考其以前各年级所学的3门主要课程，不及格者，不得毕业。

毕业论文和毕业实习，是测量学生动手能力的重要方法。南京国民政府规定：毕业论文。须于最后一个学年的上学期开始时，由学生就主要科目选定研究题目，接受相关教授的指导，自行撰述。在毕业试验期间提交毕业论文评定委员会评定。毕业论文可以译书代替。毕业论文或译书认为有疑问时，应举行口试。毕业论文或译书成绩须与毕业成绩及各学期成绩合并核计，作为毕业成绩。

毕业实习。农、工、商各学院自第二学年起，须于暑假或寒假期内在校外相当场所实习若干时期，无此项实习证明者，不得毕业。实习程序由各学校自定，但须报教育部批准。1943年8月，教育部规定：师范学院的学生实习分为见习、教学及行政实习、担任实习教师三个部分。见习、教学及行政实习为期2个月，其中教学实习不少于60小时，占三分之二，余者占三分之一。教育实习由院长、各系主任及主要教授组织实习指导委员会，负责指导。实习生于每次实习结束，均须提出书面报告并举行实习讨论会。实习成绩及格者，才有资格参加学科毕业实验，及格后，要担任中等学校实习老师或实习工作人员，为期半年。期满后提出详细实习报告，由任教学校校长考核并加具评语，经原肄业学校审核转呈教育部复核并无异者，准予毕业，发给毕业证书及教师资格证书，正式分发服务。1944年以后，教育部规定教学实习，以实际教学一小时，经实习导师评定分数及格者为1学分，不得少于16学分。又规定：担任实习教师，为期一年，以各该校专任课的时数为标准。实习教师学习成绩的核定办法，一是根据实习教师将所教学科目编为教学预订表，并须按照教学程序逐周编写教案，逐日填写教学进度表，经原校指导实习教授、所在学校校长、教导主任及各该科首席教师“加具考语”，签名盖章后“汇送各该校院”批阅核定其教学成绩。二是根据实习教师逐日详细记载本人生活情形及服务观感的生活日记，作为实习成绩的一部分计算。三是参照原指导学习教授及其服务之学校校长之考语评定其操行成绩。实习一年期满，经证明教学成功并经教育部复核无异者准予

① 《专科以上学校学生学业成绩考核办法》，教育部1940年公布施行，《教育通讯》第3卷第19期，1940年5月18日出版。

毕业，并给予学士学位。①

此外，毕业证书由教育部“验印”，② 毕业资格由教育部审查。因此，它是对毕业考试制度的创新。这一创新，对于提高教学质量起到了一定的导向作用，但也进一步加强了对学生思想的控制。

2. 硕士学位考试制度

硕士学位考试。凡曾在公立或已立案的私立大学或独立学院的研究院或研究所继续研究2年以上，经该院（所）考核成绩及格者，确立为硕士学位候选人。硕士学位候选人经考试合格，并经教育部复核无异者，由学校授予硕士学位。学校成立的硕士学位考试委员会，由经过教育部核准的校内外委员（各占一半）组成，研究所主任和导师1人为当然委员。硕士学位考试分为学科考试、论文考试两种。学科考试由考试委员会就候选人所修学科中指定与论文有关系的两种以上科目，举行笔试；必要时在试验室举行实验考试。学科考试至少有1名校外委员主持。论文考试，由考试委员会就候选人所交论文中提出问题进行口试；必要时，须举行笔试。每位候选人的论文、中文和英文的内容提要，由2名校外委员审查。其口试或笔试，至少有1名校外委员参加主持。候选人考试成绩，经过各委员分别评定后，送交委员会，由全体委员最后决定。其学科成绩和论文成绩，分别占40%和60%，两种成绩各在60分以上，才能及格。③

南京国民政府的硕士学位考试，自1937年开始至1947年结束，共举行9届，授予硕士学位者“二百余人”。④

3. 博士学位考试

博士学位候选人，须具备下列条件之一：获得硕士学位，在研究院（所）继续研究2年以上，成绩优异者；获得硕士学位，并曾任讲师3年以上，经教育部审查合格者；曾在公立或已立案的私立大学或独立学

① 《师范学院学生教学实习办法》，教育部1944年12月30日公布，杨学为等《中国考试制度史资料选编》，黄山书社1992年版，第697页。

② 《专科以上学校学生学籍规则》，教育部1941年11月29日公布施行，1947年3月27日修正，教育部编：《教育法令》，中华书局1947年版，第162－164页。

③ 参见《硕士学位考试办法》，教育部1936年4月7日训令，教育部编：《教育法令汇编》第2辑，商务印书馆1937年版，第39页。

④ 《中国近代史论丛》第2辑第6册，台湾正中书局1979年版，第42页。

院任教授满3年以上，经教育部审查合格者；在学术上有特殊的著作、发明、贡献者。凡具备上述资格之一者，可向国立大学研究院、研究所、或国立的独立研究院、研究所递交自己的资历证件和学术论文，申请为博士学位候选人，论文初步审查遇有必要时，得由博士学位评定会推荐为博士学位候选人。审查论文的标准：该论文对于该领域的学术，确有重大贡献；该论文在写作时，确曾充分参考该论文所包括问题已经研究的成果；该论文确能表示作者了解研究该科所必需的主要外国文字。博士论文，须由该研究院、所主管人员送请研究该学科的3－5位专家审查。审查合格的博士论文，由审查人和该研究院、所主管人员共同署名，由该研究院、所送请教育部，此为博士学位候选人的审查。博士学位评定会对于候选人的论文，由评定会的委员以及评定会以外的专家5人予以审查，并分别注明可否，3人评定为“可”的为合格。论文合格的候选人，由博士学位评定会举行口试。但经博士学位评定会推荐的候选人，经评定会出席委员3/4以上记名投票，可免口试。口试除审查委员外，并由评定会另外聘请4名专家共同主持，互推1人为主试委员，就论文内容及与论文有密切关系的问题进行“考询”。口试时，先由候选人口述论文大意及研究经过；再由主试委员及考试委员依次提问，由候选人逐一回答。凡论文审查、口试成绩均及格者，由博士学位评定会呈请国民政府授予中华民国博士学位，并将其论文予以刊印。①

南京国民政府时期博士学位考试虽然没有施行，但为后来的博士学位考试奠定了基础。

总之，南京国民政府的学校考试制度是对前一时期学校考试制度的继承和发展。首先，它改革了高等学校的入学招生考试制度。我国近代的高等学校的入学招生考试，一向由学校单独举办。南京国民政府教育部的“统一招生考试”和“联合考试”，是对入学招生制度的改革，有一定积极意义。其次，发展了学生学业成绩考试制度。例如，学生平时成绩的考查，增加了具体的考查方法。在毕业考试方面，不仅增加了操演性毕业考试和毕业论文考试，而且高等学校实行毕业总考制、中等学校和小学推行毕业会考制度。这些制度，有利于促进各级各类学校按照

① 《博士学位考试细则》，1935年，杨学为主编：《中国考试史文献集成》第7卷，高等教育出版社2003年版，第183页。

部颁教学大纲进行教学、督促各级各类学校教育、教学目标的实现。它虽然存在某些弊端，但从总体看，利大于弊。再次，形成了学位制考试制度。学位，是划分高低学科毕业的标志。民国初年，虽然取消了奖励科举出身，但未形成学位制。学士、硕士、博士学位的考试，是这一时期形成的。

这一时期的学校考试制度，调整了文科类和实科学生数的比例。重文轻技、重理论轻实践是中国传统教育的弊端，直至南京国民政府统治初期仍未改变。九一八事变后，南京国民政府教育部曾采取“计划招生”和“统一招生考试”等办法，使文科类的学生数与实科类学生数逐渐持平。在一段时间内，实科类的学生数比文科类的学生数还要多一些。由于实科类学生数的增长，经考试合格的经济建设人才的数量有了增加。1932 年至 1947 年南京国民政府统治下的高等学校（不含 1945 年各临时大学补习班）经考试合格的毕业生计 16 6408 人，其中理、工、农、医、师（含教育）计 84 723 人，若加上商科，共 102 366 人，占毕业生总数的 61.5%。这批毕业生壮大了科技人员队伍，促进了科学技术的发展。他们大都为国家的经济建设和抗日战争的胜利作出了贡献。

这一时期，学校考试制度的弊端也是显而易见的。例如“联合考试”是照搬欧美的，不适合中国国情。又如中等学校的毕业会考制度和高等学校的入学招生考试没有真正沟通等。

应当提出：南京国民政府的学校考试制度，是为其反动政治服务的。一方面，“党义谈程”、蒋介石的《中国之命运》成为考试的科目；另一方面，国民党当局又利用考试制度压制进步的学生。这正是其反动实质所在。

四、南京国民政府的教师资格审查和检定考试

（一）高等学校教师资格审查及部聘教授办法

1. 大学及独立学院教员任职资格审查

1940 年 8 月，教育部公布《大学及独立学院教员资格审查暂行规程》，主要内容如下：

大学及独立学院教员，分教授、副教授、讲师、助教四等。大学及

独立学院教员等别，由教育部审查其资格决定。

助教须具有下列资格之一：（1）国内外大学毕业（经教育部认可的），得有学士学位而成绩优良者；（2）专科学校或同等学校毕业，曾在学术机关（经教育部认可的）研究或服务两年以上著有成绩者。

讲师须具有下列资格之一：（1）在国内外或研究院所研究（经教育部认可的）得有硕士或博士学位或同等学历证书而成绩优良者；（2）任助教四年以上，著有成绩，并有专门著作者；（3）曾任高级中学或其同等学校教员五年以上，对于所授学科确有研究，并有专门著作者；（4）对于国学有特殊研究及专门著作者。

副教授须具下列资格之一：（1）在国内外大学或研究院所研究得有博士学位或同等学历证书而成绩优良，并有有价值之著作者；（2）任讲师三年以上著有成绩，并有专门著作者；（3）具有讲师第一款资格继续研究或执行专门职业四年以上者，对于所习学科有特殊成绩，在学术上有相当贡献者。

教授须具有下列资格之一：（1）任副教授三年以上著有成绩，并有重要之著作者；（2）具有副教授第一款资格，继续研究或执行专科职业四年以上，有创作或发明，在学术上有重要贡献者。

凡在学术上有特殊贡献而其资格不合于本规程关于副教授或教授资格规定者，经教育部学术审议委员会出席委员 3/4 以上之可决，得任教授或副教授。前项表决用无记名投票法。

大学及独立学院教员资格之审查，由各校院呈送教育部提交学术审议委员会审查之。合于大学及独立学院教员资格而不在职者，得自行呈请教育部审查之。大学及独立学院教员资格之审查须呈验：履历表、毕业证书或学位证书、著作、服务证明书、其他足资证明资格之文件。履历表填称之资格或著作而无证件或著作呈缴者，以未具有该项资格或著作论。大学及独立学院教员资格审查合格后，由教育部给予载明等别之证书。

副教授、讲师、助教于定期教务任满后，得按照本规程之规定，由学校呈请为升等之审查，合格后另给证书。本规则公布以前，曾任大学及独立学院教员者，其资格审查标准规定如下：（1）具有第五条规定资格之一，曾任教授或同等级之教务一年以上者，得为教授；（2）具有第四条规定资格之一，曾任副教授或同等级之教务一年以上者，得为副教授；（3）具有第三条规定资格之一，曾任讲师或同等级之教务一年以上者，得为讲师；（4）曾任助教一年以上者，得为助教。

专科学校教员资格之审查，得比照本规程办量。本规程施行细则另定之。本规程呈奉行政院备案后施行。①

2. 教育部设置部聘教授办法

1941 年 6 月 3 日，教育部颁布《设置部聘教授办法》，主要内容是：

教育部设置部聘教授适用本办法。部聘教授须具备下列条件：（1）在国立大学或独立学院任教授十年以上者；（2）教学确有成绩，声誉卓著者；（3）对于所任学科有专门著作，且具有特殊贡献者。

部聘教授须由教育部提经学术审议委员会全体会议出席委员 3/2 以上之可决后聘请之。部聘教授候选人，除由教育部直接提出者外，国立大学及独立学院或经教育部备案之具有全国性之学术团体，得就各该学校或团体中合于第二条规定之人员，呈请教育部提出之。部聘教授任期五年，期满后经教育部提出学术审议委员会通过续聘者得续聘之。部聘教授任期以大学及独立学院教员聘任待遇暂行规程第八条规定之专任教员薪俸表教授月薪第三级为最低薪，由教育部拨交指定服务学校转发。部聘教授由教育部于公立及已立案之私立专科以上学校特设讲座从事于讲学及研究，其服务细则另定之。部聘教授讲座设置处所，得由教育部根据需要，于学年终了时调动之。部聘教授名额暂定 30 人。本办法自呈准公布后施行。②

（二）中等学校教员检定考试

检定组织。中等学校教员的检定分无考试检定和考试检定两种，其组织机构均为中等学校教员检定委员会。1934 年 5 月 21 日，教育部第 5801 号令公布并于同年 7 月 1 日施行《中学及师范学校教员检定委员会

① 1940 年 8 月，教育部公布《大学及独立学院教员资格审查暂行规程》，《中华民国史档案资料汇编》第 5 辑第 2 编，教育（1），江苏古籍出版社 1997 年版，第 716－718 页。

② 1940 年 8 月，教育部公布《大学及独立学院教员资格审查暂行规程》，《中华民国史档案资料汇编》第 5 辑第 2 编，教育（1），江苏古籍出版社 1997 年版，第 723－724 页。

组织规程》。《规程》规定：各省市（行政院直辖市）教育行政机关为检定中学及师范学校教员，组织中学及师范学校教员检定委员会。该委员会由委员 7－11 人，由省市教育行政机关长官任委员长，并就省市教育行政机关主管科科长、省市督学、现任或曾任大学校长或教育学院院长分别指派或聘请为委员。委员会举行会议时，以委员长为主席；委员长缺席时，指定一人为代理主席。委员会会议审核决定以下事项：拟订各项考试规则；审查受检定各教员呈缴的各项证件；核定受检定各教员合格或不合格；检定考试成绩的核算及揭示事项；其他关于检定的重要事项。委员会设命题阅卷委员若干人，由委员会聘请富有某科教学经验的大学教授和中学及师范教育专家组成。委员为无给职，但聘任委员应视来往路程的远近酌支旅费。委员会设干事若干人，由委员长就各该机关职员中调用。委员会办事细则，由各省市教育行政机关订定。1944 年 7 月 7 日，教育部又训令颁发施行《中学及师范学校检定委员会组织规程》。该规程与十年前的上述《规程》相比较，一是将原检定委员会委员长改称主任委员；二是命题阅卷委员聘请的对象，增加了师范学校的教授。余者均相同。

考试检定的方法。1934 年 5 月 21 日，教育部第 5823 号令公布《中学及师范学校教员检定暂行规程》，同年 7 月 7 日，教育部第 32914 号训令颁发并于 1947 年 4 月 9 日第 19252 号令修正《中学及师范学校教员检定办法》。以上法规法令，规定了无考试检定和考试检定中学及师范学校教员的办法。其中考试检定的办法，《暂行规程》规定考试检定至少每三年举行一次，《办法》修正为每学年举行一次，于第一学期开始前举行，考试检定的对象、科目及功能如下：

考试检定的对象。具有下列资格之一统参加考试检定：

高级中学教员：国内大学本科毕业的（后修正为国内外大学各院系毕业者）；国内专科学校或专门学校本科毕业后（后修正为国内外修业三年以上并招收高中毕业生的专科学校、专门学校本科或大学专修科毕业后）有一年以上的教学经验者；检定合格的初级中学教员（后增改为在检定后有一年以上的教学经验者）；曾任高级中学教员二年以上；具有精练的艺术技能者（专指图画，音乐教员）。

初级中学教员：国内专科学校或专门学校本科毕业者（后改为国内

外专科学校毕业者)；与高级中学程度相当学校毕业后，有一年以上的教学经验者（此条后一句话修正了有二年以上教学经验，并对所受检定学科确有研究成绩、或有专门论述发表者)；曾任初级中学教员二年（后改为三年）以上者；具有精练的艺术技能者（专适用于图画、音乐教员)。

师范学校教员：国内大学本科毕业者（后修正为国内外大学各院系毕业者)；国内专科学校或专门学校本科毕业后（后限定为国内外招收高中毕业生修业三年以上的专科学校、专门学校本科或大学专修科毕业后)，有一年以上的教学经验者；曾任师范学校教员二年（后改为三年）以上者（后来还增加了检定合格的简易师范学校教员在检定后有一年以上教学经验者)；具有精练的艺术技能者（专适用于图画、音乐教员)。

简易师范学校教员：国内大学本科、专科学校或专门学校（后改为国内外专科学校、专门学校或大学专修科）毕业者；与高级中学程度相当学校毕业后，有一年以上的教学经验或有专门著述发表者（后改为与师范学校程度相当学校毕业后，有二年以上的教学经验，并对所受检定学科确有研究成绩或有专门论述发表者)；曾任简易师范学校教员二年（后改为三年）以上者；图画、音乐教员具有精练的艺术技能者。

考试检定的科目。分为共同应试科目、专科应试科目和口试。

共同应试科目：教育概论、教学法，1947 年增加了“总理遗教及总裁言论”。

专科应试科目：公民科有党义、法学通论、政治学、经济学、伦理学。1947 年又增加了社会学。

体育科：体育原理、各种运动法则及原理、健康教育及健康检查、运动裁判法及指导、体育教学法。

图文科：作文（一篇)、中国文学史、文字学、伦理学（后改为文法及变辞)、国文教学法。

英语科：作文（一篇、用英文写作）及翻译、英国文学、英语文法（后增加了修辞)、英语语音学（后来取消了该科)、英语教学法。

数学科：普通数学（包括算术、代数、几何及三角)、立体几何、高等代数、微积分、平面及立体解析几何、数学教学法。

生物科：植物学、动物学、遗传学及进化论、生物教学法。

生理卫生科：生理学、病理学、传染学、急救、卫生、卫生教学法。

化学科：有机化学、无机化学、分析化学、理论化学、工业化学概论、化学教学法。

物理科：物性学及热学、力学、光学、电学、近世物理学、物理学教学法。

历史科：本国史、外国史、历史教学法。

地理科：本国地理、外国地理（后来增加了自然地理）、地图画法、地理教学法。

音乐科：普通乐学、和声学、各种乐器奏法（钢琴、提琴及中国乐器中任何一种）、音乐教学法、唱奏。

图画科：作画（中国画一幅木炭画石膏模型一幅）、美学概要、透视学、图画教学法。

师范学校教育科：教育心理、教育史、教育统计及测验、教育行政、小学各科教法及教材（1947年增加了社会教育、教育辅导）。

幼稚教育科：儿童心理、保育法、教育测量及统计、幼稚园行政、幼稚园教材及教学法。

1947年修正的《中学及师范学校教员检定办法》中增加的学科及考试科目还有：

师范学校地方自治科：地方自治、地方行政、地方建设、农村经济及合作、地方自治教学法。

矿物科：矿物学、地质学、矿物地质教学法。

博物科：动物学、植物学、地质矿物概要、博物教学法。

中学及师范学校教员申请考试检定时，还须呈缴证件。它包括毕业证书或修业证书、服务证明书、著作（无著作者缺）、本人履历书、志愿书及最近照片。

此外，考试检定还有“口试”一项。受考试检定者以各科目及口试各满60分为及格。检定合格者，由各省市教育行政机关给予检定合格证书（填明科目）。核定合格证书有效期间为六年，期满重新检定。受考试检定未能及格，而某科目成绩满60分者，给予该科目及格证明书，再次考试检定时，可免除该科目的考验.

职业学校师资分为高级职业学校学科师资和初级职业学校及补习学校职业学科师资。各省市职业技能学科师资的检定，分为两种：具有职业技术及经验，其证明文件，经审查属实者，得受无考试检定；凡有职业技术及经验，但其证明文件未能确实或有其他疑问时，应受职业技能的考试检定。

（三）初等学校教员检定考试

检定组织：1934 年 5 月 21 日，教育部第 5807 号令公布并于同年 7 月 1 日施行《小学教员检定委员会组织规程》，主要内容是：各省市（行政院直辖市）教育行政机关为检定小学教员，组织小学教员检定委员会。该委员会设委员 7－9 人，由省市教育行政机关主管科科长、省市督学、省市教育行政机关主管科科员、现任或曾任师范学校校长等为委员，并由省市教育行政机关长官指定委员一人为委员长。委员长主持该委员会会议。委员会掌管拟订各项考试规则；审查受检定各教员的各项证件；核定受检定各教员的检定是否合格，检定考试成绩的核算及揭示事项；其它关于检定的重要事项。委员会设命题阅卷委员若干人，由委员会聘请富有某科教学经验的师范学校或高级中学教员和小学教育专家组成。委员均为无给职，但聘任委员视往返路程的远近，酌给旅费。委员会设若干干事，由委员会呈请主管长官就各该机关职员中调用。委员会办事细则，由各省市教育行政机关订定。

考试检定的方法：1934 年 5 月 21 日，教育部公布《小学教员检定暂行规程》，1936 年 12 月 31 日，又公布施行《小学教员检定规程》。《规程》规定：小学教员的检定，分无考试检定与考试检定两种。无考试检定，由检定委员会审查其各项证件。考试检定，除审查其各项证件外，并加以考试。

参加高级或初级小学级任教员或小学专科教员考试检定，须具有下列资格之一：曾在旧制中学或高级中学毕业的，曾在师范学校或高级中学修业一年并担任小学教员一年以上的；曾在师范讲习科毕业的，曾任小学教员三年以上的；学有专长并担任小学教员一年以上的。

考试检定至少每三年举行一次，考试的日期及办法一般提前两个月登报公布。小学教员符合上述资格参加检定时，须呈交毕业证书或修业证书、服务证明书、本人履历书志愿书及近期照片等。如有教育行政机关所给予关于教学训育等成绩的评语，及关于小学教育的著作等，应一并附交。考试检定，分笔试、口试或实习。各该省市教育当局认为必要时，可举行体格检查。

考试检定的笔试科目如下：

小学级任教员的考试科目为公民（包括党义）、国语（包括文字口语及注音符号）、算术、自然、卫生、历史、地理、教育概论、小学各科课程标准、小学教材及教学法。但初级小学级任教员的考试，除公民、国语、教育概论外，其余各科目，酌量减低其程度。

专科教员的考试检定不分初高级。其考试科目，除要求考试的某种专科如音乐、体育、美术、劳作等须考试外，并考试国语、教育概论及受考试科目的小学教材及教学法。

参加级任教员考试检定的，以各科目平均分数满60分者为及格；参加专科教员考试检定的，以每科均满60分者为及格。考试成绩的计算方法，笔试分数占70%，口试或实习分数占30%。

检定合格者，由省市教育行政机关分别给予检定合格证书。核定合格证书有效期四年。在检定有效期内，教学成绩特别优、良，经省市督学查报、或服务期间在暑假培训得有成绩证明者；期满后仍给予有效期间四年的合格证书；连续得二次合格证书者，期满后给予长期合格证书。其成绩不良者，在合格证书期满后，须受重新检定。考试检定未能及格，而某科成绩满60分以上的，给予该科及格证明书。以后再参加检定时，免除该科的考试。

1946年10月26日行政院第17028号指令核定、同年11月9日教育部第2603号部令公布施行《国民学校教员检定办法》，其中考试核定办法又有变化；

考试检定的资格。具有下列资格之一的，依其志愿分别受国民学校初级部或高级部、级任教员或专科教员的考试检定：高中。旧制中学或其它同等以上学校毕业者；师范讲习科毕业者；师范学校或高中肄业一年，曾任代用教员一年以上者；初中毕业，曾任代用教员二年以上者；国民教育师资短期训练班或义务教育短期训练班毕业，曾任代用教员二年以上者，曾任代用教员三年以上者。

考试检定的科目，与前期相比较，级任教员考试检定的笔试科目减少了自然和卫生两门，初级部级任教员笔试科目均减低其一程度；专科教员的笔试科目无变化。其成绩计算方法和考试检定的功能也和前期大体相同。

综上所述，这一时期中、初等学校教员的检定考试制度，它本该在保证教员能胜任教学、教育工作方面能起到积极的作用。但是在国民党的反动统治下，这一制度不但涂上了政治色彩，而且执行得不好。一是检定考试合格的教员往往不能保证工作；二是资历根本不符合要求、还有不必经过检定考试的国民党特务分子也被派到学校去镇压学生和教员。

五、南京国民政府的留学生的选拔

（一）出国留学生的选拔

1. 选拔留学生的政策

1927 年，南京国民政府成立，原大学院改为教育部。1928 年 7 月 20 日，国民政府公布施行《国民政府军事委员会派遣陆海空军留学生章程》；1929 年 2 月 5 日，国民政府公布《考选留学国外陆海军大学条例》；1929 年 4 月 9 日，国民政府公布施行《陆海空军留学条例》；1929 年 12 月 16 日，军政部公布《军政部考留学员生细则》；1929 年 2 月 25 日，教育部公布施行《修正发给留学证书规程》；1929 年 1 月教育部训令《选派留学生应注意理工二科》；1930 年 2 月，教育部训令《派遣公费留学生对于留学国语言文字须严加考试》；1933 年 4 月 29 日，教育部公布施行《国外留学规程》。以上规程就部队系统和地方各单位部门留学人员的选拔作了具体的规定。

（1）军队各部、委的选拔

选拔各国留学学员，须具备下列资格：

甲、学员应具备的资格：曾在本国正式军事学校毕业，学术优秀，合于留学学校入学之程度；现任军职；通留学国的文字语言，能直接听讲；年龄在 25 – 35 岁。

乙、学生应具备之资格：年龄在 20 – 25 岁；精通留学国之语言文字，能直接听讲；在本国高中以上毕业；或具有同等学历及曾在本国受军事教育；品行端谨确无嗜好。①

考试：考选各种留学生分初试、复试两种。初试由保送机关或由军政部、参谋本部、军事委员会等主管部、委，委托的机关举行。复试由各主管部、委组织考试委员会举行。考试科目除体格检查外，分为笔试和口试。笔试：党义（建国方略、建国大纲、三民主义），国文，留学国语文，相关专业科目。

报名：应初试者报名时须交“四寸半身相片五张，连同履历表、志愿书各五份，保证书三份及其他凭证，呈缴初试机关审查。其取录者即由该机关将各项书表凭证转呈”各主管部、委复核。②

录取：由军政部、参谋本部、军事委员会等各主管部委录取、“呈请政府核准后咨由外交部行知驻外大使公使，请留学国政府准其入学”。③

（2）教育部的选拔

教育部规定：由各省市教育行政机关考取或由公共机关遴选派赴国外研究专门学术供给其研究期间全部费用者，称为公费生。凡自费留学费用或由私法人遣派赴国外研究专门学术供给其费用者，称为自费生。

各省市考选派赴国外研究专门学术者，应注重理农工医等科。研究科目的种类，公费生名额，留学国别年限及经费状况等，须由各省市依其地方情形之需要，及所研究科目的性质，于每届招生前详为规定，呈教育部核准施行，留学年限至少两年，至多不得过六年，实习及考察期间在内。

各省市公费生经各省市考试（初试）后，由教育部复试决定。初试每年一次，自2月1日至3月1日为报名时间，4月1日－15日为各省市初试日期，7月1日－15日为教育部复试日期。

考生资格。凡具有下列资格之一者，可报名考试：1. 国内外公立或已立案之私立专科以上学校毕业，并曾任与所习科有关的技术职务2年以上者；2. 国内外公立或已立案之私立专科以上学校毕业后，曾继续研

① 《陆海空军留学条例》，1929年4月9日公布，《国民政府公报》第137号，1929年4月11日。
② 《军政部考选留学员生细则》、《中华民国现行法规大全》，商务印书馆1933年版，第560页。
③ 《陆海空军留学条例》，《国民政府公报》第137号，1929年4月11日。

究所习学科 2 年以上，而有有价值之专门著作或其他成绩者。

报名须知。报名时除缴毕业证书及最近四寸半身相片二张外，并须呈缴履历书及服务证明书各两份，或专门著作及其他成绩。

考试事项。（1）初试。甲、检查体格。体格不及格者不得参加乙、丙两项考试。乙、普通科目。考党义、国文、本国史地、留学国语言（作文、翻译、会话）。丙、专门科目。专门科目视所考各学科而定，最少须考 3 种科目。初试由各省市举行。（2）复试。甲、留学国国语（作文、翻译、会话）。乙、专门科目，由初试的专门科目中选考两种。复试由教育部组织复试委员会办理。复试委员会委员由教育部长于每届复试时指派及聘请专门人员若干充任，并以主管司司长为主任委员。复试委员会审查各省市呈送初试生各项成绩及复试命题、阅卷事宜，并办理复查。“复试成绩由复试委员会评定后，送教育部部长核定”。①

计分方法。初试成绩的计算，普通科中的党义、国文、本国史地共占总分数的 25%，留学国国语占 25%，专门科目占 50%。复试成绩以 3 种科目平均计算。

省市考试及格者，给予初试及格证明书，于 5 月 15 日前将考取生各项成绩和其他各项证件、照片等送教育部备查。复试及格者，予以复试及格证明书，不及格者不得参加复试。复试考取各生须于 3 个月内出国，逾期者取消其资格。出国及留学费用由各省市发给。②

2. 考试选拔

（1）清华大学留美公费考试

1929 年，清华学校改办为清华大学，停止选派庚款留美办法，清华大学基金全部移交中国教育文化基金董事会管理。清华大学根据教育部 1933 年颁发的《考选清华留美公费生办法纲要》等规定，自 1933 年至 1943 年，举办了 6 届留美公费生考试，面向全国，公开招考。

第一届，1933 年 8 月举行，录取龚祖同等 25 人。第二届，1934 年举行，取杨绍震等 20 人。第三届，1935 年举行，录取张光斗、钱学森等 30 人。第四届，1936 年 8 月 24 日起在北平清华园和南京国立中央大学两地举行，共录取张明哲等 18 人。第五届，1940 年 8 月 12 日起在昆

---

① 《教育部复试各省市考选国外留学生办法》，《教育法令汇编》第 1 辑，第 459 页。

② 《国外留学生规程》，《教育部公报》第 5 卷第 19、20 期。

明、重庆、香港等处举行，共寻取汪德熙等 16 人。[①] 第六届，1943 年分别在重庆、昆明、成都、桂林等 4 处举行，共录取杨振宁等 22 人。

考试科目：分为普通科目和专门科目。普通科目有党义、国文、英文、德文和法文等 4 门。专门科目考 5 科（个别学科考 6 科或 7 科）。

计分方法：各科总成绩共计为 100 分，其中普通科目占 20%（除党义必须及格外，国文 8%，英文 8%，德文或法文 4%）；专门科目占 70%，研究及服务成绩（毕业论文和专门著作亦可作研究成绩）占 10%。

命题和阅卷：每届考试均组织清华留美公费生考试命题，阅卷委员会、由校内外知名学者、专家组成，每一学门，一般只聘请 1 人，少数学门，则聘请 2 人担任。例如，第一届留学考试的命题阅卷委员共 60 人，其中校内委员 17 人，校外委员 43 人。校内委员有清华大学中国文学系主任朱自清，中国文学系教授闻一多，外国语文系教授温德（R. Winter），物理系教授周培源，社会学及人类学教授吴景超等。校外委员有：南京国立中央研究院地质研究所所长李四光，北平社会调查所所长陶孟和，国立北平研究院物理研究所主任严济慈，国立北京大学经济系主任赵乃抟，国立中央大学机械工程系主任张可治，私立南开大学化学系教授张可治等。又如第三届（1935）命题、阅卷委员增至 115 人，其中有俞平伯、梁实秋、胡适之、周鲠生、竺可桢、钱昌祚、陈寅恪等。[②]

（2）中英庚款留英公费考试

1931 年，我国成立管理中英庚款董事会，管理英国政府于 1930 年退还我国的部分庚子赔款。此款项先以借充兴办铁道及其他建设事业，然后以借款所得利息兴办教育文化事业，其中包括 1933—1942 年举办的 8 届中英庚款留英学生公费考试。

每届考试，均组织考试委员会负责招考事宜，面向全国，公开考试。

考试科目，分为普通科目和专门科目两类。普通科目：第一至五届考国文、英文两门，第六至八届增加党义一门，共 3 门。专门科目：第

① 一说 17 人，不确，应为 16 人。

② 杨学为主编：《中国考试制度史资料选编》，黄山书社 1992 年版，第 802－804 页。

一至五届考4门，第六至八届考3门。

计分方法，各科总成绩为100分，其中普通科目占35%（英文占20%，国文占11.25%，党义占3.75%），专门科目占60%，专门著作占5%。

中英庚款留英公费考试，竞争相当激烈。第一届，1933年8月举行，报名216人，应考192人，录取9人。第二届，1934年7月举行，报名425人，应考298人，录取22人。① 第三届，1935年4月举行，报名290人，应考262人，录取钱钟书等24人。第四届，1936年举行，报名382人，应考324人，录取赖宝勤（女）等20人。第五届，1937年举行，报名360人，应考293人，录取25人。第六届，1938年举行，报名439人，应考338人，录取20人。第七届，1939年举行，报名384人，录取23人。第八届，1942年在重庆、昆明、桂林、泰和、成都、西安6地举行，录取30人。录取率，大体在5－9%之间。②

录取学生籍贯：江苏、浙江、广东、福建、安徽、江西、四川、湖南、河北、湖北、山西、河南、上海（市）。

考前从事的工作以大学助教、讲师、教员为最多。

（3）中法教育基金会留法公费考试

中法教育基金会利用庚款公开招考公费留学生，仅举办3届。1937年举办第一届，共录取甲种公费生吴新谋、钱三强、魏英邦3人，乙种公费生陈定民、钟盛标2人。第二届改考试为选派。第三届于1939年派送。1940年起，因庚款停付，经费支绌，决定停办。

（4）英美奖学金研究生实习生考试

1943年春，教育部应英国文化协会及英国工业协会之请，选派9名研究生、31名实习生，赴英研究及实习。在英成绩甚佳，颇得好评。1944年，英美国政府又提供209名奖学金名额，其中英国文化委员会60名、英国 Allan Hanbury Ltd. 等五家公司5名、英国工业协会69名、美国麻省理工等五所大学41名，美国万国农具公司20名，以上共195名由南京国民政府教育部直接办理考试。此外尚有美国蚕丝学会及密西根大学提供给中华农学会奖学金14名，由教育部初选，送请教育部复试。

---

① 一说录取26人，有误，应为22人。

② 刘真主编：《留学教育》（4），台湾书店1980年印行，第1913—1924页。

此项考试在重庆、成都、昆明、贵阳、西安、兰州、建阳等7处分设考区。

报考资格：须在国内外专科以上学校毕业并曾服务2年以上，或高等考试及格人员服务满2年以上。

考试科目分笔试和口试。笔试又分普通科目和专门科目。普通科目考三民主义及本国史地，国文，英文。专门科目各学门均应试两种学科，依各学门性质而定。口试，注意学生仪表识见及英语能力。

考试学门分为工科、理科、医药科、农科、文法科。工科：分为航空工程、机械工程、土木工程、电机工程、水利工程、造船工程、矿冶工程、化学工程、纺织工程、测量、市政工程、工业管理。理科：分为数学、物理、化学、生物学、气象学、地质学、地理学、心理学。医药科：分为病理学、内科、外科、公共卫生、制药学、药理学、牙科。农科：分为农艺学、森林学、畜牧学、兽医、农业化学、农具学。文法科：分为英国文学、历史、经济学、国际公法、宪法、教育、哲学、音乐。

1944年12月1－4日，各考区同时举行考试。1－2日笔试，3－4日口试。报考人数1 989人，实到考生1 824人，共录取209人。其中英国研究生65人，实习生69人，美国工科研究生41人、农科研究生20人，中华农学会复试生14人。为防止正取生因故不能出国，共录取备取生各学门共93人，以备递补。录取各生先于1945年3月在重庆集中，参加教育部选派出国学生讲习会，4月1日结业后于1945年暑假起陆续出国。①

（5）教育部1946年公费留学考试

本届公费留学考试，计划录取名额：教育部公费生120名，法国政府交换生50名，中英文教基金董事会公费生20名，合计190名，计划派往11个国家。

报考资格：曾在公立或已立案之私立大学或独立学院毕业者；或曾在公立或已立案之私立专科学校毕业并曾任与所习学科有关之职务或研究工作2年以上者。

① 《第二次中国教育年鉴》，商务印书馆1948年12月版，第889页。

考试科目：甲、普通科目：三民主义及本国史地，国文，留学国语文①。乙、专门科目：依各学门性质决定，共考3门。丙、外国语口试。

此次考试录取生的留学年限及待遇规定如下：（1）录取后须于指定时间报到，参加讲习会后出国。公费生留学期限为二年，必要时可申请延长一年。（2）在国外入学研究二年后，得视需要申请实习或赴各地考察或转学他国。（3）教育部公费生的往返旅费、出国治装费及留学期间的生活费及学费等，由教育部供给。留法交换生之往返费用、出国治装费由教育部供给，留学期间的生活费及学费等由法国政府供给。留学期满归国后，应向教育部报到，必要时教育部得指定服务。

本届考试于1946年7月间先后分9区举行。（南京、上海、重庆、北平、西安、武汉、昆明、广州、成都。）报名人数4 463人（包括青年留学考试的165人在内），到考者3 296人，计录取留法交换生40人（不包括中英文教基金董事会17人，原计划录取50人），留美公费生33人（原计划录取40人），留瑞士19人（原计划录取22人），留英16人（原计划40人），留瑞典6人（原计划13人），留丹麦6人（原计划7人），留荷兰4人（原计划4人），留意大利3人（原计划3人），留加拿大2人（原计划2人），留澳大利亚2人（原计划4人）。至1948年2月中旬，教育部共录取148人（包括中英文教基金董事会留英公费生17人在内），录取人数占应考人数的4.5%。

（6）教育部翻译官留学考试

太平洋战争爆发后，中国战区成立。美国政府曾派遣军队前来中国战区参加对日作战。南京国民政府乃征调知识青年充当翻译，以便与美军方面发生密切联系。此类翻译人员在服务期间，成绩颇佳。1947年2月，南京国民政府决定由教育部举办翻译官留学考试。

报考资格：曾任军事委员会“外事局翻译官（除高中未毕业者或因过失离职者），并有外事局证明文件者”。②

考试科目，除普通科目国文、英文、本国史地须一律参加外，其专

① 如留学国采用一种以上之语文者，考生可任择一种考试之。如不谙留学国语文者，可以英文代之。

② 《教育部翻译官留学考试章程》，刘真主编《留学教育》（4），台湾书店1980年印行，第2179–2181页。

门科且按程度分为二类：甲、大学毕业生及大学肄业生考分院主要科目两种：文法学院考世界通史；此外经济学或政治学。理工学院考初等微积分或大代数、或解析几何；此外生物学、物理、化学任选一种。师范学院考世界通史和教育概论。农学院考农业概论和生物学。商学院考世界地理；此外会计学或经济学。医学院考生物学和人体解剖。乙、高中毕业生考主要科目两种：三角、平面几何及代数；此外理化或生物。

计分方法：服务成绩占20%，国文占10%，本国史地占10%，英文占30%，专门科目共占30%。

报名。报名时间自1947年2月10日－28日。报名时应缴报名书、毕业证书或肄业证书、外事局所发翻译官准予参加出国考试证件、最近体检表、正面无冠二寸半身相片3张以及考试费等。

考试。考试日期自1947年4月1日－3日。分南京、重庆、北平、昆明、广州、武汉、福州7个考区举行考试。共录取97人（一说98人），其中文法学院39人，理工学院32人，农学院13人，商学院5人，医学院4人，师范学院2人，高中2人。

（7）第一届自费留学考试。

自费留学考试，是南京国民政府教育部的创造。在此之前，自费留学，无须考试，自备经费，即可留学外国。民国成立后，自费生出国，逐年增加，留学生之国度，不仅限于美日，且远及于欧洲各国。教育部为加强自费生管理，曾于1924年7月26日公布施行《管理自费生留学规程》，除规定了自费生的留学资格、领取留学证书，还规定凡经教育部“认为合格之自费生，毕业回国后，得与官费毕业生受同等之待遇”。[①] 这一规定，起了鼓励自费留学的积极作用。1929年以后，南京国民政府颁订登记办法，即自费出国留学生，须将留学计划呈请教育部核准登记，领取留学证书后自行出国。惟创制伊始，登记者其属寥寥。1933年颁布的《国外留学规程》，其中第二十六条规定：自费生出国之资格：须具备下列资格之一者，“一、公立或已立案之私立专科以上学校毕业者。二、公立或已立案之私立高级职业学校毕业者，并曾在国内任技术职务二年以上者。”[②] 这一规定，较1929年自费留学资格的规定

① 杨学为等主编：《中国考试制度史资料选编》，黄山书社1992年版，第619页。
② 《教育部公报》第5卷，第19、20期。

有所提高，但仍低于公费留学资格。此外，加强了管理自费留学生的登记。至于自费留学考试，直到 1943 年 11 月 8 日教育部颁发《国外留学自费生派遣办法》中，才有明确的规定。

实行自费留学考试，与抗日战争时期物质条件之艰难不无关系。抗日战争爆发后，南京国民政府颁布限制留学生暂行办法，规定以研究军工理医各科学生为限。又因政府统制外汇，出国人数减少。出国留学人数，1932 年度 576 人，1933 年度 621 人，1934 年度 859 人，1935 年度 1 033 人，1936 年度 1 002 人，1937 年因全面抗战爆发，出国留学人数减为 366 人，1938 人因限制办法颁行，出国留学人数 92 人，1939 年 65 人，1940 年 86 人，1941 年度仅 51 人。为了改变出国留学人员锐减的局面，为了克服抗战时期国家的困难，鼓励个人筹集留学经费，在保证质量的前提下，举办自费留学考试，也是一个好方法。

实行自费留学考试，也是培养抗战胜利后急需人才的需要。太平洋战争爆发后，中国是世界反法西斯统一战线其中的一员，抗战必胜的格局已定。教育部为适应时代需要“培养抗建人才起见，乃废止前项限制，对于有志出国深造青年，不论其所学何种科目，均量才予以扶植并鼓励之。然顾及战时物质之艰难及战后需才之迫切，对于留学之程度又不能不特予注意。乃由教育部决定凡志愿出国留学之学生，一律须经过考试，及格后方能领取留学证书，出外留学”。①

1943 年 10 月教育部公布《第一届国外自费留学生考试章程》和《国外留学自费生派遣办法》。《国外留学自费生派遣办法》的主要内容如下：

（1）本部为改进国外留学教育，造就各科专门人才，以配合今后建国之需要起见，凡自费生请求出国留学，一律由本部统筹派遣，并管理之。

（2）自费留学生每年派遣人数应从严限制，暂以 600 名为最高额，额满停止派遣，是项自费生所定学科暂定习实科（包括理工医农等科）3/5，文科（包括文法商教育等科）占 2/5，必要时得视国内实际需要，酌量增减。

---

① 《第二次中国教育年鉴》，商务印书馆 1948 年版，第 879 页。

(3) 自费生留学期间，暂以二年为限，如因研究上之必要，必须延长留学期限时，应陈明理由，连同研究证件呈部审核后再为决定。

(4) 自费生留学期内，关于学业成绩之考核，思想行为之考查，概由本部驻外留学监督处负责处理，自费生须服从其指导与管理，在监督处未设立前，由部委托所在国使馆代为处理。

(5) 自费生请出国留学须曾在国内公立或已立案之专科以上学校毕业，并须经过本部考试，考试及格后，由教育部发给留学证书。

(6) 自费留学生报名应考时，须呈缴左列证件：

①国内大学、独立学院或专科学校之正式毕业证书，此项证书须经本部核准验印，其在本年春季或秋季毕业者，须俟毕业资格经原校呈部核定后再行申请留学。

②国内大学、独立学院或专科学校历年肄业及毕业之成绩单一份。

③最近体格检查表一份（须经公立医院正式医师检验）。

④曾在研究机关研究或服务机关服务者，须呈缴研究或服务证件。

⑤留学费用证明书（是项证明书须由存款银行商号或担保该生费用之机关或公私法人出具正式证件，无论为国币或现存外汇须详细注明数字，并应估计留学期间应需各项费用及往返旅费，填明确实数字，以凭审核）。

⑥留学期间研究计划一份（是项计划于报名应考时一并呈部审查，考试及格经部核定后，在留学期间必须依照该项预定计划，切实实行，不得任意变更）。

⑦保证书一份。

⑧最近四寸半身相片五张。

⑨证书费 10 元，印花费 5 元。

⑩考试手续费 20 元。

(7) 申请出国留学之自费生所缴证件，经部审查合格后通知考试日期及地点。但在考试前须由本部指派医师复验体格一次，复验合格后发给准考证，参加考试。

(8) 考试科目规定如下：

①普通科目：三民主义及本国史地、国文、外国文。

②专门科目一种或二种，依考生出国留学拟习学门而定。

③口试注重考生之仪表及思想等。

（9）自费留学生考试暂定每年举行二次，于每年2月、8月各举行一次，考试日期及地点临时通知。

（10）自费留学生考试及格送往中央训练团党政训练班集中受训，受训完毕后办理出国手续。

（11）自费留学生国外学校入学手续得由本部驻外留学生监督处，按照各生志愿分别代为办理；在监督处未设立前，由部委托驻外使馆代为办理；其由学生自行接洽者，应将国外学校入学许可证明书呈部审核登记。

（12）自费留学生经部考试及格后，应在规定期内出国，逾期六个月未出国者，取消其留学资格，并缴还所领留学证书。

（13）自费生在留学期内，应于每学期终了将肄业成绩单呈送本部驻外留学生监督处考核，并转报本部审查备案，逾期不呈送者予以警告，逾期三次不呈送者勒令退学返国。

（14）自费留学生在国外一切思想行为须绝对接受监督处及使馆之指导与管理，如有违背三民主义之言论及越轨行为，经查明属实报部后立即取消其留学资格，并勒令返国。

（15）自费生留学期满，未经本部核准延长留学期限，应即返国服务，不准逗留。

（16）自费生留学期满返国后，应于两个月内检同毕业及研究证件，呈送本部审查登记。

（17）自费留学生毕业返国后，得由本部视其所习学科性质，指派适当工作或介绍有关机关服务。

（18）本办法自呈奉核准备案之日起施行。①

1943年12月，根据《国外留学自费生派遣办法》，南京国民政府教育部举办第一届自费生留学考试。

报考资格：“自费生申请出国留学，须曾在国内公立或已立案之私立专科以上学校毕业”，并须经过教育部“考试及格后，由部发给留学

① 1943年10月教育部公布《国外留学自费生派遣办法》，《中华民国史档案资料汇编》第5辑第2编，教育（1），江苏古籍出版社1997年版，第872－875页。

证书”。[1] 报名时应缴下列各件：“（一）毕业证书（已领本部留学生证书尚未出国者，准以留学生证书代替）；（二）历年肄业及毕业之成绩单一份；（三）最近体格体验表一份；（四）研究或服务证件（未曾研究或服务者免缴）；（五）留学费用证明书（得于考试及格后补缴）；（六）留学期间研究计划一份；（七）保证书一份；（八）最近四寸半身相片五张；（九）证书费十元，印花费五元（考试不及格者发还）；（十）考试手续费二十元。（外埠考生所缴证件，经审查合格后通知应考）”[2]。

所缴证件经教育部审查合格的申请出国留学的自费生，由教育部“指派医师复验体格一次，复验合格后，发给准考证参加考试”。

考试科目分为三类：普通科目：三民主义及本国史地、国文、外国文。专门科目：一种或二种，依考生出国留学生拟习学门而定。口试：注重考学生的仪表及思想及专门知识等。

应考学门分为实科和文科两大类。

实科类包括理、工、医、农4科，计有数学、物理、化学、生物、生理等36门。

实科类36门考试科目如下表所列：

应考学门	考试科目	应考学门	考试科目
1. 数学	微积分	19. 化学工程	化工原理
2. 物理	普通物理学	20. 军用化学	化工原理
3. 化学	普通化学	21. 冶金	普通化学
4. 生物	普通生物学	22. 大地测量	测量学
5. 生理	人体生理学	23. 纺织工程	纺纱学
6. 心理	普通心理学	24. 医科	内科、外科或病理学任考一种
7. 地理	中外地理	25. 牙科	牙科病理学
8. 地质	地质学	26. 公共卫生	公共卫生学
9. 天文	天文学	27. 药学	药物化学
10. 气象	气象学	28. 农艺	作物学

① 《教育公报》第15卷第11期。

② 1943年10月教育部公布《第一届国外自费留学生考试章程》，《中华民国史档案资料汇编》第5辑第2编，教育（1），江苏古籍出版社1997年版，第868－869页。

续表

应考学门	考试科目	应考学门	考试科目
11. 土木工程	材料力学	29. 园艺	园艺学
12. 造船工程	材料力学	30. 森林	树木学
13. 水利工程	材料力学	31. 植物病虫害	昆虫学
14. 建筑工程	材料力学	32. 畜牧	畜牧学
15. 机械工程	机动学	33. 兽医	兽医学
16. 航空工程	机动学	34. 农业经济	经济学原理
17. 电机工程	机动学	35. 农业化学	普通化学
18. 采矿工程	地质学	36. 水产	水产学

文科类包括文、法、商、教、艺术5科，计有英国文学、哲学、历史、图书馆学、法律、音乐等24门。

文科类24门考试科目如下表所列：

应考学门	考试科目	应考学门	考试科目
37. 英国文学	高级英文（注重写作、翻译）	49. 教育	教育原理
38. 哲学	哲学概论	50. 公民训育	教育原理
39. 历史	中外通史	51. 体育	教育原理
40. 图书馆学	图书分类法	52. 货币银行	经济学原理
41. 法律（包括民法、刑法、宪法及警法）	民刑法概要	53. 国际贸易	经济学原理
42. 国际法	国际法原理	54. 会计	会计学
43. 政治	政治学原理	55. 工商管理	工商组织与管理
44. 国际政治及外交	西洋近代史	56. 交通管理	工商组织与管理
45. 经济	经济学原理	57. 统计	统计学
46. 财政金融	经济学原理	58. 地政	土地问题
47. 社会学	社会学原理	59. 美术（包括雕塑工艺及建筑）	中西美术史
48. 新闻学	新闻学	60. 音乐	乐理学

［国民政府教育部档案］①

① 1943年10月教育部公布《第一届国外自费留学生考试章程》，《中华民国史档案资料汇编》第5辑第2编，教育（1），江苏古籍出版社1997年9月版，第870－872页。

成绩计算。依百分制计算，三民主义及本国史地占 20%，国文占 20%，外国文占 25%，专门科目占 25%，口试成绩占 10%。

本届考试应试学生 751，均系赴美留学。除生理、天文、兽医、水产、公民训育 5 学门无人应考外，其余 56 学门皆有学生应考。其中工科 239 人、理科 95 人、农科 45 人、医科 21 人，计实科 400 人。文科 351 人，其中商科 154 人、法科 112 人、文科 53 人、教育和艺术共 32 人。通过笔试和口试，共录取 327 人，中应考学生 43.5%。录取的学生中，实科类共 160 人，占中工科 108 人、理科 30 人、农科 15 人、医科 7 人；文科类 167 人，其中商科 74 人、法科 55 人、文科 28 人、教育和艺术 10 人。1944 年秋，录取的学生先后赴美学习。

（8）教育部第二届自费留学考试

1945 年，中国人民的抗日战争取得了伟大的胜利，国民政府各机关自重庆迁回南京。1946 年，教育部颁布了《三十五年自费留学考试章程》，同年 7 月又举办了第二届自费留学考试。与第一届自费留学考试相比较，其留学资格、考试科目、报名手续等均大致相同。其不同之处，有以下几点：

第一，为方便考生，第二届自费留学考试，分南京、重庆、北平、上海、西安、武汉、广州、昆明等 8 区举行，而第一届自费留学考试未分区。

第二，本届考试留学国别：英、美、苏、法、比利时、瑞士、瑞典、丹麦、荷兰、意大利、加拿大、澳大利亚等国。而第一届自费留学考试均派往美国。

第三，规模扩大了。第一届自费留学考试应试 751 人，共录取 327 人。本届考试报名人数 3 817 人，应考人数 2 774 人，共录了 1 216 人。

第四，给公费留学落榜的但又符合自费留学及格标准的考生提供了一次机会。

第二届自费留学考试，和公费留学生考试同时举行，参加公费留学生考试落选，而成绩合乎自费录取标准（外国语 25 分，总成绩 35 分）的共 718 人，教育部准予其取得参加自费留学考试及格之资格。故第二届自费留学考试实际录取学生总数为 1934 名。[①]

① 刘真主编：《留学教育》（4），台湾书店 1980 年印行，第 2152 - 2162 页。

3. 遴派和选调

南京国民政府统治时期，留学人才的选拔，除了考试以外，还有遴派和选调。

早在1938年，国民参政会修订留学制度，其中“官费留学生”的选拔，分为五种类型：

“（1）国内大学毕业生，经考试及格者，留学生考试之科目及专题，应由考试及派送机关呈请或商请教育部核定之。（2）国内大学毕业生，在研究院继续研究二年以上，经研究院之考试，成绩优良者，得由研究院向教育部推荐，经部详悉审定，得派遣出国，继续研究其原定科目及专题。（3）国内大学毕业生，因成绩优良，留校任助教或讲师若干年以上，能继续研究其所学科目及专题，有心得及著作者，得由该校向教育部推荐，经部详悉审定，得派遣出国，继续研究。（4）国内大学教授继续服务若干年以上，而有特殊成绩者，应由该校资助出国研究，如原校无休假研究之办法者，教育部得留学经费内拨助。（5）无前述之资格或大学毕业不合二、三、四项规定而有专门著作之人得由大学向教育部推荐经部详悉审定，派遣继续研究其原定科目及专题。”①

上述五种类型，除了考试的方法以外，其余四种类型，都是采用“推荐”的方法选拔留学人才。

1938年，中法教育基金会采用选送的方法选拔出国留学公费生。据中法教育基金会中国代表团于1938年12月6日致函教育部说：“查本会选派甲种留法公费生，前经规定应在国内举行考试。本年应考选三名，本应明案办理，唯以目下环境交通不便，集中考试，既不可能，各地举行，需费甚巨，爰定临时变通办法，由北平中法大学，上海震旦大学、昆明国立西南联合大学各选派大学毕业生一名，送由本会派往法国”。结果，中法大学选送了熊启渭（化学），23岁，福建闽候人，1937年北平中法大学毕业，曾任中法大学助教。震旦大学选送了沈国祚（医学），32岁，上海市人，1936年上海震旦大学毕业，曾任上海开业牙科医师。国立西南联大选送樊畿（算学），25岁，浙江杭州人，1936年国立北京大学毕业，曾任国立西南联合大学助教②。1943年，教育部制定的《留

① 刘真主编：《留学教育》（4），台湾书店1980年印行，第2019－2020页。
② 刘真主编：《留学教育》（4），台湾书店1980年印行，第1944页。

学教育方案》规定“公费留学生之选派，以公开考选为原则，但亦得采用遴选及保送方法”。

同年，教育部制定《遣派公费留学英美学生计划大纲》，拟采用三种方式，派遣1000名留学生赴英美留学。“（一）由教育部组织考选委员会分区举行考试，依成绩录取五百名。（二）由教育部遴派服务成绩优良之教授、副教授、讲师及助教、与各大学研究院所研究期满得有硕士学位而才堪深造者，及研究机关研究有成绩之人员共二百名。（三）向经济建设有关之各部会同选调本机关及其附属机关服务之技术人员及行政人员共三百名。”《计划大纲》还规定了“遴派”和“选调”人必须遵循的原则。

遴派之人：请求遴派之人员应填申请书，并请所在学校或研究机关加具考语，呈教育部候选；请求遴派之人员，以未留学而具有留学资格者为艰；遴派之教授、副教授、讲师、助教及研究人员以在学校及研究机关继续服务或研究满3年而成绩优良者为限；遴派人员学科的比例，工科占35%，医药占20%，理科占15%，农科占10%，文法师范商科各占5%。

选调之人：选调的机关及名额有经济部，军政部兵工署、航空委员会、交通部、卫生署、农林部、水利委员会、财政部、教育部、中央警校各等等共300名。选调人员以已留学或未留学而具有留学资格及学力者为限；选调人员以在原机关继续服务满3年而成绩优良者为限；各机关选调人员所习之学科，应与各该机关之建设事业计划密切配合。

同年，教育部按照派遣国外学习人员计划审议委员会第一次会议规定派遣700名，公费出国研究实习员生，其中100名从大学教授、副教授及研究院所研究员、副研究员中遴选，其余600名以公开考试办法选拔。

遴选教授、副教授、研究员、副研究员的资格，以体格健全，思想纯正，学识湛深，曾在国内外专科以上学校毕业服务或研究3年以上，并俱有优良成绩者为限，其中过去未曾在国外留学而成绩优良者予以优先机会遴选。

1943年秋，教育部呈请政府核准选派理、工、农、医等科研究人员85名，考察人员10名，出国研究考察，其考察之分类如下：（1）专科以上学校选荐理工农医各科副教授以上人员75名。（2）由国立中央研究院选派理工农医各科研究人员10名，两者计85人，计赴美者64人，赴加拿大者6名，赴英者13人。（3）教育部考察教育行政人员10名赴美。此项出国研究及考察人员所有话装旅费及在国外生活费全部由政府核给，出国期间并可在服务机关照领薪津十分之七，赡养家属。原定出国研究均为二年，因战时各地交通不便，大多数被选定人员不能按时出国，而政府外汇短绌，故凡在1945、1946年开始办理出国手续或乃缩减为一年或一年半。

4. 特　点

南京国民政府统治时期，对留学生的选拔，形成了“选拔”和“遴派”、“推荐”两种考试制度。这两种制度，以考试选拔为主，遴派、推荐为辅。这一时期，对留学生的选拔，具有以下特点。

（1）对留学资格的要求更严了。和北京政府时期相比较，留学资格有了提高，即将大学，专门学校毕业即可公费留学，改为须大学、专科学校毕业曾经服务2年以上或继续研究2年才能出国留学。至于自费留学资格，虽低于公费留学资格，但较北京政府时期有所提高。即将“中学以上毕业者”或“中学以上各校教员”，[①] 或“办理教育事务二年以上者”，改为“专科以上学校毕业者”或“高级职业学校毕业者并曾在国内任技术职务2年以上者”。[②]

（2）实行自费留学生的考试制度。自费留学考试，向例无须考试。南京国民政府举办自费留学生的考试，有利于提高选拔自费留学生的质量。由于公费留学生的考试竞争激烈（例如，教育部1946年公费留学考试报名4463人，应考人数为3296人，录取148人，录取人数占应考人数的4.5%。）而自费留学考试竞争不太激烈（如第一届自费留学生考试应考学生751人，录取327人，占应考学生的43.5%），这就扩大了自费留学者的队伍。同时，自费留学，也是多渠道解决留学经费的一个方法，有利于人才的培养。

（3）调整了文科与实科类学生的比例。1929年1月，教育部指出：“当兹训政伊始，建设事业，经纬万端，实用人材，尤为需要。此后各省区选派留学，务于理工两科特加注意，并严加考试”。南京国民政府

---

① 教育部编：《中华民国教育法规》（1919年5月）。

② 《国外留学规程》，1933年颁布。《教育部公报》第5卷第19、20期。

统治时期，基本上贯彻了教育部关于“选派留学生应注重理工二科”的精神，这从1932年至1946年出国留学生统计数可以看出。1932年，文科类342人，实科类213人；1933年，文科类300人，实科类319人；1934年，文科类428人，实科类431人；1935年，文科类506人，实科类526人；1936年，文科类463人，实科类526人，1937年，文科类138人，实科类228人；1938年，文科类13人，实科类79人；1939年，文科类20人，实科类45人；1940年，文科类32人，实科类54人；1941年，文科类20人，实科类37人；1942年，文科类73人，实科类155人；1943年，文科类181人，实科类158人；1944年，文科类34人，实科类271人；1945年，文科类0人，实科类8人；1946年，文科类321人，实科类409人。

（4）增加了考试科目，加强对留学生“德育”方面的要求。普通科目，增加了党义和本国史地，专门科目增加了考试的难度。党义包括“建国方略、建国大纲、三民主义”。[①]《留学教育方案》规定：“公费留学生出国以前，应调赴中央训练团受训，其已在国外未经受训者，应于回国后入团受训。公费留学生未入党团者，分别介绍加入党或团”。[②]《国外留学自费生派遣办法》规定：“自费学生考试及格，送往中央训练团党政训练班集体中受训，受训完毕后，办理出国手续”。[③] 以上可见，南京国民政府加强了对留学生的思想控制，目的是培养为南京国民政府统治所需要的人才服务。

（二）回国留学生的审查登记

1939年1月31日，教育部公布并施行《抗战期间回国留学生登记办法》，主要内容如下：教育部为统筹抗战期间回国留学生服务及继续学业起见，特举办抗战期间回国留学生登记；凡在抗战发动以前由本部饬令回国或自行回国的留学生，均依照本办法申请登记；申请登记的留学生，以领有本部发给的留学生证书者为限；登记地点在重庆本部，但在外埠者得用通信登记，通信登记者，其各项证件应用挂号邮寄，如邮

① 《军政部考选留学生细则》、《中华民国现行法规大全》，商务印书馆1933年版，第560页。
② 杨学为等主编：《中国考试制度史资料选编》，黄山书社1992年版，第794页。
③ 《教育公报》第15卷，第11期。

寄遗失，本部不负责任；登记日期，自2月1日－2月底止，但在截止期间后回国者，得补请登记；申请登记时须填具登记表，并呈缴国内学校毕业证件及国外学历证明文件，暨最近二寸半身照片二张，证件验毕加盖印章后即行发还；留学生登记经审查合格后，由本部依下列两项分别处理之：其一，国外专科以上学校毕业或国内大学毕业后在国外研究院研究一年以上者，由本部就可能范围内，按照本人专门研究，分别介绍服务，并得由本部指定相当工作，酌给生活费。其二，出国前在国内专科以上学校尚未毕业，出国后在国外专科以上学校亦未毕业者，由本部按照其所习学科，分发于国内同等学校试读，俟学期试验及格后，编为正式生。此外，还规定留学生已在国外专科以上学校毕业者，依照本办法登记后，免除国外留学规程第二十五条或第三十二条所规定的登记。但自费生得硕士博士学位者，仍须呈缴毕业论文一本。[①]

根据上述规定，到1942年2月，国内英美留学生特别登记第一批审查合格人员共33人。

1939年7月28日教育部颁发《抗战期间回国留学生分发服务简则》，主要内容如下：

审查合格的抗战期间回国留学生（以下简称留学生），分发服务依本简则执行。留学生分发工作：编译、研究、教学、技术及其他工作，由本部于审查时依其专长及志愿，酌量分派核给生活费，其分发工作地点不在其居住地者，并得酌给旅费。前项工作时间暂以本年12月底为止，延长时由本部另行通知。留学生经分发服务后，应即呈缴不兼职证明书，证明人须具有现任荐任以上公务员资格或现任专科以上学校校长资格。留学生分派在各大学或其他机关担任研究或服务的，其工作应由本人与各该校或机关主管人员商定，或由各该主管人员径行指定之。留学生分派在学校或机关任研究工作者，应自行拟定研究详细计划，商得主管人员同意呈部核定后开始工作。留学生在各校担任研究工作时，各该校应予以便利。留学生分派在各校研究或服务者，各校如有需要得指定其担任教学或其他工作，惟教学时间以6小时为限。分配任编译工作的留学生，除工作机关已由本部指定者外，应自行拟定编译计划，呈部

① 1939年1月31日，教育部公布《抗战期间回国留学生登记办法》，《中华民国史档案资料汇编》第5辑第2编，教育（1），江苏古籍出版社1997年版，第861－862页。

核定，每月所编文稿，至少须满 1.5 万字以上，如系译稿，每月至少须满 2 万字以上。留学生服务时，应于每月底呈缴工作成绩，其研究或编译工作，非短时期所能完成者，应于月终呈缴详细工作报告，以凭核发生活费。留学生经指定工作地点者，由本部直接发给。留学生经分发服务后，如查明担任其他有给职务者，其生活费停止发给，并追还已领生活费，取消登记资格。留学生所编译的文稿将来出版时，其著作权除在国立编译馆者应由原编译人与编译馆共有外，余由原编译人享有，但以必须由本部审查后，交书局印行。留学生服务有特殊成绩，经本部审查后，酌予奖励。留学生分发各学校或机关工作者，应受各该主管人员的指导，并遵守其一切规定。留学生在工作期间，本部如有其他需要时，得临时调派工作。本简则由教育部长核准施行之。①

（三）抗战期间留日学生的甄审

1947 年 1 月 8 日，教育部教育部令第四〇〇号公布《留日学生召回办法令》：主要内容如下：

留日学生的召回依本办法办理之。留日学生具有下列情事之一者，召回之：学业已告完成，或已告一段落者；无力自行继续留学者；其它特殊原因者。应行召回之留学生由日返国之交通工具由教育部统筹之；其无法自筹川资者，得申请教育部予以补助。应行召回之留日学生在未返国前因汇兑不通或津贴不足所需的生活经费，经查属实者，依照实在情形按月核给救济费。救济期限至各该生离日返国时止。应行召回的留日学生不遵本办法的规定返国者，停止核发其救济费，遇必要时得勒令返国。应行召回的留日学生须填具留日学生调查表，送由我驻日军事代表团；转教育部备核。应行召回的留日学生离日须向我国驻日军事代表团领取证明文件，于返国后向教育部报到，并依留日学生学业处理办法的规定办理各项甄审手续。经核准继续在日留学的学生，仍应比照留日学生学业处理办法的规定办理。本办法自呈准备案之日施行。②

---

① 1939 年 7 月 28 日教育部颁发《抗战期间回国留学生分发服务简则》，《中华民国史档案资料汇编》第 5 辑第 2 编，教育（1），江苏古籍出版社 1997 年版，第 864 – 865 页。

② 1947 年 1 月 8 日，教育部公布《留日学生召回办法令》，《中华民国史档案资料汇编》第 5 辑第 3 编，教育（1），江苏古籍出版社 1997 年版，第 32 – 33 页。

1947 年 1 月 8 日教育部第四〇〇号令公布并施行《抗战期间留日学生甄别办法令》：主要内容如下：

1. 抗战期间在日留学学生之甄审，依本办法办理之。

2. 教育部设留日学生资格甄审委员会，主持留日学生甄审事宜。

3. 召回之留日学生及在抗战期间赴日留学业已回国学生，均应从 1947 年　月　日起至　月　日止，向南京教育部申请登记，登记时须呈缴下列各件：登记表；保证书；学历件；自传。

4. 前条登记学生，其曾在日本专门以上学校毕业者，应即研读国父遗教（包括《三民主义》、《建国方略》、《建国大纲》）及《中国之命运》，并在书内加以圈点，另作读书报告一份，于 1947 年　月　日以前呈送留日学生甄审委员会审查合格者，由部按其原毕业学校性质、程度分别发给证明书。

5. 召回之留日学生曾在中等以上学校肄业经审查合格而欲继续求学者，得由部给予证明书，自行投考相当学校。①

① 1947 年 1 月 8 日教育部公布《抗战期间留日学生甄别办法令》，《中华民国史档案资料汇编》第 5 辑第 3 编，教育（1），江苏古籍出版社 1997 年版，第 33－34 页。

第十二章　乾嘉考据学派对我国近现代史学的影响

乾嘉考据学派是清代中叶以戴震、惠栋及其弟子为代表的史学流派。他们主要从事考据学，又称汉学、朴学，在戴震、惠栋之前有顾亭林（炎武）、阎若璩、胡渭，继戴震、惠栋之后，皖派有段玉裁、王念孙、王引之，吴派有钱大昕等人。汉学的内容主要是从文字音韵、名物训诂、校勘辑佚等方面从事于经书古义的考证，并由此而推广到其它书籍。乾嘉考据学派在辨别古书的真伪、提倡疑古精神、整理和保存古典文献方面作出了重要贡献。在封建专制统治下，特别是在雍正、乾隆两朝大兴文字狱的时代，逼得学者们不得不脱离实际而从事于烦琐的考据，乾嘉考据学派的产生实际上是对当时政治的消极反抗。

近年来，学术界对乾嘉考据学派在近代产生的影响，有一些研究成果，但对其地位和历史意义还没有给予足够的评价，传统观点认为在中国史学近代化过程中，西方思想起了主导作用，但事实上近代中国史学家都在不同程度上吸取了中国传统考据学合理的思想方法。已有文章虽然指出了近代史学与乾嘉考据学派有一定的渊源，但侧重于个案研究，关于乾嘉考据学派对近代资产阶级史学的影响，尚无专门论述。有鉴于此，本文拟就这一问题作一探讨，以求教于方家学者。

一、乾嘉考据学派对 20 世纪新历史考据学的影响

20 世纪历史考据学不只是受西方史学影响，而且与乾嘉考据学派有直接的联系。乾嘉考据学派与西方近代史学有很多相通之处，20 世纪的历史考据学治学所采用的理念和方法既来源于西方，也来源于中国传统史学。乾嘉考据学派对近代中国史学产生了重大影响，许多学者传承了乾嘉考据学的精神和方法，在借鉴传统史学优长的基础上引进西方史学

的理念与方法，从而建构了新的理论体系。在民族史学近代化过程中，史学的转型离不开民族文化的载体，而乾嘉考据学本身的生命力适应了近代史学转型的要求。

（一）乾嘉考据学派与近代西方史学的融通

近代西方实证史学主张研究历史完全依靠实证的事实，而不是抽象的理论，这与乾嘉学派的治学思路是基本一致的。乾嘉学派也具有实事求是的实证精神。他们崇尚疑古的精神，如胡渭著《易图明辨》，考定宋儒所谓“河图”、“洛书”之误。阎若璩著《古文尚书疏证》一书，用比较严谨的考据方法，证明古文尚书系东晋的伪造。继阎若璩之后，惠栋的《古文尚书考》、王鸣盛的《古文尚书后案》成为击破《古文尚书》的三部力作，等等。戴震在《答郑丈用牧书》中讲到“徒株守先儒而信之笃，如南北朝人所讥‘宁言周孔误，莫道郑服非’，亦非志乎闻道者也。”① 乾嘉学派治学推崇“无征不信、孤证不立”的态度。研究历史，说明问题，需要大量有说服力的证据，证据不足就不能说明问题。清代“顾亭林考证古音，他的方法极其精密。例如‘服’字，古音不读‘服’音，而读‘笔’音，他为了考证这一字，立这一说，举出一百六十二个证据来证实。”② 乾嘉学者严谨的治学精神，也反映了他们实事求是的态度。乾嘉学者已经开始注重学术的批判精神。他们不仅对宋学不尊重事实的做法持批判态度，而且也注重学派内部相互的学术批判和自我批判。如戴震主张从事考据必须有“不以人蔽己，不以己自蔽”，③ 已经具备了一种初步的求是精神和严谨态度。他们注重探求历史事件背后的规律，虽然还是直观的，但比以前有了很大进步。如戴震认为：“何谓礼？条理之秩然有序，其著也。何谓义？条理之截然不可乱，其著也。”④ 他又说：“生生，仁也，未有生生而不条理者。条理之秩然，礼至著也；条理之截然，义至著也；以是见天地之常。”⑤ 这说明他们治史

---

① 赵玉新点校：《戴震文集》，中华书局 1980 年版，第 143 页。

② 《胡适全集》第 13 卷，安徽教育出版社 2003 年版，第 161 页。

③ 赵玉新点校：《戴震文集》，中华书局 1980 年版，第 143 页。

④ 戴震研究会、徽州师范专科学校、戴震纪念馆编纂：《戴震全集》（第 1 册），清华大学出版社 1991 年版，第 10 页。

⑤ 《戴震全集》（第 1 册），清华大学出版社 1991 年版，第 10 页。

过程中求实的精神，这与孔德等人所主张的实证主义是一致的。

杜威的实用主义思想对近代中国资产阶级史学家产生过重大影响，胡适说："我的思想受两个人的影响最大：一个是赫胥黎，一个是杜威先生。赫胥黎教我怎样怀疑，教我不信任一切没有充分证据的东西。杜威先生教我怎样思想，教我处处顾到思想的结果。"① 但他的存疑主义，不仅是赫胥黎的思想观念，也是中国汉代以来，直至清末今文学派的疑古思想的进一步发展，与乾嘉学派所主张的疑古辩伪思想具有相通之处；胡适提出实验主义的方法"大胆的假设，小心的求证"在某种程度上也是受乾嘉学派"无征不信"的影响。"大胆的假设，小心的求证"，就是在《清代学者的治学方法》一文中，于总结清代学者的治学经验的基础上首次提出来的。胡适在有关治学方法的文章和讲演中，总是称颂清代朴学大师们的治学的方法为"科学方法"，并以他们的治学方法为实例介绍他的"实验主义"的"科学方法"。在对古史和古籍的研究和整理上，他提出"两个基本方法：一个是用历史演变的眼光来追求传说的演变，一个是用严格的考据方法来评判史料。"胡适在《论国故学——答毛子水》一文中说："清朝的'汉学家'所以能有国故学的大发明者，正因为他们用的方法无形之中都暗合科学的方法。钱大昕的《古音之研究》，王引之的《经传释词》，俞樾的《古书疑义举例》都是科学方法的出产品。这还是'不自觉'（unconcious）科学方法，已能有这样的成绩了。我们若能用自觉的科学方法加上许多防蔽的法子，用来研究国故，将来的成绩一定更大了。"② 因此可以说他的所谓"科学方法"，就是被他系统化、条理化了的乾嘉考据方法。乾嘉考据学派本身具有的这种科学和求实的精神与实验主义有共同之处，这也是它能在近代产生影响的前提。

西方的历史语言学对近代中国史学的发展产生过较大的影响，傅斯年留学德国，深受德国历史语言学派的影响，德国历史语言学派强调搜掘、使用和研究原始材料亦即直接材料，而这一点恰是该学派与中国考据方法的结合点。傅斯年参照西洋历史语言学的方法，提出语言学的方法与历史研究相结合。他回国以后，成立了中山大学历史语言研究所和

① 《胡适全集》第4卷，安徽教育出版社2003年版，第658页。

② 《胡适文集》第3卷，人民文学出版社1998年版，第338页。

中央研究院历史语言研究所，把历史和语言的研究汇集在一起。而语言学，小学的方法也是乾嘉学派考证史实的重要途径。乾嘉学派谙熟小学的考证方法，包括古音的研究，文字的假借变迁，训诂等。戴震说："经之至者道也，所以明道者其词也，所以成词者字也。由字以通其词，由词以通其道，必有渐。"[①] 乾嘉学者还用训诂的方法，考订古书文字的意义，诂即故，就是本来的意思；训，即顺，就是引申的含义，训诂，就是用现代的语言解释古代的语言。王鸣盛"《尚书后案》一书，即运用正文字、辨音读、释训诂、通传注的方法，汇集大量资料而成。"[②] 钱大昕也常用训诂的方法，如对"秃发"和"拓拔"的考证，指出秃发氏与拓拔氏实出一源。又运用音韵等知识，指出元代畏兀儿亦称畏吾儿，畏兀是回鹘的转声。乾嘉学派的摈弃主观臆断，讲究客观研究，严格地从语言材料出发的方法无疑是十分科学的。陈寅恪在比较语言学领域取得了很大成就，这方面成就既来源于西方语言学，也来源于乾嘉考据学的方法，他说："我今学藏文甚有兴趣，因藏文与中文，系同一文字。如梵文之与希腊拉丁及英俄德法等之同属一系。以此之故，音韵训诂上，大有发明。因藏文数千年已用梵音字母拼写，其变迁源流，较中文为明显。如以西洋语言科学之法，为中藏文比较之学，则成效当较乾嘉诸老，更上一层。"[③] 由此可见，近代中国资产阶级史学家既采用了西方先进的方法，又吸收了乾嘉考据学派的优长。

此外近代科学方法在整理文献中的运用，也体现了西方先进思潮与中国传统考据学的结合。乾嘉考据学派大量地从事经书古义的考证，在整理和保存古典文献方面作出了重要的贡献。在乾嘉时期，考据学的细目当中如校勘学要搜求古本，通过比较异同来校正古书文字的错误。古物学，要搜求古物，供历史的考证。汉学家们在这些过程中收集了大量史料，整理和保存了大量历史文献。乾嘉考据学派常用校勘和版本学方法。为了对文字的讹误、缺、脱、衍羡、错乱进行纠正，需要校勘。通过搜罗善本、珍本、进行对勘，来订正史书的错误。乾嘉学者如戴震、钱大昕、王鸣盛都注重校勘方法。戴氏主张"但宜推求，勿为株守"即

① 赵玉新点校：《戴震文集》，中华书局1980年版，第140页。
② 吴怀祺主编、王记录著：《中国史学思想通史》清代卷，黄山书社2002年版，第231页。
③ 陈寅恪：《金明馆丛稿二编》，上海古籍出版社1980年版，第311页。

用个人的学力心思去推勘古书，应该校勘的就先校勘，应该考证的就先考证。王鸣盛《十七史商榷》校勘记录中所见的版本：《史记》有监本、震泽王氏本、莆田柯氏本、《汉书》有宋本、监本、何焯校本、凌稚隆校本、王侍御详本，《后汉书》有监本、“今注疏本”，《三国志》有宋本、元本等。而近代科学方法的运用使得整理古籍和文献的工作变得更加系统有效。

近代中国史学家在以西方先进的思想方法改造传统史学过程中，对传统史学特别是乾嘉考据学中许多很有价值、有生命力的因素，不仅没有否定，而给予肯定和褒扬。他们进行史学革命所用的武器并非仅仅是西方的史学思潮，同时也挖掘了中国传统考据学的合理因素。他们用新的方法研究史学，立足点是对中国传统史学方法进行创新和改造，由此推动了中国近代史学的进步。

（二）乾嘉考据学派与20世纪新历史考据学的发展

在近代中国资产阶级史学的产生和发展过程中，乾嘉考据学派对其有很大的影响。近代资产阶级史学家利用西方先进史学方法和理念，吸收传统考据学的合理因素并对其进一步发展，在各自的领域取得了丰硕的成果。

梁启超主张史学革命，提倡“新史学”，是资产阶级史学的开拓者和奠基人，他受乾嘉考据学派的影响是十分明显的。首先，他肯定了乾嘉考据学派的利弊，并强调要学习其研究精神和方法。他说：

> 以乾嘉学派为中坚之清代学者，一反明人空疏之习，专从书本上钻研考索，想达到他们所谓“实事求是”的目的。依我们今日看来，他们的工作，最少有一半算是白费，因为他们若把精力用到别个方向去，成就断不止此。但这是因为时代的局限，我们也不能太过责备。至于他们的研究精神和方法，确有一部分可以做我们模范的，我们万不可以看轻他。①

其次，梁启超在史学领域取得巨大成就，很重要的一个原因是受到乾嘉学派的影响。他认为他的方法“纯为前清乾嘉诸老之严格的考证方

① 梁启超：《中国近三百年学术史》，东方出版社1996年版，第220页。

法，亦即近代科学家所应用之归纳研究法也。”如疑古辨伪，梁启超认为，中国古史传说中的“三皇”、“五帝”不足凭信，只有到了夏禹之后，中华民族才形成。再如对金石器物的研究，他说：“古器物为史料之一部分，尽人所能知也。”① “吾从石刻中搜史料，乃与昔之金石学家异其方向。吾最喜为大量的比较观察，求得其总括的概象，而推寻其所以然。试举其例：吾尝从事于石画的研究，见汉石有画无数，魏、晋以后则渐少，以至于绝。”② 梁启超研究历史注重旁证，他说：“往古来今之史料，殆如江浪淘沙，滔滔代逝。盖幸存至今者，殆不逮吾侪所需求之百一也。其幸而存者，又散在各种遗器、遗籍中，东鳞西爪，不易寻觅。既偶寻得一二，而孤证不足以成说，非荟萃而比观不可。”③ 再次，梁启超表示要继承乾嘉学派未竟的事业，发扬史学研究求真的精神。他说：“‘求真’为学者的责任。把古书真伪及年代辨析清楚，尤为历史学之第一级根据，我盼望我们还继续清儒未完的工作。”④ 总之，梁启超在用西方的先进治学理念与方法打破旧史学、建立新史学的过程中，继承了乾嘉学派的优点。

王国维等人也深受乾嘉学派的影响。王国维代表性的成就“二重证据法”，是建立在对乾嘉考据学深刻理解的基础之上的。首先，他对戴震等乾嘉考据学人评价很高。他指出：

> 至乾、嘉之间，而国朝学术与东汉比隆矣。然其中之巨子，亦悟其说之庞杂破碎，无当于学，遂出汉学固有之范围外，而取宋学之途径。于是孟子以来所提出之人性论，复为争论之问题。其中之最有价值者，如戴东原之《原善》、《孟子字义疏证》，阮文达之《性命》、《古训》等，皆由三代、秦、汉说，以建设其心理学及伦理学。⑤

其次，他将乾嘉考据学的方法发展到一个新的阶段。随着近代考古学的发展，殷墟甲骨、金石器物、汉晋木简的发掘；敦煌石室遗书的发

---

① 梁启超：《中国历史研究法》，上海古籍出版社 1987 年版，第 45 页。
② 梁启超：《中国历史研究法》，上海古籍出版社 1987 年版，第 57 页。
③ 梁启超：《中国历史研究法》，上海古籍出版社 1987 年版，第 41 页。
④ 梁启超：《中国近三百年学术史》，北京市中国书店 1985 年版，第 261 页。
⑤ 吴无忌编：《王国维文集》，北京燕山出版社 1997 年版，第 375 页。

现；内阁大库档案的公开，使得文物在历史研究中发挥的作用更加突出。王国维拓展了乾嘉考据学研究工具的范围，将文献资料和地下文物结合起来，相互印证，以旧释新，以新证旧，创造了“二重证据法”。他利用金文、甲骨文提供的新资料，印证了《史记·殷本纪》关于殷王室世系之记载基本可靠，从而确定了殷商为信史。他在《致罗振玉》信中写道：“考之古书，魏石经唯有《尚书》、《春秋》及《左传》三种，欲以二十五碑之数与碑之行数字数，可得碑字总数，再与三经字数相比，便可知其果有几经。”① 他把文物史料碑文和文字史料经文相互对映，以此来考证史实，提高了可信度。陈寅恪对此予以高度评价，他说：“此三类之著作，其学术性质固有异同，所用方法亦不尽符会，要皆足以转移一时之风气，而示来者以轨则。吾国他日文史考据之学，范围纵广，途径纵多，恐亦无以远出三类之外。”② 再次，他继承了乾嘉学派小学的方法，且造诣很高。他在《致沈兼士》的信中谈到《诗》、《书》中成语之研究：“若夫《诗》、《书》为三代言语，其中必有三代以上之成语，然今日所存言语，无更古于三代者其源既不可求，其语遂不可解，然犹可参互求之。”③ 从总体上看，“王国维研究古文字和古史，在学术源流上，与乾嘉学者有密切关系；后期的考史方法则有接受西方实证主义思想的影响。”④ 而找到民族史学与近代西方史学理论的结合点，正是他的成功之处。

胡适在中国哲学史、文学史、白话小说史，以及禅宗史等学术研究领域，取得了相当大的成绩。究其主要原因，是他把近代西方实用主义的研究方法与传统考据学相结合，突破了旧时代学术上的局限，开拓了新的学术领域。胡适对乾嘉考据学是十分推崇的。他说：“大思想家戴震”“用当时学者考证的方法，历史的眼光，重新估定五百年的理学的价值，打倒旧的理学，而建立新的理学。是为近世哲学的中兴。”⑤ “清代学者略有点历史的眼光，故能指出宋儒用主观见解来说古经的毛病”⑥。

---

① 吴泽主编：《王国维全集》（书信），中华书局出版社 1984 年版，第 79 页。

② 陈寅恪《王静安先生遗书序》，《金明馆丛稿二编》，上海古籍出版社 1980 年版，第 219 页。

③ 吴泽主编：《王国维全集》（书信）中华书局 1984 年版，第 333 页。

④ 吴怀祺主编、洪认清著：《中国史学思想通史·近代后卷》，黄山书社 2002 年版，第 6－7 页。

⑤ 《胡适全集》第 3 卷，安徽教育出版社 2003 年版，第 91 页。

⑥ 《胡适全集》第 6 卷，安徽教育出版社 2003 年版，第 466 页。

乾嘉学派疑古的精神，对胡适影响很大。他说："疑古的态度，简要言之，就是'宁可疑而错，不可信而错'十个字"[①]。他通过考证，发现《坛经》被篡改了很多。"我们仔细研究敦煌出来的一万一千字的《坛经》，可以看出原始的《坛经》，只有六千字，其余都是在唐朝稍后的时候加进去的。再考这六千字，也是假的。"[②] 胡适不迷信前人的成说，大胆否定被歪曲的史实，这与乾嘉学者是一致的。胡适也运用小学的方法，他将《江城》"这部戏曲里的方言找出来，和《醒世姻缘》里面的方言详细比较，有许多特别的字集成为一个字典，最后就证明《醒世姻缘》和《江城》的白话戏曲的作者是同一个小区域里的人。再用别的方法来证明那个时代的荒年；后来从历史的记载里得到同样的结论。"[③] 校勘学方面，他在乾嘉学派的基础上提出了很多见解。他说：校勘学的工作有三个主要的成分：一是发现错误，二是改正，三是证明所改不误。同时他又提出善本的重要性："所以校勘之学无处不靠善本：必须有善本互校，方才可知谬误；必须依据善本，方才可以改正谬误；必须有古本的依据，方才可以证实所改的是非。"[④] 胡适利用三个不同的《聊斋》版本，即用上海中华图书馆石印本《聊斋文集》、清华大学图书馆所藏《聊斋全集》、淄川马立勋《聊斋全集》手抄本比较，推断出蒲松龄 86 岁之说不可信。"无征不信"，注重证据，胡适在这方面也受到乾嘉考据学派影响。他指出："正因为历史科学上的证据绝大部分是不能再造出来做实验的，所以我们做这几门学问的人，全靠用最勤劳的工夫去搜求材料，用最精细的工夫去研究材料，用最谨严的方法去批评审查材料。"[⑤] 他主张"上穷碧落下黄泉，动手动脚找东西"，广泛收集证据。胡适也十分重视整理历史文献，主张通过整理古书，使之成为容易利用的材料。他说："不曾整理的古书是不容易读的。""我们所谓'整理'，含有五个最低限度的条件：（一）校勘；（二）必不可少的注释；（三）标点；（四）分段；（五）考证或批判的引论；（六）索引。"[⑥] 胡适主张

① 胡适著，姚鹏、范桥编：《胡适讲演》，中国广播电视出版社 1992 年版，第 48 页。

② 《胡适讲演》，中国广播电视出版社 1992 年版，第 48 页。

③ 颜振吾编：《胡适研究丛录》，三联书店 1989 年版，第 287－288 页。

④ 《胡适全集》第 4 卷，安徽教育出版社 2003 年版，第 152 页。

⑤ 《胡适讲演》，中国广播电视出版社 1992 年版，第 46 页。

⑥ 《胡适全集》第 13 卷，安徽教育出版社 2003 年版，第 35 页。

用西方自然科学的方法，到自然界、民间去寻找材料和证据。他举了伽利略发明望远镜、哈维解剖动物发现血液循环，牛顿的光学实验的例子说明自然科学的方法在寻找证据中的作用。他指出："正确方法是建筑在正确材料上的，像西方的牛顿那样的正确。我们中国要研究有结果，最要紧的是到自然界去，找自然材料。做文学的更要到民间去，到家庭里去找活材料。"[①] 这就比乾嘉学派更进一步。从胡适的治学经历来看，他传承了我国传统的考据方法，对西方的方法也不是机械地生搬硬套，而是将两者结合起来，使乾嘉学派更显生命力。

乾嘉史学也深深影响了中国近代资产阶级史学其他史家。以顾颉刚为代表的"古史辨派"不仅直接传承了胡适的存疑主义，而且究其根源也是受到乾嘉考据学派的影响。乾嘉考据学派崔述等人的学术思想是顾颉刚疑古思想的重要来源。他说："辨证伪古史方面"，"除了承受崔述的辨证以外，这方面的工作做得很少"，[②] "易本来是卜筮，诗本来是乐歌，我们不过为他们洗刷出原来的面目而已；所以这里所云建设的意义只是'恢复'而所谓破坏也只等于扫除尘障。"[③] 他怀疑《易》不是神农伏羲的圣经，《诗》也不是文武周公的圣经。在证据的运用上，顾颉刚也受到乾嘉学派的影响。他说："我以为一种学问的完成，有待于长期的研究，决不能轻易便捷像民意测验及学生的考试答案一样。如果我随便举出几句话作为我的结论，那么，我就是伪史的造作家了，我如何可以辨别别人所作的伪呢！"[④] 可以说，"顾颉刚受中国传统的疑古思想，特别是刘知几、郑樵、崔述、章学诚、姚际恒等人疑古思想影响甚深。"[⑤] 他说他到了北大，读了章学诚的《文史通义》以后，感到治史须走"批评的路子"。由此可见，乾嘉考据学派给顾颉刚在治史方面以很大的启发。

陈垣在近代中国史学界享有崇高地位，他提出了"校勘四法"，写出了《元典章校补释例》，在宗教研究，边疆地理研究等方面也成绩斐

① 《胡适讲演》，中国广播电视出版社1992年版，第53页。

② 《顾颉刚集》，中国社会科学出版社2001年版，第66页。

③ 顾颉刚编著：《古史辨》(3)，自序，上海古籍出版1982年版，第1页。

④ 《顾颉刚古史论文集》第1册，中华书局1988年版，第205页。

⑤ 吴怀祺主编、洪认清著：《中国史学思想通史·近代后卷》，黄山书社2002年版，第194页。

然。能取得如此成就，与他在史学研究借鉴了乾嘉学者精密的考证方法密不可分。许冠三称他“是以土法治校勘学成大功，而岸然屹立于崇洋浪潮中的新史学家”。陈垣高度评价我国一脉相承、不断发展的考据学方法。他在《致方豪》的信中写到：“至于史学，此间风气亦变。从前专重考证，服膺嘉定钱氏；事变后，颇趋重实用，推崇昆山顾氏；近又进一步，颇提倡有意义之史学。故前两年讲《日知录》，今年讲《鲒埼亭集》，亦欲以正人心，端士习，不徒为精密之考证而已。”① 陈垣深受顾炎武等考据学家的影响。他的《元西域人华北考》，引用了200多种书籍，来说明元朝西域人吸收传播汉文化的情况。陈垣继承了乾嘉考据学的方法，但同时“又不为乾嘉考证方法所局限，他运用近代科学方法整理文献，并归纳出文献工作的法则。如他所总结的‘校勘四法’，提出了校勘学的系统理论，将乾嘉以来校勘学成就向前推进了一步。”② 陈垣用校勘法在校勘学方面取得的成就是很突出的，他总结出的对校法、本校法、他校法、理校法，比乾嘉考据学派更加系统化。在重视保存史料方面，陈垣同乾嘉学派的看法是一致的。他说：“中国史料这么多，使人感觉到无从整理的困难，就有人主张索性把这些史料统通烧了。但是这种焚书的办法到底不是根本的解决。我以为我们若是大家来想法子，把这些史料都弄成整个有用的东西，或很容易运用的史料，那自然也不用烧了。”③

傅斯年在历史语言学和新史料的发现和运用方面作出了很大的贡献。在胡适提倡国学的诱导下，他受到乾嘉学派思想方法的影响。在《历史语言研究所工作之旨趣》一文中他讲到：“阎若璩以实在地理订古记载，以一切比核辨正伪孔，不注经而提出经的题目，并解决了他，不著史而成就了可以永远为法式的辨史料法。亭林、百诗这样对付历史学和语言学，是最近代的：这样立点便是不朽的遗训。”④ 可见，他对考据学家的成绩是持肯定态度的。他参照西洋的历史语言学方法，又吸收了乾嘉学派语言学的方法，提出语言学的方法与历史的方法相结合，从发

---

① 吴泽主编：《陈垣史学论述选》，上海人民出版社1981年版，第624页。

② 吴怀祺主编、洪认清著：《中国史学思想通史·近代后卷》，黄山书社2002年版，第17页。

③ 吴泽主编：《陈垣史学论述选》，上海人民出版社1981年版，第244页。

④ 傅斯年著：《傅斯年讲史学》，凤凰出版社2008年版，第181页。

展变化的角度研究语言与思想的关系。傅斯年不仅受到乾嘉学派的影响，也用现代的手段突破了前人的成就。由于传统考据学的范围基本上还局限于文字史料，所以他主张用西方科学技术的手段去扩充历史研究的材料和工具："凡能直接研究材料，便进步。凡间接的研究前人所研究前人所创造之系统，而不繁丰细密的参照所包含的事实，便退步。……凡一种学问能扩张他研究的材料便进步，不能的便退步。……凡一种学问能扩充他作研究时应用的工具的，则进步；不能的，则退步。"① 他还主张像殷墟发掘那样，扩张研究的新材料。在西方研究方法和传统考据方法的作用下，傅斯年在殷周史、思想史等领域作出了卓越的贡献。他的代表作《性命古训辩证》一书，就方法而论，体现了德国历史语言学派与传统考据方法的结合，同时还突破了旧有治学方法的局限，从宏观上把握了古代哲学思想的演变。

此外，还有像陈寅恪、何炳松、吕思勉等，也继承了乾嘉的学术思想与风格。可以说，20 世纪新历史考据史家，几乎无一例外地都受到乾嘉考据学派的深刻影响。这说明优秀文化是不断延续的，学术研究只有站在前人的肩膀上才能创新。

（三）20 世纪新历史考据史学家在民族史学近代化过程中的作用与局限

20 世纪新历史考据史学家在继承发扬乾嘉考据思想上取得了很大的成就，促进了民族史学的近代化。他们或对乾嘉考据学派的治学方法进行肯定与阐发，或自觉不自觉地运用考据的方法从事历史研究，或指出其流弊而加以修正，或在领会其基本精神的基础上提出考据学方法的新见解，在很多方面超越了传统考据学，不仅建立了新的史学理论体系，而且在利用新的方法整理史料等方面，也取得了可观的成绩，使史料与史学的整理工作提高了一个层次，其意义是深远的，对传统史学的转型起到了很大的作用。近代史学进化史观代替了历史循环论，地理环境决定论、文化决定论、社会改良思潮等在一定程度上探讨了人群进化和历史事件的因果关系，认为历史进化不是直线的，而是发展的，这都是史学的进步；实证主义的思想和方法，拓宽了传统考据学的范围和领域，

① 岳玉玺、李泉、马亮宽编选：《傅斯年选集》，天津人民出版社 1996 年版，第 176 – 178 页。

比封建性经学笺注式的方法要进步得多；“二重证据法”被近代资产阶级史学家广泛使用，在研究古史、整理古籍方面取得的成就远远超出乾嘉学派；“整理国故”运动把中国传统文化的研究和整理推向了近代化；实验主义的方法拓展了考据学研究的工具和对象，少数民族语言和外文在小学研究中的使用拓展了传统考据学音韵训诂方法的新领域，古史的辨伪和考信，澄清了古史上的神话和谬说，很多成就是具有划时代意义的，为后人提供了宝贵的借鉴。近代资产阶级史学家利用西学革新了传统考据学，使得传统与近代相结合，发扬了乾嘉学派的实证精神，将乾嘉学者所开创的学术道路拓展到了一个新的阶段。20 世纪新历史考证学冲击了封建史学，给人以耳目一新的感觉，具有开风气的作用。对于这方面的成绩，我们是不应该抹杀，而应该给予足够的评价。

虽然资产阶级史学家在很多方面发展了乾嘉学派，但由于没有科学历史观作为理论指导，其成就还是有局限性的。梁启超否认生产力在历史发展中根本作用，相信地理环境决定论和英雄史观，致使他后来对自己努力宣传的历史进化论也不敢坚持了。王国维客观主义的方法只能根据事物的表面性质罗列一些现象，不能深入到历史事件内在本质的分析研究中去。他的《殷周制度论》虽然分析了殷周制度存在的重大差异，但没有从社会性质、社会制度的基本特征上去说明两者不同的基本原因。顾颉刚因没有正确理论的指导，他在古史辩方面的成就也仅仅停留在文献整理的阶段，其“疑古”也有过头的地方。胡适的“科学方法”是以其人文学术研究的背景总结出来的，因而同严格意义上的近代科学方法有一定区别。他“大胆的假设，小心的求证”的科学方法，只是逻辑原则，而非科学方法的全部，他认为清代学者的治学方法与近代西方科学家的方法是一样的，而没有注意到，近代西方科学家除了掌握逻辑意义上的科学方法之外，还重视科学实验活动，所以胡适将传统考据学的方法也称为“科学方法”实际上是不确切的。胡适以“整理国故”来实践他的“科学方法”，所得到的证据还是历史资料，而不能用通过科学实验加以论证。历史的发展具有一维性，不是可以通过实验室的方法能够解决的。“整理国故”所追求的目标，还只是停留在还旧文化以“真面目”的阶段，而不具有批判性质，是不彻底的。胡适以实验主义的方法来研究历史，并不能彻底地解释历史发展本质规律。另外，资产阶级史学家不懂得生产力在历史发展中的作用，看不到人民群众的伟大功绩，不懂得从经济关系去分析社会性质，因此不能说明历史发展的根本原因。真正要揭示历史发展的根本原因，还是需要马克思主义唯物史观，从经济、生产关系着眼，运用阶级分析方法，社会存在与社会意识等原理等去分析历史社会。这一历史重担别无选择地落在了马克思主义史学家的肩上。

（四）乾嘉考据学派影响20世纪新历史考据史学家的原因

乾嘉考据学之所以能够在近代史学的转型中发挥一定的作用，其主要原因：

一是近代史学转型，用新的方法研究史学，立足点还在对中国传统史学方法进行更新和改造，而不是直接把西方的东西原封不动地搬过来。全盘西化，民族虚无主义的道路在中国是行不通的，在史学领域同样如此，在史学变革中，民族特色不可丧失。

二是乾嘉考据史学本身所具有的生命力。乾嘉考据学派的求实精神是治学的基本立足点，这种求真精神在近代仍然具有生机。乾嘉学派广泛收集史料和慎重考订的学风，反对迷信，注重证据的治史态度，严谨的小学研究方法以及对金石器物、目录版本的研究、整理古籍的功夫，都是史学家所要掌握的基本方法和工具，是具有很强生命力的。瞿林东先生在《再谈中国史学的优良传统》一文中指出："两宋以后，考据之风越来越盛，至清乾嘉时代而盛极一时。这个传统被此后的史家继承与发扬，从崔述的《考信录》到梁启超的《古书真伪及其年代》，从顾颉刚的《古史辨》到今天一些以考据见长的史学家的研究等等，都是坚持了求实的史学传统。"[①] 特别提到了考据学持久不衰的生命力。"虽然乾嘉学派尚未意识到倾其毕生精力所做的一切仅只是史学研究的始端，还必须在此基础上由表及里地去努力探求事物内在的本质联系，但我们必须承认，在他们的治学方法中，的确孕育着近代实证科学的胚芽，对近代史家产生过积极而深远的影响"。[②] 这种胚芽遇上合适的气候，在乾嘉

① 瞿林东主编：《史学理论与史学史学刊》2004—2005年卷，社会科学文献出版社2005年版，第118页。

② 《南开学报》，1997年第3期，第75页。

史学影响下的近代史学必定要大放异彩。乾嘉史学培养了中国史学的求实精神和理性精神，创造了一套行之有效的考证辨析史料的方法，改变了传统史学著作资料选择的主观性和论点的直觉性。总之，包括乾嘉考据学派在内的传统民族史学具有它特殊的精神与活力，它的许多合理因素不可能被完全抛弃，近代史学家对中国传统史学的基本精神和治学方法在分析批判的基础上，吸收其中的长处，因此乾嘉考据学派能够做出辉煌的史学业绩。

二、胡适与乾嘉考据学派

学术界对胡适的史学思想已有一定程度的探讨，但还不够深入系统，如胡适与乾嘉学派的关系，只有少数文章简要的涉及，如赵金红在《论胡适在中国史学研究中的贡献》认为胡适结合西方现代科学方法，阐发了清代乾嘉考据学已具有了“科学”精神。顾红亮《胡适的历史方法》认为胡适的历史方法受了杜威的历史方法的影响，“然而，它又是从传统中走出来的，有着与杜威不一样的文化资源，带着传统历史主义学术方法的印迹。”① 从思想史上看，顾炎武、戴震等治学方法和黄宗羲、章学诚等浙东史学派的历史主义构成胡适历史方法的理论先导。张书学《胡适史学方法论再认识》认为“胡适试图以实验主义方法附会朴学方法，在方法论上将杜威实验主义和中国考据学的传统融合起来。应该承认，这一做法尽管存在着这样那样的问题，但将二者在方法论层次上汇合起来，却具有积极的意义。”② 刘国华《论胡适的档案史料观》认为胡适主张用考据学的方法来判断史料的真伪，这种证据有五个方面：史事、文字、文体、思想、旁证。整理史料有三种办法：校勘、训诂、贯通。孙菊芳《胡适与校勘学》认为胡适把中国校勘的研究工作推向了一个新的高峰。吴二持《论胡适对治学方法与材料的深刻认识》认为乾嘉考据学派的科学方法是胡适治学方法的一个渊源，虽然他也提倡科学方法和材料，但他并没有摆脱在烂纸堆里翻筋斗。在已有的文章中大多只说明胡适与乾嘉学派有一定的渊源，但对二者的联系具体表现在哪些方面，又有哪些不同，则没有充分地说明，本文试图从这一角度来论述

① 《华东师范大学学报》（哲学社会科学版）2000 年第 6 期，第 51 页。
② 《齐鲁学刊》1995 年第 4 期，第 75 页。

二者的关系。

（一）胡适对乾嘉学派的继承

1. 疑古的精神

乾嘉考据学派崇尚疑古的精神，如胡渭著《易图明辨》，考定宋儒所谓“河图”、“洛书”之误。阎若璩著《古文尚书疏证》一书，用比较严谨的考据方法，证明古文尚书系东晋的伪造。继阎若璩之后，惠栋的《古文尚书考》、王鸣盛的《古文尚书后案》成为击破《古文尚书》的三部力作。戴震在《答郑丈用牧书》中讲到“徒株守先儒而信之笃，如南、北朝人所讥‘宁言周孔误，莫道郑服非’，亦非志乎闻道者也。”① 胡适受乾嘉考据学派的影响，也极力推崇疑古精神。他在《研究国故的方法》一文中指出：“疑古的态度，简要言之，就是‘宁可疑而错，不可信而错’十个字”②。胡适通过对《坛经》的考证，发现《坛经》被篡改了很多。“我们仔细研究敦煌出来的一万一千字的《坛经》，可以看出原始的《坛经》，只有六千字，其余都是在唐朝稍后的时候加进去的。再考这六千字，也是假的。”③ 胡适不迷信前人的成说，对歪曲的历史大胆加以否定，这一点是值得提倡的，由此引申出来的一些信条，如：“做学问要于不疑处有疑；待人要于有疑处不疑。”④ 也是非常有道理的。胡适在做《中国哲学史大纲》时就用了“扼要的手段”，对于上古一些没有史料做根据的哲学思想表示怀疑。“所以截断众流，从老子、孔子讲起。这是何等手段！”⑤ 胡适继承乾嘉考据学派疑古的精神，用它来否定封建守旧势力的影响，这一点是具有时代意义的。

2. 历史的眼光

乾嘉考据学派的史学家如戴震，主张用历史的眼光看问题，使历史回到其本来面目，他认为“圣人之道在六经”，反对主观臆断，力求圣人之道于经籍之中。胡适对乾嘉考据学派的这一学风，也是极为赞同

---

① 赵玉新点校.《戴震文集》，中华书局.980 年版，第 143 页。
② 《胡适讲演》，中国广播电视出版社 1992 年版，第 48 页。
③ 《胡适讲演》，中国广播电视出版社 1992 年版，第 111 页。
④ 《胡适全集》第 24 卷，安徽教育出版社 2003 年版，第 40 页。
⑤ 蔡元培：《中国哲学史大纲·序》，上海古籍出版社 1997 年版，第 2 页。

的，他说："其时有大思想家戴震出来，用当时学者考证的方法，历史的眼光，重新估定五百年的理学的价值，打倒旧的理学，而建立新的理学。是为近世哲学的中兴。"① 他认为"清代学者略有点历史的眼光，故能指出宋儒用主观见解来说古经的毛病"。② 由此可见，运用历史的眼光，寻找历史事件的因果关系，胡适在这方面是深受乾嘉考据学派影响的。胡适又说："所以我们无论研究什么东西，就须从历史方面着手。要研究文学和哲学，就得先研究文学史和哲学史。政治亦然。研究社会制度，亦宜先研究其制度沿革史，寻出因果关系，前后的关键，要从没有系统的文学、哲学、政治等等里边，去寻出系统来。"③ 胡适还主张恢复历史的本来面目，他在《研究国故的方法》里面提出历史的观念"把旧书当做历史看，知它好到什么地步，或是坏到什么地步，这是研究国故方法的起点"。④ 胡适所提出的这些大胆的，颇有见地的观点在很大程度上继承了乾嘉考据学派的思想。蔡元培在评价胡适《中国哲学史大纲》时指出："第四是系统的研究……适之先生此编，不但孔墨两家有师承可考的，一一显出变迁的痕迹。便是从老子到韩非，古人划分做道家和儒、墨、名、法等家的，一经排比时代，比较论旨，都有递次演进的脉络可以表示。"⑤ 胡适用历史的眼光看问题，为后人从事研究工作提供了重要的方法论依据。

3. 史料的保存

乾嘉考据学派大量地从事经书古义的考证，在整理和保存古典文献方面作出了重要的贡献。在乾嘉时期，考据学的细目当中如校勘学要搜求古本，通过比较异同来校正古书文字的错误。古物学，要搜求古物，供历史的考证。汉学家们在这些过程中收集了大量史料，整理和保存了大量历史文献。如钱大昕一生勤于搜集金石碑刻，家有金石拓本 2 000 余通，钱氏以金石文字证史之讹，补史之阙，成就卓然。胡适也十分重视整理和保存历史文献。

---

① 《胡适文存》第 3 集第 2 卷，黄山书社 1996 年版，第 67 页。

② 胡颂平著：《胡适之先生年谱长编初稿》第 2 册，台北：联经出版事业公司 1990 年校订版，第 608 页。

③ 《胡适讲演》，中国广播电视出版社 1992 年版，第 49 页。

④ 《胡适讲演》，中国广播电视出版社 1992 年版，第 48 页。

⑤ 蔡元培：《中国哲学史大纲·序》，上海古籍出版社 1997 年版，第 2 页。

重视史料的收集，是胡适的一贯的思想。他在《历史科学的方法》中指出："正因为历史科学上的证据绝大部分是不能再造出来做实验的，所以我们做这几门学问的人，全靠用最勤劳的工夫去搜求材料，用最精细的工夫去研究材料，用最谨严的方法去批评审查材料。"① 他主张："上穷碧落下黄泉，动手动脚找东西。"他在《搜集史料重于修史》一文中指出，"我的意思是说搜集资料，保藏原料，发表原料这些工作，比整理编志的工作更重要"。②

重视史料的整理，也是胡适一贯的思想。他说："我们承认不曾整理的古书是不容易读的。我们没有这一番整理的工夫，就不能责备少年人不读古书。"③ 他说所谓"整理"，含有校勘、注释、标点、分段、考证或批判的引论、索引六个最低限度的条件。他指出整理古书的必要性，主张通过整理古书，使之成为容易利用的材料。他认为整理史料不是一件容易的事情。"从前我们以为整理旧书的事，可以让第二、三流学者去做。至今我们晓得这话错了。"④ 他指出整理古书有利于文化的传播，而且把整理古书看成一件很重要、很有技术性的事情，主张一流的优秀学者去做这项工作。

胡适主张保存史料，特别注重保存第一手的史料。他说："原料越是保藏得多，搜集得多，比起将原料整理删除编整的工作，都远为重要。因为无论以什么方式编志，新方法也好，旧方法也好，都不免经过整理，许多材料不免受编志总纂主观的取舍。甚至毁去一部分材料，或隐藏一部分材料；经过这一阶段，往往将有价值的原料去掉，所以整理出来的东西就成为制造品"。⑤ 他还主张："用直接材料而不能用间接材料。不是原本不能用，更不能用辗转抄写的本子。"⑥ 他在日记中曾写到："今天松筠阁送来《四松堂集》一部。此书我寻了多少时候，竟于无意中得之！此本系最初的稿本，上有付刻时的校记，删节的记号，改

① 《胡适讲演》，中国广播电视出版社 1992 年版，第 46 页。

② 《胡适讲演》，中国广播电视出版社 1992 年版，第 177 页。

③ 《胡适全集》第 13 卷，安徽教育出版社 2003 年版，第 35 页。

④ 中国社会科学院近代史研究所中华民国史研究室编：《胡适的日记》下册，中华书局 1985 年版，第 445 页。

⑤ 《胡适讲演》，中国广播电视出版社 1992 年版，第 178 页。

⑥ 《胡适全集》第 13 卷，安徽教育出版社 2003 年版，第 784 页。

动的添注。刻本所收，皆打一个‘刻’字的戳子。此本真不易得，比刻本还更可贵。”① 胡适在保存史料方面的许多观点是值得借鉴的。

4. 考据的方法

乾嘉考据学派注重考证古书、史实的真伪，胡适在这方面也有较高的造诣。“我们作文史考据的人，用考据学的方法，以证据来考订过去的历史的事实，以证据来批判一件事实的有无、是非、真假。”② 如对《醒世姻缘》作者的考证。胡适通过年代、书的结构、记载的地理、灾祥、人物、白话韵文、方言等推断出《醒世姻缘》的作者就是蒲松龄。他又通过对《水经注》的考证，推翻了张穆、魏源、杨守敬、王国维认为戴震剽窃赵一清《水经注》校本的说法，为戴震辩诬。胡适根据史籍指出当年朝廷开四库馆校书，分东西两院。两院各成门户，互不相通。戴震在东馆，而赵校《水经注》被置西院，由此便不能遽断戴氏在四库馆一定见过赵书。而且胡适通过比勘戴、赵各自的校本，发现更可靠的证据可以证明戴氏确实未见赵书。

如对《红楼梦》的考证，胡适不赞同传统附会红学的种种说法，他指出考证《红楼梦》的正当范围应该是不同的版本及其来历、书的著者、著者的事迹家世，著书的年代等等。“我要先考出曹雪芹于《红楼梦》以外有没有其他著作？他的朋友和同他同时代的人有没有什么关于他的著作？他的父亲、叔父们有没有什么关于他的记载？关于他一家四代五个人，尤其是关于他的祖父曹寅，有多少材料可以知道他那时候的地位？家里有多少钱？多么阔？是不是真正不能够招待皇帝到四次？”③

胡适从袁枚《随园诗话》、章学诚的《丙辰札记》，顾颉刚又从《江南通志》里查出曹寅任江宁织造二十一年。胡适根据杨钟羲《学桥诗话续集》得知曹雪芹是曹寅的孙子，同时又根据清宗室敦诚《四松堂集》证明曹雪芹确实是曹寅之孙。《红楼梦》十六回有谈论南巡接驾的一段。胡适指出：“因为一家接驾四五次，不是人人可以随便有的机会。大官如督抚，不能久任一处，便不能有这样好的机会。只有曹寅做了二十年

① 《胡适日记全编》，安徽教育出版社 2001 年版，第 624 页。

② 颜振吾编：《胡适研究丛录》，三联书店 1989 年版，第 297 页。

③ 《胡适讲演》，中国广播电视出版社 1992 年版，第 8－9 页。

江宁织造，恰巧当了四次接驾的差。这不是很可靠的证据吗？”① 胡适提出的这些问题都是有的放矢的，相对于以前的附会红学是独辟蹊径。

校勘是乾嘉考据学派常用的方法。为了对文字的讹误、缺、脱、衍羡、错乱进行纠正，需要校勘的方法。校勘的方法有对校法、本校法、理校法等。通过搜罗善本、珍本、进行对勘，来订正史书的错误。乾嘉学者如戴震、钱大昕、王鸣盛都注重校勘方法的运用。戴氏主张“但宜推求，勿为株守”即用个人的学力心思去推勘古书，应该校勘的就先校勘，应该考证的就先考证。王鸣盛《十七史商榷》校勘记录中所见的版本：《史记》有监本、震泽王氏本、莆田柯氏本、《汉书》有宋本、监本、何焯校本、凌稚隆校本、王侍御详本，《后汉书》有监本、“今注疏本”，《三国志》有宋本、元本等。胡适在校勘学方面深受他们的影响，也提出了很多自己的见解。他在《校勘学的方法论》中提出：“校勘学的工作有三个主要的成分：一是发见错误，二是改正，三是证明所改不误。”② 同时他又提出善本的重要性：“所以校勘之学无处不靠善本：必须有善本互校，方才可知谬误；必须依据善本，方才可以改正谬误；必须有古本的依据，方才可以证实所改的是非。”③ 胡适利用三个不同的《聊斋》版本，推断出蒲松龄八十六岁之说不可信。他用上海中华图书馆石印本《聊斋文集》、清华大学图书馆所藏《聊斋全集》、淄川马立勋《聊斋全集》手抄本比较，三种本子里刘孺人的《行定》是一致的，讲蒲松龄十一岁未聘，他的妻子刘公次女待字，推断出蒲松龄八十六岁之说不可信。

胡适也继承了乾嘉学派训诂的方法。训诂是用科学的方法，客观的证据，考订古书文字的意义，诂即故，就是本来的意思；训，即顺，就是引申的含义，训诂，就是用现代的语言解释古代的语言。王鸣盛“《尚书后案》一书，即运用正文字、辨音读、释训诂、通传注的方法，汇集大量资料而成。”④ 钱大昕也常用训诂的方法，如对“秃发”和“拓拔”的考证，指出秃发氏与拓拔氏实出一源。又运用音韵等知识，

① 杨梨编：《胡适文萃》，作家出版社 1991 年版，第 324 页。

② 《胡适全集》第 4 卷，安徽教育出版社 2003 年版，第 148 页。

③ 《胡适全集》第 4 卷，安徽教育出版社 2003 年版，第 152 页。

④ 吴怀祺主编，王记录著：《中国史学思想通史》清代卷，黄山书社 2002 年版，第 231 页。

指出元代畏兀儿亦称畏吾儿，畏兀是回鹘的转声。胡适说："我觉得用新的科学方法来研究古代的东西，确能得着很有趣味的效果。一字的古音，一字的古义，都应该拿正当的方法去研究的。"① 胡适运用训诂的办法，给《诗经》里的许多字词作了注释，如"言"的字解作"而"，"于"字解作"焉"，"维"字解作"呵"等。

在语言文字方面，胡适对乾嘉学派也有传承。语言学也是考据的一个方法，包括古音的研究，文字的假借变迁等等。清代"顾亭林考证古音，他的方法极其精密。例如'服'字，古音不读'服'音，而读'笔'音，他为了考证这一字，立这一说，举出一百六十二个证据来证实。"② 戴震也说"经之至者道也，所以明道者其词也，所以成词者字也。由字以通其词，由词以通其道，必有渐。"③ 胡适也常用这一方法。"我又用语言学的方法，把书里面许多方言找出来。运气很好，正巧那几年国内发现了蒲松龄的白话戏曲，尤其是长篇的戏曲，当中有一篇是将《江城》的故事编为白话戏曲的。我将这部戏曲里的方言找出来，和《醒世姻缘》里面的方言详细比较，有许多特别的字集成为一个字典，最后就证明《醒世姻缘》和《江城》的白话戏曲的作者是同一个小区域里的人。再用别的方法来证明那个时代的荒年；后来从历史的记载里得到同样的结论。"④ 胡适真正做到了对乾嘉考据学派方法予以系统总结和现代分析。

综上所述，胡适是乾嘉考据学派当之无愧的传人。蔡元培在为《中国哲学史大纲》作序时，就已经指出过，今天的海风外学者也几乎一致地认同。例如唐德刚先生就说："有'历史癖（事实上是'考据癖'）的胡适之先生，治学的路线是师承'古文家'的。"⑤

（二）胡适对乾嘉学派的超越

胡适史学思想有很多方面继承了乾嘉考据学派的思想方法，但他又

① 《胡适讲演》，中国广播电视出版社 1992 年版，第 134 页。

② 《胡适全集》第 13 卷，安徽教育出版社 2003 年版，第 161 页。

③ 赵玉新点校：《戴震文集》，中华书局 1980 年版，140 页。

④ 颜振吾编．《胡适研究丛录》，三联书店 1989 年版，第 287－288 页。

⑤ ［美］唐德刚：《胡适杂忆》，华东师范大学出版社 1999 年版，第 144 页。

不是对乾嘉考据学派的简单重复，而是在许多方面进行了创新，赋予了新的时代意义。

1. 实验主义的引入

实用主义是胡适一生最为推崇的方法论。实用主义即实验主义。“上次我在台大讲治学方法的引论，意思说我们必须把科学的方法——尤其是科学实验的态度——应用到文史和社会科学方面。”①

首先，胡适指出传统考据学没有寻找、创造证据的科学手段。他说：“我们的考证学已经发达了一千年，至少也有九百年，或者七百年的历史了。从宋朝朱子（殁于西历一千二百年）以来，我们就已经有了所谓究理、格物、致知的学问，却没有自然科学的方法。人家西方是从自然科学开始；我们是从人文科学开始。”②“这完全不同于西洋。从埃及、希腊，就和自然界接触。亚里斯多德于研究论理之外，自己采集动植物的标本做解剖实验，而孔夫子不过是读《诗》而知鸟名罢了。中国没有这样的背景，仅能像王阳明对柱而坐了。”③

其次，胡适指出了缺乏自然科学方法的后果：“不但材料规定了学术的范围，材料并且可以大大地影响方法的本身。文字的材料是死的，故考证学只能跟着材料走，虽然不能不搜求材料，却不能捏造材料。从文字的校勘以至历史的考据，都只能尊重证据，却不能创造证据。”④他指出“那班崇拜两汉陋儒方士的汉学家固不足道。那班最有科学精神的大师——顾炎武、戴震、钱大昕、段玉裁、孔广森、王念孙、王引之等——他们的科学成绩也就有限的很。”⑤

再次，胡适主张用西方自然科学的方法，到自然界、民间去寻找材料和证据。他举了伽利略发明望远镜、哈维解剖动物发现血液循环，牛顿的光学实验的例子说明自然科学的方法在寻找证据中的作用。“学问本来是干燥东西，而正确方法是建筑在正确材料上的，像西方的牛顿那样的正确。我们中国要研究有结果，最要紧的是到自然界去，找自然材

① 《胡适讲演》，中国广播电视出版社 1992 年版，第 13 页。

② 《胡适讲演》，中国广播电视出版社 1992 年版，第 20 页。

③ 《胡适全集》第 13 卷，安徽教育出版社 2003 年版，第 135 页。

④ 《胡适全集》第 3 卷，安徽教育出版社 2003 年版，第 137 页。

⑤ 《胡适全集》第 3 卷，安徽教育出版社 2003 年版，第 141 页。

料。做文学的更要到民间去，到家庭里去找活材料。”① “我们希望他们及早回头，多学一点自然科学的知识与技术：那条路是活路，这条故纸的路是死路。”② 胡适结合西方实证主义和进化论思想，提出了他的科学方法“那两句话就是：‘大胆的假设，小心的求证。’要大胆的提出假设，但这种假设还得想法子证明。所以小心的求证。”③ 蔡元培对胡适实验主义的方法是大为赞赏的。“第一是证明的方法。我们对于一个哲学家，若是不能考定他生存的年代，便不能知道他思想的来源；若不能辨别他遗著的真伪，便不能揭出他实在的主义；若不能知道他所用辩证的方法，便不能发见他有无矛盾的议论。”④ 胡适不遗余力地从事考证工作只是为了把实验主义这种方法介绍给中国人。

2. 史料保存方法的创新

首先，主张举办图书馆。他非常推崇西方图书馆事业，希望利用图书馆来收藏和保存史料。“从前我们没有很多的图书馆——公家保存文献的机关，一旦遇到变乱的时候，许多材料都不免毁去。”⑤ “为什么历史不及我们的国家，会有那么长远历史的大学，而我国反而没有呢？因为人家的大学有独立的财团，独立的学风，有坚强的组织，有优良的图书保管……”⑥ 胡适不仅推崇西方国家的图书馆事业，在国内也支持举办了一批图书馆，为史料的保存、知识的传播做出了一定的贡献，他提出了图书馆人员更要懂书。他也很注重利用图书馆资源：“美国各大图书馆的中文书籍真多，大家又都热心帮忙，所以我收集了近三十种《水经注》的版本！这是北京极盛胜时代也不容易做到的。”⑦

其次，提倡传记文学。传记文学也是保存史料的途径之一，胡适指出中国的传记文学没有西方发达，他探讨了中国的传记文学不发达的原因：忌讳太多，缺乏保存的机关，文字上的困难。胡适不仅写自传，如《四十自述》，为他人写传，如《李超传》，还劝说朋友做传，以留下珍

① 《胡适讲演》，中国广播电视出版社 1992 年版，第 53 页。
② 《胡适全集》第 3 卷，安徽教育出版社 2003 年版，第 143 页。
③ 《胡适讲演》，中国广播电视出版社 1992 年版，第 4 页。
④ 蔡元培：《中国哲学史大纲 · 序》，上海古籍出版社 1997 年版，第 2 页。
⑤ 《胡适讲演》，中国广播电视出版社 1992 年版，第 196 页。
⑥ 《胡适讲演》，中国广播电视出版社 1992 年版，第 394 页。
⑦ 《胡适全集》第 14 卷，安徽教育出版社 2003 年版，第 234 页。

贵的史料。“以前，我在北京、上海曾演讲过几次，提倡传记文学；并且在平常谈话的时候，也曾劝老一辈的朋友们多保留传记的材料，如梁任公先生、蔡孑民先生和绰号财神菩萨的梁士诒先生等，我都劝过。”①他所提倡的传记文学，就是今天的人物传记。

3. 二重证据法的应用

文献资料长期以来是人们研究历史的重要工具，但随着近代考古学的发展，如殷墟甲骨、金石器物、汉晋木简的发掘；敦煌石室遗书的发现；内阁大库档案的公开，这使得文物在历史研究中发挥的作用更加突出。近代王国维将文献资料和地下文物结合起来，相互印证，以旧释新，以新证旧，创立了“二重证据法”，他利用金文、甲骨文提供的新资料，印证了《史记·殷本纪》关于殷王室世系之记载基本可靠，从而确定了殷商为信史。

胡适承接了这一方法，并在他治史的过程中广泛运用。胡适为了研究禅宗史、神会和尚，除了利用国内的文字材料外，到伦敦、巴黎去找被斯坦因和伯希偷去的敦煌石室材料，看了大英博物院的长卷子和巴黎国家图书馆的卷子，拍了照带回国，用这些材料编了《神会和尚遗集》和神会和尚的传记。胡适考证《红楼梦》的时候：“后来故宫博物院开放了，在康熙皇帝的一张抽屉里，发现曹雪芹的祖父曹寅的一大批秘密奏摺。这个奏摺证明当时曹家地位的重要。”② 胡适对二重证据法的运用也超越了乾嘉考据学派的治史方法。余英时评价说：“胡适的方法论现在看来似乎太简单了，但较之清代考据自然是更精密了，更严格了，也更系统化了。”③ 我们认为，余英时的评价是实事求是的。

4. 方法的自觉

胡适除了主张“大胆的假设、小心的求证”之外，还提倡方法的自觉，乾嘉学者中如戴震主张从事考据必须有“不以人蔽己，不以己自蔽。”④ 这只是一种初步的求是精神和严谨态度，“乾嘉汉学的科学精神与科学方法并不是一种自觉的东西，而这种不自觉正是阻碍学术进步与

① 《胡适讲演》，中国广播电视出版社1992年版，第186页。

② 《胡适讲演》，中国广播电视出版社1992年版，第41页。

③ 余英时：《中国近代思想史上的胡适》，（台北）联经出版事业公司1984年版，第52页

④ 赵玉新点校：《戴震文集》中华书局1980年版，第143页。

发展的根本窒碍。因此，如欲以乾嘉汉学作为中西学术沟通融汇的切入点，如欲以此为基础重建中国学术的新范式，就必须将这种不自觉的精神与方法进行一次彻底的转换，由不自觉变为自觉。"① 胡适说："方法的自觉，就是方法的批评；自己批评自己，自己检讨自己，发现自己的错误，纠正自己的错误。"② 而要做到方法的自觉，胡适又提出："我们至少要做到上面所提到的两个标准：一要审查自己的证据可靠不可靠；二要审查自己的证据与本案有没有相干。"③ 胡适提倡方法的自觉比起乾嘉考据学派显然更胜一筹。

5. 平等的眼光

新文化运动提出"打倒孔家店"等口号，对封建旧道德进行了猛烈批判，但在这过程中也出现文化偏激的倾向，认为西洋文化一切优于东方。胡适却冷静地反思东西方文明的优劣，主张学术公允。"戴震皖派汉学，治学方法与吴派有所不同。惠栋株守所谓汉人通经家法，存在着凡古必真，凡汉皆好的偏见；而戴震却能脱出汉人传注的范围，反复参证，不主一家。所以后人评述，多认为在学术贡献上，戴震高于惠栋。"④ 胡适说："在这件大工作的历程里，无论什么文化，凡可以使我们起死回生，返老还童的，都可以充分采用，都应该充分收受。我们救国建国，正如大匠建屋，只求材料可以应用，不管他来自何方。"⑤ 罗尔纲原是上海大学的学生，四一二反革命政变后，上海大学被封，发给学生一张转学证书，罗尔纲拿这那张转学证书跑遍了上海市各所大学，没有一所肯收，最后被胡适担任校长的中国公学录取，在胡适的影响下，他终于成为研究太平天国的一代大家。胡适主张做学问要心平气和"做考据，尤其是用证据来判断古今事实的真伪、有无、是非，不能动火气。不但不正当的火气不能动，就是正义的火气也动不得。"⑥ "我为什么要替《水浒传》作五万字的考证？我为什么要替庐山一个塔作四千字

① 《史学理论研究》编辑部编：《影响近代中国历史的安徽人》，黄山书社 1994 年版，第 293 页。
② 《胡适全集》第 20 卷，安徽教育出版社 2003 年版，第 663 页。
③ 《胡适讲演》，中国广播电视出版社 1992 年版，第 22 页。
④ 赵玉新点校：《戴震文集》，中华书局 1980 年版，点校说明第 1 页。
⑤ 《胡适全集》第 4 卷，安徽教育出版社 2003 年版，第 668 页。
⑥ 《胡适讲演》，中国广播电视出版社 1992 年版，第 24 页。

的考证？我要教人知道学问是平等的，思想是一贯的。”① 蔡元培在替胡适作《中国哲学史大纲》序中评价该书的特长有“第三是平等的眼光……适之先生此编，对于老子以后的诸子，各有各的长处，各有各的短处，都还他一个本来面目，是很平等的。”② 胡适对各家各派采取平等的眼光，力主学术公允，这样才能谈得上是真正意义的学术探讨。

胡适的这套实验主义的治学方法，实现了对乾嘉学派的超越。例如，顾颉刚就曾一再表明，他是从胡适那里“获得了方法，又确定了目标”的，认为胡适的方法比起康有为等辈的方法“又深进一层了”。王重民也说过：“适之先生是最善讲方法的人。由他的方法，已经造成了近二十多年来的学术新局面，奠定了今日学术界的新基础。”

胡适之所以实现了对乾嘉学派的超越，是因为他从西方输入了一种高出于中国传统观念和方法的新学理和新方法，并将这种学理和方法，与他们对中国传统学术中的合理成分的择取结合起来，融合而成一种自成特色的新观念和新方法。

（三）胡适对乾嘉学派合理内核的抛弃

1. 二元论的唯心史观

乾嘉考据学派的史学家含有不同程度的朴素唯物主义因素。戴震主张“气”是世界的本原。“器也；其五行之气，人物咸禀受于此，则形而上者也。”③ 他又主张“情欲”上人类生存的基本要求，是人类活动的基本动力。“人道，人伦日用身之所行皆是也。在天地，则气化流行，生生不息，是谓道；在人物，则凡生生所有事，亦如气化之不可已，是谓道。”④ 而胡适否认物质、经济的原因是世界唯一的本原。他说“不过我们治史学的人，知道历史事实的原因往往是多方面的，所以我们虽然极欢迎‘经济史观’来做一种重要的史学工具，同时我们也不能不承认思想知识等事也都是‘客观的原因’，也可以‘变动社会，解释历史，支配人生观’。所以我个人至今还只能说‘唯物（经济）史观至多只能

① 洪治纲主编：《胡适经典文存》，上海大学出版社 2004 年版，第 15 页。

② 胡适著，耿云志导读：《中国哲学史大纲》，上海古籍出版社 1997 年版，“序”第 2 页。

③ 《戴震全集》第 1 册，清华大学出版社 1991 年版，第 173 页。

④ 《戴震全集》第 1 册，清华大学出版社 1991 年版，第 194 页。

解释大部分的问题’。”①

他还攻击陈独秀宣传的唯物论：“其实独秀也承认‘经济史观至多只能解释大部分的问题’。他若不相信思想知识言论教育也可以‘变动社会，解释历史，支配人生观’，那么，他尽可以袖着手坐待经济组织的变更就完了，又何必辛辛苦苦地努力做宣传的事业，谋思想的革新呢？”② 唯物主义和彻底的唯心主义都是一元论，而不彻底的唯心主义是二元论，二元论最终走向唯心主义。我们知道，社会存在决定社会意识，但社会意识对社会存在也有反作用，正确的社会意识可以对社会存在的发展起促进作用。胡适既没有看到物质是第一性的，又没有看到社会意识对社会存在的反作用。

2. *历史发展的偶然论*

乾嘉学者并不认为历史的发展是偶然事件的堆积，他们已经注重探求历史事件背后的规律，虽然还是直观的，但比以前的史学家已经有了很大进步。如戴震认为“何谓礼？条理之秩然有序，其著也。何谓义？条理之截然不可乱，其著也。”他又说“生生，仁也，未有生生而不条理者。条理之秩然，礼至著也；条理之截然，义至著也；以是见天地之常”③ 可见，乾嘉的一些学者已经开始探求历史事件的必然性。胡适虽然主张明变、求因，推崇祖孙法，但他认为只要抓住事物的两头就可以把握事物的本质了，把因果关系等同于事物之间的多样联系，看不到事物之间的普遍联系和联系的多样性，因而认为历史的发展是偶然事件的堆积。“他吐一口痰在地上，也许可以毁灭一村一族。他起一个念头，也许可以引起几十年的血战。他也许‘一言可以兴邦，一言可以丧邦’。”④ 1947 年 11 月，他在一次讲演中说“历史往往出于偶然”，他认为文学革命的主张就是由于任鸿隽偶然写一首诗，引起他的批评，又引起第三者打抱不平，大打笔墨官司，遂促使他产生白话文学的主张。事实上，白话文的兴起是有它客观的社会经济条件的。必然性是客观事物联系发展过程中合乎规律的，确定不移的趋势，是在一定条件下的不可

---

① 《胡适全集》第 2 卷，安徽教育出版社 2003 年版，第 224 – 225 页。

② 《胡适全集》第 2 卷，安徽教育出版社 2003 年版，第 225 页。

③ 《戴震全集》第 1 册，清华大学出版社 1991 年版，第 10 页。

④ 洪治纲主编：《胡适经典文存》，上海大学出版社 2004 年版，第 292 页。

避免性和确定性；偶然性是指客观事物发展过程中并非确定发生的，可以出现，也可以不出现，可以这样出现，也可那样出现的不确定的趋势。必然性在事物发展过程中起着支配作用，偶然性起着加速或延缓的作用，偶然性体现并受制于必然性，没有脱离必然性的纯粹偶然性。胡适颠倒了二者的关系，过分夸大了偶然性的作用，也是对乾嘉学派正确主张的抛弃。

3. 相对主义的认识论

清代乾嘉朴学家主张疑古，但胡适的存疑主义同他们是有区别的“清代朴学学者并不主张怀疑一切，而主张疑与信的统一，‘信古而阙疑’，即一方面疑其无根据或根据不可靠的，另一方面则信其真实无妄者。胡适的‘宁可疑而错’则是抛弃了朴学信与疑相统一的合理因素，导致不可知论。”① 胡适说“大家把科学律令看作假设的，以为这些律令都是科学家的假设，用来解释事变的。所以，可以常常改变……并且可以悟得真理不是绝对的。”② 真理的绝对性和相对性是统一的，真理是客观的，在它所反映的范围和限度之内，永远是正确的。片面强调真理的相对性而否认真理的绝对性，用真理的相对性去排斥真理的绝对性，从而否认客观真理的存在。胡适认为真理是人造的，他用真理的相对性否认了真理的绝对性，从而导致了相对主义。

总起来说，可以得出这样的结论。

第一，实现了考据学的现代化和西方现代科学方法的汉化。新文化运动时期正是新旧思想激烈交锋，中国亟需向西方寻求科学民主精神，同时打倒守旧思想的这样一个伟大变革时期。在史学领域也是如此。但是如何将文化与治学方法的传统和外来因素有效的衔接起来，的确是一个值得思考的问题。乾嘉学派的科学方法与科学精神同西方自然科学的方法虽有相通之处，但由于其自身的缺陷，并没有实现中国学术的现代化，其应用范围也十分有限，很难收到改变社会的成效。胡适既受过传统教育，又接受西方近代教育的长期熏陶，对汉学和西方实验主义都有深刻的把握。他一方面继承并谙熟汉学要义，另一方面又利用实验主义的方法与精神来对之进行改造，企图使汉学富于自然科学精神和现代化

① 丁祯彦、臧宏主编：《中国哲学史教程》，华东师范大学出版社 1989 年版，第 470 页。

② 《胡适讲演》，中国广播电视出版社 1992 年版，第 324 - 325 页。

气息，成为吸收西方文化的一种形式的载体，促进两种文明的衔接。“胡适对清儒精神和科学方法的发掘与彰扬，就其根本目的来说，决不是论证自己的科学方法来自乾嘉诸老的遗传性，而是期望以乾嘉的学术精神与学术方法为基础打通中西学术之间的隔阂和屏障，重建中国学术的新范式。”

第二，胡适新考据学派的启蒙作用。胡适找到了中国传统考据学与西方近代科学方法的交汇点，在方法论上突破了传统思维模式，打破了因袭成见，破除了迷信，“尤其是将此种方法与当时新文化运动的思想主旨相结合，便自然而然地对思想解放运动起到一种积极的推动作用”。此思维模式是转型时期的中国学术所需要的东西，对当时的思想界起到了一个启蒙的作用。胡适的存疑主义，对传统文明、国故的整理，实验主义的提倡以及方法的自觉、平等的眼光、二重证据法的应用。这些独到的见解使得他在近代中国史学界的地位不容撼动，对当时和后来的一批学者都产生了深刻的影响，他给中国学术界带来了耳目一新的局面。

第三，胡适新考据学派的局限性。胡适的“科学方法”，也确有很大的局限，尤其是当他把眼光转向对中国社会变革等重大问题时，在宏观的范围内，他的这套方法就完全无能为力了。这正如余英时所批评的那样：“他的‘科学方法’——所谓‘大胆的假设，小心的求证’——他的‘评判的态度’，用之于批判旧传统是有力的，但是它无法满足一个剧变社会对于‘改变世界’的急迫要求。”“科学方法的本质限定它只能解决一个一个的具体问题，但是它不能承担全面判断的任务。即使在专门学科的范围之内也不例外。”所以，我们对于他提倡的治学态度和治学方法的评论上，任何简单化的全盘肯定或全盘否定，都是难以令人信服的。

三、乾嘉考据学派对近代中国马克思主义史学家的影响

乾嘉考据学派不仅对近代中国资产阶级史学产生了一定的影响，也对近代中国马克思主义史学家产生了深远影响。乾嘉考据学派是有价值和生命力的，其求实的精神与唯物史观是一致的。唯物史观要与传统史学相结合才能实现民族化，乾嘉考据学的治学方法如音韵、训诂、考证、金石研究、古籍整理、校勘等，被马克思主义史学家进一步发展完

善，使之成为一门科学的学问。马克思主义史学家郭沫若、侯外庐、范文澜、翦伯赞、吕振羽等人不仅在治学道路上深受乾嘉考据学派的影响，也在历史研究中以唯物史观为指导，运用和改造传统考据学，在方法、成果上大大超过了乾嘉考据学和资产阶级考据学，解决了资产阶级史学家所无法说明的一系列问题，使得传统考据学的生命力和价值得到了更好的体现。

（一）马克思主义史学与乾嘉考据学的结合

1. 乾嘉考据学是有生命力的民族史学

乾嘉考据学派的许多思想是很有价值和生命力的，他们崇尚怀疑和批判的精神，像戴震所说的“不以人蔽己，不以己自蔽”，与唯物史观实事求是的精神是一致的，再比如他所说的“人伦日用谓之道，达情遂欲谓之理”已经关注了人的基本生存需求在历史发展中的作用，虽然还没有意识到生产力的发展是历史发展的根本动力，但能在提倡“存天理，灭人欲”的封建专制社会提出这一点确实难能可贵。乾嘉考据学派治学摒弃主观臆断，讲究客观研究，严格地从语言材料出发来解读经典是十分科学的，其疑古辨伪的思想，音韵、训诂、校勘等方法，金石研究、古籍整理的工作是从事历史研究工作的基本方法和有效工具。王记录先生认为乾嘉考据学派：“从积极的一面看，它培养了中国史学的求实精神和理性精神，创造了一套行之有效的考证辨析史料的方法，扭转了长期以来史学著作资料选择的主观性和论点的直觉性。”[①] 郭康松在《清代考据学研究》一书中认为：“近代学者对清代考据成果和考据方法的广泛运用与借鉴，一方面说明传统坠力的巨大，另一方面——而且是更为重要的方面——说明清代考据学具有科学性和生命力。清代考据学的研究方法是吸收西方逻辑知识，结合我国传统文化典籍的研究实际而形成的适合研究我国传统文化典籍，行之有效的方法。”[②] 马克思主义史学家对考据学已有的成果也给予了很高的评价，充分肯定了乾嘉学派疑古求实的思想以及“古史辨”派取得的成就，翦伯赞认为顾颉刚对于古史中的许多发明与发现，对于摧毁无稽的历史神话是有相当成绩的。

---

① 吴怀祺主编、王纪录著：《中国史学思想通史·清代卷》，黄山书社2002年版，第15页。

② 郭康松：《清代考据学研究》，崇文书局2000年版，第301页。

“近十余年来，出现在中国历史科学战线上的试验主义，他们在史料的考证上，确实有着相当的贡献”[①]。他在《略论搜集史料的方法》一文中指出：“到近代，辨伪学仍在继续发展，康有为的《新学伪经考》，王国维的《今本竹书纪年疏证》，都是有名的辨伪之作。此外梁启超在其所著《中国近三百年学术史》中，对辨伪之学，亦曾有所论列，并且拟出一个伪书及疑伪书的目录。顾颉刚编的《古史辨》，对于辨伪也有不少的贡献。”[②] 由此可见，乾嘉考据学是很有价值和生命力的民族史学。

2. 唯物史观要与传统史学相结合才能实现民族化

正因为乾嘉考据学具有很强的生命力，所以唯物史观有必要与之结合，才能更好地指导史学研究工作。马克思主义史学代表了中国史学发展一种新方向：“中国马克思主义史学，从一开始就自觉地批判继承考据史学，向着更高的科学研究层次发展。”[③] 与其他外来思想一样，马克思主义史学在中国的发展也不能没有文化根基。马克思主义史学家以唯物史观为指导，但也在很多方面继承和发展了乾嘉学派的思想方法，如音韵、训诂、考证、金石研究、古籍整理、校勘等，而且比资产阶级学者更进一步。侯外庐在《韧的追求》一书中谈到“我深知，将马克思主义的观点和方法应用于中国历史的研究，是一项至关重要的课题。”[④] 近代中国的马克思主义史学家除了吸收马克思主义和了西方科学研究的最新成果，如西方新兴的民族学、文化人类学、语言学、社会学和各种自然科学以外，也吸收了传统考据学的许多治学方法和思想。由于传统考据学具有一定的局限性，不能反映近代中国社会和史学发展的要求，它要求在历史唯物论为指导下，从传统走向了现代化的更高阶段。马克思主义史学家不但发扬声韵学家和汉学家精密审音的功力、博览群书、考索源流的长处，还通过研究金石器物的方法来研究历史，运用地下发掘出来的史料来考查史前社会，吸收了乾嘉考据学派金石学的观点并进一步对它进行了发展，而且自觉扬弃了旧考据学家繁琐考据的流弊。近代

① 翦伯赞：《历史科学教程·序》，河北教育出版社 2000 年版，第 4 页。

② 翦伯赞：《史料与史学》，北京大学出版社 1985 年版，第 65 页。

③ 瞿林东主编：《史学理论与史学史学刊》2004—2005 年卷，社会科学文献出版社 2005 年版，第 295 页。

④ 侯外庐：《韧的追求》，三联书店 1985 年版，第 67 页。

中国马克思主义史学取得成就和突破的原因不仅仅是有唯物史观的指导，而且在于继承了民族史学严谨求实的精神以及考据学的有效方法。马克思主义史学与中国传统考据学的结合，不仅实现了马克思主义唯物史观的民族化，也实现了中国传统考据学真正意义上的现代化，是传统考据学的革命性变革，使考据学真正成为一门科学的学问和研究历史的有效工具。

（二）乾嘉学派思想方法对马克思主义史学家的影响

1. 对郭沫若的影响

郭沫若在治学方法上受到乾嘉考据学派文字、音韵、训诂等基本方法的影响。他孩童时代在私塾接受传统文化的熏陶，熟读四书五经，学习过段玉裁的《群经音韵表》。语言学方面，郭沫若旅居日本时，致力于甲骨文和青铜铭文的研究。他把古文字学与古史研究结合起来，在《中国古代社会研究》一书中论证了中国西周社会存在过奴隶制。

乾嘉考据学派注重考证史实的真伪，郭沫若在《〈兰亭序〉并非铁案》及《由王谢墓志的出土论到〈兰亭序〉的真伪》里面考证了《兰亭序》是依托的，既不是王羲之的原文，更不是王羲之的笔迹。郭沫若指出："无论作任何研究，材料的鉴别是最必要的基础阶段。材料不够固然大成问题，而材料的真伪或时代性如未规定清楚，那比缺乏材料还要更加危险。因为材料缺失，顶多得不出结论而已，而材料不正确便会得出错误的结论。"① 这种疑古辨伪，注重证据的态度与乾嘉考据学派是一脉相承的。

生活于乾嘉时期的钱大昕，利用一切可能的机会搜集金石拓片，几十年间，共得到拓片两千多通，并编成《潜研堂金石字目录》八卷。郭沫若研究金石器物的功夫不让前人，他利用青铜器铭文，写了《殷周青铜器铭文研究》、《金文丛书》、《西周金文辞大系图录考释》等，对西周奴隶社会说进行了系统论述。又通过对青铜彝铭的考释，就文字的体例、文辞的格调以及器物的花纹形式相互参验，确定各器的时代，对周代的社会性质、生产力与生产关系作出了科学的分析和论断。"就这样

① 郭沫若著作编辑出版委员会编：《郭沫若全集》历史编，第2卷，人民出版社1982年版，第3页。

我一共整理出了三百二十三个器皿，都是铭文比较长而史料价值比较高的东西，两周八百年的浑沌似乎约略被我凿穿了。"① 他不仅研究其中的文字，还将金石器物的研究与特定历史时期的生产力水平，生产关系状况研究结合起来，从而揭示历史发展的推动力和根本原因，这就比前人纯粹研究金石器物的本身高明的多。

整理古籍方面，郭沫若整理出《管子集校》，将该书极难通晓的地方，整理清楚，利用各种文本进行校勘，他还整理了《盐铁论》并撰写了《盐铁论读本》。然而，"郭沫若的古史研究不同于以往的考据学。传统考据学对文献典籍的考证都停留在'整理阶段'，而郭沫若的研究和考证则在整理的基础上对古籍进行批判和研究。"②

郭沫若考据学方面的成就远远超过乾嘉学派，郭沫若 1913 年底留学日本，学习医学，了解了近代自然科学的方法，又学习了马克思主义唯物辩证法。"在日本的学生时代的十年期间，取得了医学士学位，虽然我并没有行医，也没有继续研究医学，我却懂得了近代的科学研究方法。"③ 把自然科学的手段引入考据学不仅大大扩展了研究工具，也拓展了考据学的范围，更为重要的是，有了马克思主义史学观作指导，使得考据学这种方法更具有现代的生命力，他改变了传统考据学主要限于儒家经书字句的注疏和名物的考证，使考据学服务于社会、历史发展规律的探讨。比如他考释甲骨文中的"贝"和"朋"字，说明"贝"和"朋"是当时通行的货币，证明殷商已有商品经济。用考据学的方法来研究社会经济，探究社会发展规律，这是对乾嘉考据学派的发展。"郭沫若对传统考据学的吸收继承，说明学术研究也如同自然界的发展规律一样，总是长江后浪推前浪，后浪总是要超越前浪的。但无前浪的引导，也不会有后浪，后浪只有继承前浪，才能超过前浪。"④

2. 对侯外庐的影响

侯外庐提倡马克思主义史学理论中国化即民族化，而且注意把握中国历史自己的特点。他"谨守考证辩伪的治学方法"无疑是受乾嘉考据

① 《沫若文集》第 15 卷，人民文学出版社 1961 年版，第 10 页。

② 吴怀祺主编、洪认清著：《中国史学思想通史·近代后卷》，黄山书社 2002 年版，第 328 页。

③ 《沫若文集》第 15 卷，人民文学出版社 1961 年版，第 472 页。

④ 王俊义著：《清代学术探研录》，中国社会出版社 2002 年版，第 448 页。

学派的影响。他主张继承乾嘉考据学的方法，反对抹杀考据学的价值，他主张："谨守考证辨伪的方法。考据学是一门专门学问，我从来反对虚无主义地对待考据学。在这方面，王国维先生和郭沫若同志，都是我的老师。"①

侯外庐说："我在研究乾嘉汉学的音韵学成果时得到印象，追溯江永、戴震、段玉裁的成就的源流，自然地会及至顾炎武的《音学五书》、方以智的《通雅》。最初，我就是把方以智看作为文字、音韵学家的。"②可见他对乾嘉学者文字、音韵学方面的方法成就是充分肯定的。

侯外庐也利用研究金石器物的方法来研究历史，他在重庆寻找这方面的书籍，并以此来研究历史："郭沫若在王国维卜辞、彝铭学研究的基础上，从甲骨文和青铜铭文中，发现了中国奴隶社会的客观存在，我一见郭沫若的《中国古代社会研究》，立刻就沿着他开辟的'草径'（何等光辉的一条'草径'），研究起王国维的遗产和郭沫若的方法。"③ 乾嘉学派的学者认为"圣人之道在六经"，反对主观臆断，应求圣人之道于经籍之中；侯外庐在评价他的《中国古代思想学说史》这本书讲到："这部书的另一个特征是力求实事求是，从材料实际出发，进行论述，不凭虚幻的想象与无根据的推断。这种情况是为全书的各个章节所共同具有的。论必有据，有据才立论，使观点与材料统一起来，实事求是地分析各种历史问题。实事求是，不仅要求从材料实际出发，也要求对材料作科学的审查与考订，去伪存真，去芜取菁。"④ 可见，侯外庐研究历史在方法和态度上受乾嘉学派的影响很深。

3. 对范文澜的影响

范文澜是著名的马克思主义史学家，他的《中国通史简编》一书，是我国第一部用马克思主义观点系统叙述中国古代历史的著作，它按照社会发展规律来划分中国历史的阶段，比资产阶级整理国故的成果更加系统丰富。范文澜有深厚的国学功底，跟考据学派有明显的学术传承关系，他幼时跟父亲学经史，后来又考入北京大学学习国学，直接受业于

① 侯外庐：《韧的追求》，三联书店 1985 年版，第 117 页。
② 侯外庐：《韧的追求》，三联书店 1985 年版，第 301 页。
③ 侯外庐：《韧的追求》，三联书店 1985 年版，第 116 页。
④ 侯外庐：《韧的追求》，三联书店 1985 年版，第 269 页。

音韵训诂学家黄侃，毕业前又师从国学名家刘师培。1925年，他到南开任教，应顾颉刚之邀，组织学术团体——朴社，表示要继承朴学。范文澜早期研究历史的方法和思路基本上是对考据学方法的延续："这一时期范文澜的治学路径，主要特色是继承清代朴学家的方法，在广搜博采材料的基础上进行精密的审订。"① 他的代表作《文心雕龙注》和《群经概论》采取旁征博引的方法和细密的考证，在学术界有很大的影响。

范文澜在《历史研究中的几个问题》一文中谈到要学习乾嘉考据学派严谨的学风："清朝的戴震是个大考据家。考据家写文章难免写得啰啰嗦嗦干燥乏味，桐城派的方东树，嘲笑考据家的文章是豆腐白菜账，不是没有理由。戴震这位大考据家，却与众不同。在他的年谱里，说他选出《史记·项羽本纪》等十篇，圈圈点点，读得十分认真。我们也应该这样做。"②

但是，他毕竟接受了马克思主义史学观，因此跳出了传统考据的圈子，范文澜指出："常用资料的文字解释，如未作过切实的校勘、考据工夫，切勿随便改动原来的文字和词句。"③ 范文澜发扬声韵学家和汉学家精密审音的功力，博览群书，考索源流的学术长处，又自觉地扬弃了旧学问家烦琐考据的流弊，这相对于传统考据学是一个很大的进步。

刘大年在评价范文澜的史学风格时说："长期研究、讲授中国传统文化，对于形成范老后来著作的民族风格，有决定的意义。"④ 这种史学民族风格的形成与对乾嘉考据学派的批判继承态度是有关系的。

4. 对翦伯赞的影响

翦伯赞认为乾嘉学派的学术方法"留下了光辉灿烂的成绩。这种成绩，直至现在还被视为中国学术中之最珍贵的遗产。他们对于史学的贡献，也有不朽的劳绩，特别是对于史料的搜集和考证。"⑤

翦伯赞重视整理古籍"例如整理先秦的古书，就会碰到古文字的问

① 吴怀祺主编、洪认清著：《中国史学思想通史·近代后卷》，黄山书社2002年版，第355页。

② 中国社会科学院科研局组织编选：《范文谰集》，中国社会科学出版社2001年版，第210页。

③ 中国社会科学院科研局组织编选：《范文谰集》，中国社会科学出版社2001年版，206页。

④ 中国社会科学院近代史研究所编：《范文谰历史论文选集·序》，中国社会科学出版社1979年版，第9－10页。

⑤ 《翦伯赞全集》第4卷第3辑增补本，河北教育出版社2008年版，第10－11页。

题，整理唐以前的古书，就会碰到文字的通假，名物训诂的问题”①。他提倡要从语言学的角度去解决历史问题，而这些方面都是乾嘉考据学者的基本治学方法。

翦伯赞研究边疆民族史运用了二重证据法，对乾嘉学派的考证方法进行了发展。“这里的铜饰牌的花纹也是以兽类格斗为主要题材，其中有双牛、双马、双驼、双鹿、骑士、虎、熊、兔、怪兽面以及由各种兽角、兽首、兽蹄构成的几何花纹的图案。”② 他根据《后汉书·乌桓传》记载“俗善骑射，弋猎禽兽为事”与出土的铜饰牌相对照，得出“这种花纹图案的铜饰牌在乌桓鲜卑人的文化中出现，是符合于他们当时的经济生活的。”③ 这说明翦伯赞不仅继承了乾嘉考据学的思想，也吸收了近代资产阶级考据学的最新成果。

乾嘉学者注重对版本学的运用，如王鸣盛的《十七史商榷》运用了《史记》、《汉书》、《后汉书》、《三国志》的各种不同版本。翦伯赞也注意历史问题研究中版本学的运用：“整理宋以后的古书就会碰到版本的问题。由于各种古书都经过无数次的传钞翻刻，在传钞翻刻中，常有有意无意的窜改……为了订正古书原文，就需要搜集许多版本进行校勘，因而又需要具备校勘学的知识。”④

乾嘉学派在研究方法上强调：“无征不信，孤证不立”，翦伯赞说“不要依据孤证作出结论，武断历史。也不要堆上一大堆材料掩盖历史发展的脉络。”⑤ 应该说，翦伯赞的这些思想与乾嘉考据学派都是有一定渊源的，同时也说明，乾嘉考据学的很多方法是很值得借鉴的。

5. 对吕振羽的影响

吕振羽在社会史研究方面取得比较突出的成就，1942 年出版的《中国社会史的诸问题》，对中国历史发展规律和民族文化进行了系统总结，批驳了民族虚无主义。他的《殷周时代的中国社会》一书，根据对考古所得的殷墟出土器物和遗迹的考察，得出殷代占支配地位的生产工具是

---

① 《翦伯赞全集》第 4 卷第 3 辑增补本，河北教育出版社 2008 年版，第 389 页。
② 《翦伯赞历史论文选集》，人民出版社 1980 年版，第 362 页。
③ 《翦伯赞历史论文选集》，人民出版社 1980 年版，第 362 页。
④ 《翦伯赞历史论文选集》，人民出版社 1980 年版，第 57 页。
⑤ 《翦伯赞历史论文选集》，人民出版社 1980 年版，第 74 页。

青铜器，所以社会性质是奴隶社会的结论，这一论断在当时史学界是首创，并且为越来越多的学者所接受。吕振羽取得的突出成就受益于乾嘉考据学的影响，他认为民族史学不是凭空创造的，是从旧文化的母胎中产生出来的，应该珍惜民族文化遗产，批判继承其优良传统，吸收其积极进步，有生命力的因素。吕振羽认为："在我国历史上，从汉唐以来，特别是乾嘉（公元1736—1820）以来的传统考据学，是作出了很大成绩的，这是我们应当批判地继承的；但绝不容许用它来代替或抵制新生的马克思主义考据学。在这方面，我们还必须付出艰苦的努力。以字考字和以文考字的方法，必须在历史唯物主义的基础上去加以批判的改造。"① 这不仅肯定了乾嘉考据学派的成绩，也指明了对待传统考据学必须采取批判继承的态度。

吕振羽对生活在乾嘉考据学盛行时期并撰写《文史通义》的章学诚推崇备至，他曾作诗：《章学诚〈文史通义〉》曰："实斋'通义'浙江学，力究'史才'出匠心。编纂工夫'意''识'密，'六经皆史'道统深。论家比岁遗文颂，笔乘连篇面壁吟。史学吾华遗产富，继承批判莫相侵。"② 他认为对乾嘉考据学派批判和继承二者不可偏废，吕振羽对待传统文化的这一态度无疑是正确和值得肯定的。

吕振羽《殷周时代的中国社会》一书用马克思主义关于社会经济形态的学说，依据仰韶文化遗址的发掘材料，考察中国社会的发展，确认传说中的尧、舜时代为母系社会，夏为父系社会，从而填补了中国原始社会研究的空白，提出了西周封建说。他将马克思主义唯物史观与乾嘉考据学方法相结合，取得了很大的成就。

近代马克思主义史学流派的其他学者也在不同程度上受到乾嘉考据学派的影响，并从不同的角度阐发了这一思想，在各自的领域内颇有建树。由此可见，乾嘉考据学派在近代史学转型中的影响是相当深远的。

（三）马克思主义史学家对乾嘉学派和资产阶级史学的超越

在批判继承传统考据学的基础上，马克思主义史学家不仅超越了乾嘉学派，而且无论在方法还是在成果上都比资产阶级考据学更加丰富，

① 吴泽主编：《吕振羽史论选集》，上海人民出版社1981年版，第613页。
② 吴泽主编：《吕振羽史论选集》，上海人民出版社1981年版，第705页。

解决了资产阶级史学家所无法解决的一系列问题。

1. 在治学方法上超越了乾嘉学派和资产阶级考据学

旧式的考据学所推崇的治学方法是“由字以通其词，由词以通其道”，以文字为基础，从音韵训诂，典章制度等方面，去阐发儒家经典大义，从治学手段到治学目的，都是围绕儒家经典，而不能探讨历史发展规律。

资产阶级考据学家胡适虽然在促进中国传统文化走向近代化方面，做出了较大的贡献，但仍有很大局限。他的“科学方法”主张用自然科学的手段去寻找扩充证据，但还是以人文学术研究为背景的，并不等于科学本身，虽然对于考证个别历史问题有作用，但是无法从宏观上揭示社会历史发展的客观规律。正如翦伯赞所说：“学自然科学的人，可以用显微镜看微生物，看细菌，也可以用化学反应药来识别。学历史的人，用显微镜不行，用化学反应药也不行。你把‘秦始皇’这三个字放到显微镜底下看，那也看不出他这个人究竟是好人还是坏人。”①

在古籍的整理方面，胡适过分地低估了中国传统文化的正面价值，夸大了传统文化的负面价值，因此他提出的“整理国故”的方针和实践，虽然在当时有一定程度的反封建的进步意义，但未能正确地区分中国传统文化精华与糟粕，更不能在“弄清”古文化的“真面目”，区别是与非，好与不好的基础上，科学地去揭示出中国文化历史发展的内在规律，

马克思主义史学家郭沫若不同于封建和资产阶级的考据学家，他认为包括王国维在内的传统考据，对文献典籍的考证都停留在“整理”阶段，而他的研究和考证则具有批判性质，他认为“批判”与“整理”是根本不同的。他认为“整理”的终极目标是“实事求是”，而批判精神是要在“实事之中求其所以是”，“整理”的方法所能做到的是知其然，而“批判”精神是要“知其所以然”，“整理”是批判过程的必经阶段，但不能仅仅局限在“整理”阶段。他改变了传统考据学主要局限于儒家经书字句的注疏和名物的考证，使考据学服务于社会发展史、历史发展规律的探讨。这就大大拓展了考据学的范围，使它走出书本的领域而服

① 翦伯赞著：《史料与史学》，北京大学出版社1985年版，第2页。

务与对社会的研究，而且比资产阶级的考据学也更加深刻。他呼吁说："谈国故的夫子们哟！你们除饱读戴东原、王念孙、章学诚之外，也应该知道还有马克思、恩格斯的著作，没有辩证唯物论的观念，连'国故'都不好让你们轻谈。"由于郭沫若有了马克思主义的世界观的指导，他对中国传统文化的估计，就比较地接近中国传统文化的实际，既看到其负面因素，又能充分肯定其正面价值，由此，他就能提出比胡适较为正确的处理方针，对中国传统文化采取"批判"的，即辩证分析的态度，能较好地区别包括胡适"整理"过的成果在内的文化的精华与糟粕，并在"求真"，"求是"，的基础上，去揭示中国历史和文化的客观的发展规律。这就在认识上大大超越了乾嘉考据学和资产阶级考据学。

2. 在研究成果上超越了乾嘉学派和资产阶级考据学

由于没有科学史观的指导，乾嘉考据学派和资产阶级史学家取得的成果跟马克思主义史学相比是有限的，比如对金石器物的研究，虽然王国维创立了"二重证据法"，他"研究学问的方式是近代式的"，但"思想感情是封建式的"，最后竟为末代皇帝而投水自杀，而郭沫若在金石器物、甲骨文方面的研究要大大超过王国维，代表了20世纪三、四十年代中国学术界的最具前瞻性的学术潮流。侯外庐曾说："当时，重庆甲骨文、金文的资料非常少。郭沫若在日本出版过几部重要的甲骨文、金文研究著作和资料汇编，这在重庆的图书馆都找不到。能找到的只有王国维的著作，王国维的著作中固然有我所需的材料，但是，进入四十年代，运用甲骨文、金文资料而不读郭沫若的著作，简直是不能想象的事情。"① 郭沫若在流亡日本期间，先后出版了《甲骨文研究》、《卜辞通纂》、《殷契粹编》、《西周金文辞大系考释》、《金文丛考》、《古代铭刻汇考》等文字学的重要著作。他以历史唯物主义为指导，对殷周青铜器铭文，进行了系统的整理研究，做出了划时代的贡献。在整理古籍方面的成就也相当丰富，他的《青铜时代》和《十批判书》，对先秦诸子进行了整理研究："在这里把古代社会的机构和他的转变，以及转变过程在意识形态的反映，可算整理出了一个比较完整的轮廓。"② 此外关于标点、注释的有《盐铁论读本》、《崖州志》、关于校勘的有《管子集校》，

① 侯外庐：《韧的追求》，三联书店1985年版，第129页。
② 《沫若文集》第15卷，人民文学出版社1961年版，第495页。

关于版本学的有《诅楚文考释·版本的推究》，关于辩伪的有《由王谢墓志的出土论到兰亭序的真伪》，关于孤本复制的有《石鼓文研究·十鼓斋先锋本》。如此丰富的成就是资产阶级的考据家所难以比拟的。

代表马克思主义史学流派的其他学者的治学成果也大大超越了资产阶级考据学，吕振羽按照恩格斯、摩尔根所揭示的远古社会发展的一般规律，将出土古物和神话传说结合起来考察，对史前社会状况做了深入研究，把中国原始社会的各阶段及其内部结构，勾勒出一个大致轮廓。他认为传说中的有巢氏、燧人氏，相当于考古学上的旧石器时代，尧舜禹时期相当于新石器时代，夏相当于金石并用时代，夏末开始由氏族社会向奴隶社会过渡。他的著作《史前期中国社会研究》批判了胡适和“古史辩”派怀疑主义过头的地方。他在《中国经济之式的发展阶段》一文中指出：“照我根据目前能有的材料研究的结果，传说中之‘尧舜禹’的时代，正是中国母系氏族社会发展完成的时代。所有能凭神话传说所指出的一些特征，几与莫尔根和恩格斯对古代社会的研究所得出的结果，完全符合。”[①] 认为完全否认远古社会历史的做法是不可取的。翦伯赞在赞同试验主义和“古史辩”派取得成果的同时，也指出其不足之处：“是以陈旧的进化论为中心，因而否认社会经济在历史发展中有任何质的突变。”[②] 有了科学的唯物史观的指导，考据学发挥了前所未有的效能，在研究成果上大大超过了前人。

3. 解决了资产阶级史学家无法说明的一系列问题

由于没有科学史观的指导，资产阶级史学家对很多历史问题不能解释，如梁启超虽然以进化史观代替了封建历史循环论，但仍没有提出关于历史划分的科学观点；而郭沫若以唯物史观为指导，提出了五种社会历史形态说。范文澜的《中国通史简编》一书，以马克思主义社会形态理论为基础，系统叙述了中国历史的进程，从而形成了以社会形态模式划分中国历史阶段的通史体系，这比起梁启超根据进化论原理把中国历史划分为上世（黄帝到秦）、中世（秦汉至清乾隆）、近世（乾隆以后）三个阶段的简单说法无疑更加科学。另外，由于资产阶级史学家不懂得

① 吴泽主编：《吕振羽史论选集》，上海人民出版社 1981 年版，第 27 页。

② 《翦伯赞全集》第 3 卷中国史论集第 1 辑第 2 辑。翦伯赞：《历史科学教程》，河北教育出版社 2008 年版，第 33 页。

生产力在历史发展中的作用，看不到人民群众的伟大功绩，不懂得从经济关系去分析社会性质，因此他们不能说明社会历史发展的根本原因，如胡适就过分强调个人在历史发展中的作用：“他吐一口痰在地上，也许可以毁灭一村一族。他起一个念头，也许可以引起几十年的血战。他也许‘一言可以兴邦，一言可以丧邦’。”① 实际上是资产阶级的英雄史观，不符合历史发展的客观规律。他的《中国哲学史大纲》也是用考据学的方法来研究中国思想史，一旦缺乏书籍经典，就没有办法研究，比如对禅宗的研究，胡适就感到非常困难，直到去伦敦和巴黎找到了敦煌的卷子，才得以解决，而且《中国哲学史大纲》在把握中国思想史的系统性上，其缺陷是明显的。而吕振羽的《中国政治思想史》，坚持了马克思主义社会存在决定社会意识的观点，从经济基础、阶级关系上去研究政治思想的发展变化及其规律，从根本上阐明了中国哲学史发展过程中唯物主义和唯心主义的斗争，从而扩大了马克思主义史学的影响。对待乾嘉考据学态度的不同使得资产阶级和马克思主义的史学家在研究历史的过程中产生了两种截然不同的效果，两种历史文化观的高下不言而寓。

乾嘉考据学派不仅对近代中国资产阶级史学产生了一定的影响，也对近代中国马克思主义史学产生了深远影响。近代中国资产阶级史学家所采用的理念和方法既来源于西方，也来源于中国传统史学。在民族史学近代化过程中，近代资产阶级学者和马克思主义史学家各自作出了相当的成绩，资产阶级史学家在很大程度上吸收了乾嘉考据学的合理因素，在借鉴传统史学长处的基础上引进西方先进理念与方法，拓展了乾嘉考据学研究对象和工具的范围。近代中国马克思主义史学家不仅在治学的道路上深受乾嘉考据学派的影响，进一步发展完善了其治学方法如音韵、训诂、考证、金石研究、古籍整理、校勘等，使考据学成为一门科学的学问；也在历史研究中以唯物史观为指导，运用和改造传统考据学，在方法、成果上大大超过了乾嘉考据学和资产阶级考据学，解决了资产阶级史学家所无法说明的一系列问题，使得传统考据学的生命力和价值得到了更好的体现。史学的转型需要民族文化的载体，而乾嘉考据

① 洪治纲主编：《胡适经典文存》，上海大学出版社2004年版，第292页。

学本身的生命力适应了近代史学转型的要求。同时传统考据学的现代转换又是与近代中国社会变革是联系在一起的。

虽然中国近代资产阶级史学家对待乾嘉考据学也采取了扬弃的态度，继承了其有价值的方面，利用西方自然科学的方法和近代考古发掘的成就拓展了乾嘉考据学的研究对象和工具,，并突破了乾嘉考据学的研究成果，但这种突破是有限的，大体还局限在书籍经典的领域和细枝末节的考证，而没有研究社会的生产力水平、经济状况、阶级关系等方面去探究社会历史发展的本质和规律，这使得其学术价值和社会价值大大受到局限。究其原因，在于其指导思想非科学的史观，而是来自西方的进化论、实证主义、实用主义等资产阶级历史观。以这样的理论来阐发和改造中国传统考据学，虽然对于反对封建专制、思想解放有一定作用，但毕竟不是科学的理论工具，是揭示不了历史发展客观规律的，只有以马克思主义唯物史观为指导，才能使中国传统的考据学成为研究历史的科学方法，才能充分地挖掘其生命力，发挥其应有的价值。

第十三章　学术史视野中的陈翰笙

陈翰笙（1897—2004），江苏无锡人，我国近现代著名的经济学家、历史学家、社会学家，杰出的马克思主义者。在108年的人生历程中，陈翰笙既创造了无数的革命传奇，又以治学一以贯之，集革命家与学界泰斗于一身，这在中国近现代史上是不多见的。追寻陈翰笙的学术路径，认识其对我国近现代社会科学发展的贡献是学术史研究的重要课题。

一、陈翰笙的学术道路

作为一位以史学起家，在多学科领域作出杰出贡献的综合型学者，陈翰笙的学术成长道路经历了艰难曲折的历程，大体分为以下三个阶段：

（一）从求学海内外到执教北京大学（1897—1927）

这是陈翰笙学术道路的第一阶段，也是陈翰笙学术素养的积累和初步释放时期。江南“颇有根基的书香门第”① 出身使陈翰笙接受了良好的中小学教育。在长沙明德中学，十二岁的陈翰笙认识了同盟会会员、南社诗人的历史教员傅熊湘，为其绘声绘色的历史课堂教学所吸引，激发了学习历史的兴趣。辛亥革命前夕的明德中学因为黄兴、宋教仁等人的介入而充满了革命气氛，也促成了陈翰笙革命、民主思想的启蒙。在亲历了长沙光复以后，陈翰笙进入长沙雅礼学校继续高中阶段的学习。在这所美国耶鲁大学兴办的教会学校里，陈遇到了美籍历史教师钱伯斯·埃勒，历史知识进一步增加，并在埃勒的帮助下，于1914年秋去美

① 陈翰笙：《四个时代的我》，中国文史出版社1988年版，第1页。

国赫门工读学校学习。在赫门的一年中，陈翰笙半工半读，选修了英文、生物和历史。也是在埃勒的建议下，陈随后报考了波莫那大学；在选择专业的过程中，遭遇了一番周折。与同时代许多留学海外的热血青年一样，陈翰笙也抱着“科学救国”的崇高理想而来，但因视力不好不得不放弃了植物学和地质学专业。就在他为专业选择而一筹莫展时，“卫斯特加德，这位后来成为美国历史学会会长的著名学者，将我引上了学习历史的道路。”① 从波莫那大学顺利毕业的陈翰笙又被卫斯特加德推荐至芝加哥大学研究院任助教。在工作的同时，他选修了美国宪法史、古代埃及史和俄文，最后以毕业论文《茶叶出口与中国内地商业的发展》的顺利答辩而获得史学硕士学位。此后，陈翰笙来到哈佛大学，选学欧洲史和俄文，在毕业前夕去德国柏林大学东欧史地研究所，一边听世界经济讲座，一边写作论文。两年之后，陈完成了学位论文《1911年瓜分阿尔巴尼亚的伦敦使节会议》，被授予史学博士学位。

离乡去国近十载的陈翰笙在蔡元培的邀请下，于1924年4月回国，进入北京大学，在历史系和法学系讲授《欧美通史》、《史学史》、《美国宪法史》等课程，成为当时北大最年轻的教授，与同期在北大任教的李大钊、胡适、梁漱溟等人齐名。他还受邀在北京师范大学、北京女子大学和燕京大学兼课。在此期间，陈翰笙还在胡适、王世杰等人创办的《现代评论》编辑部工作；参加了徐志摩任主编的《晨报副刊》组织的“对俄问题”大讨论，与侯外庐、陶孟和、李大钊等人有过密切的学术交往，并在李大钊的影响和感召之下走上革命道路；后因“八·一三惨案”的发生和李大钊的被捕而被迫离开了北大。

（二）从入主中央研究院社会科学研究所到游学海外数十年（1929—1950）

这是陈翰笙学术道路的第二阶段，是陈翰笙学术上的黄金时期。1929年春，陈翰笙受中央研究院院长蔡元培的委托，担任该院社会科学研究所社会学组的组长并主持该所工作，决定“拿中国的农村研究作为它的第一步工作。”② 从1929年7月到1934年5月，陈翰笙率领调查组

---

① 陈翰笙:《四个时代的我》，中国文史出版社1988年版，第20页。

② 陈翰笙:《中国的农村研究》，上海国立劳动大学《劳动季刊》1931年9月，第1卷第1期。

对“工商业比较发达且农村经济变化得最快”[①]的无锡、保定、岭南三地农村进行了大规模调查，用无可辩驳的事实论证了中国半封建的社会性质。为了“把农村调查研究事业继续进行下去”[②]，陈翰笙在被迫辞去中央研究院的职务后，于1933年底以参加农村调查的骨干分子为基本力量，在上海发起成立了左翼民间学术团体——中国农村经济研究会，担任董事长直到1951年该会解散。20世纪30年代因参与中国农村社会性质论战而名声大噪的《中国农村》即为中国农村经济研究会的机关刊物。

辞职后的陈翰笙受到孙科的邀请去中山文化教育馆当研究员，于1934年冬以中山文教馆和中央研究院研究员[③]的身份赴日本东洋文库指导19世纪中叶以来日本和中国土地制度史的目录学研究，并就农村调查的材料，用英文写成了《中国的地主和农民：华南农业危机研究》、《工业资本与中国农民》两部著作。此时，国内抗战日酣，陈在复杂的政治环境中，几经颠沛流离，在莫斯科担任过东方共产主义劳动大学特约研究员；在纽约协办《太平洋事务》季刊和《华侨日报》；在香港协助宋庆龄办理工业合作运动，创办了英文半月刊《远东通讯》；在广西担任过桂林师范学院西文系主任。还于1940年短期回国主持西双版纳傣族地区农村经济调查，后在纽约出版了英文版《西双版纳的土地制度》。

抗战胜利前夕，陈翰笙流亡至印度，在德里大学和英国情报部远东情报局工作，后又利用在印度史学会任职的机会，访问了印度农村许多村庄并对那里的土地状况做了专门研究，后来完成了专著《印度和巴基斯坦经济区域》。此后五年，陈在华盛顿大学、华盛顿州立大学、约翰·霍普金斯大学、宾夕法尼亚大学、芝加哥大学和纽约市亚洲研究所任特约研究员和教授。

（三）从创办《中国建设》到为学科建设而奔走（1951—2004）

这一时期的陈翰笙将中外文化交流、社会科学各学科建设以及人才

① 陈翰笙：《四个时代的我》，中国文史出版社1988年版，第46页。

② 孙晓村：《中国农村经济研究会与农村复兴委员会——回忆土地革命时期农村问题两条道路的斗争》，中国人民政治协商会议全国委员会文史资料研究委员会：《文史资料选辑》第84辑，第32页。

③ 陈翰笙受蔡元培的聘请做中央研究院的通讯研究员。

培养等作为自己工作的中心。1951 年底，回国不久的陈翰笙受周恩来和宋庆龄的委托，创办对外宣传的英文杂志——《中国建设》。到 1966 年，《中国建设》在世界各国赢得了广泛的赞誉，在读者中引起了强烈的反响。这份在 1990 年易名为《今日中国》的杂志至今仍是外部世界了解中国的重要窗口。

在“文革”前的学术界，陈翰笙也承担了重任。1952 年 3 月，他当选中国经济学会副主任委员，1955 年 6 月当选中国科学院哲学社会科学学部委员，1958 年出任刚成立的外交部国际关系研究所副所长，同年受命在中国社会科学院历史研究所内重建世界历史学科。“文革”中，陈翰笙“被指为刘少奇的支持者”,[①] 被隔离审查，后期回京在家开办英语学习班，免费为包括“黑帮子女”在内的年轻人补习英文，同时开始编辑华工出国史料。

迟暮之年的陈翰笙焕发了新的学术生命，被北京大学国际政治系聘为兼职教授，硕士、博士研究生导师，还担任了中亚文化研究会的常务理事长、中科院顾问、世界历史研究所名誉所长等职，同时担任了社科院农业经济、社会科学情报、南亚和世界历史四个研究所的学术委员。此外，他还是中国大百科全书外国历史编委会的主任和商务印书馆外国历史小丛书编委会的主任。陈翰笙自言殚精竭虑所做的这些工作“都是为了将自己平生所学的的知识通过多渠道、更多地传授给年轻人。”[②]

二、清末民国的社会调查运动与陈翰笙农村调查的学术价值

对于中国近代社会科学的兴起，我们一直从近代中国社会剧变和思想文化转型，或西方社会科学输入影响来解读。这显然背离了中国近代社会科学发展的历史轨迹。事实上，清末民国时期蓬勃而兴的社会调查运动在一定程度上促使近代中国社会科学的勃兴。陈翰笙的农村调查作为这场社会科学运动的组成部分，在学术史上占有不可忽视的地位。

（一）清末民国我国知识界的社会调查运动

在中国，现代社会调查大体兴起于戊戌时期及 20 世纪初年。1897

① 陈翰笙：《陈翰笙文集》，商务印书馆 1999 年版，第 539 页。

② 陈翰笙：《四个时代的我》，中国文史出版社 1988 年版，第 153 页。

年的《农学报》上已有关于中国地方土产的调查报告发表。1903 年前后，浙江、江苏、湖北等留日学生同乡会相继成立专门的社会调查组织，设计并进行了有计划的社会调查。该年 3 月，《浙江同乡会调查部叙例》，就在“社会”项下，列举了人口、地区贫富状况、社会团体、习俗和自制制度等五项调查内容；湖北调查部则在“经济”项下，列举了生产、分配、消费、岁入岁出、钱法、积储等调查之目，由此可见最初人们对社会调查的理解。与此同时，国家也开始成立专门的调查机构，如 1906 年，宪政编查馆就奏请在各省设立了调查局，商部也奏设了矿政调查局，各省还多设学务调查局等。正是在国家和社会的共同推动下，1903 年之后的中国迅速掀起了一个现代社会调查的潮流。在清末，有关学务和商贸实业的调查最多，而其中影响较大的则有清政府各部门组织的民商事习惯调查、矿物调查、茶务调查等。为了给宪政改革作准备，清政府从 1908 年起，还开始进行了全国范围的人口调查。

进入民国后，社会调查得到进一步的发展。不仅政府部门继续组织全国范围的人口调查和地方性的物价调查，社会团体和组织为了改良社会，高校、科研单位和学者个人出于学术认知目的，也都进行了大量有关教育、经济和民族、民俗等方面的社会调查。国民政府建立后至 1930 年代中后期，社会调查更是形成了一个高潮。1936 年，燕京大学有篇学位论文，就将 1928 年至 1935 年的有关社会调查活动，称之为“社会调查运动”。[①] 后来的社会学史界，不仅有人认同“运动”的提法，还有将这一运动的时间起点提前到 1918 年，终止时间后延至 1937 年者。[②] 就这一时期社会调查的活跃程度、自觉性与社会声势而言，我们以为将其称之为“运动”，也的确有其合理之处。

清末民国在我国知识界兴起的社会调查运动对于我国社会科学发展的意义已经被学界所认识。有学者认为这一时期的社会调查“是中国从传统走向现代这一激荡人心的转型过程在学术领域的反映，或者说是国人的认知观念对社会剧变的一种反应，而且在很大程度上，也是对此前已然发生的种种现代化努力的一种深刻的反思……是当时蓬勃而起的改

---

① 参见刘育仁：《中国社会调查运动》，燕京大学法学院社会学系学士学位论文，1936 年，北京大学藏本。

② 参见阎明：《一门学科与一个时代——社会学在中国》，清华大学出版社 2004 年版，第 72 页。

造中国的社会运动的一部分。”“它对于近代中国社会科学的‘中国化’或者社会学的‘本土化’进程，也发挥了不可替代的关键性作用。”① 调查对中国近代统计学、社会学、教育学、农业经济学、法学、人口学等学科都产生了巨大的影响。所以有学者指出，我们把民国时期的社会调查称之为近代中国的一场学术革命，或许并不过分，至少它也是这场学术革命的一部分。从这个角度去探寻中国近代社会科学发展的历史脉络，或许能得出更符合客观实际的结论。

陈翰笙领导的农村调查正是这场社会科学运动的组成部分，在我国社会科学史上，特别是在马克思主义社会科学史上占有不可忽视的地位。

（二）陈翰笙领导的农村调查

在学术界产生很大影响、奠定陈翰笙学术地位的农村调查是陈翰笙在任职中央研究院期间完成的。调查是在20世纪末30年代初国、共两党相对峙的形势下，马克思主义者与非马克思主义者围绕农村，特别是土地问题进行激烈斗争的背景下展开的。1927年大革命的失败，在共产国际内部引发了关于中国社会性质的争论。以时任共产国际农民运动研究所东方部部长马扎亚尔为代表的“亚细亚生产方式”论者认为，中国共产党没有弄清中国的社会性质，采取了错误的革命方针和政策，因而导致了革命的失败。“农研会”创始人陈翰笙当时正在农民运动研究所工作，在中国农村、中国革命问题上，与马扎亚尔存在严重分歧，“发生过几次激烈争论”。由于不了解中国农村的具体情况，缺乏充分的理由和实例，陈翰笙难以驳倒对手，这促使他产生了对中国农村进行调查研究的念头。1929年初，陈翰笙受中央研究院院长蔡元培的委托，担任该院社会科学研究所社会学组的组长并主持该所工作。在此期间，陈翰笙领导了对能够说明中国农村社会结构本质的江南、河北、岭南等地的大规模社会调查。调查的第一站选择了“纯粹中国工商业最发达”而“农村经济变化得最快的地方”——无锡。1929年7月到9月，调查团对这里的近2 000户农家分门别类进行了调查和记录。1930年5月至8

① 夏明方：《清末民国社会调查与近代中国社会科学兴起》，《中华读书报》2007年8月3日。

月，陈翰笙又领导开展了对河北保定的调查，以市场、村庄和农户为三级对象，取得了大量第一手资料。1933 年 11 月到 1934 年 5 月，岭南农村的调查在宋庆龄和时任中山县县长的唐绍仪等人的协助下顺利展开。

陈翰笙领导的农村调查是我国近现代史上一次典范的学术实践活动。首先，它是官方学术规划的组成部分。陈翰笙入主社会科学研究所后，“拿中国的农村研究作为它的第一步工作。”在江苏，河北，广东，工业化程度最高的三省中，开始从事实地调查。无锡是系列农村调查的第一站，此后又组织了河北保定、广东岭南等地的农村调查，还开展了对东北难民和安徽、山东、河南烟草区的调查。除了农村调查的有序开展以外，“对于其他可用的现成材料如个人谈话及观察，个人通信，官署案卷，地方志，各种机关报告，个人著作，及当代书报等，亦未尝忽视。”社会科学研究所就某些课题出版了专刊，编制了参考资料，“以提倡农村经济研究的兴趣，并以助研究者容易了解资本主义的，前资本主义的及现代殖民地的社会结构。”[①] 这些专刊和资料有很大一部分是由陈翰笙亲自完成的。

其次，调查安排得益，方法科学。基于地权严重分化的现实，调查组根据自耕农、雇农、佃农、工人、商人的多少，在无锡农村选出普通村 9 个，特殊村 13 个，共 22 个，展开调查。这种分村调查系概况调查，可以了解一般的趋势；至于统计材料的获得，则依赖挨户的周详调查，二者相得益彰。实地调查结束后，还在当地四乡约定了 18 个通讯调查员，以获取需要补充的材料，也确保了整个调查的完整性。这样近乎完美的调查在当时社会科学界是绝无仅有的，正像陈翰笙本人所说的：“这种深入到农村最低层的大规模农村调查，在中国是一创举。”[②]

复次，调查取得了重要的理论成果。在无锡调查材料前期整理过程中，对田权的初步分析表明“土地面积标准的缺乏，农田的分散和农村地权的非常复杂，都很明显地指出一种前资本主义社会的性质。”[③] 陈翰笙进而指出“中国社会是一个非常特别的社会，纯粹的封建已过去、纯粹的资本主义尚未形成、正在转变时期的社会——我们给他一个名字叫

① 陈翰笙：《中国的农村研究》，上海国立劳动大学《劳动季刊》1931 年 9 月，第 1 卷第 1 期。
② 陈翰笙：《四个时代的我》，中国文史出版社 1988 年版，第 46 页。
③ 陈翰笙：《中国的农村研究》，上海国立劳动大学《劳动季刊》1931 年 9 月，第 1 卷第 1 期。

前资本主义社会。”① 也即中共此前提出的半殖民地半封建社会。至此，农村调查从实证的角度解决了中国社会性质这样一个重大的理论问题，有力地配合了中共的土地革命。

最后，调查产生了广泛的社会效应。陈翰笙在旅居海外期间就调查得来的材料发表了一批农村问题论著，如《现今中国的土地问题》、《广东农村生产关系和生产力》、《华南农业危机研究》等，特别是英文著作《现今中国的土地问题》被1933年在加拿大召开的太平洋国际学会认定为关于中国土地问题的权威著作，这样就无形中将调查的实际价值传播于欧美学术界中。薛暮桥、王寅生等人在自己的著作中也大量引用了调查材料和数据。共产党人对农村调查更是推崇有加，视为新中国统计工作的开端。中国社会科学院经济研究所保存、整理了农村调查的原始材料，并领导进行了三次后续调查。

（三）陈翰笙的农村调查和中国社会学的发展

这次调查推动了中国社会学的发展。

第一，它促进了社会调查理论和方法的发展。在进行农村调查的同时，陈翰笙领导的中国农村经济研究会的一些成员还进行了农村调查理论和方法的探讨。1934年，张锡昌著《农村社会调查》一书由黎明书局出版，初步探讨了为什么要举行农村社会调查，农村社会调查的种类，农村社会调查的方法，调查材料的整理等重大的理论问题。张锡昌的《怎样做农村调查》一文发表于中国农村经济研究会的机关刊物——《中国农村》的第2卷第3期上，包括“我们所需要的农村调查”、“我们需要调查那些问题”、“调查时的几个技术问题”三个方面的内容。该刊第2卷第6期上还登载了韦健雄的《农村经济的调查和统计》，该文列举农村经济最普通的几种调查方法，对怎样编制调查表格、怎样分类统计进行了具体阐述。

第二，它开创了中国马克思主义社会学实证研究的先河，是中国马克思主义社会学发展的里程碑。如果说早期的马克思主义者李大钊、李达、许德珩等人是中国马克思主义社会学理论的建树者，那么陈翰笙领

① 陈翰笙：《中国田地问题》，转引自陈翰笙：《四个时代的我》，中国文史出版社1988年版，第48页。

导的农村调查则实现了理论探讨到实证研究的突破。无锡调查是一次成功地运用马克思主义的理论与方法进行的社会调查。陈翰笙早在执教北大时期就在李大钊的引导之下，皈依了马克思主义，主持社科所的工作以后，购置了许多马列主义书籍，这给入所工作的年轻人以很大的影响，薛暮桥回忆道“社会科学研究所的书籍很多，我开始读了《共产党宣言》，列宁的《国家与革命》、《两个策略》、《帝国主义论》，恩格斯的《社会主义从空想到科学》、《家族、私人制和国家的起源》等著作，进一步提高了我对马克思主义的认识水平。”① 陈翰笙以一个马克思主义者的自觉发起了农村调查，调查开始之前，还组织组员系统学习了《资本论》，确保马克思主义的理论和方法贯彻于调查的始终。他还将农村生产关系的考察作为调查的重点，采取列宁的农户分类方法，按照阶级剥削（包括交租、出卖劳动力和高利贷等）把农民分为富农、中农、贫农、雇农。对调查材料的整理则采用马克思主义的历史分析方法，得出的结论也与中共关于中国社会性质的论述一致。

如果说早期的马克思主义者李大钊、李达、许德珩等人是中国马克思主义社会学理论的建树者，那么陈翰笙领导的社会调查则实现了理论探讨到实证研究的突破。以马克思主义为指导调查中国社会并非始自陈翰笙。基于对中国革命的认识，早期共产党人就注重对其控制的农村区域进行实地调查。早在1927年初，毛泽东就对湖南省的农民运动作了调查，写下了著名的《湖南农民运动考察报告》一文，此后毛泽东、张闻天等人又在江西、福建、陕西等地农村展开了多次社会调查。应该指出的是，解放区的农村调查只是为了适应革命实践的需要，为制定农村政策提供依据，但还不是真正意义上的社会学研究。基于政治自觉，按照学术规范展开社会调查，弥补中国马克思主义社会学实证研究的缺陷，始自陈翰笙。

第三，它推动了中国社会学本土化的进程。中国的社会学本土化“是从20世纪20年代中后期特别是30年代初期兴起于中国社会学界的，那时的中国社会学者几乎都程度不同地投入了这一运动。”② 不难看出，陈翰笙领导的农村调查正是发生于这一时期。对本土社会调查的拓展和

---

① 薛暮桥：《薛暮桥回忆录》，天津人民出版社1996年，第35页。

② 郑杭生：《中国特色社会学理论的探索》，中国人民大学出版社2005年版，第344页。

深化是社会学中国化的具体体现；与同时代其他社会调查不同的是，农村调查是为了解决中国革命实践中遇到的实际问题，具有更加鲜明的本土特色。调查得出了中国处于半殖民地半封建社会的结论，有力地配合和指导了中国革命的实践，为中共推翻“三座大山”的统治，进行土地革命提供了恰当的注脚。

（四）陈翰笙的中国马克思主义经济学研究和经济学家群体的形成

20世纪初，马克思主义政治经济学传入中国，李大钊、周恩来、陈独秀等人对《资本论》中的劳动价值论、剩余价值论及资本集中与垄断理论进行过系统的介绍；同时他们也认识到建立能够指导革命实践的中国马克思主义经济学的必要。王亚南就提出，要“创造一种特别具有改造中国社会经济，解除中国思想束缚的性质与内容的政治经济学。”换言之，以马克思主义为指导来认识和研究中国经济状况已是时代之需。陈翰笙无形中担负起了这一历史使命，是中国马克思主义农村经济学的先驱，他在调查的基础上撰写的《广东农村的生产关系和生产力》、《现代中国的土地问题》等著作不仅填补了马克思主义者对中国经济状况特别是农村状况认识的不足，而且流传甚广，为欧美各国学者所关注；调查所得的中国重要经济区域的社会经济状况和基本结论成为30年代“中国农村派”在中国农村社会性质论战中取胜的关键。30年代后期，被迫辞去社会科学研究所职务的陈翰笙赴美任职于太平洋关系学会，担任《太平洋事务》季刊副主编。他撰写的大量关于中国经济和中国农村的论文，至今仍是欧美学者研究中国经济必读的文献。抗战时期，陈翰笙协助宋庆龄举办工业合作运动，是合作经济的倡导者和实践者。

陈翰笙对中国经济学的贡献更在于培养了一个马克思主义经济学家群体。他在入主社会科学研究所后，“就聘用了王寅生、钱俊瑞、张锡昌、张稼夫、孙冶方、姜君臣等一批有能力、有气魄、热心社会科学研究的年轻人”。钱俊瑞、张锡昌、秦柳方等人通过参加无锡调查，摈弃了原先的改良路线，接受了革命主张。后来被称为“中国发展经济学之父”的张培刚则在保定调查中崭露头角。薛暮桥、孙冶方也因参与广东调查而与经济学结下了不解之缘。1933年底，陈翰笙以参加农村调查的同志为骨干，发起成立了中国农村经济研究会，创办了《中国农村》杂志；由于在中国农村社会性质论战中的杰出表现而使“中国农村派”声名远播。在这个研究集体中，陈翰笙是灵魂人物，正如薛暮桥在回忆录中所言：“钱俊瑞、孙冶方、张锡昌、姜君辰、秦柳方、陈洪进和我，都是在他的培养下开始研究农村经济，进而研究其他经济问题的。”如果说陈翰笙、薛暮桥、孙冶方等人是公认的中国马克思主义经济学大师，那么陈翰笙就是这个学术群体的先行者和引路人。

三、陈翰笙的史学成就

尽管陈翰笙在经济学、社会学等领域卓有成就，但我们仍然认为他首先在一位历史学家，在中国近现代史学史上占有特殊的地位，是我国马克思主义史学的杰出代表。

（一）我国马克思主义史学史上的陈翰笙

令人遗憾的是，史学界迄今并没有一部完整的中国马克思主义史学史的著作，因此对我国马克思主义史学的很多理论问题还存在着模糊认识，导致对陈翰笙关于中国社会性质问题研究的一系列论著是否属于史学的范畴辨识不清。在一般的史学史著作中，在论及马克思主义史学的具体成就时，还是惯于局限在以唯物史观为指导而进行的“历史研究”，对于三次大论战中的“中国社会性质和中国农村性质论战”的成果是否属于“史学的成就”并未作出明确的界定。其实，这牵涉到对马克思主义史学基本特征的认识。依笔者管见，马克思主义史学的基本特征至少有三：一是以唯物史观为指导，以“阶级斗争”为主线；二是研究“整个人类的生活，即是社会的变革，即是在不断的变革中的人生及为其产物的文化的学问。”① 三是与革命实践紧密相连。

唯物主义的历史观和“阶级斗争”主题是马克思主义史学最根本的特征，也是陈翰笙学术思想和实践的出发点。早在执教北大时期，陈就在李大钊的引导下，接受了马克思主义，他说：“通过学习《资本论》，使我懂得了人类社会发展的自然规律，了解了一些马克思主义的基础理论。马克思花费40年时间写成的《资本论》，对解释社会发展史确有独

① 李守常：《史学要论》，商务印书馆1999年版，第82页。

到之处。相比之下，我过去在欧美学的历史却没有使我了解历史，而只是些史料、史实的堆砌，读了《资本论》才使我了解了真正的历史。”[①]此后陈翰笙的学术研究都坚定不移地贯彻了唯物主义的历史观。在这一思想指导下，他的论著集中展现了阶级分化和阶级斗争的主题。他曾经指出：“中国的农村问题和农业危机的实质，是如何才能成功地开展一场民族解放运动以取消一切殖民剥削和封建剥削的基础。”[②] 他还说“一部世界历史，说到底，是世界上被压迫民族反抗压迫民族，被压迫阶级反抗压迫阶级的历史……因此一部世界史，实际就是一部世界阶级斗争的教科书。”因此提倡“用无产阶级的立场、观点和方法，从大量的资料中选择核对那些具有最典型的资料，来毫无顾忌地揭示世界历史发展的内在规律。”[③] 换句话说，陈翰笙对革命理想的不懈追求就是源于对人类历史和发展大势的深刻认识。

按照马克思主义史学的代表人物李大钊的表述，“历史是亘过去、现在、未来的整个的全人类生活。”[④] 那么，在唯物史观指导下的对社会变革的原因、动力、性质等问题的研究，都应该属于历史学的范畴。陈翰笙倾注大量心血所作的关于农村社会性质的调查与论证显然不能排除在外。当年追随陈翰笙参与农村调查的陈洪进将陈的史学著作分为“四个系列”，“八部代表作”[⑤] 是不无道理的。

从马克思主义史学的发展路径看，“马克思主义史学家积极投身于积极火热的现实斗争中，结合中国的历史与现实，自觉地回答当时中国社会发展中提出的一系列尖锐的问题，如积极参加上世纪30—40年代中国思想文化界关于中国社会性质、中国社会史问题和中国农村性质的论战。”[⑥]“经过三次社会大论战，马克思主义史学的影响大大加强。”[⑦] 其中的第三次论战也即中国农村社会性质论战，则和陈翰笙有深厚的渊

① 陈翰笙：《四个时代的我》，中国文史出版社1988年版，第34页。

② 陈翰笙：《解放前的地主与农民——华南农村危机研究》，中国社会科学出版社1984年版，第12页。

③ 陈翰笙：《对研究世界史的几点意见》，《世界历史》1978年第1期。

④ 李守常：《史学要论》，商务印书馆1999年版，第85页。

⑤ 参见陈洪进：《陈翰笙的史学思想》，《世界历史》1985年第8期。

⑥ 于沛：《关于构建马克思主义史学理论新形态的思考》，《思想理论教育导刊》2005年第4期。

⑦ 侯云灏：《马克思主义史学对中国革命的重要贡献及其基本特点》，《学术研究》2001年第12期。

源。他是论战的一方——“中国农村派”的灵魂人物。论战的中坚分子薛暮桥、孙冶方、钱俊瑞等人就是“在他的培养下开始研究农村经济，进而研究其他经济问题的。”[①] 陈翰笙虽然没有直接参与论战，但他此前带领这群左翼青年用脚踏实地的调查和研究奠定了论战的学术基础，也是论战取胜的根本保证。陈还一直担任“中国农村经济研究会”的董事长，在海外就中国农村问题发表了一系列论著，其中，《中国当前的土地问题》被1933年8月在加拿大召开的太平洋国际学会认定为“关于中国土地问题的权威著作”,[②] 使“中国农村派”的实际影响渗透到日本与欧美的学术界中。

为革命实践提供理论指导是马克思主义史学最主要的功能，也是陈翰笙学术活动的基本特征。诚如他本人所说：“我们研究历史，正是为了现实，为了未来。现实中的问题，历史学家是不能回避的。”[③] 这里提到的“现实中的问题”就是与革命和建设紧密联系的重大理论问题。自从接受马克思主义，陈翰笙就将自己的学术研究与革命实践融为一体，农村调查即是为了厘清对中国革命的错误认识。1927年第一次国内革命战争的失败在共产国际内部引发了关于中国社会性质的争论。“中国共产党没有弄清中国农村的资本主义性质，采取了错误的革命方针和政策，导致了革命的失败”的论调占了上风。南京国民政府成立后，颁布了一系列资本主义性质的法律和政策，在思想上大力鼓吹“中国民主革命已经胜利，中国已是一个资本主义国家”的观点。在中共党内也出现了以陈独秀为首的“托陈取消派”，宣扬“资本主义的作用及其特有的矛盾形态，不但占领了城市，而且深入了乡村，乡村主要部分经济都直接间接隶属于市场。”[④] 一时间，“革命向何处去?”的问题变得异常严峻，为了找到充分的理由和实例来论证中国农村的半封建性质，陈翰笙决定“对中国的社会作一番全面的调查研究。”[⑤] 在民主革命时期，陈和

① 薛暮桥：《薛暮桥回忆录》，天津人民出版社1996年版，第90页。

② 陈翰笙：《四个时代的我》，中国文史出版社1988年版，第46页。

③ 陈翰笙：《在游历中谈美国历史——〈美国的思想库和美国社会〉读后》，《世界历史》1988年第2期。

④ 陈独秀：《我们的政治意见书》，引自高军：《中国社会性质问题论战资料选辑》（上册），人民出版社1984年版，第90页。

⑤ 陈翰笙：《四个时代的我》，中国文史出版社1988年版，第40页。

“中国农村派”“论证改革封建土地制度的必要性，对党所领导的土地革命起了配合作用。”① 这种在马克思主义指导下，论证农村社会性质的农村问题研究固然可以划归政治学、经济学或社会学的范畴，但绝不能排除在史学之外，因为在马克思主义史学发展的过程中，史学和政治学、经济学、社会学等学科就是紧密结合在一起，甚至是无法区分的。

在领导重建世界史学科过程中，陈翰笙一再强调“千万不要把我们的研究工作变成空谈，研究世界史是要学以致用的。”② 20世纪60年代初，拉丁美洲民族解放运动蓬勃发展的形势与当时中国史学界对拉丁美洲史研究的空白不相适应，陈立即亲自动员了研究所内的几位青年学者专攻拉丁美洲史，“并且亲自给他们授课，向他们传授学习和研究拉丁美洲史的方法。”③ 培养了拉丁美洲史研究的骨干，建国以后我国的拉丁美洲史研究就是这样发展起来的。陈翰笙特别强调史学的资政作用，谓其可为治理国家的借鉴。20世纪80年代，他这样说过：“我们的国家还这么穷，还有许多工作没有做好，原因固然很多，但是，没有很好的研究别国的历史，借鉴外国的经验教训，也是一个因素。我们闭关锁国，孤陋寡闻，重复了别国犯过的一些错误，不免走了一些弯路。”④ 指出：“世界史的作用，就是要让读者了解社会发展的客观规律，懂得社会组织如何改变，人类如何进步的根本原因，从而使得这门科学成为我们从事革命实践的思想武器。”⑤

所以，陈翰笙的学术研究自始至终都是在唯物史观的指导下，从中国革命和建设的实际出发，以一个历史学家的视野而展开的。他是中国马克思主义史学发展史上不可忽视的人物，以独特的方式丰富了中国马克思主义史学的内涵。

（二）陈翰笙的历史著述和史学理论

陈翰笙作为一位历史学家，并未留下断代史或国别史的巨著，但他

① 胡绳：《中国共产党的七十年》，中共党史出版社1991年版，第119页。

② 陈翰笙：《重视世界史的研究和教学——在全国青年世界史工作者座谈会上的讲话》，《世界历史》1983年第5期。

③ 张椿年、陆国俊主编：《陈翰笙百岁华诞集》，中国社会科学出版社1998年版，第125页。

④ 陈翰笙：《面向世界必须了解世界——谈谈学习外国历史》，《人民日报》1983年10月28日。

⑤ 陈翰笙：《对研究世界史的几点意见》，《世界历史》1978年第1期。

也留下了数量不菲的历史著述；对史学理论与方法有独到的见解；史料学贡献突出；在历史知识普及和学科建设方面功不可没。

陈翰笙的历史著述展现了深厚的史学功力。前文提到的硕士、博士论文是陈翰笙最早的史学著作，后人评述他的硕士论文："引述都有出处，无一语无来历，所作评论性断语，均持之有故，所以推论既自然、严谨而又可信。"① 和陈翰笙共事多年的著名农学家吴觉农对翰老的博士论文赞美有加，谓其"立论有根据，内容充实，真是掷地有声。"② 为了给农村调查提供理论指导，1930年出版的陈翰笙的《封建社会的农村生产关系》"是一部对欧洲封建社会土地制度比较研究的总结，是他本人在作农村经济调查研究工作时给自己看的非常别致的著作。"③

陈翰笙的史学著述还有《人类的历史》、《中国工业合作社史话》、《印度莫卧儿王朝》、《30年来的中国农村》、《1857年印度大起义时期英国人的态度》、《古代中国与尼泊尔的文化交流——公元第5至17世纪》、《法国1789年革命前夕城市各阶级》、《"猪仔"出洋——700万华工是怎样被拐骗出国的》等等。可以看出，他的历史研究选题广泛，视野开阔，见解深刻。

作为一位涉猎多个学科的综合型学者，陈翰笙虽然没有就史学理论与方法作过专门的阐述，但是，他的见解仍可谓独到而深刻。在主持社会学组的工作时，他曾对社会科学各学科，特别是历史学和社会学的关系进行过阐述："社会科学中有两种重要科学，非专究社会生活之某一方面如经济、法制、宗教等等，而以至周密之方法整个观察社会生活之全部者。此即史学与社会学也。……社会学探讨人类进化之原则，以为研究史学之方法，故可称为社会科学中最概括，最抽象之科学；史学则整理可靠之史实，以供研究社会学之材料。史学固当以社会学之哲理为指南而后可得正确之方法，社会学亦须筑于历史的事实上而后可免错误之论断。"④ 陈翰笙用历史学的视野、社会学的名义所作的农村调查和研究可以视为史学和社会学结合的成功尝试。

---

① 张椿年、陆国俊主编：《陈翰笙百岁华诞集》，中国社会科学出版社1998年版，第56页。

② 张椿年、陆国俊主编：《陈翰笙百岁华诞集》，中国社会科学出版社1998年版，第242页。

③ 陈洪进：《陈翰笙的史学思想》，《世界历史》1985年第8期。

④ 陈翰笙：《陈翰笙集》，中国社会科学出版社2002年版，第5页。

重视史料和第一手材料证明了陈翰笙作为史学家的严谨的学术作风。他说："研究工作应当从大量可信的史料中去精心探索，我们必须在充分地占有第一手材料的基础上，对错综复杂的历史现象，进行科学的分析和综合。"第一手资料包括"第一是地下挖掘出的大量文物资料。第二是中外各国的已出版和尚未出版的各种档案。第三是当事人的可靠的记载，尤其是回忆录、书信和日记等。"① 他的硕士论文仅三千多字，引证的资料书刊就多达50多种。"如果没有掌握足够的资料，或未经缜密的分析，决不可以轻易下结论。"② 是陈翰笙的自勉之语，也值得后人借鉴。

（三）陈翰笙在史料学、历史教育方面的建树

正是基于对史料重要性的认识，早在建国初期，陈翰笙就参加了由中国历史学会和中国经济学会合组的"中国近代经济史资料丛刊编辑委员会"，与范文澜、千家驹一起负责编译了史料价值极高的《帝国主义与中国海关》丛书，"文革"前共出了十辑，20世纪80年代又进行了再版。从1972年开始，陈翰笙又主持了卷帙浩大的《华工出国史料汇编》工程，到20世纪80年代，先后编辑出版了10辑，范围囊括中国官方的文书选辑，英美等国政府方面的文件选译，中外学者关于华工方面较有权威性的综合性著作，关于各地区华工的著作和资料；内容涉及华工出国的历史背景、出国方式、清朝政府对华工的政策、华工的遭遇及反抗、华工对当地社会的贡献等方面，共约350万字。这是"迄今关于华工出国历史最重要和最丰富的史料汇编"，③ 为深入研究华工华侨史及中国近代经济史、世界近代经济史、中外关系史及移民史的关系提供了极为丰富的资料。

耐人寻味的是，陈翰笙当年采用西方社会学方法，基于政治目的而进行的农村调查与研究为我们研究这一时期的乡村史留下了珍贵的史料。如无锡调查共对22个村1 207户村民进行了逐户调查，每一户发放一册20多页的调查表，由专人负责调查填写。这种以农户为单位，近似

① 陈翰笙：《对研究世界史的几点意见》，《世界历史》1978年第1期。

② 陈翰笙：《四个时代的我》，中国文史出版社1988年版，第1页。

③ 潭江：《"浮动地狱"》，《人民日报》（海外版）2006年7月25日。

家庭档案的材料在同时期传世的史料中是绝无仅有的。陈翰笙和“中国农村派”的其他人物发表的农村调查报告、专著和论文，于20世纪80年代，由著名农业问题专家冯和法负责搜集、编排，合为三辑计300余万字的巨著——《解放前的中国农村》，由展望出版社陆续出版。这是以陈翰笙为代表的马克思主义农村问题研究成果汇编，是一部里程碑式的重要文献，也是十分珍贵的历史资料。有学者指出：“陈翰笙为我们留下的这批农村经济资料是罕见的、不可再生的，是后人研究的宝贵基础。”①

执教北大历史系是陈翰笙传播历史知识的开端，其深入浅出的课堂教学受到“那些喜欢读书、一新做学问的学生”② 的青睐。在他漫长的学术生涯中，不论是对门下的学生，还是慕名而来的求教者，陈翰笙都不厌其烦，耐心施教，其渊博的历史知识让受教者受益匪浅。在重建世界史学科的过程中，他“对研究人员的合理布局和研究课题的选定特别重视”③，培养了多位不同方向的研究骨干，还帮助明确研究目的，指导研究方法，重视图书资料建设，为新中国成立后世界史学科的重建和发展作出了不可磨灭的贡献。

晚年的陈翰笙非常重视青少年的历史知识普及。他从自己的亲身经历出发，认为自己“之所以能够找到一条正确的人生道路，明白自己对国家、对历史应负的责任，和学习世界历史不是没有联系的。”他视学史为“开阔眼界、培育人才的一个重要途径。通过学习外国历史，可以使广大青少年了解世界各民族的兴衰荣辱和历史发展的进程，用以掌握社会发展的普遍规律，从而确立马克思主义的唯物史观和正确的人生观。”因此呼吁“我们的教育部门和出版部门一齐来关心历史知识的普及工作。”④ 晚年，他力主编撰外国历史小丛书，在问及做这种基础性工作的目的时，他说“那是为了我们的年轻一代呀！十年内乱使教育事业遭到严重破坏，青年们的文化知识、尤其是历史知识非常贫乏。不知道世界的过去和现在，就很难建设好自己的国家。……我一定要在有生之

① 张椿年、陆国俊主编：《陈翰笙百岁华诞集》，中国社会科学出版社1998年版，第96页。
② 陈翰笙：《四个时代的我》，中国文史出版社1988年版，第29页。
③ 张椿年、陆国俊主编：《陈翰笙百岁华诞集》，中国社会科学出版社1998年版，第125页。
④ 陈翰笙：《面向世界必须了解世界——谈谈学习外国历史》，《人民日报》1983年10月28日。

年帮助商务印书馆编好这套小丛书。”① 他参与编撰《中国大百科全书》的“外国历史”部分，也是为了向更广泛的社会大众传播历史知识。

史学建树只是陈翰笙学术成就的一个方面，他学识渊博，一生撰写专著和论文达400余种，涉及历史学、经济学、社会学、政治学、法学和国际关系学等多种学科。他的许多论文和著作对于推动各有关领域研究起着重大的作用，他的一些经济学、史学论点具有深远的影响和前瞻性，这些值得后人进一步探究。

① 章德良：《一位老干部的生活剪影》，《文汇报》1983年1月6日。

第十四章　胡适的文化思想

胡适，字适之，安徽绩溪人。1891 年 12 月 17 日生于上海，1962 年 2 月 24 日病逝于台湾。1904 年以前，在家乡接受了启蒙教育，此后在上海求“新学”。1910 年，考取了“庚子赔款”赴美留学，先后入康乃尔大学和哥伦比亚大学，攻读农学与哲学，曾获硕士、博士学位。1917 年 7 月以后，胡适回国应蔡元培先生聘请，应任北京大学教授。胡适一生，共获得 35 顶博士桂冠。

这里，不是评价胡适的一生，而是就胡适的文化思想作一探讨。

一、胡适的新文化观

早在 1949 年之前，共产党的理论家对胡适思想多有批判。严厉批判之时，大都承认他的文化、学术思想在中国尚有反封建的进步性。例如瞿秋白，1924 年在《实验主义与革命哲学》一文中，承认实验主义在中国“一方面是革命的，一方面就是反动”[①] 的。艾思奇在 30 年代，称实验主义是反封建的前锋。胡绳在 1937 年《胡适论——对于胡适的思想方法及其实际应用之一考察》一文中，认为在他的错误思想方法中也有着合理的成分。[②] 到了 50 年代，胡适被全盘否定了，成为帝国主义在中国文化思想领域的代理人。

对胡适的大批判，始于 50 年代。当时，知识分子改造运动正在开始，1951 年 8 月，北京大学中文系、哲学系、历史学系、图书馆等四个单位联合召开控诉会，批判胡适思想。胡适的同事与学生如俞平伯、杨振声、顾颉刚、汤用彤、朱光潜及沈尹默等都作了批判发言。其后，上海文化界也举行了批胡座谈会，周谷城、蔡尚思等知名教授作了批判发

---

① 《瞿秋白选集》，人民出版社 1985 年版，第 145 页。

② 《胡绳文集》（1935—1948），重庆出版社 1990 年版，第 10 页。

言。但直到1954年，胡适的思想批判还限于京、津、沪高校及文化学术界的高级知识分子，并未形成大规模的运动。

1954年9月，北京大学青年教师李希凡、蓝翎写了《关于“红楼梦简论”及其他》一文，批判胡适的学生——红学专家俞平伯学术研究中的唯心主义观点。该文投到《文艺报》未被采用，后在《文史哲》上发表，引起毛泽东的重视。同年10月16日，毛泽东给中央政治局及其他有关同志的《关于“红楼梦”研究的一封信》中，对李、蓝一文予以高度评价和坚决的支持，并认为“这个反对在古典文学领域毒害青年三十余年的胡适派资产阶级唯心论的斗争，也许可以开展起来了。”① 在毛泽东的号召下，自1954年10月到1955年3月，中国文联和中国作家协会，先后8次召开主席团扩大会议；中科院院务会议和中国作协主席联席会先后21次召开讨论会，决定在全国开展胡适派资产阶级的唯心论的斗争。这样，大规模的批胡运动开展起来了。

全国各地报刊发表了大量文章，对胡适的政治、哲学、史学、文学观进行了彻底的批判，对他在新文化运动中的作用，予以彻底的否定。1956年9月16日，上海《文汇报》发表了胡适的次子胡思杜写的一篇文章：《对我父亲——胡适的批判》，该文原是胡思杜在华北革命大学政治研究院学习时写的一份思想反省材料，对胡适进行了激烈的批判。该文为其他一些报刊转载。当时，批判胡适的一些重要文章，由三联书店于1955年编成《胡适思想批判》出版，共八辑，约200万字。批判的领域不限于古典文学，还包括历史学、经济学、建筑艺术、语言学、教育学乃至自然科学等。当时，中国科学院院长郭沫若说：胡适受着美帝国主义的扶植，成了买办资产阶级第一号代言人，我们在政治上已经宣布胡适为战犯，但在某些人的心目中胡适还是学术界的“孔子”。这个“孔子”我们还没有把他打倒，甚至可以说我们还很少去碰他。② 这便是当时批判胡适的基调，也是其后近30年评价胡适的基调。

党的十一届三中全会以后，停止使用“以阶级斗争为纲”的口号，提出解放思想，实事求是的思想路线，号召进行新的思想解放运动，对

① 《毛泽东选集》第5卷，人民出版社1977年版，第134页。

② 《光明日报》1954年11月8日；三联书店编辑：《胡适思想批判》（论文汇编）第1辑，三联书店1955年版，第4页。

胡适的评价才比较客观、公允。

（一）提倡白话文，提倡新文学

胡适对新文化运动中的第一点贡献是文学革命，提倡白话文，反对文言文；提倡新文学，反对旧文学。

五四新文化运动的一个重要内容是文学革命，提倡白话文，反对文言文；提倡新文学，反对旧文学。胡适是文学革命的主要倡导者之一。据他自己说，他致力于文学革命，是被逼出来的。早在1904年，胡适在发表的一篇文章中，就提出了“文学进化”的观点。1915年《青年杂志》创刊之际，陈独秀在《敬告青年》、《现代欧洲文艺史谭》等文中，倡导改革我国的文艺。与此同时，胡适与梅光迪、杨杏佛、任叔永等留学学生研讨文学革命的课题，常常发生激烈争论，梅光迪最保守，其他人也都站在梅光迪一边，“逼”出了胡适关于文学革命的主张。这年9月，他在《送梅光迪往哈佛大学》一首长诗中说：

“梅生梅生毋自鄙！神州文学久枯馁，百年未有健者起。新潮之来不可止，文学革命其时矣！吾辈势不容坐视。且复号召二三子，革命军前杖马棰，鞭笞驱除一车鬼，再拜迎入新世纪！以此报国未云菲，缩地戡天差可拟。梅生梅生毋自鄙！作歌今送梅生行，狂言人道臣当烹。我自不吐定不快，人言未足为重轻。”①

这是胡适最初提出“文学革命”，并表示要“以此报国”的宣言。

由于《新青年》杂志影响很大，当时主持亚东图书馆的汪孟邹，以安徽绩溪同乡关系，给胡适寄去《青年》杂志，并受陈独秀之托，邀他给杂志写稿。于是第二年，胡适便开始在《新青年》上发表译稿。这年（1916）秋天，胡适综合留美同学讨论文学革命的见解，从美国寄信给陈独秀，首次提出“文学革命”口号，及具体主张的“八事”。

一曰，不用典。

二曰，不用陈套语。

三曰，不讲对仗（文当废骈，诗当废律）。

四曰，不避俗字俗语（不嫌以白话作诗词）。

---

① 严云受编：《胡适学术代表作》上，安徽教育出版社2007年版，第419页。

五曰，须讲求文法之结构。

此皆形式上之革命也。

六曰，不作无病之呻吟。

七曰，不摹仿古人，语语须有个我在。

八曰，须言之有物。

此皆精神上之革命也。①

这“八事”便是后来的“八不主义”，代表胡适关于文学革命纲领性意见。

陈独秀收到胡适的这封信后，立即在《新青年》杂志上发表。1917年1月，应陈独秀的要求，胡适将上述八项主张“衍为一文”，发表了那篇文学革命的开山之作——《文学改良刍议》，这是文学革命的第一篇正式宣言。但是，胡适的态度相当软懦，他深恐矫枉过正，把“文学革命”改成“改良”，请别人“匡纠是正也”。他自己后来说：“我受了在美国的朋友的反对，胆子变小了，态度变谦虚了，所以此文标题但称《文学改良刍议》，而全篇不敢提起‘文学革命’的旗子。”②

是陈独秀以坚决的态度，弥补了胡适软懦的弱点。同年2月，陈独秀发表《文学革命论》一文，提出三大主义，即反对贵族文学，建设国民文学；反对古典文学，建设写实文学；反对山林文学，建设社会文学。陈独秀表示：“愿拖四十二生的大炮，为之前驱”③，态度和主张都比胡适坚决。然而，《文学改良刍议》毕竟是向来公认的文学革命的一个“发难”的信号。④ 陈独秀称他是“首举义旗之急先锋”⑤，并甘冒全国学究之敌，高张“文学革命军”大旗，以为胡适之声援。直到1925年8月，上海学生联合会致函胡适，称赞他“首创文学革命，举国风从，遐迩咸知，窃谓我国之但丁、赵叟，当舍先生莫属矣。”⑥ 此后，胡

① 《胡适文集》3，人民文学出版社1998年版，第16页。

② 严云受编：《胡适学术代表作》上，安徽教育出版社2007年版，第438页。

③ 陈独秀：《文学革命论》，《新青年》第2卷第6号。

④ 郑振铎：《文学论争集·导言》，卢今、李华龙、钟越编：《郑振铎散文》中册，中国广播电视出版社1997年版，第301页。

⑤ 陈独秀：《文学革命论》，《新青年》第2卷第6号。

⑥ 中国社会科学院近代史研究所中华民国史组编：《胡适来往书信选》上，中华书局1979年版，第341页。

适发表《历史的文学观念论》、《建设的文学革命论》等文章，提出了“国语的文学，文学的国语”[①] 的口号，论述了一时代有一时代的文学。郑振铎在《中国新文学大系》一书中，指出胡适的《建设的文学革命论》乃是“文学革命的最堂皇的宣言”[②]。

胡适还身体力行，积极用白话文从事创作。主要表现在以下几个方面。

《尝试集》。胡适在提出文学革命的同时，大胆的试验，最先尝试白话诗。在美国，他提出“诗国革命”[③]，梅光迪不以为然。有一次，他批评任叔永的诗，说任用的“言”字和“载”字，都是三千年的死字。任叔永不服气，梅光迪也打抱不平，反对胡适的白话诗的主张。于是胡适跟他们开了个玩笑，做了一首游戏诗回答他们，这诗一千多个字，且录几句：

老梅发牢骚了，老胡呵呵大笑。
且请平心静气，这是什么论调！
文字没有古今，却有死活可道，
古人叫做“欲”，今人叫做“要”，
古人叫做“至”，今人叫做“到”。
古人叫做“溺”，今人叫做“尿”。[④]

这是胡适第一次用白话做的韵诗，实在不能算作诗了。任叔永说他的试验完全失败，梅光迪说，读大作如儿时听“莲花落”，真所谓革尽古今中外诗人之命者。以上两人的批评诚然有理，胡适也承认“打油诗”“游戏”而已，但他们忽视了一点，即用白话作诗的勇气。他们的嘲笑又促使胡适决心攻克诗的堡垒。1916 年 7 月，胡适宣言不再作文言诗词了，决心写白话诗，诗还没写好，诗集的名子预先取好了。他读到陆游《剑南诗稿》，其中有：

江阁欲开千尺象，云龛先定此规模，

---

① 胡适口述，唐德刚译注：《胡适口述自传》，广西师范大学出版社，2005 年版，第 162 页。
② 卢今、李华龙、钟越编：《郑振铎散文》中册，中国广播电视出版社 1997 年版，第 303 页。
③ 胡适著，吴奔星、李兴华编：《胡适诗话》，四川文艺出版社 1991 年版，第 557 页。
④ 胡适：《四十自述》，安徽教育出版社 2006 年版，第 114 页。

斜阳徙倚空三叹，尝试成功自古无。

胡适信仰实验主义，反陆游诗而用之，取了“尝试”二字，他认为：“天下决没有不尝试而能成功的事，也没有不用尝试就可预料成败的事。”① 尝试白话诗，胡适吃了不少甘苦，起初单身匹马，没有同志，有孤单寂寞之感。有诗为证：

两个黄蝴蝶，双双飞上天。
不知为什么，一个忽飞还。
剩下那一个，孤单怪可怜；
也无心上天，天上太孤单。②

直到1918年，作新诗的人多起来了，胡适自然高兴。1920年3月由上海亚东图书馆出版的《尝试集》，这是现代文学史上第一部白话诗集。《尝试集》出版半年，再版，短短两年时间销售一万多本，1922年10月增订第四版，这是经众手增删的本子，如鲁迅、俞平伯、任叔永、陈莎菲等并非一味庸俗捧场，而是直陈己见，讨论争辩，相当诚恳亲密。

胡适尝试白话诗，原为作“诗界革命”，他总结自己创作的甘苦，写了《我为什么要做白话诗》、《谈新诗》等文，从理论上探讨白话新诗创作路子和经验。朱自清说：胡适关于新诗的这些主张，“大体上似乎为《新青年》诗人所共信；《新潮》、《少年中国》、《星期评论》以及文学研究会诸作者，大体上也这般作他们的诗。《谈新诗》差不多成为诗的创造批评的金科玉律了”。③ 胡适写了不少诗，由于思想偏于理智，没有成为诗人。但他作的第一部白话诗集，在新诗发展程途中的历史价值，高于他本身所具有的思想、艺术价值。

《终身大事》是中国现代文学史上第一个白话剧本。讲述了剧中主要人物是田亚梅和陈先生不顾父母的反对，主张自由恋爱到结婚的终身大事。巴金先生曾说：他之所以能创作激流三部曲《家》、《春》、《秋》，

① 《胡适全集》第10卷，安徽教育出版社2003年版，第47页。

② 《胡适全集》第10卷，安徽教育出版社2003年版，第50页。

③ 朱自清：《中国新文学大系·诗集导言》，朱自清著、朱乔森编：《朱自清散文全集》下集，江苏教育出版社1998年版，第364页。

是受了《终身大事》的影响。

胡适还翻译出版了中国现代文学史上第一部白话翻译小说集——《短篇小说》第一辑。背景：中国流行鸳鸯蝴蝶派。胡适介绍西方的启蒙思想和西方文学，1912 年 9 月起，翻译法国都德的爱国名篇《最后一课》，当时胡适译为《割地》登在《大共和日报》上。1916 年到 1919 年译莫泊桑、契诃夫等人作品。1919 年 9 月编为《短篇小说》第一辑。《最后一课》等名篇入选中学的国文课本，数十年不衰。

胡适对白话文运动的贡献，就是将清末带泥土味的白话文扩及文学、艺术的殿堂，扩及全社会。文学革命是同思想解放运动互为表里的。文学革命是适应思想解放运动的产物，文学革命的胜利又反过来促进了思想解放运动。

（二）《中国哲学史大纲》在学术上的贡献

胡适对新文化运动中的第二点贡献是《中国哲学史大纲》在学术上的贡献。

1917 年 9 月，胡适迈入北京大学校门时，他在中国的学术界里，还只是一个默默无闻的边缘人物。当时，中国学术界的主流仍是传统儒学，以章太炎为首的古文经学派与以康有为为首的今文经学派，双峰并峙，二分天下。在北大，古文大师刘师培与章太炎门下高足黄侃、钱玄同、马裕藻等以训诂考据的“汉学”为号召，蔚为北大的学统正宗。当时的胡适是无法与这些人分庭抗礼的。每当研究工作遇到音韵学的问题，往往都向钱玄同请教，或干脆请钱玄同代作。胡适在担任北大教授之初，常常提心吊胆，加倍用功，深恐为学生耻笑。他的《中国哲学史大纲》出版时，封面上特别题著胡适博士等字样，而蔡元培为该书作序文中误以胡适为“世传汉学的绩溪胡氏”之后，胡适亦默不作声，不加更正。（其实，胡适的博士学位是 1927 年拿到的，并非 1917）

尽管如此，《中国哲学史大纲》一书，为胡适奠定学术界的地位是不言而喻的。1919 年 2 月，这本书在商务印书馆出版时，蔡元培为本书作序。他说：

> 先生到北京大学教授中国哲学史，才满一年。此一年的短时期中，成了这一编《中国古代哲学史大纲》，可算是心灵手

敏了。我曾细细读了一遍，看出其中几处特长：

第一是证明的方法。我们对于一个哲学家，若是不能考实他生存的时代，便不能知道他思想的来原；若不能辨别他遗著的真伪，便不能揭出他实在的主义；若不能知道他所用辨证的方法，便不能发现他有无矛盾的议论。适之先生这《大纲》中，此三部分的研究，差不多占了全书三分之一，不但可以表示个人的苦心，并且为后来的学者开无数法门。

第二是扼要的手段。中国民族的哲学思想远在老子、孔子之前，是无可疑的。但要从此等一半神话一半政史的记载中抽出纯粹的哲学思想，编成系统，不是穷年累月，不能成功的。适之先生认定所讲的是中国古代哲学家的思想发达史，不是中国民族的哲学思想发达史，所以截断众流，从老子、孔子讲起。这是何等手段！

第三是平等的眼光。古代评判哲学的，不是墨非儒，就是儒非墨。且同是儒家，荀子非孟子，崇拜孟子的人，又非荀子。汉宋儒者，崇拜孔子，排斥诸子；近人替诸子抱不平，又有意嘲弄孔子。这都是闹意气罢了！适之先生此编，对于老子以后的诸子，各有各的长处，各有各的短处，都还他一个本来面目，是很平等的。

第四是系统的研究。古人记学术的，都用平行法，我已说过了。适之先生此编，不但孔、墨两家有师承可考的，一一显出变迁的痕迹，便是从老子到韩非，古人画分做道家和儒墨名法等家的，一经排比时代，比较论旨，都有递次演进的脉络可以表示。此真是古人所见不到的。

以上四种特长是较大的，其他较小的长处，读的人自能领会，我不必赘说了。我只盼望适之先生努力进行，由上古而中古，而近世，编成一部完全的《中国哲学史大纲》，把我们三千年来一半断烂一半庞杂的哲学界，理出一个头绪来，给我们一种研究本国哲学史的门径。那真是我们的幸福了。

中华民国七年八月三日[①]

① 蔡元培著：《蔡孑民先生言行录》，岳麓书社2010年版，第28－29页。

冯友兰说：在中国封建社会中，哲学家的哲学思想，都是用注释古代经典的形式表达出来，经典的原文作为正文，用大字顶格写下来，胡适的这部书，反之，他把自己的话作为正文，用大字顶格写下来，而把引用古人的话，用小字低一格写下来。这表明，封建时代的著作，以古人为主，而五四时期，封建时代的著作，以自己为主。

《大纲》都是用白话文写的，增加了白话文运动的声势。顾颉刚说："胡先生讲得的确不差，他有眼光，有胆量，有断制，确是一个有能力的历史家。他的议论处处合于我的理性，都是我想说而不知道怎样说才好的。"①《大纲》出版不到两个月，即告再版，到1922年8月，出了第八版。

与此同时，胡适已担任北大国学研究所《国学季刊》的主编，1923年胡适刊布"国学季刊发刊宣言"一文，他在中国学术界的领导地位已完全巩固了。

（三）批判封建文化，提出了平等、自由的思想

胡适对新文化运动中的第三个贡献，是批判封建文化，首次提出了打孔家店的口号，提出了平等、自由的思想。

首次提出了打孔家店的口号。"五四"之前，以孔学为代表的封建专制主义的思想文化严重地禁锢着人们的思想。中国人民受以孔学为代表的思想统治由来已久。自西汉以来孔学就逐步同专制主义融合，到宋明理学时期就成了专制主义的政治原则了。封建统治阶级以孔学之是非为是非，把孔学作为天经地义的正统观念。孔学在封建社会政治生活中所起的作用，是由它本身的特点决定的。孔学强调的三纲五常是直接为封建帝王专制制度服务的。孔学宣扬封建迷信和偶像崇拜，也是为适应君主专制主义的需要。辛亥革命失败后，袁世凯为了复辟帝制，极力推崇封建纲常名教，大搞祭天礼孔。封建主义的卫道士们叫嚷发扬国粹，维护国俗，定孔教为国教。一时间，社会上孔教会、经学会、贞节牌坊纷纷建立；纳妾、缠足、扶乩、生坛等封建恶俗和迷信活动照旧进行，形成了一股尊孔复古的逆流。五四前的新文化运动，破除了对孔学的迷

① 顾颉刚著：《走在历史的路上·顾颉刚自述》，江苏教育出版社2005年版，第40页。

信，向神圣不可侵犯的孔家店开火，这对中国人民来说，是了不起的思想解放。

1916年至1917年，陈独秀连续发表《一九一六年》、《孔子道德与现代生活》、《吾人最后之觉悟》等文章，尖锐系统地批判了“尊孔”思想和以孔子学说为核心的封建伦理道德。李大钊先后发表《民彝与政治》、《孔子与宪法》、《自然的伦理观与孔子》等文章，深刻地揭示了封建旧礼教是反动统治赖以维持的思想基础，指明孔子之道不适合今日社会，不能作为国民“修身之大本”。1918年5月，鲁迅在《新青年》上发表了第一篇白话小说《狂人日记》，其中写道：“我翻开历史一查，这历史没有年代……满本都写着两个字是‘吃人’。”深刻地揭露了那些口宣“仁义道德”的卫道者的虚伪和残忍。吴虞在《吃人与礼教》一文中，盛赞鲁迅揭露得彻底。他说：“孔二先生的礼教讲到极点，就非杀人吃人不成功，真是残酷极了”，“吃人的就是讲礼教的！讲礼教的就是吃人的呀！”对此，胡适进一步指出：何以那种种吃人的礼教制度都不挂别的招牌，偏爱挂孔老先生的招牌呢？正因为二千年吃人的礼教法制都挂着孔丘的招牌，故这块孔丘的招牌，无论是老店，是冒牌——不能不拿下来，捶碎、烧去！① 胡适的上述观点，显然深刻地指出了孔子是封建礼教和封建专制的护身符。他在《吴虞文录序》中，还热情地赞誉吴虞是“四川省只手打孔家店的老英雄”。这篇文章，大约是在文字中提出“打孔家店”的最早记录。打孔家店，体现了五四时期反封建斗争的基本精神。其实，当时也并不真有“打倒孔子”一类的口号。他们把批孔和评孔当作两回事，批孔的目的，是将普通的民众从迷信蒙昧状态中解脱出来。

胡适提出打倒孔家店的口号，把孔子从圣人的地位，拉到了与诸子百家平等的地位，这从学术上论证了提倡个性解放、妇女解放、主张民主自由的必要性和可行性。

二、胡适的科学观

在五四以前，胡适等新文化运动的领袖们把西方的“德先生”（De-

① 胡适：《吴虞文录序》，《再造文明：胡适随笔》，北京大学出版社，2009年版，第120页。

mocracy）和“赛先生”（Scince）也就是民主和科学请到中国。民主和科学成为新文化运动的基本口号。此后至1962年胡适的逝世，尽管中国发生了翻天覆地的变化，但在每一个历史时期，胡适都高举民主和科学的大旗，有他的行动和建言。因此，对胡适的科学思想及其在中国近现代科学史上的地位，进行探索和评价，是非常必要的。本文试从胡适关于科学的含义、科学的价值、科学的方法、科学发展的道路四个方面，探讨他的科学思想。不足之处，尚望方家指正。

（一）科学的含义

了解胡适关于科学的含义，是了解胡适科学思想的前提。综观胡适的一生，他在使用科学一词时，始终没有统一的标准，没有固定的含义。但从总体看，有三层意思：

第一层意思是指广义的科学。1934年10月12日，他在《悲观声浪里的乐观》一文中，讲到中国科学研究的进步时说：“在自然科学的方面，地质学与古生物学的成绩是无疑的赶过日本的六十年的成绩了；生物学，生理学，药物化学，气象学，也都有了很显著的成绩。在历史科学与社会科学的方面，中央研究院的历史语言研究所在考古学上的工作，地质调查所在先史考古学上的工作，北平社会调查所与南开经济学院在经济社会方面的调查工作，也都在短时期中做出了很大的成绩，得到了世界学人的承认。”① 在这段文字里，科学显然被划分为两类，一类是自然科学，另一类是历史科学与社会科学。1959年11月29日，胡适在《科学精神与科学方法》一文中，对科学的分类，从方法论的角度进行了解释。他说：“科学大概可以分为两大类，一类是历史科学，一类是实验科学。”② 由此可见，胡适把科学分为两大类，无疑是讲得通的。

第二层意思是指狭义的科学。他说：“科学不是坚甲利兵，飞机大炮，也不是声、光、电、化。那些东西都是科学的出产品，并不是科学本身。”③ 这就不难看出，他所说的狭义的科学，就是我们今天所说的科学技术。

---

① 《胡适全集》第4卷，安徽教育出版社2003年版，第524页。

② 沈卫威选编：《胡适论人生》，安徽教育出版社2006年版，第133页。

③ 《胡适手稿》第9集，台北胡适纪念馆1970年版，第548页。

第三层意思是指科学的方法论。他说“科学的真意义只是一个态度，一个方法。”“科学本身只是一个方法，一个态度，一种精神。”“科学的精神不是致用，只是求知，是纯粹‘无所为’的寻求知识，是为真理而寻求真理，为知识而求知识。”① 科学的方法只不过“大胆的假设，小心的求证。”② 这就不难看出，胡适是从实证的层次来理解科学的。

胡适对于上述科学含义的理解，与陈独秀对于科学含义的理解相比较，有不同之处。首先，对于科学的分类不一样。胡适把科学分为自然科学，历史科学和社会科学。陈独秀曾明确的说，“科学有广狭二义：狭义的是指自然科学而言，广义是指社会科学而言。”③ 可见，胡适对科学的分类比陈独秀对科学的分类较为准确。其次，胡适不同意把科学称作“赛先生”。把科学称作“赛先生”是陈独秀在1919年1月倡导的。对此，胡适在36年后批评陈独秀“把抽象的名词人格化了，也就容易偶像化；偶像化了，便会盲目的崇拜。”④ 这里，胡适不免有些咬文嚼字了。殊不知在中国，一句响亮的口号，能产生巨大的号召力，能产生良好的社会效果。当封建主义在社会生活中占据支配地位的时候，提倡“赛先生”，反对迷信盲从，有着历史的进步意义。事实上在中国，科学从来没有成为盲目崇拜的偶像，问题并不在于对科学的“崇拜”，而在于什么是科学，什么是真科学，什么是冒牌的假货。在胡适的心目中，詹姆士的实用主义、赫胥黎的实证主义等这类用自然科学成果装饰起来的唯心主义思想体系，也被认为是科学。

应当指出，胡适对于科学的解释，也有他的独到之处。从魏源提出“师夷之长技以制夷”，到此后漫长历史时期的“中体西用”的口号，当时的仁人志士为了振兴中华民族，都是从科学技术的层次来学习西方的科学的。而胡适在继承前者的基础上，从科学的方法论——即从实证的层次来理解、传播西方的科学，对当时反对封建主义的历史功绩，是不容抹煞的。

---

① 《胡适手稿》第9集，台北胡适纪念馆1970年版，第501－504、545、553页。

② 陈平原选编：《胡适论治学》，安徽教育出版社2006版，第183页。

③ 林文光选编：《陈独秀文选》，四川文艺出版社2009年版，第5页。

④ 《胡适作品集》第25册，台湾远流出版事业股份有限公司1986年版，第86页。

（二）科学的价值

弄清了胡适关于科学的含义，我们就能比较准确地探讨他的科学价值观了。胡适的科学价值观主要表现在以下三个方面；

1. 科学的价值在于控制自然，改造自然，提高人的幸福

在谈到这一问题时，有人认为胡适“强调科学与自然的对立性”，“多少给人一种”科学“是‘反自然’的暗示。”这种观点是值得商榷的。首先，胡适认为，科学的根本精神在于求真理，在于使人相信人是世界的主人翁。他说：“人生世间，受环境的逼迫，受习惯的支配，受迷信与成见的拘束。只有真理可以使你自由，使你强有力，使你聪明圣智；只有真理可以使你打破你的环境里的一切束缚，使你戡天，使你缩地，使你天不怕，地不怕，堂堂地做一个人。”① 他接着说：“从前人类受自然的支配，不能探讨自然界的秘密，没有能力抵抗自然的残酷，所以对于自然常怀着畏惧之心。拜物，拜畜生，怕鬼，敬神，‘小心翼翼，昭事上帝’，都是因为人类不信任自己的能力，不能不倚靠一种超自然的势力。现代的人便不同了。人的智力居然征服了自然界的无数质力，上可以飞行无碍，下可以潜行海底，远可以窥算星辰，近可以观察极微。这个两只手一个大脑的动物——人——已成了世界的主人翁，他不能不尊重自己了。”② 其次，胡适在《三百年来世界文化的趋势与中国应采取的方向》一文中，论述了人必须遵循自然界的规律。他说：“所谓科学工业化，就是用人的智慧聪明与才智去蒐集和采取自然界的各种规则，各种秘密，把它再订成所谓科学的通则——科学的法律，或称自然界的法则，然后再根据这些法则创出器具，反过来征服自然，控制自然。为什么要征服自然控制自然呢？为的要减除人的痛苦，减少人的辛勤，以提高人的幸福”。③ 这就不难看出，胡适认为要征服自然、控制自然必须揭示自然界的规律，遵循自然界的规律，运用自然界的规律。再次，胡适认为客观规律是不能违背的。例如，他在《试评所谓“中国本位的文化建设”》一文中，讲到文化交流有其优胜劣汰的规律时，认为

① 《胡适全集》第3卷，安徽教育出版社2003年版，第5页。

② 《胡适全集》第3卷，安徽教育出版社2003年版，第5页。

③ 胡颂平编著：《胡适之先生年谱长编初稿》，台湾：联经出版事业公司1984年版，第2299页。

王新命、何炳生、陶希圣、萨孟武等十位教授的所谓“中国本位文化建设”正是“中学为体西学为用”的“最新式的化装出现。”① 十教授的根本错误在于违背了文化交流的规律。

胡适关于科学的根本精神在于探求真理、遵循规律、征服自然、控制自然的价值观，是颇有道理的。在这一点上，冯友兰为科学作了类似的解释：“科学的目的，或其目的之一，亦是欲发现宇宙间底许多道理而使人遵照之而行。人若遵照这些道理而行，他可以得到许多利益。我们常说：‘科学能战胜自然。’就一方面说，它是能战胜自然；就又一方面说，它之所以能战胜自然，正因它能服从自然。”②

综上所述，我们看不出胡适的科学观有“‘反自然’的暗示。”

2. 科学的价值在于促进了人类文明

科学，可以创造文明，也可以毁灭文明。第一次世界大战后，梁启超旅欧后发表“科学破产了”的宣言。第二次世界大战后，有些悲观的人常常说：“科学是杀人的利器，是毁灭世界文化的大魔王。他们听了两个原子弹毁灭了日本两个大都市，杀了几十万人，他们就想像将来的世界大战一定要把整个世界文明都毁灭完了，所以他们害怕科学，咒骂科学。”胡适认为上述观点是错误的。首先，胡适指出利用科学的成果才是科学的本分。他说：“在一个大战争的时期，为了国家的生存，为了保存人类文明，为了缩短战争，科学不能不尽他的最大努力，发明有力量的武器，如第二次大战争里双方发明的种种可怕武器。但这种战时工作，不是科学的经常工作，更不是科学的本意。科学的正常使命是充分运用人的聪明才智来求真理，求自然界的定律，要使人类能够利用这种真理这种定律来管理自然界种种事务力量，譬如叫电气给我们赶车，叫电波给我们送信，这才是科学的本分，这才是利用科学的成果来增进人生的幸福。”③

其次，胡适指出科学研究的成果促进了人类文明。他说：“自从轮船与火车出来之后，世界上的距离一天天的缩短，地球一天天缩小，人类一天天接近。七十年前，有一部小说叫做《八十天环游全世界》，这

---

① 《胡适全集》第4卷，安徽教育出版社2003年版，第578页。

② 《冯友兰文集》，长春出版社2008年版，第300页。

③ 《胡适文集》第3册，人民文学出版社1998年版，第565页。

还是一种理想，诸位还记得，今年六月里，十九位美国报界领袖，坐了一只新造飞机，六月十七日从纽约起飞，绕了全球一周，六月三十日飞回纽约，在路共计十三天，飞二万一千四百二十四英里，而在飞行的时间不过一百钟点，等于四天零几点钟。更重要的，是传播消息，传播新闻，传播语言文字，传播思想的工具。电报的发明是第一步，海底电线的成功是第二步，电话的发明是第三步，无线电报与无线电话的成功是第四步。”“人类的交通已远超过小说里面的‘千里眼、顺风耳’的神话世界了。”[①] 在《科学发展所需的社会改革》一文中，胡适指出“文明是由制造器具产生的。”而器具则是由“工程师”创造的；“工程师的作用，是能够找出自然界的利益，强迫自然界把它的利益一个一个贡献出来；就是改造自然，征服自然，控制自然，以减除人的痛苦，增加人的幸福。”“从发明火以后，石器时代、铜器时代、铁器时代、电力时代、原子时代，这些文化的阶段，都是依工程师所创造划分的。”显然，胡适关于文明是由制造生产工具产生的、生产工具是工程师创造的，生产工具是划分文化的阶段的观点，无不说明科学的成果创造了人类的文明。

3. 科学的价值在于可以作为人的宇宙观

胡适相信以科学知识为基础，可以建立一种新的人生观。他于1930年在苏州青年会讲《科学的人生观》时说：根据“天文、物理考察，得着宇宙之大”。“从地质学、生物学的研究，晓得时间是无穷的长”。“根据了一切科学，知道宇宙、万物都有一定不变的自然行动”。“从生物学的知识，可以看到物竞天择的原理”。“从社会学、生理学、心理学方面看”，知道人类是动物一种，和别种动物只有程度的差异。“根据了人种学来看，人类是演进的”。“根据了心理学、生物学来讲，心理现状是有因果律的”。“照生理学、社会学来讲，人类道德、礼教也变迁的”。“照物理、化学来讲，物质是活的，原子分为电子，是动的”。“根据一切科学知识，人是要死的”，而人类是不朽的。[②] 由上可见，胡适关于“科学的人生观”的命题，都是由科学知识或成果引申出来的，它完全是孔德思想的翻版。

① 《胡适文集》第3册，人民文学出版社1998年版，第562页。

② 胡适著：《容忍与自由·胡适演讲录》，京华出版社2005年版，第56－57页。

（三）科学的方法

在胡适关于科学一词的含义中，还包含了实证层次的科学方法。科学方法是什么？目前学术界尚无一致的看法。海耶克（F·A·Hayck）指出：科学家本身对所谓科学方法也常有争论，而且他们对科学方法所做的描述也未必可靠，未必符合他们实际上所使用的方法。学术界之所以对科学方法的认识有分歧，就是因为没有分清哪些是哲学意义上的科学方法，哪些是实证层次的具体方法。把两者等同或者混淆起来，都是错误的。

胡适是从实证的层次来谈科学方法的。他说："实验主义自然也是一种主义，但实验主义只是一个方法，只是一个研究问题的方法。他的方法是：细心搜求事实，大胆提出假设，再作细心求实证。"① 此后，他又多次讲到"科学的方法只不过""大胆的假设，小心的求证。"②

胡适指出假设的重要性。他说："治学的方法，做研究的方法，都是基于一个困难。无论是化学、地质学、生物学、社会科学上的一个问题，都是一个困难。当困难出来的时候，本于个人的知识、学问、就不知不觉地提出假设，假定有几种可以解决的方案。"③ 有了假设之后，再寻找证据来加以证明或否认。他还特别指出王阳明师徒夜以继日的望竹，无法达到格物致知的目标，乃是因为心中没有预存待解决的问题，也没有解决问题的假设。胡适还强调假设必须大胆，"假设愈大胆愈好。"他说："我们的学问，是给我们一点知识以供我们提出各种假设的。所以'大胆的假设'就是人人可以提出的假设。"④ 这说明，他相信由证据到推求结论必须有丰富的想象力和创造力，没有一套机械性的推理规则可以指示我们如何由证据推求结论，如果相反，又何必大胆假设？

胡适不但鼓励要大胆假设，而且也警告要小心的求证。"求证必须从假设里演绎出来的。譬如说，假设有三个，你就必须用演绎的想法，

---

① 《胡适散文》，浙江文艺出版社 2001 年版，第 198 页。
② 《胡适全集》第 3 卷，安徽教育出版社 2003 年版，第 132 页。
③ 杜春和等编：《胡适演讲录》，河北人民出版社 1999 年版，第 37 页。
④ 杜春和等编：《胡适演讲录》，河北人民出版社 1999 年版，第 39 页。

去推想它的结果，如果第一个假设是对的，那么这个里面应该有 ABC 三种结果，或者 AB 两种结果，或者 ABCD 四种结果，把某一个假设所包含应该的结果都想出来，然后再作实验求证。如果第二个假设是对的，那么应该产生甲乙丙三种，或者甲乙两种，或者甲乙丙丁四种的结果。如果第三种假设是对的，同样产生一二三或一二或一二三四个结果，把结果想出来以后看看能不能解决你所要解决的困难。所谓实验科学就是这个意思。"①

胡适还反复说明在求证时要"尊重事实"、尊重证据，要拿证据来，有几分证据，说几分话。不要把没有得到充分支持的假设误认为已经得到证明，而贸然接受；也不要把已得到充分支持的假设误认为绝对真理，而抗拒新证据并拒绝改正错误。他认为科学的态度是跟着证据走。

胡适提倡的科学方法，曾受到郭沫若同志的批判。1954 年郭沫若在全国文联和全国作家联席会上发表的《三点建议》一文中，认为胡适提倡的科学方法是"我田引水"是主观主义的方法。笔者认为，这一说法是"诛心之论"，是不实事求是的。胡适提倡的大胆的假设和小心的求证，基本符合科学思维的正常过程。因为科学研究总是要先提出问题，然后，科学研究者根据自身原有的学识，提出一些解决问题的假设，通过搜集材料和科学实验，进行小心的求证，确定哪一种假设是合理的。应该说这一方法符合科学思想的规则，有唯物主义的因素，它在社会科学和自然科学研究中，都是行之有效的一种方法。

胡适提倡的科学方法，实质上只承认对各个个别事物的分别认识，充其量只承认在若干个别认识基础上所作的归纳和演绎。这种方法不了解人类认识世界还有一个从一般到个别、从整体到局部的过程，整体并非个体之和，只有对整体的总结构及其活动的动态过程加以全面考察，才能从本质上了解整体。胡适不承认后种认识方法同样是科学方法，结果，无论是重新审查传统，还是建立新的学科，他都无法从总体的分析和研究中作出有说服力的全面性的结论。列举若干现象，然后归纳演绎出一个普遍性结论，这种方法可以为任何一种选择性的观点找到自己所需要的例证。他列举了贫穷、疾病等五大仇敌，运用他的科学方法，其

---

① 胡明主编：《一个防身药方的三味药》，光明日报出版社 1998 年版，第 69 页。

实完全可以列出五十大仇敌、五百大仇敌，这是胡适科学方法致命弱点所在。

（四）中国发展科学的道路

胡适谈了一辈子科学，其出发点和立足点无不是在探讨中国发展科学的道路。

胡适认为，中国发展科学的道路之一，就是首先要向西方学习，走充分世界化的道路。他说，“近代科学虽然是欧洲产生的，但在最近三十年中，科学的领导地位，已渐渐地从欧洲转到美国了。科学是没有国界的，科学是世界公有的”。[①] 因此，在他的心目中，向欧美学习，是中国发展科学的第一步。1928 年 6 月 24 日，他指出：“我们必须学人家怎样用教育来打倒愚昧，用实业来打倒贪污，用机械来征服自然，抬高人的能力与幸福。我们必须学人家怎样用种种防弊的制度来经营商业，办理工业，整理国家的政治。”[②] 他不仅强调学习西方的“利用科学管理的方法，减低成本，缩短生产过程，提高工人待遇，减低生产时间，增进生产效率。”他也曾设想“利用欧美资本与技术的合作来促进中国的现代化。”[③] 为了推动中国人能够真诚而热烈的接受西方科学和技术的新文明，他积极从事“心理建设”，维护科学的尊严。1926 年，胡适在《我们对于西洋近代文明的态度》一文的开头写道：“今日最没有根据而又最有毒害的妖言是讥贬西洋文明为唯物的（Materialistic），而尊崇东方文明为精神的（Spiritual）。这本是很老的见解，在今日却有新兴的气象。”这一段文字是胡适针对以梁启超为代表的东方文化派的言论的。在胡适别的文章中，梁启超被明确地称之为反面人物。其实，梁启超也是主张向西方学习的，他只不过想以所谓东方的精神文明去交换一个西方的物质文明，目的也是为了中国科学的发展。而胡适则主张东方人只有承认自己的落后，才能虚心向西方学习。由于梁启超的观点已事实上对中国的反科学势力给予了援助，为了维护科学的尊严，胡适指出：“凡一种文明的造成，必有两个因子：一是物质的（Material），包括种

---

① 胡适著：《容忍与自由——胡适演讲录》，京华出版社 2005 年版，第 145 页。

② 《胡适全集》第 3 卷，安徽教育出版社 2003 年版，第 33 页。

③ 胡适：《跋蒋廷黻先生的论文》，《独立评论》第 45 号。

种自然界的势力与质料；一是精神的（Spiritual），包括一个民族的聪明才智感情和理想。凡文明都是人的心思智力运用自然界的质与力的作品；没有一种文明是精神的，也没有一种文明单是物质的。”① 35 年后，胡适又写了《科学发展所需要的社会改革》，文章重申这些观点，并指出：如果不重申这些观点，仍然认为西方只是物质文明占了先，而东方人还凭我们优越的精神文明而自傲，我们东方人就不能够真诚而热烈的接受近代科学。他直率地宣言：现在正是我们东方人应当开始承认那些老文明中很少精神价值或完全没有精神价值的时候了，科学和技术的新文明“乃是人类真正伟大的精神的成就，是我们必须学习去爱好，去尊敬的”。②

中国要发展科学，必须集中国家的力量，走科学独立的道路。1947 年 9 月 28 日，胡适有《争取学术独立的十年计划》，12 年后的 1959 年，胡适在台湾又拟定了所谓《“国家”长期发展科学计划》，这两个计划的基本精神是一致的，因此，胡适所说的“学术独立”也就是科学独立的同义词。什么叫学术独立呢？他说：“学术独立，当然不是一班守旧的人们的心里想的‘汉家自有学术，何必远去法欧美’，我决不想中国今后的学术可以脱离现代世界的学术而自己寻出一条孤立的途径，我也决不主张十年之后就可以没有留学外国的中国学生了。”他的意思是在十年之内，集中国家的最大的力量，培植五个到十个成绩最好的大学，他们尽力发展他们的研究工作，使他们成为第一流的学术中心，使他们成为国家学术的根据地。具体地说，他提出了中国学术独立的四个条件：（一）现在世界学术的基本训练，中国应该有大学可以充分担负，不必向外国去寻求。（二）受了基本训练的人才，在国内应该有设备够用和师资良好的地方可以继续作专门科学研究。（三）本国需要解决的科学问题如工业、医药与公共卫生、国防工业等等，在国内应该有适宜的专门人才与研究机构可以帮助社会国家寻求解决。（四）对于现代世界的学术，本国的学人与研究机构应该与世界的学人与机构分工合作，共同担负人类学术进展的责任。”在这段文字里，我们不难看出；胡适关于中国学术独立的四个条件，也就是中国科学发展的四个标准。不管这四

① 《胡适全集》第 3 卷，安徽教育出版社 2003 年版，第 2 页。
② 《胡适作品集》第 25 册，台湾远流出版事业股份有限公司 1986 年版，第 139 页。

个标准在当时的中国能否实现，其寄希望于中国的科学发展为第一流的科学，这一出发点是值得肯定的。中国的科学怎样才能发展为第一流的科学呢？他以美国和日本发展科学的实例，说明以国家的力量去发展，就可以达到这一目的。他举了三个例子。第一例：日本明治维新后数十年之中，就变成世界第一流强国了。然而日本还只用全国力量培养两个帝国大学，后来才建立数处科学研究中心。第二例：1891 年，美国罗氏基金会决定捐出约三千万元创办芝加哥大学，委主持人以聘请教授、置办设备的全权，他用当时空前的待遇（年俸 7500 美元），在美国，英国及欧洲其它一些国家聘请了第一流的人物做教授。所以在芝加哥大学成立之初便震惊士林，被公认为世界第一流大学。胡适说，"一个私家基金会能够做到的，一个堂堂的国家当然更容易做到。"第三例：美国约翰霍浦金斯大学，1876 年由美国一个富翁决定以其产业在巴尔的摩创办，由吉尔曼主持。那时，美国的大学还都只是大学本科的教育。吉尔曼创立了专办研究院的新式大学。美国史学家都承认，美国学术独立的风气是从吉尔曼校长创立大学研究院开始的。胡适认为，"一个私人能提倡的风气，一个堂堂的国家当然更容易做得到。"他深信，用国家的大力来造成五个十个第一流的研究院式大学，一定可以在短期内做到科学独立的地位。"只有这样集中人才，集中设备，只有这一个方法可以使我们这个国家走上学术的独立的路。"这种用国家的大力发展科学的思想，是对世界科学发展史的借鉴。胡适到了台湾以后，曾做了三个"梦"。一个梦见台湾的农复会把台大农学院的三个研究所包办了去，用农复会的大力量在五年之内把这三个研究所（土壤、农业化学、植物病理与昆虫学）造成三个第一流的科学研究机构。二是梦见台糖公司把植物研究所包办了去，用台糖的大力量在五年之内把这个植物研究所造成一个一流的植物学基本研究机构。三是梦见台湾省暨省烟酒公司公卖局把"中央"研究院的化学研究所包办了去，用公卖局的力量和台湾省的大力量，在五年之内把这个化学研究所造成一个第一流的化学基本研究机构。胡适这三个梦，其实就是用地方和部门的力量发展科学的设想，这三个梦，虽然都是到台湾后做的，但台湾是中国的一部分，因而也是他关于中国发展科学的思想。科学的发展，离不开吸引科学人才的政策，这是晚年的胡适关于发展科学的又一思想。本世纪五十年代末，在科学方面，台湾面临两大危机；一是科学研究太落后，故缺乏现代化的科学基础；二是大量的科学人才流出国外，出而不返，造成科学工作人才的危机。此二事实互相为因果，因为科学太落后，故留不住科学人才。因科学人才出超，而台湾的科学研究更不容易发展。而人才出超为“最大危机”。他认为人才出超的原因，一是生活待遇太低，二是工作的环境太差。他于1958年4月18日演说时说；“目前旅居美国的中国学人中，从三十岁到五十岁这一阶段的有一千到一千五百人，他们多已在其所学的一行获得相当的成就，不能回来，不肯回来；事实上，他们也离不开自己的工作。一旦离开，那怕半年一年，所学便要落伍”，“从二十岁到三十岁这些年轻的学人，在美国的学校和研究机关中，也有很好的成就，我曾问他们在什么情形下才愿意回国，他们提出两点：‘一是工作的环境，一是合理的生活’。”① 胡适看见许多博士硕士在美国饭馆里跑堂，心里很难过。他盼望科技人员的待遇赶快想法子改善，使国内的人可以好好做事；使国外的人可以安心回来；追随他们做工，继续他们的成果，发挥光大他们立下的学术基业。台湾当局曾接受了胡适的主张，科学人才的工资约提高两倍。例如国立研究讲座教授，除各有住房，各有研究设备及助理费外，其月薪不低于五千台币，高至一万元台币以上。如此待遇，当时在台湾已够“骇人听闻”。但是，由于月薪不低于五千台币，尚不能比美国一个大学研究生的助学金，其月薪一万台币，也不能比美国大学的一个助教的月薪。因此，胡适认为：单靠这样微薄的待遇还是不够的，还要从“荣誉”、“责任心”等心理因素的角度招聘人才。

中国发展科学，必须从基本科学做起。他所说的基本科学，就是我们今天所讲的基础科学。例如，他说农业科学中的“基本科学是植物学、动物学、微生物学、遗传学、化学、生物化学、物理学、数学”。② 加强基本科学的研究，具有战略意义。他说，“摩尔根在哥伦比亚大学”终身“用那些细小平常的‘果蝇’做实验的材料，做大规模的育种实验，他和他的许多大弟子证实了染色体是遗传的物质基础。发现了遗传基因（Gene）突变的现象与规律，才把现代的细胞遗传学说建立在最稳

① 胡颂平编著：《胡适之先生年谱长编初稿》，台湾联经出版事业公司1984年版，第2674页。
② 胡颂平编著：《胡适之先生年谱长编初稿》，台湾联经出版事业公司1984年版，第2764页。

固的基础之上。”“影响到全世界的农业。”摩尔根做的是“基本科学研究。”① 如果基本科学的研究搞不好，“我们的科学便永不会追上人家。”② 就谈不上科学的工业的发展。他曾举例以台湾糖业公司全力支持李先闻博士领导下的 NCO：310 号甘蔗品种研究的成就，说明实用科学与理论科学的完美合作所造成的台湾重大经济贡献。对于高新科学，胡适也很重视。1947 年七八月间，他给国民党国防部长白崇禧、参谋总长陈诚两人写信，提出在北京大学集中全国研究原子能的第一流物理学者，专心研究最新的物理学理论与实验，并训练青年学者，以为国家将来国防工业之用。

综上所述，我们可以看出胡适关于中国发展科学的思路。他主张向西方学习，接受西方的科学。但不依赖西方，走中国“独立”发展科学的道路，由于中国贫穷落后，要达到这一目的，必须集中国家的财力、物力、人力，形成若干个一流的科学研究中心。财力、物力、人力相比较，人才更重要，因此要调整人才政策，吸引人才，让他们安心的从事科学研究。同时，还必须处理好基本科学、应用科学和高新科学的关系，从基本科学做起。这些思路，是总结世界科学发展史的“产品”，是值得借鉴的。

三、胡适的妇女观

近年来，对于五四时期胡适的研究有了长足的发展，许多论著对他首倡白话文、首倡文学革命等方面的功绩已形成了共识，但涉及他的妇女解放思想，尚少专门的文字。妇女解放的程度是社会解放的尺度，中国的现代化离不开妇女思想的现代化。因此，研究胡适的妇女解放思想具有一定的学术价值和现实意义。

（一）反对旧道德

批判封建主义的价值观，是妇女求解放的思想条件之一。在这方面，新文化运动的领袖们都作出了贡献。胡适既参与“打孔家店”的口

① 胡颂平编著：《胡适之先生年谱长编初稿》，台湾：联经出版事业公司 1984 年版，第 2760－2761 页。

② 胡颂平编著：《胡适之先生年谱长编初稿》，台湾：联经出版事业公司 1984 年版，第 2758 页。

号，又坚持“评判”的态度，这是他的独特贡献。

在几千年吃人的封建制度的残酷压迫下，被压在社会最底层的妇女们是最大的受害者。辛亥革命时期，以孙中山先生为首的革命派，虽然提出了有关妇女的入学之权、交友之权、婚姻自由权、参政权等四项要求，在上层妇女中，也一度出现了争取男女平权的立法运动，但是，由于辛亥革命只是推翻了清王朝的封建专制，在思想文化领域，则封建的意识形态根本没有受到多大的触动，所以当时公布的《临时约法》上，关于男女平权，未能写上一言半语。辛亥革命失败，袁世凯上台，提倡尊孔读经，奉孔教为“国教”，一切倒退措施都和孔子联系了起来，人们仍处在两千多年封建伦理、道德、法律的束缚之下，这些封建主义的价值观以它独特的规范性、法律性为人们勾画了一个无形的生活规范，成为人们行为的准绳，严重地禁锢着人们的头脑。因此，冲破封建主义价值观的束缚，就成为五四时期妇女解放的前提和先导，也是整个社会解放的前提和先导。

首先是批判旧道德。1919 年 5 月，胡适针对“我们中国的老辈人看见少年男女实行自由结婚，便说是‘不道德’”，“但是这班老辈人自己讨了许多小老婆，却以为是很平常的事，没有什么不道德”① 的情况，进而指出中国社会的道德是不道德。他说：“这种不道德的道德，在社会上，造出一种诈伪不自然的伪君子。面子上都是仁义道德，骨子里都是男盗女娼。”② 封建道德的核心是三纲五常。他运用进化论的原理，说明三纲五常已不适用了。他说：“譬如‘三纲五伦’的话，古人认为真理，因为这种话在古时宗法的社会很有点用处。但是现在时势变了，国体变了，‘三纲’便少了君臣一纲，‘五伦’便少了君臣一伦。还有‘父为子纲’、‘夫为妻纲’两条，也不能成立。古时的‘天经地义’现在变成废语了。”③

其次，批判封建主义的法律。“法律是统治阶级意志的表现。”④ 法律对统治阶级的道德观念和道德规范起着保护作用，在整个封建社会

① 《胡适文存》卷 4，上海亚东图书馆 1922 年 11 月 3 版，第 22 页。

② 《胡适文存》卷 4，上海亚东图书馆 1922 年 11 月 3 版，第 23 页。

③ 《胡适文存》卷 2，上海亚东图书馆 1922 年 11 月 3 版，第 101—102 页。

④ 马克思、恩格斯著：《德意志意识形态》，人民出版社 2003 年版，第 108 页。

中，它是被统治阶级的精神枷锁。胡适批判封建主义的褒扬贞操的法律就是一例。这是1918年9月，他抓住了四起女子自杀殉夫的事件而写的。一是胡适披露了同年7月23日北京的《中华新报》登的《会葬唐烈妇记》，说的是唐氏在丈夫死后，自杀过九次，方才做成烈妇；又说海宁有一个姓俞的少女，年方19，尚未出嫁，未婚夫就死了，她怕名节受损，不肯独生而自甘饿死，非做烈女不可。而此文的作者竟全无心肝的巴望那位唐烈妇的阴魂显灵，来帮助俞氏少女赶快死掉。二是上海报载“陈烈女殉夫”的事。说家住上海的陈宛珍，年方17，许配给王菁士，连未婚夫的面也没见过。王病死后，她便服毒自杀，死前当然痛苦地煎熬了数小时，做了烈女。事后，封建文人著文颂扬她自杀殉夫的行为是“贤德之举”，上海县知事竟呈请江苏省政府给予“贞烈可风”的匾额，鼓励广大妇女奉为楷模。这种由官府提倡，有法律“条例”规定，有封建文人鼓吹，奖励少女少妇自杀的行为更使受过近代文明洗礼的胡适勃然大怒。他批判道：北洋军阀政府的《褒扬条例》及《施行细则》第二条褒扬“自三十岁以前守节至五十岁以后”的节妇，是中国法律明认三十岁以下的寡妇不该再嫁；再嫁为不道德。第三条褒扬“夫亡殉节”的烈妇烈女，是中国法律明明鼓励妇人自杀以殉夫；明明鼓励未嫁女子自杀以殉未嫁之夫。第四条褒扬未嫁女子替未婚亡夫守贞20年以上，是中国法律明明说未嫁而丧夫的女子不该再嫁人，再嫁便是不道德[①]。在胡适看来，中国法律对于贞操问题的规定，“都是野蛮残忍的法律，这种法律，在今日没有存在的地位。”[②] 此外，胡适还批判了“忠臣不事二君，烈女不更二夫”，“饿死事是小，失节事极大”等理学谬论，认为“劝人做烈女，罪等于故意杀人”。[③]

再次，“打倒孔家店”。胡适在《吴虞文录序》中，热情地赞誉吴虞是“四川省只手打孔家店的老英雄”[④]。这篇文章，大约是在文字中提出“打孔家店”的最早纪录，也是后来人们称谓“打倒孔家店”最早的由来。“打孔家店”体现了五四时期反封建斗争的基本精神。同时胡适提

① 《胡适文存》卷4，上海亚东图书馆1922年第3版，第69－70页。
② 《胡适文存》卷4，上海亚东图书馆1922年第3版，第77页。
③ 《胡适文存》卷4，上海亚东图书馆1922年第3版，第66页。
④ 《吴虞集》，四川人民出版社1985年版，第171页。

倡“评判的态度”，“重新估定一切价值”[①]。他运用这一原则，其中对于文学改革、国语统一、教育改良、戏剧改良等问题的评判，注目于社会大众，第一次把将普通的民众从迷信、蒙昧状态中解脱出来的使命提高到更为突出的位置；而对于孔教、礼教等问题的评判，动摇了旧思想、旧道德的根底；对于女子解放、贞操、婚姻、父子等问题的评判，比较全面地反省了传统的父权家长制的家族伦理宗法制度。

（二）提倡新道德

五四时期的妇女解放运动通过挣脱旧道德、旧法律和旧礼教的钳束，落脚点还是新思想的创造。胡适在1918年发表的《易卜生主义》、《贞操问题》、《美国的妇人》和1919年发表的《李超传》、《大学开女禁的问题》、《终身大事》等文章中，较为全面系统地阐述了他的妇女解放思想。

胡适妇女解放思想的重心是女子要做人。为什么说女子要做人呢？因为中国的女子在当时的社会地位完全是男子的附属品。早在胡适的少年时代，他词锋犀利地指责“我们中国的人，从前都是把那些女子当作男子的玩物一般”[②]。此后至五四时期，陈独秀、吴虞、李大钊等也说过类似的话，但也没有像胡适那样全面而深入地点出女子要做人的题旨。胡适后来写易卜生主义，大力推销娜拉，说娜拉的先生最大的错处，在于他把娜拉当作“玩意儿”，促使娜拉为了对自己负责，为发展个人的自由意志而离家出走。胡适在另一篇文章中说：“娜拉抛弃了家庭丈夫儿女，飘然而去，只因为他觉悟了他自己也是一个人。只因为他感觉到她‘无论如何，务必努力做一个人’。”[③]

女子努力做一个人，就是要做一个性解放人格独立的人。他指出：个人没有独立的人格，社会、国家就没有独立的人格。而女子人格的独立，格外带有一种“传染”的性质，这种“传染”的性质，渐渐的可造成无数“独立”的男女，人人都觉得自己是堂堂地做一个“人”，有该尽的义务，有可做的事业。有了这些“人格独立”的男女，自然产生良

① 《胡适文存》卷4，上海亚东图书馆1922年第3版，第154页。

② 《竞业旬报》第3期第11页。

③ 《新月》1932年第4期。

善的社会。人格独立的条件之一是个性解放。他指控“社会最大的罪恶莫过于摧折个人的个性，不使他自由发展”。“发展个人的个性，须要有两个条件。第一，须使个人有自由意志。第二，须使个人担干系，负责任。”“最好的法子莫如把你自己这块材料铸造成器。”[①]

女子努力做一个人，就是要做一个“超于良妻贤母”的人，也就是做一个“自立”的人。胡适说：“‘自立’的意义，只是要发展个人的才性，可以不依赖别人，自己能独立生活，自己能替社会作事。”[②] 这既是对“男子治外，女子主内”的理学观点的批判，也是对女子在经济上独立的提倡。经济独立是人格独立的基础。

女子要做人的思想核心之一是男女平等，即在继承权、教育权、参政权等方面的平等观。

所谓继承权的平等，是对封建宗法制的批判提出来的。在父权家长制社会，财产继承权属于男子，凡是男子无子，无论有无女儿，都还要承继别人的儿子为后，以继承财产。1919年冬，胡适作《李超传》，传主广西梧州人。家中财产颇为丰厚。父母双亡，一个过继的哥哥，全无心肝，待他很不好，李超顽强地反对封建家庭的威胁和压迫，不远千里，求学于北京国立高等女子师范学校。但是家中又以断绝经济来源相威胁，逼她中途辍学，她气急交加，忧闷成疾而死。胡适并不认识李超，他以当年北大知名教授和新文化倡导人的地位，为这位20刚出头的一生平淡又很悲惨的不幸女子作传，他自己说“比替什么督军做墓志铭重要得多啦”。这是因为我们研究她的一生，至少可以引起家长族长的专制、女子教育、女子承袭财产的权利、有女不为后等问题的讨论。针对女子继承权的问题，胡适质问道：李超“有钱而不得用”，“以至于受种种困苦艰难，以至于病，以至于死”，“这是谁的罪过？……这是什么制度的罪过?”[③] 其字里行间，洋溢着女子亦有财产继承权的思想。这一思想，实质上提出了女子在经济上独立和法律上平等的问题，这是男女平等的保证。

所谓教育权的平等，胡适主张男女同校。男女同校，在今天看来是

① 《胡适文存》卷4，上海亚东图书馆1922年第3版，第34、35、32页。
② 《胡适文存》卷4，上海亚东图书馆1922年第3版，第40－41页。
③ 《胡适文存》卷4，上海亚东图书馆1922年第3版，第222页。

很平常的事。但在男女授受不亲的封建礼教束缚下，男女不能同校或称不能同堂。辛亥革命的成果之一，就是我国的国民小学，允许男女同校，这是一大进步，但在五四时期，中学和大学男女同校，仍属禁区。胡适是主张中学和大学男女同校的，他说：在高等学校，男女共校有许多好处：由于男子大学的学科比女子大学的学科种类齐全，因此可以扩大女子高等教育的范围；可使成年的男女，有正当的交际，养成自治的能力和待人处世的经验；男学生有了相当的女朋友，可以增进个人的道德，可以减少许多不名誉的行为；在男女同班的学科，平均看来，女子的成绩总在男子之上——这种比较的观察，一方面可以消除轻视女子的心理，一方面可以增长女子自重的观念，更可以消灭女子仰望男子和依顺男子的心理。① 胡适关于男女教育权平等的思想，实质上就是要提高女子的自身素质，这是男女平等的关键。

所谓妇女参政权，这是资本主义国家妇女所要求的享有同男子平等地参与国家管理的权利。自18世纪《女权宣言》发表后，国际妇女参政的组织机构纷纷成立，有组织的妇女相继提出参政的要求，并为各国激进的女权论者所拥护。直到19世纪中叶以后，英、美等资本主义国家才开始陆续承认妇女有选举权和被选举权，允许少数妇女参与政权。胡适在美国生活了7年，他对美国妇女参政运动十分关心。1915年10月，他称美国纽约的女子参政大游行“最足动人”。并说：“纽约省投票结果，反对女子参政者战胜矣，然赞成者乃至五十万人之多，则虽败犹足以自豪也。”② 回国后，胡适从学术的角度，论述了中国女子参政的历史、文化根源。他说：“三千年的历史，女后垂帘听政的确不少。然而妇人不假借儿子的名义，独立做皇帝的，却只有吕后和武后两个人。”“中国历史上”“只是缺乏一种正式的女子教育制度”，“女子参政制度，女子的选举制度”。女子的选举制度，一方面可以提倡女子教育，一方面可引导女子参政。他还说，李汝珍撰写的《镜花缘》是一部讨论妇女问题的小说。李汝珍对于这个问题的答案是：男女应该受平等的待遇、平等的教育、平等的选举制度。关于女子参政一层，李汝珍当时虽不敢

① 《胡适文存》卷4，上海亚东图书馆1922年第3版，第44页。

② 《胡适留学日记》下，安徽教育出版社2006年版，第162－163页。

作彻底的主张，然而他确有女子参政的思想。[①] 胡适关于女子参政权的思想，是男女平等的一个重要标志，也是男女平等的最高层次。

就是在“贞操的问题”上，胡适的平等观也跃然纸上。他说，贞操是男女相待的一种态度，乃是双方相互的道德，不是偏于女子一面的。女子尊重男子的爱情，心思专一，不肯再爱别人，这就是贞操。男子对于女子，也该有同等的态度。若男子不能照样还敬，他就是不配受这种贞操的待遇。这并不是外国进口的妖言，这乃是孔丘说的“己所不欲，勿施于人”。[②]

女子要做人的思想的另一核心是提倡自由。1919 年，胡适写的第一个白话剧本《终身大事》就是其中一例。剧中女主角田亚梅，与陈先生同在东洋留学，是多年的朋友，正热烈地自由恋爱。田女士的母亲也见过陈先生，知道他是一个“很可靠的人”，可是，她这个活了五六十岁的人，有嘴不敢讲话，却向观音菩萨求“神签”，有眼不敢相信自己的眼睛，却请瞎子算命，菩萨和瞎子都说这门亲事做不得。田女士的父亲，倒不相信菩萨和算命的瞎子，对陈先生也很喜欢，却又谨遵祖宗定下的祠规，相信族谱，说二千五百年前田陈本是一姓，不能通婚。田亚梅勇敢地冲破这些封建迷信和传统习俗的阻挠，留下一张字条，说：“这是孩儿的终身大事。孩儿应该自己决断。”[③] 便离开家庭，坐陈先生的汽车走了。这个剧本，反映了五四时期青年男女反对封建迷信，反对家族制度，反对包办婚姻，主张自由恋爱、自由结婚的主题，具有一定的进步意义。

胡适提倡婚姻自由，但不主张在校学生自由恋爱结婚。[④] 又说：“自由结婚第一重要的条件，在于男女都须要有点处世的阅历，选择的眼光，方才可以不至受人欺骗，或受感情的欺骗，以致陷入痛苦的境遇，种下终身的悔恨。所以须要有法律规定的年限，以保护少年的男女。”[⑤] 可见他主张婚姻自由，也是有条件的自由。

---

① 《胡适书评序跋集》，岳麓书社 1987 年版，第 77 页。
② 《胡适文存》卷 4，上海亚东图书馆 1922 年第 3 版，第 67 页。
③ 《胡适文存》卷 4，上海亚东图书馆 1922 年第 3 版，第 301 页。
④ 《胡适来往书信选》上，中华书局 1979 年版，第 111 页。
⑤ 《胡适文存》卷 4，上海亚东图书馆 1922 年第 3 版，第 51 页。

胡适还“极力提倡思想自由和言论自由”。1920年8月，胡适同北京大学的蒋梦麟、陶孟和、李大钊、高一涵等几位教授，联合发表了一篇《争自由的宣言》，要求废止北洋政府压制自由的反动法律，保障人民言论、出版、集会、结社、居住、迁移和书信秘密等项自由。这里，胡适所说的“人民”，显然不是特指男性，根据他一贯主张“平等”的思想，当然包括女性在内。诚然，这是在向封建军阀“争自由”。如果从“争自由”的效果来看，采用舆论斗争的方法，而不触动封建体制，是争不到自由的。但“争自由”的本身，是对封建专制的抗争，因而产生了强烈的社会影响。

（三）妇女解放应从哪里做起

妇女解放应从哪里做起？这是五四时期人们十分关注的一个话题。当时，有人认为：“妇女解放必须女子先有解放的资格？”换句话说“先教育、先预备，然后解放”。胡适驳斥了这一种观点，他说：“解放就是一种教育，而且是一种很有功效的活教育。嘴上空谈解放的预备，实际上依旧把自己的姊妹妻女关起来，叫他们受那种预备将来解放的教育，这是极可笑的事。”[①] 1919年，上海的《星期评论》杂志社的人问胡适：“女子解放从哪里做起？”胡适写了一篇文章回答道：“女子解放当从女子解放做起，此外更无别法。”并说，这是他想了一夜，再三改正的答案。他说：女子的教育解放，“是无论中学、大学、男女同校，使他们受同等的预备，使他们有共同的生活”。“教育如此、女子社交的解放、生计的解放、婚姻的解放，都是一样的。解放的唯一方法就是实行解放。”胡适的这篇文章，刊登在《星期评论》第八号手写体的“女子解放从哪里做起？”的通栏标题下，是头版头条，紧接着的是胡汉民、廖仲凯等人写的五篇文章。同年8月3日，《星期评论》第九号又发表了女子解放从哪里做起的两篇文章，此后，《星期评论》又多次发表了类似的文章，可见其讨论逐步深入。胡适关于女子解放从哪里做起的文章发表后，引起了一定的社会反响。张慰慈在《每周评论》上发表了《女子解放与家庭改组》一文，文章说：“女子解放从哪里做起？”“我的朋

① 胡适：《女子解放从哪里做起？》，《星期评论》第8号，1919年7月27日。

友胡适之的答案是：‘女子解放当从女子解放做起，此外更无别法。’……这女子问题是一个最容易解决的问题。……最困难的一部分，就是解放以后怎样能够使他们的地位适宜于新式的社会。”① 1919 年 11 月 5 日，张若名在天津学生团体“觉悟社”出版的不定期刊物《觉悟》上发表了《“急先锋”的女子》一文，文中赞成胡适关于“女子解放从女子解放做起”的观点，但号召女同志“要具革命的精神，去实行解放，少数人预备造多数人的解放生活”②。当然，妇女解放从哪里做起？这是一个大题目，胡适所说的“女子解放当从女子解放做起”的观点并非是唯一正确的答案，但他的上述观点，对于展开讨论、对于明辨是非、对于寻求妇女解放的方法，显然起到了抛砖引玉的作用。

（四）胡适的妇女解放思想产生了积极的影响

胡适的妇女解放思想产生了积极的影响，推动了五四时期妇女解放运动的发展。

首先，胡适的妇女解放思想，促进了五四时期女子教育的解放。1919 年 9 月 25 日，胡适写了《大学开女禁的问题》，这篇文章是因《少年中国》杂志社的约请而写的。《少年中国》杂志社的王若愚说：“我们……特地请胡适之先生讨论这个大学开女禁的问题，因为胡先生是北京大学著名的教授，他说的话比较我们说的切实可行。承胡先生不弃，与我们写了几条方法，我们认为此系一个要求大学开女禁的一个着手方法，所以把这篇文章登在本月刊第一篇，引起社会上的同情。”胡适在文章中也说：“《少年中国》的朋友要我讨论这个问题，……我是主张大学开女禁的。”③ 胡适的这一主张变成了现实。1920 年 2 月，北京大学破天荒的招收了九名女旁听生，以后又正式招考录取女生，冲破了我国高等学校男女不同校的禁律，这是高校招生史和中国教育史上的创举。其影响所及，全国各地高等学校纷纷仿效。从此，“中国的教育，中国的学校，渐由女权除外的教育，女性除外的学校，变为全人的教育，全人的学校；以后中国的文明进步亦渐由半身不遂，而为双足并进了。从此

① 张慰慈：《女子解放与家庭改组》，《每周评论》第 34 号。

② 《觉悟》1920 年第 1 期。

③ 胡适：《大学开女禁的问题》，《少年中国》第 1 卷第 4 期，1919 年 10 月 15 日。

也就可以和世界上的全人类，并驾齐驱了。”[①] 在北京大学招收女生的创举中，胡适的上述主张起了重要的促进作用。徐彦之在《北京大学男女共校记》一文中说：“就北京大学而谈收女生的事，可以说动于蔡孑民先生，讨论于胡适之先生，而促成于陶孟和先生。”[②]

其次，胡适的妇女解放思想影响了一大批人，它扩大了妇女解放者的队伍，支持了广大妇女求解放的斗争。例如：1919 年 4 月 12 日，黄宗培致信胡适说，“先生等所倡”“男女平等诸问题，宗旨弟均赞成”[③]。1919 年 5 月 21 日，朱经农致信胡适，表示赞成胡适的贞操观，并说“不应该只教女子讲贞节”，“现在应当提倡男子的‘贞节’才是”[④]。同年，萧宜森写信问胡适：一个女子被强暴所污，是否应当自杀？若不自杀，她的贞操是否算有欠缺？她的人格的尊严是否被减杀？一个男子若娶一个被污辱的女子，他的人格是否被减杀？对此，胡适作了公开的回答，他说：“女子为强暴所污，不必自杀。”“这个失身的女子的贞操并没有损失。”“娶一个被污了的女子，与娶一个‘处女’究竟有什么分别？若有人敢打破这种‘处女迷信’，我们应该敬重他。”[⑤] 同年 9 月 8 日，孙振致信胡适说，“先生历次把中国新家庭的情形，介绍给欧美妇人，我是最钦佩的”，并请示胡适竭力将中国新家庭的生活介绍给即将来华的日本《读卖新闻》社特派的女记者百濑子女士，“不致叫她失望”[⑥]。又如《妇女杂志》第 8 卷第 4 号刊载了瑟庐于 1922 年 4 月 1 日写的《从七出上来看中国妇女的地位》一文，文章对胡适介绍的易卜生主义大为推崇，号召受压迫的妇女学习“娜拉”，“跳出家庭的樊笼取得人的生活”[⑦]。在巴金的著名长篇小说《家》里，曾提到《终身大事》这出戏的演出，可见其影响深远。

值得一提的是，中国早期共产主义者也受到胡适妇女解放思想的影

---

① 徐彦之：《北京大学男女共校记》，《少年世界》第 1 卷第 7 期。

② 徐彦之：《北京大学男女共校记》，《少年世界》第 1 卷第 7 期。

③ 中国社会科学院近代史研究所中华民国史组编：《胡适来往书信选》上，中华书局 1979 年版，第 35 页。

④ 《胡适来往书信选》上，中华书局 1979 年版，第 46－47 页。

⑤ 《胡适文存》卷 4，上海亚东图书馆 1922 年版，第 92、93 页。

⑥ 《胡适来往书信选》上，中华书局 1979 年版，第 69 页。

⑦ 《妇女杂志》第 8 卷第 4 号。

响。1919 年 12 月 20 日，向警予作《女子发展的计划》一文，这是写给陶毅的一封长信，信中希望陶毅要求加入北京大学公开的团体，以及促进湖南省高小毕业生和师范生、中学生要求北大特设男女同学的中学班，“认为此为求男女教育平等之要点”。信中引用了胡适的一段话：“胡适之先生论大学开女禁的一篇文章内面说：‘就是大学公开，也没有女子可以进去（本科），实在程度太低了。甚什缘故呢？假使中学男女能够同校，还有这种毛病吗？所以要要求大学男女同学，便当要求中学男女同校，’这种道理，我们已经廿四分相信了，只可惜公私立学校，没有这种有胆有识的教育家，毅然实行。”向警予说“我们已经廿四分相信了”[①]，至少表达了两层意思：一层是表达了对胡适这一主张的赞同；二层是表达了赞同者不是向警予一人，至少应包括蔡和森，因为这封信是和蔡和森商量后写成的，蔡和森赞成这一观点。

胡适的妇女解放思想也影响了李达。1919 年 10 月，李达在《女子解放论》一文中指出；“为女子的应该知道自己是个‘人’，赶紧由精神物质两方面，预备做自己解放的事。”“为男子的……赶快帮助女子解放才算得拥护人权。”“女子若自己要解放，就应该早知自觉，先求精神上的独立……作真正‘人’的人生观宇宙观。精神上得了自由，种种‘人’的事业，都可以做得到了。”[②] 这一观点，和胡适关于女子要做人的观点是完全一致的，但是，胡适提出的要早得多。

胡适的妇女解放思想，也影响了毛泽东。毛泽东在青年时代，曾经崇拜过康有为和梁启超。在湖南第一师范求学时，读了《新青年》，就转而钦佩胡适和陈独秀了。后来，毛泽东在跟埃德加·斯诺谈话时回忆说，“《新青年》是有名的新文化运动的杂志，由陈独秀主编。我在师范学校学习的时候，就开始读这个杂志了。我非常钦佩胡适和陈独秀的文章。他们代替了已经被我抛弃的梁启超和康有为，一时成了我的楷模。”[③] 胡适也热情地介绍支持毛泽东在湖南创办的《湘江评论》，又特

---

① 向警予：《女子发展的计划》，中华全国妇女联合会妇女运动理事研究室：《五四时期妇女问题文选》，三联书店 1981 年版，第 285 页。

② 李达文集《编辑组》编：《李达文集》第 1 卷，人民出版社 1980 年版，第 11、20 页。

③［美］埃德加·斯诺著、董乐山译：《西行漫记》（又名，红星照耀中国），三联书店 1979 年 12 月版，第 125 页。

别赞扬毛泽东写的《民众的大联合》等文章“眼光很远大，议论也很痛快，确是现今的重要文字”。在妇女求解放的斗争中，毛泽东和胡适也是交相辉映的。1919 年 11 月，长沙发生青年女子赵五贞被父母包办强逼出嫁，在花轿中自杀的事件。长沙《女界钟》周刊为此出了特刊，控诉封建婚姻制度的罪恶。毛泽东为赵女士的死，12 天之内，在长沙《大公报》上发表了十几篇评论文章，笔锋直指旧的社会制度，一针见血地指出：“这件事的背后，是婚姻制度的腐败。社会制度的黑暗，意志的不能独立，恋爱不能自由。”[①] 一个月后，也就是 1919 年 12 月，胡适为被逼死的素昧平生的不幸女子李超作传。它与毛泽东为赵五贞的自杀撰写评论文章，形成了南北呼应的揭露和批判，在当时广大知识青年的思想上引起了强烈的震动。“人们通过妇女被逼而死的事实，深刻认识到三纲五常、三从四德、男尊女卑这种封建礼教的吃人本质，更加同情妇女们的悲惨命运，更加支持妇女求解放的斗争。”“胡适撰写了《李超传》，一定程度上支持了妇女反对封建、要求解放的愿望”。[②]

（五）胡适的妇女解放思想的历史地位

胡适的妇女解放思想，和五四时期新文化运动的领袖们陈独秀、李大钊、鲁迅的妇女解放思想相比较，其历史地位是显而易见的。

首先，我们比较胡适和陈独秀的妇女解放思想。五四时期，陈独秀妇女解放思想的代表作有《孔子之道与现代生活》和《妇女问题与社会主义》两篇文章。综观上述代表作的主要观点，我们不难发现陈独秀和胡适的妇女解放思想既有相同之处，也有不同之处。陈独秀说：“妇人参政运动，亦现代文明妇人生活之一端。”“今日文明社会，男女交际，率以为常。”“西洋妇女独立自营之生活，自律师医生以至店员女工，无不有之。”[③] 这些观点，胡适有过相同的论述。其不同之处有两点：第一，陈独秀没有胡适的妇女解放思想全面、系统，胡适主张女子教育权的平等、女子财产继承权的平等、女子的婚姻自由等问题，陈独秀多从

① 《毛泽东早期文稿 1912.6－1920.11》，湖南出版社 1990 年 7 月第 1 版，第 414 页。

② 《纪念五四运动六十周年学术讨论会论文选》（1），中国社会科学出版社 1980 年 4 月版，第 236 页。

③ 陈独秀：《孔子之道与现代生活》，《独秀文存》，安徽人民出版社 1987 年版，第 83、84 页。

政治与社会的角度着手。第二，陈独秀关于只有社会主义才能根本解决女子问题的观点，是马克思主义的观点，从方法论的角度看，显然比胡适的妇女解放思想高一个层次。他说：妇女问题虽多，总而言之，不过是经济不独立。因经济不独立，遂生出人格的不独立，因而生出无数痛苦的事情。妇女问题“到社会主义时候，才能根本解决。女子在家庭，固有独立的人格，在社会，也有独立的人格”。“社会主义不止解决妇女的问题，且可以解决一切的问题。”① 但这一观点，是在1921年提出的，它比胡适的妇女解放思想大体上是在1918年形成的要晚一些。

其次，我们比较胡适和李大钊的妇女解放思想。李大钊有两篇代表作阐述的妇女解放思想和胡适的妇女解放思想有相同或者相近之处。第一篇是《由经济上解释中国近代思想变动的原因》，李大钊写于1920年1月1日。文章的主旨论述了凡一时代经济上若发生了变动，思想上也必发生变动。文章列举了当时中国的种种思潮运动、解放运动，其中谈到“社会上种种解放运动是打破父权（家长）专制的运动，是打破夫权（家长）专制的运动，是打破男子专制社会的运动，也就是推翻孔子的孝父主义、顺夫主义、贱女主义的运动”时说：“妇女问题中的贞操问题、节烈问题、女子教育问题、女子职业问题、女子参政问题、法律上男女权利平等问题（如承继遗产权利问题等）、婚姻问题——自由婚姻、离婚、再嫁、一夫一妻制，乃至自由恋爱、婚姻废止——都是属于这一类的，都是从前大家族制下断断不许发生、现在断断不能不发生的问题。”② 第二篇是《现代的女权运动》③，李大钊写于1922年1月18日。文章介绍了20世纪的女权运动的国际组织，以及女权运动在各国大体相同的四项要求。这四项要求是：男女教育机会的平等；男女同工同酬；法律上男女平等，妇女参政；社会生活上承认妇女的工作的高尚价值。上述观点，胡适早在1919年之前就提出过。李大钊和胡适的妇女解放思想不同之处有三点：第一，妇女解放思想形成的时间不同。胡适的妇女解放思想大体上于1918年形成的。而李大钊的妇女解放思想的代表作最

① 陈独秀：《妇女问题与社会主义》，《五四时期妇女问题文选》，三联书店1981年版，第82页。

② 李大钊：《由经济上解释中国近代思想变动的原因》，中国李大钊研究会编注：《李大钊文集》3．人民出版社1999年版，第145页。

③ 《李大钊全集》第4卷，人民出版社2006年版，第15页。

早见于1919年的四篇文章：第一篇是《战后之妇人问题》，李大钊写于1919年2月25日，文章提出了妇女问题彻底解决的方法。他说："我以为妇人问题彻底解决的方法，一方面要合妇人全体的力量，去打破那男子专断的社会制度；一方面还要合世界无产阶级妇人的力量，去打破那有产阶级（包括男女）专断的社会制度。"① 第二篇是《废娼问题》②，李大钊写于1919年4月27日。文章指出，为尊重人道、为尊重恋爱生活、为尊重公共卫生、为保障法律上的人身自由、为保持社会上妇女的地位不可不废娼。文章还提出四条废娼的办法。第三篇是《妇女解放与Democracy》③，李大钊写于1919年10月，文章阐述了妇女解放与实现民主主义的关系问题。第四篇是《物质变动与道德变动》，李大钊写于1919年12月1日。文章先用达尔文的进化论解答了道德是什么的问题，然后用马克思主义的唯物史观证明宗教、哲学、伦理、道德、贞操问题都是随着物质变动而变动的。以上四篇文章，很难构成李大钊妇女解放思想的系统性和全面性。因此，就妇女解放思想的系统性和全面性形成的时间而言，胡适早于李大钊。第二，社会效应不一样。胡适抓住了当时中国社会上的女子自杀问题、女子被逼死等问题，论述他的贞操观、女子教育观、女子财产继承权等问题，能引起社会的共鸣，其影响是比较大的。而李大钊论述或介绍上述观点时，比较笼统，学理性较强，其具体的观点，除"废娼问题"、"妇女解放与Democracy"的关系问题外，诸如女子教育问题、女子财产继承权问题等，论述的深度不够，结合中国当时的实际不够。第三，妇女解放的方法论不一样。在李大钊的思维模式中，他以为妇人问题彻底解决的办法，是打破那有产阶级专断的社会制度，这是中国人最早用马克思主义观点提出的根本解放妇女的方法，而胡适则主张妇女解放从妇女解放做起，这也是他们最大的不同之处。

再次，我们比较胡适与鲁迅的妇女解放思想。五四时期，鲁迅的妇女解放思想的代表作是《我之节烈观》（1918年8月15日）、《随感录二十五》（1918年9月15日）、《随感录四十》（1919年1月15日）。综

① 《李大钊全集》第3卷，河北教育出版社1999年版，第169页。

② 《李大钊文集》第2卷，人民出版社2006年版，第332页。

③ 李大钊：《妇女解放与Demcracy》，《少年中国》第1卷第4期。

观上述代表作的主要观点，我们不难发现鲁迅和胡适的妇女解放思想有某些相同或相近之处。例如，《我之节烈观》① 一文，它比胡适的《贞操问题》一文迟一个月发表。这两篇文章，攻击的目标是完全一致的，其论旨和见解大体相同或相近。又如《随感录四十》② 一文，文章引用了一位不相识的少年寄给鲁迅的名叫《爱情》的一首诗，揭露了无爱情结婚的恶结果，主张婚姻应以爱情为基础。这一观点，胡适在《贞操问题》一文中也涉及了。可见，他们之间的相互影响和彼此配合。但是胡适和鲁迅的妇女解放思想也有不同之处。例如，鲁迅的《随感录二十五》，文章主要讨论中国的人口众多而素质不高的问题。他说："中国的孩子，只要生，不管他好不好，只要多，不管他才不才。生他的人，不负教他的责任。虽然'人口众多'这一句话，很可以闭了眼睛自负，然而这许多人口，便只在尘土中辗转，小的时候，不把他当人，大了以后，也做不了人。"③ 鲁迅关于中国人口众多应节制生育的思想倾向，胡适没有论及，但关于女子教育的解放，是胡适的一贯主张。总之，就整体而言，鲁迅的妇女解放思想没有胡适的妇女解放思想全面、系统。

通过上述比较，我们不难得出以下意见：就妇女解放思想形成的时间而言，胡适早于陈独秀、李大钊、鲁迅；就妇女解放思想论及的范围而言，胡适比陈独秀、李大钊、鲁迅全面系统；就妇女解放的方法而言，陈独秀和李大钊均主张只有社会主义才能根本解决妇女解放问题，这是马克思主义的观点，无疑是正确的，而胡适的主张是改良主义的。应当指出，马克思主义的根本解决只是妇女解放的前提，不是到了社会主义妇女解放的问题就完全解决了。事实上，在社会主义制度建立的今天，妇女解放问题也并未完全彻底的解决。因而，一个一个地解决妇女解放问题，仍有重要的意义。

总而言之，胡适妇女解放思想的核心，可以概括成女子要做人、要平等、要自由九个大字。女子要做人，就是女子的人权问题，而平等自由又是资产阶级人权思想的核心。因此，胡适妇女解放思想的理论基石

---

① 鲁迅，《我之节烈观》，《新青年》第5卷第2号。

② 鲁迅：《随感录四十》，《新青年》第6卷第1号。

③ 鲁迅：《随感录二十五》，原载《新青年》第5卷第3号，收入鲁迅先生纪念委员会编纂：《鲁迅全集》第2卷，人民文学出版社1973年版，第15页。

仍然是西方的人权平等说。然而，人权、平等、自由，又是民主的具体内容，民主是五四新文化运动的旗帜之一，胡适正是在这民主的旗帜下，拓展他的妇女解放思想的，因而他的妇女解放思想，是五四新文化运动的重要组成部分，也是五四时期中国妇女解放思想不可分割的一部分。还应当指出，五四运动以后，陈独秀、李大钊等人坚持用马克思主义的观点分析、解决中国革命的具体问题，也为妇女解放指明了一条正确的道路。而胡适仍然停留在五四前的新文化运动时期，因而他的妇女解放思想属于旧民主主义革命的范畴。还应当指出：胡适妇女解放思想的不彻底性是显而易见的。例如，在《贞操问题》一文中，他说："女儿殉已嫁之夫，尚在情理之中，"① 而不根本否定误人致死的野蛮的封建礼教。他宣传的婚姻制度下，"名分"也能产生"情谊"的论调，表现了对封建主义的妥协。

① 胡适：《贞操问题》，《胡适文存》卷4，上海亚东图书馆1922年版，第65页。

主要参考文献

一、档案资料及档案汇编

国家档案局明清档案馆编：《戊戌变法档案史料》，中华书局 1958 年版。

陈旭麓等主编：《盛宣怀档案资料选辑》，上海人民出版社 1979 年版。

秦孝仪主编：《中华民国重要史料初编——对日抗战时期》第 1－5 编，台北：中国国民党中央委员会党史委员会编印，1981—1985 年出版。

中央档案馆编：《中共中央文件选集》，1－18 册，中共中央党校出版社 1982—1992 年出版。

中央档案馆编：《皖南事变》（资料选辑），共中央党校出版社 1982 年版。

南京临时政府档案，中国第二历史档案馆藏，全宗号 26。

国民政府考试院档案，中国第二历史档案馆藏，全宗号三七。

国民政府教育部档案，中国第二历史档案馆藏，全宗号五。

中国第二历史档案馆藏档案，全宗号二七、一一三、一四一、二三七、六四八、六四九、一〇〇一、一〇〇二、一〇〇三、一〇三九、一〇五七、三〇二〇。

中国第二历史档案馆编：《华民国史档案资料汇编》第三辑，政治，江苏古籍出版社 1991 年版。

中国第二历史档案馆编：《中华民国史档案资料汇编》第五辑第一编，政治，江苏古籍出版社 1994 年版。

中国第二历史档案馆编：《中华民国史档案资料汇编》第五辑第二

编，政治，江苏古籍出版社 1998 年版。

中国第二历史档案馆编：《中华民国史档案资料汇编》第五辑第三编，政治，江苏古籍出版社 1999 年版。

中国第二历史档案馆编：《中华民国史档案资料汇编》第五辑第一编，教育，江苏古籍出版社 1994 年版。

中国第二历史档案馆编：《中华民国史档案资料汇编》第五辑第二编，教育，江苏古籍出版社 1997 年版。

中国第二历史档案馆编：《中华民国史档案资料汇编》第五辑第三编，教育，江苏古籍出版社，2000 年版。

中国第二历史档案馆编：《中华民国史档案资料汇编》第五辑第一编，文化，江苏古籍出版社，1994 年版。

中国第二历史档案馆编：《中华民国史档案资料汇编》第五辑第二编，文化，江苏古籍出版社，1998 年版。

中国第二历史档案馆编：《中华民国史档案资料汇编》第五辑第三编，文化，江苏古籍出版社，1999 年版。

中国第二历史档案馆编：《中华民国史档案资料汇编》第五辑第三编政治，江苏古籍出版社，1999 年版。

中国第二历史档案馆编：《国民党政府政治制度档案史料选编》，安徽教育出版社 1994 年版。

安徽省档案馆馆藏档案：L1－1、建档 1－1、1－3、建档 27－1。

安徽师范大学档案馆馆藏档案。

中国第一历史档案馆，中国藏学研究中心编：《清末十三世达赖喇嘛档案史料选编》，中国藏学出版社 2002 年版。

上海书店出版社编：《清代档案史料选编》，1－4 册，上海书店出版社 2010 年版。

二、解放前报纸与期刊

《申报》1872—1928 年。

《东方杂志》1905—1928 年。

《临时政府公报》1912 年，江苏人民出版社 1981 年版。

北京民国政府《政府公报》1913—1928 年。

《国民政府公报》1930～1945年。国民政府文官处印铸局印行。

《考试院月报》1930年。

《考试院月报》第1期，1931年1月。

《考试院公报》1931—1937年。

《东方杂志》1906—1928年。

《申报》1900—1928年。

《新青年》1915—1922年。

《教育杂志》1909—1932年、1934—1948年。

《中华教育界》1912—1937年，1937—1949年。

《民立报》1912年3月。

《中央日报》1941年。

《中央周报》1928—1939。

《广州民国日报》1924—1929年。

《北京大学日刊》1919—1921年。

上海《民国日报》1916—1924年。

《新教育评论》1926年1卷11期。

《安徽省政府公报》第267期。

三、历史文献资料

（汉）班固著：《汉书》，中华书局1962年点校本。

（南朝宋）范晔，（晋）司马彪著：《后汉书》，1－10册，浙江古籍出版社2008年点校本。

（唐）房玄龄著；黄公渚选注：《晋书》，商务印书馆1933年版。

（宋）司马光著：《资治通鉴》，中州古籍出版社2010年版。

（宋）李焘：《续资治通鉴长编》，中华书局1992年版。

（元）马端临撰：《文献通考》，中华书局2006年版。

（明）宋濂，等撰：《元史》，中华书局1976年版。

（清）张廷玉，等撰：《明史》（简体字本），中华书局2000年版。

（清）刘锦藻撰：《清朝续文献通考》，商务印书馆1936年。

（清）纪昀：《钦定续文献通考》，1901年版。

（清）文庆，等纂辑：《筹办夷务始末》，上海古籍出版社2008

年版。

（清）朱寿朋编：《光绪朝东华录》，中华书局 1958 年版。

（清）王韬著：《弢园文录外编》，上海书店出版社 2002 年版。

（清）冯桂芬著：《校邠庐抗议》上海书店出版社 2002 年版。

（清）曾国藩著：《曾国藩全集》，1－30 册，岳麓书社 1985—1990 年先后出版。

（清）李鸿章著；顾廷龙、戴逸主编：《李鸿章全集》，1－39 册，安徽教育出版社 2007 年版。

（清）左宗棠著：《左宗棠全集》，20 册，上海书店出版 1986 年版。

（清）张之洞著；苑书义等主编：《张之洞全集》，1－12 册，河北人民出版社 1998 年版。

（清）魏源著：《魏源集》，中华书局 1976 年版。

（清）《郑观应集》，上下册，上海人民出版社 1982 年版。

（清）戴震著；戴震研究会等编纂：《戴震全集》，1－6 册，清华大学出版社 1991 年版。

（清）《康有为全集》，12 集，人民大学出版社 2007 年版。

（清）梁启超著：《梁启超全集》，1－10 册，北京出版社 1999 年版。

（清）梁启超：《中国近三百年学术史》，中华书局 1943 年版。

（民国）赵尔巽，等撰：《清史稿》，1－48 册，中华书局 1977 年版。

教育部编：《中华民国教育法规》（1919 年 5 月）。

徐珂编纂：《清稗类钞》，1－48 册，商务印书馆 1928 年版。

《孙中山全集》第 1 卷，中华书局 1981 年版。

《孙中山全集》第 2 卷，中华书局 1982 年版。

《孙中山全集》第 3 卷，中华书局 1984 年版。

《孙中山全集》第 4 卷，中华书局 1985 年版。

《孙中山全集》第 5 卷，中华书局 1985 年版。

《孙中山全集》第 6 卷，中华书局 1985 年版。

《孙中山全集》第 7 卷，中华书局 1985 年版。

《孙中山全集》第 9 卷，中华书局 1986 年版。

《孙中山全集》第10卷，中华书局1986年版。

《孙中山全集》第11卷，中华书局1986年版。

《孙中山集外集》，上海人民出版1990年版。

《蔡元培全集》，1-6册，中华书局1984—1988年版。

《列宁选集》，1-4卷，人民出版社1995年。

《毛泽东选集》，1-4卷，人民出版社1991年版。

《毛泽东文集》，1-8卷，人民出版社1993—1999年版。

《毛泽东军事文集》，1-6卷，军事科学出版社、中央文献出版社1993年版。

《周恩来选集》（上卷），人民出版社，1980年版。

《周恩来军事文选》，人民出版社1997年版。

《刘少奇选集》（上卷），人民出版社1981年版。

《陈独秀著作选编》，1-6卷，上海人民出版社2009年版。

《李达文集》，1-4卷，人民出版社1980—1988年出版。

《瞿秋白文集》，人民出版社1987—1996年出版。

《郭沫若全集》，1-38卷，科学出版社、人民出版社、人民文学出版社1982—2002年出版。

《胡绳文集》（1935—1948），重庆出版社1990年版。

《茅盾全集》，1-40卷，人民文学出版社1984—2006年出版。

《鲁迅全集》，1-18卷，人民文学出版社2005年版。

《胡适全集》，1-44卷，安徽教育出版社2003年版。

《陶行知全集》，1-12卷，四川教育出版社2005年版。

中国社会科学院近代史研究所编：《范文谰历史论文选集》，中国社会科学出版社1979年版。

吕振羽著；江明、桂遵义编：《吕振羽史论选集》，上海人民出版社1981年版。

陈垣著：《陈垣史学论著选》，上海人民出版社1981年版。

顾颉刚著；王煦华编选：《顾颉刚选集》，天津人民出版社1988年版。

朱自清著，朱乔森编：《朱自清全集》，江苏教育出版社1988—1998年出版。

傅斯年著，岳玉玺、李泉、马亮宽编选：《傅斯年选集》，天津人民出版社 1996 年版。

张岱年著：《张岱年全集》，1－8 卷，河北人民出版社 1996 年版。

何炳松著；刘寅生，房鑫亮编：《何炳松文集》，1－5 卷，商务印书馆 1996、1997 年版。

郑振铎著：《郑振铎全集》，1－20 集，石家庄市：花山文艺出版社 1998 年版。

陈序经著，邱志华编：《陈序经学术论著》，浙江人民出版社 1998 年版。

《陈翰笙文集》，商务印书馆 1999 年版。

冯友兰著：《三松堂全集》，1－14 卷，河南人民出版社 2000—2001 年版。

阿英著，柯灵主编：《阿英全集》，1－12 卷，安徽教育出版社 2003 年版。

王国维著，谢维扬等编：《王国维全集》，浙江教育出版社 2007 年版。

翦伯赞著：《翦伯赞全集》，1－10 卷，河北教育出版社 2008 年版。

民政府主计处统计局：《中华民国统计提要》，商务印书馆 1936 年版。

商务印书馆编：《中华民国现行法规大全》，1－11 册，商务印书馆 1936、1937 年版。

教育部编：《教育法令汇编》，第 1－2 辑，上海商务印书馆 1936、1937 年版。

徐百齐编：《中华民国法规大全补编》第 5 册，商务印书馆 1937 年版。

考试院参事处编：《考铨法规集》，第 1－2 辑，中华书局 1944 年版。

罗志渊编：《现行重要法规丛刊·考铨法规》，上海大东书局 1947 年版。

教育部编：《教育法令》，上海中华书局 1947 年版。

中国史学会主编：《中国近代史资料丛刊》，1－62 册，上海人民出版社 1957、1961 年版。

翦伯赞，等编：《戊戌变法》，1－4 册，神州国光社 1952 年版。

严复著；周振甫选注：《严复诗文选》，人民文学出版社 1959 年版。

沈云龙主编：《近代中国史料丛刊》（正编 100 辑、续编 100 辑、三编 88 辑），3287 册，台湾文海出版社 1960—1990 年影印版。

章有义编：《中国近代农业史资料》，三联书店 1957 年版。

彭泽益编：《中国近代手工业史资料》，1－4 卷，中华书局 1962 年版。

萧继宗编：《新生活运动史料》，中国国民党中央委员会党史委员会 1975 年影印版。

丘权政，杜春和选编：《辛亥革命史料选编》，湖南人民出版社 1981 年版。

中华全国妇女联合会妇女运动理事研究室：《五四时期妇女问题文选》，三联书店 1981 年版。

钟离蒙，杨凤麟主编：《中国现代哲学史资料汇编》，辽宁大学哲学系 1982 年。

《新四军和华中抗日根据地史料选》，1－6 辑，上海人民出版社 1982—1986 年版。

四川大学马列教研室编：《国民参议会资料》，四川人民出版社，1984 年版。

侯外庐：《韧的追求》，三联书店 1985 年版。

中国共产党历史资料丛书：《淮南抗日根据地》，中共党史资料出版社 1987 年版。

中国人民解放军文艺史料编辑部编：《中国人民解放军文艺史料选编》（抗日战争时期第 4 册），解放军出版社 1988 年版。

中国资料丛书编审委员会编：《新四军·文献》，1－5 册，解放军出版社 1988—1995 年版。

季甄馥，等主编：《中国近代哲学史资料选编》第 4 卷，上海社会科学院出版社 1989 年版。

史料丛书编审委员会；中央档案馆编：《晋察冀抗日根据地》，第 1 册（文献选编上下），中共党史资料出版社 1989 年版。

《中华民国教育法规选编》，江苏教育出版社 1990 年版。

中国共产党历史资料丛书：《皖江抗日根据地》，中共党史资料出版社 1990 年版。

西北五省区编纂领导小组，中央档案馆编：《陕甘宁边区抗日民主根据地》（文献卷）（上、下），中共党史资料出版社 1990 年版。

罗荣渠主编：《从“西化”到现代化——五四以来有关中国的文化趋向和发展道路论争文选》，北京大学出版社 1990 年版。

中国共产党历史资料丛书：《淮北抗日根据地》，中共党史出版社 1991 年版。

中央教育科学研究所编：《老解放区教育资料》，教育科学出版社 1991 年版。

杨学为，朱仇美，张海鹏，等主编：《中国考试制度史资料选编》，黄山书社 1992 年版。

全国公共图书馆古籍文献编委会：《中国公共图书馆古籍文献珍本汇刊·史部晚清洋务运动事类汇钞》，1－3 册，中华全国图书馆文献缩微复制中心，1999 年版。

蔡鸿源主编：《民国法规集成》，100 册，黄山书社 1999 年版。

中国史学会主编：《辛亥革命》，上海人民出版社；上海书店出版社 2000 年版。

杨学为主编：《中国考试史文献集成》，1－8 卷，高等教育出版社 2003 年版。

章开沅，等编著：《辛亥革命资料新编》第 5 卷，湖北人民出版社 2005 年版。

《中国近代教育史资料汇编》，1－10 册，上海教育出版社 2007 年版。

陆学艺，王处辉主编：《中国社会思想史资料选辑》晚清卷、民国卷，广西人民出版社 2007 年版。

四、著　作

戈公振著：《中国报学史》上海商务印书馆 1927 年版。

舒新城著：《近代中国留学史》，中华书局 1927 年版。

柳诒徵著:《中国文化史》，南京钟山书局1932年版。

施复亮著:《中国现代经济史》，良友图书公司1932年版。

钮永建著:《铨叙年鉴》，1921年版。

铨叙部编:《铨叙年鉴续编》（1931—1933），南京大陆印书馆1934年版。

教育部编:《第一次中国教育年鉴》，上海开明书店1934年版。

吕学海:《评中西文化讨论的折衷派》，《全盘西化言论集》，岭南大学青年会，1934年。

马芳若编著:《中国文化建设讨论集》，龙文书店1935年版。

冯恩荣编:《全盘西化言论续集》，岭南大学学生自治会出版部1935年版。

考试院编:《考试院工作报告》，考试院1935年版。

文化建设月刊社编:《中国本位文化建设讨论集》，文化建设月刊社1936年版。

王云五，傅纬平主编:《中国文化史丛书》，2辑42种，上海商务印书馆1936—1939年版。

陈安仁著:《中国近世文化史》，商务印书馆1936年版。

蒋杰编著:《乌江乡村建设研究》，南京朝报印刷所1936年再版。

李公耳编:《奇风异俗各地风光集》，上海春明书店1936年版。

钱穆著:《中国近三百年学术史》，商务印书馆1937年版。

郭汉鸣，洪瑞坚编著:《安徽省土地分配与租佃制度》，正中书局1937年版。

阿英著:《晚清小说史》，商务印书馆1937年版。

蒋廷黻著:《中国近代史》，商务印书馆1938年版。

侯外庐著:《抗战建国的文化运动》，中山文化教育馆1939年版。

陈之迈著:《中国政制建设的理论》，艺文丛书编辑部1939年版。

陈之迈:《中国政府》，第2册，商务印书馆1945年版。

考试院秘书处编印:《第四届国民参政会第一次大会考试院工作报告》，1945年6月。

考试院秘书处编印:《第三届国民参政会第三次大会考试院工作报告书》，1945年8月。

教育部编:《第二次中国教育年鉴》，商务印书馆 1948 年版。

中华年鉴社编:《中华年鉴》(1948)，中华年鉴社 1948 年版。

《中国近代史论丛》，第 1 - 2 辑，台湾，正中书局 1956—1961 年版。

(美) 埃德加·斯诺 (EdgarSnow) 著、董乐山译:《西行漫记》，三联书店 1979 年版。

陈寅恪:《金明馆丛稿二编》，上海古籍出版社 1980 年版。

顾长声著:《传教士与近代中国》，上海人民出版社 1981 年版。

白寿彝著:《中国伊斯兰史存稿》，宁夏人民出版社 1983 年版。

陈翰笙著:《解放前的地主与农民——华南农村危机研究》，中国社会科学出版社 1984 年版。

胡颂平著:《胡适之先生年谱长编初稿》，(台北) 联经出版事业公司 1984 年版。

黄河，张之华编著:《中国人民军队报刊史》，解放军出版社 1986 年版。

纪宇著:《青铜与白石雕塑大师刘开渠传》，人民文学出版社 1986 年版。

蔡尚思著:《中国近现代学术思想史论》，广东人民出版社 1986 年版。

《当代中国的广播电视》编选辑部选编:《中国的广播电台》，北京广播学院出版社 1987 年。

李喜所著:《近代中国的留学生》，人民出版社 1987 年版。

李进修著:《中国近代政治制度史纲》，求实出版社 1988 年出版。

谢克林著:《中国花鼓灯艺术》，安徽人民出版社 1990 年版。

史全生主编:《中华民国文化史》上中下，吉林文史出版社 1990 年版。

吉少甫主编:《中国出版简史》，学林出版社 1991 年版。

陈晋著:《毛泽东的文化性格》，中国青年出版社 1991 年版。

喻本伐，熊贤君著:《中国教育发展史》，华中师范大学 1991 年版。

王奇生著:《中国留学生的历史轨迹》(1872—1949)，湖北教育出版社 1992 年版。

严昌洪著:《中国近代社会风俗史》浙江人民出版社 1992 年版。

吴孟复著:《桐城文派述论》,安徽教育出版社 1992 年版。

(美) R. 麦克法夸尔;(美) 费正清:《剑桥中华人民共和国史·革命的中国的兴起》(1949—1965),中国社会科学出版社 1990 年版。

(美) 麦克法夸尔 (Macfarquhar, Roderick),(美) 费正清编;俞金尧,等,译:《剑桥中华人民共和国史·中国革命内部的革命》(1966—1982),中国社会科学出版社 1992 年版。

(美) 费正清:《剑桥中国晚清史》(1800—1911),中国社会科学出版社 1993 年版。

(美) 费正清编;杨品泉,等,译:《剑桥中华民国史》(1912—1949),中国社会科学出版社 1994 年版。

张春宁著:《中国报告文学史稿》,群言出版社 1993 年版。

侯宜杰编著:《二十世纪初中国政治改革风潮—清末立宪运动史》,人民出版社 1993 年版。

朱自强,高占祥等主编:《中国文化大百科全书》,长春出版社 1993—1994 年版。

牟钟鉴、张践著:《中国民国宗教史》,人民出版社 1994 年版。

中国植物学会编:《中国植物学史》,科学出版社 1994 年版。

钱穆:《中山思想之新综析:中山思想要义》,台湾书店 1994 年版。

谢青;汤德用主编:《中国考试制度史》,黄山书社 1995 年版。

顾卫民著:《基督教与近代中国社会》,上海人民出版社 1996 年版。

江苏省地方志编纂委员会编著:《江苏省志·出版志》,江苏人民出版社 1996 年版。

白钢主编:《中国政治制度通史》,1-10 卷,人民出版社 1996 年版。

龚书铎主编:《中国近代文化概论》,中华书局 1997 年。

龚德才编著:《中国新闻事业史》,湖南师范大学出版社 1997 年版。

王人博著:《宪政文化与近代中国》,法律出版社 1997 年版。

傅德岷,等著:《中国现代散文发展史》,四川教育出版社 1997 年版。

沙健孙,龚书铎主编;国家教委高等学校社会发展研究中心组编:

《走什么路——关于中国近现代历史上的若干重大是非问题》，山东人民出版社 1997 年版。

萧克主编；中华文化通志编委会编：《中华文化通志》，上海人民出版社 1998 年版。

安徽省地方志编纂委员会编：《安徽省志》，1－64 卷，方志出版社 1999 年版等。

舒龙，凌步机主编：《中华苏维埃共和国史》，江苏人民出版社，1999 年版。

中国戏曲志编辑委员会：《中国戏曲志》，中国 ISBN 中心 2000 年版。

吴鹏森，房列曙主编：《人文社会科学基础》，上海人民出版社 2000 年版。

郑士德著：《中国图书发行史》，高等教育出版社 2000 年版。

郑师渠主编：《中国文化通史》，1－10 卷本，中共中央党校出版社 2000 年版。

罗钢，刘象愚主编：《文化研究读本》，中国社会科学出版社 2000 年版。

房列曙主编：《中国文化史纲》，科学出版社 2000 年版。

林大中，等主编：《九十年代文存》上，中国社会科学出版社 2001 年版。

张宪文主编：《中国抗日战争史（1931—1945）》，南京大学出版社 2001 年版。

章罗生著：《中国报告文学发展史》，湖南人民出版社 2002 版。

叶再生著：《中国近代现代出版通史》第 3 卷，华文出版社 2002 年版。

吴怀祺主编；王纪录著：《中国史学思想通史·清代卷》，黄山书社 2002 年版。

吴怀祺主编；洪认清著：《中国史学思想通史·近代后卷》，黄山书社 2002 年版。

庄福龄主编：《毛泽东思想概论》，中国人民大学出版社 2003 年版。

马洪武主编：《华中抗日根据地史》，当代中国出版社 2003 年版。

房列曙，欧阳跃峰主编：《中国近代史专题》，高等教育出版社 2003 年版。

解光云，房列曙主编：《中外文明史》，合肥工业大学出版社 2004 年版。

房列曙，马陵合，刘灿华编著：《中国近现代史》，合肥工业大学出版社 2004 年版。

郭华清著：《宽容与妥协——章士钊的调和论研究》，天津古籍出版社 2004 年版。

张海鹏著：《新政、立宪与辛亥革命》1901—1912，江苏人民出版社 2005 年版。

章开沅，严昌洪主编：《辛亥革命与中国政治发展》，华中师范大学出版社 2005 年版。

汪毓和编著：《中国近现代音乐史》人民音乐出版社 2005 年版。

郭因，俞宏理，胡迟著：《新安画派》，安徽人民出版社 2005 年版。

中国科学院院士工作局编：《科学的道路》，上海教育出版社 2005 年版。

房列曙主编：《中国历史上的人才选拔制度》，人民出版社 2005 年版。

冉绵惠，李惠宇著：《民国时期保甲制度研究》，四川大学出版社 2005 年版。

郑杭生：《中国特色社会学理论的探索》，中国人民大学出版社 2005 年版。

宋立志主编：《名校精英·北京师范大学》，远方出版社 2005 版。

罗元铮编著；责任编辑刘野：《中华民国实录》，吉林人民出版社 2005 年版。

陈旭麓著：《近代中国社会的新陈代谢》，上海社会科学院出版社 2005 年版。

俞祖华，赵慧峰主编：《中国近代社会文化思潮研究通览》，山东大学出版社 2005 年版。

汤奇学著：《中国近代思想文化史探索》，安徽大学出版社 2005 年版。

徐鹏绪著：《中国近代文学史纲》，中国社会科学出版社 2005 年版。

焦润明：《中国近代文化史》，辽宁大学出版社 2006 年再版。

沈世培著：《文明的撞击与困惑—近代江淮地区经济和社会变迁研究》，安徽人民出版社 2006 年版。

陈毅传编写组著：《陈毅传》，当代中国出版社 2006 年版。

汪以平主编：《舞蹈艺术通论》，南京大学出版社 2006 年版。

傅宁军著：《吞吐大荒徐悲鸿寻踪》，人民文学出版社 2006 年版。

《吴晓邦舞蹈文集》，中国文联出版社 2007 年版。

程光炜，等著：《中国现代文学史》，中国人民大学出版社 2007 年版。

牟钟鉴，张践著：《中国宗教通史》上下修订版，中国社会科学出版社 2007 年版。

龚郭清著：《近代中国政治文明的构建·戊戌维新时期康有为政治改革思想研究》，社会科学文献出版社 2007 年版。

宛小平著：《方东美与中西哲学》，安徽大学出版社 2008 年版。

孙建娥著：《新民主主义文化革命的历史经验研究》，湖南人民出版社 2008 年版。

姬丽萍：《中国公务员考铨制度的初创 1928—1948》天津古籍出版社出版 2008 年版。

肖如平著：《国民政府考试院研究》，社会科学文献出版社 2008 年版。

刘静芳著：《综合创造的哲学与哲学的综合创造：张岱年哲学思想研究》，上海人民出版社 2009 年版。

陈飞，徐国利，刘福春；李广良等主编：《回读百年：20 世纪中国社会人文论争》1－5 卷，大象出版社 2009 年版。

《中华民国习惯调查录》，无出版项，安徽省图书馆藏。

五、论　文

伧父：《战后东西文明之调和》，《东方杂志》1917 年，第 14 卷，第 4 号。

慰慈：《女子解放与家庭改组》，《每周评论》1919 年第 34 号。

杜荃：《文艺战线上的封建余孽》，《创造月刊》1928年第2卷第1期。

陈翰笙：《中国的农村研究》，上海国立劳动大学《劳动季刊》1931年9月，第1卷第1期。

王新命等：《中国本位的文化建设宣言》，《文化建设》月刊1935年第1卷第4期。

沈兼士：《五权宪法下考铨制度之研究及今后应取之方针》，《行政效率》1935年11月，第3卷第5期。

何会源：《关于公务员考绩的几个基本问题》，《民族杂志》1935年5月，第3卷第5期。

何会源：《公务员考绩法及关系法令述评》，《民族》1936年3月，第4卷第3期。

忍虚：《辛亥革命在贵阳》，《越风半月刊》1936年10月，第20期。

陈之迈：《中国的官》，《社会科学》1936年7月，第1卷第4期。

池世英：《中国的铨叙制度》上、中、下，《民族》1937年，第5卷第2、3、4期。

谢廷式：《考绩的理论与实际》（续），《行政研究》1937年3月，第2卷第3期。

《中华全国文艺界抗敌协会发起旨趣》，《文艺月刊·战时特刊》1938年第9期。

金敬海：《改革中国人事行政的急务》，《力行月刊》1940年9月，第2卷第6期。

郭沫若：《中国战时的文学与艺术》，《新华日报》1942年5月28日。

郭沫若：《谈历史剧》、《文汇报》1946年6月26日。

赵汝言：《中国现行公务员考试制度》，《考政学报》1945年第2期。

李约瑟：《战时中国西南部科学之发展》，《新中华》复刊，1945年12月，第3卷第12期。

林铁钧：《五四新文化运动与反封建思想》，《中国史研究》1979年第2期。

陈旭麓：《中国近代史上的革命和改良》，《历史研究》1980 年第 6 期。

杨劲桦：《瞿秋白对中国社会的剖析》，《近代史研究》1982 年第 4 期。

杜蒸民，房列曙：《胡适的中西文化观简评》，《安徽师范大学学报》（人文社会科学版）1987 年第 4 期。

苑书义：《李鸿章科举改革思想刍议》，《近代史研究》1988 年第 4 期。

董方奎：《论清末实行预备立宪的必要性及可能性—兼论中国近代民主化的起点》，《安徽史学》1990 年第 1 期。

李开第；董亦鸣：《李鸿章洋务教育活动简论》，《学术界》1990 年第 2 期。

魏宏运：《五四新文化运动的探索》，《中州学刊》，1990 年第 3 期。

季云飞：《孙中山五权宪法政治学说述论》，《南京社会科学》1990 年第 5 期。

张礼恒：《李鸿章人才思想管窥》，《安徽史学》1991 年第 1 期。

陈延湘：《论抗战时期国民党的政制建设》，《抗日战争研究》1992 年第 2 期。

房列曙：《南京国民政府的高等学校考试制度初探》，《安徽师大学报》1992 年第 2 期。

房列曙：《论南京国民政府的高中毕业会考制度》，《安徽师大学报》1993 年第 1 期。

房列曙：《南京国民政府的中等学校的毕业会考制度》，《历史教学》1993 年第 3 期。

耿云志：《中国新文化的源流及其趋向》《历史研究》1994 年第 2 期。

房列曙：《抗战时期中国的高等教育》，《抗日战争研究》1995 年纪念抗战胜利五十周年专集。

房列曙：《论北京政府统治时期高等学校考试制度的特点》，《教育评论》1995 年第 5 期。

何金彝：《康有为的全变思想和创造进化论》，《社会科学战线》，

1995 年第 6 期。

房列曙:《懂些中国历史，这是中国发展的一个精神动力》,《安徽史学》1996 年第 2 期。

房列曙:《中国考试制度对世界文明的贡献》,《安徽史学》1996 年第 3 期。

房列曙:《胡适的妇女观》,《胡适研究》第 1 辑，东方出版社 1996 年版。

马千里:《三十年代文化论战透视》,《江海学刊》1996 年第 3 期。

萧功秦:《从科举制度的废除看近代以来的文化断裂》,《战略与管理》1996 年第 4 期。

房列曙:《论抗战时期国统区高考模式的改革》,《安徽史学》1997 年第 1 期。

朱东安:《曾国藩与中国传统文化》,《近代史研究》1997 年第 1 期。

李良玉:《论思想史的研究方法》,《江苏社会科学》1998 年第 1 期。

吴春梅:《清末新政时期的农业改革》,《中国农史》1999 年第 3 期。

欧阳军喜:《论“五四”新文化运动对儒学的态度》,《中国文化研究》1999 年第 2 期。

欧阳跃峰:《〈中西纪事〉的时代特色与个性色彩》,《安徽师范大学学报》(人文社会科学版) 2000 年第 1 期。

沈世培:《钱玄同改革语言文字之功》,《民国春秋》2000 年第 2 期。

沈世培:《论史学研究中的主体素质结构》,《天府新论》2000 年第 4 期。

何志虎:《康有为的“大中国观”与革命派放弃“驱除靴虏”口号》,《史学月刊》2000 年第 5 期。

陈九如:《严复论妇女解放》,《皖西学院学报》2001 年第 3 期。

汪效驷:《试论西欧基督教文化的兴起》,《安徽师范大学学报》(人文社会科学版) 2001 年第 3 期。

沈世培:《钱玄同与章太炎的交往》,《民国春秋》2001 年第 6 期。

陈九如:《孙中山晚年思想转变的原因探析》,《淮北煤师院学报》(哲学社会科学版)2001 年第 6 期。

刘辉:《新民主主义文化思想体系形成标志新论》,人大复印报刊资料《中国现代史》,2001 年第 7 期。

李喜所:《梁启超对戊戌变法的反思——兼评百年来学术界对变法失败原因的考察》,《新华文摘》2001 年第 9 期。

刘良明:《洋务运动与近代小说理论批评的新变》,《武汉大学学报》(人文科学版)2002 年第 3 期。

欧阳跃峰:《辛亥革命前无政府主义者对马克思主义的"业余宣传"》,《安徽师范大学学报》(人文社会科学版)2002 年第 3 期。

冯君:《戊戌变法与中国近代社会的构建》,江西师范大学学报(哲学社会科学版)2002 年第 4 期。

沙健孙:《毛泽东论新民主主义文化》,《北京大学学报》(哲学社会科学版)2002 年第 5 期。

欧阳跃峰:《"公车上书":康梁编造的历史神话》,《历史教学》2002 年第 10 期。

欧阳跃峰:《也谈历史人物评价的相关理论问题——以李鸿章的外交活动为例》,《史学理论研究》2003 年第 3 期。

梁治平:《"民间"、"民间社会"和 CIVILSOCIETY——CIVILSOCIETY 概念再检讨》,《云南大学学报》(社会科学版)2003 年第 1 期。

李广成:《试论洋务运动与中国近现代化》,《齐齐哈尔大学学报》(哲学社会科学版)2003 年第 3 期。

崔志海:《国外清末新政研究专著述评》,《近代史研究》2003 年第 4 期。

郑大华:《重评"五四"前后的"东西文化论战"》,《湖南师范大学社会科学学报》2003 年第 4 期。

欧阳跃峰:《社会主义学说在中国的早期传播》,《广州社会主义学院学报》2004 年第 1 期。

陈九如:《清末女子留日热潮的成因》,《芜湖职业技术学院学报》2004 年第 2 期。

王先明：《洋务运动与传统中学的近代转型》，《天津社会科学》2004 年第 2 期。

汪效驷：《吴汝纶与莲池书院》，《安庆师范学院学报》（社会科学版）2004 年第 3 期。

房列曙：《民国时期高校考试制度的历史考察》，《安徽师范大学学报》（人文社会科学版），2004 年第 3 期。

房列曙：《人才选拔制度在中国历史上的地位》，《光明日报》理论版，2004 年 4 月 20 日。

房列曙：《我国历史上的人才选拔制度》，国家社科办网，2004 年 8 月。

杜艳华；司徒琪蕙：《五四前后的东西文化论战与中国文化的走向》《探索与争鸣》2004 年第 9 期。

朱耀垠：《“全盘西化”论和“中国本位文化”论的偏至》，《高校理论战线》2004 年第 11 期。

房列曙：《孙中山与我国近代文官考试制度的创立》，《北大史学》，2005 年第 1 期。

汪效驷：《论萧一山的史学成就与特色》，《史学史研究》2005 年第 1 期。

欧阳跃峰：《20 世纪中国史学的论争与发展》，《安徽师范大学学报》（人文社会科学版）2005 年第 2 期。

房列曙：《孙中山对人才选拔制度的贡献》，《光明日报》理论版，2005 年 10 月 11 日。

于沛：《关于构建马克思主义史学理论新形态的思考》，《思想理论教育导刊》2005 年第 4 期。

欧阳跃峰：《安徽公学的兴办及其影响》，《安徽师范大学学报》（人文社会科学版）2005 年第 6 期。

欧阳哲生：《中国现代哲学史上的胡适》，《学术界》2006 年第 1 期。

赵立彬：《“论”与“派”：文化论战中的全盘西化思潮》，《历史研究》2006 年第 1 期。

欧阳跃峰：《20 世纪初立宪派对社会主义学说的介绍》，《广州社会主义学院学报》2006 年第 2 期。

郑大华：《胡适是“全盘西化论者”?》，《浙江学刊》2006 年第 4 期。

房列曙：《我国近代文官选拔制度的建立和发展》，《光明日报》理论版，2006 年 1 月 6 日。

房列曙：《论孙中山的文官考试思想》，《安徽史学》，2006 年第 6 期。

欧阳跃峰：《20 世纪初革命派对马克思主义的介绍》，安徽师范大学学报（人文社会科学版）2007 年第 2 期。

肖高华；熊吕茂：《论曾国藩文化思想的主要特征》，《湖南科技大学学报》（社会科学版），2007 年第 2 期。

汪效驷：《陈翰笙与“中国农村派”》，《中共党史资料》2007 年第 2 期。

汪效驷：《史学和社会学视野中的陈翰笙无锡调查》，《苏州大学学报》（哲学社会科学版）2007 年第 2 期。

马陵合：《重商观念与晚清利权意识的演进》，《史学月刊》2007 年第 3 期。

陈九如：《刘铭传人才思想论析》，《安徽商贸职业技术学院学报》（社会科学版）2007 年第 4 期。

房列曙；吴云峰：《胡适与乾嘉学派》，《安徽史学》2007 年 6 期。

房列曙：《民国文官制度的独特创制》，《史学集刊》2007 年第 6 期。

许士密；张应强《大学文化研究范式的缺失》，《黑龙江高教研究》2007 年第 10 期。

马陵合：《江浙铁路风潮中代表入京问题考评》，《浙江教育学院学报》2008 年第 1 期。

汪效驷：《在多学科领域均有建树的陈翰笙》，《光明日报》理论版，2008 年 5 月 23 日。

汪效驷：《新生活运动新论》，《天府新论》2008 年第 1 期。

崔志海：《美国政府对辛亥革命态度的原因分析》，《江海学刊》2008 年第 2 期。

耿云志：《新文化运动：建立中国与世界文化密接关系的努力》，《学术研究》2008 年第 2 期。

马陵合：《抗战时期章乃器经济思想经世性探微——一位非学院派经济学家的学术取向》，《浙江工商大学学报》2008 年第 3 期。

［日］沟口雄三：《辛亥革命新论》，《开放时代》2008 年第 4 期。

郭铁桩：《慈禧太后与戊戌变法》，《沧桑》2008 年第 6 期。

唐莉娟：《30 年代有关中国本位文化建设的论争》《安徽文学》2008 年第 9 期。

汪效驷：《二十世纪三十年代无锡乡村抢米风潮的历史解读》，《中国农史》2009 年第 1 期。

刘功君，沈世培：《北洋政府时期留日经费筹措考察》，《历史档案》2009 年第 1 期。

何家伟：《大悖初衷一南京国民政府公务员考绩制度嬗变及其实施研究》，《民国档案》2009 年第 1 期。

程华：《清末宪政失败的原因与社会基础分析》，《武汉大学学报》（哲学社会科学版）2009 年第 3 期。

李方祥：《五四新文化运动与宽容意识》《党史研究与教学》，2009 年第 3 期。

马陵合：《抗战前十年国民党安徽地方政权中党政矛盾和派系斗争》，《安庆师范学院学报》（社会科学版）2009 年第 4 期。

曾光光：《桐城派的宿命与五四新文化运动》，《江汉论坛》2009 年第 5 期。

冯帆：《从改革主体看中日改革的差距—明治维新与戊戌变法成败缘由新探》，《湖北社会科学》，2009 年第 5 期。

沈世培：《论历史规律的层次性》，《社会科学论坛》（学术研究卷）2009 年第 9 期。

马陵合：《公共舆论与晚清联美问题》，《安徽大学学报》（哲学社会科学版），2010 年第 1 期。

邓灿辉：《论新民主主义文化纲领的形成》，《理论学刊》2010 年第 4 期。

周可：《东西文化论战中的现代技术与文化问题》，《江汉论坛》

2010 年第 7 期。

房列曙:《南京国民政府公务员考绩法规若干史实的考证》《安徽史学》2011 年第 1 期。

汪效驷:《中国农村经济研究会述论》,《安徽史学》2011 年第 2 期。

后 记

《中国近现代文化史专题研究》一书已做到“齐、清、定”了，但我仍在思考着：中国近现代文化史的特点是什么？中外古今文化交流的规律是什么？中国近现代文化史有哪些东西值得继承？有哪些经验教训值得总结？新的文化模式如何培育起来？这是值得继续研究的课题。

本书第一章第二节“中国近现代文化史研究的基本方法”由陈九如教授撰写。第一章第一、三节，第二、三、四、五、六、九、十、十一、十三、十四章由房列曙、汪效驷、房列明（山东青年政治学院）撰写。第七章“晚清政治制度的转型”由欧阳跃峰撰写。第八章“晚清人才选拔制度的变革及其特点”由沈世培撰写。第十二章“乾嘉考据学派对我国近现代史学的影响”，由房列曙、施兴和、吴云峰（黄山学院）撰写。以上作者单位除署名外均为安徽师范大学。

本书得以出版，感谢历史与社会学院的支持。感谢南京大学李良玉教授、华中师范大学彭南生教授、安徽大学汤奇学教授对本书的肯定及提出的很多宝贵意见。感谢安徽师范大学出版社吴顺安、房国贵编辑的辛勤劳动。感谢研究生杨俊金、鲍伟、沈明瑞、张金龙为我校对书稿。

本书得以出版，还要感谢给我治病的大夫，以及我的家人、领导、朋友和同志们。

2010 年 5 月 4 日，我确诊为直肠癌。5 月 7 日，学校医院院长方百盈、单位领导黄成林、同事吴毛顺、秦枫、我的爱人李桂莲一行，驱车前往上海长海医院。在王寿萍主任的安排下，5 月 12 日 10 时，上海长海医院肛肠专家孟荣贵教授和楼征、梅祖兵大夫为我做腹前直肠癌切除手术。直肠癌切除手术完成后，孟教授又发现我的小肠有肿块，征得我爱人同意后，同时做了小肠肿块的切除手术。手术均做得非常成功。我在做手术时，我的家人、朋友黄从浒、杜素亭、杨文宝、刘晓妹、何小刚、李桂莲、房华、房列明均在门外等候。5 月 14 日，历史与社会学院党委书记王如意，院长周晓光，副院长方青、吕俊龙、徐彬特意从芜湖前往上海长海医院看望慰问我。5 月 15 日，学校的同事、朋友李忠、曾黎明、孙成岗、马陵合、吴春雷、陈孔祥，他们一夜没有睡觉，乘夜车从芜湖到上海，前往长海医院看望慰问我，他们还带来顾家山副书记（现任书记）、江静同志的一片深情厚谊。5 月 15 日，出版社编辑部的领导张传开、黄成林、吴顺安前往上海长海医院看望慰问我。5 月 29 日，学校党委副书记余淑珍、人事处长张明、工会主席王义芳前往上海看望慰问我。在此前后，特意来上海看望慰问我的还有房列银、陈强虎、方立松、陈佩佩、吴国梅等。在上海的同学、同事、朋友高文娟、顾卓、缪柏青、秦毓玲、茅维信、张建懿、吴鹏森、刘玲、何小刚、张允熠、杜素亭、卿文辉、王文玲、杨春雷、查正和、傅金祥、许良惠、陈士国等，多次前往医院看望慰问我。

在弋矶山医院化疗期间，省委宣传部理论处长杨俊龙和学校科研处处长陆林、副处长史铁杰等专程前来看望慰问我，弋矶山医院的医生朱向明、崔丽萍、张道友、汪国祥、项长顺不仅前来看望我，而且专门为我订购了医院没有的药品，解决了某些困难。高丽萍、张念一、崔执凤夫妇、宋卫东、孙河清、赵芳、王倩、石庆海、吴光辉、周玲、王飞翔、李建国、方舟、武传华等前往医院看望慰问我。

学校党委书记吴良仁、副书记余淑珍、副校长王绍武、学校出版社的领导、学校人事处和工会的领导，前往家中看望慰问我。省委宣传部理论处长杨俊龙第二次看望我是在我家中，6 月 2 日上午，杨俊龙处长和省社科规划办公室副主任陈德友一行专程莅临我校看望慰问我，科研处副处长史铁杰等陪同前往。前来家中看望慰问我的还有：王世华、王如福、王赛微、陶秀彬夫妇、王金忠夫妇、王思思夫妇、王纯才夫妇、沈洪夫妇、张光胜夫妇、江中明夫妇、杨文宝夫妇、江建华夫妇、胡明祥夫妇、汪福宝夫妇、刘海夫妇、王杰夫妇、杜菲夫妇、李兴强夫妇、解光云、姜永清、施兴和、舒一新、陈九如、戴卫东、沈世培、刘灿华、汪青松、黄祖岭、陈永明、李春荣、李传玉、李桂珍、戚铁岭、陈燕飞、戚劲松、王艳红、秦宗财、赵怀娟、柴文杰、陈贤生、张永军、张翅、李佳、吴云峰、李凯莉、徐正林、邓子文、刘海、管玲玲、张光和、陶六一、姚明、刘伟、胡婷、李越、谢超峰、李惠媛、马寅虎、李曼曼、汪谦干。特别是中国近现代史2009级研究生，经常打电话、发短信鼓励我，在班长张艳等人带领下还到家中看望我。我指导的研究生张春志、魏云、薛凡、李克万、杨修志、储蓉蓉、吴利妹、王和杰、李佳玉、刘玉青、王菲、李昊、江润生、刘芳、王桃明，多次看望我，鼓励我战胜病魔。我住院后，留下的指导硕士生、本科生论文尚未完成的工作，都是委托汪效驷副教授（现为教授）帮助完成的。

危难时刻见真情，正是医生崇高的敬业精神和精湛的医术，我爱人的精心呵护，病友之间的真诚沟通，领导、朋友、同事的亲切关怀，才使我重新站了起来，也才有可能完成这部著作。为表示衷心的谢意，特此存记！

房列曙

2011年7月22日